歷代梁祝史料輯存

立瑋題

本书编委会

主　任　储红飚
副主任　许夕华　王忠东　周　贤
委　员（按姓氏笔画为序）
　　　　叶聚森　任　倬　孙选平　陈　健
　　　　杭科军　韩建寨　路晓农　潘　晴
编　著　路晓农

2006年5月，国务院授于江苏宜兴等四省六地的"梁祝传说"为中国首批非物质文化遗产

2006年3月30日，中国民间文艺家协会授予江苏宜兴"中国梁山伯祝英台之乡"

2009年6月，江苏省人民政府批准"宜兴观蝶节"为江苏省非物质文化遗产

"碧鲜庵"碑是中国现存最早的"梁祝"文物，唐李蠙书刻

建于南齐的善卷寺为齐高帝收赎祝英台故宅创建，齐武帝初建成

祝英台读书处中的英台阁

坐落在善卷山南的祝英台读书处

祝英台读书处中的蝴蝶轩，柱联"蝶舞凝山魄，花开想玉颜"是最早的梁祝化蝶文字

祝英台墓在宜兴祝陵青龙山上（任润芝摄）

坐落在善卷后洞的祝英台琴剑冢。相传琴剑为梁山伯所赠

1921年，"碧鲜庵"碑于善卷寺后出土。图为出土时储南强先生在后洞飞来石上的铭记

相传农历3月28日，是祝英台化蝶之日，当地每年此日为"观蝶节"。图为观蝶节上放飞蝴蝶

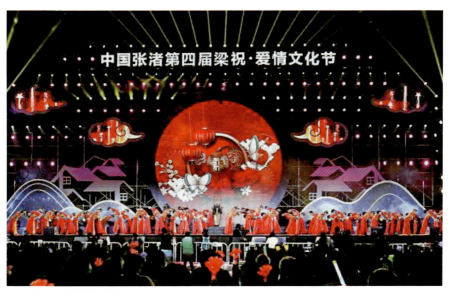

自2016年起，祝陵村所在的张渚镇每年都要举办"梁祝·爱情文化节"（王静华摄）

宜兴民间称黑色的大凤蝶为"祝英台"。图为善卷山英台蝶（陈建平摄）

宜兴祝陵称这种黄彩蝶为梁山伯（陈建平摄）

观蝶节上，人与蝶共舞

宁波"梁祝蝶"（陈建平摄）

观蝶节上的蝴蝶

观蝶节上表演的面具舞,也是爱情舞蹈

民间艺人在2003年观蝶节上说唱

观蝶节上表演的青狮舞、龙灯舞

2018年,日本梁祝研究所的话剧《十八相送》在中国宜兴梁祝戏剧节上演出

新加坡沈秀珍芗剧团的《蝶飞·梦晓》在中国宜兴梁祝戏剧节上演出(王超摄)

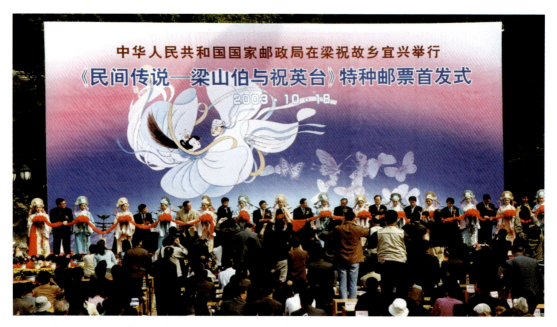

2003年10月18日,《民间传说——梁山伯与祝英台》特种邮票首发式在宜兴、宁波、济宁、汝南等地举办。国家邮政局常务副局长谭小为(剪彩人右七)、邮票设计者高云(左三)、小本票设计者王虎鸣(右三)在宜兴邮票首发式上

2002年4月13日,华夏梁祝文化研究会正式成立,成为中国第一个从事梁祝文化研究的法人社团(蒋志林摄)

2004年8月29日,有江苏宜兴、浙江杭州、山东济宁、河南驻马店等地代表参加的"'梁祝'联合'申遗'磋商会议"在宜兴举行(王海琴摄)

2006年3月,中国民间文艺家协会专家组考察宜兴梁祝文化

2006年6月11日,向云驹秘书长宣读中国民间文艺家协会授于宜兴"中国梁山伯祝英台之乡"文件

在中国民间文艺家协会的授牌仪式上,彩蝶飞上了"中国梁山伯祝英台之乡"铜牌

2015年4月18日,中国梁祝文化论坛在江苏宜兴举行

国际亚细亚民俗学会总会长陶立璠教授在中国梁祝文化论坛上发表题为《"梁祝"文化的传承与保护》的演讲(陈宝明摄)

中国民俗学会副会长郑土有教授发表《梁祝传说申报联合国教科文组织非遗代表作的思考》演讲(陈宝明摄)

国内专家和梁祝传说四省六地的代表参加2015梁祝文化旅游节暨观蝶节开幕式

善卷山南的"祝英台读书处"石刻

善卷后洞蝶亭石刻为1926年凌文渊所题

祝陵村因祝英台墓而得名,其村名唐代就有记载,千余年未曾改变

清澈的祝陵河蜿蜒穿过祝陵村,梁祝传说从这里流向世界

传说中的马家庄在鲸塘,距祝家庄二十里。图为马家庄门口的旗杆石

马家庄古屋

马家庄门楼上的清白遗风砖雕

宜兴传说中的梁家庄在善卷山北,距祝家庄三四里

宜兴传说中的胡桥遗址在梁家庄西,为去鲸塘马家庄的必经之路

七里亭。宜兴传说中十八相送之路的驿亭

碧鲜竹,又名英台竹,传为祝英台生前喜爱的植物

浙江宁波梁祝文化公园内的梁祝雕塑

宁波梁圣君庙

浙江宁波的梁祝蝴蝶碑墓

笔者多次考察浙江宁波梁祝文化（王海琴摄）

笔者与宁波周静书经常交流梁祝世界申遗的情况（孙选平摄）

2016年，笔者在宁波中日韩梁祝文化研讨会上发布论文（陈健摄）

上虞新建的祝府英台楼

浙江上虞祝氏宗祠的纯嘏堂

2011年9月30日,上虞英台文化研究中心正式挂牌(邱忠海摄)

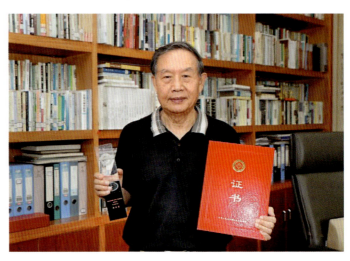
上虞陈秋强——中国第一位梁祝传说国家级传承人(邱忠海摄)

2007年，华夏梁祝文化研究会赴浙江杭州万松书院考察

杭州万松书院石坊

万松书院毓秀阁中的梁祝读书雕塑

2008年，华夏梁祝文化研究会考察山东济宁梁祝读书洞

峄山梁祝读书洞旁的梁祝泉

峄山峄阳书院遗址。相传梁祝曾在该书院读书

汝南红罗山传为昔梁祝读书处

2009年11月,华夏梁祝文化研究会到汝南考察梁祝文化

汝南传说中的梁祝双墓

重庆铜梁县城东街道梁祝村的梁山寺遗址

元氏县吴桥为河北省级文保单位。桥西南的古冢相传为梁祝墓

今日的铜梁蒲吕滩。清代滩头曾有祝英台书题的"大欢喜"碑

元氏县南佐村吴桥古冢遗址。九泉河自此拐弯冲击古墓

2013年4月,笔者听李德轩老人讲述铜梁的梁祝传说

元氏县封龙书院,传为梁祝读书处

安徽舒城传说中的梁祝墓在南岗梁山桥

2015年5月,笔者考察安徽舒城,听90岁的祝延年老人讲述当地的梁祝传说(宋志发摄)

2015年10月,笔者考察甘肃清水,传说中的祝英台墓在邽山南麓祝英台塬上(缑红斌摄)

清水传说中的祝英台老家在朱湾村,其故宅建成了寺庙

青岛黄岛区祝家庄(旧属胶州),4位90岁的老人讲述当地梁祝传说

清代记载的胶州祝英台墓,已被河水冲啮殆尽

2014年,笔者研究专著《"梁祝"的起源与流变》正式出版

《"梁祝"的起源与流变》在2014梁祝文化论坛上首发(陈宝明摄)

笔者参加"茶禅四月到宜兴"活动(孙选平摄)

签名赠书(孙选平摄)

2003年1月，中国民俗学会专家到善卷洞考察梁祝文化

2007年，中日古代文学学者考察宜兴梁祝文化（王海琴摄）

2018年，日本梁祝文化研究所考察宜兴梁祝遗存（孙选平摄）

2018年，新加文艺团体考察宜兴祝英台墓（孙选平摄）

2004年，笔者在世界遗产博览会上接受采访（王海琴摄）

2004年，笔者向陶思炎教授汇报宜兴梁祝文化（王海琴摄）

笔者曾多次聆听陶立璠教授关于民俗文化、梁祝文化的教诲（王东玲摄）

前　言

梁祝传说是我国古代流传最广、影响面最宽、知名度最高的民间传说，她以"东方的罗密欧与朱丽叶"和小提琴协奏曲《梁祝》享誉世界。然而，由于受现代文明等因素的影响，这一中华民族的文化瑰宝，曾一度失去生存与发展的环境，处于濒危的尴尬境地。其原因主要有：经过"破除迷信""破四旧"，梁祝文化古迹遗存受到不同程度的损毁甚至湮灭；农村青壮年大量进城谋生或从事非农业生产，常住人口大幅度减少，过去茶馆、场头、桥头或祠堂前等以聊天为主的自发集会情形无形中消失；电视、电子游戏普及，多样的文化娱乐吸引着青少年，他们对听故事已不感兴趣；习总书记"绿水青山就是金山银山"提出前，生态环境受到破坏，在宜兴祝陵地区，古人诗中"惯看蝴蝶成团飞""居然克日鸿群材"的壮观场面不再呈现；民国时期能讲能唱当地梁祝传说的老一辈民间艺人相继去世，一些熟悉梁祝传说的老年人，也因长期没有讲述机会，加上年高健忘、记忆力下降，讲述能力迅速衰退，每次讲述都会有所不同。因此说，梁祝传说已经达到濒危的程度并不为过。

进入二十一世纪，一个崭新的主题进入了人们的视野，这就是"口头与非物质文化遗产"，而"申遗"和"保护"也提上了议事日程。

2004年6月，由中国梁祝文化研究会主办，有浙江宁波、杭州、上虞，江苏宜兴，山东济宁与河南驻马店六个梁祝传说遗存地参加的"中国梁祝申遗非正式磋商会"在宁波召开，达成"梁祝传说"联合申遗的共识。2006年6月，四省六地的"梁祝传说"被国务院和文化部公布为中国第一批"国家级非物质文化遗产"，中国民间文艺家协会先后批准河南汝南、江苏宜兴、浙江上虞和宁波为"中国梁祝之乡""中国梁山伯祝英台之乡""中国英台之乡"和"中国梁祝文化之乡"。

如果说"申遗"的过程首先是"保护"的过程，那么"申遗"成功绝非"保护"的终点，进入国家级非物质文化遗产名录只是梁祝传说发展史上的一个里程碑、继续前行的加油站，而远不是归宿。

近年来，四省六地通过搜寻抢救梁祝传说传承人的录音录像、收集整理梁祝传说歌谣、收集历代梁祝的记载和文物、保护与梁祝传说有关的古迹遗址、传承传统的梁祝文化民俗活动、开展梁祝文化学术研究交流、进行梁祝传承教育、创作演出与梁祝有关的文艺作品以及举办爱情节会活动等多元化形式，使梁祝文化得到前所未有的抢救、普及与传承。2000年，浙江宁波率先编辑出版《梁祝文化大观》"故事歌谣卷""曲艺小说卷""戏剧影视卷""学术论文卷"。梁祝申遗后，又着手编制《梁祝文库》10卷，目前，"理论研究卷""越剧艺术卷""民间歌谣卷（上）""民间歌谣卷（下）""外国文艺卷（上）"已经出版，对抢救、保护与传承梁祝文化作出了巨大的贡献。与此同时，江苏宜兴出版了《宜兴梁祝文化——史料与传说》《宜兴梁祝文化——论文集》《宜兴，梁祝文化源远流长》以及《"梁祝"的起源与流变》等学术专著。山东济宁、河南汝南也出版了《梁祝传说源孔孟故里》《梁山伯祝英台家在孔孟故里》和《梁祝之乡文集》等，分别刊载了各地的梁祝传说、歌谣。除了四省六地外，安徽舒城、甘肃清水、河北元氏、山东青岛、重庆铜梁、江苏高淳、海南儋州先后也开展了当地梁祝传说、歌谣的收集与研究。

各梁祝传说遗存地之间的沟通也有所加强。浙江宁波、上虞、杭州、江苏宜兴等地还与日本、韩国、意大利、新加坡等建立了联系与交流。2015年4月，由宜兴市政府、《光明日报》社、国际亚细亚民俗学会主办的"2015中国梁祝文化论坛"在宜兴举行，四省六地代表参加了宜兴观蝶节活动，汇报交流了各地梁祝文化保护、传承的经验，交流发布研究论文14篇，民俗学家陶立璠、郑土有就梁祝传说的保护与申遗发表了演讲，并通过了《推进"梁祝传说"申报人类非物质文化遗产代表作倡议书》。2016年4月，由浙江宁波主办的第三届中日韩"东亚文化之都"活动中，先后举行了"中日韩梁祝文化传播及当代价值主题论坛"和"中日韩梁祝文化研讨会"，日本梁祝研究所渡边明次、韩国全南大学李珠鲁和我国民俗学家陈勤建、郑土有进行了演讲，浙江宁波周静书、毛海莹，温州大学黄涛，上虞万国通，江苏宜兴陈健、路晓农等发表了研究论文。江苏宜兴每年春秋两季的观蝶节、梁祝戏剧节和梁祝爱情节活动风生水起，规模盛大，影响越来越大，成为全域旅游的重要内容。2018年宜兴观蝶节期间，日本梁祝研究所、新加坡芗剧团参加了宜兴观蝶节和中国宜兴第四届梁祝戏剧节的演出，并进行了梁祝传说文化交流。2020年，尽管受到疫情影响，农历3月底的观蝶节未能如期举行，但于8月份补办观蝶节的一个月之内，天天都有活动，其间来善卷洞的游客无不在与梁祝零距离接触中得到意外的惊喜。

梁祝历史文献的发掘更是成果斐然。不仅发现历代梁祝记载的数量大大增加，时间大大向前推进，而且取得几项突破：

一是发现现存可考的最早梁祝记载是南齐的《善卷寺记》。当年钱南扬获得最早的梁祝记载信息是唐代，他从宋乾道《四明图经》中得知唐《十道四蕃志》中记有"义妇祝英台与梁山伯同冢"的内容。当时他还获得《金楼子》《宣室志》有梁祝记载的信息，然而翻遍多种版本却一无所获。因此，他曾希望找到唐以前实质性内容的记载，却一直未能如愿。二十世纪末，通过宋咸淳《重修毗陵志》发现《善卷寺记》的梁祝记载信息，经过10年的资料收集和考证，确认在齐永明间（约483—493）的善卷禅寺里，有一块建寺之初（约484—485）所立的《善卷寺记》碑，记载了齐武帝收赎祝英台故宅创建该寺的内容，由此，南齐的《善卷寺记》碑刻成了迄今发现最早的有实质性内容可考的梁祝记载。（详考见《"梁祝"的起源与流变》第27—32页）

二是发现了唐代《十道志》梁祝记载的原文。《十道志》和《十道四蕃志》均为唐梁载言所撰，过去仅从［乾道］《四明图经》"义妇冢"条获得梁祝记载的信息，但此条只是张津根据条目需要对《十道四蕃志》内容编纂性的阐述，并非该志的原文。本世纪初，发现高丽释子山编纂的《夹注名贤十抄诗》中夹注了《十道志》的记载原文，称："《十道志》：'明州有梁山伯冢'，注：'义妇竺英台同冢。'"《十道志》此记，是中国最早的"梁山伯墓"以及"义妇冢"的记载。《十道志》《十道四蕃志》北宋末犹存，后湮灭。该书传到高丽却保存了下来，今日得见其"梁山伯冢"之原文，实属可贵。

三是确认宜兴唐"碧鲜庵"碑、济宁《梁山伯祝英台墓记》碑和宁波《梁圣君庙记》碑都是重要的文物。在出土文物中，有两块碑值得重视：一块是宜兴的"碧鲜庵"碑，一块是济宁的《梁山伯祝英台墓记》碑。前者出土于民国十年（1921），该碑为唐代石刻，宋、明、清方志、典籍多有记述，并有摩崖石刻记载了出土情况；后者为明代石刻，记录正德十一年（1516）当地的梁祝传说和重建梁祝墓的过程。宁波梁祝文化公园中保存的清雍正十年（1732）重刻明万历三十三年（1605）邑令魏成忠《梁君庙碑记》，已有200多年，光绪《鄞县志》、钱南扬《宁波梁祝庙墓现状》有记。

四是发现"祝英台读书处"石刻遗址。唐梁载言《十道志》称："善卷山南，上有石刻，曰祝英台读书处"，宋明方志均有记载，至清嘉庆《重修宜兴县旧志》称"今石刻六字已亡"。2006年，南京大学历史系教授俞为民和博士生王宁邦在宜兴善卷山南石壁发现残存的石刻半个"英"字。该石刻位置在明代都穆和王世贞记载的"祝英台读书处"之后十余米石壁，可以确认就是唐《十道志》所载"祝英台读书处"石刻的遗址。祝英台故宅被南齐帝王收赎创建成善卷寺后，为表示对祝英台读书处古迹湮灭的补救和对祝英台的褒扬，因刻六字于石壁。

五是发现了多篇宁波梁祝诗词。宁波是历史上文人荟萃之地，各类学术成果斐然，但至2014年，发现的古代梁祝诗词仅10首左右，与其文化地位极不相配。近年，宁波大学张如安教授致力于研究，发掘梁祝诗词近40首，大大丰富了梁祝文化宝库。

六是发现流传到日本和韩国的中国梁祝记载。释子山《夹注名贤十抄诗》中，除了《十道志》梁祝墓原文外，还有一首民间说唱词《梁山伯祝英台传》，该唱词共6段，是现存最早的民间"梁祝"说唱本。说明在释子山夹注的1300年前（相当于南宋末元初），梁祝传说的唱本和梁祝化蝶传说已经传到了高丽。日本《五山文学全集》中收编了《明极楚俊遗稿》《新编贞和分类古今尊宿偈颂集》《重刊贞和类聚祖苑联芳集》，载有明极楚俊、北山绍隆、元叟行端（一作明极）赴日前在中国所写的梁祝诗2首，为中国梁祝传说于宋末元初传到韩国、日本提供了依据。

此外，2008年，宁波在镇海发现了一本印行于民国初年的《的笃班新编绍兴文戏梁山伯》剧本，全剧共三本三十四场，主要有游园、思读、卜装、进谗、结拜、上学、设界、嫖院、露形、回家、念梁、许愿、做媒、报信、梦会、告假、回想、观景、楼会、劝梁、许怀、藕池、病回、致书、复书、长逝、吊孝、娶祝、显灵、归祝、团圆等，是现存最早的越剧剧本，具有较高的文物价值。

迄今为止，已发现清末前的梁祝典籍超过了200部（篇），是20年前的5倍。纵观历代梁祝记载，晋唐早期甚少，至今仅发现6部（篇），且均未见原件，皆由后人转征。这一时期的记载也仅见于宜兴、宁波两地。及至宋元，梁祝记载渐多，发现18部（篇），南宋起始见原件，并开始记入方志。梁祝记载进入方志后，鉴于人们对志乘的信赖，因此促进了它的传播。这一时期，宁波的流传已扩大到上虞、绍兴，并由官员、僧侣、商人经海路传到了高丽、日本。而且，在江苏的金陵、山东的陵县（时属河北河间）也发现了"梁祝"的记载和遗存。到了明清，梁祝史料记载灿若繁星，光彩熠熠，现已发现了178部（篇），记载的遗存扩大到江苏、浙江、山东、河北、安徽、山西、甘肃、重庆、河南等9个省。明清时期梁祝曲艺与传奇纷纷介入，传播更快更广，传说基本上遍及了中华。尽管还会有一些记载至今尚未发现，但梁祝记载从匮乏到丰富，不能不说是一个飞跃。

笔者在梁祝资料的搜集、整理与研究中，发现当前学术界古籍资料引用的几个问题：一是研究者所掌握或引用的史料甚少，翻来复去就是那么几篇，不能反映历代丰富记载的原貌；二是不少人引用古籍资料时往往未见原件，只是从别人的文章中转抄且不注出处，人云亦云，以致一人出错，谬误一片；三是因资料缺乏产生的误判，这种情况笔者也曾有过。在《十道志》原文发现以前，笔者早期曾经臆测宜兴和宁波的记载是否在同一条下，发现原文后，疑问迎刃而解。而且，即便是古籍，也经常会发生撰文的疏漏、同音的误记、转征的差错、重刻的差错、原版不清或文字腐蚀造成再版的错误、再版誊抄的错误以及编纂者的修改和编辑中发生的错误等。其中编纂者的修改和编辑中发生的错误影响最大：

编纂者的修改。李茂诚《义忠王庙记》是最早的完整梁祝传说的记载，其中称梁山伯后为"鄮令"，然而到了明景泰七年（1456）的《寰宇通志》，却因鄮县已撤销了500多年，编纂者就把它改成了"鄞令"。之后除了康熙、乾隆、咸丰《鄞县志》外，所有《宁波府志》和同治《鄞县志稿》《光绪鄞县志》等方志以及绝大多数典籍都以此为例，把梁山伯改成了"鄞令"。这一错误，至今依然存在。

编辑中发生的错误。清乾隆间翟灏的《通俗编》收录了"梁山伯访友"条，称征自《宣室志》。然而，自钱南扬至今的所有研究者翻遍《宣室志》各个版本，均没有发现关于"梁祝"的一个字。1993年，天津大学李剑国教授查阅了所有引录《宣室志》的古籍，发现宋初太平兴国三年（978）《太平广记》所收录的《宣室志》最多最全，离《宣室志》编撰的时间也最近，可信度最强。其他典籍记载均自《太平广记》征引，其所载内容全是作者张读亲见亲闻,均为唐事,鲜有溢出者亦注明听闻来历,因此发生在东晋的梁祝传说不可能编入其中。且"梁山伯访友"条称梁为"鄞令",明显是由明清的记载误编(详考见《"梁祝"的起源与流变》第124—126页)。翟灏《通俗编》误编后,又为李调元《函海》、梁章钜《浪迹续谈》所转征,而民间文学界今尚奉为至宝、频频引用,因此也受到古代文学研究领域的批评。

历史上的梁祝记载,真切地反映了当时某一地区梁祝传说、古迹、遗址、风物的客观存在,也是梁祝传说千百年来得以广泛流传和传承的重要载体。因为,作为口传的民间传说,需要必要的风物支撑,但许多风物(如墓葬、河道、桥梁、寺庙、节会、地名)极容易因各类变故而湮灭,这样,原有的传说就很可能被人们淡忘甚至失去生命力。这时,古籍方志中的文字记载就提醒了后人,原来在某个时期,这里曾经有过这样的传说,有过这样的风物,于是传说就会重新进入人们的视野,传说也就复活了。

十余年来,笔者循着这些记载考察了许多遗存地,发现这些地区无一不保留着梁祝传说的印记。如重庆铜梁,不仅有梁祝村、祝英台山、祝英寺、梁山伯庙的遗存,还有化鸟化彩虹的传说;河北元氏,不仅有吴桥、封龙书院等古迹,还有祝英台瞒着家人偷偷跑入书院读书的传说,而且白朴就曾在封龙书院读书,当地的传说为他到江南后创作《祝英台死嫁梁山伯》奠定了基础;安徽舒城,不仅有梁祝墓、梁山伯庙、马家庄的遗存,还有当地的梁祝戏曲唱段;甘肃清水,不仅有祝英台塬、祝英台墓、朱家湾、梁庄、马家沟等遗存,还有化为报君(一种美丽的昆虫)的传说和"双蝶舞"的非遗;青岛黄岛区,不仅有祝家庄、梁家庄、马家庄的遗存和梁祝墓遗址,还有向祝英台墓借碗的传说和民间歌谣……。当笔者拿着历代的记载到这些地方去的时候,那些被历史沉淀的故事忽然浮出了水面,当老人们说起传说、唱起歌谣时,连土生土长的文化工作者也很惊讶,原来这里还曾有这样的传说!

本书采录的历代梁祝史料以史乘、典籍、游记、笔记、诗词、碑刻为主,不包括明清的梁祝传奇、宝卷、曲艺等。收录原则为上不封顶(实际收录最早到南北朝),下限至清宣统三年。这些史料,按编年先后顺序排列,其中史乘、典籍以刊行时间排列,刊行时间不清的按作者卒年排列;唐代及以前的资料按写作时间排列。每部史料中与"梁祝"有关的记载,均呈现古籍原件图片,其中一书多载的,按原书刊录的顺序取图。古籍中关于"梁祝"的文字均加以点校,并附有笔者的理解和阐释。对征引其他古籍而与原作不同的、或征引中出现错误的、或因前后著作不同读者产生疑问的,笔者都作出特别的说明与论证,使读者能够明晰记载的变异和真伪。同时提供编撰者、修纂者、修订者的相关信息以及所用图片的来源。

这些梁祝史料,都是在潜心研究梁祝文化人士的共同协力下,经过20年的努力,从历代书海中一点一点钩沉出来的。它们或带着腐蚀的蠹洞,或沾有呛人的霉尘,却从黑暗的木箱和纸盒中跳将出来,穿越来到当今世界,进入了研究者与人们的视野。这些文献，又一次证实了宜兴梁祝传说记载最早、记述最丰、遗存最多、史据最足的特点，证实了笔者关于"梁祝传说发端宜兴、首传江浙""传播中产生宜兴、宁波、济宁三个辐射源""传播不仅呈辐射状，而且呈折射状和回流状，并在传播中不断发展、丰富"以及"发源地也是流传地、流传地也是某个传说情节发源地"等判断的客观性。这些文献，对于进一步深化梁祝文化研究，具有重要的史料参考价值。笔者公布这些文献，意在让它摆脱尘封，重新为人们所知并得到充分的利用，为今后的梁祝研究提供切实可靠的依据，让中国的彩蝶永远在世界飞舞。

编著者

序 一

大约8年前,路晓农先生的大著《"梁祝"的起源与流变》即将付梓,约我为其作序,我欣然答应了。因为在国家级非物质文化遗产代表作"梁祝传说"的保护中,我曾多次到宜兴和相关地区考察梁祝文化。当时的目的很单纯,作为国家非物质文化遗产保护工作专家委员会委员,考察只是为了认定"梁祝传说"作为国家级非物质文化遗产代表作的可行性和必然性,而与"梁祝传说"的研究关系甚微。但是随着非物质文化遗产保护工作的不断深入,各地出现了关于"梁祝传说"策源地、传承地、保护地的争议。这说明非物质文化遗产保护工作的深入人心,也说明文化资源的争夺对地方文化的发展至关重要。读《"梁祝"的起源与流变》一书,还使我们认识到,在非物质文化遗产保护工作中,加强对保护事项的研究,探讨保护项目的起源和流变,是必不可少的。追本溯源,可以提高我们对保护事项的理论认识,这对保护工作是十分有益的。

路晓农先生自谦"是一名业余民俗文化爱好者,一名草根梁祝文化研究者"。实际上,作为宜兴人,生于斯、长于斯,受梁祝文化的熏陶,关注家乡的梁祝文化,是情理中的事,也是他的追求。早在上个世纪60年代,"梁祝"的地望,就引起他的关注。90年代起,他开始研究梁祝文化,并担任华夏梁祝文化研究会副秘书长。和一般研究者不同,路晓农先生的研究,是从搜寻梁祝文化的文献史料开始的。以文献史料记载为依据,探讨"梁祝传说"的起源和流变,认为"宜兴梁祝,记载最早","宜兴梁祝,遗存最多",宜兴是"梁祝传说"的策源地、传承地。这一研究,曾获得许多梁祝文化研究者的共识。但是,路晓农先生并不以此为满足,在史料寻踪的道路上越发勤奋,只要得到梁祝文化记载的蛛丝马迹,他总是穷追不舍,定要弄个水落石出。2014年当《"梁祝"的起源与流变》成书时,当时收集到清末以前的梁祝史料136部。后经过8年的努力,正如作者在给我的来信中说的:"历史上的梁祝记载,并不是人们认为的那么贫乏,尽管绝大部分记载已被历史长河淹没,但搜寻的努力仍然令人兴奋。至目前为止,已发现晋唐代梁祝记载6部(篇),宋元记载18部(篇),明清记载则达到了178部(篇),比30年前发现的记载翻了四五番。"这些史料的获得,不是轻而易举的,而是伴随着作者的足迹走遍全国。此外，他还不遗余力地搜集国外梁祝文化的资料，如日本、韩国、越南等"汉字文化圈"的史料。正如他自己所说的，他的研究"从为了宜兴而研究梁祝，转变成了为中国而研究梁祝，并致力于梁祝的世界申遗"。由此可知作者对待地方文化的热忱和赤子之心以及严谨的治学态度。

路晓农先生的梁祝文化研究，始终坚持文献史料的搜集与田野考察相结合。中国是文献大国，即便是像"梁祝传说"这样的民间传说，同样受到历代文人墨客的关注。特别是历代地方志的修撰，对广为流传的"梁祝传说"相关古迹、遗址、寺宇、节会活动以及传说、故事、民歌民谣等，均予以特别的关注和记载。再加上文人的参与，出现了不少以"梁祝传说"为题材的戏剧、曲艺、音乐、影视等作品，扩大了"梁祝传说"的形式和内容。大家知道，"梁祝传说"是中国著名的四大传说之一，家喻户晓。文献记载留下了历史传播的足迹，而口头传承则不胫而走，传遍了大江南北乃至中国少数民族地区。经古人记载和现代民间文学爱好者的考察记录，留下了汗牛充栋的"梁祝传说"文本。在我们肯定《历代梁祝史料辑存》历史文献价值的同时，还应该肯定作者所付出的汗水。"梁祝传说"的研究历史悠久，大概从这一传说产生之时，就有人关注它的起源和流传，所以有了晋唐以来的史料记载。之后，随着这一传说向四周传播，附着了许多传承地的风物、古迹，这是不难理解的。因为"梁祝传说"的传播、传承，在很多情况下，是通过"采借"的方式进行的。"采借"，就是将异地的传说拿来，为本地或本民族的文化服务。这种"采借"是有条件的，即当一个地方的人文环境，适合或相似于原传说产生地的人文生态环境时，便被当地人"采借"过来，形成具有当地特色的"梁祝传说"，在民间口头传播。比如河南汝南的"梁祝传说"就是如此。当然，"采借"不是照搬史料记载或口头传承的"梁祝传说"，而是结合当地的风土民情，进行再创作，使"梁祝传说"由此变得丰满起来。民间口头文学的传播规律告诉我们，无论是传说或民间故事，它们的传播，都是遵循着"采借"规律进行的。《历代梁祝史料辑存》中许多史料的变异，也说明这一问题。

《历代梁祝史料辑存》为我们提供了丰富的"梁祝传说"史料，为防止以讹传讹，张冠李戴，作者将所有史料钩沉出来，悉心加以整理，相互对照，去伪存真，达到正本清源的目的。如本书对所收录的清宣统三年以前关于梁祝的记载202部（篇），全部用影印件的形式刊录，并加以点校、说明，用功之勤，令人感动。这种严谨的史观，对"梁祝传说"的研究和保护，无疑具有巨大的参考价值。

"梁祝传说"史料的整理、出版，是梁祝文化研究中的一件大事。我们同样希望全国有关"梁祝传说"的采录文本能汇集出版。这样从文献到口头传承，对四大传说之一的"梁祝传说"从形式到内容，会有一个完整的体现。文献记载告诉我们"梁祝传说"历史的传承路线和脉络,而口头传承则更多地体现"梁祝传说"在不同地区、不同民族中传承,所引起的形式和内容的变异,进而体现"梁祝传说"的博大和美学魅力。

我对梁祝文化的关注是近几年的事,有幸读了路晓农先生的两部大著,增加了不少关于梁祝文化的感性认识,于是写了如上的读后感,算是序言,也希求得到方家指正。

陶立璠
庚子(2020)小雪于京郊五柳居

陶立璠,国际亚细亚民俗学会总会长,国家非物质文化遗产保护工作专家委员委员,中国民间文化抢救工程专家委员会委员,中央民族大学民俗文化研究中心主任、教授。

序 二

"梁祝"传说作为中国古代四大传说之一,千百年来广传民间,它以纯真不二的爱情、命途舛误的悲剧、死而化蝶双飞的幻想感动着一代又一代的黎民百姓,成为他们为之动容、心生同情、演成信仰的艺术成果,并作为文化遗产在遗址、遗迹、文物、戏剧及口头文学等多方面留下了踪影,在古代多种文献中能见到详略不一的相关载录。

梁祝由于它深厚的社会文化基础、巨大的艺术感染力和持久的文化传承,产生了多种异文故事和风物遗址传说,在识别与研究上不免会产生迷离难辨的情状。好在这些与文化遗传有关的重要信息大多已被古人著录于各类文献之中,成为今人拨开梁祝文化迷雾的重要资料。

路晓农先生是我已认识近20年的学界朋友,他作为宜兴"华夏梁祝文化研究会"的发起人之一,20年来持之以恒地全身心地投入到梁祝文化的调查与研究之中。尤其难能可贵的是,他在2003年退休以后,不顾腿疾困扰,自费前往浙江、安徽、河北、重庆、山东、甘肃、海南等省市实地调查梁祝文化资料,并细判精研,于2014年出版了研究专著《"梁祝"的起源与流变》。晓农先生有感于一般研究者在文献运用方面的不严谨,且相互转抄,以讹传讹,或某些古籍转征抄录中有误,必须把古籍的钩沉整理作为研究的首要任务,同时对梁祝文化的遗址遗迹、风物与传闻等加以科学的考辨。而这一工作的前提是需要从古文献的搜集与研读开始。于是,他十数年如一日地在上海图书馆等处进行搜寻,终寻得有关梁祝文化线索的清末前古籍共202部(篇)。如今,他又将这些多年辑录到的影印资料加以点校与说明,编成《历代梁祝史料辑存》一书,交由复旦大学出版社出版,这是可喜可贺的!

路晓农先生不仅倾心于梁祝文化的研究,还为家乡的非遗保护和文化建设身体力行,同时还满怀对祖国文化的自信,为梁祝文化在联合国教科文组织申报世界文化遗产而不遗余力地推进。这是可敬可佩的!

我相信,每位翻阅此书的朋友,都会感受梁祝文化的源远流长和博大精深,也会感受到编者对中国文化传承的拳拳之心和不懈努力,同时也会预见它对梁祝文化研究

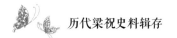

的深化与拓广必将产生积极的推动作用!

是为序。

陶思炎
于南京春晓花园
2020年11月1日

陶思炎,中央文史研究馆馆员,中国民间文艺家协会原副主席,江苏省民间文艺家协会原主席,东南大学艺术学院教授、博士生导师(同时为博士后导师),东南大学东方文化研究所所长。

梦随彩蝶翩跹（代序）

战国时候，有位庄周先生，说他过去曾做梦变成蝴蝶，飘飘然而自得，不知道还有庄周的存在；一会梦醒，发现自己还躺在那里，不知是自己梦中变成了蝴蝶，还是梦中的蝴蝶变成了自己。过去我常哑然失笑，这位先生真是糊涂了，明明是梦境，却偏要说是"物化"。然而过了几十年，发现自己虽不在梦里，却也一直在追寻着一个梦，随着彩蝶不停地飞舞。

1952年，父亲调到县文化馆工作，那时晚上是不休息的，不是开会、学习，就是继续办公。母亲在乡下代课，把不满周岁的弟弟带到学校，到周六晚上才能回来。家中3个不足10岁的兄妹无法安置，父亲就把我们送到"大会堂"去，坐在最后一排听戏，9点下班来接。听得最多的就是《梁山伯与祝英台》，上来幕后就唱："上虞县，祝家庄，玉水河边；有一个，祝英台，才貌双全。她只见，读书人，南来北往；女孩儿，要读书，难如登天……"一天放学后，我到文化馆做作业，哼起了这段唱词，父亲的同事宗震名先生摸摸我的头说："小子，这个祝英台不是上虞人，是我们宜兴人呀，善卷洞那里还有她的读书处呢！"这是我最早听到"祝英台是宜兴人"的说法。

1969年夏，与一位朋友相约骑自行车去善卷洞玩，不料停止对外开放了，祝陵邮电所闵所长说，我带你们去后洞看看吧，那里的景致也不错。善卷山南是一片茂林，参天大树浓荫蔽日，蓝天变成狭长的一线。林子里开满了石蒜花，一簇簇的鲜红分外夺目，弯弯的花瓣宛如女子头上的玉簪，引得蝴蝶在花间缱绻、八哥在树梢啭啼。清泉从洞中潺湲流出，环境清凉而幽静，时间都凝固了。在闵所指点下，被绿丛掩映的碧鲜庵碑、英台阁、琴剑冢纷纷跳将出来，厚厚的青苔覆盖了它们的古朴与沧桑，也为凄婉的梁祝传说平添了几分悲凉。想当年，这对年轻男女在此读书、结拜、登山、探洞、抚琴、舞剑，是何等的自在，何等的浪漫！静谧中侧耳细听，洞中时而传来叮咚的滴水声，似乎就是远去的朗朗读书声、追逐嬉笑声、悠悠桐琴声、窃窃私语声。难怪宋人到此吟道："万古英台面，云泉响珮环。练衣归洞府，香雨落人间。蝶舞凝山魄，花开想玉颜。"由是，知道宗老所言不虚。

80年代初，我被抽调参与编写灵谷洞解说词，看到清光绪《新修宜兴荆溪县志》中刊载的《祝英台小传》，称祝英台为浙江上虞人，偕梁山伯到善卷山来筑庵读书。此志与宗说南辕北辙，倒与戏文相类，心中便留下了一个大大的问号。

世纪之交，蒋尧民先生提出了"梁祝宜兴说"，他从宋咸淳四年（1268）《重修毗陵志》得知，当年的《善卷寺记》记录了齐武帝赎祝英台故宅创寺的事。咸淳志的记载，比光绪宜兴志要早600多年。

蝴蝶呀蝴蝶，你究竟从哪里飞来，又飞去了哪里？

2001年，邮电部开始发行《民间传说》特种邮票，《梁山伯与祝英台》也在计划之中。为了挖掘梁祝文化的深厚底蕴，中国第一个梁祝研究法人社团——华夏梁祝文化研究会（下称研究会）在江苏宜兴成立，在老一辈文化学者带领下，一部部载有宜兴梁祝的方志古籍找了出来，一篇篇研究论文写了出来。2002年5月，研究会编印了《梁祝文化研究论文集》，收编相关论文15篇约10万字，同时整理了一册宜兴梁祝传说的古迹遗址、传说风物照片图集。前来考察的国家邮政局邮票司司长刘建辉为其所迷，彻夜细读，感触良深。

2003年邮票发行计划公布后，邮迷们最为关注的"原地之争"终于爆发，梁祝传说的原发地成了新闻热点。2003年7月，国家邮政局批准浙江宁波、江苏宜兴、山东济宁、河南汝南四地同时举办梁祝邮票首发式。浙江省邮电管理局批准上虞、杭州同时举办首发式。

2003年10月18日，天高云淡，金风送爽。宜兴善卷后洞广场上气球高悬、彩旗招展、人头攒动、白鸽竞翔，梁祝邮票首发式将在此举行。主席台背景是著名邮票设计家王虎鸣设计的梁祝化蝶图：梁祝二人执手相对，在彩虹的照耀下于空中盘旋，宽大的裙裾随风飘逸，渐渐化成了蝴蝶的双翅，无数彩蝶簇拥着他们，一齐在天地间翩跹。

云也缠绵，水也缠绵，一双双彩蝶儿梦绕魂牵。

竹也碧鲜，茶也碧鲜，好一个奇女子知己红颜。

花也灿烂，蝶也灿烂，情真最是动心弦。

心也高远，志也高远，自有彩翼上九天。

当包括国家邮政局常务副局长谭小为、梁祝邮票设计师高云、梁祝小本票设计师王虎鸣在内的十二位嘉宾剪下红绸彩球时，当六对身着梁祝服饰的礼仪人员放飞万千彩蝶时，当宜兴籍歌手雅芬在彩蝶伴舞中唱响王立平作曲的梁祝邮票首发式主题歌《彩翼上九天》时，有谁知道这一刻背后付出的努力？

为了这一刻，研究会组织了50多篇研究论文，频发于全国各大报刊，引起了《人民日报》《光明日报》《香港商报》《澳门月刊》的关注。

为了这一刻，宜兴专门设计了一套"梁祝特种邮票"方案参与邮票图稿竞选。

为了这一刻，中国工艺美术大师徐秀棠、吕尧臣、高级工艺师陈建平分别制作了梁祝紫砂壶、梁祝雕塑和梁祝邮票图案紫砂浮雕。

为了这一刻，宜兴祝陵恢复了民间传统的观蝶节活动并发行了"宜兴观蝶节"个性化邮票，江苏省邮电管理局批准恢复使用"祝陵"邮戳。

为了这一刻，中华全国邮联组织了"民间传说题材研讨会"征文并在宜兴颁奖，时任全国邮联会长的原邮电部副部长刘平源专门题词："梁祝情缘 千古流传"。

为了这一刻，中国邮票博物馆在宜兴举办了"世界各国民间传说邮展"和"中国珍邮展"，请来了大龙邮票……

宜兴，顿时成了百万邮迷的追逐目标，成为举国瞩目的文化中心！

宜兴梁祝邮票首发式取得空前成功，但梁祝研究并未止步。

2002年，研究会在青少年中调查梁祝传说的知晓度：有51%的人是游览过善卷洞后知晓的；21%的人是通过读书知晓的；14%的人是听老辈说起的；9%的人是通过影视戏剧得知的；还有5%的人从未听说过；100%的人都说不出完整的梁祝故事。梁祝传说处于濒危、亟待保护！研究会必须跳出宜兴，上下求索，于是，他们成了追梦者，随着翩跹的蝴蝶飞向远方。

2002年12月，研究会致函联合国教科文组织驻北京代表青岛泰之，就梁祝世界申遗提出了宜兴方面的依据和愿望。2003年4月，宜兴市政府正式提交了宜兴梁祝世界申遗的报告。2004年6月，浙江宁波、杭州、上虞、江苏宜兴、山东济宁、河南驻马店等梁祝遗存地聚集宁波，达成四省六地联合申遗的"宁波共识"。两个月后，四省梁祝遗存地代表会聚宜兴进一步磋商了具体问题，迈开了梁祝联合申遗的实质性步伐。2006年2月，中国民间文艺家协会专家组来宜兴专题考察梁祝文化，3月30日，批准宜兴为"中国梁山伯祝英台之乡"。5月，国务院批准宁波、宜兴等四省六地的梁祝传说为国家级非物质文化遗产。6月，华夏梁祝文化研究会发布《梁祝联合申遗倡议书》，提出深化学术研究，做好遗存保护和申报世界非遗的倡议。

如果说，研究会之前的研究，是发掘宜兴的梁祝文化，很大程度上是为了宜兴，随着研究的深入，宜兴的研究者们跳出了宜兴，走向了全国，眺望着世界！宁波的山伯庙、上虞的玉水河、杭州的凤凰山、峄山的梁祝洞、汝南的红罗山，四省六地都留下了他们的足迹。他们听介绍、看遗址、访民众、收传说，仿佛看到一对对梁祝在庙里焚香、泉边濯手、山巅听松、洞中躲雨、书院吟诗、桥头嬉戏，感受到了梁祝传说的神奇魅力。

2003年底，我从邮政局退休。作为研究会的一员，也许比老一辈会员更有精力，也许比年轻会员更有时间，也许喜欢上海图书馆无穷的书海，也许对梁祝文化发自内心的执著，于是成了上图古籍部的常客。凡遇梁祝记载线索，务求亲睹为实，国家图书馆、南京图书馆、宁波天一阁以及天津、杭州、重庆、无锡、常州等图书馆也留下了我的足迹。一次，偶闻上虞图书馆存有万历上虞县志的梁祝记载，就拖着膝盖骨裂的右腿，挂着拐杖去了浙江，还顺便访察了新建的"祝府"……

要知道梨子的滋味，必须亲口尝一尝。这样，我又有了重庆铜梁祝英寺、河北元氏封龙山、安徽舒城梅心驿、甘肃清水英台塬、山东青岛祝家庄和海南儋州调声研究会之行。走访的人群中，仅90岁以上的老人就有6位。这些地方都有不少当地特色的遗址、传说和歌谣。2015年到青岛胶南县祝家庄，92岁的刘佃军随口断断续续地唱起了梁祝的歌谣："太阳出来紫霭霭，一对学生下山来。头里走的梁山伯，后头紧跟祝英台。呛东呛东咻——"胶南的歌谣跟河南汝南的很接近，汝南歌谣唱道："太阳呀一出呀紫霭霭，一对子学生下山来哈呀，嗯咳哈呀，一对子学生下山来呀。头里呀走着梁山伯啦哼，后头紧跟着祝英台哈呀……"从山东到河南，连歌词都差不多。2018年青岛文化部门来宜兴考察梁祝文化时，说这位老人已经走了。我黯然无语。这些年，看到老一辈传承人驾鹤西去，自己也年近伞寿，更体会到抢救、传承民间梁祝遗存的迫切性。

20年来，我从全国各大图书馆钩沉出历代各地梁祝记载超200部（篇），是原先学术界掌握资料的5倍。经过对史料的梳理，基本厘清了梁祝传说发源与流传、变异的脉络。2014年，我的研究专著《"梁祝"的起源与流变》正式出版，得到高层学者和各梁祝遗存地的肯定。国家非遗保护委员会委员陶立璠说："从传说人物和遗迹出发，配合文献考证，应该说论据是可靠的，具有说服力"；中国文联研究员刘锡诚称"这部专著，推进了梁祝传说研究及传说学的进步"；东南大学教授陶思炎则评价说：其著"多角度论证，力求每点必论、每论必详、每据必足，观点颇具新意"；日本学者芳村弘道教授评价"博引文献、遍寻遗迹，详论梁祝故事演变，分时、地整理史料，前人未发"；韩国学者金基源也说："能感觉到书里含蕴的对梁祝的感情。引用的文献材料丰富，很受感动。"

宜兴的梁祝文化研究者们，每年都有多次活动，经常在一起交流新的发现和心得体会，视野与思考便跳出了宜兴。他们觉得，梁祝的蝴蝶飞遍了中国，中国的蝴蝶更应飞向世界！他们，便成了一群追寻蝶梦的人！

2015年观蝶节期间，梁祝传说四省六地的代表以及高层专家50人汇聚宜兴，参加"中国梁祝文化论坛"，以"传承·共享"为主题，交流非遗保护情况，共同发布了推进梁祝传说世界申遗的倡议书。于是，追梦人又扩大到了四省六地，尽管专家说"梁祝"错过了2009年世界申遗的最佳时机，但他们仍没有放弃，依然在孜孜不倦地为蝶梦而追寻。

近五年，研究会在做三件事。首先，把沉睡在各图书馆故纸堆里的梁祝史料唤醒、整理出版，争取进入国家非遗数据库，进而成为学术界研究梁祝文化的重要史料，实现资源共享。其次，研究中国梁祝传说在朝鲜半岛的流传、发展、变异。梁祝传说700多年前传入高丽，与朝、韩的民间习俗结合，以巫歌、民谭、歌谣、小说等形式流传，发生了极大的变异，大部分情节已跟中国故事完全不同，韩国学者一般都认为18世纪出现的《梁山伯传》是韩国本土的文学创作。由此我们提出应当防止出现像2005年韩国申报"江陵端午祭"那样的被动局面。最后，着眼当地，筹备成立张渚镇和善卷洞风景区梁祝文化研究会分会，进一步做好田野采风，推动梁祝传说进校园、进社区，进一步做好梁祝文化的传承和推广利用。

化蝶是梁祝的梦,梁祝是我们的梦。

我们不一定会看到梁祝世界申遗成功,但相信它总有一天会成功。因为梁祝这一美丽而令人神往的传说以及争取婚姻自主的崇高理想不仅属于中国,也属于世界!

中国的梁祝蝴蝶必然会在全球飞舞!正如冯其庸先生所说:"这种长了金翅的象征人民美好生活理想的'梁祝'——金色的大彩蝶一定会永远飞翔在人间。"

尽管路漫漫其修远,我们不会放弃求索;即便天缈缈而无尽,我们仍会努力追寻!

梦随彩蝶翩跹。或许是我们化成了彩蝶,或许是彩蝶化成了我们!

编著者于蝶庵

2020年9月

目 录

前 言

序 一

序 二

梦随彩蝶翩跹（代序）

（一）晋唐早期　梁祝记载

一、南齐记载 3

（1-南齐1）《善卷寺记》 3

二、唐代记载 4

（2-唐1）《十道志》 4
（3-唐2）《十道四蕃志》 5
（4-唐3）《题善权寺石壁》诗 6
（5-唐4）《阳羡春歌》诗 8
（6-唐5）《答弟妇歇后语》诗 9

1

（二）宋元中期　梁祝记载

三、宋代记载 13

- （7-宋1）《五代史补》 13
- （8-宋2）《义忠王庙记》 14
- （9-宋3）《游竹陵善权洞》诗 16
- （10-宋4）《泛舟游山录》 18
- （11-宋5）［乾道］《四明图经》 20
- （12-宋6）《舆地纪胜》 21
- （13-宋7）［宝庆］《四明志》 21
- （14-宋8）［咸淳］《重修毗陵志》 24

四、元代记载 28

- （15-元1）《钱塘遗事》 28
- （16-元2）《夹注明贤十抄诗》 29
- （17-元3）《明极楚俊遗稿》 31
- （18-元4）［延祐］《四明志》 33
- （19-元5）［泰定］《毗陵志》 34
- （20-元6）《录鬼簿》 35
- （21-元7）［至正］《金陵新志》 37
- （22-元8）《新编贞和分类古今尊宿偈颂集》 38
- （23-元9）《重刊贞和类聚祖苑联芳集》 39
- （24-元10）《说郛》 40

（三）明清晚期　梁祝记载

五、明代记载 45

- （25-明1）［洪武］《常州府志》 45
- （26-明2）《太和正音谱》 48

（27-明3）［永乐］《常州府志》..49

（28-明4）《皇明寺观志》..51

（29-明5）《鄞邑形胜赋》..52

（30-明6）《寰宇通志》..54

（31-明7）《大明一统志》..55

（32-明8）［成化］《宁波郡志》..56

（33-明9）［成化］《宁波府简要志》..58

（34-明10）［成化］《重修毗陵志》..59

（35-明11）《菽园杂记》..61

（36-明12）《善权寺古今文录》..62

（37-明13）［正德］《常州府志续集》..70

（38-明14）《梁山伯祝英台墓记》碑..71

（39-明15）［嘉靖］《南畿志》..74

（40-明16）《四友亭集》..75

（41-明17）《颐山私稿》..76

（42-明18）《荆溪外纪》..77

（43-明19）《俨山集》..83

（44-明20）［嘉靖］《真定府志》..84

（45-明21）［嘉靖］《宁波府志》..86

（46-明22）《古今游名山记》..87

（47-明23）《留青日札》..88

（48-明24）《天下名山诸胜一览记》..89

（49-明25）《荆溪疏》..91

（50-明26）《浣水续谈》..93

（51-明27）［万历］《重修宜兴县志》..94

（52-明28）《弇州四部稿》..97

（53-明29）［万历］《江宁县志》..98

（54-明30）《丰对楼诗选》..99

（55-明31）［万历］《重修镇江府志》..101

（56-明32）《增订广舆记》..102

（57-明33）［万历］《新修上虞县志》..103

（58-明34）［万历］《鄞志》..104

（59-明35）《三才图会》..105

（60-明36）《图书编》..106

3

（61—明37）《方舆胜略》..........107
（62—明38）《王季重先生文集》..........108
（63—明39）《名山胜概记》..........108
（64—明40）［万历］《重修常州府志》..........110
（65—明41）《山堂肆考》..........113
（66—明42）《始青阁稿》..........114
（67—明43）《大明一统名胜志》..........116
（68—明44）《古今小说》..........117
（69—明45）《汇辑舆图备考全书》..........119
（70—明46）《潜确居类书》..........120
（71—明47）［崇祯］《重修元氏县志》..........121
（72—明48）《地图综要》..........123
（73—明49）《说郛》重辑本..........125
（74—明50）《说郛续四十六卷》..........126
（75—明51）《情史》..........127

六、清代记载 129

（76—清1）《朋鹤草堂诗留》..........129
（77—清2）《枣林外索》..........130
（78—清3）《悟香集》..........130
（79—清4）《识小录》..........132
（80—清5）［康熙］《上虞县志》..........133
（81—清6）［康熙］《邹县志》（朱志）..........133
（82—清7）［康熙］《榆社县志》..........134
（83—清8）［康熙］《重修镇江府志》..........135
（84—清9）《留素堂诗删》..........136
（85—清10）《陶庵梦忆》..........137
（86—清11）《填词名解》..........138
（87—清12）《西和合集》..........139
（88—清13）［康熙］《嘉兴府志》（袁志）..........140
（89—清14）［康熙］《宁波府志》..........141
（90—清15）［康熙］《江宁县志》..........142
（91—清16）［康熙］《江南通志》..........143

（92–清17）［康熙］《浙江通志》......144

（93–清18）［康熙］《常州府志》......145

（94–清19）《荫绿轩词》......147

（95–清20）［康熙］《重修宜兴县志》......148

（96–清21）［康熙］《鄞县志》......155

（97–清22）［康熙］《清水县志》......157

（98–清23）《苍梧词》......159

（99–清24）《迦陵词全集》......161

（100–清25）《锦字笺》......162

（101–清26）《湖海楼全集》......163

（102–清27）《陈检讨四六》......164

（103–清28）《南耕词》......165

（104–清29）《鸣鹤堂诗集》......166

（105–清30）［康熙］《苏州府志》......166

（106–清31）《且朴斋诗稿》......167

（107–清32）《天愚山人诗集》......168

（108–清33）《谢天愚先生诗钞》......169

（109–清34）《春酒堂诗》......170

（110–清35）《讷斋诗稿》......173

（111–清36）《浮清水榭诗》......173

（112–清37）［康熙］《邹县志》（娄志）......174

（113–清38）［康熙］《嘉兴府志》（钱志）......176

（114–清39）《古今图书集成》......177

（115–清40）［雍正］《宁波府志》......187

（116–清41）［乾隆］《江南通志》......189

（117–清42）［乾隆］《榆社县志》（孟志）......190

（118–清43）《通俗编》......191

（119–清44）《宋诗纪事》......192

（120–清45）［乾隆］《江宁县新志》......194

（121–清46）［乾隆］《胶州志》......194

（122–清47）［乾隆］《元氏县志》......195

（123–清48）《小兰山房稿》......196

（124–清49）《高桥毛氏宗谱》......197

（125–清50）《函海》......198

（126-清51）《国山碑考》......199

（127-清52）《小眠斋词》......202

（128-清53）《桃溪客语》......204

（129-清54）［乾隆］《鄞县志》......206

（130-清55）《宜兴县志勘讹》......209

（131-清56）《词名集解续编》......210

（132-清57）［乾隆］《清水县志》......211

（133-清58）《伴梅草堂诗存》......213

（134-清59）《阳羡摩崖纪录》......214

（135-清60）［嘉庆］《增修宜兴县旧志》......216

（136-清61）［嘉庆］《新修宜兴县志》......224

（137-清62）［嘉庆］《新修荆溪县志》......225

（138-清63）《剧说》......227

（139-清64）［嘉庆］《嘉兴县志》......228

（140-清65）《南征集》......228

（141-清66）《拜经楼诗集》......229

（142-清67）《双溪乐府》......233

（143-清68）《愚谷文存》......233

（144-清69）《蓬岛樵歌续编》......234

（145-清70）《陶山诗录》......235

（146-清71）《拜经楼诗集续编》......236

（147-清72）《四明古迹》......239

（148-清73）《墨庄杂著》......239

（149-清74）《香词百选》......241

（150-清75）《空石斋诗剩》......241

（151-清76）《养默山房诗稿》......242

（152-清77）《邹绎山记》......243

（153-清78）《四明谈助》......245

（154-清79）《长溪草堂集》......246

（155-清80）［道光］《铜梁县志》......248

（156-清81）《疏影楼词》......250

（157-清82）《拜竹诗龛诗存》......250

（158-清83）［道光］《续纂宜兴荆溪县志》......251

（159-清84）［道光］《重修胶州志》......254

（160—清85）《赤堇遗稿》..................................254

（161—清86）《复庄诗问》..................................255

（162—清87）《浪迹续谈》..................................256

（163—清88）《溪上诗辑》..................................257

（164—清89）《祝英台近山房诗钞》......................259

（165—清90）《祝英台近山房词钞》......................260

（166—清91）《初月楼诗稿》..................................260

（167—清92）《红岩山房诗稿》..............................261

（168—清93）《长溪社诗存》..................................262

（169—清94）［咸丰］《鄞县志》..............................264

（170—清95）《角山楼增补类腋》............................266

（171—清96）《扫红亭吟稿》..................................267

（172—清97）《龙壁山房诗草》..............................268

（173—清98）《绎山志》..269

（174—清99）《甬江竹枝词》..................................274

（175—清100）［同治］《鄞县志稿》........................275

（176—清101）［光绪］《元氏县志》........................280

（177—清102）［光绪］《铜梁县志》........................281

（178—清103）《见闻续笔》....................................282

（179—清104）［光绪］《鄞县志》............................284

（180—清105）《人寿堂诗钞》................................287

（181—清106）《垂老读书庐诗钞》........................287

（182—清107）［光绪］《榆社县志》........................289

（183—清108）《仙踪记略续录》............................289

（184—清109）［光绪］《宜兴荆溪县新志》................290

（185—清110）《茶香室三钞》................................294

（186—清111）《常郡八邑艺文志》........................295

（187—清112）《小方壶斋舆地丛钞》....................297

（188—清113）《粟香四笔》....................................298

（189—清114）［光绪］《上虞县志》........................301

（190—清115）《茶香室四钞》................................302

（191—清116）［光绪］《嘉兴县志》........................305

（192—清117）《运甓斋诗稿续编》........................305

（193—清118）《镜水堂诗草》................................306

（194-清119）《菽园赘谈》...307
（195-清120）[光绪]《上虞县志校续》...308
（196-清121）《甬东集》...309
（197-清122）《艮园后集》...311
（198-清123）《劳久杂记》...312
（199-清124）《小说考证》...314
（200-清125）《四明清诗略》...315
（201-清126）《高桥章氏宗谱》...316
（202-清127）《祝英台的歌》...317

附 录

梁祝申遗宁波共识（草案）（2004年6月12日 浙江宁波）...323
"梁祝"联合"申遗"磋商会备忘录（2004年8月29日 江苏宜兴）...324
"梁祝"联合申遗倡议书（2006年6月9日 江苏宜兴）...326
推进"梁祝传说"申报世界人类非物质文化遗产代表作倡议书
　（2015年4月18日 江苏宜兴）...328

后 记

（一）晋唐早期　梁祝记载

一、南齐记载

(1-南齐1)《善卷寺记》

宋《咸淳毗陵志》"志二十七·古迹"称:"然考《寺记》,谓齐武帝赎英台旧产建。"经考,该志之所谓《寺记》,是为《善卷寺记》,乃江苏宜兴善卷寺里的一块碑刻,作于南齐善卷寺创建初期,即武帝永明初年(484年左右),碑刻中记载了齐武帝赎祝英台故宅创建善卷寺的内容。该碑唐、宋间尚存,清已湮灭,是迄今为止我国发现的并有实质性内容可考的最早"梁祝"记载。作者无考(详考见《"梁祝"的起源与流变》第27—31页,东南大学出版社2014年3月出版)。

此印影件见《宋元方志丛刊》,为清嘉庆刻本。

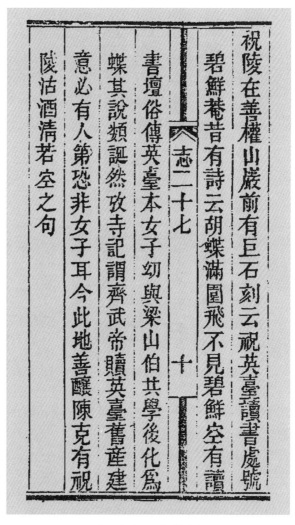

图1-南齐1　善卷寺记

二、唐代记载

（2–唐1）《十道志》

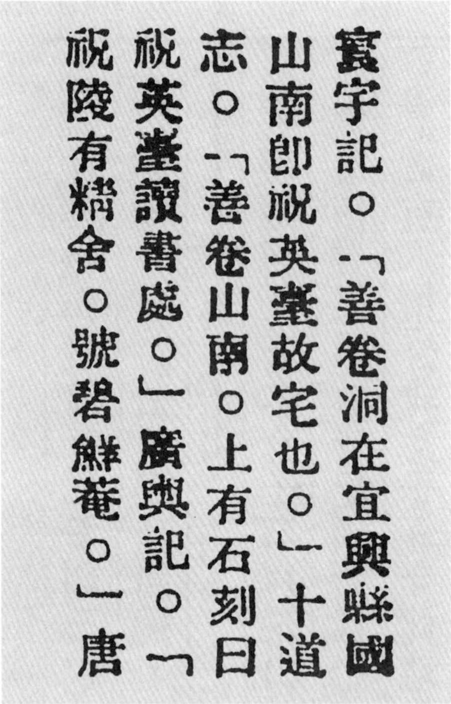

寰宇記。—「善卷洞在宜興縣國
山南即祝英臺故宅也。」十道
志。—「善卷山南。上有石刻日
祝英臺讀書處。」廣輿記。—「
祝陵有精舍。號碧鮮菴。」唐

图2–唐1–1　阳羡奇观

现存可知的唐《十道志》梁祝记载共有两处：

一是据徐沄秋《阳羡奇观》（民国二十四年/1935寿楣出版社出版）“《十道志》：善卷山南，上有石刻曰‘祝英台读书处’”，明确说“祝英台读书处”是在江苏宜兴的善卷山南。经考，《十道志》作于公元700年左右，是我国最早的“祝英台读书处”记载。

此影印件见《阳羡奇观》，韩其楼先生收藏。

徐沄秋（1908—1976），江苏苏州人，名澂，民国学者。苏州冠云艺术研究社发起人、苏州图书馆馆长、南京博物院古书画保管部书画鉴定大师。著有《卓观斋脞录》《吴中名园记》《吴门画史》等。

二是据复旦大学查屏球教授整理的高丽释子山《夹注名贤十抄诗》（上海古籍出版社2005年出版）“卷下·罗邺”《蛱蝶》诗：“俗传义妻衣化状”夹注称：“《十道志》‘明州有梁山伯冢’，注：‘义妇竺英台同冢。’”

此当为《十道志》之原文。该记称梁山伯墓在浙江明州（今宁波），且注明义妇竺英台与其同冢。值得注意的是，此记所称之英台姓“竺”，为“祝”之谐音，符合记载口传性的特点。

《十道志》此记，是我国最早的“梁山伯墓”、“义妇竺英台同冢”的记载。

《十道志》，唐梁载言撰，今不存。后人从唐《初学记》采得10条、宋《太平御览》321条、《太平寰宇记》30条、《太平广记》3条（与《太平御览》重复），由此可知，《十道志》于宋太平兴国间尚存，然遗存的《十道志》却均无宜兴祝英台读书处与宁波

（一）晋唐早期　梁祝记载

梁山伯冢的记载。（关于《十道志》《十道四蕃志》著作时间的考证，详见《"梁祝"的起源与流变》第32—33页）。

右影印件见上海古籍出版社2005年出版的《夹注名贤十抄诗》。

梁载言，唐山东聊城人。上元（674—676）进士。武后时举高才以二等列入，为凤阁舍人，专知制诰；中宗时官怀州刺史。著有《十道志》《具员故事》（清光绪《聊城县志》引唐《艺文志》称"梁载言：《十道志》十六卷，具员故事十卷，具员事迹十卷"）。

（3-唐2）《十道四蕃志》

据宋张津《乾道四明图经》（1169）"卷二·鄞县·冢墓"称："按，《十道四蕃志》云：义妇祝英台与梁山伯同冢，即其事也。"又，宋大观元年（1107）李茂诚《义忠王庙记》亦称："宋大观元年季春，诏集《九域图志》及《十道四蕃志》，事实可考。"

《十道四蕃志》又作《十道四番志》。《重订汉唐地理书钞·梁载言十道志十六卷·序录》称："徐坚《初学记·州郡总裁》引《括地志》言：以唐贞观十三年大簿九州，府二百五十八，依叙为十道，梁氏当即据此为《十道志》……至尤延之《遂初堂书目》，犹载有《十道四番志》，《文献通考》遂不著录，则已亡矣。"

据此，《十道志》和《十道四蕃志》均为梁载言所作，而《十道四蕃志》很可能是在《十道志》基础上增加"四蕃"而成，故成书之时间应比《十道志》稍后。

《遂初堂书目》为南宋尤袤（1127—1194）撰，《文献通考》为宋元间马端临（1254—1324）撰，书成于元初。由此可知，《十道四蕃志》南宋犹存，元初则已湮灭。

本条影印件见《宋元方志丛刊》，为清烟屿楼刻本。

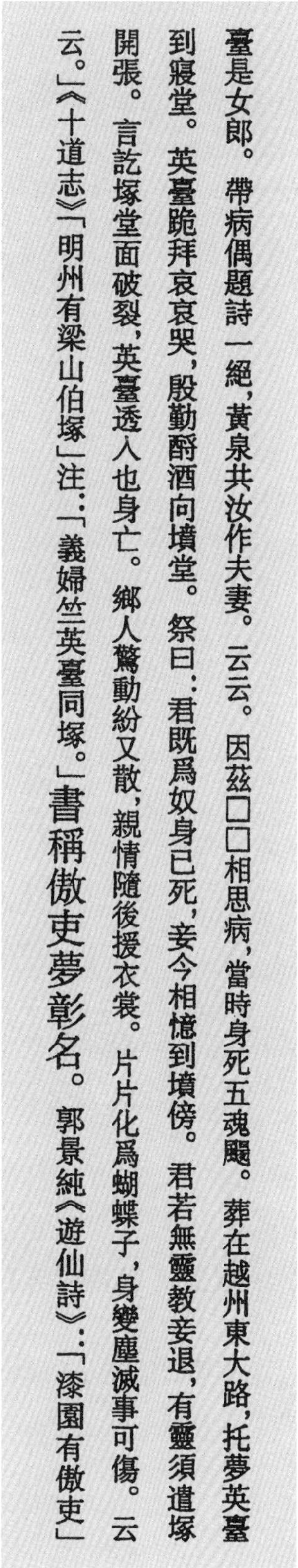

臺是女郎。帶病偶題詩一絕，黃泉共汝作夫妻。云云。因茲口口相思病，當時身死五魂颺。葬在越州東大路，托夢英臺到寢堂。英臺跪拜哀哀哭，殷勤酹酒向墳堂。言訖塚堂面破裂，英臺透入也身亡。鄉人驚動紛又散，親情隨後援衣裳。片片化爲蝴蝶子，身變塵滅事可傷。有靈須遣塚開張。」《十道志》「明州有梁山伯塚」注：「義婦竺英臺同塚。」書稱傲吏夢彰名。郭景純《遊仙詩》：「漆園有傲吏」云云。君既爲奴身已死，妾今相憶到墳傍。君若無靈教妾退，

图2-唐1-2　夹注名贤十抄诗

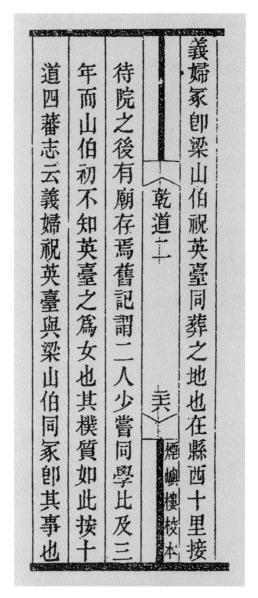

图3-唐2 十道四番志

（4-唐3）《题善权寺石壁》诗

据明弘治释方策《善权寺古今文录》"卷六·唐诗"，载有"邑人丞相李蠙"的《题善权寺石壁》诗一首，云：

四周寒暑镇湖关，三卧漳滨带病颜。
报国虽当存死节，解龟终得遂生还。

容华渐改心徒壮，志气无成鬓早斑。
从此便归林薮去，更将余俸买南山。

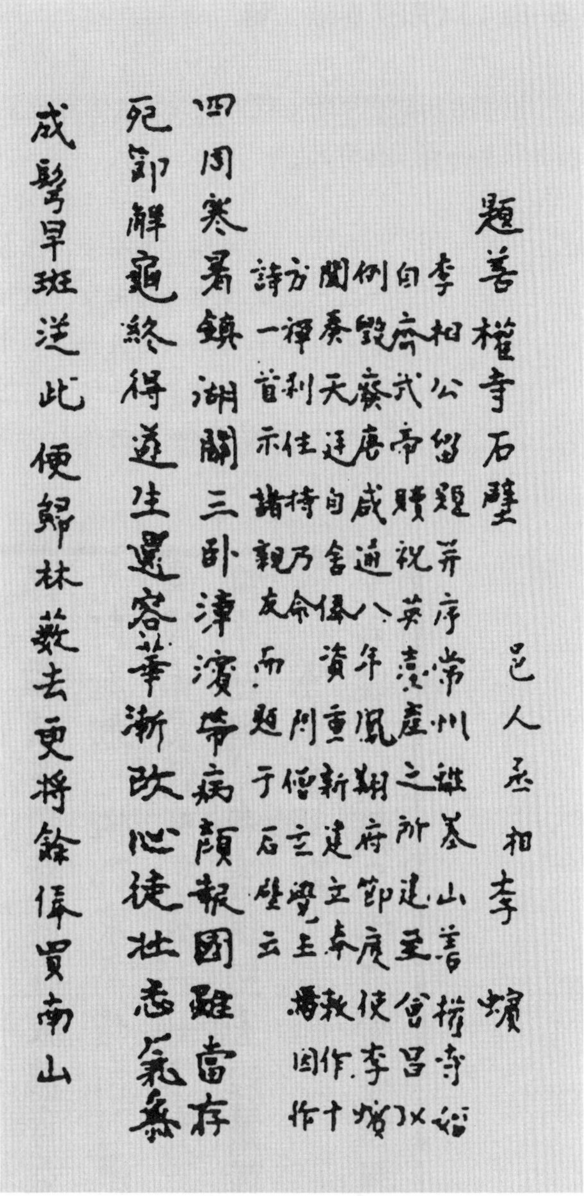
題善權寺石壁
邑人丞相李蠙
李相公留題并序常州離墨山善權寺始
自齊武帝贖祝英臺產之所建至會昌以
例毁廢唐咸通八年鳳翔府節度使李蠙
聞奏天廷自舍俸資重新建立奉敕作十
方禪刹住持乃命門僧玄覺主焉因作
詩一首示諸親友而題于石壁云
四周寒暑鎮湖關三卧漳濱帶病顏報國雖當存
死節解寵終得遂生還容華漸改心徒壯志氣無
成鬢早斑從此便歸林藪去更將餘俸買南山

图4–唐3　题善权寺石壁诗

其诗有序称："常州离墨山善权寺，始自齐武帝赎祝英台产之所建，至会昌以例毁废。唐咸通八年，凤翔府节度使李蠙闻奏天廷，自舍俸资重新建立。奉敕作十方禅刹，住持乃令门僧玄觉主焉。因作诗一首，示诸亲友，而题于石壁云。"

考该诗的写作时间，约在876—879间（详考见《"梁祝"的起源与流变》第178—180页）。李蠙的这一诗序，不仅本身就是"梁祝"的早期记载，也是南齐《善卷寺记》碑刻的重要佐证。

此影印件为清嘉庆抄本，存中国国家图书馆。由于《善权寺古今文录》此载源于寺内碑刻，故而可信度较强。

李蠙（？—约879），唐宗室后裔，祖籍陇西。字懿川，原名虬。武宗会昌元年（841）进士。宣宗朝（847—858）屡迁仓部、度支员外郎，又历仓部、度支二曹郎中、婺州刺史。懿宗咸通元年（859）为谏议大夫，历户部侍郎。咸通四年（863），以户部侍郎检校礼部尚书、潞州大都督府长史，充昭义节度、观察处置等使。后移镇凤翔，分司洛阳，累加司空。约乾符末卒。

李蠙微时曾在义兴（即宜兴，宋避太宗赵光义讳改）善权寺（即善卷寺，南齐避东昏侯萧宝卷讳改）修读数年，后第进士。他在修读时，于寺内亲见南齐《善卷寺记》碑刻。善权寺于唐武宗灭佛中被毁废，咸通八年（867）六月，李蠙上奏天廷，请求以自己俸禄收赎并重建善权寺得到恩准。该诗即作于李蠙重建善权寺后。

（5–唐4）《阳羡春歌》诗

据明万历胡震亨唐五代诗歌总集《唐音统签》，“卷六百二十九”中载有唐李郢《阳羡春歌》一首。其诗云：

石亭梅花落如积，玉苏斓斑竹姑赤。
祝陵有酒清若空，煮糯蒸鱼作寒食。
长桥新晴好天气，两市儿郎櫂船戏。
溪头铙鼓狂杀侬，青盖红裙偶相值。
风光何处最可怜？邵家高楼白日边。

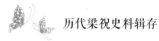

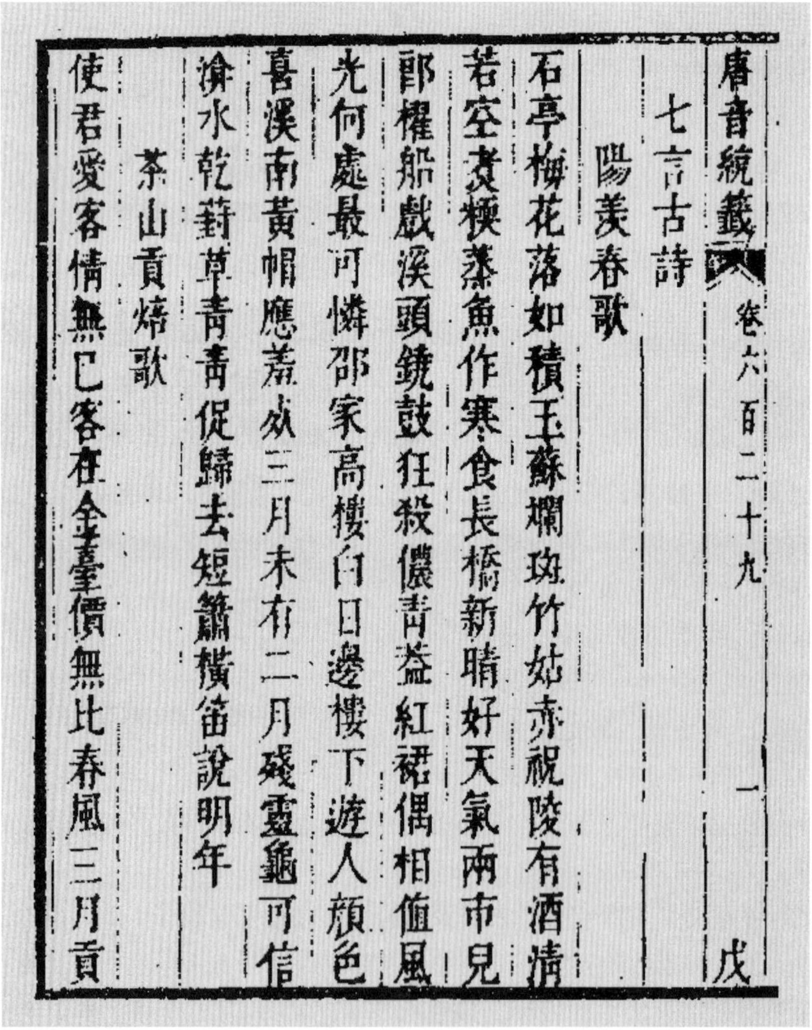
唐音統籤 卷六百二十九 一 戊
七言古詩
陽羨春歌
石亭梅花落如積玉蘇斕斑竹姑赤祝陵有酒清
若空煑糯蒸魚作寒食長橋新晴好天氣兩市兒
郎櫂船戲溪頭鐃鼓狂殺儂青蓋紅裙偶相值風
光何處最可憐邵家高樓白日邊樓下遊人顏色
喜溪南黃帽應羞死三月未有二月殘靈龜可信
渰水乾葑草青青促歸去短簫橫笛說明年
茶山貢焙歌
使君愛客情無已客在金臺價無比春風三月貢

图5–唐4　阳羡春歌诗

(一) 晋唐早期 梁祝记载

楼下游人颜色喜，溪南黄帽应羞死。
三月未有二月残，灵龟可信浍水干。
䔉草青青促归去，短箫横笛说明年。

该诗清初季振宜《全唐诗》及康熙《御定全唐诗》均有收录。唯"玉苏斓斑竹菇赤"句，季振宜本作"土薛斓斑竹菇赤"，《钦定全唐诗》作"玉薛斓斑竹菇赤"。

宜兴祝陵的地名因"祝英台葬地"而名。李郢《阳羡春歌》称"祝陵有酒清若空"，则"祝陵"地名早在唐代就存在了。

宋《咸淳毗陵志》载有陈克《阳羡春歌》，仅"玉苏斓斑"作"吐鲛斓斑"不同。然《陈子高遗稿》未收录，故列为李郢作（详考见《"梁祝"的起源与流变》第215—221页）。

本条影印件为故宫博物院图书馆藏范希文（仲淹）抄补本，早于陈克百年，见《故宫珍本丛刊》，《续修四库全书》亦有收录。

李郢，唐京兆长安人，字楚望。初居杭州，以山水琴书自娱。宣宗大中十年（856）登进士第。累辟淮南等使府。懿宗咸通末（约872）官至侍御史。后归越，为从事。工诗，七律尤清丽，为时人所称。有集。李郢曾到过宜兴，《全唐诗》收有李郢在宜兴的诗作六首。

（6-唐5）《答弟妇歇后语》诗

据清康熙《御定全唐诗》"卷八百七十一"，在李涛《答弟妇歇后语》云："惭无窦建，愧作梁山。"

该诗有序曰："涛弟澣娶窦尚书女，年甲已高，出参，涛望尘下拜曰：只将谓亲家母。又作歇后语云云。闻者莫不绝倒。"

该诗称，李涛之弟李澣娶窦尚书女为妻，窦女年高，参见李涛时，涛以为是亲家母而下拜，又诙谐地说："惭无窦建，愧作梁山。"

"惭无窦建，愧作梁山"乃缺字之歇后语，"惭无窦建"缺"德"字，"愧作梁山"缺"伯"字，意思是：我惭无德，愧作大伯，乃讽弟媳年长也。

由该歇后语可见，五代时，梁山伯与祝英台的传说，在中原地区已经普及。

本条影印件见《文渊阁四库全书》。

李涛（898—961），五代宋初京兆万年（今西安）人，字信臣。仕后梁为河阳令。后唐天成初进士。历监察御史、起居舍人。后晋天福中擢刑部郎中。后汉时，官至中书侍郎兼户部尚书、平章事。入后周，历刑部、户部尚书。宋初，拜兵部尚书。性滑稽，善谐谑，慷慨有大志，以经纶为己任。

9

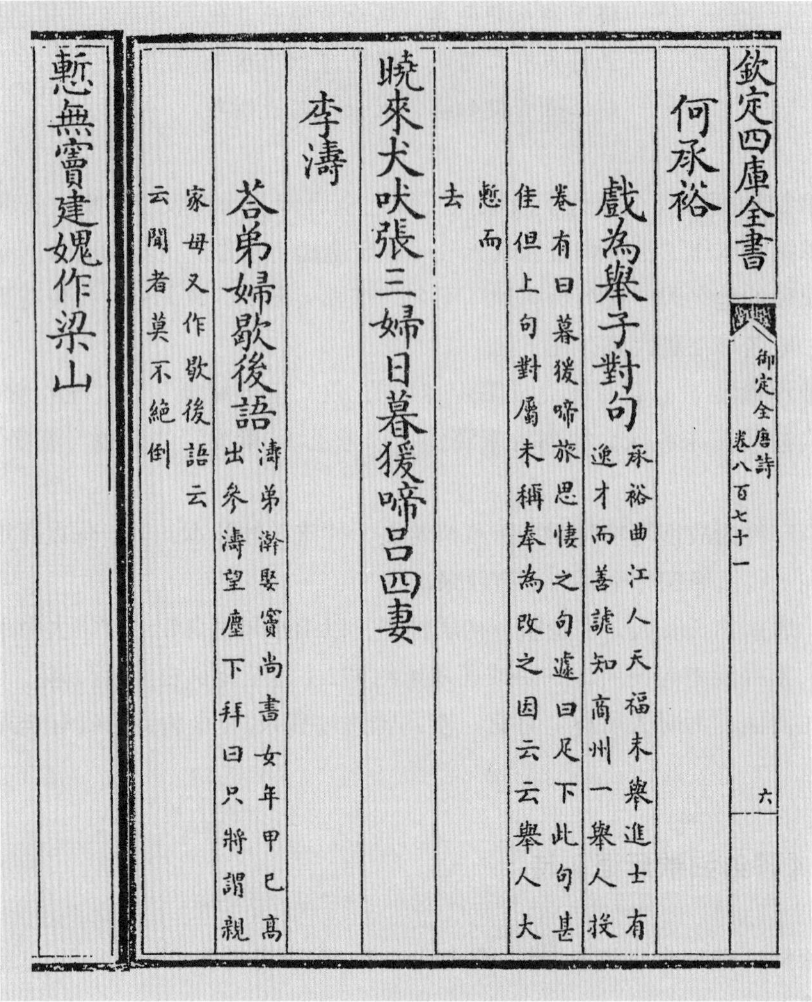

> 欽定四庫全書 御定全唐詩 卷八百七十一
>
> 何承裕
>
> 承裕曲江人天福末舉進士有逸才而善謔知高州一舉人投
>
> 戲為舉子對句
>
> 卷有日暮猨啼旅思懷之句遽曰足下此句甚佳但上句對屬未稱奉為改之因云舉人大憨而去
>
> 曉來犬吠張三婦日暮猨啼呂四妻
>
> 李濤
>
> 濤弟澣娶竇尚書女年甲巳高
>
> 答弟婦歇後語
>
> 出參濤望塵下拜曰只將謂親家母又作歇後語云
>
> 聞者莫不絕倒
>
> 憨無實建婢作梁山

图6-唐5 李涛答弟妇歇后语

（二）宋元中期 梁祝记载

三、宋代记载

（7–宋1）《五代史补》

据《五代史补》“卷五”《世宗问相于张昭远》载：“……涛为人不拘礼法，其弟瀚娶礼部尚书窦宁固之女，年甲稍高，成结之夕，窦氏出参，涛辄望尘下拜。瀚惊曰：大哥风狂耶！新妇参阿伯，岂有答拜仪？涛应曰：我不风，只将谓是亲家母。瀚且惭且怒。既坐，窦氏复拜，涛又叉手当胸，作歇后语曰：惭无窦建，缪作梁山，诺诺诺。时

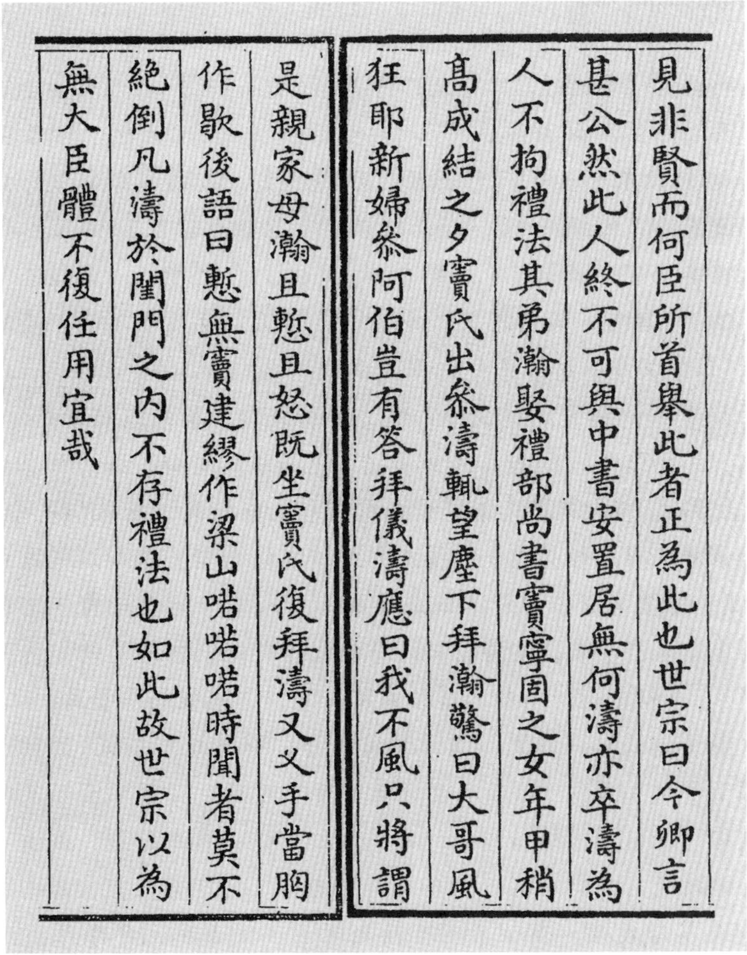

見非賢而何臣所首舉此者正為此也世宗曰今卿言
甚公然此人終不可與中書安置居無何濤亦卒濤為
人不拘禮法其弟瀚娶禮部尚書竇寧固之女年甲稍
高成結之夕竇氏出叅濤輒望塵下拜瀚驚曰大哥風
狂耶新婦叅阿伯豈有荅拜儀濤應曰我不風只將謂
是親家母瀚且慙且怒既坐竇氏復拜濤又叉手當胸
作歇後語曰慙無竇建繆作梁山喏喏喏時聞者莫不
絕倒凡濤於閨門之內不存禮法也如此故世宗以為
無大臣體不復任用宜哉

图7–宋1　五代史补·世宗问相于张昭远

闻者莫不绝倒……"

此记分为前后两段，前段称：后周世宗问张昭远，何人为相最好。张举李涛，然世宗认为李涛不拘礼法，无大臣体，遂不用。后段说涛之弟李瀚（清《御定全唐诗》作李澣）娶亲之日，因新妇年长，李涛于其参拜时，戏称谓亲家母，并作缺字歇后语曰"惭无窦建，缪作梁山"（"惭无窦建"，缺"德"字，"缪作梁山"缺"伯"字，"惭愧无德，错作大伯"之意。按：《御定全唐诗》作"惭无窦建，愧作梁山"）。

《五代史补》为陶岳采五代十国遗事所纂，于宋大中祥符五年（1012）成书。本条影印件见清《文渊阁四库全书》。

陶岳，宋永州祁阳（今湖南祁阳）人，字舜咨。宋太宗雍熙二年（985）进士（一作太平兴国五年［980］进士）。性耿介，以儒学而名。累官太常博士、尚书职方员外郎、知端州。有《五代史补》《零陵总记》《荆湘近事》等。

（8-宋2）《义忠王庙记》

据清康熙闻性道《鄞县志》"卷九·敬仰考·坛庙祠"，宋大观中李茂诚撰有《义忠王庙记》。该记称："神讳处仁，字山伯，姓梁氏，会稽人也。神母梦日贯怀，孕十二月，时东晋穆帝永和壬子三月一日，分瑞而生。幼聪慧有奇，长就学，笃好坟典。尝从明师过钱塘，道逢一子，容止端伟，负笈担簦渡航，相与坐而问曰：'子为谁？'曰：'姓祝名贞字信斋。'曰：'奚自？'曰：'上虞之乡。''奚适？'曰：'师氏在迩。'从容与之讨论旨奥，怡然相得。神乃曰：'家山相连，予不敏，攀鳞附翼，望不为异。'于是，乐然同往，肆业三年，祝思亲而先返。后二年，山伯亦归，省之上虞，访信斋，举无识者。一叟笑曰：'我知之矣，善属文者，其祝氏九娘英台乎？'踵门引见，诗酒而别。山伯怅然，始知其为女子也。退而慕其清白，告父母求姻，奈何已许鄮城廊头马氏，弗克。神喟然叹曰：'生当封侯，死当庙食，区区何足论也。'后简文帝举贤良，郡以神应召，诏为鄮令。婴疾弗瘳，嘱侍人曰：'鄮西清道源九陇墟为葬之地。'瞑目而殂。宁康癸酉八月十六日辰时也。郡人不日为之茔焉。又明年乙亥暮春丙子，祝适马氏，乘流西来，波涛勃兴，舟航萦回莫进。骇向篙师，指曰：'无他，乃山伯梁令之新冢，得非怪与？'英台遂临冢奠，哀恸，地裂而埋璧焉。从者惊引其裾，风裂若云飞，至董溪西屿而坠之。马氏言官开椁，巨蛇护冢不果。郡以事异闻于朝，丞相谢安奏请封'义妇冢'，勒石江左。至安帝丁酉秋，孙恩寇会稽及鄮，妖党弃碑于江。太尉刘裕讨之，神乃梦裕以助，夜果烽燧荧煌，兵甲隐见，贼遁入海。裕嘉奏闻帝，以神功显雄褒封义忠神圣王，令有司立庙焉。越有梁王祠，西屿有前后二黄裙会稽庙，民间凡旱涝疫疠、商旅不测，祷之辄应。宋大观元年季春，诏集《九域图志》及《十道四蕃志》，事实可考。夫记者纪也，以纪其传不朽云。尔为之词曰：生

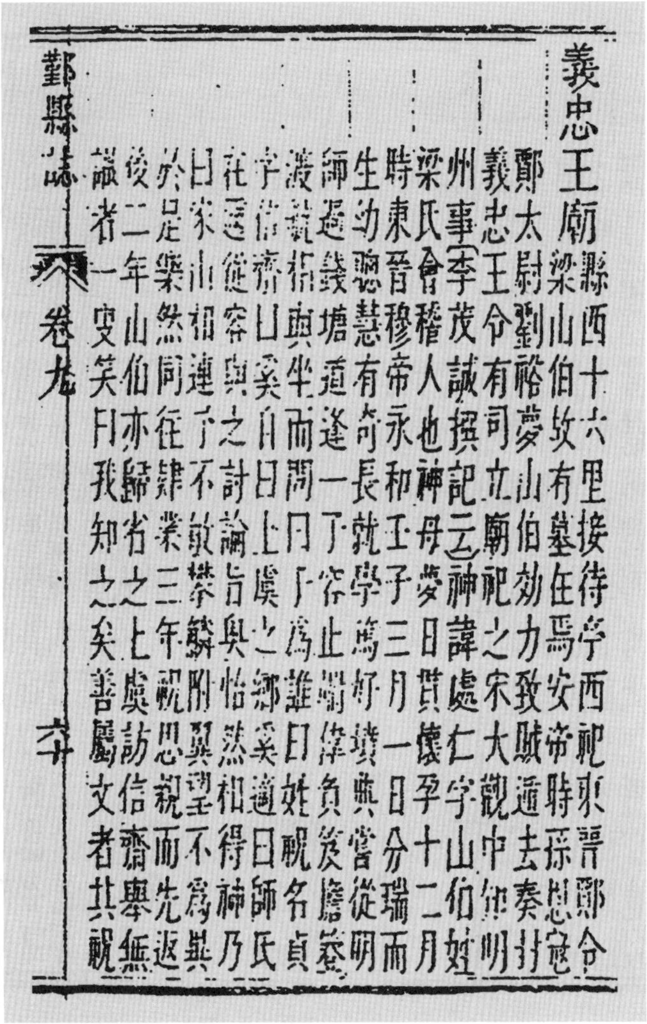
鄞縣志　卷九

義忠王廟縣西十六里接待亭西祀東晉鄮令梁山伯故有墓在焉安帝時孫恩寇鄮太尉劉裕夢山伯効力致賊遁去奏封義忠王令有司立廟祀之宋大觀中知明州事李茂誠撰記云神諱處仁字山伯姓梁氏會稽人也神母夢日貫懷孕十二月時東晉穆帝永和壬子三月一日分瑞而生幼聰慧有奇長就學篤好墳典嘗從明師過錢塘道逢一子容止嚴偉負笈擔簦渡航相與坐而問曰子為誰曰姓祝名貞字信齋曰奚自曰上虞之鄉曰奚適曰師氏在邇從容與之討論旨奧怡然相得神乃曰家山相連予不敏攀鱗附翼望不為異於是樂然同往肄業三年祝思親而先返後二年山伯亦歸省之上虞訪信齋舉無識者一叟笑曰我知之矣善屬文者其祝

图8–宋2–1　义忠王庙记1

同师道，人正其伦；死同窀穸，天合其姻；神功于国，膏泽于民；谥义谥忠，以祀以禋；名辉不朽，日新又新。”

该记应作于宋大观元年（1107），是目前确认的最早详细讲述梁祝传说的文字。

本条影印件为清康熙刻本，见《中国地方志集成·浙江府县志辑》。

李茂诚，里籍未详，宋大观间为明州郡从事，其职责是主管文书、察举非法等。明杨寔成化《宁波郡志》称李茂诚为“知明州事”，清徐时栋光绪《鄞县志》亦称李茂诚为“宋郡守”，均有误。据张津《乾道四明图经序》，大观元年，李茂诚等受郡委托编纂图经，然“书成未几，而不幸厄于兵火，遂致存者亡、全者毁，前日之所成者，泯然而不见”，故不传。

以上8篇，原件均不存，都自后世他著中转征。

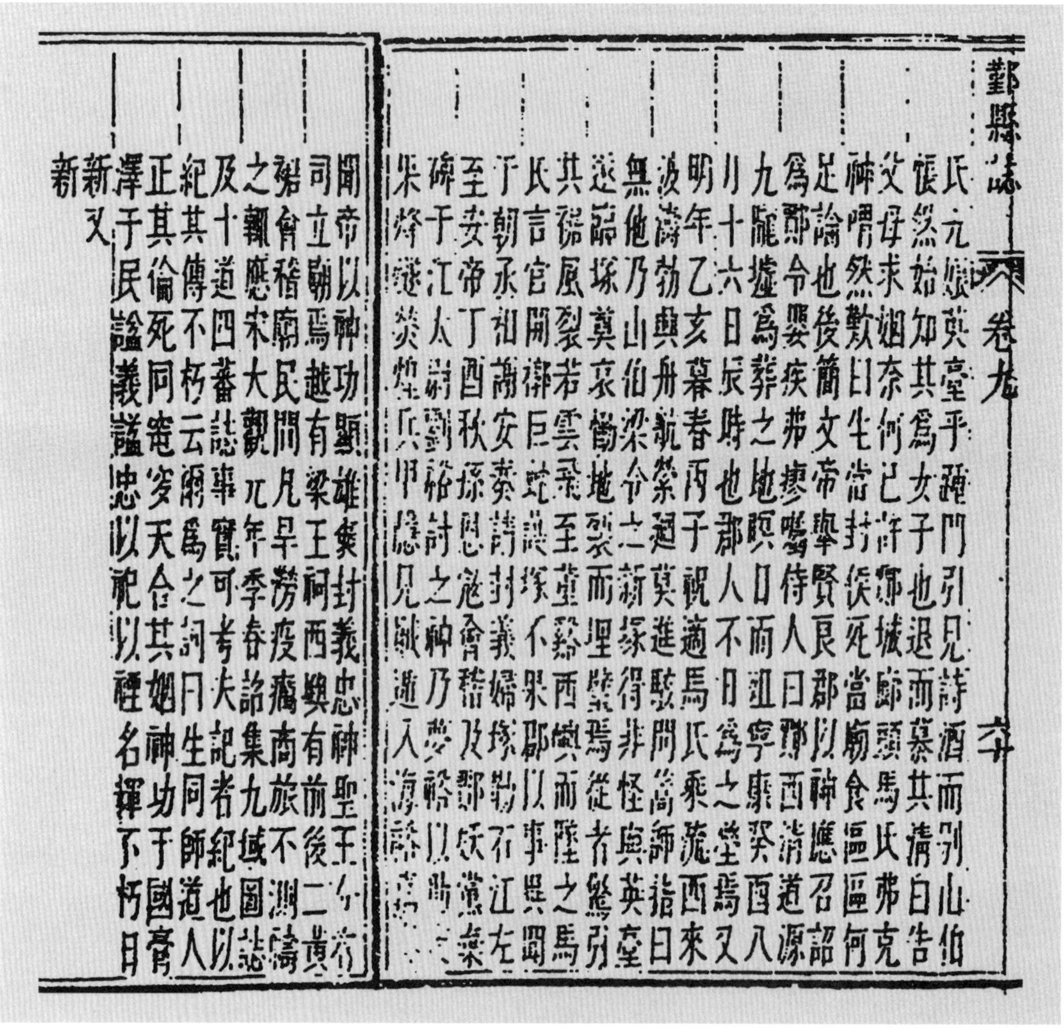

图8-宋2-2 义忠王庙记2

（9-宋3）《游竹陵善权洞》诗

《游竹陵善权洞二首》诗见宋薛季宣《浪语集》"卷四·诗"中。其中第一首云：

> 万古英台面，云泉响珮环。
> 练衣归洞府，香雨落人间。
> 蝶舞凝山魄，花开想玉颜。
> 几如禅观适，游鮂戏澄湾。

原诗在"练衣归洞府"后注曰"涧水倒流入水洞中"；在"游鮂戏澄湾"后注曰

(二) 宋元中期 梁祝记载

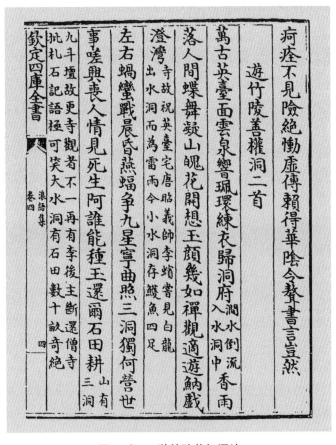

图9-宋3 游竹陵善权洞诗

"寺故祝英台宅。唐昭仪帅李蟾尝见白龙出水洞而为雷雨，今小水洞存鳜鱼四足"。

诗人游览祝陵善权洞以及在祝英台故宅上建起来的善权寺，并瞻仰"祝英台读书处"石刻和"碧鲜庵"碑等历史遗存后，感慨万分，言由衷发。他在写善权洞的诗中，以祝英台为开头，而且贯穿全诗，名为咏洞，实则咏人。首联"万古英台面"直指梁祝传说，把洞中的滴水，比喻成祝英台随身佩戴的玉环发出的撞击声；颈联导出梁祝化蝶：看到那飞舞的彩蝶，就想起了化蝶传说；尾联称祝英台化成蝴蝶后每年还飞回来看看以自己的故宅建成的善权寺。诗人不仅对祝英台表示充分的肯定，而且直接反映了"梁祝"魂魄精灵化为彩蝶的传说。

考该诗作于宋绍兴二十六年（1156）左右（详考见《"梁祝"的起源与流变》第63—64页），是最早咏"梁祝化蝶"的诗词，也是最早的关于"梁祝化蝶"的文字记载。

该诗题为《游竹陵善权洞》，"竹陵"乃"祝陵"之误。因唐李郢诗有"祝陵有酒清若空"句，且宋《咸淳毗陵志》有古迹"祝陵"，因此，"祝陵"之地名早已存在，故薛季宣之"竹陵"，肯定属于同音之误记，这种现象，是历代记载中经常出现的。

本条影印件见清《文渊阁四库全书》。

薛季宣（1134—1173），宋浙江永嘉（今属温州）人，字士龙（又作士隆），号艮斋，人称常州先生。哲学家，为永嘉学派创始人。季宣出身官宦世家，绍兴三十年以荫知鄂州武昌，坚守抗金，成绩卓著。乾道七年底召临安，以大理寺主簿，持节使淮西安置流民。次年迁大理正，因直言缺失，仅七日而出知湖州。九年（1173）以病请祠（任宫观闲职食俸），改知常州，至七月，未上任而卒，终年三十九岁（志称四十），谥文宪。著有《故训》《诗性情说》《春秋经解指要》《浪语集》等。据《四库全书》提要，由于薛季宣英年早逝，生前《浪语集》未刊刻，遗稿由其侄孙抚州知府薛旦于宋宝庆二年（1226）刊行。

（10-宋4）《泛舟游山录》

《泛舟游山录》撰于宋乾道丁亥（1167）三至六月，收录在周必大《文忠集》"卷一百六十七"中。文中称："按，（善权寺）旧碑：寺本齐武帝赎祝英台庄所置。"

《泛舟游山录》实为周必大之日记，其中记录了乾道丁亥三月廿八日乙丑至五月初五壬寅居宜兴的情况，又其中四月十六日癸未至十八日乙酉三天，是在善权山、善权寺的活动。四月十六日的日记是这样记述的："癸未早，仲宁、仲贤过善权设水陆斋，约同登舟。风水俱逆，其行甚缓。晴时掠桐渚（此谐音，即今潼渚），晚望杨氏坟墓庵，颇壮丽。由小港登焉，方坟阙角，僭侈非度。自此至寺才数里，乃肩舆以行。过离墨山，最高或谓与善权通号离墨云。稍前即董山，冈（按：应作"囧"，刊刻错误）碑在焉。欲上而日已落，径入善权。敕额曰广教，初龙图阁待制傅揖（按：应作"楫"，刊刻错误），兴化人，尝为徽宗端邸。官僚既死，援王陶例，未至执政，特赐功德院，而不改广教之额。揖墓在寺侧，其群从亦有依寺而居者。按，旧碑：寺本齐武帝赎祝英台庄所置。山东北有石坛，号'九斗坛'，世传梁武帝祷雨于此。会昌废寺，田产归钟离氏。咸通八年，凤翔节度使李蟠奏云：臣太和中尝肄业此寺，岩洞有白龙之异，愿以己俸赎田复旧，诏可之。其碑并蟠诗尚存，仍画像以祀……"

周必大称：善权寺里南齐《善卷寺记》的旧碑，记载了该寺以祝英台庄创建的史实。这一记载，应当是可信的。

本条影印件见清《文渊阁四库全书》。

周必大（1126—1204），宋庐陵（今江西吉安）人，字子充，又字洪道，自号平园老叟。绍兴二十一年（1151）进士。二十七年举博学宏词科。官徽州司户参军、建康府教授、国史院编修史、礼部尚书兼翰林学士、吏部尚书、参知政事、枢密院使。孝宗时拜右丞相；光宗时拜左丞相，封益国公。卒后诏赠太师，谥号文忠。著有《益国周文忠公全集》二百卷等。

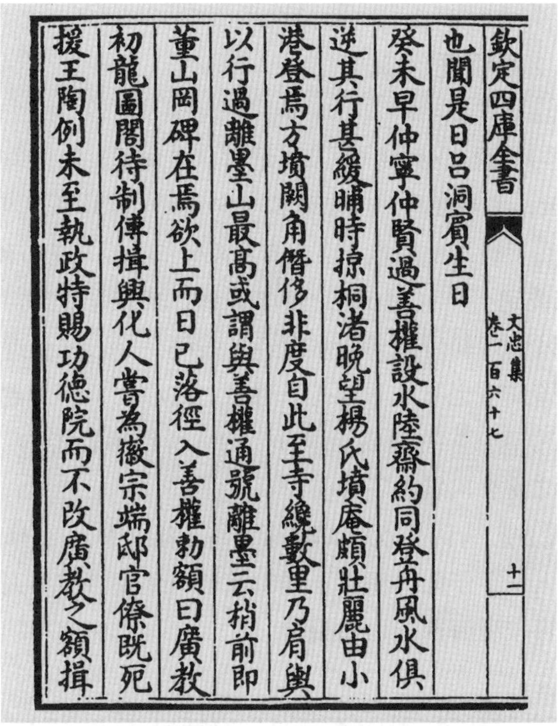

图10—宋4-1　泛舟游山录1

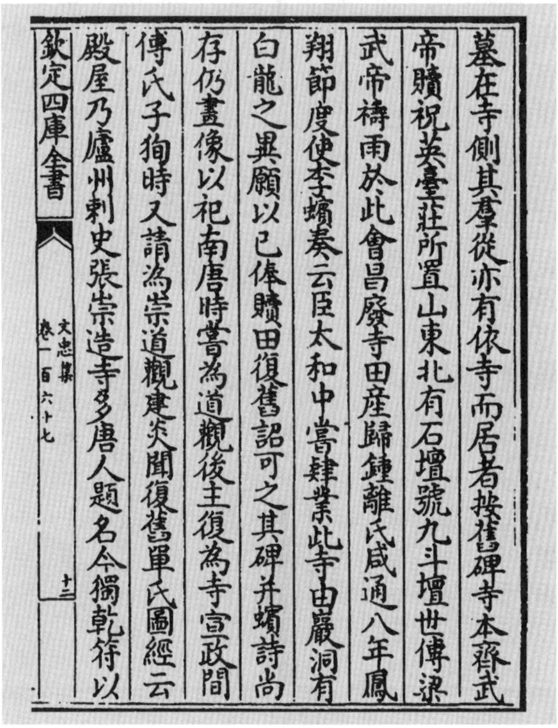

也闻是日吕洞宾生日
癸未早仲宁仲贤过善权设水陆斋约同登舟风水俱
逆其行甚缓晡时掠桐渚晚望扬氏坟庵颇壮丽由小
港登焉方坟阙角偕侈非度自此至寺纔数里乃肩舆
以行过离墨山最高或谓与善权通号离墨云捎前即
董山冈碑在焉欲上而日已落径入善权勒额曰广教
初龙图阁待制傅择与化人尝为徽宗端邸官僚既死
援王陶例未至执政特赐功德院而不改广教之额择

图10—宋4-2　泛舟游山录2

墓在寺侧其挚从亦有依寺而居者按旧碑寺本齐武
帝赎祝英台庄所置山东北有石坛号九斗坛世传梁
武帝祷雨于此会昌废寺田产归钟离氏咸通八年凤
翔节度使李玄蟜奏云臣太和中尝肄业此寺由岩洞有
白龙之异愿以已俸赎田复旧诏可之其碑并蟜诗尚
存仍画像以祀南唐时尝为道观后主复为寺宣政间
传氏子狗时又请为崇道观建炎闻复旧军氏图经云
殿屋乃庐州刺史张崇造寺多唐人题名今独乾符以

(11-宋5)[乾道]《四明图经》

[乾道]《四明图经》"卷二·鄞县·冢墓"记曰:"义妇冢,即梁山伯祝英台同葬之地也。在县西十里接待院之后,有庙存焉。旧记谓二人少尝同学,比及三年,而山伯初不知英台之为女也,其朴质如此。按,《十道四蕃志》云:义妇祝英台与梁山伯同冢,即其事也。"

该图经成于南宋乾道五年(1169),张津纂修,是最早记载"梁祝传说"的方志。其中"旧记"为李茂诚大观间所修《明州图经》残稿,"按,《十道四蕃志》云:义妇祝英台与梁山伯同冢,即其事也"并非唐《十道志》之原文,而是他按照"义妇冢"辞条的要求,根据《十道四蕃志》的记载,用自己的话所作的表述。《十道志》原文是:"明州有梁山伯冢(义妇竺英台同冢)。"

此影印件见《宋元方志丛刊》,为清烟屿楼光绪五年刻本,《续修四库全书》也有刊录。

张津,宋乾道间人,字子问,里籍不详。乾道三年(1167)五月至五年十月,以右朝散大夫、直秘阁主管、沿海制置司知明州。

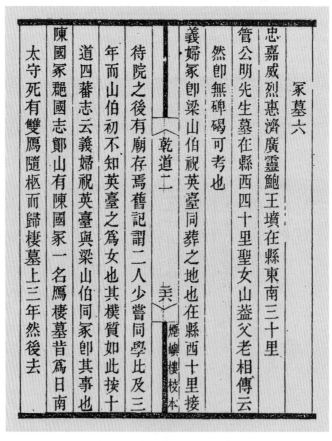

图11-宋5 乾道四明图经

（12–宋6）《舆地纪胜》

《舆地纪胜》为南宋王象之所辑。其书“卷十一·两浙东路·古迹·庆元府”称：“义妇冢，在鄞县西十里接待院之后，即梁山伯祝英台之冢也。”

此影印件为北京图书馆藏清印宋抄本，见《续修四库全书》。

王象之（1163—1230），南宋婺州金华人，字仪父，一作肖父。庆元二年（1196）进士，任潼川府文学、江西分宁、江苏江宁知县，以博学多识著称。仕宦余，收诸郡县志、地理书，于嘉定十四年辑《舆地纪胜》，约宝庆三年（1227）成书。

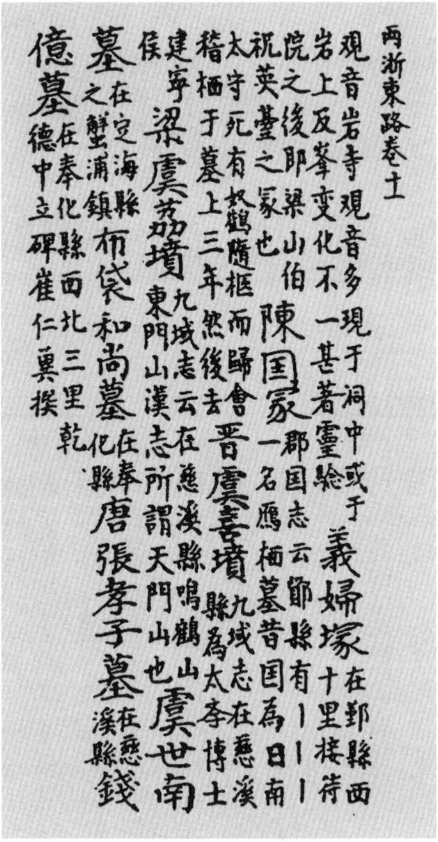
兩浙東路卷十一
觀音岩寺觀音多現于洞中或于岩上反峯變化不一現甚著靈驗
義婦塚在鄞縣西十里接待院之後即梁山伯祝英臺之冢也
陳国冢郡国志云鄮縣有丨丨丨一名鴈栖墓昔国爲日南太守死有奴鶴隨柩而歸會稽栖于墓上三年然後去
晉虞喜墳九域志在慈溪縣爲太李博士建寧侯
梁虞荔墳九域志云在慈溪縣鳴鶴山東門山漢志所謂天門山也
虞世南墓在定海縣之蟹浦鎮
布袋和尚墓在奉化縣
唐張孝子墓在慈溪縣
錢億墓在奉化縣西北三里乾德中立碑崔仁冀撰

图12–宋6　舆地纪胜

（13–宋7）［宝庆］《四明志》

［宝庆］《四明志》为胡榘所修，方万里、罗濬等纂。其志两处记载“浙东梁祝”。一是“卷第十二·鄞县志卷第一·鄞县境图”，标有“义妇冢梁山伯祝英台”九字；二是“卷第十三·鄞县志卷第二·存古”称：“梁山伯祝英台墓，县西十里接待院之

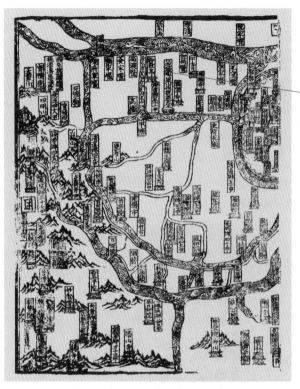

义妇冢梁山伯祝英台

图13-宋7-1　宋本宝庆四明志

相傳云然無碑碣可考
唐刺史黃晟墓與其母高陽郡太君齊氏其妻
潁川縣君鍾氏墓俱在隱學山
梁山伯祝英臺墓縣西十里接待院之後有廟
存焉二人少嘗同學比及三年而山伯初不
知英臺之為女也以同學而同葬見十道四
蕃志所載舊志稱曰義婦塚然祝英臺女而
非婦也
陳國塚郡國志鄞山有陳國塚一名鴈樓墓昔
國為日南太守死有雙鴈隨樞而歸棲墓上

图13-宋7-2　宋本宝庆四明志

(二)宋元中期 梁祝记载

后,有庙存焉。二人少尝同学,比及三年,而山伯初不知英台之为女也。以同学而同葬。见《十道四蕃志》所载。旧志称曰'义妇冢',然祝英台女而非妇也。"该记因袭《乾道四明图经》"义妇冢"条,然又称英台女而非妇,故改"义妇冢"为"梁山伯祝英台墓"。

以上影印件见故宫博物院藏宋本《宝庆四明志》,每本扉页均钤有"无禄继鉴""八征耄念之宝""太上皇帝之宝""乾隆御览"等印章六方。其中,"鄞县境图"中的"梁祝墓"标为"义妇冢梁山伯祝英台"九字。《续修四库全书》收录北京图书馆藏宋刻本与此无异。1990年中华书局出版的《宋元方志丛刊》刊印的清烟屿楼刻本无"鄞县境图"。

胡榘,宋江西庐陵(今吉安)人,祖籍青州,字仲方。经孝宗、光宗、宁宗、理宗四朝,历官象山知县、赣州知府、枢密院编修、工部尚书、福州知府、兵部尚书、焕章阁学士、通议大夫、庆元府兼沿海制置使、显谟阁学士、龙图阁学士,以正奉大夫致仕。后复招为尚书。在庆元主政期间,浚东钱湖、编《四明志》、兴教办学、修建郡城、发展交通、惠政泽民,民立庙祀之。

罗濬,宋庐陵人。官从政郎、赣州录事参军。《文献通考》作罗璿,盖传写之误也。

又,浙江图书馆补本《宝庆四明志》"鄞县境图"中,梁祝墓标为"义冢梁山伯祝英台"八字,与宋刻本相较,漏刻一个"妇"字(见下图)。

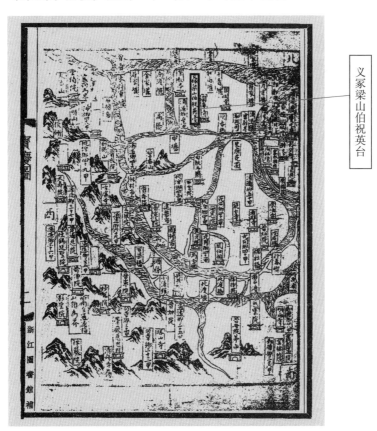

图13-宋7-3 民国《宝庆四明志》图

关于《宝庆四明志》的成书时间，一般称为宝庆三年，然据清咸丰《鄞县志》"卷三十二·旧志源流"：《宝庆四明志》乃宝庆五年（1229）知府胡榘命赣州录事参军罗濬重修。又据罗濬《宝庆四明志序》，宝庆二年，胡榘知庆元府，次年命校官方万里取旧图经重订，后方君造朝事遂辍。又次年，调赣州录事参军罗濬续修，自夏至秋，历经半载而成稿。该志于宝庆五年付梓，亦即宋绍定二年。

（14-宋8）[咸淳]《重修毗陵志》

[咸淳]《重修毗陵志》又名《咸淳毗陵志》，由宋慈、史能之在邹补之[淳熙]《毗陵志》十二卷的基础上重修成三十卷、图一卷，于南宋咸淳四年（1268）成书。其中四处记到了"宜兴梁祝"。

一是"志二十三·词翰四·本朝诗"载有陈克《阳羡春歌》一首，云：

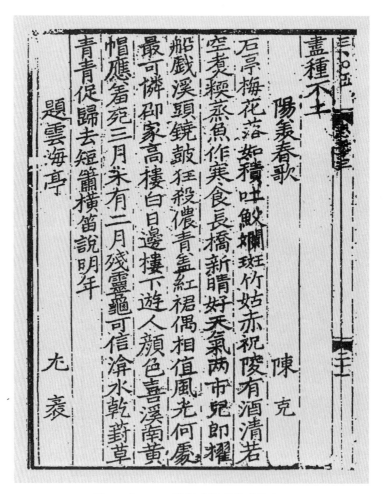

图14-宋8-1　明刻咸淳重修毗陵志1

(二)宋元中期 梁祝记载

> 石亭梅花落如积,吐鲛斓斑竹姑赤。
> 祝陵有酒清若空,煮糯蒸鱼作寒食。
> 长桥新晴好天气,两市儿郎櫂船戏。
> 溪头铙鼓狂杀侬,青盖红裙偶相值。
> 风光何处最可怜?邵家高楼白日边。
> 楼下游人颜色喜,溪南黄帽应羞死。
> 三月未有二月残,灵龟可信滃水干。
> 葑草青青促归去,短箫横笛说明年。

其诗与李郢的《阳羡春歌》比对,仅"玉苏烂斑"与"吐鲛斓斑"不同而已(按:《清康熙钦定全唐诗》又作"玉薛斓斑"),但《陈子高遗稿》中并无此诗,且范仲淹抄补本已有此诗,必不是陈克所作。

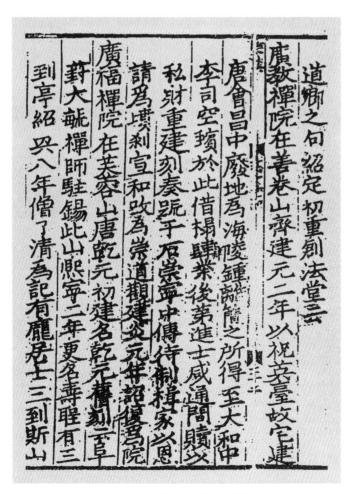

图14-宋8-2 明刻咸淳重修毗陵志2

二是"志二十五·寺观""广教禅院"条,称:"广教禅院(按:即善卷寺)在善卷山,齐建元二年以祝英台故宅建。唐会昌中废,地为海陵钟离简之所得。至大和中,李司空蠙于此借榻肄业,后第进士,咸通间赎以私财重建,刻奏疏于石。崇宁中,傅待制楫家以恩请为坟刹。宣和改为崇道观,建炎元年诏复为院。"

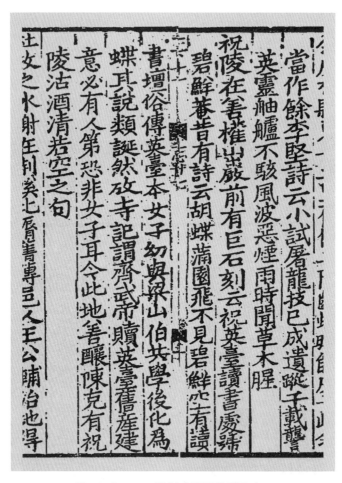

图14-宋8-3　明刻咸淳重修毗陵志3

三是"志二十七·古迹""祝陵"条,称:"祝陵,在善权山。岩前有巨石刻,云'祝英台读书处',号'碧鲜庵'。昔有诗云:'胡蝶满园飞不见,碧鲜空有读书坛'。俗传英台本女子,幼与梁山伯共学,后化为蝶。其说类诞。然考《寺记》,谓齐武帝赎英台旧产建,意必有人第,恐非女子耳。今此地善酿,陈克有'祝陵沽酒清若空'之句。"

四是"志二十九·碑碣",称:"'碧藓庵',字在善权寺方丈石上。"

《咸淳毗陵志》是最早对"梁祝"进行考证的方志,并得出了历史上必有祝英台其人其宅的结论。

本条影印件为北京图书馆藏明刻本,见《续修四库全书》。关于《咸淳毗陵志》,

(二) 宋元中期 梁祝记载

《宋元方志丛刊》、台湾成文出版社《中国方志丛书》均有载，为清嘉庆刻本。另外上海图书馆海存有清陈鳣、沙彦楷抄本。

史能之，南宋四明（今浙江宁波）人，字子善。淳祐元年（1241）进士，朝奉大夫太府寺臣，尉武进。咸淳二年（1266）知常州府。他任常州知府时，廉洁奉公，樽节浮费，以浚后河，民赖其利。州治清理，重修郡志，为世人赞誉。

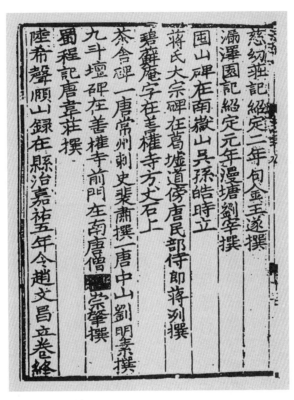

图14-宋8-4　咸淳重修毗陵志4

四、元代记载

(15-元1)《钱塘遗事》

《钱塘遗事》为元刘一清所辑,其中"卷九·祈请使行记"称:"德祐丙子二月初九日(出发)……三月……廿九日,易车行陵州西关,就渭河登舟。午后至林镇,属河间府,有梁山伯祝英台墓。夜宿于岸。"

《祈请使行记》是日记体裁,其中德祐为南宋恭帝年号,丙子为1276年,又为元世祖至元十三年,可见此文写于宋末元初。

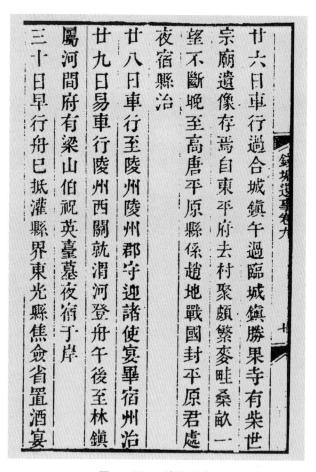

图15-元1 钱塘遗事

(二) 宋元中期　梁祝记载

考"陵州"即陵县，今为山东德州市陵城区。明宋濂《元史》"卷五十八·地理志·河间路"载："陵州（下），本将陵县。宋、金皆隶景州。宪宗三年（1253）割隶河间府。是年升陵州，隶济南路。至元二年（1265）复为县。三年（1266）复为州，仍隶河间路。"刘一清此文写于1276年，当时的陵州，正隶属于河间路。其使行路线为：3月28日抵陵州，住宿；29日，乘车至陵州西关登舟，沿渭河（卫河谐音之误）西行转北，午后抵"林镇"，住宿；30日早，行舟向北至灌县（观州谐音之误，今属河北），住宿……故"林镇"的位置应在陵州与观州之间。现这条路线上没有"林镇"，故"林镇"恐为"安陵镇"之误。今河北省景县、吴桥县均有安陵镇，分别位于南运河东、西侧，隔河相望。历史上景县安陵镇曾为安陵县治所，属观州。

本条影印件为清嘉庆刻本，存上海图书馆，《文渊阁四库全书》也有收录。

刘一清，宋末元初临安人。《四库全书》称其始末史传无考。

（16-元2）《夹注明贤十抄诗》

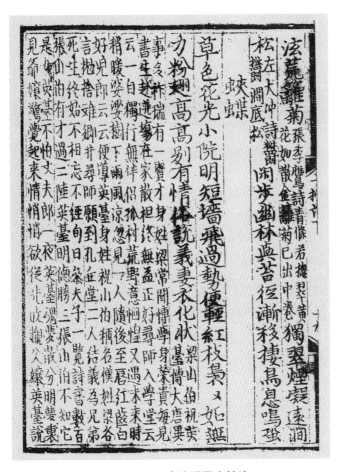

图16-元2-1　夹注明贤十抄诗1

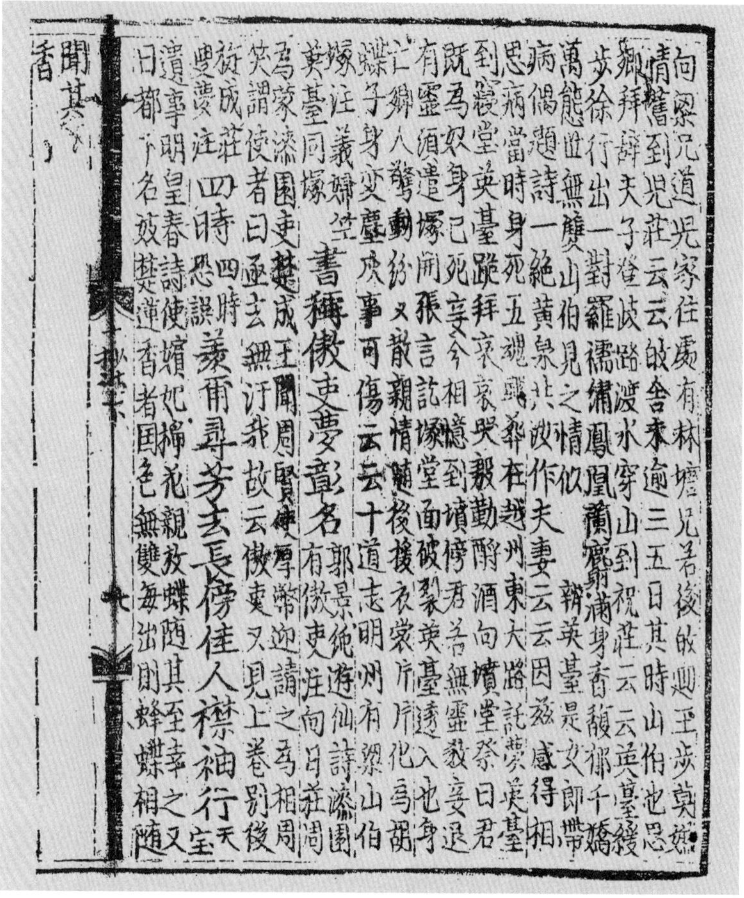

图16-元2-2　夹注明贤十抄诗2

《夹注明贤十抄诗》乃高丽释子山夹注，成书于1300年左右（详考见查屏球先生《夹注明贤十抄诗》"说明"第2—5页，上海古籍出版社出版）。

其书"卷下·罗邺"《蛱蝶》诗"俗说义妻衣化状"后夹注了《梁山伯祝英台传》说唱词：

> 大唐异事多祚瑞，有一贤才身姓梁。
> 常闻博学身荣贵，每见书生赴选场。
> 在家散袒终无益，正好寻师入学堂云云。
> 一自独行无伴侣，孤村荒野意恒惶。
> 又遇未来时稍暖，婆婆树下雨风凉。
> 忽见一人随后至，唇红齿白好儿郎云云。
> 便导（道）英台身姓祝，山伯称名仆姓梁。
> 各言抛舍（按："舍弃"之意）离乡井，寻师愿到孔丘堂。

（二）宋元中期　梁祝记载

二人结义为兄弟，死生终始不相忘。
不经旬日参夫子，一览诗书数百张。
山伯有才过二陆，英台明德胜三张。
山伯不知它是女，英台不怕丈夫郎。
一夜英台魂梦散，分明梦里见爷娘。
惊觉起来情悄悄，欲从先归睹父娘。
英台说向梁兄道，儿家住处有林塘。
兄若后归回玉步，莫嫌情旧到儿庄云云。
归舍未逾三五日，其时山伯也思乡。
拜辞夫子登歧路，渡水穿山到祝庄云云。
英台缓步徐行出，一对罗襦绣凤凰。
兰麝满身香馥郁，千娇万态世无双。
山伯见之情似□，□辨英台是女郎。
带病偶题诗一绝，黄泉共汝作夫妻云云。
因兹感得相思病，当时身死五魂飏。
葬在越州东大路，托梦英台到寝堂。
英台跪拜哀哀哭，殷勤酹酒向坟堂。
祭曰：君既为奴身已死，妾今相忆到坟傍。
君若无灵教妾退，有灵须遣冢开张。
言讫冢堂面破裂，英台透入也身亡。
乡人惊动纷又散，亲情随后援衣裳。
片片化为胡蝶子，身变尘灰事可伤云云。

该夹注在说唱词后，紧接着又夹注称："《十道志》'明州有梁山伯冢'，注'义妇竺英台同冢'。"本条影印件为日本东京汲古书院影印阳明文库之藏本，由日本京都立命馆大学芳村弘道教授提供。

释子山为高丽东都灵妙寺僧人，法号神印宗老僧，号月岩山人。《夹注名贤十抄诗》所引的"明州有梁山伯冢（义妇竺英台同冢）"，应是《十道志》之原文。而《梁山伯祝英台传》，则是现存最早的民间说唱本。说明在释子山夹注的1300年前（相当于宋末元初），"梁祝化蝶"的传说已经传到了高丽。

（17-元3）《明极楚俊遗稿》

日本《明极楚俊遗稿》"偈颂古风类"载有《祝英台读书堂》诗一首，为赴日元僧

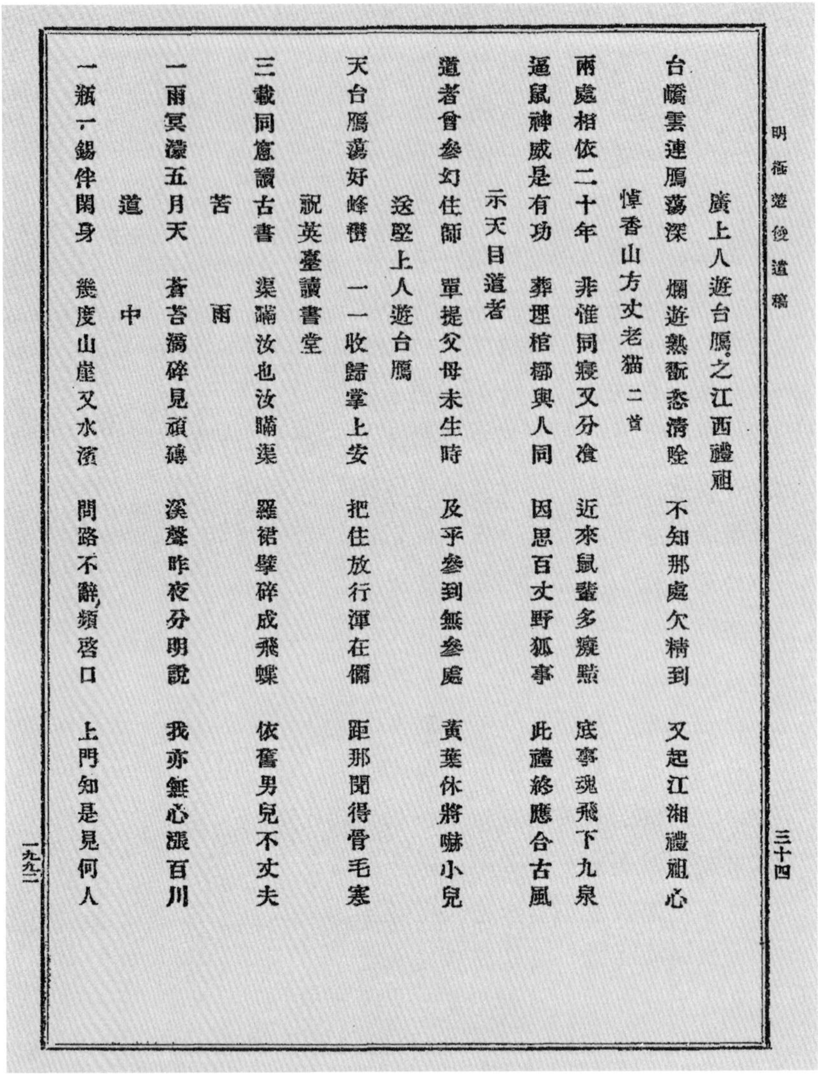
明極楚俊遺稿　三十四

廣上人遊台鴈。之江西禮祖

台嶠雲連鴈蕩深　爛遊熟翫悉清陰　不知那處欠精到　又起江湘禮祖心

悼香山方丈老猫 二首

兩處相依二十年　非惟同寢又分飡　近來鼠輩多癡黠　底事魂飛下九泉

逼鼠神威是有功　葬埋棺槨與人同　因思百丈野狐事　此禮終應合古風

示天目道者

道者曾參幻住師　單提父母未生時　及乎參到無參處　黃葉休將嚇小兒

送堅上人遊台鴈

天台鴈蕩好峰巒　一一收歸掌上安　把住放行渾在爾　距那聞得骨毛寒

祝英臺讀書堂

三載同窻讀古書　渠瞞汝也汝瞞渠　羅裙擘碎成飛蝶　依舊男兒不丈夫

苦雨

一雨冥濛五月天　蒼苔濕碎見頑磚　溪聲昨夜分明說　我亦無心漲百川

道中

一瓶一錫伴閑身　幾度山崖又水濱　問路不辭頻啓口　上門知是見何人

一九九二

图17–元3　明极楚俊遗稿

明极楚俊所作，载于日本《五山文学全集》第三卷（明治四十一年［1908］上村观光辑）。其诗云："三载同窗读古书，渠瞒汝也汝瞒渠。罗裙擘碎成飞蝶，依旧男儿不丈夫。"偈颂是佛经中的唱颂词，亦指释家隽永的诗作，通常以四句为一偈。该诗盛赞祝英台求知、求贞、求爱的高尚品格与大无畏精神，堪称巾帼丈夫。

明极楚俊（1262—1336），元代庆元府昌国县（今浙江嵊泗）人，本姓黄氏。12岁于灵岩寺出家，于金陵奉圣寺出世，为虎岩净伏法嗣，曾住瑞岩寺、普慈寺，历参灵隐、天童、径山、净慈诸山。元天历二年（日本元德元年［1329］）赴日，住建长寺、南禅寺等，并创立了大阪广岩寺。其法系称为明极派，于日本建武三年（1336）圆寂。《祝英台读书堂》为明极楚俊去日前的诗作，写作时间约为1312年左右，从金陵往婺州

经宜兴善权寺时（以上资料主要由复旦大学查屏球教授提供，详考见《"梁祝"的起源与流变》第198—200页）。

所谓五山文学，是指以日本禅宗五山为主体的禅僧们掀起的汉文学创作交流活动。禅宗东渐后，日本镰仓、室町幕府模仿南宋"五山十刹"官寺制度，设立了镰仓五山（建长寺、圆觉寺、寿福寺、净智寺、净妙寺）、京都五山（天龙寺、相国寺、建仁寺、东福寺、万寿寺）以及位于五山之上的京都南禅寺。由此，日本开始了从镰仓末期至足利时代历时三百年（相当于南宋末至明后期）的文化新时代——五山文化时代。

本条影印件为日本《五山文学全集》（昭和四十八年［1973］思文阁复刻版），由日本梁祝文化研究所渡边明次所长提供。

（18-元4）［延祐］《四明志》

图18-元4 延祐四明志

［延祐］《四明志》成于元延祐七年（1320），马泽修，袁桷纂。其"卷七·山川考·陵墓·鄞县"因袭前志，称："梁山伯祝英台墓，县西十里接待院后，有庙存焉。二人少尝同学，比及三年，而山伯初不知英台之为女也，以同学而同葬。见《十道四蕃

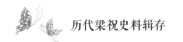

志》所载。旧志曰‘义妇冢’。然此事恍惚，以旧志有，故存。”

本条影印件见《宋元方志丛刊》，为清烟屿楼刻本。

马泽，里籍未详，字润之。太中大夫，元延祐间以中秘官为庆元路总管。

袁桷（1266—1327），元庆元鄞县（今宁波）人，字伯长，号清容居士。大德元年（1297）荐翰林国史院检阅官，累迁侍讲学士。卒赠江浙行省参知政事，追封陈留郡公，谥文清。著有《易说》、《春秋说》、［延祐］《四明志》等。

（19–元5）［泰定］《毗陵志》

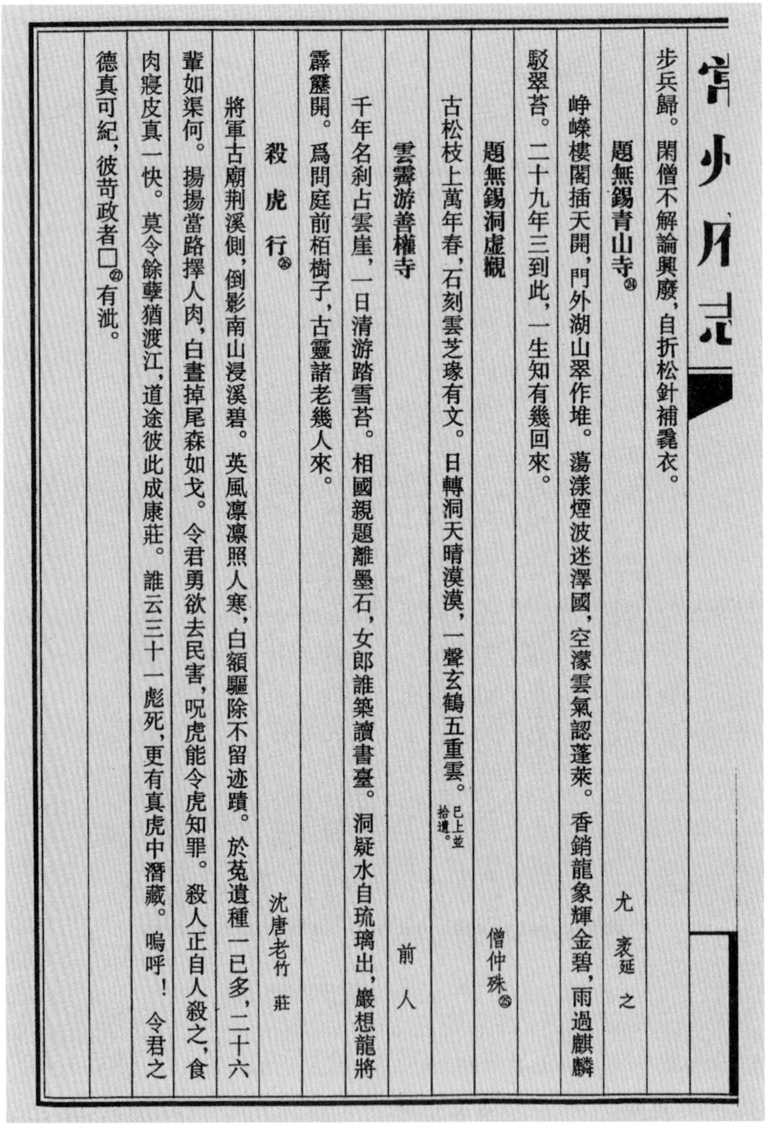

步兵歸。閑僧不解論興廢，自折松針補毳衣。

題無錫青山寺㉔　尤　袤延之

峥嶸樓閣插天開，門外湖山翠作堆。蕩漾煙波迷澤國，空濛雲氣認蓬萊。香銷龍象輝金碧，雨過麒麟駁翠苔。二十九年三到此，一生知有幾回來。

題無錫洞虛觀　僧仲殊㉕

古松枝上萬年春，石刻雲芝篆有文。日轉洞天晴漠漠，一聲玄鶴五重雲。已上並拾遺。

雲霽游善權寺　前　人

千年名刹占雲崖，一日清游踏雪苔。相國親題離墨石，女郎誰築讀書臺。洞疑水自琉璃出，巖想龍將霹靂開。爲問庭前栢樹子，古靈諸老幾人來。

殺虎行㉖　沈唐老竹莊

將軍古廟荆溪側，倒影南山浸溪碧。英風凜凜照人寒，白額驅除不留迹蹟。於菟遺種一已多，二十六輩如渠何。揚揚當路擇人肉，白晝掉尾森如戈。令君勇欲去民害，呪虎能令虎知罪。殺人正自人殺之，食肉寢皮真一快。莫令餘孽猶渡江，道途彼此成康莊。誰云三十一彪死，更有真虎中潛藏。嗚呼！令君之德真可紀，彼苛政者□㉗有泚。

图19–元5　泰定毗陵志

(二)宋元中期 梁祝记载

据明［永乐］《常州府志》"卷十四·文章二"，元《泰定毗陵志》曾收录宋僧仲殊的《云霁游善权寺》诗，云：

> 千年名刹占云崖，一日清游踏雪苔。
> 相国亲题离墨石，女郎谁筑读书台？
> 洞疑水自琉璃出，岩想龙将霹雳开。
> 为问庭前柏树子，古灵诸老几人来。

其诗"相国亲题离墨石"指唐司空李蠙在善卷寺所题的"万古灵迹""碧鲜庵"碑及善卷寺题壁等（善卷山又称离墨山）；"女郎谁筑读书台"句，咏祝英台读书处，唐李蠙亦曾在其处读书，后第进士。该诗因有"踏雪苔"句，故笔者尝疑其题名为《雪霁游善权寺》之误。僧仲殊，俗姓张氏，名挥，安州进士，其妻以药毒之，遂弃官出家，住苏州承天寺、杭州吴山宝月寺。能文善诗，操笔立就，与苏东坡有交。有《宝月集》。

［泰定］《毗陵志》成于元泰定二年（1325），文志仁纂。原书早佚，仅《永乐大典》、［永乐］《常州府志》有收录。

本条影印件见常州市地方志办公室点校的［永乐］《常州府志》。

文志仁，巴西（今四川绵阳）人，字心之。元英宗至治元年（1321）曾出任常州路照磨。

（20-元6）《录鬼簿》

《录鬼簿》为元钟嗣成所撰，至顺元年（1330）书成，元统二年（1334）、至正五年（1345）先后又作过两次修订，由原来的一卷扩充为两卷。其书记载了元代书会才人、名公士夫之类剧作家八十余人的里籍、生平、著作情况，是现存元人记述元杂剧历史的重要文献资料。该书"卷上·前辈才人所编传奇于世者五十六人"记载白仁甫作品有："《绝缨会》、《赴江江》、《东墙记》（马君卿寂寞看孝垒，董秀英花东墙记）、《梁山伯》（马好儿不遇吕洞宾，祝英台死嫁梁山伯）、《赚兰亭》、《银筝怨》……"

根据该书记载可知，早在元代，白朴所作的杂剧中，便有了"梁祝"的传奇。

图20-元6-1影印件为天一阁蓝格写本，由明贾仲明在钟嗣成《录鬼簿》的基础上进行了续编，其续编部分（即《续录鬼簿》）增加了元和明初的剧作家七十一人，明永乐二十年（1422）成书，见《续修四库全书》。

另有上海图书馆藏明勖初斋刻善本（见图20-元6-2），与天一阁抄本略为不同，白仁甫所作传奇的排列顺序为《赴江江》《绝英会》《梁山泊》《东墙记》……且传奇名

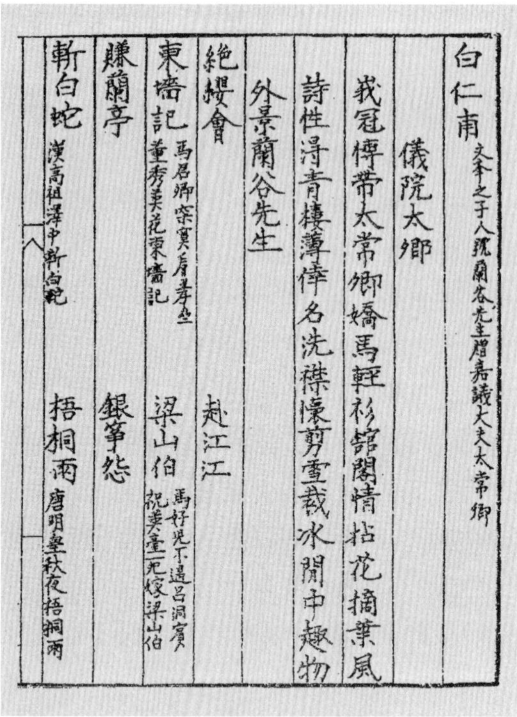

白仁甫 文舉之子人號蘭谷先生贈嘉議大夫太常卿
儀院太卿
裁冠博帶太常卿嬌馬輕衫館閣情拈花摘葉風
詩性得青樓薄倖名洗襟懷剪雪裁冰閑中趣物
外景蘭谷先生
絶纓會 赴江江
東墻記 馬君卿宗寶看孝 董秀英花東墻記 梁山伯 馬好兒不遇呂洞賓 祝英臺一死嫁梁山伯
賺蘭亭 銀箏怨
斬白蛇 漢高祖澤中斬白蛇 梧桐雨 唐明皇秋夜梧桐雨

图20–元6–1　录鬼簿

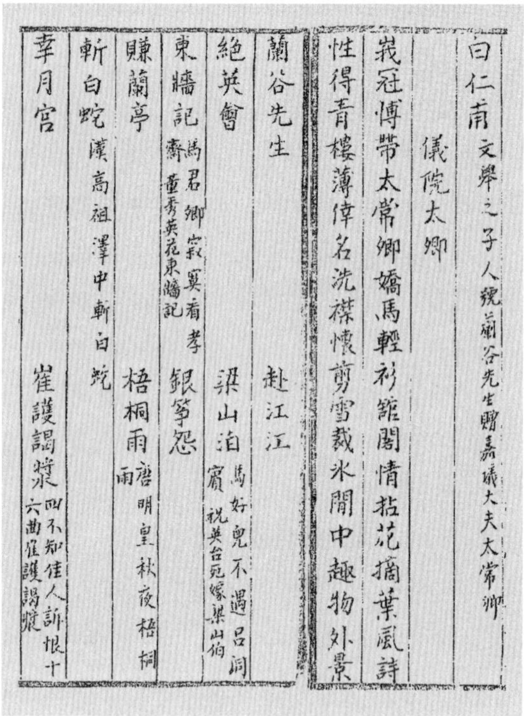

白仁甫 文舉之子人號蘭谷先生贈嘉議大夫太常卿
儀院太卿
裁冠博帶太常卿嬌馬輕衫館閣情拈花摘葉風詩
性得青樓薄倖名洗襟懷剪雪裁冰閑中趣物外景
蘭谷先生 赴江江
絶英會 梁山泊 馬好兒不遇呂洞賓 祝英台死嫁梁山伯
東牆記 馬君卿寂寞看孝齋 董秀英花東牆記 銀箏怨
賺蘭亭 梧桐雨 唐明皇秋夜梧桐雨
斬白蛇 漢高祖澤中斬白蛇 崔護謁漿 四不知佳人訴恨十六曲崔護謁漿
幸月宫

图20–元6–2　录鬼簿

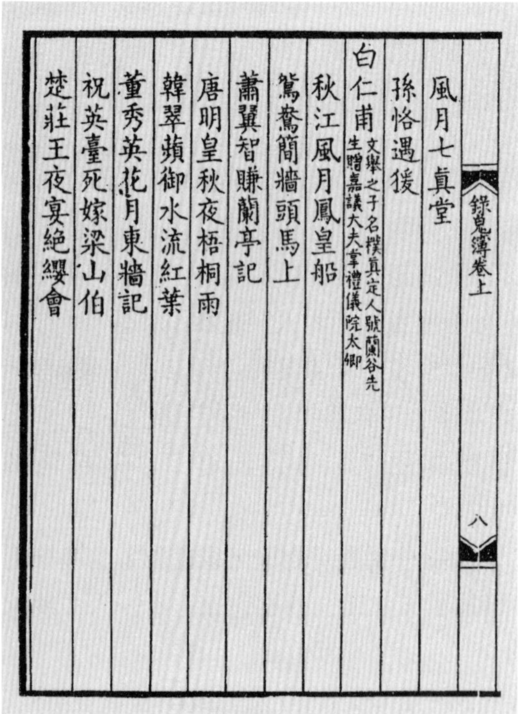

録鬼簿卷上　八
風月七真堂
孫恪遇猨
白仁甫 文舉之子名樸真定人號蘭谷先生贈嘉議大夫掌禮儀院太卿
秋江風月鳳皇船
鴛鴦簡牆頭馬上
蕭翼智賺蘭亭記
唐明皇秋夜梧桐雨
韓翠蘋御水流紅葉
董秀英花月東牆記
祝英臺死嫁梁山伯
楚莊王夜宴絶纓會

图20–元6–3　录鬼簿

为《梁山泊》，应是编刻的错误。

此外，清初曹寅又有《新编录鬼簿二卷》（见图20－元6－3），其白仁甫所作传奇顺序为："《秋江风月凤皇船》《鸳鸯简墙头马上》《萧翼智赚兰亭记》《唐明皇秋夜梧桐雨》《韩翠蘋御水流红叶》《董秀英花月东墙记》《祝英台死嫁梁山伯》……"且剧目名称均有变化，如《唐明皇秋夜梧桐雨》《董秀英花月东墙记》《祝英台死嫁梁山伯》等，已将原剧目后的注释加进了剧目之中。

白朴（1226—约1306），祖籍隩州（今山西河曲），汴梁（今河南开封）人，原名恒，字仁甫，后改名朴，字太素，号兰谷。晚岁寓居金陵（今江苏南京）。元代著名的杂剧作家，与关汉卿、马致

(二) 宋元中期 梁祝记载

远、郑光祖并称为"元曲四大家"。

钟嗣成，元汴梁（今河南开封）人，字继先，号丑斋，元代文学家。自幼居杭州。屡试不中。尝作《录鬼簿》，收元散曲杂剧作者一百五十二人小传、存剧目四百余种，凡金元杂剧、名人仕履，考订颇详。卒于明初。所作杂剧《钱神论》《章台柳》《蟠桃会》等七种，均已佚。

（21-元7）[至正]《金陵新志》

[至正]《金陵新志》（图21-元7-1）为元张铉所撰，至正四年（1344）集庆路儒学刊刻。该志"卷十一·下·祠祀志·寺院"称："福安院。《乾道志》：在城西南新林市东，去城二十里，俗呼'祝英台寺'。"

此记征自《乾道志》，故而金陵的"祝英台寺"，早在南宋就已存在了。

此影印件为明正德十五年（1520）补刻本，见《北京大学图书馆藏稀见方志丛刊》。

该志清《文渊阁四库全书》也有收录，却被称作"至大金陵新志"（见图21-元7-2）。考该志于至正初由江南诸道行御史台决定，在宋[景定]《建康志》基础上续修，因聘张铉主其事，凡六月而书成，《四库全书》称其为《至大金陵志》，不知何故。

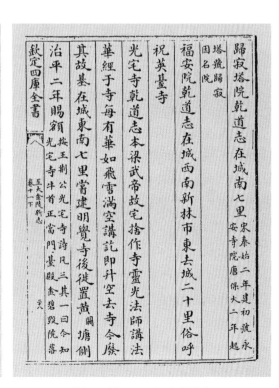

图21-元7-1　至正金陵志　　　　图21-元7-2　至大金陵志

张铉,生卒未详,元代陕西人,字用鼎。尝为奉元路(今西安)学古书院山长。学问博雅,所撰[至正]《金陵志》十五卷,荟萃损益,本末灿然,无后来地理志家附会丛杂之病。

(22-元8)《新编贞和分类古今尊宿偈颂集》

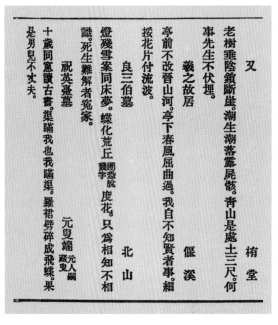

图22-元8 新编贞和分类古今尊宿偈颂集

《新编贞和分类古今尊宿偈颂集》为日本室町幕府初期僧人义堂周信于贞和年间(1345—1350)所辑,该书"卷之三·灵迹"收录两首梁祝诗词。

一是北山的《良三伯墓》,云:"灯残雪案同床梦,蝶化荒丘(原注:考:恐脱'几'字)度花。只为相知不相识,死生难解者冤家。"诗人叹息梁祝人去灯残,但化成的蝴蝶年年飞舞在一起,成为永不分离的"生死冤家"。北山,即北山绍隆禅师,生卒不详。住福州神光寺,是南岳下二十世、径山痴绝道冲禅师(1169—1250)法嗣。该诗如为北山所作,写作时间约为1250年前后。由此诗可知,在1250年左右,梁祝化蝶传说已经传到宁波并得到了普及。

二是元叟行端的《祝英台墓》,云:"十岁同窗读古书,渠瞒我也我瞒渠。罗裙劈碎成飞蝶,果是男儿不丈夫。"该诗与《明极楚俊遗稿》中《祝英台读书堂》诗相类,有六点不同:1. 诗名为《祝英台墓》;2. 作者为元叟端;3. "三载"作"十岁";4. "汝"均作"我";5. "擘碎"作"劈碎";6. "依旧"作"果是"。元叟端(1259—1346),浙江临海(今台州)人,俗姓何,字元叟,法名行端。12岁度余杭化成院,后参学于虎丘雪岩祖钦,至治壬戌(1322)补径山,前后住持径山30年,88岁终。

此影印件为日本《五山文学全集》(昭和四十八年[1973]思文阁复刻版),由日本梁祝文化研究所渡边明次所长提供。

义堂周信(1325—1388),字义堂,法名周信,别号空华道人,土佐(今日本高知县)人。参禅于梦窗疏石,为其高足。曾居关东圆觉寺及其他各寺20年,后居京都建仁寺、南禅寺,为五山文学代表人物。著有《空华集》《义堂周信语录》《空华日用功夫略集》。《新编贞和分类古今尊宿偈颂集》收录在《五山文学全集》中。

(二) 宋元中期 梁祝记载

(23-元9)《重刊贞和类聚祖苑联芳集》

《重刊贞和类聚祖苑联芳集》亦为义堂周信所辑，该书"卷三·灵迹"收录两首梁祝诗词。图23-元9-1为日本宽永九年（1632）刊本，其中北山的《梁山伯墓》云"灯残雪案同床梦，蝶化荒丘几度花。只为相逢不相识，死生难解者冤家"；明极所作的《祝英台墓》云"三载同窗读古书，渠瞒汝也汝瞒渠。罗裙擘碎成飞蝶，依旧男儿不丈夫"，与《明极楚俊遗稿》中的《祝英台读书堂》相同，但诗题不同。

图23-元9-2为日本思文阁《五山文学》复刻版。复刻版中，除《祝英台墓》诗"罗裙擘碎"作"罗裙璧碎"外，还把两首诗与《新编贞和分类古今尊宿偈颂集》的不同处以考注形式标出。其中，《梁山伯墓》的"良三伯"改为"梁山伯"，"相知"改为"相逢"；《祝英台墓》的作者"元叟端"改为"明极"，"十载"改为"三载"，"我"改为"汝"，"劈碎"改为"璧碎"。

元叟行端和明极楚俊均到过宜兴。元叟行端18岁谒平江（今苏州），29岁参虎丘雪岩祖钦，其时到过宜兴，曾作《东坡居士故居》，有"阳羡溪山是故居"句。阳羡为宜兴古称，东坡羡慕阳羡之溪山，在宜兴买田，并上表乞居宜兴。明极楚俊于元皇庆壬子（1312）曾从金陵经宜兴善卷寺去婺州。善卷寺为江南名刹，以祝英台故宅创建，寺内有祝英台读书处古迹，寺南青龙山有祝英台墓。该诗如为元叟行端所作，写作时间约为

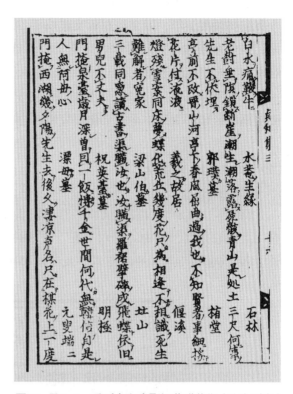

图23-元9-1 重刊贞和类聚祖苑联芳集（宽永刊本）

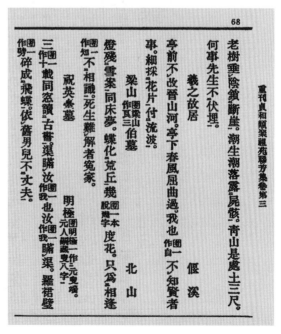

图23-元9-2 重刊贞和类聚祖苑联芳集（思文阁）

1300年前后。但元叟行端遗诗较多，风格与此诗差异较大。

这两首诗原收录在义堂周信于贞和年间（1345—1350）所辑的《新编贞和分类古今尊宿偈颂集》里，但文稿在延文戊戌（1358）被毁，因世有“妄庸传写别本”错误繁多，因此重新编订，同时取真净克文以下尊宿五言、七言绝句，补作3000首，名《重刊贞和类聚祖苑联芳集》，于日本嘉庆二年（1388）编成。

日本宽永九年（1632）刊本影印件由宁波大学张如安教授提供，《五山文学》思文阁复刻版影印件由日本梁祝文化研究所渡边明次提供。

（24–元10）《说郛》

《说郛》为元季陶宗仪所辑。其书汇集了汉魏至宋元名家的经史传记、诸子百氏杂书共六百余篇，其中“卷六十五”收录的宋周必大《泛舟录》，记载了“宜兴梁祝”，称：“按，（善权寺）旧碑：寺本齐武帝赎祝英台庄所置。”

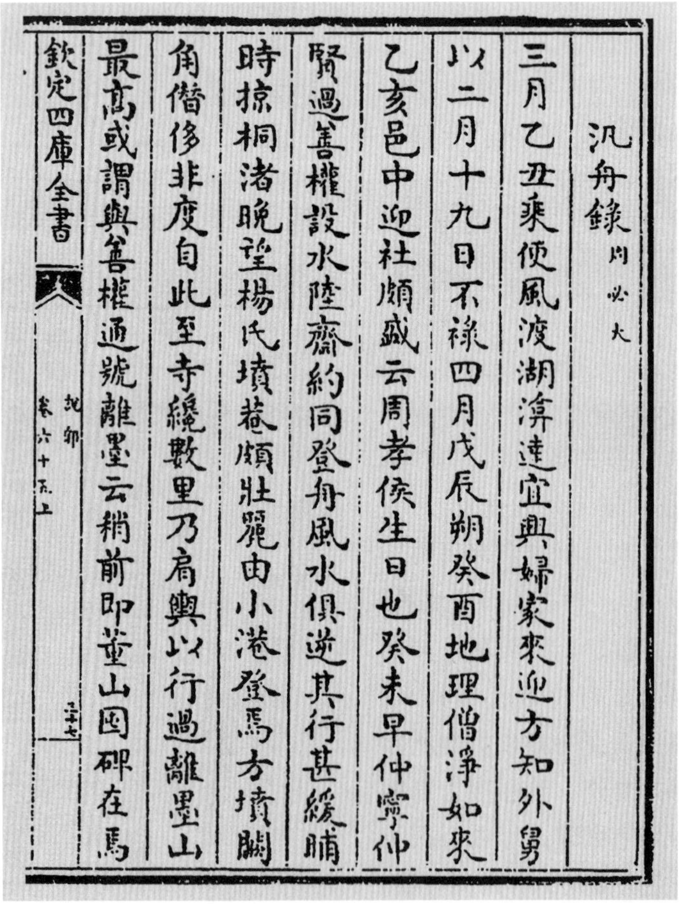
汎舟錄　周必大
三月乙丑乘便風渡湖濱達宜興婦家來迎方知外舅
以二月十九日不祿四月戊辰朔癸酉地理僧淨如來
乙亥邑中迎社頗盛云周孝侯生日也癸未早仲寧仲
賢過善權設水陸齋約同登舟風水俱逆其行甚緩晡
時掠桐渚晚望楊氏墳菴頗壯麗由小港登焉方墳闕
角僭侈非度自此至寺纔數里乃肩輿以行過離墨山
最高或謂與善權通號離墨云稍前即董山國碑在焉

欽定四庫全書　說郛 卷六十五上　三十七

图24–元10–1　说郛1

（二）宋元中期 梁祝记载

《说郛》收录的《泛舟录》并非周必大《泛舟游山录》之原文，而是《泛舟游山录》的节录版，其中删除了日记中的应酬及生活琐事等内容。

陶宗仪《说郛》为一百卷，由杨维桢（1296—1370）、孙作（约1340—1424）为序，由此可知其成书时间在元末。陶宗仪病卒后，抄本被松江数家文士收藏，明成化辛丑（1481），湖广副使郁文博罢归松江，借得《说郛》录之，后又得他本抄录，每日端坐"万卷楼"，取诸载逐一比对，讹者正之，缺者补之，无载籍者以义厘正之，仍编为一百卷，又经数年校对尽善，于弘治九年（1496）复刊行。

本条影印件见清《文渊阁四库全书》。

陶宗仪（1321—约1412），浙江黄岩人，字九成，号南村，元史学家、文学家。至正八年（1348），因议论政事落第，从此弃绝仕途，于松江开馆课徒。有《辍耕录》《书史会要》《说郛》等。

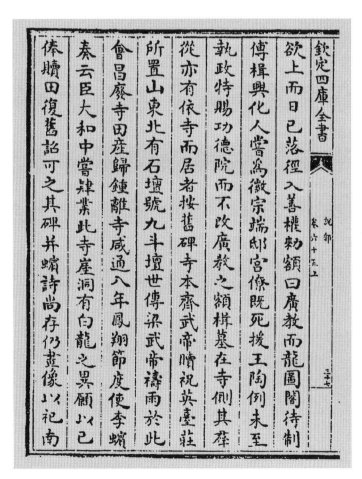

图24-元10-2 说郛2

（三）明清晚期　梁祝记载

五、明代记载

（25-明1）[洪武]《常州府志》

[洪武]《常州府志》原名《毗陵续志》，成于明洪武十年丁巳（1377），是我国现存最早的明代方志，张度修，谢应芳纂。其志五处记有"宜兴梁祝"。

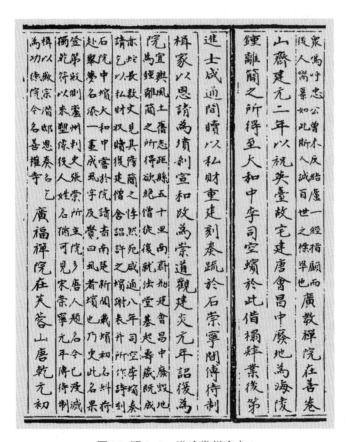

图25-明1-1　洪武常州府志1

一是"卷六·观寺·院""广教禅院"条，称："广教禅院在善卷山，齐建元二年以祝英台故宅建，唐会昌中废，地为海陵钟离简之所得。至大和中，李司空蠙于此借榻肄业，后第进士。咸通间，赎以私财重建，刻奏疏于石。崇宁间，傅待制楫家以恩请为坟刹，宣和改为崇道观，建炎元年诏复为院。宜兴风土旧志：距县五十里，南齐创建。会昌中废毁,地为钟离简之所得,欲绝僧徒,复就法堂基起寿藏。既成,赤蛇长数丈见其傍,简之悸然死。咸通八年,司空李蠙奏请乞以私财收赎,复建僧舍。诏许之,蠙谢表,并所作诗刻石院中。蠙大和中尝于院读书。《南楚新闻》载:蠙初名虬(应作"虬"),将赴举,梦名添一画成"虱"字。及觉,曰:虱者,蠙也,乃更此名,果登第。殿侧,庐州刺史张崇所立。院多唐人题名,今已漫灭,独乾符以来塑像、役人姓名犹可见。宋崇宁元年,傅待制楫以徽宗潜邸恩奏,名乞为功德院,今名善权寺。"

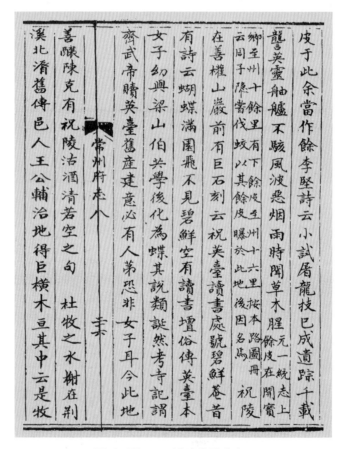

图25-明1-2　洪武常州府志2

二是"卷八·古迹""祝陵"条,因袭宋《咸淳毗陵志》所载,称:"祝陵,在善权山,岩前有巨石刻,云'祝英台读书处',号'碧鲜庵'。昔有诗云:蝴蝶满园飞不见,碧鲜空有读书坛。俗传英台本女子,幼与梁山伯共学,后化为蝶。其说类诞。然考《寺记》,谓齐武帝赎英台旧产建,意必有人第,恐非女子耳。今此地善酿,陈克有'祝陵沽酒清若空'之句。"

三是"卷十三·文章",收录宋顾逢、陈克"梁祝"诗。

顾逢《题善权寺》诗云:

（三）明清晚期　梁祝记载

> 英台修读地，旧刻字犹存。
> 一阁出霄汉，万松连寺门。
> 洞深龙气冷，池浅鹿行浑。
> 山下流来水，风雷日夜喧。

诗人游览了善权寺中的祝英台读书处古迹，看到唐"碧鲜庵"旧碑后写下此诗，为今天考证"碧鲜庵"碑的书刻时间提供了依据。顾逢，宋季吴郡人，字君际，号梅山樵叟。宋末举进士不第，学诗于周弼，人称"顾五言"，自署"五字田家"。后辟吴县学官。有《船窗夜话》《负暄杂录》及诗集。

陈克《阳羡春歌》诗为李郢诗之误，诗文见《唐音统签》。

四是"卷十四·文章"收录宋僧仲殊《云霁游善权寺》，其诗文见前。

五是"卷十九·碑碣"称："碧藓庵，字在善权寺方丈石上。"

本条影印件为清道光十三年抄本，见线装书局2003年出版的《南京图书馆孤本善本丛刊/明代孤本方志专辑》，上海图书馆存有善本电子书。

张度，元季广东增城人，字景仪。官至吏部尚书。洪武九年（1376）知常州府，兴学造士，修郡志。

谢应芳（1296—1392），元末明初常州府武进人，字子兰。自幼钻研理学，隐于白鹤溪，名其室为"龟巢"，因以为号。授徒讲学，导人为善。元末避地吴中，明兴始归，

图25-明1-3　洪武常州府志3　　图25-明1-4　洪武常州府志4

图25-明1-5 洪武常州府志5

图25-明1-6 洪武常州府志6

隐居芳茂山。80岁时，不顾羸弱，应郡守盛邀，主持编纂《续毗陵志》。97岁高龄谢世。著有《辨惑编》《思贤怀古》《龟巢集》等。

（26-明2）《太和正音谱》

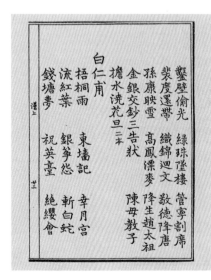

图26-明2 太和正音谱

《太和正音谱》又名《北雅》，明朱权所撰。其书内容包括北曲曲谱、元代和明初杂剧作家及其作品目录，以及戏曲理论与史料，于明洪武戊寅（1398）成书。其书"卷上·群英所编杂剧"称："白仁甫：《梧桐雨》《东墙记》《幸月宫》《流红叶》《银筝怨》《斩白蛇》《钱塘梦》《祝英台》……"

此影印件为清抄明洪武本，见《续修四库全书》。

朱权（1374—1448），明太祖第十六子。原籍濠州钟离（今安徽凤阳），字臞仙，号涵虚子、丹丘先生，自号南极遐龄老人、大明奇士，洪武二十四年（1391）封宁王，国大宁。永乐元年

(1403)改封南昌。修道学、善古琴、悉茶道、好戏曲，著《汉唐秘史》《通鉴博论》《太和正音谱》及戏曲《私奔相如》、传奇《荆钗记》等，卒谥献。

（27-明3）[永乐]《常州府志》

[永乐]《常州府志》编于明永乐十六年（1418），未署修纂人。其志五处收录"宜兴梁祝"。一是"卷六·宫室·院·宜兴县·《咸淳毗陵志》""广教禅院"条称："广教禅院，在善卷山，齐建元二年以祝英台故宅建。唐会昌中废，地为海陵钟离简之所得。至大和中，李司空蠙于此借榻肄业，后第进士。咸通间，赎以私财重建，奏刻疏于石。崇宁中，傅待制楫家以恩请为坟刹。宣和改为崇道观，建炎元年诏复为院……"

二是"卷八·古迹·舍·宜兴县·《咸淳毗陵志》""祝陵"条称："祝陵，在善权山。岩前有巨石刻，云'祝英台读书处'，号'碧鲜庵'。昔有诗云：'蝴蝶满园飞不见，碧鲜空有读书坛。'俗传英台本女子，幼与梁山伯共学，后化为蝶。其说类诞。然考《寺记》，谓齐武帝赎英台旧产建，意必有人第，恐非女子耳。今此地善酿，陈克有'祝陵沽酒清若空'之句。"

三是"卷十三·文章一·《续毗陵志》"收录宋顾逢《题善权寺》诗，"卷十三·文章一·《咸淳毗陵志》"收录宋陈克《阳羡春歌》。诗文见前。

四是"卷十四·文章二·《泰定毗陵志》"收录宋僧仲特殊《云霁游善权寺》诗。诗文见前。

五是"卷十九·碑碣·《咸淳毗陵志》·宜兴"称："碧藓庵碑，字在善权寺方丈

图27-明3-1 永乐常州府志1

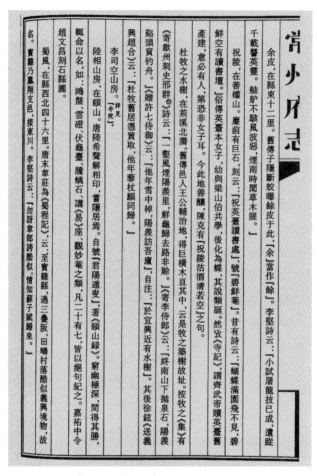

图27-明3-2　永乐常州府志2

石上。"

本条影印件见常州市地方志办公室根据上海图书馆存清抄本点校重印的［永乐］《常州府志》。

该志在《中国地方志联合目录》中未有著录，因其并非正版的［永乐］《常州府志》，而是即将编纂的［永乐］《常州府志》的资料长编，即在［洪武］《毗陵续志》的基础上，增加了永乐前的内容。实际上就是明永乐之前常州府及所辖四县的多部地方志（包括宋［咸淳］《重修毗陵志》、元［大德］《新修毗陵志》、［泰定］《毗陵志》、明［洪武］《续毗陵志》以及《无锡县志》《江阴县志》《江阴军志》《宜兴风土旧志》《江浙续志》《元一统志》等）的汇编，因此该书名为［永乐］《常州府志汇编》更为合适。正版的［永乐］《常州府志》原书，可能在明朝中叶就已散佚。有考证者称上海图书馆所存之［洪武］《常州府志》即为［永乐］《常州府志》，此说是否属实，笔者未深入研究，须待国家权威部门确认，故本书仍将二志分列。

（三）明清晚期　梁祝记载

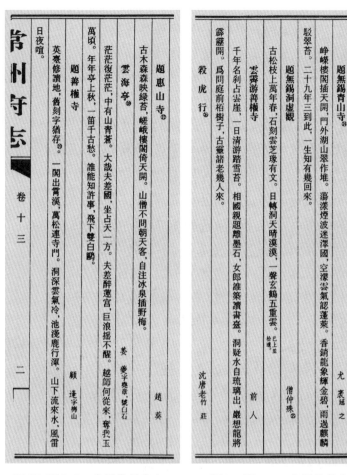

图27-明3-3　永乐常州府志3

图27-明3-4　永乐常州府志4

图27-明3-5　永乐常州府志5

（28-明4）《皇明寺观志》

《皇明寺观志》，无序跋，无目录。其"南直隶·常州府·宜兴县"所录寺观由训导同安危修于明正统十四年（1449），记事下限为正统十三年。

该志"善权寺"条称："善权寺在县西五十里永丰乡，因洞得名。按，《宋志》：一名广教禅院，南齐建元二年以祝英台故宅其建。唐会昌中废，地为钟离简之所得，欲绝僧徒，就以法堂基作寿藏。既成，忽有赤蛇长数丈见其傍，简之悸然而卒，遂葬其地。泰和（为太和之误）中，李蟾尝于寺读书，后登进士。咸通八年，奏乞以私财收赎，复建僧舍，诏许之。蟾谢表，并作诗刻石寺中。崇宁元年，待制傅楫以徽宗潜邸恩奏，乞为功德院。宣和间，改为崇道观。建炎元年诏复为寺。国朝正统十三年，巡抚侍郎周忱寓此，祷西（祷雨之误）有应，寺僧持宣立亭，寺复以纪之。"

本条影印件见《中国佛寺志丛刊》。

51

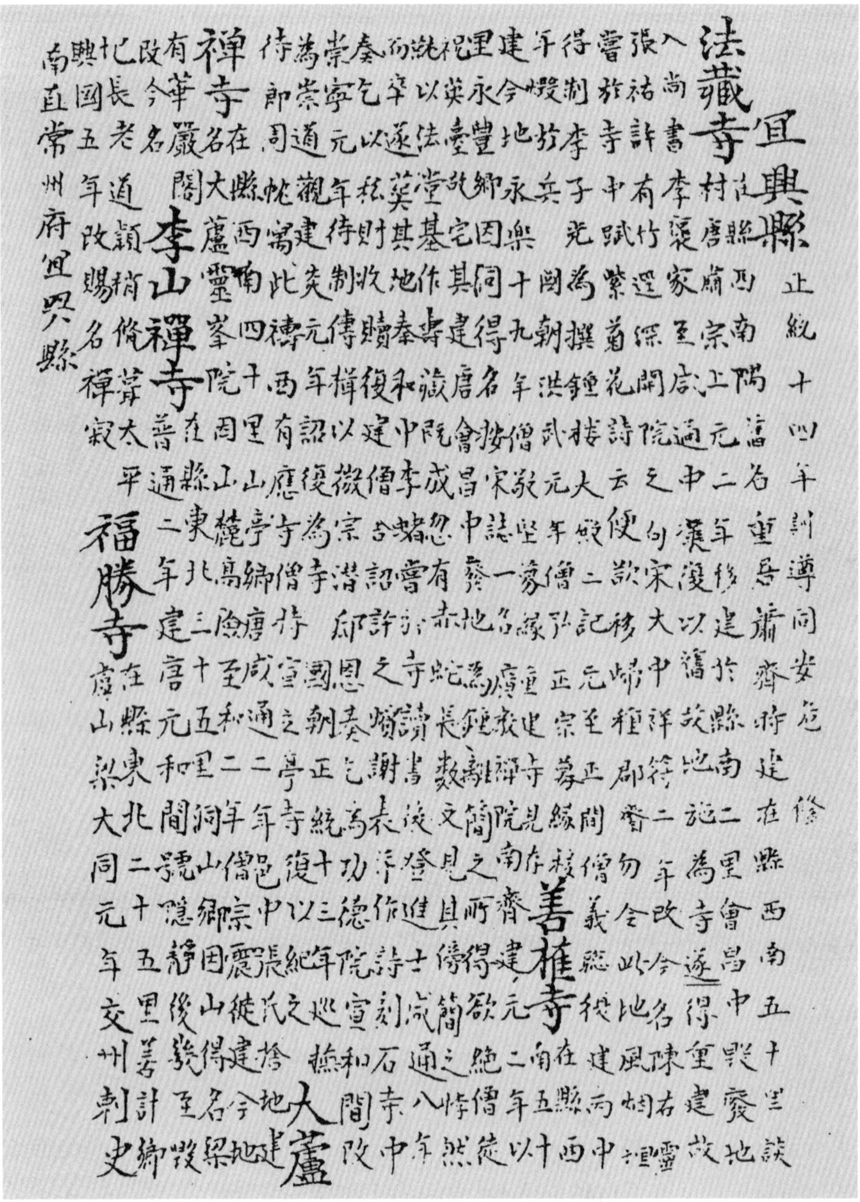

图28-明-4 皇明寺观志

（29-明5）《鄞邑形胜赋》

《鄞邑形胜赋》作于明景泰三年（1452），作者佚名。洋洋数千言，列举鄞县之方位交通、林谷山川、古迹名胜。其中称："石塘碶亏灌浦渡，西渡高桥通官渡。夹塘相近石君祠，梁山伯庙沿江去。"在"梁山伯庙沿江去"后加注曰："梁山伯，名处仁，越州会稽人。东晋穆帝永和年间入杭州太学，遇祝真字信斋，结义为友，共学三年。祝上虞

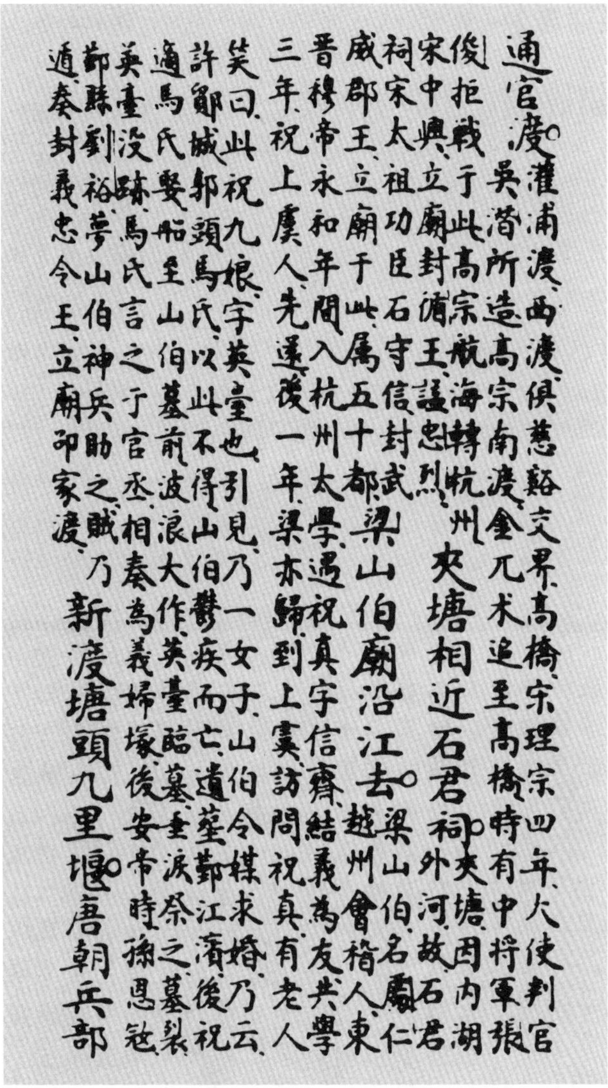

通官渡○灌浦渡西渡俱慈谿交界高橋宋理宗四年大使判官吳潛所造高宗南渡金兀术追至高橋時有中將軍張俊拒戰于此高宗航海轉杭州宋中興立廟封浦王諡忠烈夾塘相近石君祠○夾塘因內湖外河故石君祠宋太祖功臣石守信封武咸郡王立廟于此屬五十都梁山伯廟沿江去○梁山伯名處仁越州會稽人東晉穆帝永和年間入杭州太學遇祝真字信齋結義為友共學三年祝上虞人先還後一年梁亦歸到上虞訪問祝真有老人笑曰此祝九娘字英臺也引見乃一女子山伯令媒求婚乃云許鄮城郭頭馬氏以此不得山伯鬱疾而亡遺瘞鄮江濱後祝適馬氏娶船至山伯墓前波浪大作英臺臨墓垂淚祭之墓裂英臺沒跡馬氏言之于官丞相奏為義婦塚後安帝時孫恩寇鄮縣劉裕夢山伯神兵助之賊乃遁奏封義忠令王立廟邵家渡新渡塘頭九里堰○唐朝兵部

图29–明5　鄞邑形胜赋

人，先还。后一年，梁亦归。到上虞访问祝真，有老人笑曰：此祝九娘字英台也。引见，乃一女子。山伯令媒求婚，乃云：许鄮城郭头马氏，以此不得。山伯郁疾而亡，遗葬鄞江滨。后祝适马氏娶，船至山伯墓前，波浪大作，英台临墓垂泪祭之，墓裂英台没迹。马氏言之于官，丞相奏为义妇冢。后安帝时，孙恩寇鄞县，刘裕梦山伯神兵助之，贼乃遁。奏封义忠令王，立庙邵家渡。”此注按《义忠王庙记》等记载综合记之，然有三处错误。一是《庙记》谓英台姓祝名贞，误作“真”；二是英台许鄮城廊头马氏，误作“郭头”；三是梁山伯褒封为义忠神圣王，误作“义忠令王”。此件为抄本，未知是原版之误还是抄录之误。

该影印件由宁波大学张如安教授提供，存中国国家图书馆。

(30—明6)《寰宇通志》

《寰宇通志》为明代官修地理总志，陈循、高榖、王文等撰修，景泰七年（1456）书成。其志"卷之三十·宁波府·坟墓"刊载"义妇冢"一条，称："义妇冢，在鄞县西十六里。旧志：梁山伯祝英台二人少同学，比及二年，山伯不知英台为女子。后山伯为鄞令，卒葬此。祝氏道过墓下泣拜，墓裂而殒。晋丞相谢安奏封为义妇冢。"

该志所记，有三点值得关注：

1. 该志是所有志乘、典籍中首称山伯为"鄞令"者。宋李茂诚《义忠王庙记》称山伯为"鄮令"，而宋、元志乘中，仅记有"义妇冢"或"梁山伯祝英台墓"，亦未尝有山伯为令之记。

2. 关于"义妇冢"的位置，宋、元志均称在"县西十里（或鄞县西十里）"，而该志首称在"鄞县西十六里"。

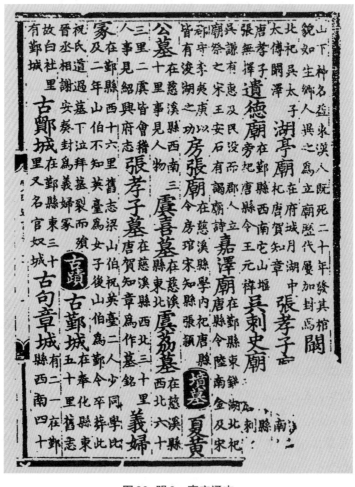

图30—明6　寰宇通志

（三）明清晚期　梁祝记载

3. 关于"梁祝"同学的时间，该志首次提出"比及二年"，比宋、元志少一年。

此三点，与前志不同，未知何故。

《寰宇通志》书成后，恰遇帝位更替而遭毁版，故流传甚少。1947年，郑振铎将其收入《玄览堂丛书续集》印行。本条影印件见《玄览堂丛书续集》。

陈循（1385—1464），明江西泰和人，字德遵。永乐十三年（1415）进士第一，官至户部尚书、文渊阁大学士。英宗复位，谪戍铁岭，后上疏自讼，释为民。著有《芳洲集》等。高榖（1391—1460），明江苏扬州兴化人，字世用，又字育斋。永乐十三年（1415）进士，官至工部尚书、东阁大学士。英宗复位，称病辞职。有《高文义公集》《育斋先生诗集》等。王文（1393—1457），明北直隶束鹿人，字千之，号简斋，原名王强。永乐十九年（1421）进士，官至吏部尚书、东阁大学士。英宗复位后，含冤被斩。

（31-明7）《大明一统志》

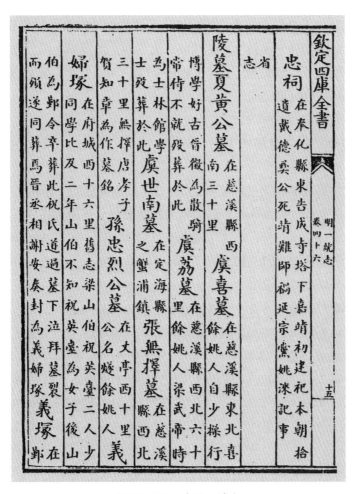

图31-明7　大明一统志

《大明一统志》为内府刻本,是在《寰宇通志》的基础上重编的,成书于明天顺五年(1461),李贤等撰。其"卷四十六·宁波府·陵墓"称:"义妇冢,在府城西十六里。旧志:梁山伯祝英台二人少同学,比及二年,山伯不知祝英台为女子。后山伯为鄞令,卒葬此。祝氏道过墓下泣拜,墓裂而殒,遂同葬焉。晋丞相谢安奏封为义妇冢。"

《大明一统志》此载,与《寰宇通志》一脉相承,仅有两处修改:一是将"鄞县西十六里"改为"府城西十六里";二是在"墓裂而殒"后加了"遂同葬焉"四字。

《大明一统志》是明代的地理总志,初修于永乐十六年(1418),然书未成。景泰五年(1454),复组织班子,博采有关舆地事迹,继续纂修,七年(1456)书成,然适遇夺门之变事发,景泰帝退位,故亦未颁行。天顺二年(1458),明英宗为不使景泰帝有修志之美誉,以它"繁简失宜,去取未当"为词,命李贤、彭时等重编,更名为《大明一统志》。

此影印件见清《文渊阁四库全书》。

李贤(1408—1467),明河南邓州人,字原德。宣德七年(1432)乡试第一,次年中进士。一生从政三十余年,历经五朝四帝。景泰二年(1451)擢兵部侍郎,转户部。天顺英宗复位,命兼翰林学士,入直文渊阁,为首辅,加太子太保。成化间进少保、华盖殿大学士。卒赠太师,谥文达。有《鉴古录》《体验录》《看书录》《天顺日录》《古穰文集》等。天顺间奉敕编撰《明一统志》,五年四月书成。

(32-明8)[成化]《宁波郡志》

[成化]《宁波郡志》初名《四明郡志》,意在续袁清容的[延祐]《四明志》,修于明永乐初,然书成未梓。天顺间郡守张瓒延请杨寔纂修。张瓒去任后,由后守方逵重为校正,成化四年(1468)刊行,名《宁波府志》。其志流传不广,较为珍稀。

该志"卷六·祀典考·郡(鄞县附)"称:"梁山伯庙。去县西一十六里接待亭西。山伯,东晋时人,家会稽。少游学,道逢祝氏子,同往肄业三年,祝先返。后二年,山伯方归,访之上虞,始知祝乃女子,名英台也。山伯怅然归,告父母求姻,时祝已许马氏,弗遂。山伯后为鄞令,婴疾弗起,遗命葬于鄮城西清道原。又明年,祝适马氏,舟经墓所,风涛弗能前。英台临冢哀恸,地裂而埋璧焉。马氏言之官,事闻于朝,丞相谢安奏封'义妇冢'。安帝时,孙恩寇鄞,太尉刘裕梦神助力,贼果遁海,奏封'义忠王',令有司立庙。宋大观中,知明州事李茂诚撰记。"

该志是最早详记梁祝传说的方志。杨志前的所有志乘,对梁祝传说的记载,只有寥寥数语,杨志此记,是按照李茂诚的《义忠王庙记》记载的,但又按《明一统志》称梁为鄞令。杨志称李茂诚为明州知事,有误。《宋元四明六志校勘记》记有宋黄鼎于乾道间称李茂诚为明州从事(职曹官)的说明。黄鼎曾为《乾道四明图经》作序,距李茂诚

(三)明清晚期 梁祝记载

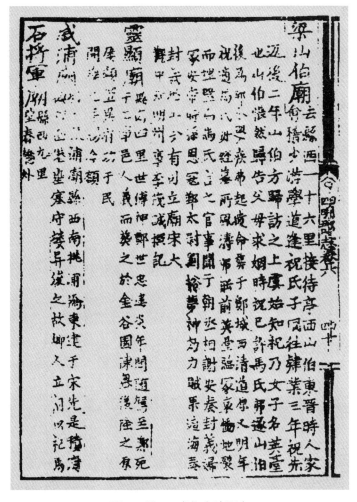

图32-明8 成化宁波郡志

作《义忠王庙记》59年，应是最为可靠的。

关于梁山伯庙的位置，宋张津《乾道四明图经》、王象之《舆地纪胜》、罗濬《宝庆四明志》、元袁桷《延祐四明志》均未记载，仅称义妇冢在县西十里接待院后，有庙存焉。杨寔《宁波郡志》称梁山伯庙"去县西十六里"，显然是根据天顺《明一统志》关于"义妇冢在府城西十六里"及宋元诸志关于义妇冢"有庙存焉"，而调整的。然而，杨寔的这一调整，并未引起后来编志人的重视，除成化黄润玉《宁波府简要志》（与杨志基本同时，应未参照杨志纂修）外，后来诸志对梁山伯庙的位置，均从杨志称作在县西十六里了。但对义妇冢的位置，却仍在县西十里。这样，梁庙与义妇冢的距离，就相隔了六里之多。

此影印件见台湾成文出版社《中国方志丛书·华中地方》，《北京图书馆古籍珍本丛刊》也有收录。

张瓒（？—1482），明湖北孝感人，字宗器。正统十三年（1448）进士，官知太原，天顺四年（1460）知宁波府。在官正直无私，兴学校、表乡贤、修郡志。成化十五年，擢左副都御使，总督漕运，兼巡抚江北，卒于任上。

杨寔（1414—1479），明浙江鄞县人，字诚之，号南里。正统六年（1441）举人，授安福训导，后坐事落职归，卒年六十六岁。有《南里类稿》。

（33–明9）［成化］《宁波府简要志》

［成化］《宁波府简要志》非官修，乃黄润玉初纂于明天顺间，成化十三年（1477）润玉卒，后由其孙黄溥（成化至弘治间人）续纂而成。

其志两处记载“宁波梁祝”：

一是“卷二·祠坛表·名祠·鄞县”“梁山伯庙”条称：“梁山伯庙，县西十六里，祀东晋鄞令梁山伯。事详古迹志。”

二是“卷五·古迹志·古墓”“义妇冢”条，沿袭《寰宇通志》，称：“义妇冢。鄞县十六里。旧志：梁山伯祝英台二人少同学，比及二年，山伯不知英台为女子。后山伯为鄞令，卒葬此。英台道过墓下泣拜，墓裂而殒，遂同葬焉。东晋丞相谢安奏封为义妇冢

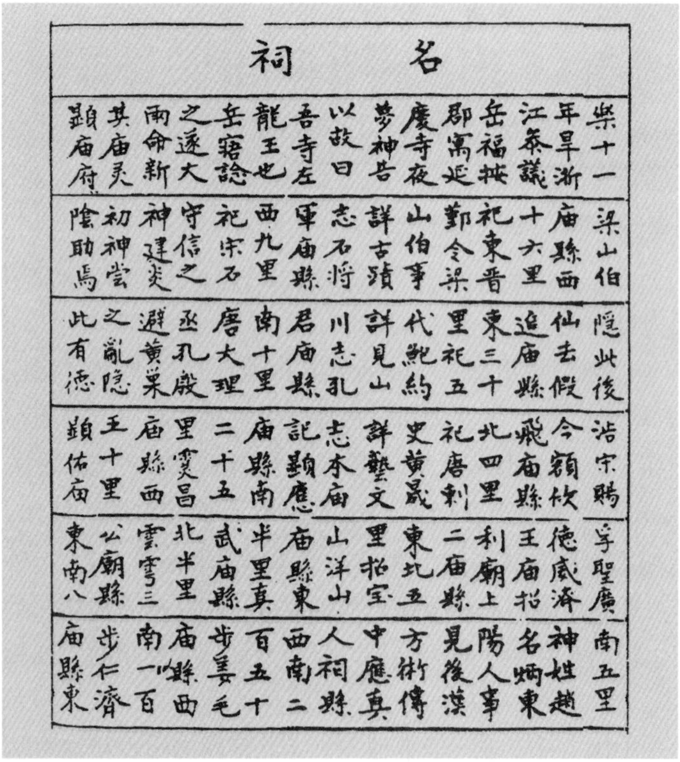
祠名

图33–明9–1　宁波府简要志1

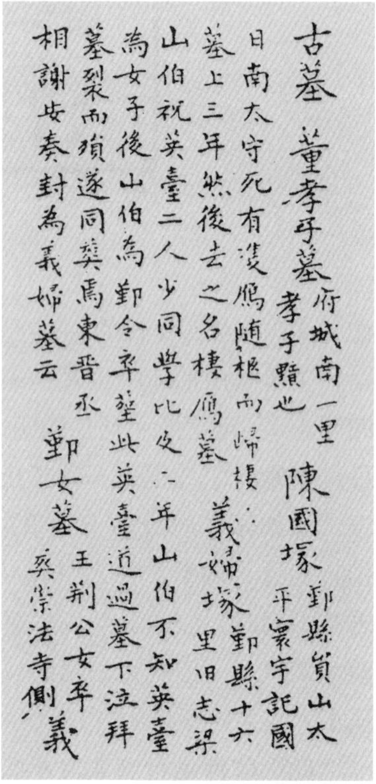
古墓
董孝子墓 府城南一里孝子黯也
陳國塚 鄞縣貿山太平寰宇記國日南太守死有浚鴈隨柩而歸棲墓上三年然後去之名棲鴈墓
義婦塚 鄞縣十六里旧志梁山伯祝英臺二人少同學比及二年山伯不知英臺為女子後山伯為鄞令卒瘞此英臺道過墓下泣拜墓裂而殞遂同葬焉東晉丞相謝安奏封為義婦墓云
鄮女墓 王荊公女卒葬崇法寺側
義

图33–明9–2　宁波府简要志2

（三）明清晚期　梁祝记载

云。"按：关于"梁祝"同学的时间，民国间张约园所辑《四明丛书》，复据前志更改为"比及三年"。

本条影印件为清抄本，见《北京大学图书馆藏稀见方志丛刊》，《四库全书存目丛书》亦有收录。

黄润玉（1389—1477），明浙江鄞县人，字孟清，号南山。永乐十八年（1420）举人，官交趾道监察御史、广西提学佥事、含山知县等。著有《海涵万象录》等。他的《宁波府简要志》"梁山伯庙"条由前志记载新增，"义妇冢"条，因袭《明一统志》。

（34-明10）[成化]《重修毗陵志》

[成化]《重修毗陵志》由孙仁修，朱昱撰，明成化二十年（1484）刊成。其中记载"宜兴梁祝"凡四处：

一是"卷第二十九·寺观""善卷禅寺"条，称："善卷禅寺，宋名广教禅院，在县西南善卷洞侧，齐建元二年以祝英台故宅建，唐会昌中废，地为海陵钟离简所得。至大

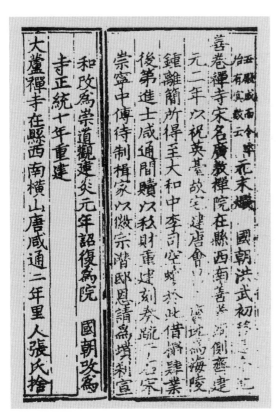

图34-明10-1　成化毗陵志1

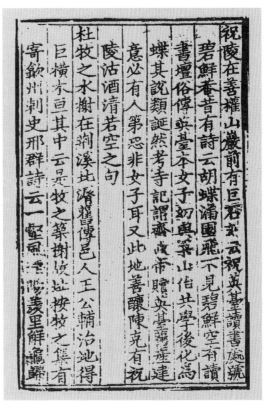

图34-明10-2　成化毗陵志2

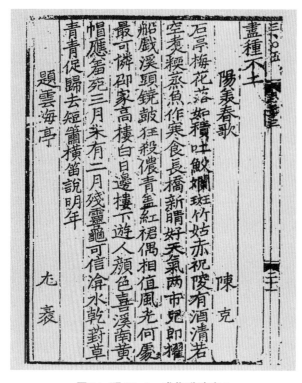

图34-明10-3 成化毗陵志3

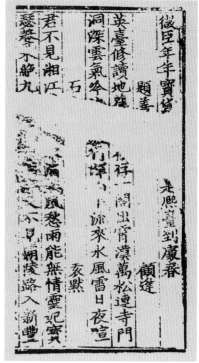

图34-明10-4 成化毗陵志4

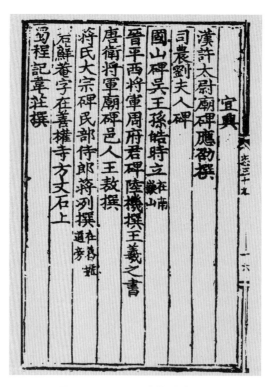

图34-明10-5 成化毗陵志5

（三）明清晚期　梁祝记载

和中，李司空蟠于此借榻肆业，后第进士。咸通间，赎以私财重建，刻疏于石。宋崇宁中，傅待制棋家以徽宗潜邸恩请为坟刹。宣和改为崇道观，建炎元年诏复为院。国朝改为寺，正统十年重建。"

二是"卷第三十一·古迹""祝陵"条，因袭前志称："祝陵，在善权山，岩前有巨石刻，云'祝英台读书处'，号'碧鲜庵'。昔有诗云：'胡蝶满园飞不见，碧鲜空有读书坛。'俗传英台本女子，幼与梁山伯共学，后化为蝶。其说类诞。然考《寺记》，谓齐武帝赎英台旧产建，意必有人第，恐非女子耳。又，此地善酿，陈克有'祝陵沽酒清若空'之句。"

三是"卷第三十七·词翰五·诗"，收录陈克《阳羡春歌》、顾逢《题善权寺》诗各一首。陈克诗文见《咸淳毗陵志》，顾逢诗文同《洪武常州府志》。

四是"卷第三十九·碑碣"，称："碧藓庵碑，字在善权寺方丈石上。"

以上影印件为明成化二十年刻本，载于台湾成文出版社《中国方志丛书·华中地方》。该志《四库全书存目丛书》亦有载，国家图书馆、上海图书馆、常州图书馆均有存。

孙仁，明江西临江府新淦（今新干县）人，字伟德。进士，成化十四年（1478）以刑部郎中知常州府，嘱郡士朱昱增修毗陵志。

朱昱，明常州府武进人，字懋阳。郡志称其"博综郡集，尤长于诗"。

（35-明11）《菽园杂记》

《菽园杂记》"卷十一"称："梁山伯祝英台事，自幼闻之，以其无稽，不之道也。近览《宁波志》：梁、祝皆东晋人。梁家会稽，祝家上虞，尝同学。祝先归，梁后过上虞，寻访之，始知为女。归乃告父母，欲娶之，而祝已许马氏子矣，梁怅然若有所失。后三年，梁为鄞令，病死，遗言葬清道山下。又明年，祝适马氏，过其处，风涛大作，舟不能进。祝乃造梁冢失声哀恸，忽地裂，祝投而死焉。马氏闻其事于朝，丞相谢安请封为义妇。和帝时，梁复显灵异，效劳于国，封为义忠。有司立庙于鄞云。吴中有花蝴蝶，橘蠹所化也，妇孺以梁山伯、祝英台呼之。"

是书为明成化间陆容所撰，是最早记载"吴中有花蝴蝶""妇孺以梁山伯、祝英台呼之"的古籍。而其所览的《宁波志》，应是杨寔的《宁波郡志》。

本条影印件见清《文渊阁四库全书》。

陆容（1436—1497），明南直隶苏州太仓人，字文量，号式斋。成化二年（1466）进士，授南京主事，进兵部职方郎中，迁浙右参政，以忤权贵罢归。事迹具《明史·文苑传》。生平尤喜藏书，著有《世摘录》《菽园杂记》《式斋集》。《菽园杂记》辑明代朝野故实，叙述颇详，王鏊称"本朝纪事之书，当以陆文量为第一"。

61

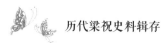

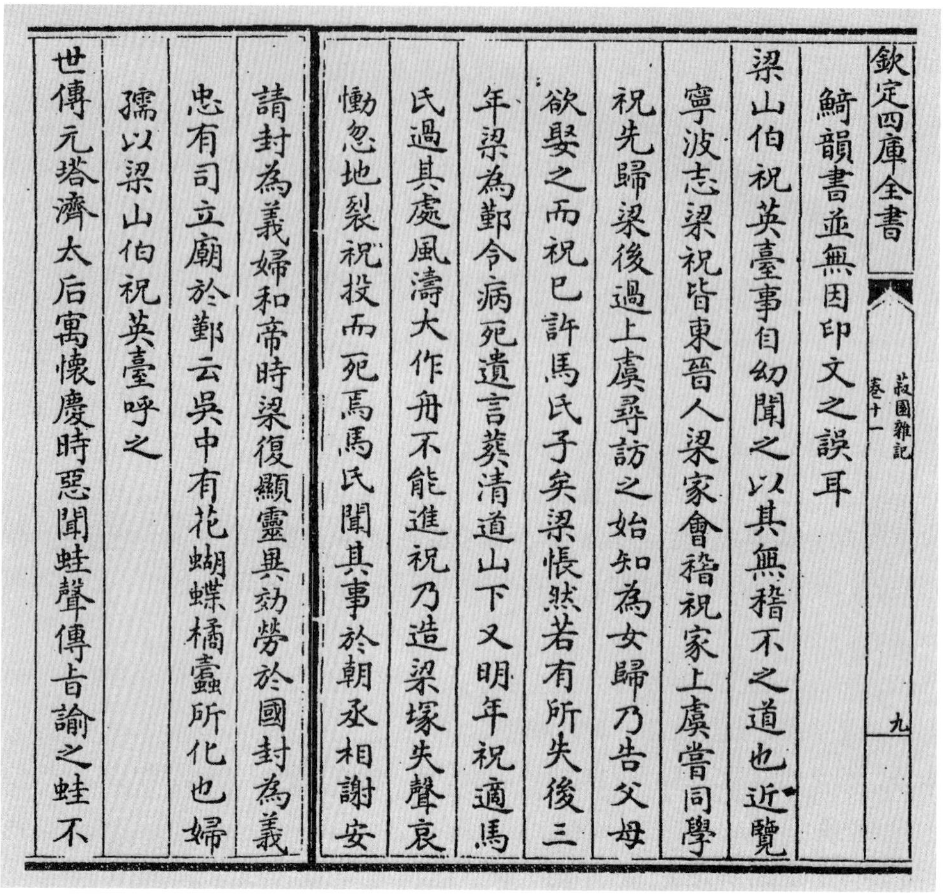
欽定四庫全書　菽園雜記　卷十一　九

鯖韻書並無因印文之誤耳
梁山伯祝英臺事自幼聞之以其無稽不之道也近覽
寧波志梁祝皆東晉人梁家會稽祝家上虞嘗同學
祝先歸梁後過上虞尋訪之始知為女歸乃告父母
欲娶之而祝已許馬氏子矣梁悵然若有所失後三
年梁為鄞令病死遺言葬清道山下又明年祝適馬
氏過其處風濤大作舟不能進祝乃造梁塚失聲哀
慟忽地裂祝投而死焉馬氏聞其事於朝丞相謝安
請封為義婦和帝時梁復顯靈異効勞於國封為義
忠有司立廟於鄞云吳中有花蝴蝶橘蠹所化也婦
孺以梁山伯祝英臺呼之
世傳元塔濟太后寓懷慶時惡聞蛙聲傳旨諭之蛙不

图35–明11　菽园杂记

（36–明12）《善权寺古今文录》

《善权寺古今文录》由明善权寺住持释方策辑，弘治甲子（1504）成书。其书多处记载了“宜兴梁祝”。

一是“卷五·明碑”，收录了都穆的《善权记》。该记云：“义兴山水甲于东南，而善权乾洞及大小水洞尤号胜绝。岁癸亥夏四月乙卯，余始至宜兴，欲为三洞之游。丙辰遂与客泛舟西南，行四十里午食。抵玉带桥，舍舟北折，渡石桥，长松夹道，其大有合抱者。二里达善权寺。寺在国山东南，齐建元中建，盖祝英台之故宅也。门有榜，曰‘龙岩福地’。行松间数百步，泉上有亭，翼然曰‘涌金’。小憩久之复行，上圆通阁，左祀唐李司空蠙、宋李忠定纲、李学士曾伯及我朝周文襄忱，四公皆有惠于寺，而司空则义兴人也。阁之下多唐宋碑刻，不暇悉读。……入三生堂，观李曾伯书扁，右偏石壁刻‘碧鲜庵’三大字，即祝英台读书处，而李司空亦藏修于此。……”

该记是一篇游记，详细介绍了作者于弘治癸亥（1503）游览善权寺、善权洞的情

(三) 明清晚期 梁祝记载

> 善權記　　　　　　　　　　　　　　　都穆
> 義興山水甲于東南而善權乾洞及大小水洞尤號勝絕歲癸亥夏四月乙卯余始至宜興欲為三洞之遊丙辰遡與客汎舟兩南行四十里午食祇玉帶橋舍舟北折溪石橋長松夾道其大有合抱者二里達善權寺在國山東南齊建元中建蓋祝英臺之故宅也門有榜曰龍巖福地行松間數百步泉上有亭翼然曰湧金小憩父之復行工圓通閣左祀唐李司空定綱李學曾伯及我朝同文襄恍四公皆有惠于寺而司空則義興人也閣之下多唐宋碑刻不暇悉讀俊稍右柏什地如虬龍欲走不可控蓁自是登釋迦佛殿其觀刱興今絕異山僧方策近於柱礎下見刻字云剏於大中十年七月蓋自唐迄今幾七百年山路逺

图36-明12-1　古今文录1

况。该记称，善权"寺在国山东南，齐建元中建，盖祝英台之故宅也"；又说，正殿之后"入三生堂，观李曾伯书扁，右偏石壁刻'碧鲜庵'三大字，即祝英台读书处，而李司空亦藏修于此"。

都穆（1459—1525），明苏州府吴县人，字玄敬，人称南濠先生。弘治十二年（1499）进士。授工部主事，官至礼部郎中。有《西使记》《金薤琳琅录》《壬午功臣爵赏录》《史外类钞》《南濠诗话》等。

二是"卷六·唐诗"和"卷六·元诗"，分别收录唐李蠙《题善权寺石壁》、元顾逢《题善权寺》诗各一首。

李蠙《题善权寺石壁》诗有序："常州离墨山善权寺，始自齐武帝赎祝英台产之所建，至会昌以例毁废。唐咸通八年，凤翔府节度使李蠙奏闻天廷，自舍俸资重新建立。奉敕作十方禅刹，住持乃命门僧玄觉主焉。因作诗一首，示诸亲友，而题于石壁云。"如前所云，该诗序中关于祝英台的记载，不仅是南齐《善卷寺记》的重要佐证，而且其本身也是早期的"梁祝"记载。

《善权寺古今文录》所载顾逢《题善权寺》诗，在"旧刻字犹存"后加注"即碧鲜庵"四字，由于该诗是在善权寺所作，原诗保留在寺内，故此注应当可靠。

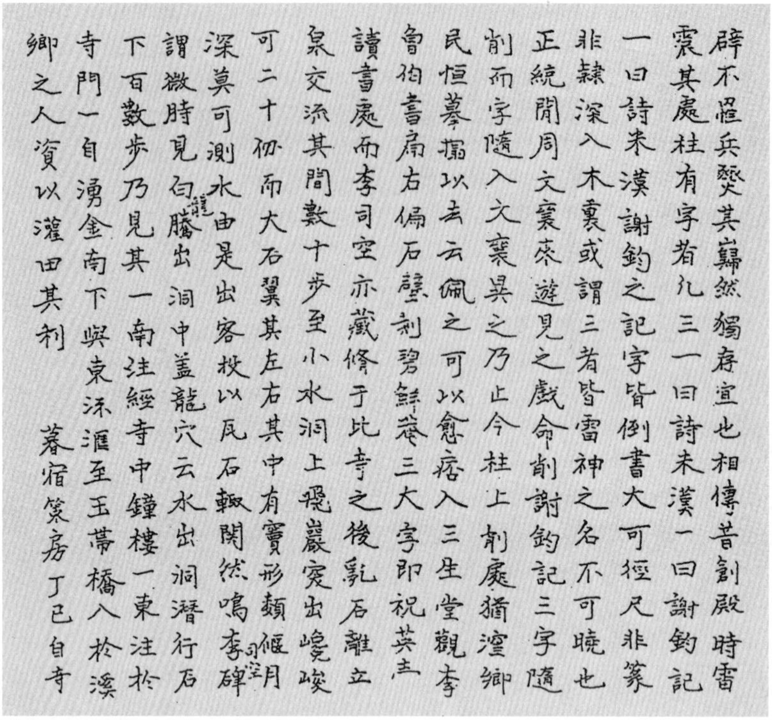

图36-明12-2　古今文录-2

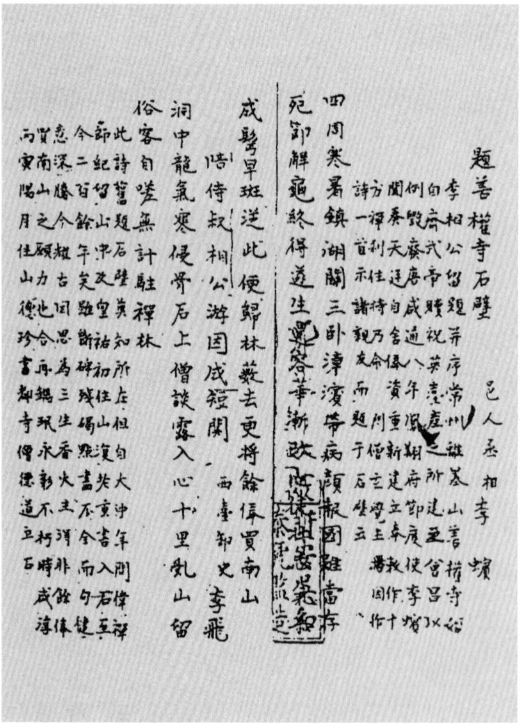

辟不逞兵燹其巋然獨存宣此相傳昔創殿時雷震其處柱有字者凡三一曰詩未漢一曰謝鈞記一曰詩未漢謝鈞之記字皆倒書大可徑尺非篆非隸深入木裏或謂三者皆雷神之名不可曉也正統間同文襄來遊見之戲命削謝鈞記三字隨削而字隨入文襄去云俟異之乃止今柱上削處猶存民恒摹搨以去云佩之可以愈瘡篋入三生堂觀李魯伯書扇右偏石壁刻碧鮮菴三大字即祝英臺讀書處而李司空亦藏修于比寺之俊石壁立削而字隨以文襄石佩之可以愈瘡篋入三生堂觀李泉交流其間數十步至小水洞上飛巖寔出峻可二十仞而大石翼其左右中有寶形頗如佛深莫可測時見句騰出洞中蓋龍穴云水出洞潛行石下百數步乃見其一南注經寺中鐘樓一東注於寺門一自湧金南下與京浹至玉帶橋入於溪鄉之人資以灌田其利　暮宿策房丁巳自寺

图36-明12-4　古今文录4

方藉名山作主胡然舊席重開了卻江湖願力切
須蚤歸來

元詩
題善權寺　　　　　吳縣人祟相寺
英臺修讀地舊刻字猶存　　　顧　逐除君
連寺門洞深蠻氣冷池浚庭行潭山下流來水風
雷日夜喧
善權山洞　　句曲外史張伯雨
善權離墨爭盤紆浩劫蝸仙人廬莘之后林壓
水府往來間道通樓居壁藏已出黃素卷元慶猶

图36-明12-3　古今文录3

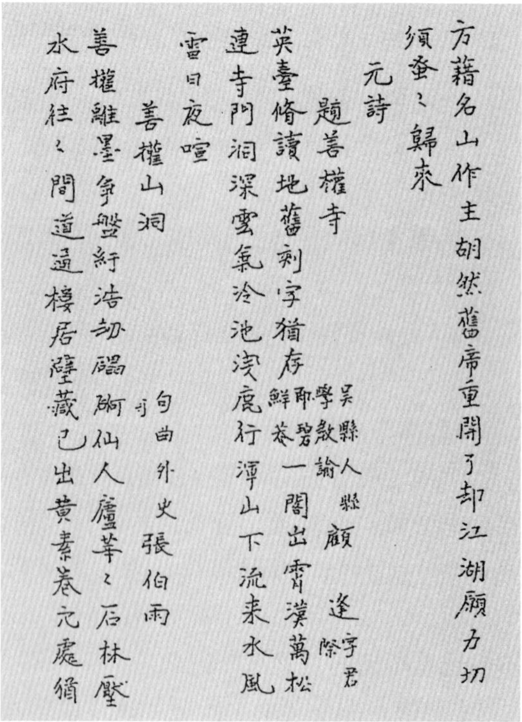

題善權寺石壁
已人丞相寺
四周寒暑鎮湖關三卧潭漾笻竹詩枯何伯學樹公的赊
成弩早班送此便歸林藪去更將鈴隺贈侍叔桐公游固成經閣
宛卸解龜終得逢生鼎革漸殘髮雲盈鬢著
洞中龍氣寒無計　　　　　　　吾知所　重建府
詩伯嚴冬陸鼎裡林　　　　　　　自利天壽北　　立卒
俗客自嗟無　　　　　　　鈴　　　　送居使呂　　　　
今歲此詩　二紀　　　　　　寒鈴佛買賈南山
京南深百營　　　　　　斷而臺卻史李飛
陽山腾午突陸貴客書住同　　　徳彰　　珍今思
夜此德熊愛珠馬碑殘　修斷寺住但塊　　
寺竹祐雲　　　　　　瘞永葬火失道吾　　　
門　石伸健至祥　　　　成戟　
薄伴

（三）明清晚期 梁祝记载

三是"卷七·明诗"收录杨璿、杨守阯、郭钶、杜堇、骆珑、邵贤"梁祝"诗八首。

杨璿《次韵天全公东济川上人》共二首，其一云：

兰若迢遥信马行，浓花随处笑风情。
英台仙去名犹在，清磬僧闲手自鸣。
晓入千峰春有迹，月明万籁夜无声。
石床细扣楞伽旨，怪底东方白易生。

其二云：

香断炉烟冷博山，蒲团坐老不知还。
万松遮寺青围屋，一水通桥绿转湾。
喜雨亭高云作阵，读书庵古藓生斑。
诗成欲倩题崖石，笔意谁探柳与颜。

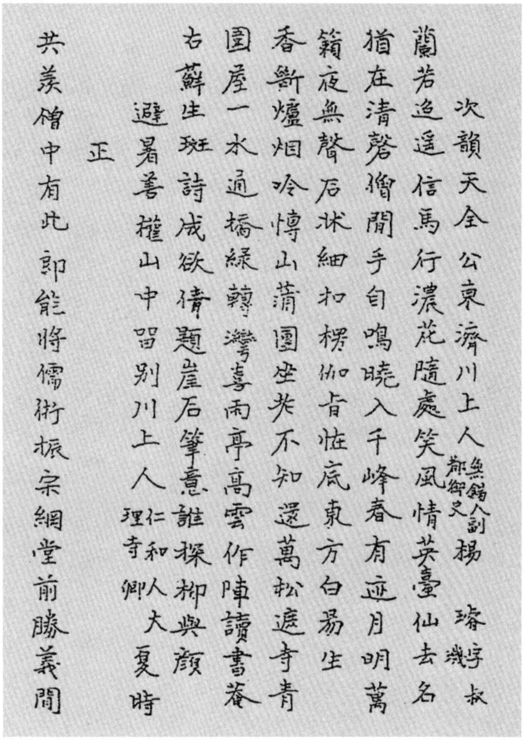

图36—明12-5 古今文录5

诗人游览善权寺，听到"梁祝"的传说，看到长满青苔的读书庵，赞颂祝英台殉情仙去的精神，称梁祝传说将永远流传。诗中的"读书庵"即指"碧鲜庵"。杨璿（1416—1474），明常州府无锡人，字叔玑，号宜闲，正统四年（1439）进士，授户部主事，累迁右副都御使，抚治荆襄流民，巡抚河南。有《杨宜闲文集》。

杨守阯《碧鲜坛》诗云：

缇萦赎父刑，木兰替爷征。
婉娈女儿质，慷慨男儿情。
淳于不生男，木兰无长兄。
事缘不得已，乃留千载名。
英台亦何事，诡服违常经？
班昭岂不学，何必男儿朋。
贞女择所归，必待六礼成。
苟焉殉同学，一死鸿毛轻。
悠悠稗官语，有无不可征。
有之宁不愧，木兰与缇萦。

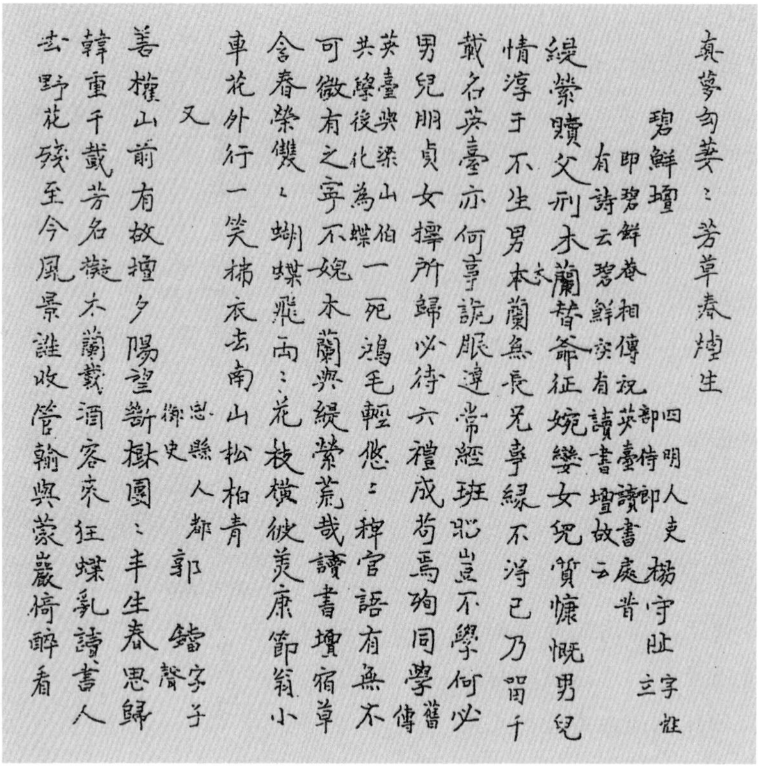

图36-明12-6　古今文录6

荒哉读书坛，宿草含春荣。
双双蝴蝶飞，两两花枝横。
彼美康节翁，小车花外行。
一笑拂衣去，南山松柏青。

原诗有序，云："（碧鲜坛）即碧鲜庵，相传祝英台读书处。昔有诗云'碧鲜空有读书坛'，故云。"原诗在"苟焉殉同学"后加注曰："旧传英台与梁山伯共学，后化为蝶。"该诗是迄今所见唯一诋毁祝英台的诗词。作者称祝英台女扮男装读书，不是"贞女"所为，违反了封建礼教的"常经"，特别是为爱殉情，轻如鸿毛。杨守阯，明浙江鄞县人，字维立，号碧川，成化进士，官南京吏部右侍郎，年七十，进尚书。著《碧川文选》《浙元三会录》。

郭铠《碧鲜坛》诗云：

善权山前有故坛，夕阳望断树团团。
半生春思归韩重，千载芳名凝木兰。
载酒客来狂蝶乱，读书人去野花残。

至今风景谁收管，输与蒙岩倚醉看。

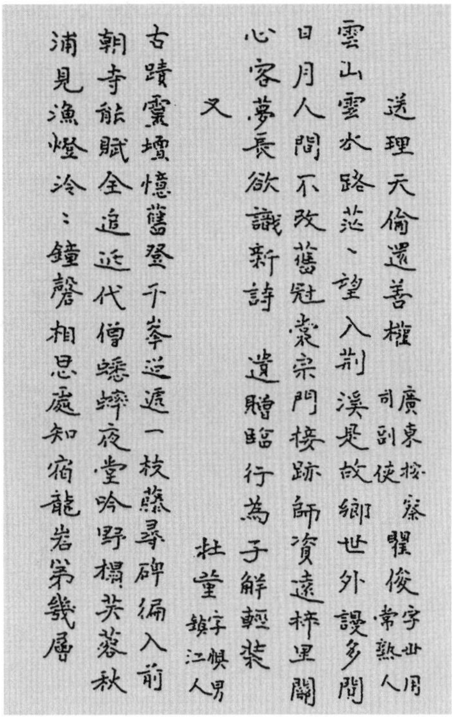
送理天倫還善權　廣東按察司副使瞿俊 字世用 常熟人
雲山雲水路茫茫，望入荊溪是故鄉世外謾多閒
日月人間不改舊冠裳宗門接跡師資遠梓里關
心客夢長欲識新詩遺贈臨行為子解輕裝
又　杜堇 字懼男 鎮江人
古蹟靈壇憶舊登千峯迢遞一枝藤尋碑徧入前
朝寺能賦全追近代僧蟋蟀夜堂吟野榻芙蓉秋
浦見漁燈冷冷鐘磬相思處知宿龍岩第幾層

图36—明12—7　古今文录7

诗人把祝英台女扮男装比作花木兰，把“梁祝”比作韩重、紫玉。韩重、紫玉事，见于《搜神记》（参阅《“梁祝”的起源与流变》第191—192页），与“梁祝”均属死后阴配。郭铛，明山东恩县人，字子声，成化丙戌（1466）进士，擢兵部给事，官辽东都御史、云南佥事。

杜堇《送理天伦还善权》诗云：

古迹灵坛忆旧登，千峰迢递一枝藤。
寻碑偏入前朝寺，能赋全追近代僧。
蟋蟀夜堂吟野榻，芙蓉秋浦见渔灯。
泠泠钟磬相思处，知宿龙岩第几层？

诗人游览善权山的古迹灵坛，看到了包括“碧鲜庵”碑在内的唐宋碑刻，入夜，身处祝英台古宅改建的善权寺中，梁祝的相思之处只剩下凄冷的钟磬声，不知他们住在龙岩的第几层呀（宜兴传说：梁祝仙去，仍在洞中读书）？杜堇，明代江苏镇江丹阳人，字惧男，画家。此诗作于与瞿俊（世用）、仇潼（柬之）同游善权寺时。

骆珑《送策文立住善权寺》诗云：

南望荆溪路渺茫，远游丞相读书乡。
敬持一纸新颁檄，往主三生旧讲堂。
诗思顿增山水趣，屐痕应损洞门霜。
宦途何日经行便，琴剑相随到上方。

该诗首联之“丞相读书乡”，指唐李蠙当年在“祝英台读书处”修读；颔联“三生旧讲堂”说后来又有李钢、李曾伯在此读书，官均至相位；尾联引“梁祝”互赠琴、剑、扇为信物传说，愿与相爱的人皈依上方佛国。骆珑，明代浙江诸暨人，成化辛丑（1481）进士，官广东潮州府知府。该诗是他与王鏊、陆简、程敏政、杜堇等人同游善权寺时的唱酬。

邵贤《游善权二首》，第二首云：

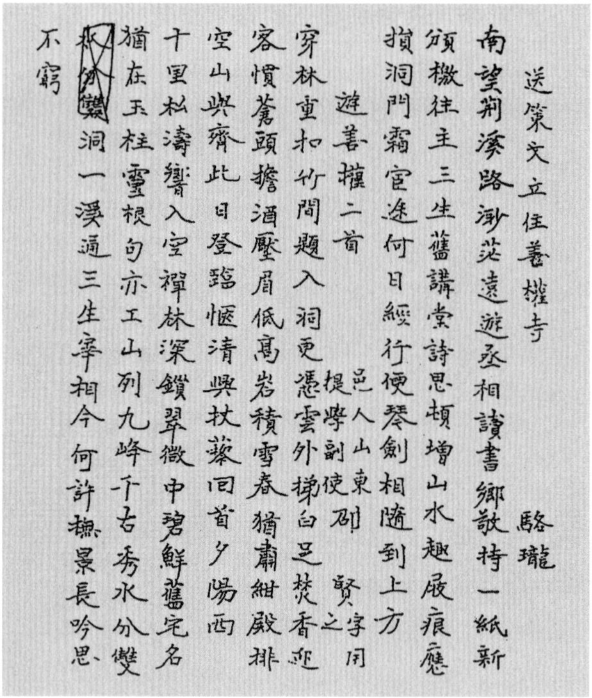
送策文立住善權寺
駱瓏
南望荊溪路渺茫遠遊丞相讀書鄉敬持一紙新頒檄往主三生舊講堂詩思頓增山水趣屐痕應損洞門霜宦途何日綬行便琴劍相隨到上方
遊善權二首 邵賢 字用之 邑人山東提學副使
穿林重扣竹間題入洞更憑雲外梯白足焚香迎客慣蒼頭擔酒壓眉低高岩積雪春猶肅紺殿排空山與齊此日登臨愜清興扶藜回首夕陽西
十里松濤響入空禪林深鎖翠微中碧鮮舊宅名猶在玉柱靈根句亦工山列九峰千古秀水分雙洞一溪通三生宰相今何許撫景長吟思不窮

图36–明12–8　古今文录8

十里松涛响若空，禅林深锁翠微中。
碧鲜旧宅名犹在，玉柱灵根句亦工。
山列九峰千古秀，水分双洞一溪通。
三生宰相今何许？抚景长吟思不穷。

该诗“碧鲜旧宅”句称祝英台的故宅虽然改建成善权寺，但碧鲜庵碑还在，她的故事还在流传。“三生宰相”句说祝英台读书处后来还出了三位宰相，而今他们又在哪里呢？邵贤，明代宜兴祝陵人，字用之。成化八年（1472）进士，官涪州知府、山东副使。入善卷寺六贤祠祀之。

四是“卷八·明诗下”，收录沈周、吴仕“梁祝”诗二首。

沈周的《碧藓庵》是题在画上的，诗序与诗文相连，云“碧藓庵在三生堂西北石壁，旧传昔祝英台读书之处，李丞相亦藏修于此，唐”。

李相读书处，犹疑白石房。
但无坡老记，名藉碧藓长。

该诗称，丞相李蠙的读书处，凭借祝英台碧藓庵的名声而万古流传。时善权寺住

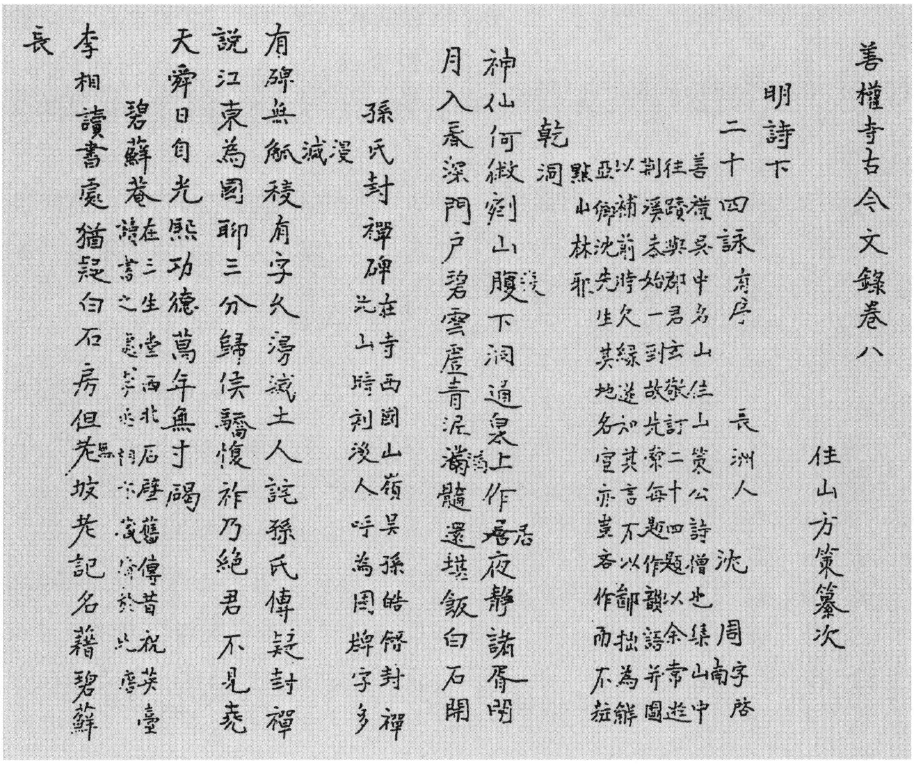

善權寺古今文錄卷八

佳山方策纂次

明詩下

二十四詠 有序

長洲人 沈周 字啓南

善權吳中名山住山策公詩僧也集山中往蹟與郡君玄敬訂二十四題以余常遊制溪泰始一到故先榮每題作讀語并圖以補前時久緣遂知其言不以鄙拙為解丞鄉沈先生其地名宦亦貴吝作而不菈默山林邪

乾洞

神仙何繳劖山腹漫下洞通泉上作居居夜靜諸膏閉月入春深門戶碧雲層青泥滴髓還堪飯白石開

孫氏封禪碑 在寺西國山嶺吳孫皓僭封禪光山時刻後人呼為國碑字多

有碑無紙漫滅稜有字久湮滅土人說孫氏傳疑封禪說江東為國聊三分歸侯驕愎祚乃絕君不見堯天舜日自光熙功德萬年無寸碣

碧蘚菴 在三生堂西北石壁舊傳昔祝英臺讀書之處字跡相傳於此處

李相讀書處猶疑白石房但荒無坡荒記名藉碧蘚長

图36–明12–9　古今文录9

持方策与都玄敬商定，取山中二十四佳境，请沈周作画题诗，《碧藓庵》为第十首。沈周（1427—1509），明代苏州长洲人，字启南，号石田，又号白石翁，与唐寅、文徵明、仇英并称吴门四大家。有《客座新闻》《石田集》《石田诗钞》等。

吴仕《游善卷洞》诗云：

离墨西来气郁葱，金堂突兀起云中。
巉岩尚有风雷迹，刻画谁知造化工。
人境鬼区元不远，碧天沧海宛相通。
何时更结长生侣，还向仙源一细穷。

诗人说人境鬼区是相通的，希望能像“梁祝”一样化成蝴蝶，结成“长生侣”，在天地之间自由飞舞。该诗与邵贤《游善权》同韵，且《颐山私稿》中诗名作《游善权》，应是二人同游善权之唱和。吴仕（1481—1545），明江苏宜兴人，

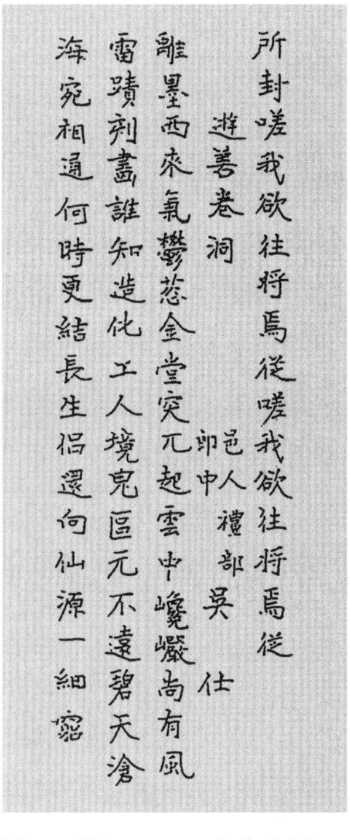

所封嗟我欲往將馬從嗟我欲往將馬從

遊善卷洞 邑人卯中禮部吳仕

離墨西來氣鬱蔥金堂突兀起雲中巉巖尚有風雷蹟刻畫誰知造化工人境鬼區元不遠碧天滄海宛相通何時更結長生侶還向仙源一細窮

图36–明12–10　古今文录10

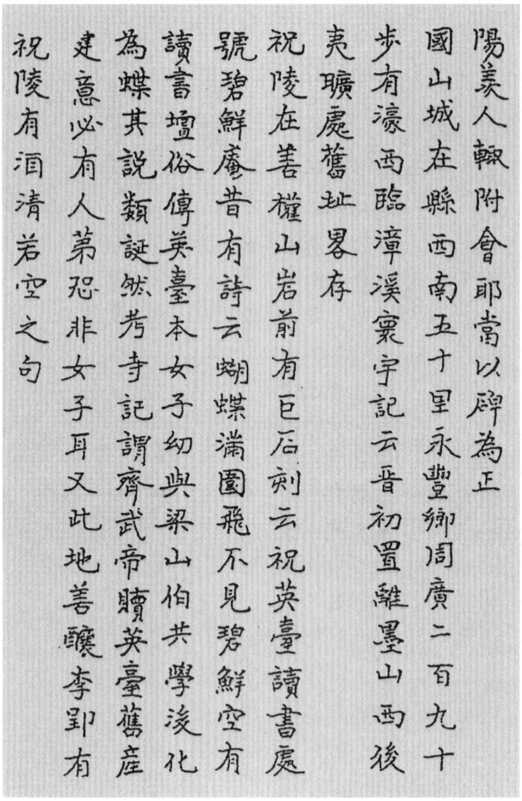

字克学,号颐山,又号拳石。幼借读于湖汊金沙寺,正德二年(1507)乡试第一(解元),九年第进士,初任户部主事,后历任山西、福建、广西、河南四省提学副使,迁四川布政司参政。因愤严嵩专断国政,称病辞仕,居家吟诵不辍,著有《颐山私稿》传于世。

五是"卷九·杂录上""祝陵"条云:"祝陵,在善权山。岩前有巨石刻,云'祝英台读书处',号'碧鲜庵'。昔有诗云:'蝴蝶满园飞不见,碧鲜空有读书坛'。俗传英台本女子,幼与梁山伯共学,后化为蝶。其说类诞。然考《寺记》,谓齐武帝赎英台旧产建,意必有人第,恐非女子耳。又,此地善酿,李郢有'祝陵有酒清若空'之句"。

图36-明12-11 古今文录11

该条称"祝陵有酒清若空"为唐李郢诗句。

除前影印件所示以外,《善权寺古今文录》"卷二·唐碑""卷三·宋碑上""卷四·宋碑下"还收录了唐李蠙《请赎废善权寺重建奏状》、宋李曾伯《奏状》、南山居士李梦祥《重装大殿佛像记》、陈公益《圆通阁记》、李曾伯《善权禅堂记》等,为"梁祝"的史实、遗址、古迹、传说、文物以及相关问题的考证,提供了丰富的资料。

以上影印件为清顺治丙申(1656)抄本,存中国国家图书馆。

方策,明弘治间僧人,号文立,雪厓济川之法嗣,住善权寺。嗜学工书,辑《善权寺古今文录》。

(37-明13)[正德]《常州府志续集》

[正德]《常州府志续集》由李嵩修、张恺纂,明正德八年(1513)刊成。其志"卷之八·诗"收录杨守阯《碧藓坛》诗一首,诗文见《善权寺古今文录》,此略。但与《善权寺古今文录》对照,有三处不同,一是标题《文录》作"碧鲜坛",此作"碧藓坛";二是《文录》诗有序,此无;三是《文录》诗中有注释,此亦无。

(三)明清晚期 梁祝记载

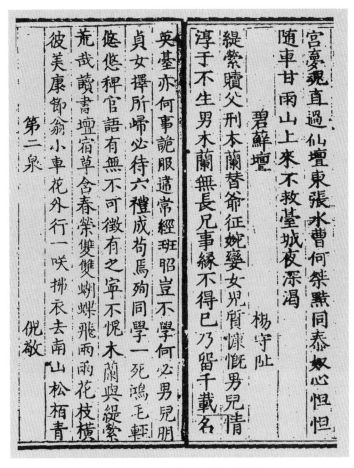

图37-明13 正德常州府志续集

此影印件上海图书馆藏明正德刻本,《四库全书存目丛书》亦有收录。

李嵩,明山东滨州人,字维岳。进士,正德六年辛未(1511)以御史守常州,破盗寇有功,进三品俸,后得谤去。郡人怀之,榜西城门楼,曰"怀李"。

张恺(1453—1538),明常州府无锡人,字元之,号企斋,更号东洛。成化二十年(1484)进士。授兵部主事,官至福建都转运使,以疾归。有《常州府志续集》。

(38-明14)《梁山伯祝英台墓记》碑

1952年,山东凫山县第六区(现属微山县,旧属邹县)在修浚白马河时,出土了一块明正德《梁山伯祝英台墓记》碑。当时的拓本及碑文保存于山东省古文物管理委员会,原碑就地保存。1975年,开展"邹西大会战",挖河平地、平坟砸碑。该碑险些被民兵砸掉,幸得原马坡公社马中大队第一生产队长陈雨密保护,带人将墓碑埋入地下。1995年2月,在济宁市政协八届三次全委会上,由肖守君、上官好岭、卞雄杰三人提出

图38-明14-1 梁山伯祝英台墓记碑1

图38-明14-2 梁山伯祝英台墓记碑2

了提案，4月4日，马坡梁祝墓碑出土保存。2003年，为了配合"梁祝"邮票的发行，济宁市于10月27日邀请了中国民俗学会理事长刘魁立、副理事长贺学君等高层专家到场，隆重举行了梁祝墓记碑复"出土"仪式。

《梁山伯祝英台墓记》碑高约1.8米，宽约0.8米；碑头为弧形，额以"梁山伯祝英台墓记"八字，篆书，周边以合云纹雕镶；碑文为楷书，共26行，满行为43字。据笔者所拍拓片统计，全碑共834字，其中正文756字。

前额：

  梁山伯祝英台墓记

  丁酉贡士前知都昌县事古邾赵廷麟撰

  文林郎知邹县事古卫杨环书

  亚圣五十七代世袭翰林院五经博士孟元额

落款：

                     卷里社林户□孜

  正德十一年丙子秋八月吉旦立   石匠梁圭

正文为：

  外纪二氏，出处弗详。迩来访诸故老，传闻在昔济宁九曲村祝君者，其家

(三)明清晚期 梁祝记载

图38-明14-3 梁山伯祝英台墓记碑3

图38-明14-4 梁山伯祝英台墓记碑4

巨富,乡人呼为员外。见世之有子读书者,往往致贵,显耀门闾。独予无子,不贵其贵,而贵里胥之繁科,其如富何?膝下一女名英台者,聪慧殊常,闻父咨叹不已,卒然变笄易服,冒为子弟,出试家人不认识,出试乡邻不认识。上白于亲,毕竟读书,(可)振门风,以谢亲忧。时值暮春,景物鲜明,从者负笈,过吴桥数十里,柳荫暂驻。不约而会邹邑西居梁太公之子名山伯,动问契合,同诣峄山先生授业。昼则同窗,夜则同寝,三年衣不解,可谓笃信好学者。一日,英台思旷定省,言告归宁。倏经一载,山伯亦如英台之请,往拜其门。英台肃整女仪出见,有类木兰将军者。山伯别来不一载,疾终于家,葬于吴桥迤东。西庄富室马郎亲迎至期,英台苦思山伯君子:吾尝心许为婚,第无父母之命、媒妁之言,以成室家之好。更适他姓,是异初心也。与其忘初而爱二,孰若舍生而取义,悲伤而死。少间,愁烟满室,飞鸟哀鸣,闻者惊骇,马郎旋车空归。乡党士夫谓其全节,从葬山伯之墓,以遂身前之愿,天理人情之正也。越兹岁久,松楸华表,为之寂然,俾一时之节义,为万世之湮没,仁人君子所不堪。矧惟

我朝祖宗以来,端本源以正人心,崇节义以励天下,又得家相以之佐理,斯世斯民,何其幸欤?时

南京工部右侍郎、前都察院右副都御史奉

敕总督粮储、新泰崔公讳文奎，道经顾兹废□，其心拳拳，施于不报之地。乃托阴阳训术鲍恭幹，昔有功于张秋，陞以□禄，近有功于阙里，书以奏名，授今兹□□无用其心哉！载度载谋，四界竖以石，周围缭以垣、阜其冢；妥神有祠，出入有扉，守祠有人。昔之不治者，今皆治之；昔之无有者，今皆有之。始于上年乙亥冬，终于今岁丙子春。恭幹将复公命，请廷麟具其事之本末、岁月先后，文诸石。不得已而言曰：土地降衷，不啬于人，惟人昏淫，丧厥贞耳。独英台得天地之正气，萃扶舆之倩淑。真情隐于方寸，群居不移所守；生则明乎道义，没则吁天而逝。其心皎若日星，其节凛若秋霜。推之可以为忠，可以为孝，可以表俗，有关世教之大，不可泯也。噫！垂节义于千载之上，挽节义于千载之下，伊谁力欤？忠臣力也。忠臣谁欤？崔公谓也。不然，太史尝以忠臣烈女同传，并皆记之。

该碑是我国梁祝传说的重要出土文物，直接反映了当时孔孟之乡流传的梁祝传说，对研究梁祝传说的起源与流布具有重大的意义。

该碑碑文由赵廷麟撰于明正德十一年丙子（1516）。赵廷麟，明山东邹县人，成化丁酉（1477）贡士，曾任江西都昌知县。

碑文照片（局部）由笔者拍摄，碑记文字根据笔者所摄照片为主，并参考何平哲《"梁祝"家乡在济宁》（2003年第1、2期《齐鲁集邮》）及济宁市梁祝文化研究会樊存常会长提供的碑文整理。

（39—明15）[嘉靖]《南畿志》

《南畿志》为明代方志，闻人诠修，陈沂纂，嘉靖十三年（1534）刊行。

南畿即南直隶，据《志南畿叙》，明太祖高皇帝朱元璋统一天下，建都金陵，文皇帝朱棣"改建燕都，分峙两京南北……居重于北，留都于南，而金陵所部称南畿焉"。南畿辖应天、凤阳、苏州等13府4州之地，相当于今江苏和安徽两省。

该志"卷二十一·常州府·古迹""祝陵"条称："祝陵，在善权山，岩前有巨石刻，云祝英台读书处，号碧鲜庵。昔有诗云：蝴蝶满园飞不见，碧鲜空有读书坛。"

本条影印件为天津图书馆藏明嘉靖刻本，《四库存目丛书》收录。

闻人诠，明浙江余姚人，著名哲学家王阳明的学生。正德十一年（1516）举人，嘉靖进士。官南京提学御史，于贡院开局，聘辞官的陈沂率各地郡学诸生22人编辑《南畿志》，逾三年而成。有校补《五经》《三礼》《旧唐书》等。

陈沂，明浙江鄞县人，字宗鲁，后改字鲁南，号石亭，又号小坡。正德十三年（1518）进士，官山东参政与提学使、山西行太仆寺卿。善诗工画，尤擅隶篆，与顾璘、王韦并称"金陵三俊"，并有"江南四才子"之称。

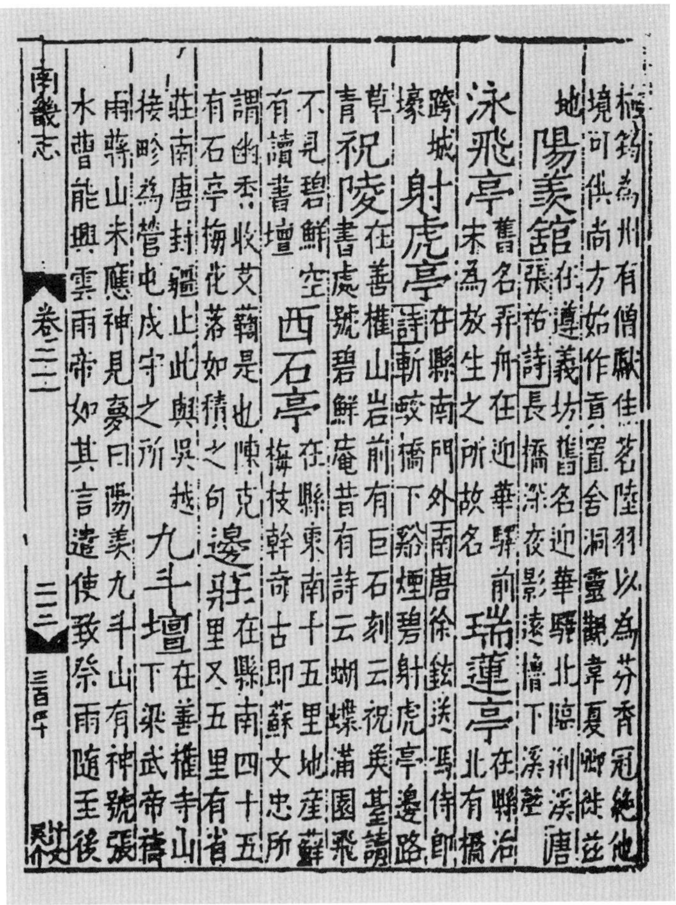
棲鈎為州有僧獻佳茗陸羽以為芬香冠絕他境可供尙方始作貢置舍洞靈觀韋夏卿茂地
陽羨館在遵義坊舊名迎華驛北臨荊溪唐張祐詩長橋深夜影遠檣下溪聲
泳飛亭舊名弄舟在迎華驛前宋為放生之所故名
瑞蓮亭在縣治北有橋跨城壕
射虎亭在縣南門外南唐徐鉉送馮侍郎詩斬蛟橋下谿煙碧射虎亭邊路草青
祝陵在善權山岩前有巨石刻云祝英臺讀書處號碧鮮庵昔有詩云蝴蝶滿園飛不見碧鮮空有讀書壇
西石亭在縣東南十五里地產薛梅枝幹奇古即蘇文忠所謂幽香收艾蒳是也陳克有石亭梅花落如積之句
邊莊在縣南四十五里又五里有省莊南唐封疆止此與吳越接畛為營屯戍守之所
九斗壇在善權寺山下梁武帝禱雨蔣山未應神見夢曰陽羨九斗山有神號張水曹能興雲雨帝如其言遣使致祭雨隨至後
南畿志　卷二三　二三

图39—明15　嘉靖南畿志

（40—明16）《四友亭集》

《四友亭集》为明张邦奇所撰，其书“卷之十·七言绝句”有《梁山伯庙》诗一首，云：

> 庙前荒草夕阳多，庙里残碑字不磨。
> 一点纯诚千载话，乾坤留取激颓波。

诗人说梁山伯庙前荒芜一片，庙内的残碑还记录着他的事迹，他的忠义千古流传，成为激励人们奋起的榜样。

本条影印件为中国科学院图书馆藏明刻本，见《续修四库全书》。

张邦奇（1484—1544），明浙江鄞县人，字常甫，号甬川，别号兀涯。弘治十八年

图40—明16　四友亭集

（1505）进士（《续修四库全书·张文定公环碧堂集》称正德进士）。官至南京兵部尚书，卒谥文定。有《学庸传》《五经说》《四友亭集》等。

（41—明17）《颐山私稿》

《颐山私稿》为明吴仕所撰，其书"卷之二·诗"收录两首《游善权》诗。第一首与《善权寺古今文录》收录之《游善权洞》相同，此略；第二首《游善权》云：

> 国山南畔此精庐，地辟天开信有初。
> 殿兀灵光空雁迹，碑横赑屃半蜗书。
> 白龙时复腾苍雾，凤吹犹闻下碧虚。
> 更爱洞门双树古，日光云气与扶疏。

诗人称山川依旧秀丽，但唐碧鲜庵碑、李蠙奏状碑等古碑都被藤蔓苔藓覆盖，有的

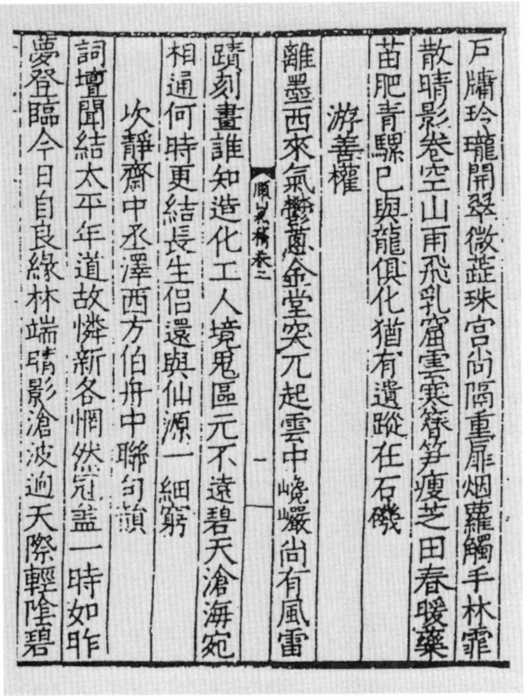
戸牖玲瓏開翠微蕋珠宮尚隔重扉烟蘿觸手林霏
散晴影卷空山雨飛乳窗雲寒簾笋瘦芝田春暖藥
苗肥青騾已與龍俱化猶有遺蹤在石磯
游善權
離墨西來氣鬱葱金堂突兀起雲中巉巖尚有風雷
頤山私稿卷二
蹟刻畫誰知造化工人境鬼區元不遠碧天滄海宛
相通何時更結長生侶還與仙源一細窮
次靜齋中丞澤西方伯卅中聯句韻
詞壇聞結太平年道故憐新各惘然冠蓋一時如昨
夢登臨今日自良緣林端晴影滄波迥天際輕陰碧

图41–明17–1　颐山私稿1

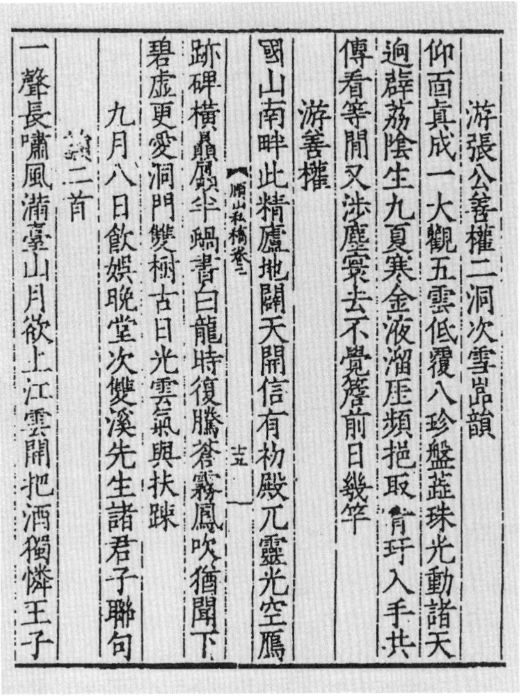
游張公善權二洞次雪崖韻
仰面真成一大觀五雲低覆八珍盤蕋珠光動諸天
迥薜荔陰生九夏寒金液溜歷頻挹取青玗入手共
傳看等閒又涉塵寰去不覺簷前日幾竿
游善權
國山南畔此精廬地闢天開信有初殿兀靈光空鴈
頤山私稿卷二　十五
跡碑横蟲篆半蝸書白龍時復騰蒼霧鳳吹猶聞下
碧虛更愛洞門雙樹古日光雲氣與扶疎
九月八日飲娛晚堂次雙溪先生諸君子聯句
韻二首
一聲長嘯風滿臺山月欲上江雲開把酒獨憐王子

图41–明17–2　颐山私稿2

几乎成为蜗书而辨认不清了。颈联“白龙时复腾苍雾”咏李蠙微时见白龙从洞中腾出，以为云雨；“凤吹犹闻下碧虚”引弄玉夫妻乘凤仙去典故，暗喻“梁祝”仙升传说（明谷兰宗词：只今音杳青鸾，穴空丹凤，但蝴蝶满园飞去），此刻仿佛听到天上传来的凤箫声。

以上影印件为北京图书馆藏明嘉靖刻本，见《四库全书存目丛书》，上海图书馆亦存有明嘉靖庚子（1540）刻本。

（42–明18）《荆溪外纪》

《荆溪外纪》为明嘉靖二十四年（1545）沈敕所辑，是书辑录了自汉至明嘉靖间宜兴的艺文、人物，其中包括了多首“梁祝”诗词与游记。

一是“卷二·五言绝句”收录沈周《碧鲜庵》诗一首，诗文与《善权寺古今文录》同。其诗序为“（碧鲜庵）在善权三生堂西北石壁，旧传祝英台读书之处，唐李丞相亦藏修于此”。此序与《善权寺古今文录》对照，有数处不同：一是标题为“碧鲜庵”，非“碧藓庵”；二是“在三生堂西北石壁”，加了“善权”二字；三是“旧传昔祝英台读书之处”，少了一个“昔”字；四是“李丞相亦藏修于此，唐”，改为“唐李丞相亦藏修于此”。由于《善权寺古今文录》是按照沈周题在画上的诗辑录的，应是沈周的原文，而

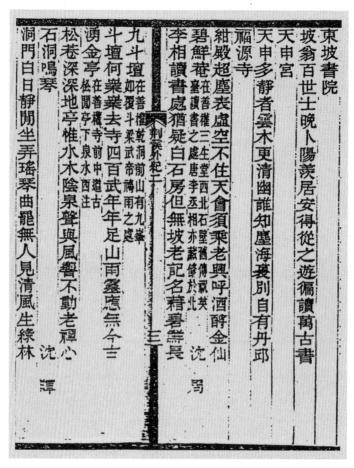

图42-明18-1　荆溪外纪1

沈敕加了"善权"二字,又把"唐"字调整到前面,明显是辑录时作的修改。

二是"卷三·五言八句"辑录宋顾逢、明顾云龙"梁祝"诗二首。

顾逢《题善权寺》诗与《善权寺古今文录》同。

顾云龙《雨中游善权山洞四首》其四:

> 寺入苍松荫,溪流碧涧长。
> 朱甍回崒嵂,清磬出琳琅。
> 伏火寒丹灶,荒台掩镜妆。
> 山堂芳宴晚,余亦忘江乡。

此诗颈联咏善权山古迹:"丹灶"为善卷乾洞景观;"荒台掩镜妆"说祝英台读书台长满了荒草,当年佳人在此梳妆的痕迹一点都没有了。

顾云龙,生卒不详,明代苏州人,字从化,号南明山人。

(三)明清晚期 梁祝记载

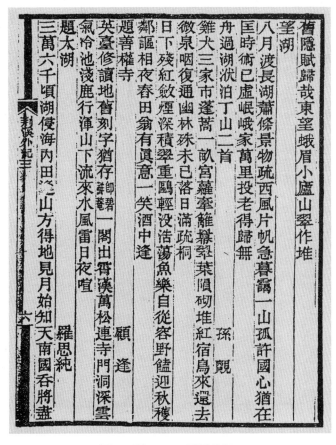

图42-明18-2 荆溪外纪2

三是"卷之四·五言古风"收录杨守阯《碧藓坛》诗一首,序曰"即碧鲜庵,相传祝英台读书处",但此序对照《善权寺古今文录》,缺"昔有诗云:碧鲜空有读书坛,故云"句。《文录》诗中有夹注,此无。诗的标题为"碧藓坛",与《文录》不同,但序中又称"即碧鲜庵",前后"碧藓""碧鲜"相悖,应是辑录时的疏忽。

四是"卷之六·七言绝句"收录明蒋时瞻《酬丁刑部约游善权》,诗云:

碧鲜岩畔堪携酒,好事山僧亦爱诗。
秣马青荔奴白饭,清风先与故人期。

诗人与故人相约,同游善权,在祝英台读书的碧鲜岩畔休息、野餐、吟诗作赋,反映了诗人悠闲的心情。蒋时瞻,明代宜兴人,生平不详。

五是"卷之七·七言八句"刊录杜堇、邵贤、汤聘、吴仕"梁祝"诗四首。其中杜堇《送天伦上人还善权》、邵贤《游善权》、吴仕《游善权》之诗文与前录相同。汤聘《游善权》诗云:

79

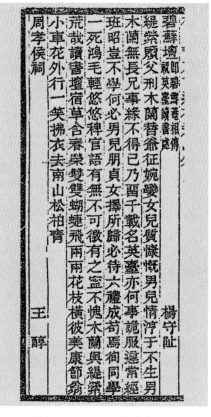

图42-明18-3 荆溪外纪3　　　　图42-明18-4 荆溪外纪4

> 玉带桥头丞相祠，涌金亭上漫题诗。
> 坐来幽鸟亦自适，老去看山未是迟。
> 古洞丹青深岁月，石田黄白幻雄雌。
> 江南往事随流水，无数苍苔没旧碑。

诗人游览善权寺内的丞相祠（即三生堂，原祝英台读书处），看到包括碧鲜庵碑在内的旧碑都布满了苍苔，想起许多往事都如溪水般流淌不息，在善权古洞中的读书人，是男还是女呀？直指祝英台女扮男装。汤聘，明代宜兴人，字起莘，自号南园处士。八岁能咏桂花诗，时称神童。补博士弟子员，绝意仕进，居家笃孝，吟于林圃。

六是"卷之八·七言古风"，收录张兖《题善权寺》一首，云：

> 宝刹阴森蒲墅前，唐碑砗磲传千年。
> 苕荛金榜隔缥缈，但见野鸟啼荒烟。
> 东南胜地善权寺，佛殿雷书古文字。
> 龙宫灵异此幽藏，炎天忽送风雷气。

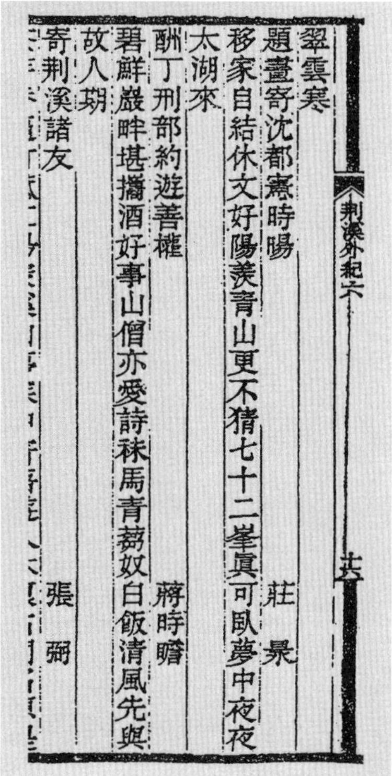
荊溪外紀六　十六

翠雲寒

題畫寄沈都憲時暘　莊　昺

移家自結休文好陽羨青山更不猜七十二峯眞可臥夢中夜夜太湖來

酬丁刑部約遊善權　蔣時瞻

碧鮮巖畔堪攜酒好事山僧亦愛詩秣馬青蒭奴白飯清風先與故人期

寄荊溪諸友　張　弼

图42–明18–5　荆溪外纪5

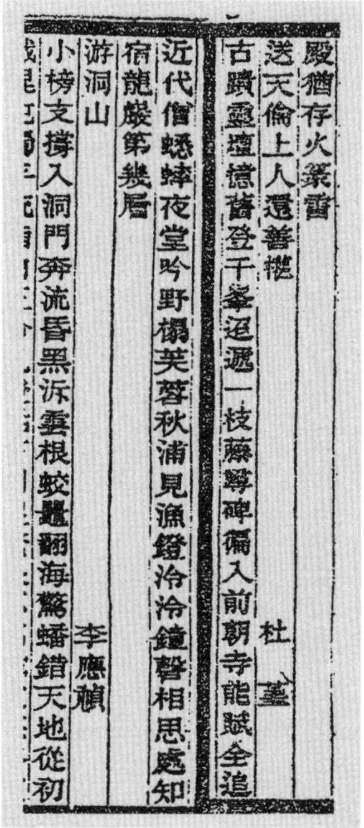
殿猶存火篆香

送天倫上人還善權　杜　堇

古蹟靈壇憶舊登千峯迢遞一枝藤尋碑偏入前朝寺能賦全追近代僧蟋蟀夜堂吟野榻芙蓉秋浦見漁燈冷冷鐘磬相思處知宿龍巖第幾層

游洞山　李應禎

小榜支撐入洞門奔流昏黑泝雲根蛟鼉翻海驚蟠錯天地從初

图42–明18–6　荆溪外纪6

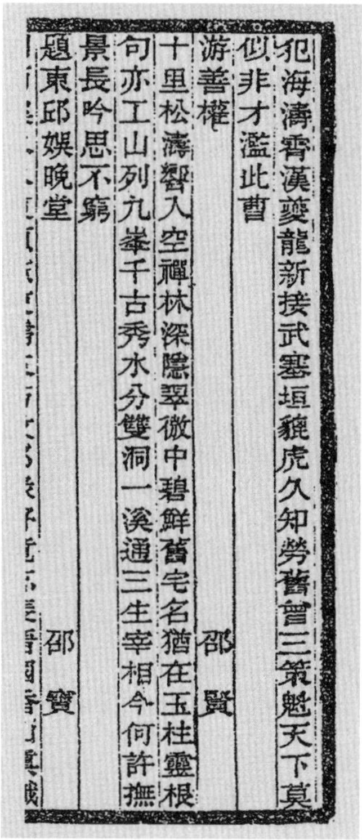
犯海濤霄漢夔龍新接武塞垣貔虎久知勞舊曾三策魁天下莫似非才濫此曹

游善權　邵　賢

十里松濤響入空禪林深隱翠微中碧鮮舊宅名猶在玉柱靈根句亦工山列九峯千古秀水分雙洞一溪通三生宰相今何許撫景長吟思不窮

題東邱娛晚堂　邵　寶

图42–明18–7　荆溪外纪7

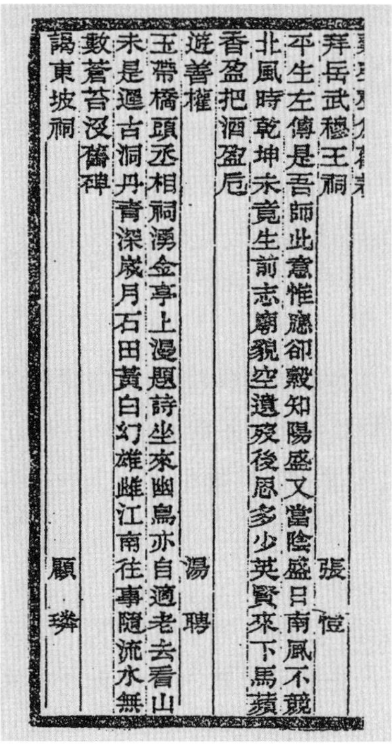
拜岳武穆王祠　張　愷

平生左傳是吾師此意惟應卻穀知陽盛又當陰盛日南風不競北風時乾坤未竟生前志廟貌空遺歿後思多少英賢來下馬蘋香盈把酒盈卮

遊善權　湯　聘

玉帶橋頭丞相祠湧金亭上漫題詩坐來幽鳥亦自適老去看山未是遲古洞丹青深歲月石田黃白幻雌雄江南往事隨流水無數蒼苔沒舊碑

謁東坡祠　顧　璘

图42–明18–8　荆溪外纪8

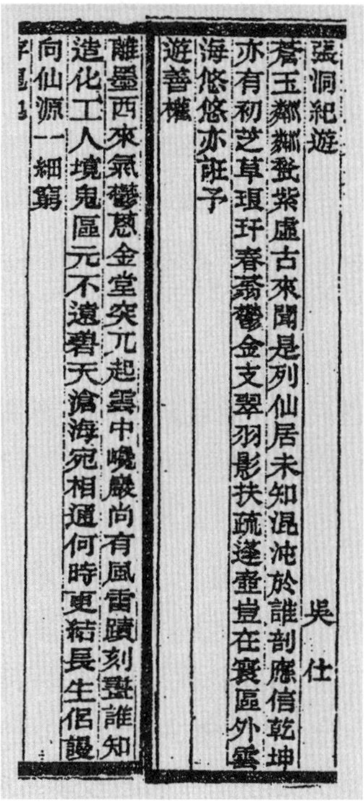
張洞紀遊　吳　仕

蒼玉嶙嶙蟄紫虛古來聞是列仙居未知混沌於誰剖應信乾坤亦有初芝草琅玕春蔚鬱金支翠羽影扶疏蓬壺豈在寰區外雲海悠悠亦誑予

遊善權

離墨西來氣鬱葱金堂突兀起雲中嶢巖尚有風雷蹟刻蠶誰知造化工人境鬼區元不遠碧天滄海宛相通何時更結長生侶鼓向仙源一細窮

图42–明18–9　荆溪外纪9

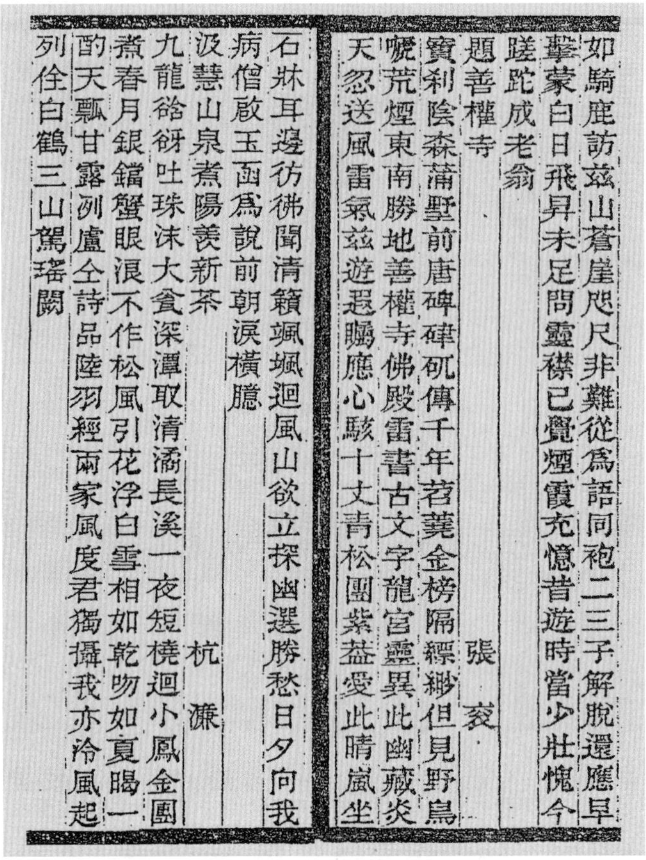

如騎鹿訪兹山蒼崖咫尺非難從爲語同袍二三子解脱還應早擊蒙白日飛昇未足問靈襟已覺煙霞充憶昔遊時當少壯愧今蹉跎成老翁

題善權寺　張袞

寶刹陰森蒲墅前唐碑硉矹傳千年茗蘘金榜隔縹緲但見野鳥嘑荒煙東南勝地善權寺佛殿雷書古文字龍宫靈異此幽藏炎天忽送風雷氣兹遊遐矚應心駭十丈青松團紫葢愛此晴嵐坐石牀耳邊彷彿聞清籟颯颯迴風山欲立探幽選勝愁日夕向我病僧啟玉函爲說前朝淚横臆

汲慧山泉煮陽羡新茶　杭濂

九龍谽谺吐珠沫大貪深潭取清滴長溪一夜短橈迴小鳳金團煮春月銀鐺蟹眼浪不作松風引花浮白雪相如乾吻如夏暍一酌天瓢甘露冽盧仝詩品陸羽經兩家風度君獨攝我亦泠風起列仙白鶴三山駕瑶闕

图42—明18—10　荆溪外纪10

兹游遐瞩应心骇，十丈青松团紫盖。
爱此晴岚坐石床，耳边仿佛闻清籁。
飒飒回风山欲立，探幽选胜愁日夕。
向我病僧启玉函，为说前朝泪横臆。

诗人游览善权寺，看到唐李蠙奏状碑、李蠙题壁碑和唐碧鲜庵碑巍然硉矹，听山僧说起李蠙修读、赎寺、题碑的传说，不禁潸然泪下。张究（1487—1564），明常州府江阴人，字补之，号水南。正德十六年（1521）进士。官御史、南京光禄寺卿。有《张水南集》。

本卷还收录李蠙《题善权寺石壁》诗，但未录诗序，此略。

七是“卷十七·记”，收录都穆《善权三洞纪游记》。观此记文，即《善权寺古今文录》之《善权记》。文中称“寺在国山东南，齐建元中建，盖祝英台之故宅也。……右偏石壁刻碧鲜庵三大字，即祝英台读书处，而李司空亦藏修于是……”（按：明《善权寺古今文录》为“而李司空亦藏修于此”。）另，“行四十里午食”与“抵玉带桥”间，

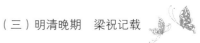

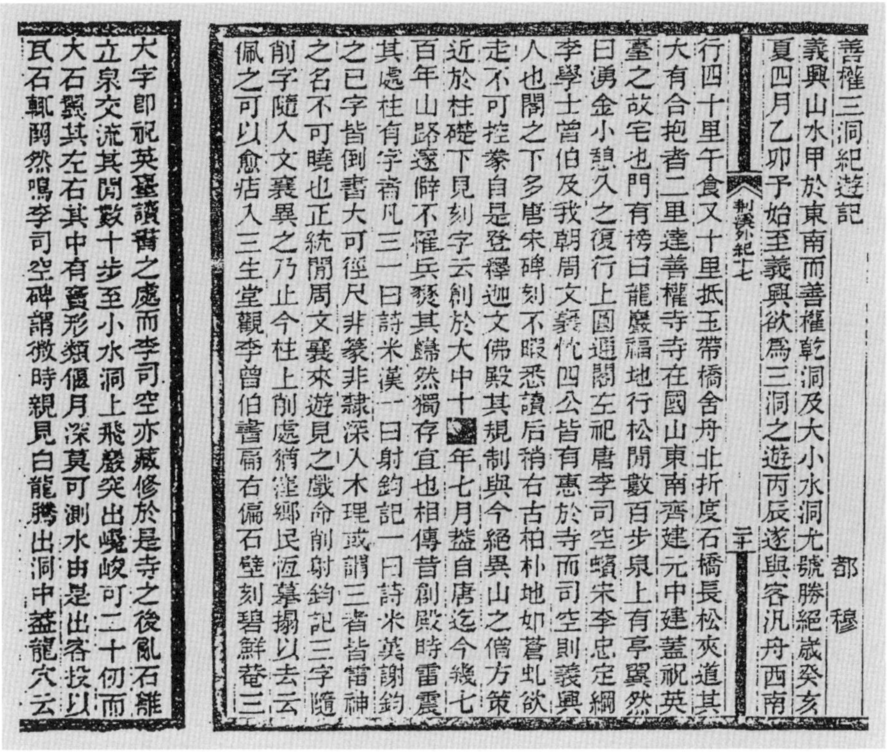
善權三洞紀遊記　都穆
義興山水甲於東南而善權乾洞及大小水洞尤號勝絕歲癸亥
夏四月乙卯予始至義興欲為三洞之遊丙辰遂與客汎舟西南
荊溪外紀七　卅
行四十里午食又十里抵玉帶橋舍舟北折度石橋長松夾道其
大有合抱者二里達善權寺寺在國山東南齊建元中建蓋祝英
臺之故宅也門有榜曰龍巖福地行松間數百步泉上有亭翼然
曰湧金小憩久之復行上圓通閣左祀唐李司空蠙宋李忠定綱
李學士曾伯及我朝周文襄忱四公皆有惠於寺而司空則義興
人也閣之下多唐宋碑刻不暇悉讀后稍右古柏朴地如蒼虬欲
走不可控豢自是登釋迦文佛殿其規制與今絕異山之僧方策
近於柱礎下見刻字云創於大中十■年七月蓋自唐迄今幾七
百年山路邃僻不罹兵燹其巋然獨存宜也相傳昔創殿時雷震
其處柱有字者凡三一曰詩米漢一曰射鈞記一曰詩米英謝鈞
之已字皆倒書大可徑尺非篆非隸深入木理或謂三者皆雷神
之名不可曉也正統間周文襄來遊見之戲命削射鈞記三字隨
削字隨入文襄異之乃止今柱上削處猶隱鄉民恆摹搨以去云
佩之可以愈痁入三生堂觀李曾伯書扁右偏石壁刻碧鮮菴三
大字即祝英臺讀書之處而李司空亦藏修於是寺之後亂石離
立泉交流其間數十步至小水洞上飛巖突出巉峻可二十仞而
大石鎮其左右其中有竇形類偃月深莫可測水由是出客投以
瓦石輒鬨然鳴李司空碑謂微時親見白龍騰出洞中蓋龍穴云

图 42—明 18—11　荆溪外纪 11

增加“又十里”三字。

以上影印件为北京师范大学图书馆藏清光绪、宣统间武进盛氏刻《常州先哲遗书》本，见《四库全书存目丛书》。

沈敕，明常州府宜兴人，字克寅。嘉靖十五年（1536）选贡。任江西布政使都事，谢病归，杜门读书，辑有《荆溪外纪》。

（43—明 19）《俨山集》

《俨山集百卷续十卷》为明陆深所撰，其续集“卷九·序”《新江十咏诗序》云：“林君德润，鄞产也。来教于吾海邑，居常为重本之思，其乡士郁古淡为作《新江十景图》以慰之。十景者何？曰梁山伯祠，曰石将军庙，曰高巷义冢者，古也；曰龙潭禳禬者，功也；曰叶庵斋鼓，曰宝庆晨钟，曰夹塘观涨，曰新渡横舟，曰吾港秋月，曰百丈春波者，胜也。”

鄞人林德润教授松江华亭，常苦思乡。乡士郁古淡为了安慰他，特以林德润老家周围三四里的古迹名胜作十景图赠之。士大夫闻之，纷相竞咏，遂汇成集，陆深为之序。

《俨山集》成书时间不详，本条影印件见《文渊阁四库全书》。

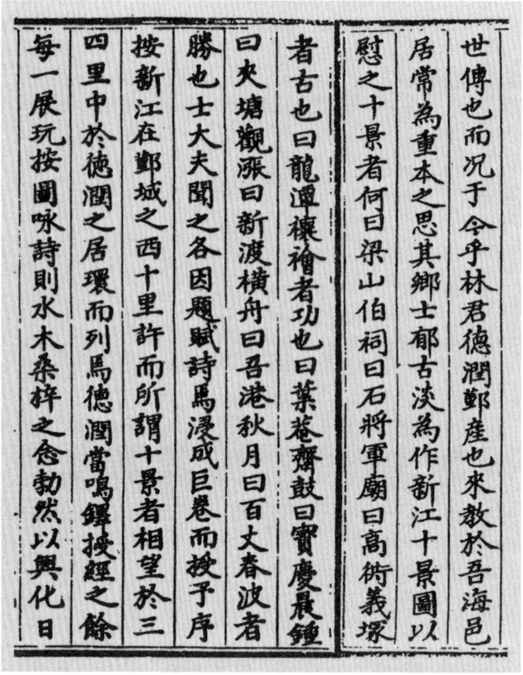
世傳也而况于今乎林君德潤鄞産也來教於吾海邑
居常為重本之思其鄉士郁古淡為作新江十景圖以
慰之十景者何曰梁山伯祠曰石將軍廟曰高街義塚
者古也曰龍潭禖禴者功也曰葉巷齋鼓曰寶慶晨鐘
曰夾塘觀漲曰新渡横舟曰吾港秋月曰百丈春波者
勝也士大夫聞之各因題賦詩焉浸成巨卷而授予序
按新江在鄞城之西十里許而所謂十景者相望於三
四里中於德潤之居環而列焉德潤當鳴鐸授經之餘
每一展玩按圖咏詩則水木桑梓之念勃然以興化日

图43–明19　俨山集

陆深（1477—1544），明松江府华亭（今上海）人，字子渊，号俨山。弘治十八年（1505）进士二甲第一，累官四川左布政使，嘉靖中詹事府詹事，卒谥文裕。有《俨山集》《续集》《外集》。

（44–明20）[嘉靖]《真定府志》

[嘉靖]《真定府志》为明唐臣、孙续所修，雷礼纂，嘉靖二十八年（1549）刊行。该志“卷之十七·古迹（附陵墓）”“吴桥古冢”条称：“吴桥古冢，在元氏南左村西北，桥南西塔有古冢，山水涨溢冲激，略不骞移，若有阴为封拥者，相传为梁山伯墓。不然，必有异人所藏蜕骨也。”

本条影印件为上海图书馆藏明嘉靖刻本，见《四库全书存目丛书》。

唐臣，明南直隶天长（今属安徽滁州）人，字子旋。嘉靖二十六年（1547）任真定知府，二十七年以忧去任。孙续，明南直隶上海人，原籍四川绵州（今绵阳），嘉靖二十七年（1548）任真定知府。

雷礼，生卒、里籍未详。曾任吏部考功司郎中，纂《真定府志》时，已谪为直隶大名府通判。

2015年3月，笔者前往河北省元氏县考察，收获颇丰。南佐村（现为南佐镇）在元氏县城西北，村民多为梁姓，有一条“书院路”自北向南经吴桥通往村里。古吴桥现今尚存，为中国文化遗产、河北省级文物保护单位。公路拓宽时，将路面抬高，在原桥上加浇水泥，并在西侧拼接一幅水泥桥面，既保护了古桥，又拓宽了桥面、保证了交通。一条涧河名曰"九泉"，从桥下流过，但冬季干枯无水，可以从河床走过。九泉河源出九泉山，自南向北而来，到了这里，拐弯向东流去。传说中的梁祝墓在吴桥之西南、九泉河东北，此处正是河道拐弯的内侧，因内侧水流缓和，故方志里会有"山水涨溢冲激，略不骞移"之说。现古墓已经湮灭，其址砌建了房屋。书院路往北五里，有封龙书院，原为东汉李躬结庐授业之所，至唐代始建成书院。据元氏传说，梁祝是宋代人，梁山伯家南佐，在封龙书院读书。祝英台家在封龙山

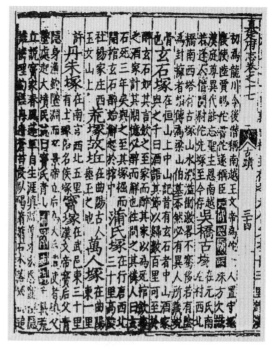

图44-明20　嘉靖真定府志

西面，外出打柴未归，女扮男装到书院去读书了。不久梁山伯便发觉祝是女子，两人便私订了终身。第二年，一个货郎发现了祝英台，祝只好回家。梁山伯去祝家求姻，却被祝父拒绝，一病身亡。祝于出阁路上祭拜梁墓，撞碑殉情。祝父后悔不已，乃从葬山伯墓。

元氏考察的最大发现与白朴有关。元钟嗣成的《录鬼簿》，记载了当时已故的"才人"所编传奇，其中白仁甫所作剧目，就有一出《祝英台死嫁梁山伯》。

白朴（1226—约1306后），元代著名曲作家。生于隩州（今山西河曲附近），本名恒，字仁甫，一字太素，号兰谷。金哀宗天兴二年（1233），蒙军破汴，与母失散，由元好问（字裕之）收留，父子团圆后居真定（今河北正定县）。1261年，三十六岁的白朴谢绝仕宦，举家南游，晚居金陵（今南京市），卒于八十一岁后。有词《天籁集》、杂剧《梧桐雨》《墙头马上》等，与关汉卿、马致远、郑光祖合称元曲四大家。

据元氏县文化局介绍，白朴定居真定后，曾在元氏县封龙书院就读。尽管明嘉靖《真定府志》与清乾隆《元氏县志》中均无白朴的记载，但如果白朴就读于封龙书院，听到元氏传说的梁祝故事则是十分可能的。只是《祝英台死嫁梁山伯》仅存剧目，剧本早已失传，不知具体情节，故而不能确认该传奇是否根据元氏的传说编写的。清李调元《函海·第二十三函·通俗编》卷二十"白仁甫祝英台剧"条（《通俗编》原作"梁山伯访友"）称："白仁甫祝英台剧。见《宣室志》：英台，上虞祝氏女，伪为男装游学……"据此，该剧则应是反映南方梁祝的传说。白朴自三十六岁起即南游，在

南方听到梁祝传说是完全可能的。也许他正是受到南方梁祝传说的启发，联想到元氏流传的梁祝故事，从而激发了创作的欲望，促成了杂剧《祝英台死嫁梁山伯》的诞生。从这个意义上来说，白朴创作杂剧《祝英台死嫁梁山伯》，与元氏县还是有着一定关系的。

（45–明21）［嘉靖］《宁波府志》

［嘉靖］《宁波府志》由明张时彻所纂，周希哲、曾镒订正，嘉靖三十九年（1560）刊成。其中记载“浙东梁祝”凡三处。

一是“卷十五·坛庙”“义忠王庙”条称：“义忠王庙，县西十六里接待亭西，祀东晋鄞令梁山伯，山伯故有墓在焉。详‘遗事志’。安帝时，孙恩寇鄞，太尉刘裕梦山伯效力，贼遁去，奏封义忠王，令有司立庙祀之。宋大观中，知明州事李茂诚撰记。”

二是“卷十七·冢墓”称：“梁山伯祝英台墓，在县西十里接待寺之后，有庙存焉。旧志称‘义妇冢’，然英台尚未成妇，故改今名。俱载‘遗事’。”宋元的方志，均载义妇冢条（或梁山伯祝英台墓），未载梁山伯庙。明成化杨寔《宁波郡志》（即《四明郡志》）则仅载梁庙而未载义妇冢。成化黄润玉《宁波府简要志》首开庙、墓分载，称庙在鄞西十六里、墓在鄞县十六里。张时彻嘉靖志虽承庙、墓分载，但称庙在县西十六里、墓在县西十里，庙、墓间相差六里之遥。

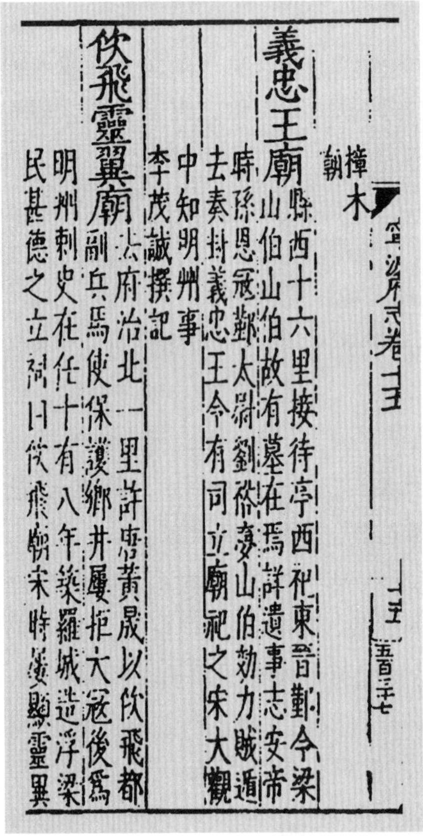
義忠王廟縣西十六里接待亭西祀東晉鄞令梁山伯山伯故有墓在焉詳遺事志安帝時孫恩寇鄞太尉劉裕夢山伯効力賊遁去奏封義忠王令有司立廟祀之宋大觀中知明州事李茂誠撰記

佽飛靈翼廟府治北一里許唐黃晟以佽飛都副兵馬使保護鄉井屢拒大寇後爲明州刺史在任十有八年築羅城造浮梁民甚德之立祠曰佽飛廟宋時屢顯靈異

图45–明21–1　嘉靖宁波府志1

三是“卷二十·遗事”载：“晋梁山伯，字处仁，家会稽。少游学，道逢祝氏子同往，肄业三年。祝先返。后二年，山伯方归，访之上虞，始知祝女子也，名曰英台。山伯怅然归，告父母求姻，时祝已许鄮城马氏，弗遂。山伯后为鄞令，婴疾弗起，遗命葬于鄮城西清道原。明年，祝适马氏，舟经墓所，风涛不能前。英台闻有山伯墓，临冢哀恸，地裂而埋壁焉。马言之官，事闻于朝，丞相谢安奏封义妇冢。”此段因袭杨寔成化志记述梁祝传说。除最后删除梁显灵退寇封王一段外，仅有局部改动：（1）开头由“山伯，东晋时人，家会稽”改为“晋梁山伯，字处仁，家会稽”，增加了梁“字处仁”；（2）“始知祝乃女子，名英台

(三)明清晚期 梁祝记载

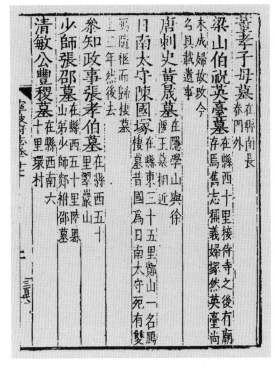

图45-明21-2 嘉靖宁波府志2

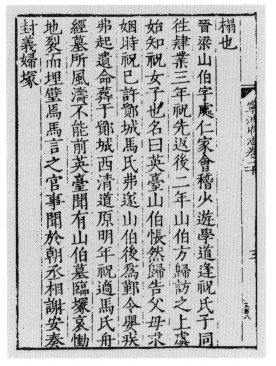

图45-明21-3 嘉靖宁波府志3

也"改为"始知祝女子也,名曰英台";(3)"时祝已许马氏",增加了"鄮城"二字;(4)"又明年,祝适马氏"去掉一个"又"字;(5)"风涛弗能前"改为"风涛不能前";(6)"英台临冢哀恸",在"英台"后加入了"闻有山伯墓";(7)"马氏言之官",改为"马言之官"。目前,大多数学者均引嘉靖张志为最早详载梁祝传说的史志,其实不然,最早详载梁祝传说的志乘是成化杨志,比张志要早近百年。

以上影印件为上海图书馆明嘉靖刻本,见上海图书馆善本电子书。

张时彻(1500—1577),明浙江鄞县人,字维静,号东沙,又号九一。正德十五年中举,嘉靖二年(1523)进士。终官南京兵部尚书,遭弹劾归里,人称"东海三司马"。曾纂《宁波府志》《定海县志》,著有《张司马集》《东沙史论》等。

周希哲,明四川威远人,进士,嘉靖三十六年(1557)知宁波府,三十九年去任;曾镗,字万甫,明直隶德州人,嘉靖三十九年以进士知宁波府。

(46-明22)《古今游名山记》

《古今游名山记》为明何镗所辑,明嘉靖四十二年(1563)成书。其书"卷之四·齐云山(江南诸山、泉附)"载有都穆《游善权洞记》,其文与《善权寺古今文录》《荆溪外纪》基本相同,有数处零星错误,且最后略去议论一段。唯末句"午出饮方丈,

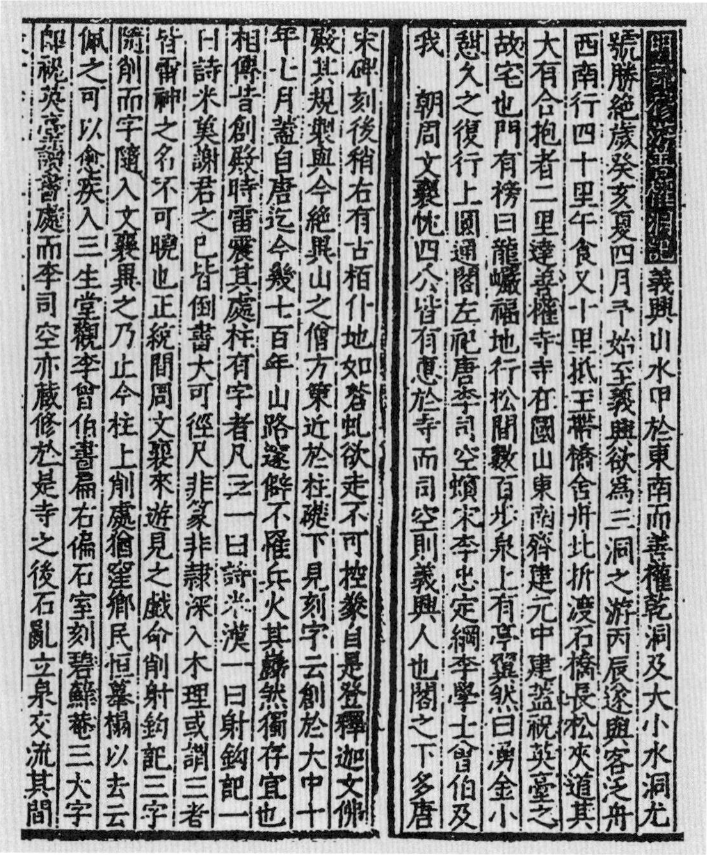
遊善權洞記

義興山水甲於東南而善權乾洞及大小水洞尤號勝絕歲癸亥夏四月予始至義興欲為三洞之遊丙辰遂與客泛舟西南行四十里午食又十里抵玉帶橋舍舟北折渡石橋長松夾道其大有合抱者二里達善權寺寺在國山東南齊建元中建蓋祝英臺之故宅也門有榜曰龍巖福地行松間數百步泉上有亭翼然曰湧金小憩久之復行上圓通閣左祀唐李司空蠙宋李忠定綱李學士曾伯及我 朝周文襄忱四公皆有惠於寺而司空則義興人也閣之下多唐宋碑刻後稍右有古栢仆地如蒼虬欲走不可控然自是登釋迦文佛殿其規製與今絕異山之僧方策近於柱礎下見刻字云創於大中十年七月蓋自唐迄今幾七百年山路遂僻不罹兵火其殿巋然獨存宜也相傳昔創殿時雷震其處柱有字者凡三一曰詩米漢一曰射鉤記一曰詩米奠謝君之已皆倒書大可徑尺非篆非隸深入木理或謂三者皆雷神之名不可曉也正統間周文襄來遊見之戲命削射鉤記三字隨削而字隨入文襄異之乃止今柱上削處猶宛然民恒摹搨以去云佩之可以愈疾入三生堂觀李曾伯書扁右偏石室刻碧鮮菴三大字即祝英臺讀書處而李司空亦藏修於是寺之後石亂立泉交流其間

图46–明22　古今游名山记

夜宿邑人潘氏”与《文录》《外纪》不同，后者均为“午出饮方丈，明日遂归”，不知“夜宿邑人潘氏”出于何处。

此影印件为嘉靖四十四年（1565）自刻本，题为“括苍何镗振卿甫编辑，庐陵吴炳用晦甫校正”。该书遭遇极为离奇，一书分散于中国、日本两地，后日本收藏的末一册带至中国，经相互配补，终于圆满合璧，存于大连图书馆，为国家级善本。其书北京大学图书馆亦有存，《四库全书存目丛书》有收录。

何镗（1507—1583），明浙江丽水人，字振卿，号宾岩。嘉靖二十六年（1547）进士，官至广东按察使。撰《修攘通考》《翠微阁集》，辑《古今游名山记》《中州人物志》，纂《括苍汇记》等。

（47–明23）《留青日札》

《留青日札》为明田艺蘅所辑，万历元年（1573）刊行。是书“卷二十一·祝英台”条称：“英台，上虞祝氏女子，易为男子装出游学，与会稽梁山伯者同肄业。山

（三）明清晚期　梁祝记载

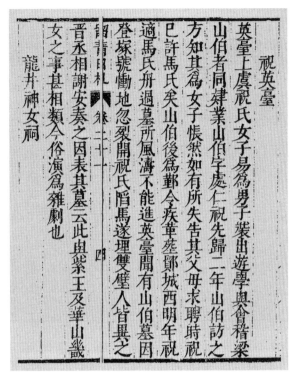

图47-明23　留青日札

伯，字处仁。祝先归。二年，山伯访之，方知其为女子，怅然如有所失。告其父母求聘，时祝已许马氏矣。山伯后为鄞令，疾革，葬鄮城西。明年，祝适马氏，舟过墓所，风涛不能进。英台闻有山伯墓，因登冢号恸，地忽裂开，祝氏陷焉，遂埋双璧，人皆异之。晋丞相谢安奏之，因表其墓云。此与紫玉及华山畿女之事甚相类，今俗演为杂剧也。"

此影印件为浙江图书馆藏明万历三十年（1602）徐懋升重刻本，见《四库全书存目丛书》。《续修四库全书》另有明万历三十七年（1609）刻本。

田艺蘅（1524—？），明浙江钱塘（今杭州）人，字子艺。以贡生为徽州训导，罢归。有《大明同文集》《留青日札》《田子艺集》等。

（48-明24）《天下名山诸胜一览记》

《天下名山诸胜一览记》又名《刻名山诸胜一览记》，明慎蒙所辑，万历四年成书。其"名山岩洞泉石古迹·卷之三·名山记"收录有他自己撰写的《游善权洞记》，其中记载了"宜兴梁祝"。记云："隆庆壬申十月初三日，予由夹浦泛太湖抵宜兴，又六十里至善权寺。寺在国山东，始于南齐建元，盖祝英台之故宅也。……寺之后有'三生堂'，唐李蠙、宋李刚（按，乃李纲之误）、李曾伯一姓而皆位至宰相。沈石田诗，所谓'一

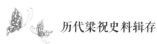

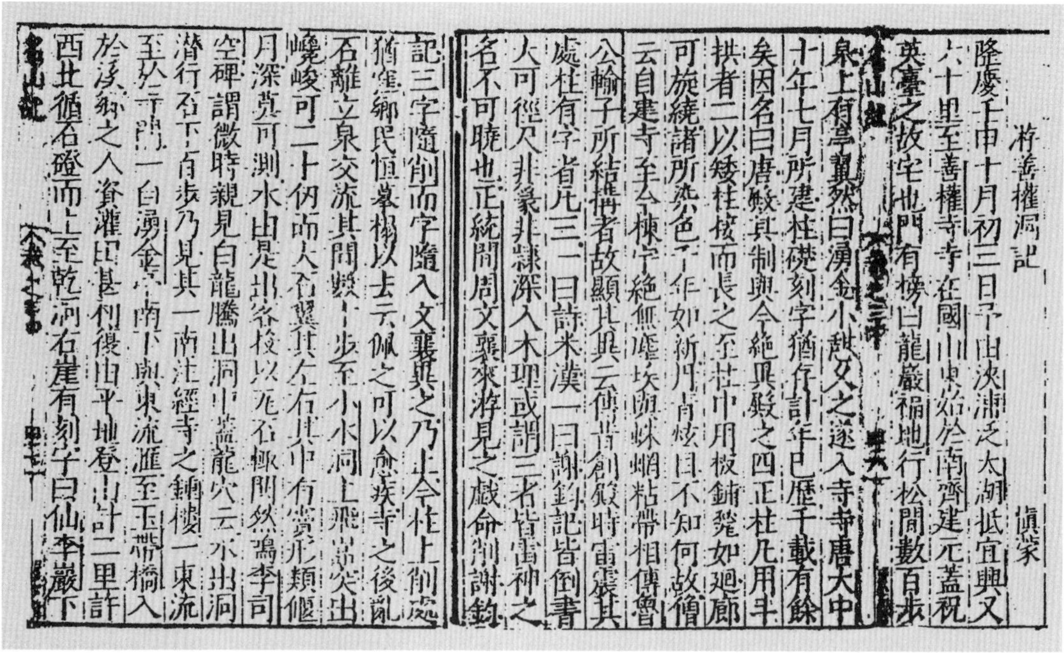
游善權洞記　　慎蒙

隆慶壬申十月初三日予由洮滆之太湖抵宜興又六十里至善權寺寺在國山東始於南齊建元蓋祝英臺之故宅也門有坊曰龍巖福地行松間數百步泉上有亭翼然曰湧金小憩久之遂入寺寺唐大中十年七月所建柱礎刻字猶存計年已歷千載有餘矣因名曰唐殿其制與今絕異殿之西正柱凡用斗拱者二以矮柱撐而長之至栱中用板鋪甃如廻廊可旋繞諸所染色千年如新丹青炫目不知何故僧云自建寺至今棟宇絕無塵埃蛛蛸粘帶相傳魯公輸子所結構者故顯其異云僧昔創殿時雷震其處柱有字者凡三一曰許米漢一曰謝鈞記皆倒書大可徑尺非篆非隸深入木理或謂二者皆雷神之名不可曉也正統間周文襄來游見之戲命削謝鈞記三字隨削而字隨入文襄異之乃止今柱上削處猶儼鄉民恒摹搨以去云佩之可以愈疾寺之後亂石離立泉交流其間數十步至小水洞上飛岩突出嶢崚可二十仞而大石翼其左右其中有賞形類偃月深莫可測水由是出洛枝以危石橛閒然為李司空碑謂微時親見白龍騰出洞中蓋龍穴云水出洞潛行石下百步乃見其一南注經寺之鐘樓一東流至於寺門一自湧金亭南下與東流滙至玉帶橋入於溪鄉之人資灌田甚利復由平地登山計二里許西北循石磴而上至乾洞右崖有刻字曰仙李巖下

图48—明24—1　天下名山诸胜一览记1

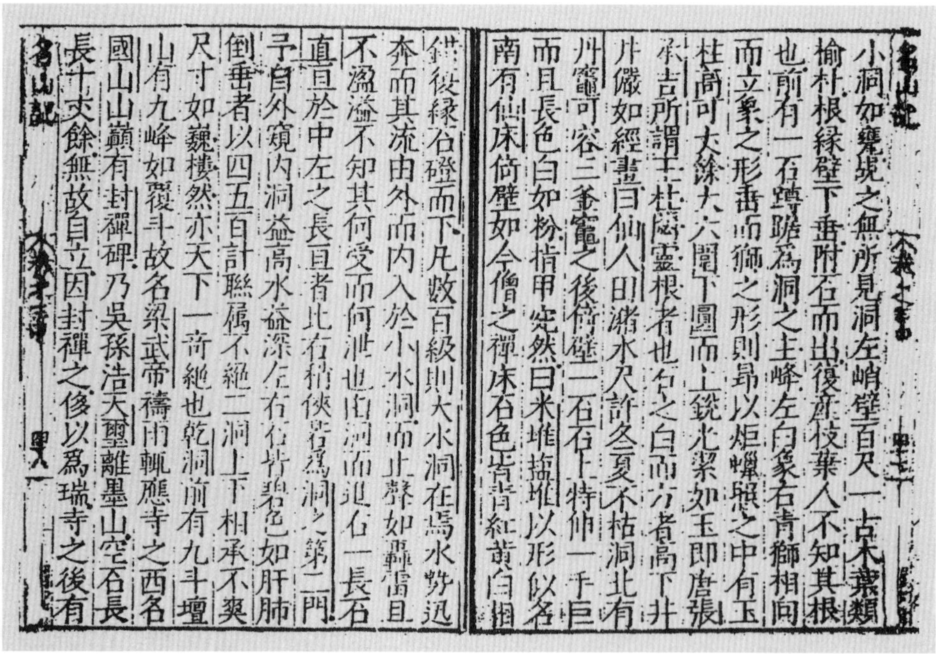
小洞如甕覘之無所見洞左峭壁百尺一古木叢類榆朴根緣壁下垂附石而出復產枝葉人不知其根也前有一石蹲踞為洞之主峰左白象右青獅相向而立象之形垂而獅之形則昂以炬燭照之中有玉柱高可丈餘大六圍下圓而上銳光潔如玉即唐張承吉所謂玉柱陰靈根者也旁之白而方者高下井井儼如經書曰仙人田瀦水尺許冬夏不枯洞北有丹竈可容三釜竈之後倚壁一石石上特伸一手巨而且長色白如粉指甲宛然曰米堆搭堆以形似名南有仙床倚壁如今僧之禪床石色皆青紅黃白相錯從緣石磴而下凡數百級則大水洞在焉水勢迅奔而其流由外而內入於小水洞而止聲如轟雷且不溢溢不知其何受而何泄也由洞而迤右一長石直亘於中左之長亘者北右稍俠若為洞之第二門予自外窺內洞益高水益深左右石皆碧色如肝肺倒垂者以四五百計聯屬不絕二洞上下相承不爽尺寸如巍樓然亦天下一奇絕也乾洞前有九斗壇山有九峰如覆斗故名梁武帝禱雨輒應寺之西名國山山巔有封禪碑乃吳孫浩天璽離墨山空石長長十丈餘無故自立因封禪之侈以為瑞寺之後有

图48—明24—2　天下名山诸胜一览记2

姓转身三宰相’者也。堂右偏石室，刻‘碧鲜庵’三大字，李曾伯所书（“碧鲜庵”书刻人有误，详考见《“梁祝”的起源与流变》第161—168页），乃祝英台读书处，与梁

(三)明清晚期 梁祝记载

图48-明24-3 天下名山诸胜一览记3

山伯同事笔砚者。旧有偃柏在寺前如卧龙,今已腐烂灭迹矣。寺门西有玉带桥,唐李丞相舍玉带而建者,又名'胜义桥',李曾伯书扁。寺前有'龙岩亭',予先憩于此,扁亦李曾伯所书也……"

以上影印件为清华大学图书馆藏明万历四年(1576)自刻本,见《四库全书存目丛书》。是书《故宫珍本丛刊》亦有收录,名为《刻名山诸胜一览记》,也是明万历四年丙子慎蒙辑本,《游善权洞记》在"名山岩洞泉石古迹卷之三(中)·南京(附江北诸山泉)"中,未知作者为何同一年中刊刻这两本书。因两书中关于梁祝的记载相同,故本书不重复载录《刻名山诸胜一览记》。

慎蒙(1510—1581),明浙江吴兴归安人,字子正,号山泉。嘉靖三十二年(1553)进士,官漳州知县、南京监察御史。因疏轮胡宗宪科场舞弊斥归。有《天下名山诸胜一览记》《万姓统谱》。

(49-明25)《荆溪疏》

明万历癸未(1583),著名文学家王稚登应邀到宜兴游览,为期十天,并作《荆溪疏》,记录了宜兴的人文古迹。《荆溪疏》虽为笔记性著作,然"疏"字此处义,是"比'注'更为详细的注解",故切实反映了明代宜兴的情况。王于三月初四日自宜兴县城出

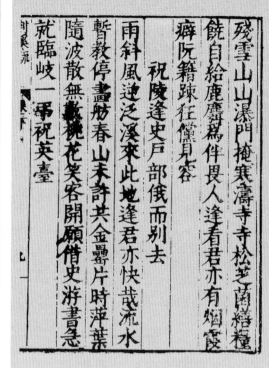

图49-明25-1　荆溪疏1　　　　　　图49-明25-2　荆溪疏2

发至祝陵，三月初五，史户部赶到祝陵访王稚登，别后夜宿张渚。其书两处记到"宜兴梁祝"：

一是"卷上·疏·游荆溪疏"称："西次五十里至祝陵，祝英台葬地。山人业采石，斧凿声铿铿，翠微破碎矣。"

二是"卷下·诗"《祝陵逢史户部俄而别去》诗云：

　　雨斜风逆泛溪来，此地逢君亦快哉。
　　流水暂教停画舫，春山未许共金垒。
　　片时萍叶随波散，无数桃花笑客开。
　　愿借史游书急就，临歧一吊祝英台。

该书明确记称：祝陵是祝英台葬地，祝陵的地名正是因英台墓而得。由该诗可知，王稚登和史户部分手时，还吊祭了祝英台墓。

以上影印件见上海图书馆藏书。

王稚登（1535—1612），先世江阴，移居苏州，字百榖。明文学家。嘉靖末入太学，万历时召修国史。有《王百榖全集》《吴骚集》。

(三)明清晚期 梁祝记载

(50—明26)《浣水续谈》

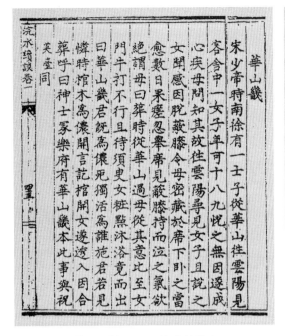

图50—明26-1 浣水续谈1　　图50—明26-2 浣水续谈2

《浣水续谈》为明朱孟震所撰,万历十二年(1584)成书。其"卷一"两处记到"梁祝":

一是"华山畿"条称:"宋少帝时,南徐有一士子从华山往云阳,见客舍中一女子,年可十八九,悦之无因,遂成心疾。母问知其故,往云阳寻见女子,且说之。女闻感,因脱蔽膝,令母密藏于席下,卧之当愈。数日果瘥,忽举席见蔽膝,持而泣之,气欲绝。谓母曰:'葬时从华山过。'母从其意。比至女门,牛打不行,且待须臾,女妆点沐浴,竟出而曰:'华山畿,君既为侬死,独活为谁施?君若见怜时,棺木为侬开。'言乞棺开,女遂透入,因合葬。呼曰'神士冢'。乐府有'华山畿',本此,事与祝英台同。"

二是"华山畿"条后,紧接着是"祝英台"条,称:"会稽梁山伯与上虞祝英台同学,祝先归。梁后过上虞访之,始知为女,告于父母请娶之。而祝已许马氏子,梁怅然若失。后三年,为鄞令,病死,遗言葬清道山下。又明年,祝适马,过其处,风涛大作,舟不能进。祝造梁冢哀恸失声,地忽裂,祝投而死焉。马氏闻其事于朝,丞相谢安请封为'义妇'。和帝时,梁复显灵异,效劳于国,封为'义忠',有司立庙于鄞云。吴中有花蝴蝶,妇孺俱以梁山伯祝英台呼之。近有作为传奇者,盖祝男服从师,与古木兰、近世保宁韩贞女、河西刘方事类。"

"华山畿"是流传于南朝的民间乐府曲,见元《至顺镇江志》,其中一曲为"华山畿,华山畿,君既为侬死,独生为谁施?欢若见怜时,棺木为侬开"。此事属阴配,故

93

称与祝英台同。

"祝英台"条记载了浙东的梁祝传说,又称"吴中有花蝴蝶,妇孺俱以梁山伯祝英台呼之",显然是从《菽园杂记》转征的。

该书称祝英台与古木兰、近世保宁韩贞女、河西刘方事类,乃指其女扮男装事,非指阴配。按:韩贞女者,明初保宁(今四川阆中)人,十七岁避红巾军而伪为男饰,却被红巾抓丁,居军中七年,人莫识其为女子,后被褒为"贞女"。刘方者,明宣德间河西人,原为方姓,母卒,十二岁的刘方乃女扮男装随父运送灵柩,不料父亲至武清借宿刘家时病故,刘老为其安葬并收方女为"义子",更名刘方。后山东刘奇逃难到武清,亦被刘翁收留,与刘方结为兄弟,刘翁夫妇死后孝满,刘方言明真相,遂与刘奇成亲,延续二刘一方三家血脉,乡人美誉为"三义村"。

以上影印件为北京图书馆藏明万历二十年(1592)刻朱秉器全集本,见《四库全书存目丛书》。

朱孟震,明江西新淦(属临江府)人,字秉器,号郁木山人,又号秦关散吏。隆庆二年(1568)进士,辑有《浣水续谈》。

(51-明27)[万历]《重修宜兴县志》

[万历]《重修宜兴县志》为明陈遴玮所修、王升纂,万历十八年(1590)刊行。该志以万历二年县令韩容主修的《宜兴县志》(未刻印)为蓝本,收录了万历十七年前的宜兴史料,增补订正编纂而成,其中记载"宜兴梁祝"凡四处。

一是"图·县境(一)·西至溧阳九十里界",标有"祝陵镇""善权洞""善权寺""碧鲜庵"。

二是"卷之一·舆地志·山川""善权洞"条,收录都穆《三洞纪游记》和王世贞《游善权洞记》,记载了善权寺内关于"梁祝"的相关遗址、古迹。都穆《三洞纪游记》即《善权寺古今文录》之《善权记》,《荆溪外纪》亦有收录,内容见前。王世贞《游善权洞记》称:"西沈……又五十里抵善权,约以晨往。既出市,不数武即为驰道,可二里许抵寺。……僧为导入别室,出茶笋啖之。良久,导至三生堂,观祝英台读书处。已,复折而东北出寺……"

王世贞(1526—1590),明江苏太仓人,字元美,号凤洲,又号弇州山人。嘉靖丁未(1547)进士。不附权贵,仕途跌宕,结怨严嵩,与张居正不合,两罢三起,终官南京刑部尚书。有《弇洲山人四部稿、续稿》《弇山堂别集》等。

三是"卷之十·古迹""祝陵"条,称:"祝陵,在善权山,其岩有巨石刻,云'祝英台读书处',号碧藓庵。俗传英台本女子,幼与梁山伯共学,后化为蝶。古有诗云:'蝴蝶满园飞不见,碧藓空有读书坛。'许有穀诗:'故宅荒云感废兴,祝英台去锁空陵。

（三）明清晚期　梁祝记载

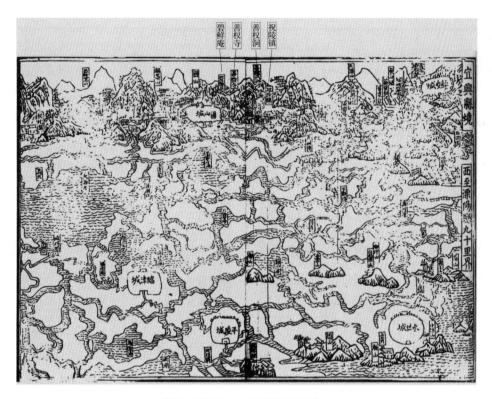

图51-明27-1　万历宜兴县志1

年年洞口碧桃发，蝴蝶满园归未曾？'"然此条中"碧鲜"均作"碧藓"，因宋明前志此条均作"碧鲜"，故属误编。这一失误，影响到万历《常州府志》、康熙《常州府志》和康熙《宜兴县志》，均错误沿袭记载，直至清乾隆间徐滨《宜兴县志刊讹》方指出："善权石刻有'碧鲜庵'三字，体势雄浑。明谷兰宗有题'碧鲜岩'及'祝英台近'词一阕，碑立其上。子春书《碧鲜志》并作'藓'，直不知'碧鲜'为竹名耳。即所载'蝴蝶满园飞不见，碧鲜空有读书台'亦作'藓'，则且平仄失严矣。"后嘉庆二年《重修宜兴县旧志》亦作了纠正与说明，称："'碧鲜'本竹名，碑刻现在，无作'藓'者。王志（即明万历宜兴县志）误作'藓'，诗句平仄失粘，不可读矣。"

四是"卷之十·僧寺""善权禅寺"条，称："善权禅寺，宋名广教禅院，在县西南五十里永丰乡善权洞侧，齐建元二年以祝英台故宅创建。唐会昌中废，其址为海陵钟离简之所得。至咸通间，李司空蟾尝于此肄业，奏以私财赎之，复建僧舍，刻疏于石。宋崇宁中，傅待制楫以徽宗潜邸恩请为坟刹。宣和中改为崇道观，建炎元年诏复为院。国朝改善卷寺，正统十年重建。弘治甲子，僧方策辑古今诗文为一帙，王鏊为之序。前有古松百余株，夹道林立，森秀雄伟，行者忘倦。正德间，僧负官租，将鬻以偿，邑人陈衮为捐百金以留之。"在本条收录的历代诗文中，又收入了唐李蟾《题善权寺石壁》诗（见前）、明邵贤《游善权》诗。《游善权》云："十里松涛响入空，禅林深隐翠微中。碧

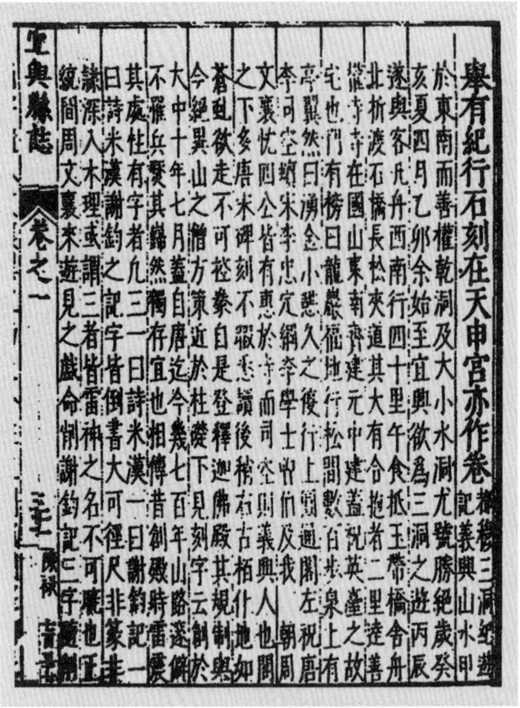

图51-明27-2　万历宜兴县志2

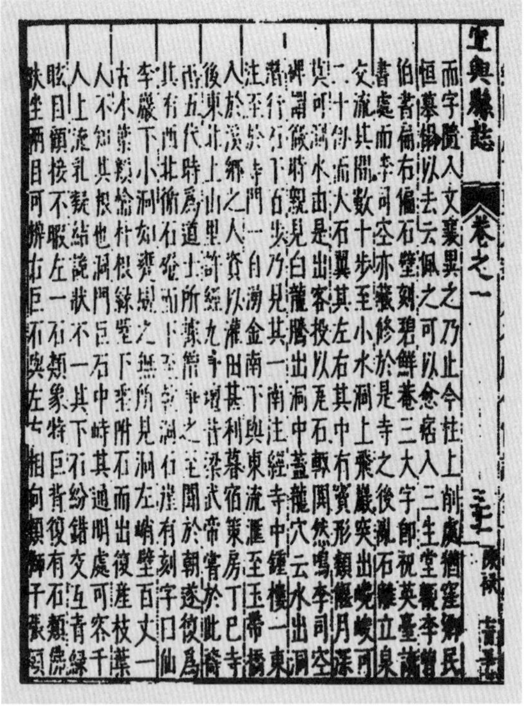

图51-明27-3　万历宜兴县志3

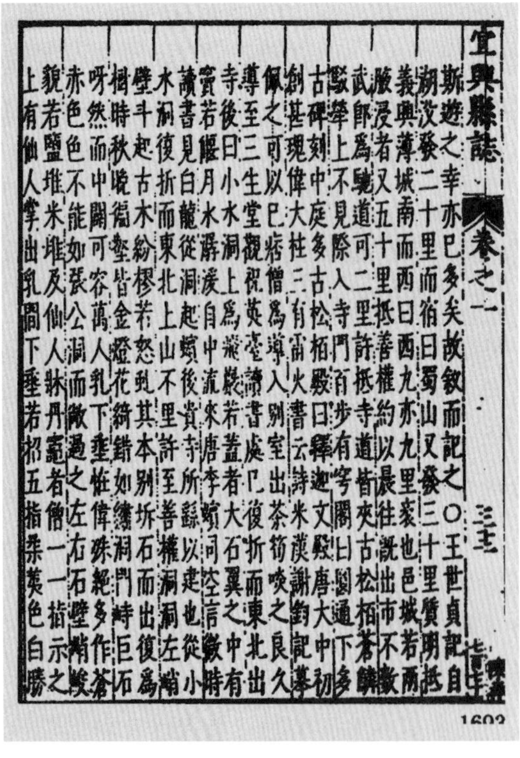

图51-明27-4　万历宜兴县志4

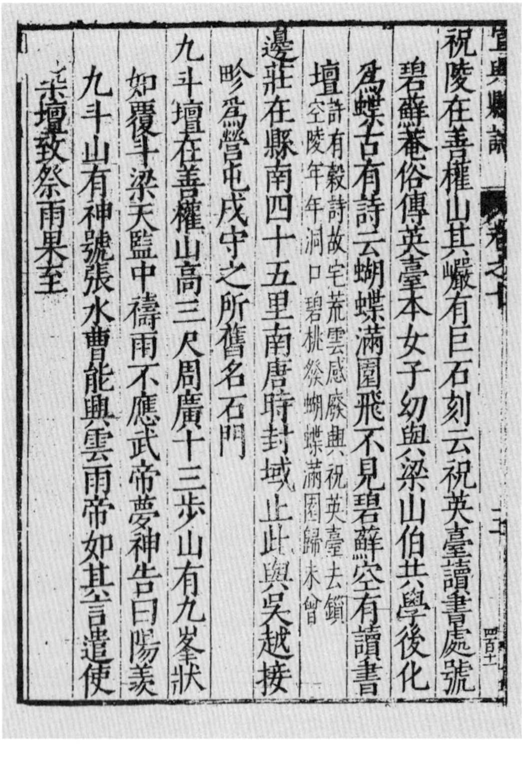

图51-明27-5　万历宜兴县志5

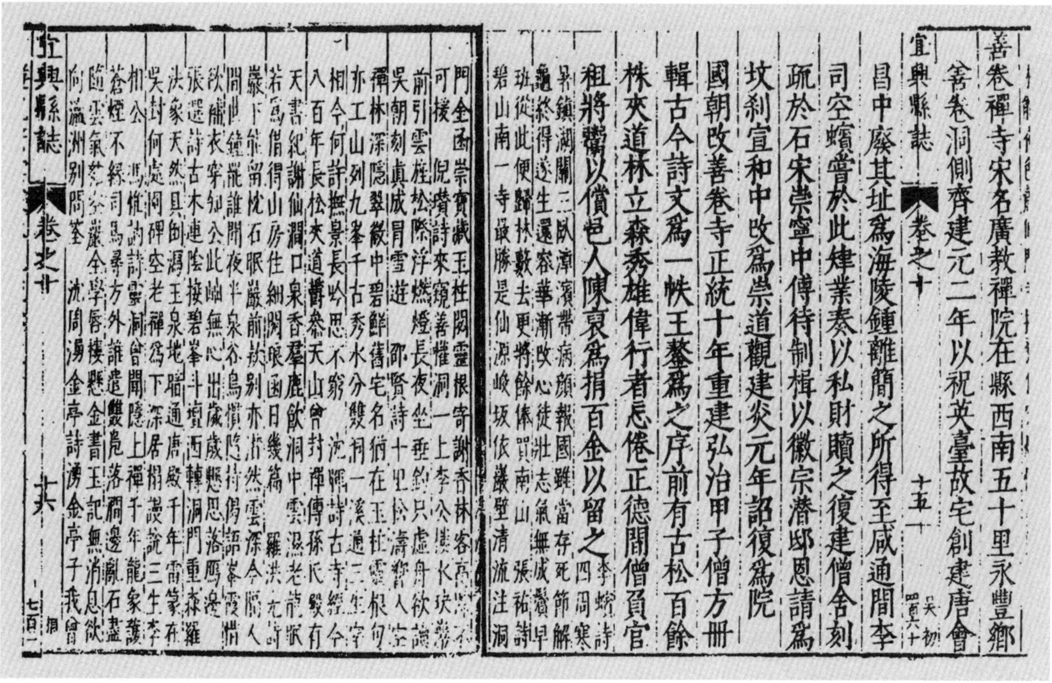

(三) 明清晚期 梁祝记载

图51-明27-6 万历宜兴县志6

鲜旧宅名犹在，玉柱灵根句亦工。山列九峰千古秀，水分双洞一溪通。三生宰相今何许？抚景长吟思不穷"。此诗与《善权寺古今文录》收录的首联有两字不同："响入空"《文录》作"响若空"；"深隐"《文录》作"深锁"。

本条影印件为明万历十八年刻本，存中国国家图书馆。

陈遴玮，明四川叙州府富顺（今属自贡）人，字建华，又字玉甫。万历十四年（1586）进士，次年以文林郎知宜兴县。

王升，明宜兴人。嘉靖四十三年（1564）岁贡，官成都通判、盐课提举。万历十七年纂修宜兴县志，十八年志成。

（52-明28）《弇州四部稿》

《弇州四部稿》又名《弇州山人四部稿》，为明王世贞所撰，其书"卷七十二"《游善权洞记》云："自湖汊（按，"湖汊"为"湖㳇"之误）发二十里而宿，曰蜀山。又发三十里，质明抵义宁（按，"义宁"为"义兴"之误）薄城南，而西曰西九，亦九里裹也。邑城若两腋浸者。又五十里抵善权洞，以晨往，既出市，不数武即为驰道，可二里许抵寺。道皆夹古松柏，苍鳞驳荦，上不见际。入寺门百步，有穹阁曰'圆通'，下多古碑刻。中庭多古松柏。殿曰'释迦文殿'，唐大中初创，甚瑰伟大。柱三有雷火书，

52-明28　弇州四部稿

云摹佩之可以已疟。僧为导入别室，出茶笋啖之。良久，导至三生堂，观祝英台读书处。已，复折而东北出寺……"

《游善权洞记》是一篇游记，记录了作者游览善权洞的所见所闻，其中说到善权寺中保存的"祝英台读书处"等遗址。

此影印件见清《文渊阁四库全书》。《四库全书存目丛书》收有中国人民大学图书馆藏明万历二十年（1592）克勤斋余碧泉刻本。

（53-明29）[万历]《江宁县志》

[万历]《江宁县志》为明李登纂修，盛敏耕、顾起元同纂，根据其序，为万历乙未（1595）刊行。其志"卷之四·祠宇志·寺观""英台寺"条称："英台寺，在西善桥。乾道志：在新林市，俗呼祝英台寺。"

本条影印件为明万历乙未刊本，见《金陵全书》。

李登（1524—1609），明上元（今南京）人，字士龙。隆庆初以选贡充国子监生，授新野知县，改崇仁教谕，后去官归里，讲学授徒。善真、行、草、钟鼎、小篆，编纂《上元县志》，纂修《江宁志》，有《金陵琐事》《续说郛》。

盛敏耕（1546—1598），明上元人，字伯牛，自号壶林，一作壶轩。应天府学生员，终身未仕，以文名世，有《轩居集》。顾起元（1565—1628），明江宁（今

（三）明清晚期　梁祝记载

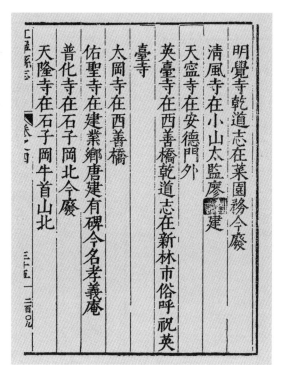

图53-明29　万历江宁县志

南京）人，名培，字太初，又字邻初，自号遯园居士。万历二十六年（1598）进士，官至吏部左侍郎，兼翰林院侍读学士，谥文庄。有《中庸外传》《雪堂随笔》等。

（54-明30）《丰对楼诗选》

《丰对楼诗选》为明沈明臣所撰，万历丙申（1596）刻本。是书三处刊载"宁波梁祝"。一是"卷二十五·六言绝句"收录《客次有怀中林诸胜二十首》，其中第五首云：

江浦楝花鲦上，海田麦叶蛏肥。
十姊妹花开遍，梁山伯蝶来飞。

该诗吟咏春季花开、鱼跃、蛏肥、蝶飞的景象。其中反映了当地"梁祝化蝶"的传说。此诗《梁祝文化论》称是"二十首之一"，实为"之五"之误。

二是"卷二十六·七言律诗"收录《登明州郡城三首》，其中第一首云：

高云莽荡欲何之，独立孤城万里思。

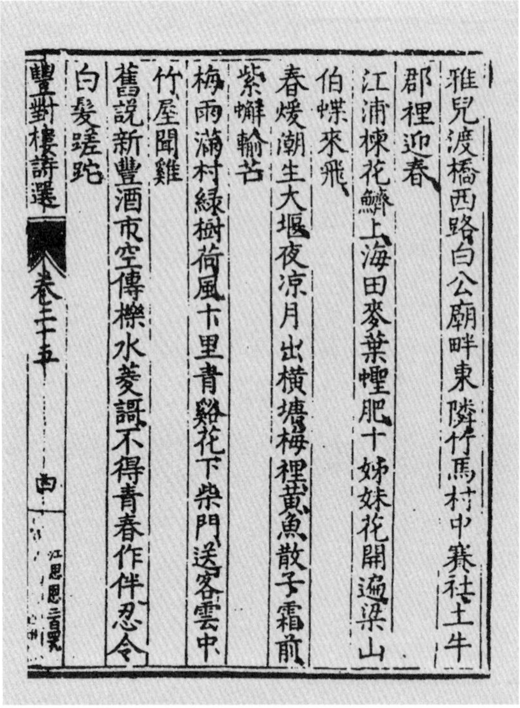

豐對樓詩選

雅兒渡橋西路白公廟畔東陵竹馬村中賽社土牛
郡裡迎春
江浦楝花鱗上海田麥葉鱧肥十姊妹花開遍梁山
伯蝶來飛
春煖潮生大堰夜涼月出横塘梅裡黃魚散子霜前
紫蠏輸芒
梅雨滿村綠樹荷風十里青谿花下柴門送客雲中
竹屋聞雞
舊說新豐酒市空傳櫟水菱謌不得青春作伴忍令
白髮蹉跎

图54-明30-1　丰对楼诗选1

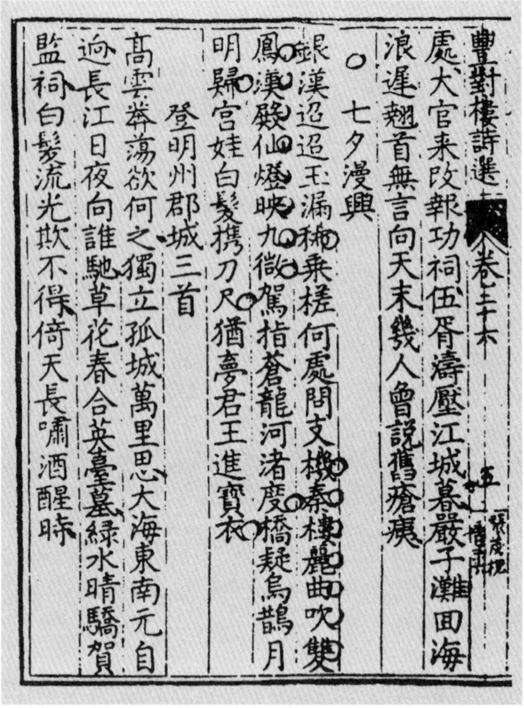

豐對樓詩選

處大官來攺報功祠伍胥濤壓江城暮嚴子灘田海
浪遲翹首無言向天末幾人曾說舊瘡痍
○七夕漫興
銀漢迢迢玉漏稀乘槎何處問支機秦樓麗曲吹雙
鳳漢殿仙燈映九微駕指蒼龍河渚度橋疑烏鵲月
明歸宮娃白髮攜刀尺猶夢君王進寶衣
登明州郡城三首
高雲崒嵂欲何之獨立孤城萬里思大海東南元自
迴長江日夜向誰馳草花春合英臺墓綠水晴驕賀
監祠白髮流光欺不得倚天長嘯酒醒時

图54-明30-2　丰对楼诗选2

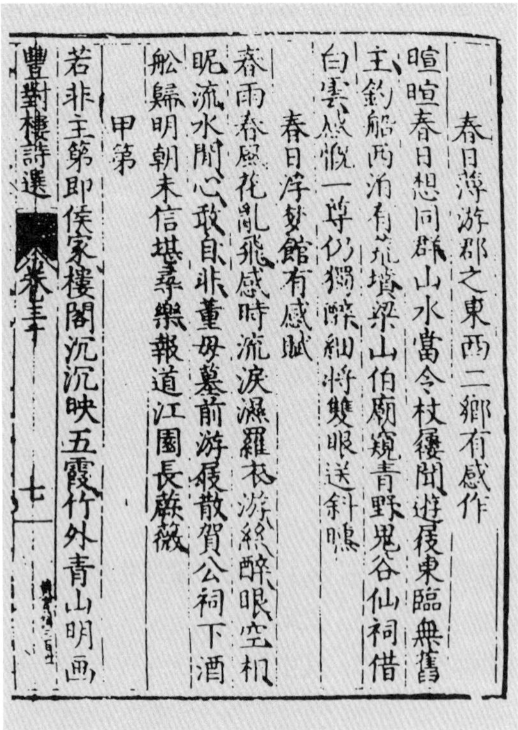

豐對樓詩選

春日薄游郡之東西二鄉有感作
暄暄春日想同群山水當令杖屨聞遊屐東臨無舊
主釣船西泊有荒墳梁山伯廟窺青野鬼谷仙祠借
白雲燃燃一尊仍獨醉細將雙眼送斜曛
春日浮翠館有感賦
春雨春風花亂飛感時流淚濕羅衣游絲醉眼空相
昵流水閒心敢自非董母墓前游屐散賀公祠下酒
船歸明朝未信堪尋樂報道江園長蕨薇
甲第
若非王第即侯家樓閣沉沉映五霞竹外青山明畫

图54-明30-3　丰对楼诗选3

大海东南元自迴，长江日夜向谁驰。
草花春合英台墓，绿水晴骄贺监祠。
白发流光欺不得，倚天长啸酒醒时。

诗人于春日登城远眺，见祝英台墓被春花绿草覆盖，碧水环绕着贺知章祠（因贺官授秘书监，人称“贺监”）。此为诗人对古迹的写意，因为梁祝墓和贺监祠相距甚远，根本不可能同时看到。此诗第三、第六句，《梁祝文化论》作“大海东南无自迴”“绿水近骄贺监祠”，有误。

三是“卷三十·七言律诗”收录《春日薄游郡之东西二乡有感作》：

暄暄春日想同群，山水当令杖屦闻。
游屐东临无旧主，钓船西泊有荒坟。

（三）明清晚期 梁祝记载

> 梁山伯庙窥青野，鬼谷仙祠借白云。
> 感慨一尊仍独醉，细将双眼送斜曛。

诗人春日独游郡城东西二乡，看到荒芜的梁山伯庙、墓和鬼谷仙祠等，感慨孤身一人，无友同行，目送夕阳西下，乃引一尊独醉。

以上影印件为浙江图书馆藏明万历二十四年（1596）陈大科、陈尧佐刻本，见《四库全书存目丛书》。

沈明臣（1518—1596），浙江鄞县（今宁波）人，字嘉则，号句章山人，晚号栎社长。明代诗人。诸生，曾幕胡宗宪，与王叔承、王稚登并称万历三大布衣诗人。曾游宜兴，作有《游西施洞》《游善卷洞》《游张公洞》《荆溪夜行赠邦宪》诗。著有《丰对楼诗选》《荆溪唱和诗》《吴越游稿》《通州志》。

（55-明31）［万历］《重修镇江府志》

［万历］《重修镇江府志》为明王应麟所修，王樵等纂，万历丁酉（1597）刊行。该志"卷三十·□产·虫""蝶"条称："蝶。种类数多，要皆草木蠹虫所化，其大如蝙蝠。或黑或青斑如玳瑁者名凤子，又名凤车，俗名梁山。"

按：一、原书为抄本，无后记、跋，故不知何时所抄；二、纲目缺字，且卷十七前均缺，乃以□替代，该纲元至顺志作"土产"，清康熙志作"物产"，故不知所云；三、查清康熙十四年（1675）《重修镇江府志》，该条作"俗名梁山伯"，此抄本称"俗名梁山"，应是抄写之漏。

此影印件见《南京图书馆藏稀见方志丛刊》。

王应麟，清福建龙溪人，字仁卿。明万历八年（1580）进士，二十一年（1593）知镇江府。居官廉惠，修府学，重修府志。

王樵，清江苏金坛人，字明逸，号方麓居士。嘉靖二十六年（1547）进士，官南京都察院右都御使。有《方麓居士集》等。

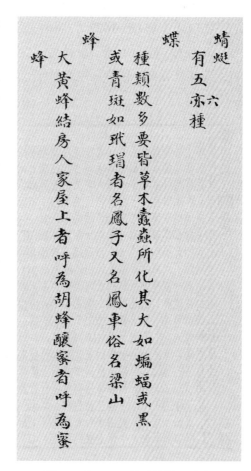

图55-明31　万历重修镇江府志

（56-明32）《增订广舆记》

《增订广舆记》为明陆应阳所撰，其书刊有"梁祝"记载，其中"宜兴梁祝"两条、"浙东梁祝"一条。

两条"宜兴梁祝"均载于"卷之三·江南常州府"中，"山川·善卷洞"称："善卷洞，国山东南，即祝英台故宅也。周幽王时洞忽自开，宽广可坐千人，中有立石，高丈余，号玉柱。"

"古迹·祝陵"称："祝陵，善卷山南有石刻，云祝英台读书处，号碧藓庵。"

"宁波梁祝"载于"卷之十一·浙江宁波府"中，"陵墓·义妇冢"称："义妇冢，府城西。梁山伯祝英台二人少同学，梁不知祝乃女子。后梁为鄞令，卒葬此。祝氏吊墓下，墓裂而殒，遂同葬。谢安奏封义妇冢。"此条万历二十八年（1600）刻本为"基裂而殒"，乃刊刻之误。

本条影印件为清康熙丙寅（1686）蔡方炳增辑，见《四库全书存目丛书》。《续修四库全书》《四库禁毁书丛刊》亦收有蔡方炳增辑本；上海图书馆存有明万历二十八年刻本。

陆应阳（1542—1627），明南直隶青浦（今属上海）人，字伯生，号古塘居士，又号片玉山人、应阳生等。少补县学生，绝意仕进，以诗文自励，好游名山大川。与王世贞、陈继儒有交。作诗喜用鸿雁字，人呼为陆鸿雁。

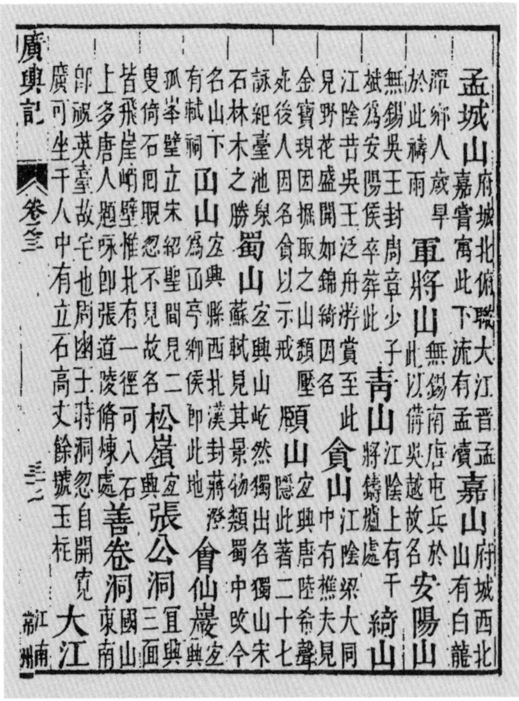

图56-明32-1　增订广舆记1 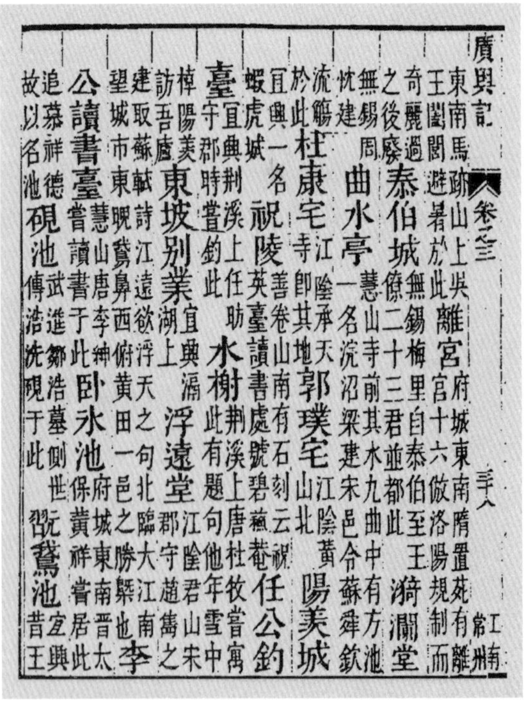　　　　　图56-明32-2　增订广舆记2

(三)明清晚期　梁祝记载

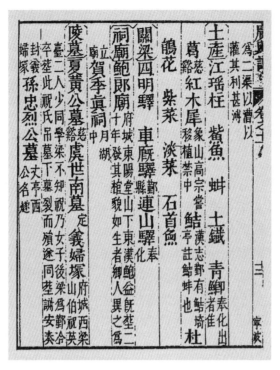

图56-明32-3　增订广舆记3

(57-明33)[万历]《新修上虞县志》

[万历]《新修上虞县志》为明徐待聘所修,马明瑞、葛晓等纂,万历三十四年(1606)刊刻。该志"卷之二十·杂纪志·轶事""梁山伯"条,记述了浙东的梁祝传说:"晋梁山伯,字处仁,家会稽。少游学,逢祝氏子同往肄业三年。祝先返。后三年,山伯方归,访之上虞,始知祝女子也,名英台。山伯怅然归,告父母求姻,时祝已许鄮城马氏,弗遂。山伯后为鄮令,婴疾弗起,遗命葬于鄮城西清道原。明年,祝适马氏,舟经墓所,风涛不能前。英台闻有山伯墓,临冢哀恸,地裂而埋璧焉。官闻于朝,丞相谢安奏封'义妇冢'。见宁波府志。"

图57-明33　万历新修上虞县志

该志是目前发现的最早记载“梁祝”的上虞方志，应是按明嘉靖宁波志收录的，因杨寔成化志并未提到山伯字处仁。

万历上虞县志此记注出宁波府志，然梁山伯学归的时间，所有宁波志均为祝英台归后二年，而此记称“后三年，山伯方归”，不知出于何处，很可能是编辑之错误。但是，清代的《上虞县志》，凡记“梁祝”者，则均以“后三年”因袭。

本条影印件见上虞市文化广电新闻出版局2008年重新影印的［万历］《新修上虞县志》。

徐待聘，明琴川（今江苏常熟）人，字廷珍，号绍虹。万历辛丑（1601）进士，授乐清、上虞知县。雅好文学，惠民劝士；城乡水利，靡不修举；又置义冢，以泽枯骨；亲裁邑乘，捐俸剞劂。秩满升刑部主事。

马明瑞，明代浙江平湖人，字道祯，又作道正。万历十九年（1591）举人。官至工部员外。善画竹。葛晓，明代浙江上虞人，字公旦，号泰岳山人。恩荫其叔，以布衣终。诗文清新俊雅，工书法，与车任远、徐渭等结为越中七贤。曾参与编纂万历上虞县志。

（58–明34）［万历］《邹志》

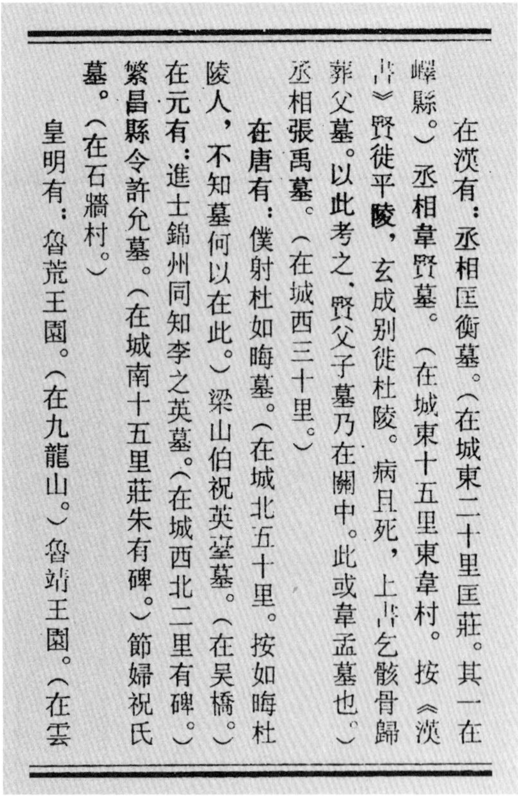
在漢有：丞相匡衡墓。（在城東二十里匡莊。其一在嶧縣。）丞相韋賢墓。（在城東十五里東韋村。按《漢書》賢徙平陵，玄成別徙杜陵。病且死，上書乞骸骨歸葬父墓。以此考之，賢父子墓乃在鄒中。此或韋孟墓也。）丞相張禹墓。（在城西三十里。）

在唐有：僕射杜如晦墓。（在城北五十里。按如晦杜陵人，不知墓何以在此。）梁山伯祝英臺墓。（在吴橋。）

在元有：進士錦州同知李之英墓。（在城西北二里有碑。）繁昌縣令許允墓。（在城南十五里莊朱有碑。）節婦祝氏墓。（在石牆村。）

皇明有：魯荒王園。（在九龍山。）魯靖王園。（在雲

图58–明34　万历邹志

［万历］《邹志》为明胡继先所修，万历三十九年（1611）刊成。该志“卷二·陵墓志”称：“在唐有：仆射杜如晦墓。（在城北五十里。按，如晦杜陵人，不知墓何以在此。）梁山伯祝英台墓。（在吴桥。）……”

该志是最早记载“邹县梁祝”的方志，称梁山伯祝英台是唐代人。

邹县的志乘，始自明成化十三年（1477）刘浚所修的《邹县志》。不知何故，嘉靖四年（1525）修志时，就“岁月寖久，志板雕剥以尽”了，执笔者谢秉秀访求遗本，斟酌去取，而成《邹县地理志》。在胡志以前，还有明万历八年（1580）许守恩《邹县志》、万历二十二年（1594）王一桢《邹县志》，之后又有崇祯四年（1631）黄应祥《邹县志》，现除嘉靖《邹县地理志》、万历胡继先《邹志》

(三)明清晚期 梁祝记载

尚存外，万历八年、二十二年志及崇祯志均已佚，仅从后出诸志序言中悉其原委，是否印行亦未可知。查嘉靖《邹县地理志》，无梁祝的相关记载。

该影印件见中国工人出版社1995年出版的《历代邹志十种》。

胡继先，明四川汉州（今广汉）人。万历丁未（1607）进士，授文林郎，任邹县知县，后转兵部主政。康熙朱志称其"厚泽及人，长才出众，美政多端。邑民为之立碑立祠"。

（59-明35）《三才图会》

《三才图会》又名《三才图说》，明王圻、王思义撰。全书共108卷，分为天文、地理、人物、时令、宫室、器用、身体、衣服等十四门，所记事物，先有图绘，后有论说，图文并茂。前三门为王圻撰，后十一门为其子王思义撰。全书又经王思义以十年之力详加核校，至万历三十五年完成编辑，三十七年（1609）刊成。

是书"地理·卷七·善卷洞图"载有"宜兴梁祝"。称："善卷寺在国山东，始于南齐建元，盖祝英台之故宅也。门有榜，曰'龙岩福地'。行松间数百步，泉上有亭，翼然曰'涌金'。寺唐太宗（'唐太宗'为'唐大和'之误，乃转征时编辑错误）十年七月所建，柱础刻字犹有存，因名曰'唐殿'，其制与今绝异。……寺之后有三生堂，唐李

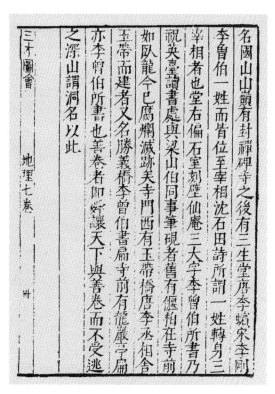

图59-明35-1 三才图会1　　　　图59-明35-2 三才图会2

蠙、宋李刚（为“李纲”之误）、李曾伯一姓而皆位至宰相，沈石田诗所谓‘一姓转身三宰相’者也。堂右偏石室，刻‘碧仙庵’三大字（‘碧仙庵’应作‘碧鲜庵’，转征编辑误），李曾伯所书，乃祝英台读书处，与梁山伯同事笔砚者……”

观此“善卷洞图”之记载，应辑录于慎蒙的“游善权洞记”，但转征中略有差错，如“唐大和”（亦作太和）误为“唐太宗”；又如“碧鲜庵”误作“碧仙庵”。

以上影印件为明万历王思义校正本原书板（万历三十七年刻本）。上海图书馆存有明万历三十五年刻本，为《续修四库全书》收录。此书《四库全书存目丛书》亦有载，北京大学图书馆亦有藏。

王圻（1530—1615），明松江府人，祖籍江桥，字元翰，号洪洲。嘉靖四十四年（1565）进士，授清江知县，调万安知县，升御史。以敢于直言，与宰相张居正等相左，黜为福建佥事。继又降为邛州判官。张居正去世后，王圻复起，任陕西提学使、神宗傅师、中顺大夫资治尹，授大宗宪。著有《续文献通考》《三才图会》《稗史类编》等。王思义（一作王思羲），王圻子，字允明，生平未详。与其父王圻合著有《三才图会》一书，刊刻流传于世。

（60—明36）《图书编》

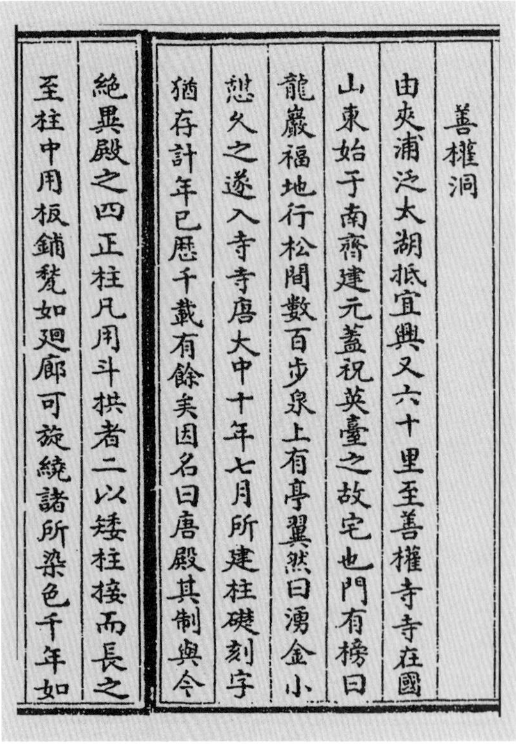
善權洞
由夾浦泛太湖抵宜興又六十里至善權寺寺在國
山東始于南齊建元蓋祝英臺之故宅也門有榜曰
龍巖福地行松間數百步泉上有亭翼然曰湧金小
憩久之遂入寺寺唐大中十年七月所建柱礎刻字
猶存計年巳歷千載有餘矣因名曰唐殿其制與今
絕異殿之四正柱凡用斗拱者二以矮柱接而長之
至柱中用板鋪甃如廻廊可旋繞諸所染色千年如

图60—明36—1　图书编1

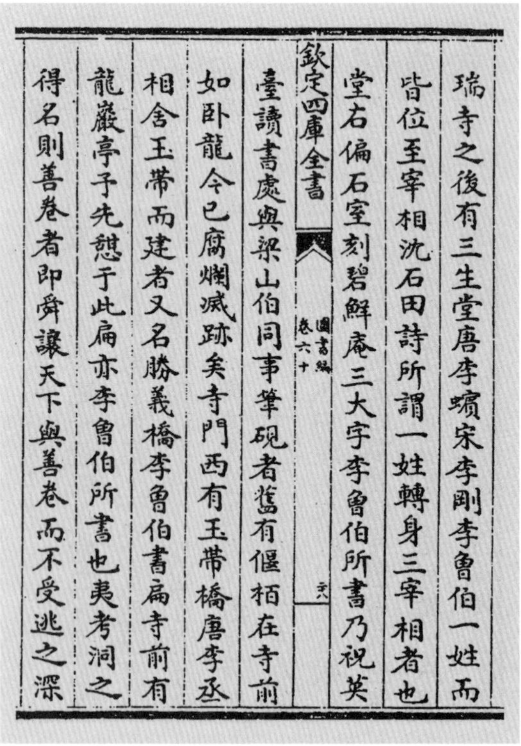
瑞寺之後有三生堂唐李蠙宋李剛李曾伯一姓而
皆位至宰相沈石田詩所謂一姓轉身三宰相者也
堂右偏石室刻碧鮮庵三大字李曾伯所書乃祝英
欽定四庫全書　圖書編 卷六十
臺讀書處與梁山伯同事筆硯者舊有偃栢在寺前
如卧龍今已腐爛滅跡矣寺門西有玉帶橋唐李丞
相舍玉帶而建者又名勝義橋李曾伯書扁寺前有
龍巖亭予先憩于此扁亦李曾伯所書也夷考洞之
得名則善卷者即舜讓天下與善卷而不受逃之深

图60—明36—2　图书编2

《图书编》为明章潢所撰，万历四十一年（1613）成书。其书“卷六十·南直隶各郡诸名山”“善权洞”条记载了“宜兴梁祝”，称：“……（善权）寺在国山东，始于南齐建元，盖祝英台之故宅也。……寺之后有三生堂，唐李蠙、宋李刚（为李纲之误）、李曾伯一姓而皆位至宰相。沈石田诗所谓‘一姓转身三宰相’者也。堂右偏石室刻碧鲜庵三大字，李曾伯所书，乃祝英台读书处，与梁山伯同事笔砚者……”然观其文，应是从慎蒙《游善权洞记》转征，抄录时有个别错误。

以上影印件见清《文渊阁四库全书》。

章潢（1527—1608），明江西南昌人，字本清。笃志学古，造此洗堂，联同志讲学，曾主白鹿洞书院，从者甚众。以荐遥授顺天府儒学训导。著有《周易象义》《诗经原体》《书经原始》《春秋窃义》等。

（61–明37）《方舆胜略》

《方舆胜略》为明程百二、汪有道、胡邦直、冯霆等撰。是书三处记载“梁祝”。一是“卷二·南直隶·常州府·山川”称：“善卷洞，即祝英台故宅。周幽王时洞忽自开，宽广可坐千人，中有立石高丈余，号‘玉柱’。”二是“卷二·南直隶·常州府·古

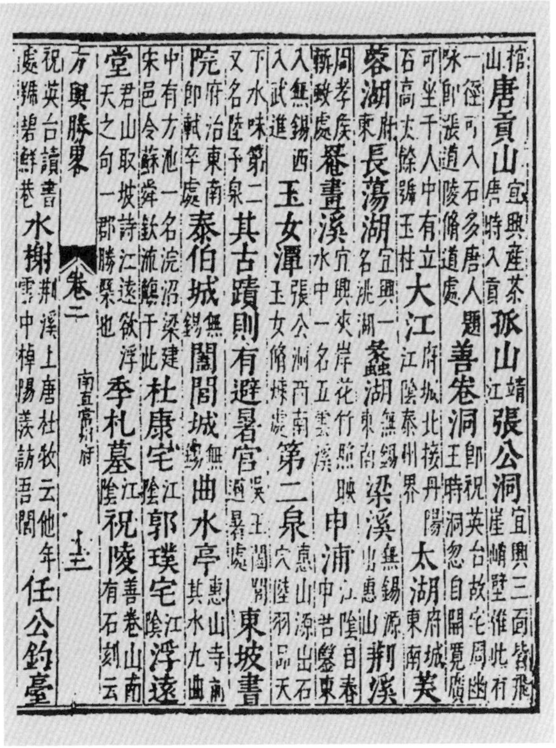
搭山唐貢山宜興產茶唐時入貢孤山靖江張公洞宜興三面皆飛崖峭壁惟此有
一徑可入石多唐人題咏即張道陵脩道處善卷洞即祝英台故宅周幽王時洞忽自闢寬廣
可坐千人中有立石高丈餘號玉柱大江府城北接丹陽江陰泰州界太湖府城東南芙
蓉湖府東長蕩湖宜興一名洮湖蠡湖無錫東南梁溪無錫源出惠山荆溪
周孝侯讀書處蠹書溪宜興夾岸花竹照映水中一名五雲溪申浦江陰自春申君鑿東
入無錫西入武進玉女潭張公洲西南玉女脩煉處第二泉惠山源出石穴陸羽品天
下水味第二又名陸子泉其古蹟則有避暑宮吳王闔閭避暑處東坡書
院府治東南即軾卒處泰伯城無錫闔閭城無錫曲水亭惠山寺前其水九曲
中有方池一名浣沼梁建宋邑令蘇舜欽流觴于此杜康宅江陰郭璞宅江陰浮遠
堂君山取坡詩江遠欲浮天之句一郡勝槩也季札墓江陰祝陵善卷山南有石刻云
方輿勝畧　卷二　南直常州府　十三
祝英台讀書處號碧鮮菴水榭荆溪上唐杜牧云他年雲中棹陽羨訪吾閭任公釣臺

图61–明37–1　方舆胜略1

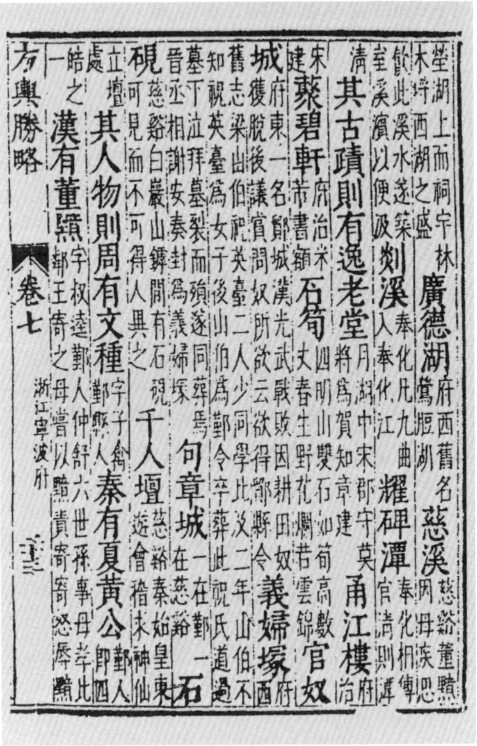
瑩湖上而祠宇林木崎西湖之盛廣德湖府西舊名鶯脰湖慈溪慈谿董黯因母疾思
飲此溪水遂築室溪濱以便汲剡溪奉化凡九曲入奉化江耀碑潭奉化相傳官清則潭
清其古蹟則有逸老堂月湖中宋郡守莫將為賀知章建甬江樓府治
宋建蘂碧軒府治米芾書額石筍四明山舉石如筍高數丈春生野花爛若雲錦官奴
城府東一名鄮城漢光武戰敗因耕田奴獲脫後議賞問奴所欲云欲得鄮縣令義婦塚府西
舊志梁山伯祝英臺二人少同學比及二年山伯不知祝英臺為女子後山伯為鄞令卒葬此祝氏道過
墓下泣拜墓裂而殞遂同葬焉晉丞相謝安奏封為義婦塚句章城一在鄞一在慈谿石
硯慈谿白巖山巔間有石硯可見而不可得人異之千人壇慈谿秦始皇東遊會稽求神仙
立壇處其人物則周有文種字子禽鄞縣人秦有夏黃公鄞人即四
皓之一漢有董黯字叔達鄞人仲舒六世孫事母孝比鄰王寄之母嘗以黯貴寄寄怒辱黯
方輿勝畧　卷七　浙江寧波府　十三

图61–明37–2　方舆胜略2

迹""祝陵"条称:"祝陵,善卷山南有石刻,云'祝英台读书处',号'碧鲜庵'。"三是"卷七·浙江·宁波府·古迹""义妇冢"条称:"义妇冢,府西。旧志:梁山伯祝英台二人少同学,比及二年,山伯不知祝英台为女子。后山伯为鄞令,卒葬此。祝氏道过墓下泣拜,墓裂而殒,遂同葬焉。晋丞相谢安奏封为'义妇冢'。"

以上影印件为北京大学图书馆藏明万历三十八年(1610)刻本,见《四库禁毁书丛刊》。

程百二(1573—1619),明万历间新安(徽州)人,原名舆,字幼舆。编有《程氏丛刊》九种。

(62-明38)《王季重先生文集》

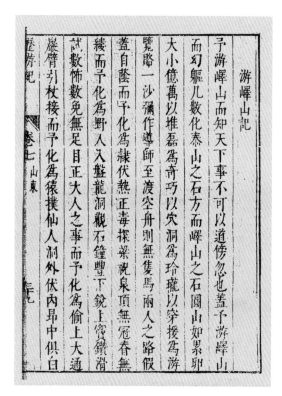

图62-明38 王季重先生文集

《王季重先生文集》为明王思任所撰,其中"卷七·历游记·山东"收录《游峄山记》,其文为:"予游峄山,而知天下事不可以道傍忽也。盖予游峄山,而幻躯凡数化。泰山之石方,而峄山之石圆。山如累卵,大小亿万。以堆磊为奇巧,以穴洞为玲珑,以穿援为游览。赂一沙弥作导师,至渡空舟,则无只马两人之路,假盖自荫,而予化为隶。伏热正毒,探梁祝泉,顶无冠,脊无缕,而予化为野人……"作者于盛夏登峄山,记载了峄山上梁祝泉、盘龙洞、大通岩、拘龙洞、玉华顶等诸多景点,其中称梁祝泉无冠无脊,无处遮阴,感觉变成了野人。

此影印件见上海图书馆藏明刻本。

王思任(1574—1646),浙江山阴(今绍兴)人,字季重,号谑庵,又号谑东、稽山外史。明末文学家。万历甲午(1594)进士,历官兴平、当涂、青浦知县,南京陷清,鲁王监国,进尚书。清顺治三年,清陷绍兴,绝食而卒。有《王季重十种》传世。

(63-明39)《名山胜概记》

《名山胜概记》又名《游名山胜概记》,未署辑者,且无刊刻年代。然此书有临川汤

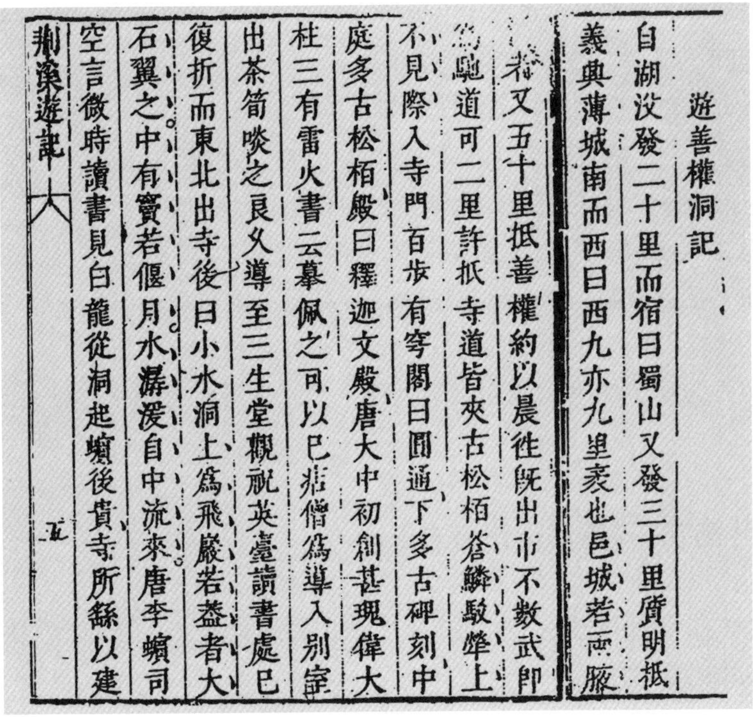

遊善權洞記

自湖汊發二十里而宿曰蜀山又發三十里質明抵
義興薄城南而西曰西九亦九里袤也邑城若兩腋
若又五十里抵善權約以晨往既出市不數武即
為騐道可二里許抵寺道皆夾古松栢蒼鱗駁犖上
不見際入寺門百步有穹閣曰圓通下多古碑刻中
庭多古松栢殿曰釋迦文殿唐大中初創甚瑰偉大
杜三有雷火書云摹佩之可以已疟僧為導入别室
出茶筍啖之良久導至三生堂觀祝英臺讀書處已
復折而東北出寺後曰小水洞上為飛巖若蓋者大
石翼之中有竇若偃月水滮瀵自中流來唐李蠙司
空言微時讀書見白龍從洞起蠙後貴寺所繇以建

荆溪遊記　六　五

图63–明39–1　名山胜概记1

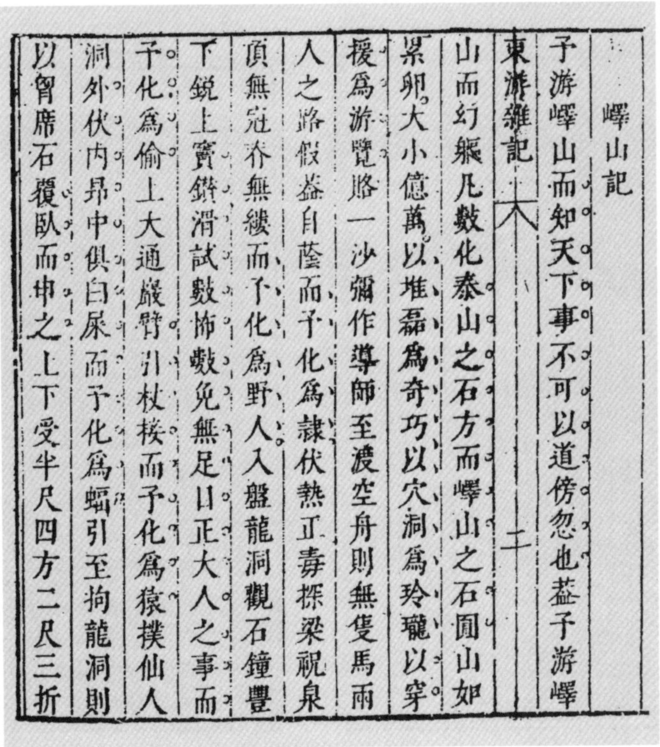

嶧山記

予游嶧山而知天下事不可以道傍忽也蓋予游嶧
山而幻瓶凡數化泰山之石方而嶧山之石圓山如
累卵大小億萬以堆磊為奇巧以穴洞為玲瓏以穿
援為游覽路一沙彌作導師至渡空舟則無隻馬雨
人之路假蓋自蔭而予化為隸伏熱工毒探梁祝泉
頂無冠亦無襪而予化為野人入盤龍洞觀石鐘豐
下銳上實鑽滑試數俯數免無足且正大人之事而
予化為偷上大通巖臂引杖接而予化為猿撲仙人
洞外伏内昂中俱白屎而予化為蝠引至拘龍洞則
以胷席石覆臥而申之上下受半尺四方二尺三折

東游雜記　十　二

图63–明39–2　名山胜概记2

显祖、太原王稚登、吴郡王世贞之序，故应刊刻于王世贞、王稚登、汤显祖在世时，即1590—1616年间。

是书载有宜兴和济宁两地“梁祝”记载。

一是“卷之十二·南直隶十”收录王世贞《游善权洞记》，称游览善权寺时，僧人以茗茶、笋干招待，后又导至三生堂，参观了祝英台读书处。

二是“卷之十三·山东一·东游杂记”，收录王思任《峄山记》，他在游览峄山时看到了梁祝泉和梁祝读书洞，当时伏热正毒，梁祝洞“顶无冠、脊无缕”，感觉自己变成了野人。

以上影印件为辽宁图书馆藏明崇祯六年（1633）墨绘斋刻本，见《四库全书存目丛书》。

（64–明40）［万历］《重修常州府志》

［万历］《重修常州府志》为明刘广生所修、唐鹤徵纂，万历四十六年戊午（1618）刊刻。该志多处记载“宜兴梁祝”。

一是“卷之三·地理志三·宜兴县境图说”记载了两处。

其一：“祠庙社稷·善卷禅寺”称：“宋名广教禅院，在县西南五十里永丰乡善卷洞

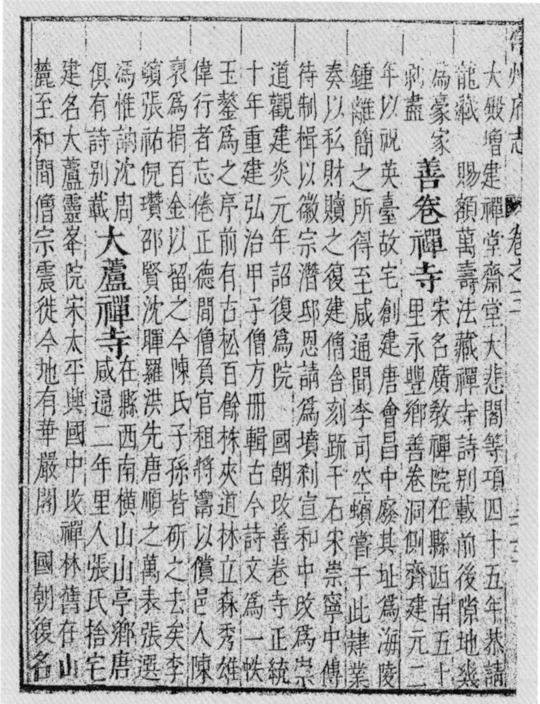

常州府志　卷之三

大殿增建禪堂齋堂大悲閣等項四十五年恭請
龍藏　賜額萬壽法藏禪寺詩別載前後隙地幾
為豪家剝盡

善卷禪寺 宋名廣教禪院在縣西南五十里永豐鄉善卷洞側齊建元二
年以祝英臺故宅創建唐會昌中廢其址為海陵
鍾離簡之所得至咸通間李司空蠙嘗于此肄業
奏以私財贖之復建僧舍刻跡于石宋崇寧中傳
待制樨以徽宗潛邸恩請為墳刹宣和中改為崇
道觀建炎元年詔復為院　國朝改善卷寺正統
十年重建弘治甲子僧方冊輯古今詩文為一帙
王鏊為之序前有古松百餘株夾道林立森秀雄
偉行者忘倦正德間僧負官租將斲以償邑人陳
袞為捐百金以留之今陳氏子孫皆斫之去矣李
嶸張祐倪瓚邵賢沈暉羅洪先唐順之萬表張選
為惟謫沈周俱有詩別載

大蘆禪寺 在縣西南橫山山亭鄉唐咸通二年里人張氏捨宅
建名大蘆靈峯院宋太平興國中改禪林舊在山
麓至和間僧宗震徙今地有華嚴閣　國朝復名

图64–明40–1　万历重修常州府志1

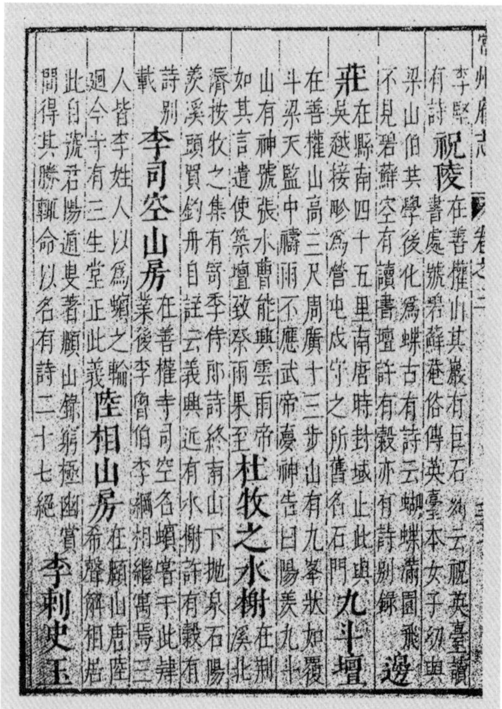

常州府志　卷之三

李堅有詩

祝陵 在善權山其巖有巨石刻云祝英臺讀書處號碧蘚菴俗傳英臺本女子幼與
梁山伯共學後化為蝶古有詩云蝴蝶滿園飛
不見碧蘚空有讀書壇許有穀亦有詩別錄

邊莊 在縣南四十五里南唐時封域止此與吳越接畛為營屯戍守之所舊名石門

九斗壇 在善權山高三尺周廣十三步山有九峯狀如覆斗梁天監中禱雨不應武帝夢神告曰陽羨九斗
山有神號張水曹能興雲雨帝
如其言遣使築壇致祭雨果至

杜牧之水榭 在荊溪北
濟拔牧之集有寄李侍郎詩終南山下拋泉石陽
羨溪頭買釣舟自註云義興近有水榭許有穀有
詩別載

李司空山房 在善權寺司空名蠙嘗于此肄業後李曾伯李綱相繼寓焉三
人皆李姓人以為蠙之輪
迴今寺有三生堂正此義

陸相山房 在顧山唐陸希聲解相居
此自號君陽遁叟著顧山錄窮極幽賞
間得其勝輒命以名有詩二十七絕

李刺史玉

图64–明40–2　万历重修常州府志2

(三)明清晚期　梁祝记载

侧，齐建元二年以祝英台故宅创建。唐会昌中废，其址为海陵钟离简之所得。至咸通间，李司空蠙尝于此肆业，奏以私财赎之，复建僧舍，刻疏于石。宋崇宁中，傅待制楫以徽宗潜邸恩请为坟刹。宣和中改为崇道观，建炎元年诏复为院。国朝改善卷寺，正统十年重建。弘治甲子，僧方策辑古今诗文为一帙，王鏊为之序。前有古松百余株，夹道林立，森秀雄伟，行者忘倦。正德间，僧负官租，将鬻以偿，邑人陈衮为捐百金以留之，今陈氏子孙皆砍之去矣。李蠙、张祐（张祜之误）、倪瓒、邵贤、沈晖、罗洪先、唐顺之、万表、张选、冯惟讷、沈周俱有诗别载。"

其二："古迹·祝陵"称："祝陵在善卷山，其岩有巨石刻，云'祝英台读书处'，号'碧藓庵'。俗传英台本女子，幼与梁山伯共学，后化为蝶。古有诗云：'蝴蝶满园飞不见，碧藓空有读书坛。'许有榖亦有诗，别录。"此"祝陵"条征自万历王升《宜兴县志》，故亦误作"碧藓"。

二是"卷之十六·词翰志一·诗·游览"收录宋顾逢《题善卷寺》诗，诗文见前。唯其题名前载均为《题善权寺》，万历宜兴志改为《题善卷寺》，盖因其寺名于明正统间复改为"善卷禅寺"之故。

三是"卷之十七·词翰志二·诗·凭吊"，收录许有榖、周忱咏"梁祝"诗。

许有榖《祝陵》诗云：

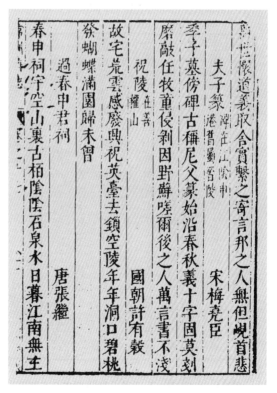

图64-明40-3　万历重修常州府志3　　　图64-明40-4　万历重修常州府志4

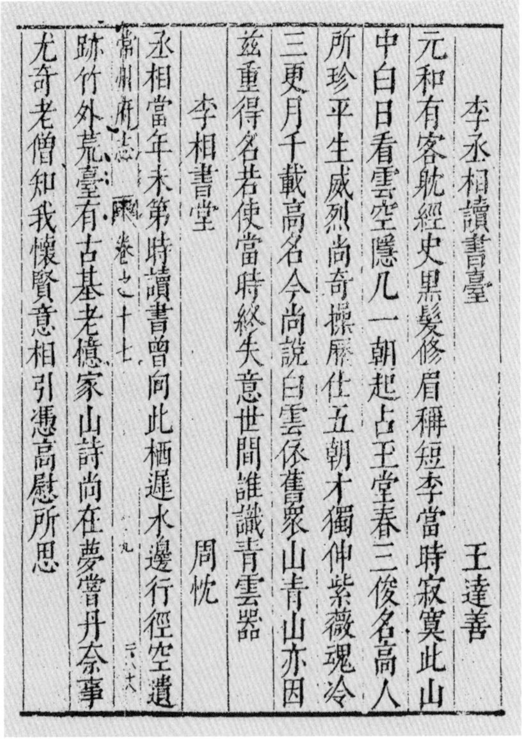
李丞相讀書臺　王達善
元和有客躭經史黑髮修眉稱短李當時寂寞此山中白日看雲空隱几一朝起占玉堂春三傑名高人所珍平生威烈尚奇操歷仕五朝才獨伸紫薇魂冷三更月千載高名今尚説白雲依舊衆山青山亦因茲重得名若使當時終失意世間誰識青雲器
李相書堂　周忱
丞相當年未第時讀書曾向此棲遲水邊行徑空遺跡竹外荒臺有古基老憶家山詩尚在夢嘗丹奈事尤奇老僧知我懷賢意相引憑高慰所思

图64–明40–5　万历重修常州府志5

故宅荒云感废兴，祝英台去锁空陵。
年年洞口碧桃发，蝴蝶满园归未曾？

诗人称以祝英台故宅改建的善卷寺历经沧桑，祝英台化蝶仙去，她的陵墓空锁，春天又到了，碧桃花又开了，化成蝴蝶的英台回来了吗？许有穀，字子仁，明宜兴人，有《古今贞烈维风什》。

周忱《李相书堂》诗云：

丞相当年未第时，读书曾向此栖迟。
水边行径空遗迹，竹外荒台有古基。
老忆家山诗常在，梦尝丹奈事尤奇。
老僧知我怀贤意，相引凭高慰所思。

诗人看到唐李丞相在原祝英台读书

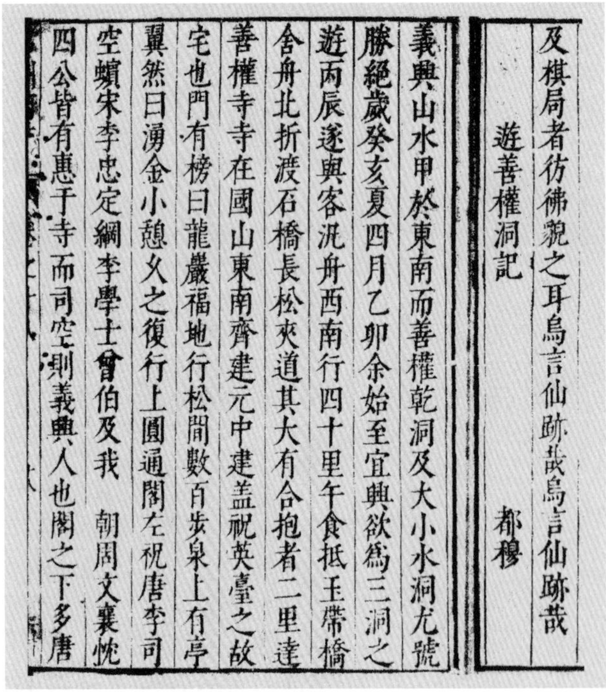
及棋局者彷彿見之耳烏言仙跡哉烏言仙跡哉
遊善權洞記　都穆
義興山水甲於東南而善權乾洞及大小水洞尤號勝絕歲癸亥夏四月乙卯余始至宜興欲為三洞之遊丙辰遂與客泛舟西南行四十里午食抵玉帶橋舍舟北折渡石橋長松夾道其大有合抱者二里達善權寺寺在國山東南齊建元中建盖祝英臺之故宅也門有榜曰龍巖福地行松間數百步泉上有亭翼然曰湧金小憩久之復行上圓通閣左祀唐李司空蠙宋李忠定綱李學士曾伯及我　朝周文襄忱四公皆有惠于寺而司空則義興人也閣之下多唐

图64–明40–6　万历重修常州府志6（都穆记1）

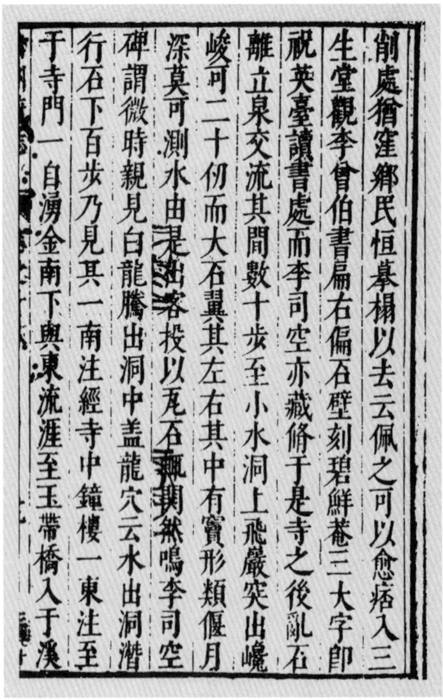
削處猶窪鄉民恒摹搨以去云佩之可以愈痁入三生堂觀李曾伯書扁右偏石壁刻碧鮮菴三大字即祝英臺讀書處而李司空亦藏脩于是寺之後亂石離立泉交流其間數十步至小水洞上飛巖突出巉峻可二十仞而大石翼其左右其中有竇形類偃月深莫可測水由是出客投以瓦石輙鏗然鳴李司空碑謂微時親見白龍騰出洞中盖龍穴云水出洞潛行石下百步乃見其一南注經寺中鐘樓一東注至于寺門一自湧金南下與東流滙至玉帶橋入于溪

图64–明40–7　万历重修常州府志7（都穆记2）

处读书的遗址，面对荒台古基和题咏碑刻，思绪万千。周忱（1381—1453），江西吉水人，字恂如，号双崖。永乐二年（1404）进士，进文渊阁，官工部右侍郎、工部尚书，巡抚江南，卒谥文襄。正统间巡抚江南，闻善卷寺修葺缺资，命住持宗恺化缘募捐，并亲自坐镇督促，历时一年，焕然一新。有《双崖集》。

该志关于李相读书处题咏甚多，如聂大年《李相书堂》“水边台榭已荒凉”句、盛颙《李丞相读书台》“天荒地老台犹在，花落春残鸟自悲”句，均与“祝英台读书台”有关联，此仅引周忱一首。

四是“卷十八·文翰志三·碑记一·山川”，收有都穆和王世贞的两篇《游善权洞记》，记有祝英台故宅和祝英台读书处，内容见前。

杜三有雷火書曰詩米漢謝鈎記摹佩之可以已瘧
僧爲導入别室出茶笋啖之良久導至三生堂觀祝
英臺讀書處已復折而東北出寺後曰小水洞上爲
飛巖若蓋者大石翼之中有竇若偃月水潺湲自中
流來唐李蠙司空言微時讀書見白龍從洞起蠙後
貴寺所繇以建也從小水洞復折而東北上山不里
許至善權洞洞左峭壁陡起古木紛槮若怒虬其本
别坼石而出復爲樹時秋晚徧蹙皆金燈花綺錯如
繡洞門峙巨石呀然而中闢可容萬人乳下垂怪

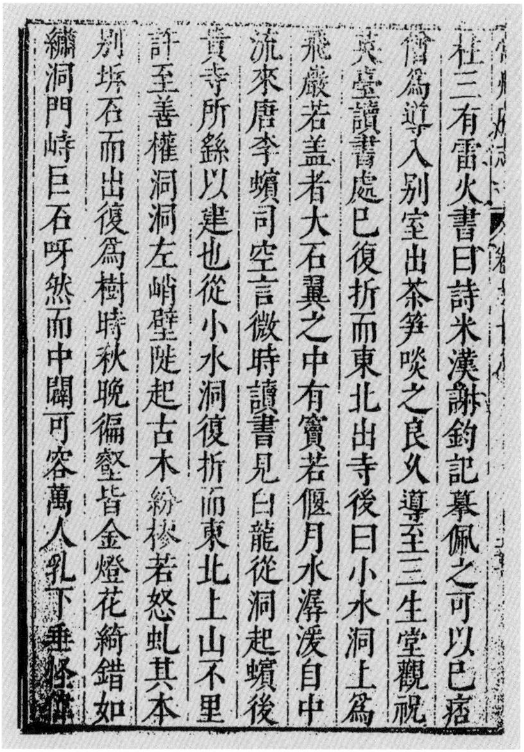

图64—明40—8　万历重修常州府志8（王世贞记）

本条影印件为明万历刻本，存南京图书馆，浙江图书馆亦有存，中国国家图书馆存有胶片。

刘广生，明河南罗山人，字海舆。进士，万历四十三年（1615）知常州府，修郡志。

唐鹤徵（1538—1619），明江苏常州人，字元卿，号凝庵。隆庆五年（1571）进士，官至太常寺少卿，因揭发宦官不法而罢。有《皇明辅世编》《宪世编》等。

（65—明41）《山堂肆考》

《山堂肆考》为明彭大翼所辑，是书“羽集·三十四卷·蝶”“韩凭魂”条称：“俗传大蝶必成双，乃梁山伯祝英台之魂。又曰韩凭夫妇之魂，皆不可晓。李义山诗：‘青陵台畔日光斜，万古贞魂倚暮霞。莫许韩凭为蛱蝶，等闲飞上别枝花。’”

本条影印件为万历四十七年（1619）刻本，存上海图书馆。

彭大翼，明南直隶扬州（今属江苏）人，字云举，号林居。中秀才时不满20岁，万历间曾任云南知州。其笔耕三十余载，万历二十三年类编始成，成书后即有损佚，印刷考订又二十年，至万历己未方完工问世。

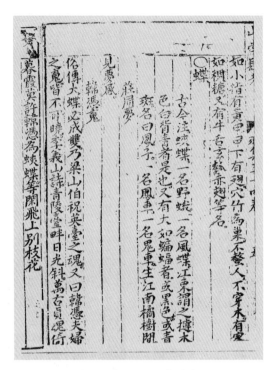

图65-明41　山堂肆考

（66-明42）《始青阁稿》

《始青阁稿》为明邹迪光所撰，其书"卷之八"收录梁祝诗一首，"卷之十五"收录游记一篇。

"卷之八"《入善卷寺》序曰"寺创自唐制，颇宏敞而荒落甚，即之有感"。其二首云：

千尺旃檀閟古台，鬼灯如漆照蒿莱。
投斋野鹿时能到，听法群鸟不下来。
唐殿尚然留碧瓦，吴碑先已蚀青苔。
摊经旧是摊书地（寺是祝英台读书处），
陵陆沧桑正可哀。

诗人游览善权寺，正遇寺内摊晒经书，联想到此处原是祝英台读书处，昔时祝英台也曾在此摊晒书籍，而今化蝶飞去，佛殿犹存，沧桑之感油然而生。

"卷之十五"载《游善权洞记》，云："余既游张公洞，复放棹于义兴之城东濠宿焉。诘朝渡西九，午抵玉带桥登陆，可一里许达善权寺。寺有门曰'龙岩'，有亭曰'涌金'。驰道数十丈，松柏夹之，干霄障日。有阁曰'圆通'，下多丰碑，悉自唐宋物。有

（三）明清晚期　梁祝记载

始青阁稿〈卷之八〉

入善卷寺寺创自唐制颇宏敞而荒落甚即之有感

驰道飞甍曲磴悬诸天日暮灯生烟雙松
比比如传法列柏亭亭似立禅雷笋有書
存数字龙归留洞几多年来不独摊经
坐更觅仙人大洞篇

其二

千尺栴檀閟古台鬼灯如漆照蒿莱投斋
野鹿时能到听法群乌不下来唐殿尚然
留碧尾吴碑先已蚀青苔摊经旧是摊書
地　寺是晓英　陵陆沧桑正可哀

图66—明42-1　始青阁稿1

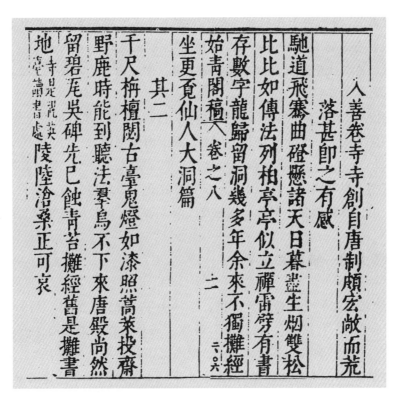

游善权洞记

余既游张公洞复放棹於义兴之城东濠
宿焉诘朝渡西九午抵玉带桥登陆可一
里许达善权寺寺有门曰龙巖有亭曰有阁
曰圆通下多丰碑悉自唐宋物有殿曰释
金驰道数十丈松柏夹之干霄障日湧
迦文殿唐大中十年所钢今巳七百余年
矣而如昔灵光岿然独存宁无神物护之
者殿柱有三雷火青赤漢谢鈞记削之
复现而佩之巳瘖又宁无神物主之者出
殿后有三生堂出堂后有祝英读书台堂
且垂朽而台僅土壤信人迹之不如佛跡
尘缘之不若仙缘也从台而往乱石离立

图66—明42-2　始青阁稿2

115

殿曰'释迦文殿'，唐大中十年所创，今已七百余年矣。而如鲁灵光岿然独存，宁无神物护之者？殿柱有三雷火书'诗米汉、谢钧记'，削之复现，而佩之已疟，又宁无神物主之者？出殿后有三生堂，出堂后有祝英读书台，堂且垂朽，而台仅土壤，信人迹之不如佛迹，尘缘之不若仙缘也……"

作者游善权洞，见三生堂垂朽，祝英台读书处仅存土壤，感叹世事沧桑，不若仙佛。以上影印件为明天启元年（1621）刻本，存上海图书馆。

邹迪光（1550—1626），字彦吉，号愚谷，明无锡人，万历二年（1674）进士。授工部主事，官湖广提学副使。万历十七年罢归，在惠山下筑愚公谷，觞咏其间。善诗书画，好名山大川、两浙形胜，车辙马迹遍及江南。著有《调象庵稿》《始青阁稿》。

（67-明43）《大明一统名胜志》

《大明一统名胜志》为明曹学佺所撰，崇祯庚午（1630）成书。是书"南直隶·卷之十一·常州府志胜·宜兴县""善权洞"条称："善权洞在国山东南，一名龙岩，周幽王二十四年洞忽自开。俗传祝英台本女子，幼与梁山伯为友，读书于此，后化为蝶。古有诗云'蝴蝶满园飞，不见碧鲜空'，盖咏其事。南齐建元二年，建碧鲜庵于其故宅，

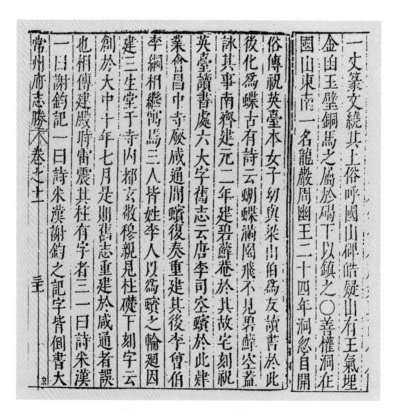

图67-明43 大明一统名胜志

（三）明清晚期 梁祝记载

刻'祝英台读书处'六大字。旧志云：唐李司空蠙于此肄业，会昌中寺废，咸通间蠙复奏重建。其后李曾伯、李纲相继寓焉。三人皆姓李，人以为蠙之轮回，因建'三生堂'于寺内……"

由此记可知，善卷山南石崖上"祝英台读书处"石刻的缘由，与南齐帝王收赎祝英台故宅建寺有关。

该影印件为中央民族大学图书馆藏明崇祯三年（1630）刻本，见《四库全书存目丛书》。

曹学佺（1573—1646），明季福州府侯官（即今福州）人，字能始，一字尊生，号雁泽，又号石仓居士、西峰居士。万历二十三年（1595）进士。官至广西右参议，以撰《野史纪略》得罪魏忠贤去职。明亡后，为南明礼部尚书。福州沦陷，入山自缢。精通音律，曾创剧社，被尊为闽剧始祖之一。有《石仓集》。

（68-明44）《古今小说》

《古今小说》为明冯梦龙所撰，又名《全像古今小说》，大约刊行于泰昌（1620）至天启四年（1624）。后来的重印版为了与《警世通言》《醒世恒言》相匹，遂更名为《喻世明言》。是书"卷二十八"《李秀卿义结黄贞女》称："又有个女子，叫做祝英台，常州义兴（按：宜兴古称义兴）人氏，自小通书好学，闻余杭文风最盛，欲往游学。其哥嫂止之曰：'古者男女七岁不同席、不共食，你今一十六岁，却出外游学，男女不分，岂不笑话！'英台道：'奴家自有良策。'乃裹巾束带，扮作男子模样，走到哥嫂面前，哥嫂亦不能辨认。英台临行时，正是夏初天气，榴花盛开，乃手摘一枝，插于花台之上，对天祷告道：'奴家祝英台出外游学，若完名全节，此枝生根长叶，年年花发；若有不肖之事，玷辱门风，此枝枯萎。'祷毕出门，自称祝九舍人。遇个朋友，是个苏州人氏，叫做梁山伯，与他同馆读书，甚相爱重，结为兄弟，日则同食，夜则同卧。如此三年，英台衣不解带，山伯屡次疑惑盘问，都被英台将言语支吾过了。读了三年书，学问成就，相别回家，约梁山伯二个月内，可来见访。英台归时，仍是初夏，那花台上所插榴枝，花叶并茂，哥嫂方信了。同乡三十里外，有个安乐村，那村中有个马氏，大富之家。闻得祝九娘贤惠，寻媒与他哥哥议亲。哥哥一口许下，纳彩问名都过了，约定来年二月娶亲。原来英台有心于山伯，要等他来访时，露其机括。谁知山伯有事，稽迟在家。英台只恐哥嫂疑心，不敢推阻。山伯直到十月，方才动身，过了六个月了。到得祝家庄，问祝九舍人时，庄客说道：'本庄只有祝九娘，并没有祝九舍人。'山伯心疑，传了名刺进去。只见丫鬟出来，请梁兄到中堂相见。山伯走进中堂，那祝英台红妆翠袖，别是一般妆束了。山伯大惊，方知假扮男子，自愧愚鲁，不能辨识。寒温已罢，便谈及婚姻之事。英台将哥嫂做主，已许马氏为辞。山伯自恨来迟，懊悔不迭。分别回去，遂成相思之病，奄奄不起，至岁底身亡。嘱咐父母，可葬我于安乐村路口。父母依言葬

【古今小说 2】
摘一枝插于花臺之上對天禱告道奴家祝英臺出外遊學若完名全節此枝生根長葉年年花發若有不肖之裏玷辱門風此枝枯萎譬罷果出門自辭祝九舍人遇個朋友是個蘇州人氏叶做梁山伯與他同館讀書甚相敬重結為兄弟日則同食夜則同卧如此三年英臺秉不解帶山伯屢次疑念盤問都被英臺約梁山伯二個月內可來見訪英臺跨時仍是初夏那花臺上所挿陷枝花葉並茂許是初三十里外有個安樂村那村中有個馬氏大富之家

【古今小说 1】
看得出他是女子後人有詩贊云
  綵繡敬父古今稀　代父從戎事更奇
  全孝全忠又全節　男兒幾個不虧移
又有個女天叶做祝英臺常州義興人氏自小通書好學問徐杭文風最盛欲往遊學其哥嫂止之曰古者男女七歲不同席不共食你今一十六歲那出外遊學男女不分豈不笑話英臺道奴家自有良策乃巾束帶扮作男子模樣走到哥嫂面前哥嫂亦不能辨認英臺臨行時正是夏初天氣摘花盛開乃手

【古今小说 3】
聞得祝九娘賢慧尋媒與他哥哥議親哥哥一口許下納綵問名都過了約定來年二月娶親原來英臺有心於山伯要他來訪時露其機撩誰知哥哥有事禮遲在家英臺只恐哥嫂疑心不敢推阻山伯到十月方纔動身過了六個月了到祝家莊只見丫鬟出來請梁九舍人山伯心疑傳說道本庄只有祝九娘並沒有祝九兄到中堂相見山伯大驚方知假扮男子英臺將哥魯不能辨議寒温已罷便談及婚姻之事英臺將哥

【古今小说 4】
嫂做主已許馬氏爲辭山伯自恨來遲悔悵不送分別回去可憐我于安樂村路口父母依言相思之病奄奄不起至歲底身亡嚙付父母嫁與人都不能行英臺舉眼觀看但見梁山伯飄然而來說道吾爲思賢妹一病而亡今葬于此地明妹不忘舊誼可出轎一顧英臺從轎中下跪其衣服如蝴蝶脫一般衣片片飛起裂中跪下祭人扯一聲响亮如雷地下裂開一縫英臺亦入裂中那地裂處只如一線之縫歌轎處正是梁山伯墳墓

（三）明清晚期 梁祝记载

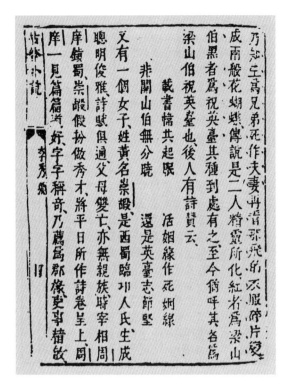

图68-明44-5 古今小说5

之。明年，英台出嫁马家，行至安乐村路口，忽然狂风四起，天昏地暗，舆人都不能行。英台举眼观看，但见梁山伯飘然而来，说道：'吾为思贤妹，一病而亡，今葬于此地，贤妹不忘旧谊，可出轿一顾。'英台果然走出轿来，忽然一声响亮，地下裂开丈余。英台从裂中跳下，众人扯其衣服，如蝉蜕一般，其衣片片而飞。顷刻天清地明，那地裂处，只如一线之细。歇轿处，正是梁山伯坟墓。乃知生为兄弟，死作夫妻。再看那飞的衣服碎片，变成两般花蝴蝶，传说是二人精灵所化，红者为梁山伯，黑者为祝英台。其种到处有之，至今犹呼其名为梁山伯、祝英台也。后人有诗赞云：'三载书帏共起眠，活姻缘作死姻缘。非关山伯无分晓，还是英台志节坚。'"

冯梦龙此记，乃是根据当时苏南特别是宜兴流传的梁祝传说记录的（详考见《"梁祝"的起源与流变》第269—272页）。

以上影印件为明崇祯五年（1632）天许斋原本，未注明作者，仅署"绿天馆主人评次"，见《续修四库全书》。

冯梦龙（1574—1646），明季吴县（今属苏州）人，字犹龙，又字耳犹，号翔甫，别署龙子犹、姑苏词奴、墨憨斋主人等。崇祯初贡生，官丹徒训导、寿宁知县。撰《春秋指月》《衡库》；辑《喻世明言》《警世通言》《醒世恒言》；编时调《桂枝儿》、散曲《太霞新奏》等。

（69-明45）《汇辑舆图备考全书》

《汇辑舆图备考全书》为明潘光祖汇辑、李云翔参订。其书三处记载"梁祝"。其中"卷之四·南直隶·常州府"收录2条，"卷之九·浙江·宁波府"收录1条。

常州府"山川·善卷洞"条称："善卷洞，国山东南，即祝英台故宅也。周幽王时，洞忽自开，宽广可坐千人。中有立石，高丈余，号'玉柱'。""古迹·祝陵"条称："祝陵，善卷山南有石刻，云'祝英台读书处'，号'碧鲜庵'。"

"卷之九·浙江·宁波府""陵墓·义妇冢"条称："义妇冢，府西。梁山伯祝英台二

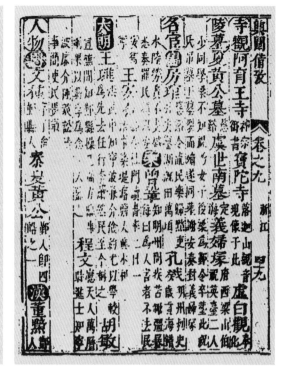

图69-明45-1　舆图备考1　　　　图69-明45-2　舆图备考2

人少同学，梁不知祝乃女子，后梁为鄞令，卒葬此。祝氏吊墓下，墓裂而殒，遂同葬，谢安奏封义妇冢。"

该书刊行于明崇祯癸酉（1633），清顺治七年（1650）补印。以上影印件为北京师范大学图书馆藏清顺治刻本，见《四库禁毁书刊》。

潘光祖，明季关中（今陕西中部）人，辑《舆图备考全书》，历时三年、五易其稿折衷而成。

（70-明46）《潜确居类书》

《潜确居类书》为明陈仁锡所撰。是书"卷二十八·区宇二十三·洞""善权洞"条称："善权洞在常州府宜兴县国山东南，一名龙岩。周幽王二十四年洞忽自开。俗传祝英台本女子，幼与梁山伯为友，读书于此，后化为蝶。古有诗云'蝴蝶满园飞，不见碧藓空'，盖咏其事。南齐建元二年，建碧藓庵于其故宅，刻祝英台读书处六大字……"

陈仁锡此记，较曹学佺《大明一统名胜志》所记略有删节，应从《大明一统名胜志》转征。

本条影印件为明崇祯（1628—1644）版本，存上海图书馆。

（三）明清晚期 梁祝记载

图70-明46 潜确居类书

陈仁锡（1581—1636），明苏州长洲（今吴县东）人，字明卿，号芝台。万历二十五年（1597）举人，天启二年（1622）进士。授编修，以得罪魏忠贤罢。崇祯初复职，迁南京国子监祭酒，卒谥文庄。有《四书备考》《经济八编类纂》等。

(71-明47)[崇祯]《重修元氏县志》

[崇祯]《重修元氏县志》为明张学慎所修，智铤纂，崇祯十五年（1642）刊行。其志两处记载"元氏梁祝"。

一是"卷之二·古迹""吴桥古冢"条称："吴桥古冢，在南左村西北隅，书院路所经由也。桥西南塔有古冢，山水涨溢冲击，略不骞移，若有阴为封护者。相传为梁山伯、祝英氏之墓。"

二是"卷之二·陵墓·齐""梁山伯墓"条称："梁山伯墓在县西四十里南左村西北隅。"据此载梁山伯应为齐人。按：元氏之地曾属北齐，然该志与梁山伯墓同载"齐"下的还有孟尝君墓，且均列唐前，则应是战国之齐国人。然孟尝君封于薛（今山东滕州），葬于薛，其封地为燕、魏所分，此孟墓应属传闻。战国时元氏之地属赵，齐国人梁山伯葬于此，未知出何处。

121

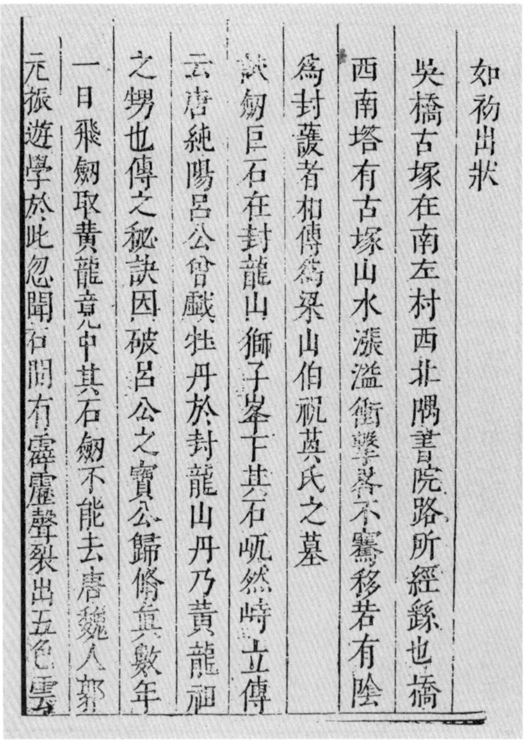

如祠出狀

吳橋古塚在南左村西北閒菩院路所經錄也橋
西南塔有古塚山水漲溢衝擊弊不驚移若有陰
為封蔭者故傳為梁山伯祝英氏之墓

試劍巨石在封龍山獅子峯下其石屹然峙立傳
云唐純陽呂公曾獻牡丹於封龍山丹乃黃龍祀
之甥也傳之秘訣因破呂公之寳公歸修真數年
一日飛劍取黃龍章兀中其石劍不能去唐魏入郡
元振遊學於此忽聞石間有霹靂聲裂出五色雲

图71-明47-1　崇禎元氏縣志1

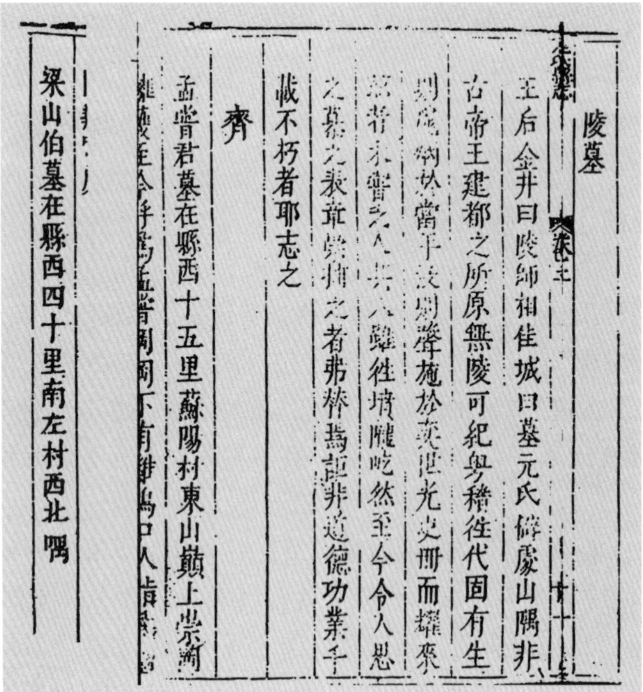

陵墓

王后金井曰陵師祖佳城曰墓元氏僻處山隅非
古帝王建都之所原無陵可紀與稽徃代固有生
則宮紉沒當平夷別聲施於蒿里光炎冊而耀朵
然骨朽肉裒之人共六韁徒增隴吃然至今人思
之墓荒蓁莽荒葦指其者弗替為誣非道德功業千
載不朽者耶志之

齊

孟嘗君墓在縣西十五里蘇陽村東山巔上崇齊
雞鳴臺上父老爭為五皆劍刷向下有諍鳥口人齒感

梁山伯墓在縣西四十里南左村西北嗎

图71-明47-2　崇禎元氏縣志2

(三)明清晚期　梁祝记载

以上影印件为明刻残本,由元氏县作家协会副主席戴永洲先生提供,元氏县档案馆有藏。另,中国文史出版社2007年出版的《元氏县志(五志合刊)》(为崇祯、顺治、乾隆、同治、民国五部元氏方志的当代铅印重排版),中国国家图书馆有存。

张学慎,生卒未详,山西平阳府解州夏县人,字趋正。崇祯十年(1637)进士,十二年知元氏县,政绩斐然,十五年升兵部武选司主事,民为其建祠立碑。

智铤,明元氏人,生平未详。

(72-明48)《地图综要》

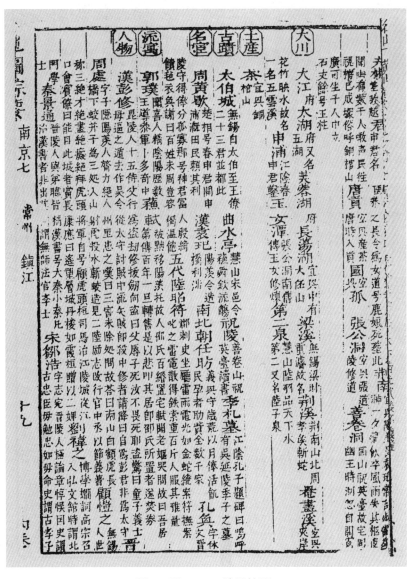

图72-明48-1　地图综要1

《地图综要》为明末朱国达、吴学俨、朱绍本、朱国远共辑。其书有三处"梁祝"记载:"内卷·南京·常州府"2处、"内卷·浙江·宁波府"1处。

"常州府·名山""善卷洞"条称:"善卷洞,国山祝英台故宅,周幽王时洞忽自开,宽广可坐千人。中立石丈余,号'玉柱'。""常州府·古迹""祝陵"条称:"祝陵,善卷山,祝英台读书。"

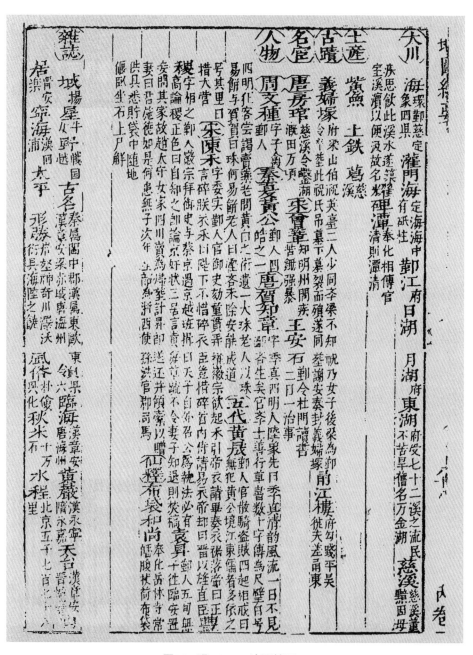

图72—明48-2 地图综要2

“浙江·宁波府·古迹”“义妇冢”条称：“义妇冢，府。梁山伯祝英台二人少同学，梁不知祝乃女子。后梁为鄞令，卒葬此，祝氏吊墓下，墓裂而殒，遂同葬，谢安奏封义妇冢。”

以上影印件为清顺治乙酉（1645）刻本，存上海图书馆。《四库禁毁书刊》刊有北京师范大学图书馆藏明末朗润堂刻本。

朱国达，明季浙江钱塘人，字咸受，生平不详。其他三人里籍、始末未详。

（73–明49）《说郛》重辑本

《说郛重辑本》是明陶珽在元陶宗仪《说郛》一百卷的基础上增补的，共一百二十卷，其中增加了明代的内容。

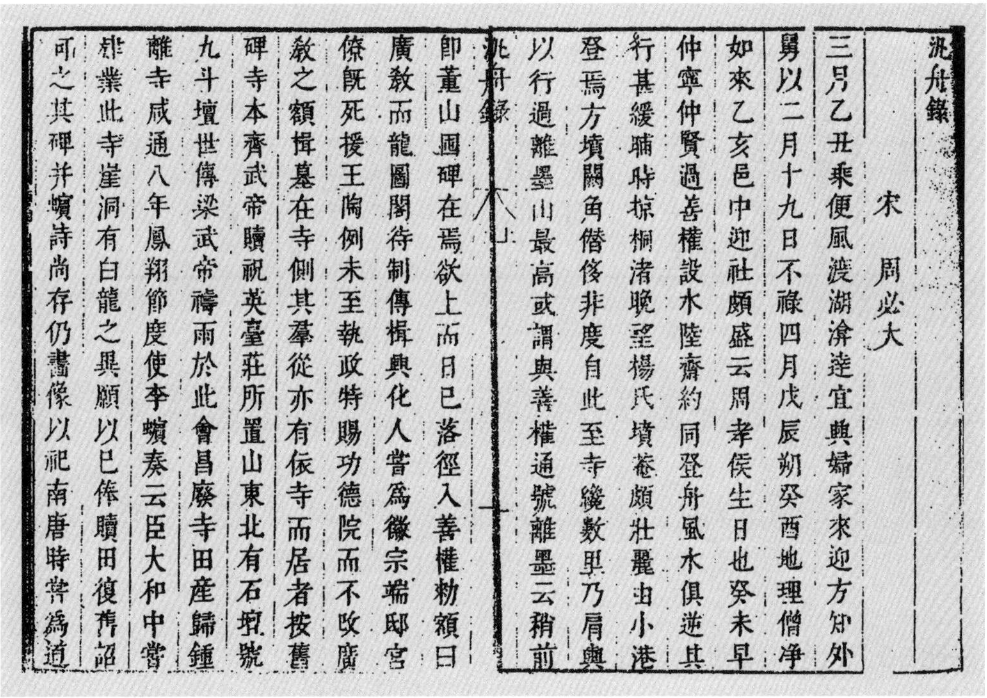

泛舟錄

宋 周必大

三月乙丑乘便風渡湖滃逵宜興婦家來迎方知外舅以二月十九日不祿四月戊辰朔癸酉地理僧淨如來乙亥邑中迎社頗盛云周孝侯生日也癸未早仲寧仲賢過善權設水陸齋約同登舟風水俱逆其行甚緩晡時掠桐渚晚望楊氏墳菴頗壯麗由小港登焉方墳闕角僭侈非度自此至寺纔數里乃肩輿以行過離墨山最高或謂與善權通號離墨云稍前

泛舟錄

即董山國碑在焉欲上而日已落徑入善權敕額曰廣教而龍圖閣待制傳楫與化人嘗爲徽宗端邸宮僚既死援王陶例未至執政特賜功德院而不改廣教之額楫墓在寺側其孥從亦有依寺而居者按舊碑寺本齊武帝贖祝英臺莊所置山東北有石壁號九斗壇世傳梁武帝禱雨於此會昌廢寺田產歸鍾離寺咸通八年鳳翔節度使李蠙奏云臣大和中嘗肄業此寺崖洞有白龍之異願以已俸贖田復寺詔可之其碑并蠙詩尚存仍畫像以祀南唐時嘗爲道

图73–明49–1 说郛重辑本1

是书“梁祝”记载有二：一是“卷六十五”保留了宋周必大的《泛舟录》，称“按，（善权寺）旧碑：寺本齐武帝赎祝英台庄所置”；二是“卷九十一·荆溪游记”中增收了明王世贞的《游善权洞记》。

王世贞《游善权洞记》称：参观善权寺释迦文殿后，寺僧又“导至三生堂，观祝英台读书处。已，复折而东北出寺”。

本条影印件为清顺治三年（1646）宛委山堂刻本，存上海图书馆，《四库全书》亦

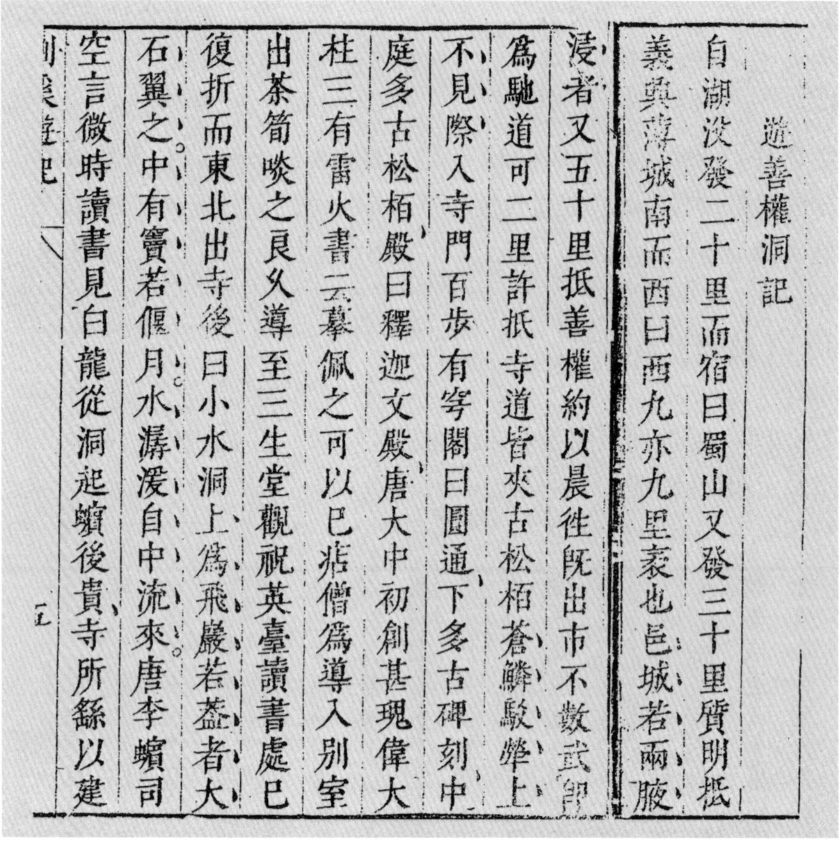

遊善權洞記
自湖汶發二十里而宿曰蜀山又發三十里質明抵
義興薄城南而西曰西九亦九里衺也邑城若兩腋
浸者又五十里抵善權約以晨往旣出市不數武郎
爲馳道可二里許抵寺道皆夾古松栢蒼鱗駁犖上
不見際入寺門百步有穹閣曰圓通下多古碑刻中
庭多古松栢殿曰釋迦文殿唐大中初創甚瑰偉大
柱三有雷火書云摹佩之可以已痁僧爲導入別室
出茶筍啖之良久導至三生堂觀祝英臺讀書處已
復折而東北出寺後曰小水洞上爲飛巖若蓋者大
石翼之中有竇若偃月水潺湲自中流來唐李蠙司
空言微時讀書見白龍從洞起蠙後貴寺所繇以建

图73–明49–2　说郛重辑本2

有收录。上海古籍出版社取明刻一百二十卷本所刊者，与顺治宛委山堂刻本不同，内无《荆溪游记》。

陶珽，明季云南姚安人，字紫阆，号不退，又号稚圭，自称天台居士，自署黄岩，是陶宗仪的远孙。万历三十八年（1610）进士，官至武昌兵备道。

（74–明50）《说郛续四十六卷》

《说郛续四十六卷》亦为明陶珽所辑。是书“卷二十四”收录王稚登《荆溪疏》，称 :“西氿五十里至祝陵，祝英台葬地。山人业采石，斧凿声铿铿，翠微破碎矣。”

本条影印件为清顺治三年（1646）宛委山堂刻本，见《续修四库全书》。《说郛三种》是根据涵芬楼百卷本、明刻《说郛》一百二十卷本及《说郛续》四十六卷本三种汇集影印的。其中百卷本存有宋周必大《泛舟录》，《续说郛》则又收录王稚登的《荆溪疏》。《续说郛》又有“三十六卷’者，王稚登之《荆溪疏》亦载于“卷二十四”内。

(三) 明清晚期 梁祝记载

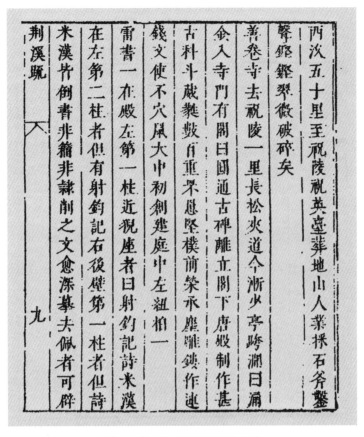

图74-明50　说郛续四十六卷

(75-明51)《情史》

《情史》全称《情史类略》，又名《情天宝鉴》，明冯梦龙撰、詹詹外史评辑。其书"卷十·情灵类""祝英台"条称："梁山伯、祝英台皆东晋人。梁家会稽，祝家上虞，尝同学。祝先归，梁后过上虞寻访之，始知为女。归，乃告父母，欲娶之，而祝已许马氏子矣，梁怅然若有所失。后三年，梁为鄞令，病且死，遗言葬清道山下。又明年，祝适马氏过其处，风涛大作，舟不能进，祝乃造梁冢失声哀恸，忽地裂，祝投而死。马氏闻其事于朝，丞相谢安请封为义妇。和帝时，梁复显灵异效劳，封为义忠，有司立庙于鄞云。见宁波志。"又称："吴中有花蝴蝶，桔蠹所化，妇孺呼黄色者为梁山伯、黑色者为祝英台。俗传祝死后，其家就梁家焚衣，衣于火中化成二蝶，盖好事者为之也。"该书刊刻时有詹詹外史眉批："按，《广舆记》：今宜兴县善卷洞为祝英台读书处。"

本条影印件为清初芥子园藏版，有冯梦龙与詹詹外史序，且注明为"冯犹龙先生原本"，存上海图书馆。

人们普遍认为詹詹外史是冯的又一别号，然此说尚存疑问。

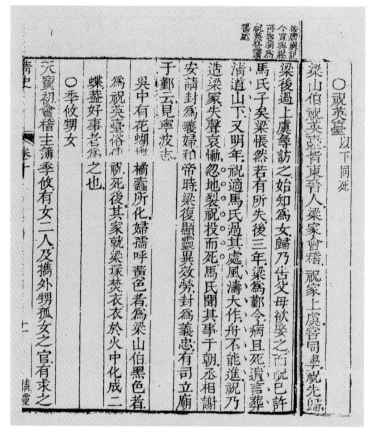

图75-明51 情史

六、清代记载

（76-清1）《朋鹤草堂诗留》

《朋鹤草堂文集二卷诗留六卷初刻一卷词一卷》为明季林时跃所撰，其"诗留第四卷"《吊古六章之六·甬东》诗云：

> 越王台上鹧鸪啼，董子江头牧马嘶。
> 社燕空梁寻旧主，女郎时样学新笄。
> 英台墓土生秋棘，董黯祠田路作蹊。
> 独有黄公门外草，朔风不到夕阳西。

诗人吊甬东之古迹，看到祝英台墓上长满了荆棘、董孝子庙前的农田走出了小径，哀叹山河破碎、大明江山何时能恢复。

该诗后附有李文缵（号礐樵，林时跃好友）点评，称"画出土俗民风，惨淡歌哭，庾信《哀江南》不过是也。声情疏亮，直追少陵"。庾信（513—851），南朝梁时人，事梁元帝出使西魏。梁灭后，被迫留仕敌国，终未能返回江南。杜少陵有《戏为六绝句》咏庾信。

此影印件为清抄本，民国藏书家张之铭珍藏，存上海图书馆。

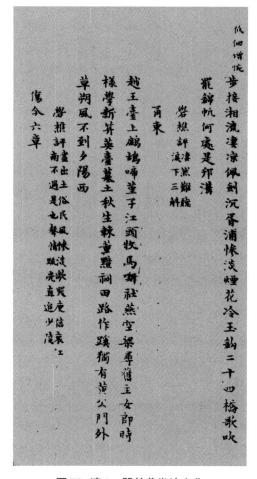

图76-清1 朋鹤草堂诗文集

林时跃（1609—？），明季浙江鄞县人，字遐举，号荔堂。南明弘光元年（1645），以明经贡太学，授大理评事不就。南明失败后隐于溪山，悲愤之余，发诸诗歌。晚年与徐霜皋先生辑甲申以来粉社死事诸公各为小传，而取其生平著述之有系名节者附之，曰《正气集》。著有《朋鹤草堂集》《明史大事记》等。

（77-清2）《枣林外索》

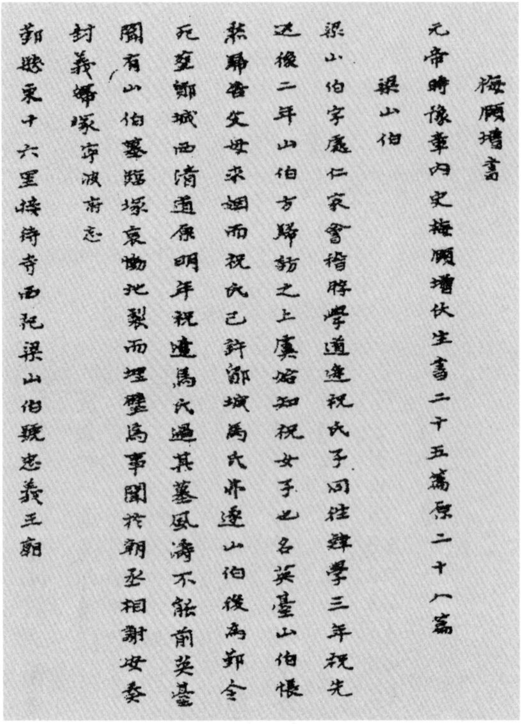

《枣林外索》为清谈迁所辑，顺治甲午（1654）刊行。该书"卷二""梁山伯"条云："梁山伯，字处仁，家会稽，游学道逢祝氏子，同往肄业三年。祝先返，后二年山伯方归，访之上虞，始知祝女子也，名英台。山伯怅然归，告父母求姻，而祝氏已许鄮城马氏，弗遂。山伯后为鄞令，死葬鄮城西清道原。明年，祝适马氏，过其墓，风涛不能前。英台闻有山伯墓，临冢哀恸，地裂而埋璧。马事闻于朝，丞相谢安奏封义妇冢（宁波府志）。"又云："鄞县东十六里接待寺西，祀梁山伯，号忠义王庙。"

此记第二条有两处错误：一是鄞西误为鄞东，二是义忠王庙误为忠义王庙。

此影印件为上海图书馆藏清抄本，见《续修四库全书》。

图77-清2　枣林外索

谈迁（1594—1657），明末清初浙江海宁人，原名以训，字仲木，号射父。明亡后改名迁，字孺木，号观若，自称江左遗民。终身不仕，以佣书、幕僚为生。其400万字《国榷》，以《明实录》为本，参阅诸家史书，考证订补，是研究明史之重著。另著有《枣林集》《枣林杂俎》等。

（78-清3）《悟香集》

《悟香集》为明季陆宝所撰。是书收录宁波梁祝诗二首。一是"卷第十四·七言古诗"收录《英台墓》一首，云：

英台墓，事可疑？
生求同穴死如期，石裂海枯誓不移。
入塾三年心自许，联姻别族期终阻。
梁郎虽则困沉疴，英台不忍忘前语。

海乡随牒墓成林，墓下经过恨独深。
精诚感得死人心，风打船头天昼阴。
白杨拍手乌啼乱，灵旗窈袅迎初祼。
祼后天开一物无，佳人没石裙留半。
君不见，
韩凭之妇对葬时，鸳鸯飞上连理枝。
留裙故事传非误，不尔哪有英台墓？

这首诗写得很有意思。诗人首先提出“英台墓，事可疑”的问题，然后通过传说中的梁祝故事，称祝英台精诚所至，感动死人，遂有地裂璧埋裙留半的传说。并得出“留裙故事传非误，不尔哪有英台墓”的结论。该诗咏有“海乡随牒”句，指梁山伯被委任为县令。

二是“卷二十六·七言绝句二”《英台墓》云：

宿草青青迹可疑，重泉未肯断红丝。
分明石隙留裙片，化作双飞蝶绕枝。

此诗如前，先提疑问，后引出“裙片化蝶”的传说。

本条影印件为清康熙刊本，见《清代诗文集汇编》。

陆宝（1581—1661），明末浙江鄞县人，字敬身，一字青霞，号南轩。崇祯时，由太学生高等授中书舍人，后以母老乞养告归。清顺治二年（1645），鄞县举兵反清，倾家输饷，兵败遁去，久之方归，读书著述，隐居而终。其藏书处称“南轩书屋”，著有《悟香集》《霜镜集》等。

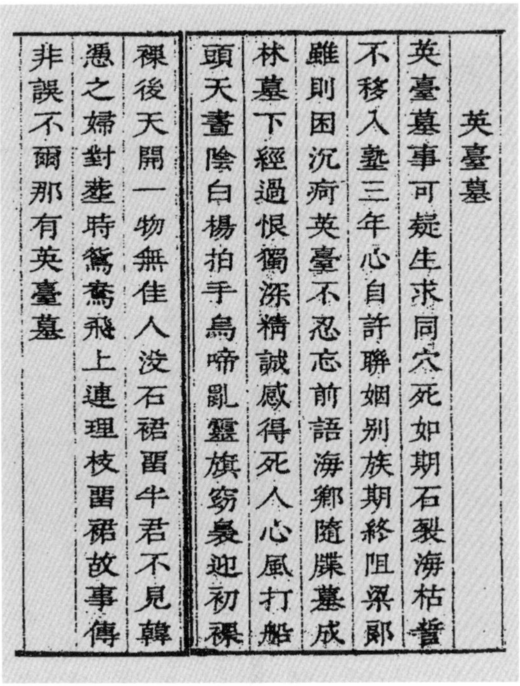
英臺墓
英臺墓事可疑生求同穴死如期石裂海枯誓
不移入塟三年心自許聯姻别族期終阻梁郎
雖則困沉疴英臺不忍忘前語海鄉隨牒墓成
林墓下經過恨獨深精誠感得死人心風打船
頭天晝陰白楊拍手烏啼亂靈旗窈裊迎初祼
祼後天開一物無佳人沒石裙畱半君不見韓
憑之婦對塟時鴛鴦飛上連理枝畱裙故事傳
非誤不爾那有英臺墓

图78–清3–1　悟香集1

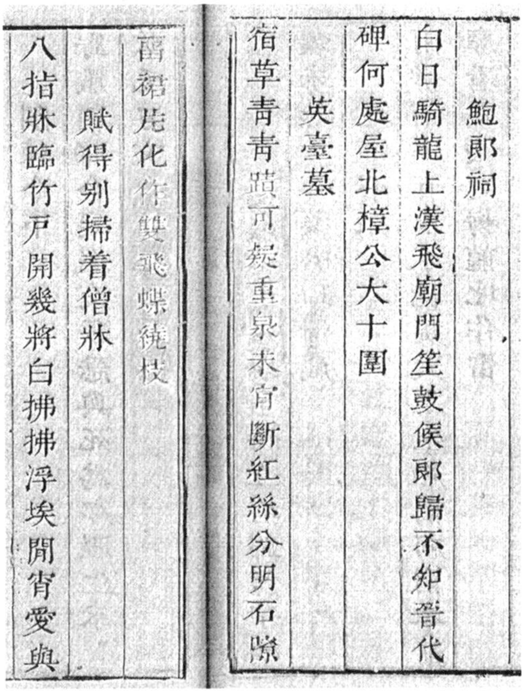
鮑郎祠
白日騎龍上漢飛廟門笙鼓候郎歸不知晉代
碑何處屋北樟公大十圍
英臺墓
宿草青青蹟可疑重泉未肯斷紅絲分明石隙
畱裙片化作雙飛蝶繞枝
賦得别掃着僧牀
八指牀臨竹戸開幾將白拂拂浮埃閒肖愛與

图78–清3–2　悟香集2

(79–清4)《识小录》

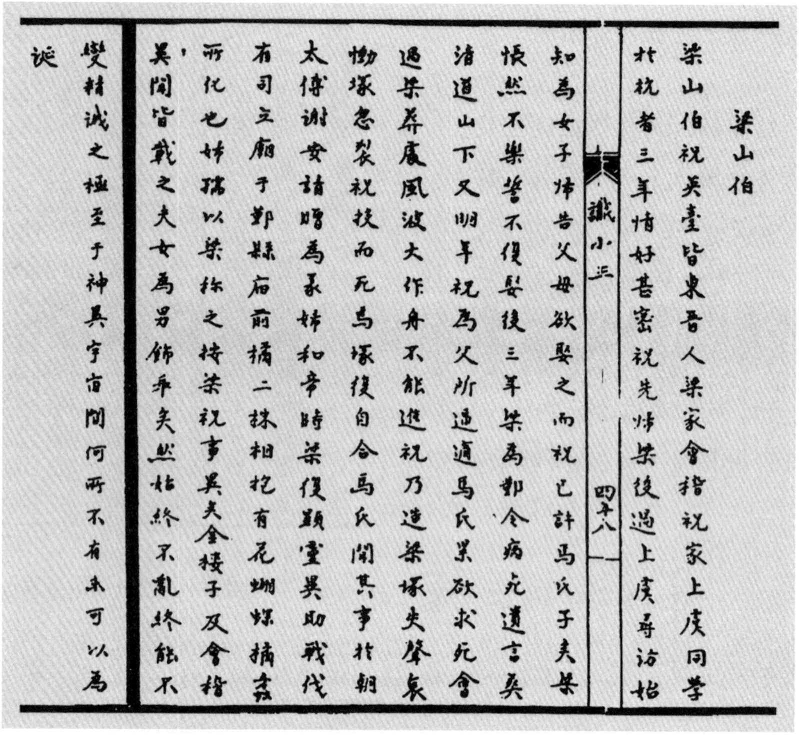

梁山伯

梁山伯祝英臺皆東晉人梁家會稽祝家上虞同學於杭者三年情好甚密祝先歸梁後過上虞尋訪始

識小三

知為女子歸告父母欲娶之而祝已許馬氏子矣梁悵然不樂誓不復娶後三年梁為鄞令病死遺言葬清道山下又明年祝為父所逼適馬氏累欲求死會過梁葬處風波大作舟不能進祝乃造梁塚失聲哀慟塚忽裂祝投而死焉塚復自合馬氏聞其事於朝太傅謝安請贈為義婦和帝時梁復顯靈異助戰伐有司立廟于鄞縣廟前橘二株相抱有花蝴蝶橘蠹所化也婦孺以梁稱之按梁祝事異矣金樓子及會稽異聞皆載之夫女為男飾乖矣然始終不亂終能不變精誠之極至于神異宇宙間何所不有未可以為誕

四十八

图79–清4　识小录

《识小录》为清初徐树丕所撰。该书《识小三》“梁山伯”条称：“梁山伯、祝英台皆东晋人，梁家会稽，祝家上虞，同学于杭者三年，情好甚密。祝先归，梁后过上虞寻访，始知为女子。归告父母，欲娶之，而祝已许马氏子矣。梁怅然不乐，誓不复娶。后三年，梁为鄞令，病死，遗言葬清道山下。又明年，祝为父所逼适马氏，累欲求死。会过梁葬处，风涛大作，舟不能进。祝乃造梁冢失声哀恸，冢忽裂，祝投而死焉，冢复自合。马氏闻其事于朝，太傅谢安请赠为义妇。和帝时，梁复显灵异，助战伐，有司立庙于鄞县。庙前桔二株相抱。有花蝴蝶，桔蠹所化也，妇孺以梁称之。按，梁祝事异矣，夫《金楼子》及《会稽异闻》皆载之。夫女为男饰乖矣，然始终不乱，终能不变，精诚之极至于神异。宇宙间何所不有，未可以为诞。”

徐树丕称梁祝事异，《金楼子》及《会稽异闻》皆载之。然《会稽异闻》不知何书，近百年来，包括钱南扬在内的“梁祝”研究者一直在寻找，至今未得；《金楼子》为梁元帝萧绎所作，但现存各版本的《金楼子》，都没有“梁祝”记载。故徐氏虽提供了两本书，但并没有实质性的内容和可供考证的资料，不知书里究竟说了些什么。

此影印件见民国丙辰（1916）《涵芬楼秘笈》（北京图书馆出版社2000年出版），注明是徐武子手稿本，题下有"活埋庵道人徐树丕笔记"字。又因该书收录了清初的诗作，故应成于清顺康间。

徐树丕，明季江南长洲（今属苏州）人，字武子，号墙东居士、活埋庵道人。明诸生。工诗善隶。明亡后隐居不出，卒于康熙间。有《中兴纲目》《识小录》等。

（80-清5）[康熙]《上虞县志》

[康熙]《上虞县志》为清郑侨所修、唐徵麟等纂，康熙十年（1671）刊行。该志"卷二十·杂纪志·轶事·晋""梁山伯"条因袭[万历]《上虞县志》记载浙东的梁祝传说，称："晋梁山伯，字处仁，家会稽，少游学，逢祝氏子同往肄业三年。祝先返。后三年，山伯方归，访之上虞，始知祝女子也，名英台。山伯怅然归，告父母求姻，时祝已许鄮城马氏，弗遂。山伯后为鄞令，婴疾弗起，遗命葬于鄮城西清道原。明年，祝适马氏，舟经墓所，风涛不能前。英台闻有山伯墓，临冢哀恸，地裂而埋璧焉。官闻于朝，丞相谢安奏封'义妇冢'（见宁波府志）。"

此影印件为清康熙十年（1671）刻本，藏上海图书馆，台湾成文出版社《中国方志丛书》亦有收录。

图80-清5　康熙上虞志

郑侨，清北直隶祁州（今河北安国市）人，号传初（一记为博物）。顺治辛丑（1661）进士，康熙初以文林郎知上虞县事，凡有利于民者，知无不为。八年（1669）修县城，十年辑县志。

唐徵麟，清初浙江上虞人，生平不详。

（81-清6）[康熙]《邹县志》（朱志）

[康熙]十二年（1673）《邹县志》为清朱承命所修、陈紫芝纂，俗称"康熙朱志"。该志"卷一·土地部·古迹志·附林墓"称："梁山伯祝英台墓，在城西六十里吴桥地方，有碑记。"

"图81-清6-1"影印件见《历代邹县志十种》，1995年中国工人出版社出版。

因北京图书馆之藏本、上海图书馆之缩微胶卷均缺前三十余页，故《历代邹县志十种》所收录之朱承命志前缺"疆域志"。但据邹县地方史志编纂委员会1986年编纂的《邹县旧志汇编》，朱志"卷一·土地部·疆域志""峄山"条中，还记载了"自炉丹峪下，以西至梁祝洞"的古迹，其中称："梁祝读书洞。石勒此五字，俗传梁山伯、祝英台在此读书。"

朱承命，清直隶天津卫人，字雪沾。顺治己丑（1649）进士，康熙九至十三年任邹县令，官至户部广西司员外郎。曾修《邹县志》三卷。

陈紫芝，清浙江鄞县人，字非园。康熙丙午（1666）举人。

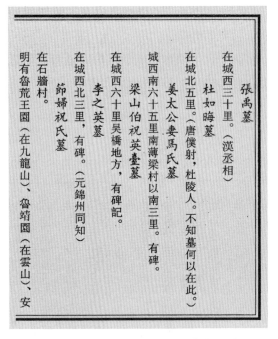

图81-清6-1　康熙邹县志（朱志）1

```
自炉丹峪下以西至梁祝洞：
　　大通岩（岩刻"大通"二字。因洞石通明中正，故名。下有颜子洞，内立"至圣先师"四字碑）、源头活水（有泉一穴，经年不枯，从一石龙中喷出，上有古碑六字："天下第一名山"。）、孤桐观（《禹贡》峄阳孤桐处，详古迹）、逍遥亭（胡继先建，今废）妙光洞（在观后。洞西有净室庵观音阁）、天水池（在阁后）、弥陀庵（始皇乘羊车登峰，刻石碑于左，名曰"书门"，恐剥落无考，故刻之以志古迹。万历己丑立、偃石亭（庵后）、观风亭（庵左，王自谨建，今废）、仰止亭（庵以西，胡继先建，今废）、凌高亭（观风亭东，胡继先建，今废）、盘龙洞（洞内有石钟）、峄山神庙（太平兴国寺左百步，石上有宋延佑封侯碑）、纪王棚（有真武像，以西即盘路口）、梁祝读书洞（石勒此五字，俗传梁山伯、祝英台在此读书）
```

图81-清6-2　康熙邹县志（朱志）2

（82-清7）[康熙]《榆社县志》

[康熙]《榆社县志》为佟国弘所修，清康熙十三年（1674）刊行。该志有两处记载"榆社梁祝"。

一是"卷之一·舆地志·古迹"称："响堂，在县西南十里梓荆山下，有石室方丈如瓮虚状。内有二石，像梁三伯祝英台。人入其中，石声与人声相应，亦古址也。"

（三）明清晚期 梁祝记载

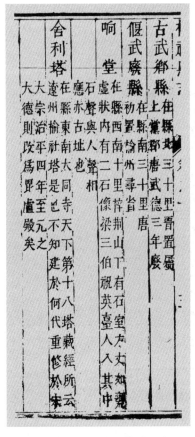

图82-清7-1 康熙榆社县志1

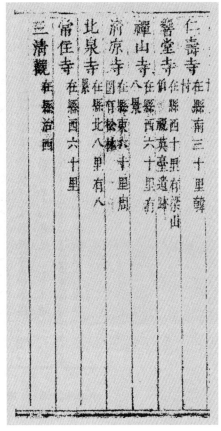

图82-清7-2 康熙榆社县志2

二是"卷之二·建置志·寺观"称："响堂寺，在县西十里，有梁山伯□祝英台遗迹。"

按：一、此两条梁氏名不一，前作"梁三伯"，后作"梁山伯"；二、卷二条"梁山伯"后有一空格，可能是原刻有误，校对发现削除。

该志为榆社县最早之方志，光绪《榆社县志·序》称："榆社僻在万山之中，文献寥落，记载之阙如，盖已久矣。自康熙十三年诏天下各郡县辑志，邑令佟公承令编纂，榆社始有志。"

以上影印件为康熙十三年（1674）刻本，存中国国家图书馆，南京图书馆亦有存。

佟国弘，生卒不详，清三韩人（今属赤峰）。正蓝旗癸卯科（1663）举人，以文林郎知榆社县事，民间疾苦无不问之，一切陋规裁汰略尽，创修县志，后升任辽州知州。

（83-清8）[康熙]《重修镇江府志》

[康熙]《重修镇江府志》为清高得贵、刘鼎所修，张九徵纂，康熙十四年（1675）

图83-清8　康熙镇江府志

刊行。该志"卷四十二·物产·虫类""蝶"条称:"蝶,种类数多,要皆草木蠹虫所化。其大如蝙蝠。或黑色或青斑如玳瑁者,名凤子,又名凤车,俗名梁山伯,一名采花子,又名野蛾……"

此影印件为康熙刻本,存中国国家图书馆。

高得贵,沈阳人,字崇吾。监生。康熙十年(1671)以通议大夫知镇江府。刘鼎,满洲人,字衡调。荫生。康熙十三年(1674)以中宪大夫知镇江府。

(84-清9)《留素堂诗删》

《留素堂诗删》为清蒋薰所撰,康熙丁巳(1677)刊刻。其《汾游》"卷一"收录《祝英台墓》一首,云:

上邽城外水泠泠,写入哀弦粉黛零。
贞心誓死弃灰土,墓草苍黄不欲青。

原诗有序云:"按,《宁波志》:梁山伯,家会稽;祝英台,家上虞。梁死葬清道山下，祝过梁冢，哀恸地裂，祝投而死。今墓在清水县，不知何据。"上邽，为陇西地名。诗人经清水看到祝英台墓，一方面赞扬祝英台一颗"贞心""誓死"的大无畏精神，同时想到《宁波府志》的记载，对清水为何会有祝英台墓感到困惑。

蒋薰作有《留素堂集》，其中辑有《始纪一卷》《廊吟一卷》《天际草四卷》、《西征一卷》《塞翁编五卷》《汾游一卷》及《西庄集□卷》（见《留素堂集》总目），均按编年收录。今《留素堂集》未见传本，仅在《四库未收书辑刊》中见有《留素堂集》总目及《留素堂诗删》（缺《西庄集》）。

蒋薰清初曾任伏羌（今甘肃甘谷）县令，在西北的时间很长，《塞翁编引》称他"治羌二年，寓羌六年"。他于辛亥

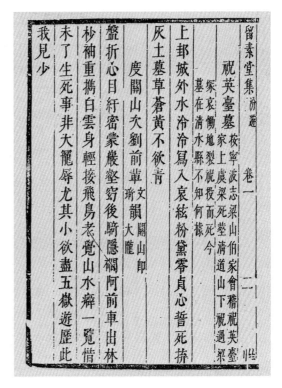

图84-清9　留素堂诗删

（1671）七月离羌，应汾州郡守邀，遂作汾游，大半年中作有《汾游》一卷。故《西征》《塞翁编》《汾游》多写西北之事。《祝英台墓》收录在《汾游》卷一中，是蒋薰刚刚去任离羌，过小陇山丁华岭后写的。小陇山在清水境内，《清水县志》称"小陇山，西南三十五里，即分水岭"。清水在伏羌（今甘谷）东，相距百余里。故蒋薰《祝英台墓》的写作时间，应是1671年的7月。

此影印件见《四库未收书辑刊》，未注刊刻时间。

蒋薰（1610—1693），明季浙江人（《留素堂诗删》自题为浙西人，《伏羌县志》称其为嘉兴举人，《中国历代人名大辞典》亦称其嘉兴人），字闻大，号丹崖。崇祯九年（1636）举人。入清曾任甘肃伏羌知县，落职归。著有《留素堂集》。

（85-清10）《陶庵梦忆》

《陶庵梦忆》为清初张岱所辑，是书"卷二""孔庙桧"条称："己巳至曲阜谒孔庙，买门者门以入。宫墙上有楼耸出，扁曰'梁山柏祝英台读书处'，骇异之……"该书所记之梁山伯为"梁山柏"。

本条影印件为上海图书馆存书，刊刻时间不详，该条记录为清天聪己巳（1629）

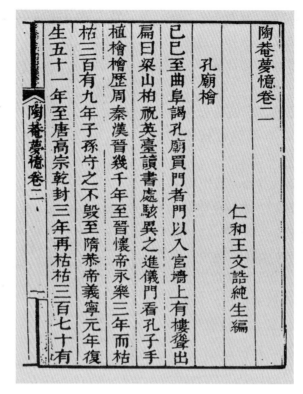

图85-清10　陶庵梦忆

时事。

张岱（1597—1679后），明季浙江山阴（今绍兴）人，又名维城，字宗子、石公，号陶庵、天孙，别号蝶庵居士，晚号六休居士。寓居杭州。明亡后不仕，避居剡溪山，著书以终。有《琅嬛文集》《陶庵梦忆》《西湖梦寻》等。

（86-清11）《填词名解》

《填词名解》为清毛先舒所辑。是书"卷二·祝英台近"称："'祝英台近'。宁波府志载：东晋越有梁山伯、祝英台尝同学，祝先归，梁后访之，乃知祝为女。欲娶之，然祝已许马氏之子。梁忽忽成疾，后为鄞令，且死，遗言葬清道山下。明年，祝适马氏，过其地而风涛大作，舟不能进。祝乃造冢哭之哀恸，其地忽裂，祝投而死之。事闻丞相谢安，清封为'义妇'（按，"清封"为"请封"之误）。今吴中有花蝴蝶，盖桔蠹所化，童儿亦呼梁山伯、祝英台云。"

本条影印件为北京大学图书馆藏清康熙十八年（1679）刻《词学全书》本，见《四库全书存目丛书》。

毛先舒（1620—1688），明季浙江仁和（今杭州）人。明诸生，辑《填词名解》。

(三)明清晚期 梁祝记载

图86-清11 填词名解

(87-清12)《西河合集》

《西河合集》为清毛奇龄所撰,康熙间刊行。是书"文集·墓志铭·卷七"载《陈翰林孺人储氏墓志铭》称:"……遂于康熙十九年十二月六日终于阳羡私第,越某月日葬于某阡。祝英台畔宜多佳妇之坟,玉女潭边即是其人之墓……"

该文是毛奇龄为好友陈维崧之夫人储氏所写的墓志铭,全文较长,略。其中称"祝英台畔宜多佳妇之坟,玉女潭边即是其人之墓"。按:宜兴祝陵有祝英台墓(明王稚登《荆溪疏》),又有祝英台读书处,号"碧鲜庵"(宋《咸淳毗陵志》)。碧鲜庵,又作碧鲜岩、碧鲜坛,万历、康熙宜兴县志及部分古籍曾误作碧藓庵,清嘉庆县志已予以纠正。碧鲜岩——因寺内西北石壁有"碧鲜庵"三字石刻(明都穆《游善卷记》),故名;碧鲜坛——人以汉风雨坛为祝英台梳妆处(明许大就《祝英台碧鲜庵》),故以坛称;碧鲜台——善

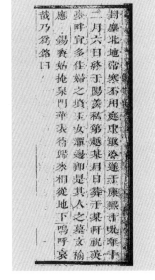

图87-清12 西河集

卷寺内曾筑有台，亦被称作"梳妆台"、"祝英台"，明末仅存土堆（明邹迪光《始青阁稿》）。清代重建一丈高台，刻明邑令谷兰宗《祝英台近·碧鲜岩》词（清吴骞《桃溪客语》），故有碧鲜台、祝英台之名（清朱受有"生小祝英台下住"句）。被毛奇龄所称的祝英台实际上就是碧鲜台。碧鲜台在宜兴西南偏西，而玉女潭在宜兴西南偏南，两地相差30里。故而毛氏所称的"祝英台畔"、"玉女潭边"，是两处名胜。

《西河合集》未知具体刊行年代，然《陈翰林孺人储氏墓志铭》应作于康熙二十年（1681）左右。本条影印件见清康熙版《西河合集》，存上海图书馆。

毛奇龄（1623—1716），浙江萧山人，原名甡，字僧开、大可，号秋晴、初晴等。以郡望西河，人称西河先生。明末诸生，清康熙时荐举博学鸿词科，授检讨，充明史馆纂修官，与陈维崧为同僚。有《西河合集》四百余卷。

（88-清13）[康熙]《嘉兴府志》（袁志）

康熙二十一年（1682）《嘉兴府志》，为清袁国梓纂修，俗称"康熙袁志"。该志"卷之十二·风俗（附物产）·虫类"，"蛱蝶"条曰："有黄、白、杂色诸种。"后又有"梁山伯"条曰："似蝶而大，黑色，有红、白点相杂。"

本条影印件为康熙二十一年刻本，存上海图书馆。

袁国梓，生卒未详。江苏云间（即松江，今属上海）人。赐进士出身，中宪大夫。康熙十七年戊午（1678）知嘉兴府，癸亥（1683）离任。

图88-清13　康熙《嘉兴府志》（袁志）

(三)明清晚期 梁祝记载

(89-清14)[康熙]《宁波府志》

[康熙]《宁波府志》初于清康熙十二年(1673)郡守丘业修,万斯同纂,三月而成,然未刊行。后郡守李廷机于康熙二十二年(1683)修成,亦未付梓,现仅存抄本。该志三处记载"宁波梁祝":

图89-清14-1　康熙宁波府志1　　图89-清14-2　康熙宁波府志2

一是"卷之九·秩官·鄞令(今奉化县)·晋"载"梁处仁。见遗事"。

二是"卷之二十七·坛庙""义忠王庙"条因袭前志,称:"府西十六里接待亭西,祀东晋鄞令梁山伯,故有墓在焉,详遗事志。安帝时,孙恩寇鄞,太尉刘裕梦山伯效力,贼遁去,奏封义忠王,令有司立庙祀之。宋大观中,明州从事李茂诚撰记。"

三是"卷之三十·遗事·纪异",因袭前志称:"晋梁山伯,字处仁,家会稽,少游学,道逢祝氏子,同往肄业三年。祝先返,后二年,山伯方归,访之上虞,始知祝女

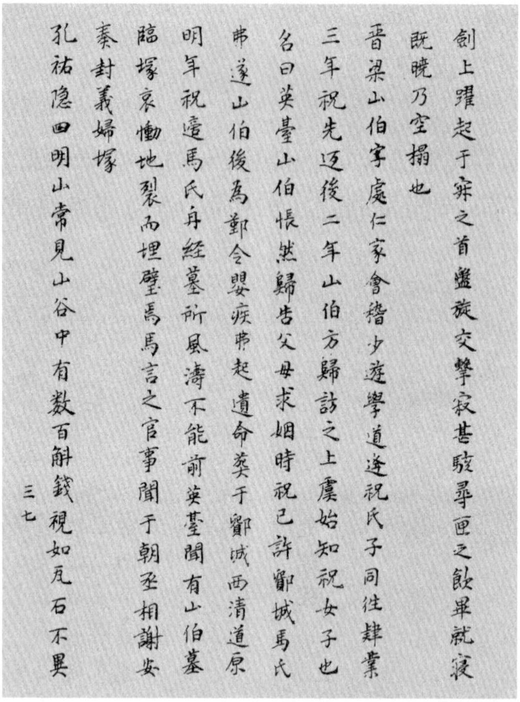

劍上躍起于霁之首盤旋交擊寂甚駭尋匣之飲畢就寢

既曉乃空揭也

晋梁山伯字處仁家會稽少遊學道逢祝氏子同往肄業

三年祝先返後二年山伯方歸訪之上虞始知祝女子也

名曰英臺山伯悵然歸告父母求姻時祝已許鄮城馬氏

弗遂山伯後為鄞令嬰疾弗起遺命葬于鄮城西清道原

明年祝適馬氏舟經墓所風濤不能前英臺聞有山伯墓

臨塚哀慟地裂而埋璧焉馬言之官事聞于朝丞相謝安

奏封義婦塚

孔祐隱四明山常見山谷中有數百斛錢視如瓦石不異

三七

图89–清14–3　康熙宁波府志3

子也，名曰英台。山伯怅然归，告父母求姻，时祝已许鄮城马氏，弗遂。山伯后为鄞令，婴疾弗起，遗命葬于鄮城西清道原。明年，祝适马氏，舟经墓所，风涛不能前，英台闻有山伯墓，临冢哀恸，地裂而埋璧焉。马言之官，事闻于朝，丞相谢安奏封义妇冢。”

该志首次将梁处仁记入方志“秩官”中。

以上影印件为清抄本，存中国国家图书馆。

李廷机，清三韩（今属赤峰市）人。辽东官学生，康熙十五年（1676）知宁波府事，二十三年（1684）去任。

（90–清15）[康熙]《江宁县志》

[康熙]《江宁县志》为清佟世燕所修、戴孝本纂，康熙癸亥（1683）刻本。该志“卷五·建置志下·梵刹”“英台寺”条称：“英台寺，在南城外安德乡，去聚宝门外十五里。乾道志：旧在新林市。”

本条影印件为清康熙二十二年（1683）刻本，见《金陵全书》。

佟世燕，生卒不详，辽东三韩正蓝旗（今属赤峰市）人，由官监生于康熙二十一年知江宁县。

(三)明清晚期 梁祝记载

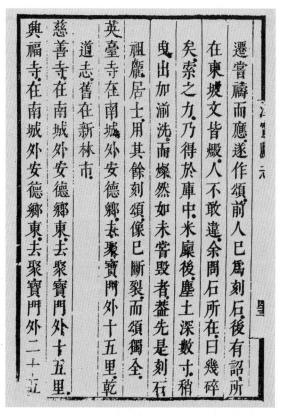

图90—清15 康熙江宁县志

戴本孝(1621—1691),清和州(今安徽和县)人,字务旃。终身不仕,以布衣居鹰阿山,号鹰阿山樵。工诗文、书画,为《康熙江宁县志》主要纂辑人。

(91-清16)[康熙]《江南通志》

[康熙]《江南通志》为清张九徵等纂,康熙二十三年(1684)刊行。该志"卷三十五·古迹(寺观附)"有两条"宜兴梁祝"记载:一是"祝陵"条称:"祝陵,在无锡善卷山,岩前有巨石刻,云'祝英台读书处',号'碧鲜庵'。考《寺记》,谓齐武帝赎英台旧产建。"二是"善卷禅寺"条称:"善卷禅寺,刘宋名广教禅院。在宜兴县西南善卷洞侧,齐建元二年以祝英台故宅建。宋宣和改为崇道观,建炎元年诏复为院,明改为寺。"按:善权禅寺宋名广教禅院,并非南朝之"刘宋"。

本条影印件为清康熙二十三年刻本,存上海图书馆。

张九徵(1617—1684),清丹徒人(属江苏镇江),字公道,号湘晓。顺治二年解元,四年(1647)进士,官河南督学佥事等。康熙十七年,诏举博学鸿儒科。著有《闽游草》《艾纳亭存稿》等。

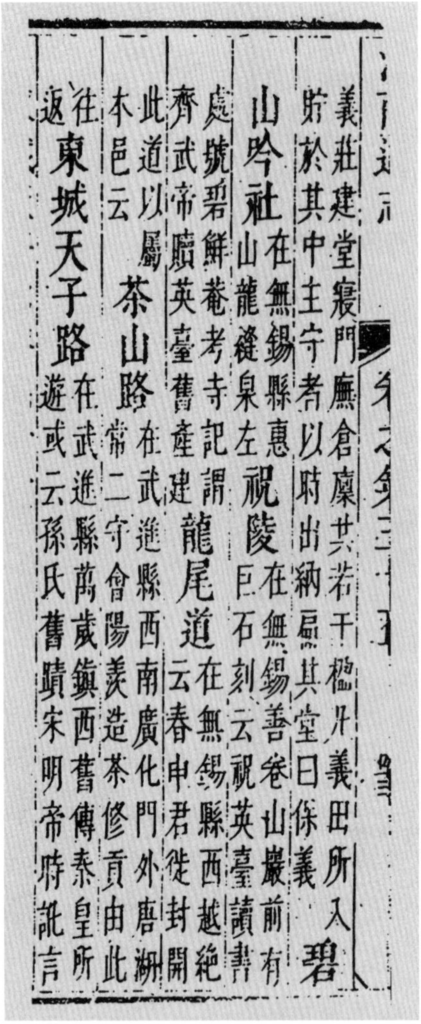
義莊建堂寢門廡倉廩共若干楹凡義田所入貯於其中主守者以時出納扁其堂曰保義 碧山吟社在無錫縣惠山龍縫泉左 祝陵在無錫善卷山巖前有巨石刻云祝英臺讀書處號碧鮮菴考寺記謂齊武帝贖英臺舊產建 龍尾道在無錫縣西越絕云春申君徙封開此道以屬本邑云 茶山路在武進縣西南廣化門外唐湖常二守會陽羨造茶修貢由此往返 東城天子路在武進縣萬歲鎮西舊傳秦皇所遊或云孫氏舊蹟宋明帝時訛言

图91–清16–1　康熙江南通志1

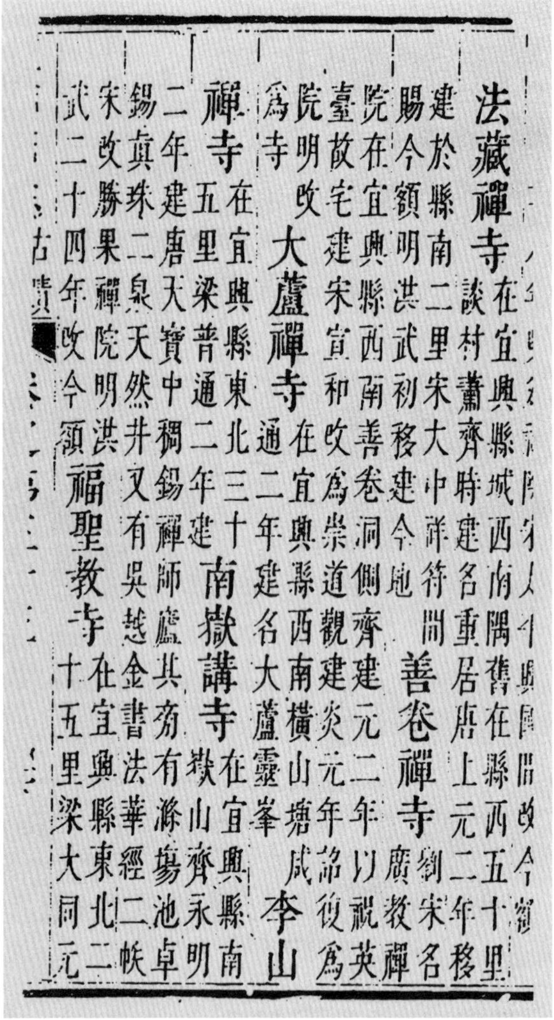
法藏禪寺在宜興縣城西南隅舊在縣西五十里談村蕭齊時建名重居唐上元二年移建於縣南二里宋大中祥符間賜今額明洪武初移建今地 善卷禪寺劉宋名廣教禪院在宜興縣西南善卷洞側齊建元二年以祝英臺故宅建宋宣和改爲崇道觀建炎元年詔復爲院明改爲寺 大蘆禪寺在宜興縣西南橫山塘咸通二年建名大蘆靈峯 李山禪寺在宜興縣東北三十五里梁普通二年建 南嶽講寺在宜興縣南嶽山齊永明二年建唐天寶中稠錫禪師廬其旁有滌篛池卓錫真珠二泉天然井又有吳越金書法華經二帙宋改勝果禪院明洪武二十四年改今額 福聖教寺在宜興縣東北二十五里梁大同元

图91–清16–2　康熙江南通志2

(92–清17)[康熙]《浙江通志》

[康熙]《浙江通志》为清赵士麟所修，康熙二十三年（1684）刊行。该志记有“浙东梁祝”一条。

“卷之十九·祠祀·宁波府鄞县”“义忠王庙”条称：“义忠王庙，府接待亭西，祀东晋鄞令梁山伯，故有墓在焉。详遗事志。”

按该条记载，该志“遗事志”应另有所记。然观该志目录，并无“遗事”，其“卷之五十”为“杂记”，分别录有“贤达、忠义、善行、嘉言、神异、还遗、文翰、鉴戒、狱讼”九类，亦无“遗事”，且这九类之中也无梁祝记载。估计该志初编时曾有遗事记载，后来删掉了，忘了把前面改过来。

（三）明清晚期 梁祝记载

图92-清17 康熙浙江通志

本条影印件为清康熙二十三年刻本，存上海图书馆，《中国地方志集成省志辑·浙江》也有收录。

赵士麟（1629—1699），清初云南河阳（今澄江）人，字麟伯，号玉峰。顺治十七年举人，康熙三年（1664）进士。官至吏部左侍郎，授光禄大夫。著有《金碧园记》《河阳山水记》《台湾善后疏》等。

（93-清18）[康熙]《常州府志》

[康熙]《常州府志》为陈玉璂所纂，清康熙二十四年（1685）刊行。该志两处记载"宜兴梁祝"。

一是"卷之十八·坛壝（祠庙寺观附）""善卷禅寺"条称："善卷禅寺，宋名广教禅院，在县西南五十里永丰乡善卷洞侧，齐建元二年，以祝英台故宅创建。唐会昌中废，

145

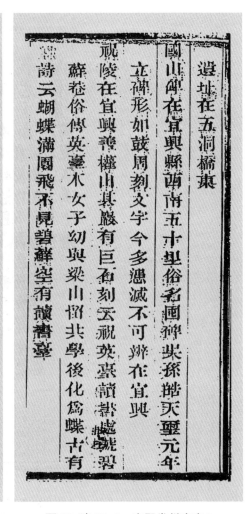

图93-清18-1 康熙常州府志1　　图93-清18-2 康熙常州府志2

其址为海陵钟离简之所得。至咸通间,李司空蔚尝于此肄业,奏以私财赎之,复建僧舍,刻疏于石。宋崇宁中,傅待制楫以徽宗潜邸恩请为坟刹。宣和中改为崇道观,建炎元年诏复为院。明改为善卷寺,正统十年重建。"

二是"卷之二十·古迹""祝陵"条称:"祝陵,在宜兴善权山,其岩有巨石刻,云'祝英台读书处',号'碧藓庵'。俗传英台本女子,幼与梁山留共学,后化为蝶。古有诗云:蝴蝶满园飞不见,碧藓空有读书台。"该条因袭万历志将"碧鲜"误作"碧藓",唯"读书处"改为"读书台"。另,该条"幼与梁山留共学",应是雕版错误。

以上影印件为清康熙三十四年刻本,见《中国地方志集成·江苏府县志辑》,上海图书馆、常州图书馆均有存。

陈玉璂,清江苏武进人,字赓明,号椒峰。康熙六年(1667)进士,授内阁中书舍人。十八年,试博学鸿儒科,罢归。著有《学文堂集》等。

（三）明清晚期　梁祝记载

（94—清19）《荫绿轩词》

《荫绿轩词》为清徐喈凤所撰，是书"中调"收录作于康熙癸丑（1673）的《祝英台近》一首：

访名山，寻胜迹，遗碣篆如箸。
汉代佳人，千古读书处。
想他当日风情，呼之欲出，隐然共、春云容与。

休疑虑。
新莺枝上娇啼，分明代为语。
蝴蝶纷飞，还向荒台觑。

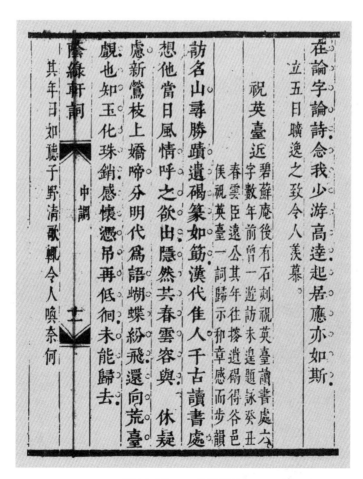

图94—清19　荫绿轩词

也知玉化珠销，感怀凭吊，再低徊、未能归去。

其词有序："碧藓庵后有石刻'祝英台读书处'六字，数年前曾一游访，未遑题咏。癸丑春，云臣、远公、其年往搜遗碣，得谷邑侯祝英台一词，归示和章，感而步韵。"词后又注"其年曰：如听子野清歌，辄令人唤奈何"。

诗人曾于早年游访善卷山南的祝英台读书处及其石刻，但未有时间题咏。康熙十二年春，邑人陈维崧（其年）、史云臣等前往搜寻遗迹，得明嘉靖县令谷兰宗《祝英台近·题善权寺碧鲜岩祝英台读书处》词，各唱和一首。为此，诗人亦步谷令韵，因和之。

以上影印件为上海图书馆清康熙刻本。是书有史可程、陈维崧所作的序，可知成书时间在1682年前。

徐喈凤，清宜兴人，字竹逸、鸣歧，晚号荆南墨农。顺治十一年（1654）举人、十五年（1658）进士，授永昌军民府推官，后辞官奉母不出，延修县志。有《荫绿轩词》《古文喈凤新编》等。

（95-清20）[康熙]《重修宜兴县志》

[康熙]《重修宜兴县志》为李先荣所修、徐喈凤纂，清康熙二十五年（1686）刊行。该志有多处"宜兴梁祝"记载。

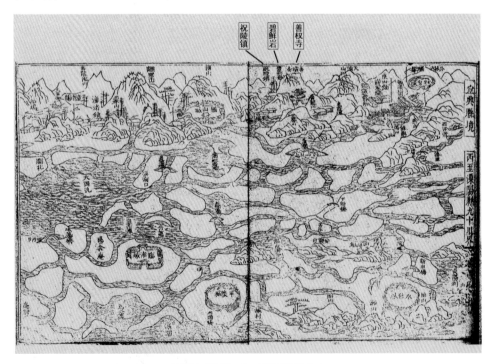

图95-清20-1 康熙宜兴志1

(三)明清晚期 梁祝记载

一是"图考·宜兴县境(一)·西至溧阳县九十里界",南部标有"祝陵镇"、"碧鲜岩"、"善权寺"。

二是"卷一·舆地志·山川·洞""善权洞"条称:"善权洞在县西南五十里国山东南,一名'龙岩'……"其后收录明都穆《三洞纪游记》,称善权寺"在国山东南,齐建元中建,盖祝英台之故宅也",释迦佛殿后有三生堂,"入三生堂观李曾伯书扁,右偏石壁刻'碧鲜庵'三大字,即祝英台读书处,而李司空亦藏修于是……"

三是"卷九·艺文志·诗·五言古风"收录徐喈凤《祝英台碧藓庵》、汤思孝《碧藓岩》诗。徐诗云:

> 汉代有佳人,读书附儒流。
> 遗迹在碧藓,古佛同千秋。
> 苔封碣半露,姓氏篆如蚪。
> 妆台不可问,荒陵足冥搜。
> 怪石疑香骨,闲花想玉钩。
> 涧曲泉声咽,山空洞府幽。
> 芳草徒蔼蔼,野鸟纷啾啾。
> 危刹干云影,残钟出树头。

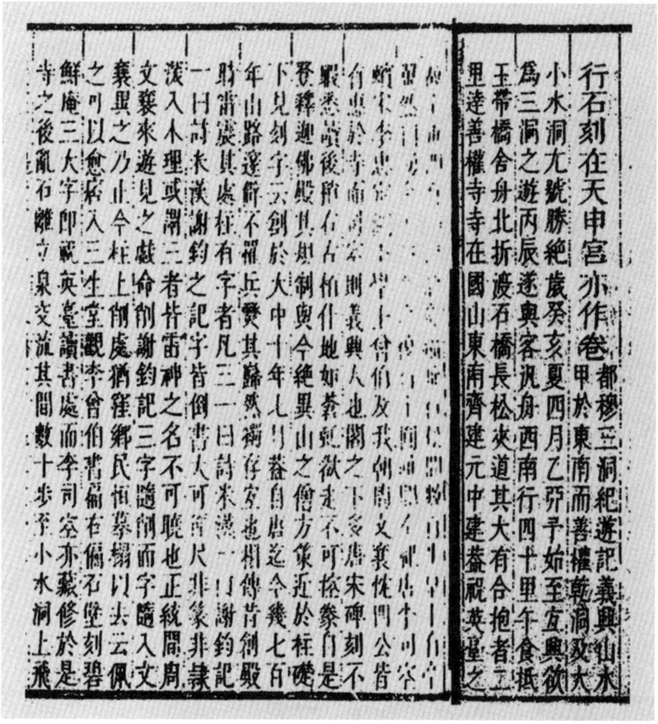

图95-清20-2 康熙宜兴志2

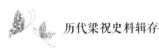

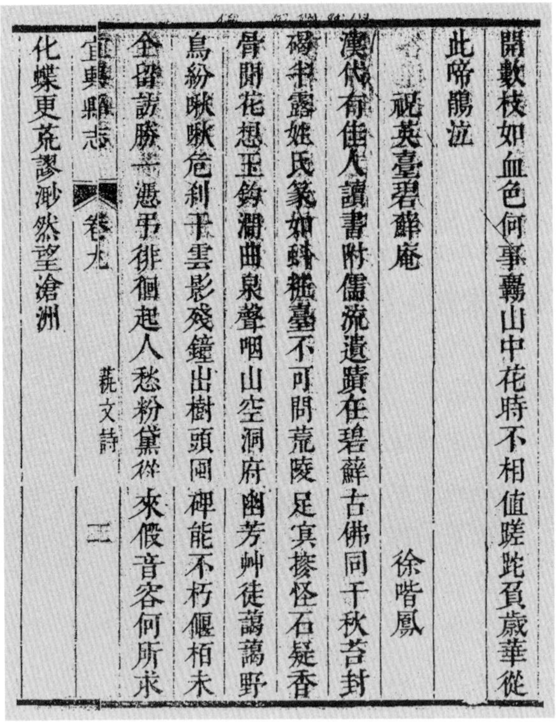
開數枝如血色何事覊山中花時不相值蹉跎負歲華從
此啼鵑流
祝英臺碧蘚庵　徐喈鳳
漢代有佳人讀書附儒流遺蹟在碧蘚古佛同千秋苔封
碣半露姓氏篆如蝌蚪臺不可問荒陵足寘樓怪石疑香
骨開花想玉鈎澗曲泉聲咽山空洞府幽芳艸徒藹藹野
鳥紛啾啾危刹干雲影殘鐘出樹頭囫碑能不朽偃柏未
全留訪勝一憑弔徘徊起人愁粉黛從來假音容何所求
化蝶更荒謬渺然望滄洲
宜興縣志　卷九　藝文詩　三

图95–清20–3　康熙宜兴志3

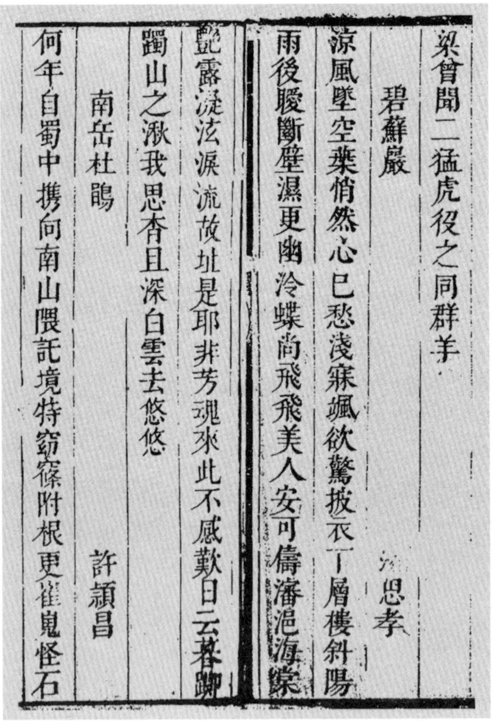
梁曾聞二猛虎役之同群羊
碧蘚巖　思孝
涼風墜空葉悄然心已愁淺寐颯欲驚披衣下層樓斜陽
雨後暖斷壁濕更幽冷蝶尚飛飛美人安可儔瀋浥海棠
艷露凝泫淚流故址是耶非芳魂來此不感歎日云暮躑
躅山之湫我思杳且深白雲去悠悠
南岳杜鵑　許頡昌
何年自蜀中携向南山隈託境特窮寮附根更崔嵬怪石

图95–清20–4　康熙宜兴志4

囫碑能不朽，偃柏未全留。
访胜一凭吊，徘徊起人愁。
粉黛从来假，音容何所求？
化蝶更荒谬，渺然望沧州。

诗人叙述祝英台的传说和留下的遗迹，然而荒陵不见、化蝶荒谬，认为“梁祝”的传说并不可信。

《碧藓岩》诗云：

凉风坠空叶，悄然心已愁。
浅寐飒欲惊，披衣下层楼。
斜阳雨后暖，断壁湿更幽。
冷蝶尚飞飞，美人安可俦。
沈浥海棠艳，露凝泫泪流。
故址是耶非，芳魂来此否？
感叹日云暮，踯躅山之湫。
我思杳且深，白云去悠悠。

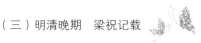

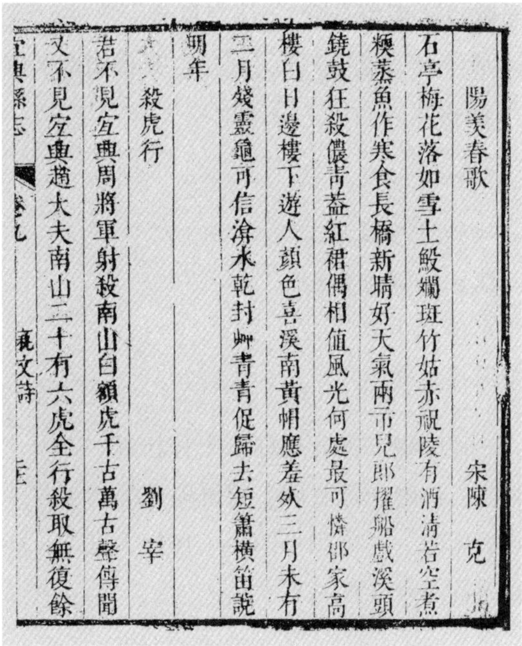
陽羨春歌　宋陳克
石亭梅花落如雪土般斕斑竹姑赤祝陵有酒清若空煮
糭蒸魚作寒食長橋新晴好天氣兩兩市兒郎擢船戲溪頭
鐃鼓狂殺儂青蓋紅裙偶相值風光何處最可憐邵家高
樓白日邊樓下遊人顏色喜溪南黄帽應羞死三月未有
二月殘靈龜可信淥水乾封姍青青促歸去短簫横笛說
明年
殺虎行　劉宰
君不見宜興周將軍射殺南山白額虎千古萬古聲傳聞
又不見宜興趙大夫南山二十有六虎全行殺取無復餘
宜興縣志　卷九　藝文詩

图95–清20–5　康熙宜兴志5

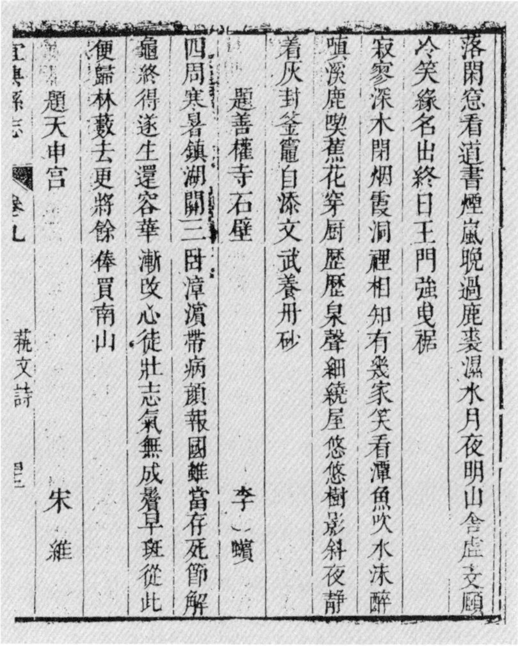
落閑窓看道書煙嵐晚過鹿裘濕水月夜明山含虛文顧
冷笑緣名出終日王門強曳裾
寂寥深木閉烟霞洞裡相知有幾家笑看潭魚吹水沫醉
嗔溪鹿喫蕉花穿厨歷歷泉聲細繞屋悠悠樹影斜夜靜
着灰封釜竈自添文武養丹砂
題善權寺石壁　李　曠
四周寒暑鎮湖關三卧漳濱帶病顏報國雖當存死節解
龜終得遂生還容華漸改心徒壯志氣無成鬢早斑從此
便歸林藪去更將餘俸買南山
題天申宮　宋　維
宜興縣志　卷九　藝文詩

图95–清20–6　康熙宜兴志6

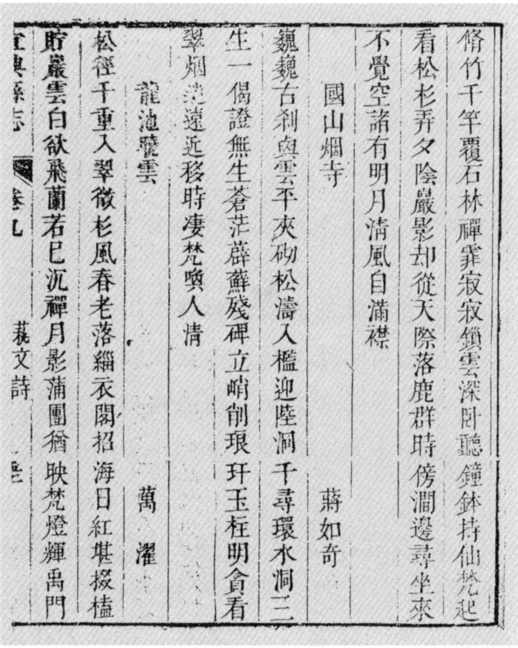
脩竹千竿覆石林禪扉寂寂鎖雲深卧聽鐘鉢持仙梵起
看松杉弄夕陰巖影却從天際落鹿群時傍澗邊尋坐來
不覺空諸有明月清風自滿襟
國山烟寺　蔣如奇
巍巍古刹與雲平夾砌松濤入檻迎陸洞千尋環水洞二
生一偈證無生蒼茫薜蘚殘碑立峭削琅玕玉柱明貪看
翠烟迷遠近移時淒梵喚人清
龍池騰雲　萬　濯
松徑千重入翠微杉風春老落緇衣闌招海日紅堪掇榼
貯巖雲白欲飛蘭若已沉禪月影蒲團猶映梵燈輝禹門
宜興縣志　卷九　藝文詩

图95–清20–7　康熙宜兴志7

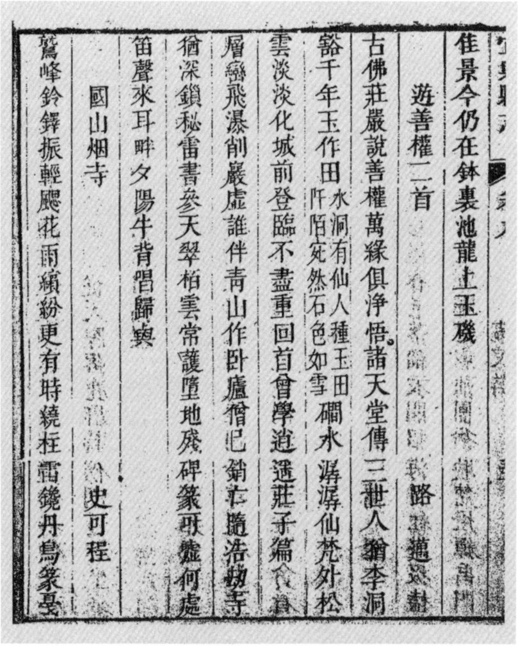
佳景今仍在鉢裏池龍上玉磯
遊善權二首
古佛莊嚴說善權萬緣俱淨悟諸天堂傳三世人猶李洞
谿千年玉作田水洞有仙人種玉田阡陌宛然石色如雪碉水潺潺仙梵外松
雲淡淡化城前登臨不盡重回首會學逍遙莊子篇
層巒飛瀑削巖虛誰伴青山作卧廬猶憶銷隨浩劫寺
猶深鎖秘雷書參天翠栢雲常護墮地殘碑篆可何處
笛聲來耳畔夕陽牛背唱歸歟
國山烟寺　史可程
鷲峰鈴鐸振輕颸花雨繽紛更有時繞柱霜饒丹鳥篆

图95–清20–8　康熙宜兴志8

诗人于雨后游碧鲜岩，见秋蝶飞舞，疑是“梁祝”结成的伴侣，联想到关于祝英台故址是非的传闻，不由生发出远深的感叹。汤思孝，清初宜兴人，字元祥。未周而孤，母秦氏授之以经史，克自愤励，为高材生，其俪体尤见称于世。

四是“卷九·艺文志·诗·七言古风”收录陈克《阳羡春歌》，诗文见前。

五是“卷九·艺文志·诗·七言律诗”收录唐李蠙《题善权寺石壁》、明蒋如奇《国山烟寺》、明路迈《游善权寺二首》诗。李蠙《题善权寺石壁》诗见前。

蒋如奇《国山烟寺》诗云：

巍巍古刹与云平，夹砌松涛入槛迎。
陆洞千寻环水洞，三生一偈证无生。
苍茫薜藓残碑立，峭削琅玕玉柱明。
贪看翠烟迷远近，移时凄梵唤人清。

诗人游善卷寺，见长松夹道、古刹巍然、三洞环绕、钟乳琅玕，十分壮观。寺内建有三生堂，保留着祝英台、李蠙读书处，而李蠙奏状碑、题壁碑、碧鲜庵碑等均被苔藓覆盖，更显得苍茫古朴。蒋如奇，明宜兴人，字盘初。万历四十四年（1616）进士，终官浙江参政，卒赠光禄寺卿。其书法与董其昌齐名，有《咏风堂漫记》。

路迈《游善权寺二首》，其一云：

古佛庄严说善权，万缘俱净悟诸天。
堂传三世人犹李，洞豁千年玉作田。
涧水潺潺仙梵外，松云淡淡化成前。
登临不尽重回首，曾学逍遥庄子篇。

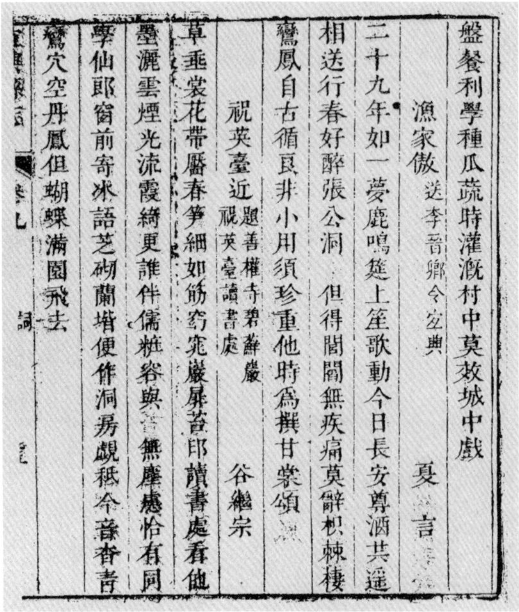
盤餐利學種瓜蔬時灌溉村中莫效城中戲
漁家傲 送李晉卿令宜興 夏言
二十九年如一夢鹿鳴筵上笙歌動今日長安尊酒共遙
相送行春好醉張公洞 但得閭閻無疾痛莫辭枳棘棲
鸞鳳自古循良非小用須珍重他時爲撰甘棠頌
祝英臺近 題善權寺碧蘚巖祝英臺讀書處 谷繼宗
草垂裳花帶靨春筍細如筋窈窕巖扉苔印讀書處看他
疊灑雲煙光流霞綺更誰伴儒粧容與舍無塵慮恰有同
學仙郎窗前寄冰語芝砌蘭堦便作洞房覷秪今音杳青
鸞穴空丹鳳但蝴蝶滿園飛去

图95–清20–9　康熙宜兴志9

其二云：

层峦飞瀑削岩虚，谁伴青山作卧庐。
僧已销亡随浩劫，寺犹深锁秘雷书。
参天翠柏云常护，堕地残碑篆可嘘。
何处笛声来耳畔，夕阳牛背唱归与。

诗人游善权寺，参拜了以祝英台读书处改建的三生堂，听到梁祝化蝶的传说，看到堕地的残碑，不胜感慨，向往着化为蝴蝶，去到西天梵宫。路迈，明宜兴人，字子就。崇祯七年（1634）进士，官至吏部员外郎。有《天香阁遗集》。

六是“卷九·艺文志·词·中调”收

(三)明清晚期　梁祝记载

录明谷继宗《祝英台近·题善权寺碧藓岩祝英台读书处》词,云:

草垂裳,花带屩,春笋细如箸。
窈窕岩妃,苔印读书处。
看他墨洒云烟,光流霞绮,更谁伴、儒妆容与?

无尘虑。
恰有同学仙郎,窗前寄冰语。
芝砌兰阶,便作洞房觑。
只今音杳青鸾,穴空丹凤,但蝴蝶、满园飞去。

谷继宗,一作谷兰宗,明山东济南卫官籍临淄县人,嘉靖丙戌(1526)进士,十一年(1532)任宜兴县令,在任三年,尝谋兴复水利。他两省碧鲜,不仅题"碧鲜岩"于石壁,还用《祝英台近》的词牌写祝英台,是十分浪漫的。

七是"卷九·艺文志·赋"收录清汤思孝的《善权洞赋》。其赋云:"蕞苶乎宜城,斗

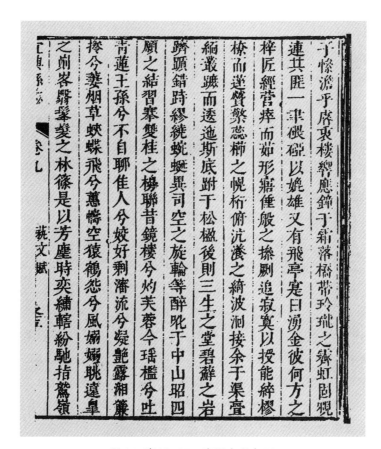

图95-清20-10　康熙宜兴志10

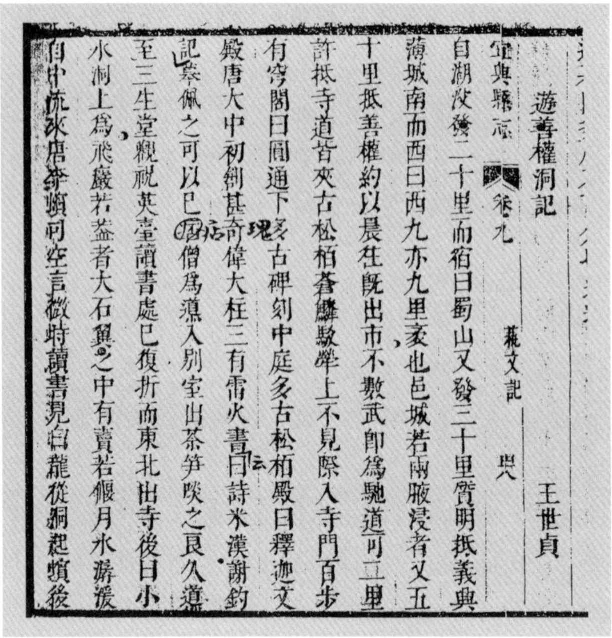

图95-清20-11 康熙宜兴志11

牛胪其墟。辅灶隶道,书之灵纪。君岳蝶荒,主之参图。嗟龙岩之寒迥,羌信姱而匪谔。构姬幽之未步,朋歧洛以震剡。天符敦其蔾秽,移浩气于元都。……后则三生之堂、碧藓之岩。跻蹟错跱,缭绕蜿蜒。异司空之旋轮,等醉吒于中山。昭四愿之结习,搴双桂之楼联。昔镜楼兮灼芙蓉,今瑶槛兮吐青莲。王孙兮不自聊,佳人兮姣好。剩沩流兮凝艳露,湘帘卷兮蔓烟草。蛱蝶飞兮蕙帱空,猿鹤怨兮风袅袅……"其赋洋洋洒洒1320言,描述了善权洞的瑰丽神奇,其中写到善权寺后的三生堂、碧鲜岩和祝英台读书处等景观、遗址,以及梁祝化蝶的传说。

八是"卷九·艺文志·记"收录明王世贞《游善权洞记》,记载了寺内三生堂祝英台读书处遗址,文见前。

九是"卷十·杂志·古迹""祝陵"条,称:"祝陵,在善权山,其岩有巨石刻,云'祝英台读书处',号'碧藓庵'。俗传英台本女子,幼与梁山伯共学,后化为蝶。古有诗云:'蝴蝶满园飞不见,碧藓空有读书台。'明嘉靖知县谷兰宗题《祝英台近》词云:'草垂裳,花带屦,春笋细如箸。窈窕岩扉,苔印读书处。几行墨洒烟云,光流霞绘,更谁伴、儒妆容与? 无尘虑。恰有同学仙郎,窗前寄冰语。芝砌兰阶,便作洞房觑。只今音杳青鸾,穴空丹凤,但蝴蝶、满园飞去。'石刻在荒台壁间。"此条前半部分因袭万历王志,后引明谷兰宗《祝英台近》词。其词与卷九所载略有不同,卷九"看他墨洒云烟,光流霞绮",此作"几行墨洒烟云,光流霞绘"。

十是"卷十·杂志·僧寺""善权禅寺"条称:"善权禅寺,宋名广教禅院,在县

图95-清20-12 康熙宜兴志12　　　　图95-清20-13 康熙宜兴志13

西南五十里永丰区，齐建元二年以祝英台故宅创建。唐会昌中废，其址为海陵钟离简之所得。唐咸通间，李司空蠙尝肄业于此，奏以私财赎之，复建僧舍，刻疏于石。宋崇宁中，傅待制楫以徽宗潜邸恩请为坟刹。宣和中改为崇道观，建炎元年诏复为院。明改为善权寺，正统十年重建。弘治甲子，僧方策辑古今诗文为一帙，王鏊为之序……"

本条影印件见《浙江图书馆藏稀见方志丛刊》，天津图书馆存有清乾隆二年（1737）增刻本。

李先荣，清奉天营州（今辽宁沈阳）人，生卒未详，字翼南。康熙二十四年（1685）以文林郎知宜兴知事。

（96-清21）[康熙]《鄞县志》

[康熙]《鄞县志》为闻性道所纂，清康熙二十五年（1686）刊行。该志三处记载"宁波梁祝"：

一是"卷八·治化考·职官""晋·鄞县·县令"称："梁处仁，字山伯。事详'敬仰考'，李茂诚撰《义忠王庙记》。历志俱缺。"

二是"卷九·敬仰考·坛庙祠""义忠王庙"条称："义忠王庙，县西十六里接待亭西，祀东晋鄞令梁山伯，故有墓在焉。安帝时，孙恩寇鄞，太尉刘裕梦山伯效力，致

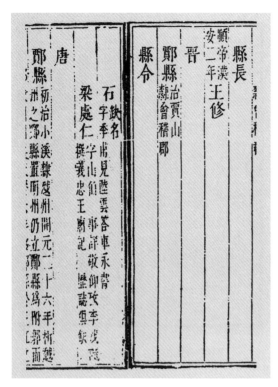

图96-清21-1　康熙鄞县志1　　　图96-清21-2　康熙鄞县志2

图96-清21-3　康熙鄞县志3

贼遁去，奏封义忠王，令有司立庙祀之。宋大观中，知明州事〔李茂诚撰记云〕："神讳处仁，字山伯，姓梁氏，会稽人也……"《庙记》全文见前。

三是"卷二十四·杂记·冢墓""梁山伯祝英台墓"条称："梁山伯祝英台墓。县西十里接待寺后，旧称'义妇冢'，以谢安尝奏封英台为义妇也。事详敬仰考李茂诚《义忠王庙记》。"

该志是首次全文转载宋李茂诚《义忠王庙记》的方志，并按《义忠王庙记》把梁山伯称为"鄞县县令"。

以上影印件为清康熙二十五年刻本，存上海图书馆，《中国地方志集成·浙江府县志辑》亦有收录。

闻性道，明季浙江鄞县人，字天逦。诸生。康熙二十二年（1683），被鄞县令江源泽聘修县志，越两年志成。王掞序云："其载事也核，其临文也慎。"

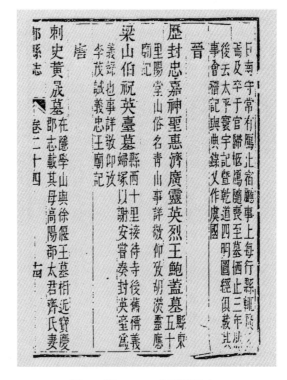

图96-清21-4 康熙鄞县志4

（97-清22）[康熙]《清水县志》

[康熙]《清水县志》为清刘俊声所修，张桂芳、雍山鸣续纂，康熙二十六年（1687）刊行。该志三处记载"清水梁祝"。

一是"第二卷·地理纪·墓"称："祝英台墓，在邑东八里官道南。冢碑俱存。题咏详艺文。"

二是"第十一卷·人物纪·贞烈·梁"称："祝氏，讳英台，五代梁时人也。少有大志，学儒业为男子铺，与里人梁山伯游，同窗三年，伯不知其为女郎。祝心许伯，伯亦无他娶。及学成归家，父母已纳马氏聘矣。祝志唯在伯。伯闻而访之，不得而志，卒窆邽山之麓。祝当于归，道经墓侧，乃以拜辞为名，默祷以诚，墓门忽开，祝即投入，墓复合。诚千古奇事，邑人传颂不置，过者时有题咏云。"

该志既称英台拜梁冢，墓门忽开而入，其丘墓却记称为"祝英台墓"，不知何故。

三是"第十二卷·艺文纪·诗歌"收录杨荐《祝英台墓》诗一首，云：

贞烈祝家女，始终志不降。

图97-清22-1 康熙清水县志1

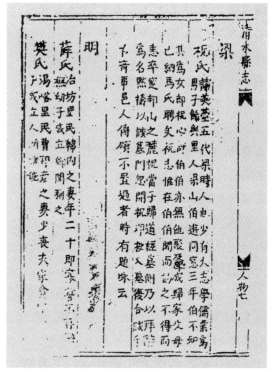

图97-清22-2 康熙清水县志2

图97-清22-3 康熙清水县志3

心虽许凤侣，情弗乱芸窗。
生作同心结，死为比翼双。
高山堪仰止，停简水淙淙。

诗人歌颂祝英台"心有爱、情不乱"的高尚情操，对祝英台为追求纯真爱情而抗争的大无畏精神给予了高度评价。

本页影印件见《故宫珍本丛刊·甘肃、宁夏府州县志》。

另据马太玄《清水县志中的祝英台故事》（1930年《民俗周刊》第93—95期合刊第50—51页），康熙二十六年《清水县志》"卷十二·艺文·诗歌"中，还有一首《祝英台》的诗："秦川烈女祝英台，千古芳名女秀才。心许良人情不乱，诚过后土墓门开。有心愿作伯郎妇，共穴甘为陆地灰。玉肌今埋官道左，令人感慕不胜哀。”

然笔者所见之康熙二十六年《清水县志》，一是收录于《故宫珍本丛刊》中的影印本，二是国家图书馆之善本，其“艺文纪·诗歌”从二十五页“诗歌”起，到三十二页“卷之十二终”，并无缺页，却未找到马太玄先生提到的这首诗。而该志中杨荐的《祝英台墓》诗，马先生却未提到。

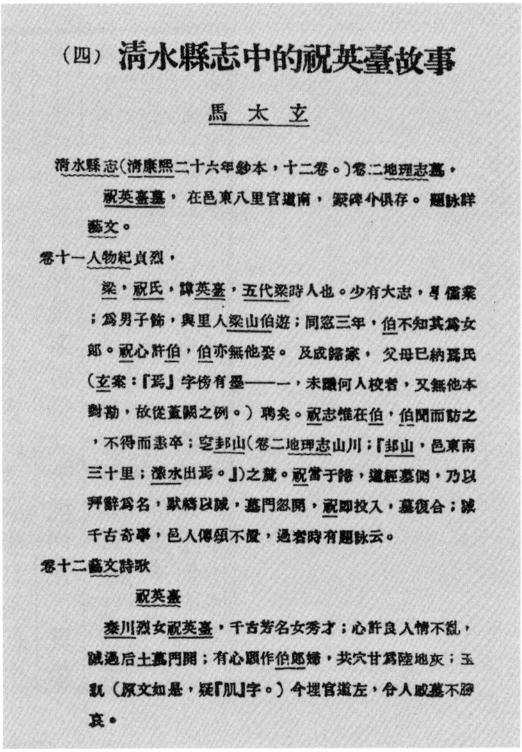

（四）清水縣志中的祝英臺故事

馬太玄

清水縣志（清康熙二十六年鈔本，十二卷。）卷二地理志墓，

祝英臺墓，在邑東八里官道南，殘碑今俱存。題詠詳藝文。

卷十一人物紀貞烈，

梁，祝氏，諱英臺，五代梁時人也。少有大志，尋儒業；爲男子飾，與里人梁山伯遊；同窗三年，伯不知其爲女郎。祝心許伯，伯亦無他娶。及成歸家，父母已納馬氏（玄案：『馬』字傍有墨——一，未識何人校者，又無他本對勘，故從蓋闕之例。）聘矣。祝志惟在伯，伯聞而訪之，不得而恚卒；窆邽山（卷二地理志山川；『邽山，邑東南三十里；藉水出焉。』）之麓。祝當于歸，道經墓側，乃以拜辭爲名，默禱以誠，墓門忽開，祝即投入，墓復合；誠千古奇事，邑人傳頌不置，過者時有題詠云。

卷十二藝文詩歌

祝英臺

秦川烈女祝英臺，千古芳名女秀才；心許良人情不亂，誠通后土墓門開；有心願作伯郎婦，共穴甘爲陸地灰；玉飢（原文如是，疑『肌』字。）今埋官道左，令人感慕不勝哀。

图97–清22–4　民俗周刊刊载的康熙清水志

笔者于2015年10月到清水寻踪，县东8里邽山南有祝英台大道（2013年命名），又东1里为祝英台塬，传说中的英台墓就在祝英台塬上。1976年，清水建立农校，要开辟一个果园，但涧滩缺土，便到塬上取土，结果把梁祝墓也挖掉了。当时出土了一个箭头和大量木炭，未见棺椁。祝英台塬西40里有朱家湾，相传为朱英台的老家，朱家湾东北5里的梁庄，是梁山伯的老家。梁、朱曾同往天水秦州书院读书，临别时托言嫁妹，不想父亲已把她许配聪明才俊马文才为妻了。祝英台塬地属马家沟，相传梁死后葬在英台出嫁的路上。阳春三月廿八日，马家迎亲到此，突降漫天迷雾，不见五指。梁显灵引朱至墓前，墓门忽开而殒，化为蝴蝶（一说化为报君，一种蚂蚱）。当地三月廿八日庙会，还有蝴蝶双人舞传承，该舞蹈已经被批准为清水县非物质文化遗产。

刘俊声，清山西平阳（临汾）人，顺治丁酉（1657）即中式，康熙癸亥（1683）由孝廉除清水知县。整饬清水河，引流故道。其重修之县志，为现存清水志之最初稿本。

张桂芳，清水人，邑贡生；雍山鸣，清水人，邑贡生，褒城训导。

（98–清23）《苍梧词》

《苍梧词》为清董元恺所撰，于康熙丁卯（1687）刊行。是书“卷五·中调二”收录《祝英台近·访祝英台故宅用辛稼轩韵》一首：

碧鲜庵，画溪渡，目断鸳鸯浦。

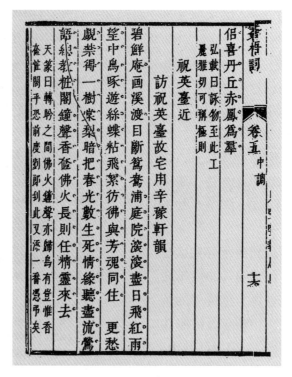

图99—清23

庭院深深,尽日飞红雨。
望中鸟啄游丝,蝶粘飞絮,仿佛与、芳魂同住。

更愁觑。
禁得一树棠梨,暗把春光数。
生死情缘,听尽流莺语。
总教妆阁钟声,香奁佛火,长则任、精灵来去。

后附天篆点评:"转盼之间,佛火钟声亦归乌有,岂唯香奁妆阁乎?恐前度刘郎到此,又添一番凭吊矣。"刘郎指东汉刘晨,他和阮肇入天台山采药,为玄女所邀,半年后归,子孙已传七世。该诗应写于康熙十三年(1674)善卷寺火焚之前,至天篆点评时,佛火钟声已归乌有,祝英台读书处也不能幸免。他感叹如果刘郎重新到此,也一定会伤感地凭吊。

此影印件为北京图书馆藏清康熙刻本,《续修四库全书》亦有收录。

董元塏(?—1687),清初江苏武进人,顺治间举孝廉,长居乡间,酷爱诗词,与陈玉璂、陈维崧交好。康熙二十六年(1687)七月十五,背发毒疽而卒。有《苍梧词》。

(三)明清晚期 梁祝记载

(99-清24)《迦陵词全集》

《迦陵词全集》为清陈维崧所撰,是书收录"梁祝"诗词二首:

一是"卷九"《祝英台近·善权寺》,题注"相传为祝英台旧宅,寺后一台云其读书处也。壁间旧有谷令君一词,春日与云臣远公披藓读之,共和其韵",云:

> 傍东风,寻旧事,愁脸界红箸。
> 任是年深,也有系人处。
> 可怜黄土苔封,绿罗裙坏,只一缕、春魂抛与。
>
> 为他虑。
> 还虑化蝶归来,应同鹤能语。
> 赢得无聊,呆把短垣觑。
> 那堪古寺莺啼,乱山花落,惆怅煞、台空人去。

词人游善卷,观祝英台读书处碧鲜台,读明嘉靖县令谷兰宗《祝英台近·碧鲜岩》

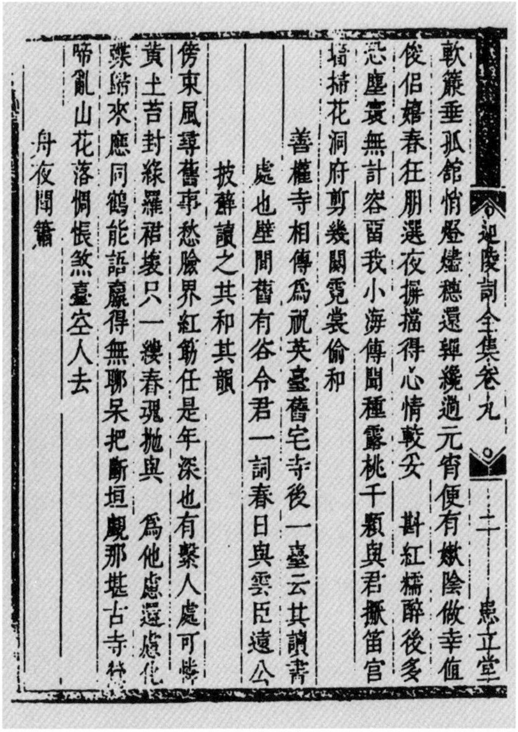

图99-清24-1 迦陵词全集1　　　图99-清24-2 迦陵词全集2

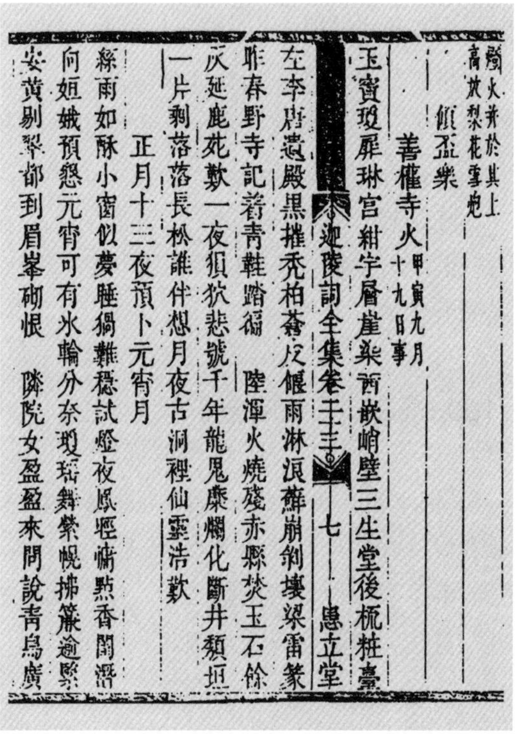

161

词,因和其韵而咏之。

二是"卷二十三"《倾杯乐·善权寺火(甲寅九月十九日事)》云:

玉窦琼扉,琳宫绀宇,层崖染茜。
嵌峭壁、三生堂后,梳妆台左,李唐遗殿。
黑摧秃柏苍皮偃。
雨淋浪藓,崩剥坏梁雷篆。
昨春野寺,记着青鞋踏遍。

陆浑火、烧残赤县。
焚玉石余灰,延鹿苑。
叹一夜、猰貐悲号,千年龙鬼糜烂。
化断井颓垣一片。
剩落落、长松谁伴?
想月夜,古洞里、仙灵浩叹。

宜兴鲸塘陈氏,宋、明间先后舍田三百余亩给善权寺永作供养,寺内建有宋抚干陈宗道祠(即陈氏宗祠)。康熙十三年(1674)九月,善权寺玉林禅师出游,以白松为主席,白松欲改寺内陈宗道祠为方丈,用刀剑刺击前来祭祀的陈氏子孙,陈氏一怒之下,入夜将善权寺焚毁,白松亦被蓺死。此词记录了善权寺火焚后的情景,其中说到岩壁都被烧红了,祝英台梳妆台、三生堂也被殃及。

本条影印件为清康熙二十八年(1689)陈宗石患立堂刻本,见《续修四库全书》。

陈维崧(1631—1688),清宜兴人,字其年,号迦陵。十七岁为诸生。康熙己未(1679)举鸿博一等,授检讨,与修《明史》,越四年而卒。骈文及词最负盛名,为阳羡词派领袖。有《两晋南北史集珍》《湖海楼诗集》《迦陵文集》《迦陵词》等。

(100-清25)《锦字笺》

《锦字笺》为清黄沄所撰,是书"卷三·方舆""祝陵"条称:"祝陵,宜兴善卷山南有石刻,云'祝英台读书处',号'碧鲜庵'。以上常州府。"

本条影印件见清康熙二十八年(1689)刻本,存上海图书馆。

黄沄,清浙江人,字维观。生平不详。

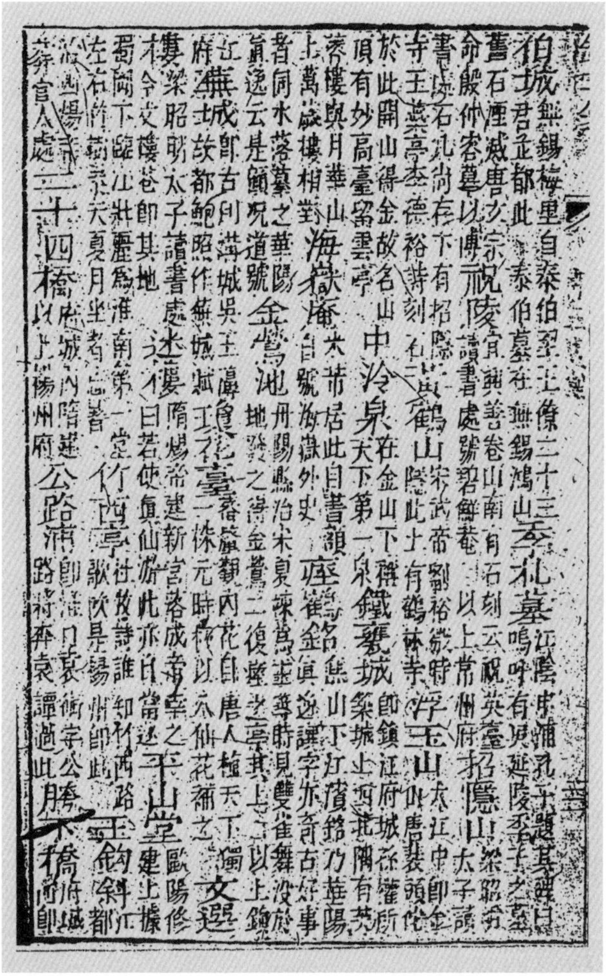

(三)明清晚期 梁祝记载

图100-清25 锦字笺

(101-清26)《湖海楼全集》

《湖海楼全集》为清陈维崧所撰,是书收录了数首与"宜兴梁祝"有关的诗词。
一是第三集《湖海楼诗集补遗》收录《碧藓庵》诗云:

> 坏道红泉漱,残崖碧藓滋。
> 逢人一怊怅,何处女郎祠?
> 空余双蛱蝶,日受东风吹。

原诗有序,称:"碧藓庵,相传为祝英台读书处。"该诗叹息十余年前被焚的残崖上又长满了青苔,烧毁的祝英台读书处已不复见,剩下双飞的蝴蝶,找不到栖息之地。

163

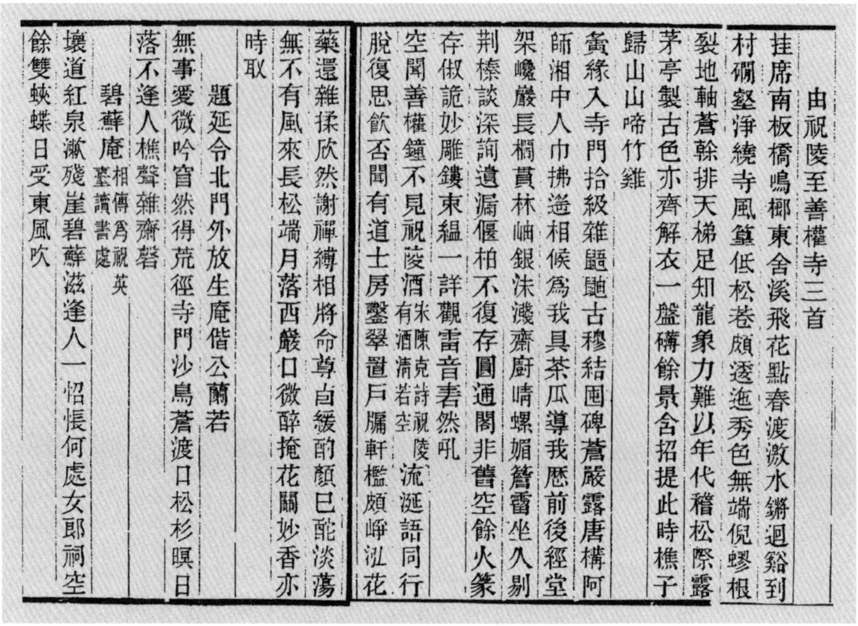

由祝陵至善權寺三首
挂席南板橋嗚榔東舍溪飛花點春渡激水鏘迴谿到
村磵壑淨繞寺風篁低松卷頗逶迤秀色無端倪蟉根
裂地軸蒼榦排天梯足知龍象力難以年代稽松際露
茅亭製古色亦齊解衣一盤礴餘景含招提此時樵子
歸山山啼竹雞
夤緣入寺門拾級雜鼯鼬古穆結囤碑蒼蘚露唐構阿
師湘中人巾拂遥相候爲我具茶瓜導我歷前後經堂
架巉巖長櫚貫林岫銀沫濺齋廚晴螺媚蒼霤坐久剔
荆榛談深詢遺漏偃柏不復存圓通閣非舊空餘火篆
存傚詭妙雕鏤束緼一詳觀雷音砉然吼
空闖善權鐘不見祝陵酒宋陳克詩祝陵有酒清若空流涎語同行
脫復思飲否聞有道士房鑿翠闢戶牖軒檻頗崢泓花
藥還雜揉欣然謝禪縛相將命尊卣緩酌顏已酡淡蕩
無不有風來長松端月落西巖口微醉掩花關妙香亦
時取
題延令北門外放生庵偕公蘭若
無事愛微吟窅然得荒徑寺門沙鳥蒼渡口松杉暝日
落不逢人樵聲雜齋磬
碧蘚庵相傳爲祝英臺讀書處
壞道紅泉漱殘崖碧蘚滋逢人一惆悵何處女郎祠空
餘雙蛺蝶日受東風吹

图101–清26　湖海楼全集

此外，是书第三集《湖海楼诗集补遗》还收有《由祝陵至善权寺三首》、第四集《湖海楼词集·卷一·小令》收录《浣溪沙·春日同史云臣远公买舟山游小泊祝陵纪事》，均提到因祝英台葬地而名的“祝陵”，此略。

此影印件为清康熙二十八年（1689）刻本，存上海图书馆。

（102–清27）《陈检讨四六》

《陈检讨四六》亦为清陈维崧所撰，是书“卷十·序”收录《蒋京少梧月词序》，其序为四六骈文，正文八百八十余言，加入注释后洋洋数千言（全文略），称：“铜官崎丽，将军射虎之乡；玉女峥泓，才子雕龙之薮。城边水榭，迹擅樊川；郭外钓台，名标任昉。虽沟塍芜没，难询坡老之田；而陇树苍茫，尚志方回之墓。一城菱舫，吹来水调歌头；十里茶山，行去祝英台近。鹅笙象板，户习倚声；苔网花笺，家精协律。居斯地也，大有人焉……”作者在“十里茶山，行去祝英台近”后注曰：“常州志：善卷洞即祝英台故宅，南有祝台，其读书处也。《词谱》：词有‘祝英台近’一调，或无‘近’字，又名‘月底修箫谱’。”

蒋景祁（1646—1695），字京少，又字荆少，清初江苏宜兴人。以岁贡生知府同知。康熙间举博学鸿词，未遇。自称“阳羡后学”，词风追步陈维崧。有《东舍集》《罨画溪词》，《梧月亭词》是他20岁时的词集。

本条影印件见清《文渊阁四库全书》。

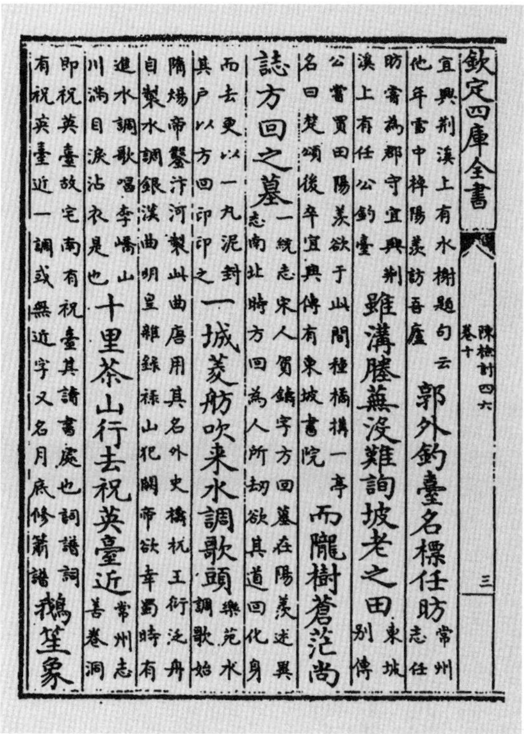

欽定四庫全書　陳檢討四六　卷十　三

宜興荆溪上有水榭題句云他年當中梓陽羨訪吾廬 郭外釣臺名標任昉 常州志任
昉嘗為郡守宜興荆溪上有任公釣臺 雖溝塍蕪沒難詢坡老之田 東城別傳
公嘗買田陽羨欲于此間種橘構一亭名曰楚頌後卒宜興傳有東坡書院 而隴樹蒼茫尚
誌方回之墓 一統志宋人賀鑄字方回墓在陽羨述異志南北時方回為人所劫欲具道回化身
而去更以一丸泥封其戶以方回印印之 一城菱舫吹来水調歌頭 樂苑水調歌始
隋煬帝鑿汴河製此曲唐用其名外史檮杌王衍泛舟自製水調銀漢曲明皇雜錄祿山犯闕帝欲幸蜀時有
進水調歌唱李嶠山川滿目淚沾衣是也 十里茶山行去祝英臺近 常州志善卷洞
即祝英臺故宅南有祝臺其讀書處也詞譜詞有祝英臺近一調或無近字又名月底修簫譜 鵝笙象

图102–清27　陈检讨四六

（103–清28）《南耕词》

《南耕词》为清曹亮武所撰，康熙庚午（1690）成书。是书“卷五·浣溪沙十首”中《溪山纪游》第五首云：

巧辟都无斧凿痕，洞还生洞绝纤尘。
冶游人去锁闲云。

祝女妆台荒草没，李唐遗殿劫灰焚。
雷书偃柏怅何存。

原词有注，云：“善权寺相传为祝英台旧宅，无梁殿乃唐时遗构，焚于甲寅九月。雷书、偃柏，寺中故迹也。”

诗人游览火焚后的善权寺，见寺内释迦佛殿、三生堂、祝英台读书处等古迹荡然无

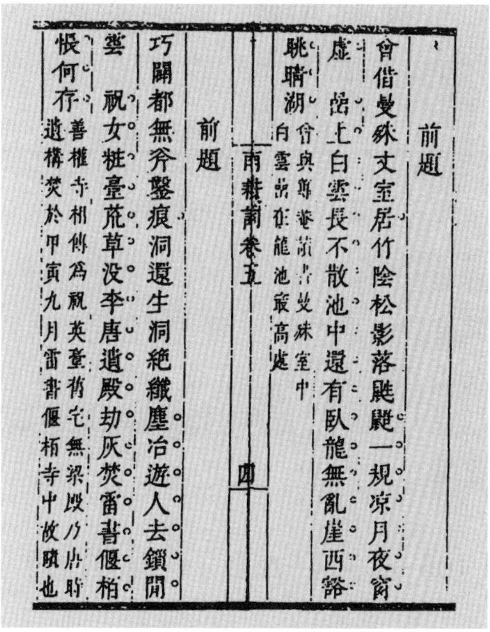

前題
曾借曼殊丈室居竹陰松影落颸颸一規凉月夜窗
虛 嵓上白雲長不散池中還有臥龍無亂崖西谿
眺晴湖 曾與尊者蒼雪曼殊室中 白雲出在龍池最高處
南耕詞卷五　四
前題
巧闢都無斧鑿痕洞還生洞絕纖塵冶遊人去鎖閒
雲 祝女粧臺荒草沒李唐遺殿劫灰焚雷書偃栢
悵何存 善權寺相傳為祝英臺舊宅無梁殿乃唐時遺構焚於甲寅九月雷書偃栢寺中故蹟也

图103–清28　南耕词六卷

存，不禁扼腕叹息。

本条影印件为北京图书馆藏清康熙刻本，见《四库全书存目丛书》，《续修四库全书》亦有收录。

曹亮武，清宜兴人，生卒未详（康熙二十七年/1688在世），字渭公，别字南耕，以倚声擅名，与陈维崧为中表兄弟，当时名几相埒。有《南耕草堂诗稿》《南耕词》等。

（104—清29）《鸣鹤堂诗集》

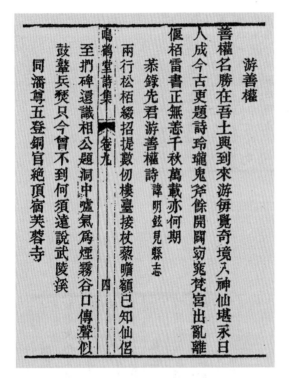

图104—清29 鸣鹤堂诗集

《鸣鹤堂诗集》为清任源祥所撰，康熙庚午（1690）刊行。是书"卷九·七言律诗"收录《恭录先君游善权诗》一首，云：

> 两行松柏缀招提，数仞楼台接杖藜。
> 瞻额已知仙侣至，扪碑还识相公题。
> 洞中嘘气为烟雾，谷口传声似鼓鼙。
> 兵燹只今曾不到，何须远说武陵溪。

其诗为任源祥收录先父任明铉旧作。诗人游善权寺，抚摸着唐李蠙书刻的碧鲜庵碑，看到祝英台读书处的"三生堂"匾额，想到仙侣（梁祝）曾在此读书，由是将此地比作桃花源，以刘晨、阮肇入武陵溪遇仙女结为夫妇的典故比喻梁祝爱情。

任源祥（1618—1675），清代江苏宜兴人，字王谷，号息斋，自号善权子。明末诸生。入清隐居，弃科举，与陈贞慧、陈维崧父子交好。工诗古文辞，尤精经世之学。晚年延修县志，未完而殁。《鸣鹤堂文集》《鸣鹤堂诗集》由其遗孀于康熙庚午（1690）刊行。原书板毁于兵燹，光绪己丑（1889），裔孙任道镕据家藏旧本重刊。此影印件为光绪刻本，见《清代诗文集汇编》。

（105—清30）[康熙]《苏州府志》

[康熙]《苏州府志》为清卢腾龙所修，沈世奕、缪彤纂，康熙辛未（1691）刊行。

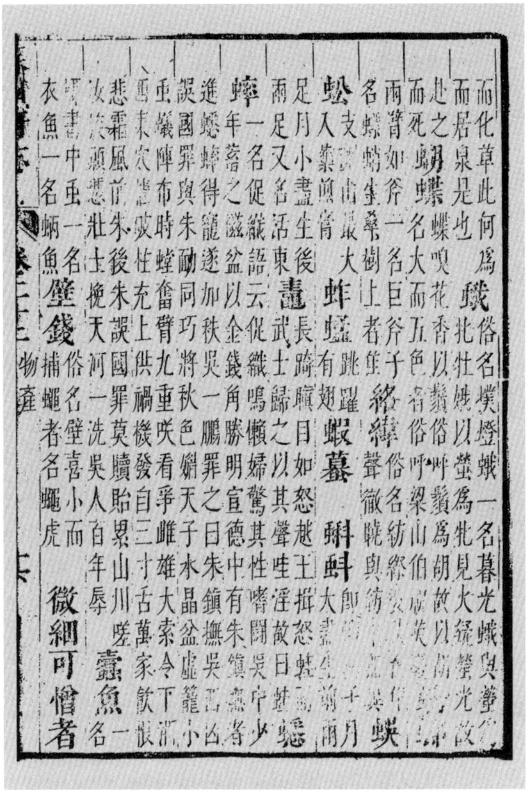

(三)明清晚期 梁祝记载

图105-清30 康熙《苏州府志》

该志"卷二十二·物产·虫之属""蝴蝶"条称:"蝶嗅花香以须,俗呼须为胡,故以胡名。大而五色者,俗呼梁山伯、祝英台。"

此影印件为清康熙辛未刻本,存上海图书馆。

卢腾龙,清辽东奉天人,镶白旗。岁贡。康熙二十九年任苏州知府。

沈世奕,生卒里籍未详,修志时为翰林院编修;缪彤(1627—1697),明季江苏吴县人,字歌起,号念斋。康熙六年(1667)状元。授修撰,迁侍讲。以艰归。创立三畏书院,造就者众。有《双泉堂集》。

(106-清31)《且朴斋诗稿》

《且朴斋诗稿》为清徐懋曙所撰,康熙戊寅(1698)刊行。是书"七言律"收录《咏荆溪十景》,其中第十首《国山烟寺》云:

> 巍巍古刹与云平,夹岸松涛入槛迎。
> 陆洞千寻环水洞,三生一偈证无生。

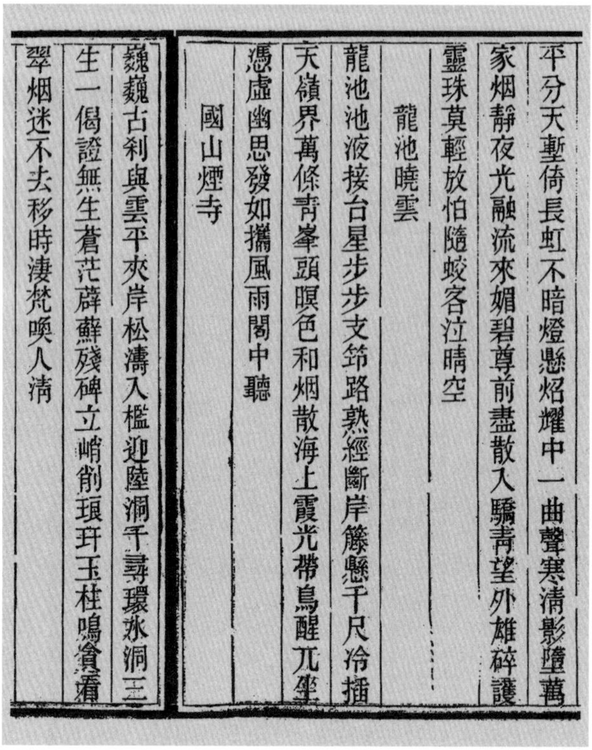

平分天塹倚長虹不暗燈懸炤耀中一曲聲寒清影墮萬家烟靜夜光融流來媚碧尊前盡散入驕青望外雄碎護靈珠莫輕放怕隨蛟客泣晴空

龍池曉雲

龍池液接台星步步支笻路熟經斷岸篠懸千尺冷插天嶺界萬條青峯頭暝色和烟散海上霞光帶鳥醒兀坐憑虛幽思發如攜風雨閣中聽

國山煙寺

巍巍古刹與雲平夾岸松濤入檻迎陸洞千尋環冰洞三生一偈證無生蒼茫薜蘚殘碑立峭削琅玕玉柱鳴貪看翠烟迷不去移時淒梵喚人清

图106–清31　且朴斋诗稿

苍茫薜藓残碑立，峭削琅玕玉柱鸣。
贪看翠烟迷不去，移时凄梵唤人清。

该诗与明蒋如奇之《国山烟寺》（见［康熙］《宜兴县志》）雷同，仅“夹砌”改为“夹岸”、“玉柱明”改为“玉柱鸣”、“迷远近”改为“迷不去”。

该影印件为清光绪二十五年（1899）重刊本，存上海图书馆。

徐懋曙（1600—1649），清代宜兴人，字复生，一字映薇。崇祯四年（1631）进士。出黄州、吉安，明亡不仕。有《且朴斋诗集》。

（107–清32）《天愚山人诗集》

《天愚山人诗集》为清谢宗泰所撰，是书“卷十二·今体诗”收录《祝英台冢》诗一首，云：

拱木虚传连理枝，摽梅迨谓杳归期。
君生未必因情绝，妾死依然未嫁时。

(三)明清晚期 梁祝记载

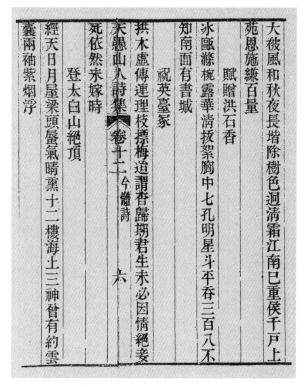

图107-清32 天愚山人诗集

诗人称：墓中人生前并未结成连理，因为女子到了结婚年龄（摽梅之年）未见情郎回来，尽管未必是他绝了情，但我死时依然是处女之身，表现了对"梁祝"忠贞爱情的赞颂。其中"君生未必因情绝"，显然是对李茂诚《庙记》中梁山伯之"生当封侯，死当庙食，（爱情事）区区何足论也"的否定。

此影印件为清康熙丙戌（1706）刻本，存上海图书馆。

谢宗泰（1598—1667），明季浙江定海人，字时望，晚号天愚山人。崇祯十年（1637）进士。官工部主事等，入清称病不仕。有《天愚山人集》。

（108-清33）《谢天愚先生诗钞》

《谢天愚先生诗钞》为清谢宗泰所撰，是书"卷八·七言绝句"收录《祝英台冢》诗一首。其诗与《天愚山人诗集》所收录的《祝英台冢》相同。

本条影印件见《清代诗文集汇编》，注为康熙四十五年（1706）刻本，然其书名为《谢天愚先生诗钞》，可见是根据谢宗泰《天愚山人诗集》抄编的，尽管同时抄录了朱彝尊康熙丙戌（1706）二月的序，但却肯定不是丙戌年二月的刻本。因不知抄于何时，姑依《清代诗文集汇编》之注，列于康熙四十五年。

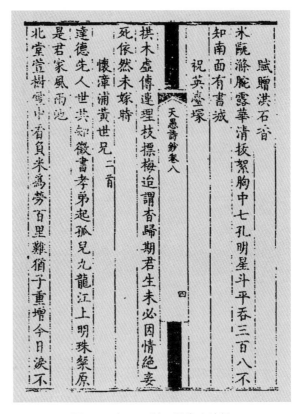

图108–清33 谢天愚先生诗钞

(109–清34)《春酒堂诗》

《春酒堂诗》为清周容所撰,康熙丙戌(1706)成书。是书"卷二·七言古"收录《义妇冢》诗一首,题下"有引"曰:"冢在吾宁郡西北二里许,妇即祝氏英台也。旁有庙,祀梁山伯。梁曾鄞令云。"其诗云:

梁祝当年同笔砚,生不同衾死同窆。
停车一恸墓开开,情至难将常理辩。
华毂曾说牛车停,少府又传金碗见。
吁嗟此事传非讹,遗迹不改临江波。
呼犊鞭牛回牧竖,传卮沥酒荐笙歌。
笙歌即述当年事,男何朴诚女何慧。
两意堪将风俗敦,千秋常滴村姑泪。
芳草青青墓上春,双双彩蝶去来频。
东风吹花落如雨,吹蝶不开如有神。

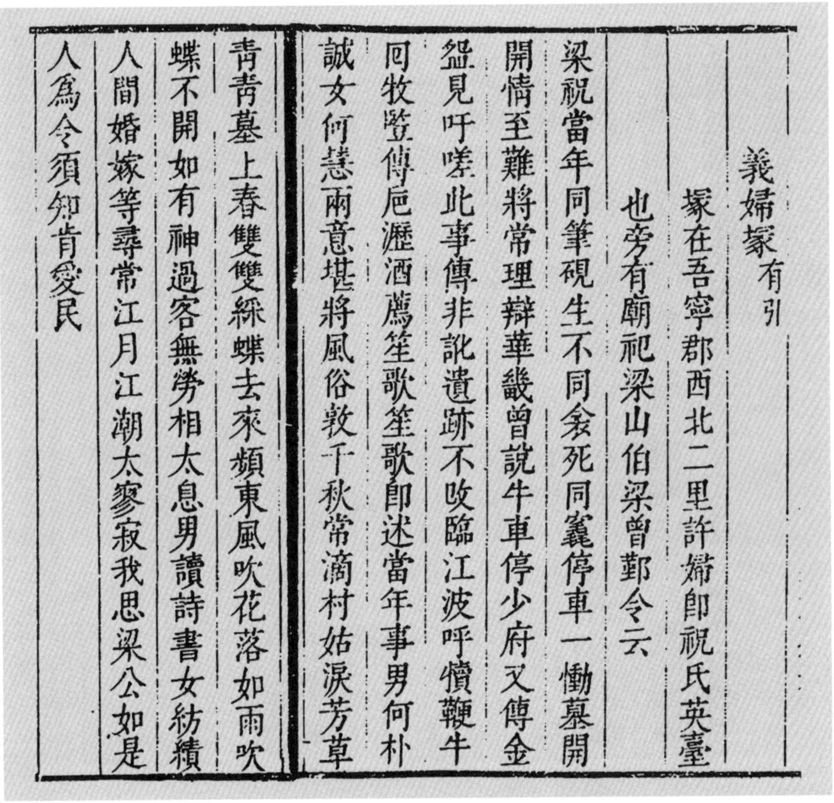

（三）明清晚期 梁祝记载

义妇冢有引

冢在吾宁郡西北二里许，婦郎祝氏英臺
也。旁有庙祀梁山伯，梁曾鄞令云

梁祝当年同筆硯，生不同衾死同襄，停車一慟墓開
開情至難將常理辯，華畿曾說牛車停少府叉傳金
盌見吁嗟傳巵灑薦笙歌呼讚鞭牛
同牧登傳巵灑薦笙歌即述當年事男何朴
誠女何慧兩意堪將風俗敦千秋常滴村姑淚芳草
青青墓上春雙雙綠蝶去來頻東風吹花落如雨吹
蝶不開如有神過客無勞相太息男讀詩書女紡績
人間婚嫁等尋常江月江潮太寥寂我思梁公如是
人為令須知肯愛民

图109—清34-1　春酒堂诗宣统刻本

过客无劳相太息，男读诗书女纺绩。
人间婚嫁等寻常，江月江潮太寥寂。
我思梁公如是人，为令须知肯爱民。

诗人与友聚酒，席间笙歌吟唱浙东梁祝之传说，赞颂梁之朴诚、祝之淑慧，称"两意堪将风俗敦，千秋常滴村姑泪"，可见当时梁祝传说以说唱形式传播，已达家喻户晓的程度。该诗引"华山畿"和"崔少府女"证明世上阴配之事非讹。《华山畿》事见前。崔少府女事见《搜神记·卢充幽婚》：范阳人卢充，家三十里有崔少府墓。一日逐獐见一府邸，府君出示卢充亡父手迹，与府中小姐完婚。三日后，称女已孕，待产后奉还，以牛车送充归。四年后，充见牛车浮沉水上，小姐于车上将三岁男童和一只金碗、一首诗交与卢充，车复不见。后来得知，此金碗乃少府女之陪葬。

此影印件为清宣统二年（1910）刻本，存上海图书馆。

1989年台北新文丰出版的《丛书集成续编》及1994年上海书店出版社出版的《丛书集成续编》均收有民国二十一年（1932）冯贞群所辑的周容《春酒堂诗存》，其序与诗文与清宣统二年刻本有多处不同，分列如表：

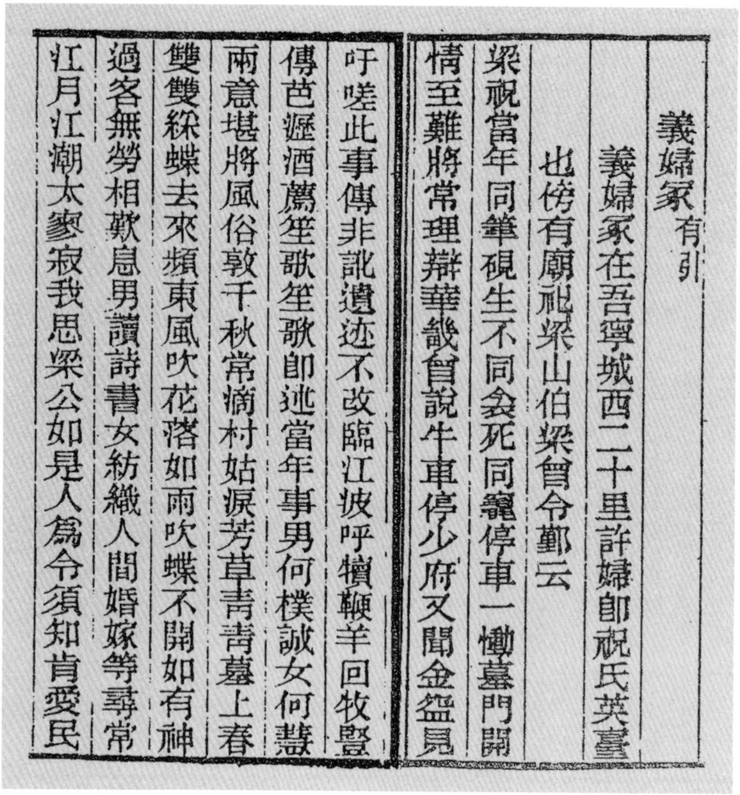

图109-清34-2 春酒堂诗民国刻本

清《春酒堂诗》宣统刻本		民国张约园《丛书集成续编·春酒堂诗存》刊本	
引　文	冢在吾宁郡西北二里许	引　文	义妇冢在吾宁城西二十里许
	旁有庙		傍有庙
	梁曾鄞令云		梁曾令鄞云
诗　文	停车一恸墓开开	诗　文	停车一恸墓门开
	少府又传金碗见		少府又闻金碗见
	呼犊鞭牛回牧竖		呼犊鞭羊回牧竖
	传卮沥酒荐笙歌		传芭沥酒荐笙歌
	过客无劳相太息		过客无劳相叹息
	男读诗书女纺绩		男读诗书女纺织

　　观此二本，各有差错。如宣统刻本称"冢在吾宁郡西北二里许"，为明显错误；民国版"少府又闻金碗见"、"呼犊鞭羊回牧竖"亦与《搜神记·崔少府女》记载相悖。另，将"传卮沥酒"改为"传芭沥酒"恐与文人聚会情景有异。这些可能都是重刊中的

错误。

周容（1619—1679），明季浙江鄞县人，字茂山，号鄮山。明末诸生。明亡为僧，后还俗。尝挺身以质，代友受刑。康熙十八年（1679）入京，卒于京邸。有《春酒堂诗集》《春酒堂文集》等。

（110–清35）《讷斋诗稿》

《讷斋诗稿》为清范廷锷所撰，收录于《双云堂集》中，康熙四十七年（1708）刊行。《讷斋诗稿》“卷五”《鄮西竹枝词》有梁祝诗一首云：

荒坟古庙枕江乡，山伯凝眸望九娘。
千载相思情未了，夫妻配得总寻常。

原诗有注：“梁山伯曾为鄞令，至今庙食城西，庙前有祝英台墓。”诗人以近于直白的语言，歌颂梁祝“千载相思情未了”的爱情佳话。

此影印件为清光绪刻本，存天一阁博物馆，由宁波大学张如安教授提供。

范廷锷（1655—1695），清代浙江鄞县人，字质夫，号讷斋，天一阁范氏后人。康熙戊辰（1688）会元，官泰宁知县、无为知州。有《双云堂传集》。

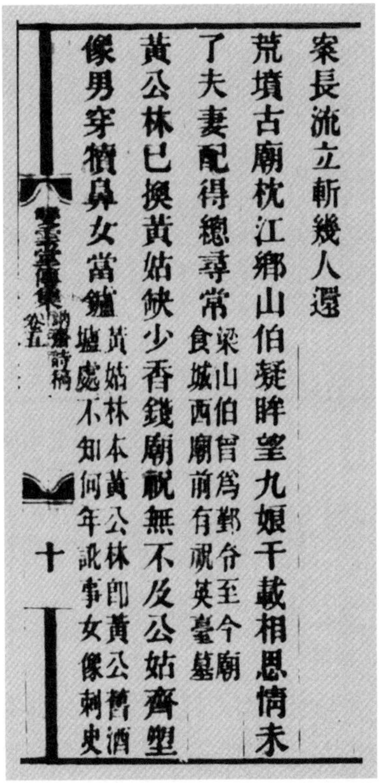
冢長流立斬幾人還
荒墳古廟枕江鄉山伯凝眸望九娘千載相思情未
了夫妻配得總尋常梁山伯曾爲鄞令至今廟食城西廟前有祝英臺墓
黃公林已換黃姑欿少香錢廟祝無不及公姑齊塑
像男穿犢鼻女當罏黃姑林本黃公林即黃公舊酒壚處不知何年訛事女像刺史
雙雲堂傳集　卷五　訥齋詩稿　十

图110–清35　讷斋诗稿

（111–清36）《浮清水榭诗》

《浮清水榭诗》为清储雄文所撰，康熙甲申（1704）付梓。其“卷二”收录《善权寺》诗一首，云：

酒散登高会，扬帆访烟寺。
烟寺随飞烟，于今已三纪。
丛薄蔽颓垣，隐隐露基址。
穿磴崖堑深，涩勒转幽翳。
泉经向背穴，石叠上下垒。
恍然神仙宫，悬萝漾红蕊。

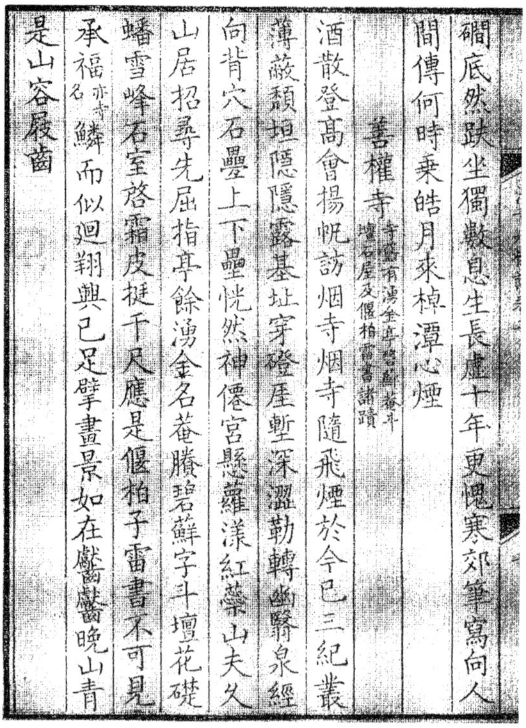

山夫久山居，招寻先屈指。
亭余涌金名，庵剩碧藓字。
斗坛花砌蟠，雪峰石室启。
霜皮挺千尺，应是偃柏子。
雷书不可见，承福（亦寺名）鳞而似。
回翔兴已足，擘画景如在。
齾齾晚山青，是山容屐齿。

该诗有序曰："寺旧有涌金亭、碧藓庵、斗坛、石屋及偃柏、雷书诸迹"。诗人于善权寺火焚三十年后（古时以十二年为一纪，诗中"三纪"为约数）游寺，寺中包括碧鲜庵在内的古迹均已湮灭，在村夫的指点下，看到了遗址，故有"亭余涌金名，庵剩碧藓字"之叹。

该书于清康熙甲申（1704）付梓。此影印件存上海图书馆，为康熙四十九年（1710）刻本。

图111-清36　浮清水榭诗

储雄文，清初江苏宜兴人，字汜云。康熙五十年（1711）举人，康熙六十年（1721）进士。官知县。善诗文，有《浮清水榭诗》《汜云诗》等。

（112-清37）[康熙]《邹县志》（娄志）

[康熙]五十五年（1716）《邹县志》为清娄一均所修，周冀协修，俗称"康熙娄志"。该志三处记载"邹县梁祝"。

一是"卷一·土地部上·山川志""峄山"条中附载了峄山的"上下胜景"，其中"自炉丹峪下，迤西至梁祝洞"称："大通岩（岩刻'大通'二字，因洞石通明中正，故名。下有颜子洞，内立'至圣先师'四字碑）；源头活水（有泉一穴，经年不枯，从一石龙口喷出。上有古碑六字：'天下第一名山'）；孤桐观（禹贡峄阳孤桐处，详古迹）；逍遥亭（胡继先建，今废）；妙光洞（在观后，洞西有净室庵、观音阁）；天水池（在阁后）；弥陀庵（始皇乘羊车登峰，刻石碑于左，名曰'书门'。恐剥落无考，故刻之，以志古迹。万历己丑立）；偃石亭（庵后）；观风亭（庵左，王自谨建，今废）；仰止亭（庵迤西，胡继先建，今废）；凌高亭（观风亭东，胡继先建，今废）；盘龙洞（洞内有石钟）；峄山神庙（太平兴国寺左百步，石上有宋延祐封侯碑）；纪王棚（有真武像。

(三)明清晚期 梁祝记载

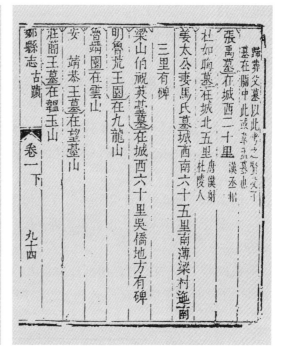

图112-清37-1 康熙邹县志(娄志)1

图112-清37-2 康熙邹县志(娄志)2

迤西即盘路口);梁祝读书洞(石勒此五字,俗传梁山伯、祝英台在此读书)。"

二是"卷一·土地部下·古迹志(附林墓)""梁山伯祝英台墓"条,沿袭康熙朱志称:"梁山伯祝英台墓,在城西六十里吴桥地方,有碑。"

三是"卷三"收录由浙江德清人周冀(字匡邻)所撰的《邹县志跋》,该跋洋洋洒洒三千言,在列举峄山古迹时也说到"济宁梁祝",称:"亭上逍遥,书残梁祝(逍遥,亭名;山有梁山伯祝英台读书处)。"

以上影印件为清康熙五十五年(1716)刻本,存上海图书馆,《中国地方志集成·山东府县志辑》亦有收录。

娄一均,清浙江会稽人,号秉轩。岁贡。康熙四十八年(1709)补邹县,在任十余年,廉洁有政声。后以迁擢去。曾修

图112-清37-3 康熙邹县志(娄志)3

《邹县志》。

周冀，清浙江德清人，字匡隣，贡生，流寓邹县。

（113-清38）[康熙]《嘉兴府志》（钱志）

[康熙]六十年（1721）《嘉兴府志》，为清吴永芳所修、钱以垲总纂，俗称"康熙钱志"。该志"卷之十·物产·虫类"，收录"蛱蝶"和"梁山伯"条，其"梁山伯"条注曰："似蝶而大。"

该影印件为康熙六十年刻本，存上海图书馆。

吴永芳，生卒未详。正黄旗，椒亭氏。官生，中宪大夫。康熙乙未（1715）任嘉兴知府。

钱以垲（？—1732），清浙江嘉善人，字蔗山。康熙二十七年（1688）进士。官至礼部尚书。卒谥恭恪。有《罗浮外史》《岭南见闻》。

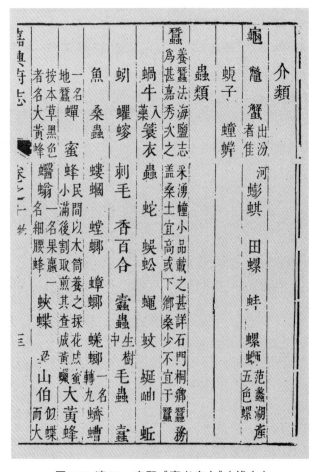

图113-清38　康熙《嘉兴府志》（钱志）

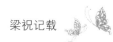

（114–清39）《古今图书集成》

《古今图书集成》是清代官辑大型类书，由陈梦雷于康熙四十四年（1705）辑成。雍正继位后，下令由经筵讲官、户部尚书蒋廷锡重新编校已经定稿的《古今图书集成》，去陈梦雷名，代之以蒋廷锡，于雍正四年（1726）刊行。其书记载了江苏、浙江、山东、山西、甘肃、河北、重庆等地的“梁祝”遗存。

1. 江苏

① 宜兴：

《古今图书集成》载录“宜兴梁祝”凡四处：

一是“方舆汇编·职方典·第七百十八卷·常州府部汇考十二·常州府祠庙考三（寺观附）·宜兴县”“善权禅寺”条称：“善权禅寺，宋名广教禅院，在县西南五十里永丰区。齐建元二年以祝英台故宅创建。唐会昌中废，其址为海陵钟离简之所得。唐咸通中，李司空蠙尝肄业于此，奏以私财赎之，复建僧舍，刻疏于石。宋崇宁中，傅待制楫以徽宗潜邸恩请为坟刹。宣和中，改为崇道观，建炎元年诏复为院。明改为善权寺，正统十年重建……”

二是“方舆汇编·职方典·第七百二十一卷·常州府部汇考十五·常州府古迹考二

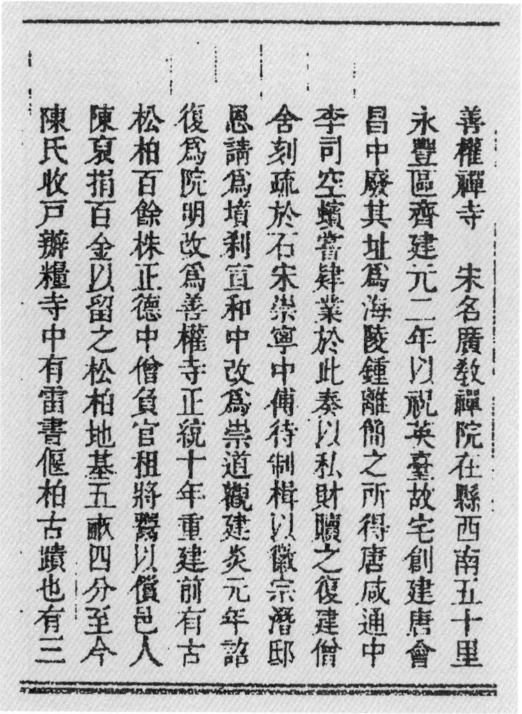
善權禪寺　宋名廣教禪院在縣西南五十里
永豐區齊建元二年以祝英臺故宅創建唐會
昌中廢其址爲海陵鍾離簡之所得唐咸通中
李司空蠙嘗肄業於此奏以私財贖之復建僧
舍刻疏於石宋崇寧中傅待制楫以徽宗潛邸
恩請爲墳刹宣和中改爲崇道觀建炎元年詔
復爲院明改爲善權寺正統十年重建前有古
松柏百餘株正德中僧負官租將鬻以償邑人
陳泉捐百金以留之松柏地基五畝四分至今
陳氏收戸辦糧寺中有雷書偃柏古蹟也有三

图114–清39–1　古今图书集成1（宜兴1）

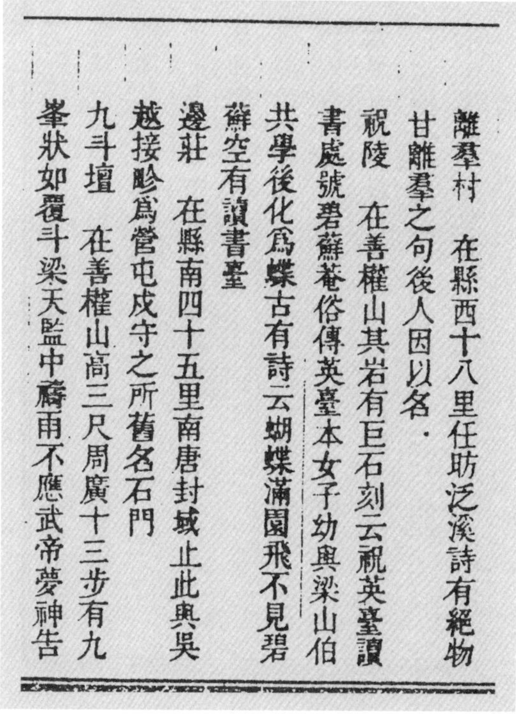
離羣村　在縣西十八里任昉泛溪詩有絕物
甘離羣之句後人因以名
祝陵　在善權山其岩有巨石刻云祝英臺讀
書處號碧蘚菴俗傳英臺本女子幼與梁山伯
共學後化爲蝶古有詩云蝴蝶滿園飛不見碧
蘚空有讀書臺
邊莊　在縣南四十五里南唐封域止此與吳
越接畛爲營屯戍守之所舊名石門
九斗壇　在善權山高三尺周廣十三步有九
峯狀如覆斗梁天監中禱雨不應武帝夢神告

图114–清39–2　古今图书集成2（宜兴2）

(陵墓附)·宜兴县”“祝陵”条云:“祝陵,在善权山,其岩有巨石刻,云‘祝英台读书处’,号‘碧藓庵’。俗传英台本女子,幼与梁山伯共学,后化为蝶。古有诗云:蝴蝶满园飞不见,碧藓空有读书台。”

三是“方舆汇编·职方典·第七百二十四卷·常州府部杂录”称:“西九(氿)五十里至祝陵,祝英台葬地。山人业采石,斧凿声声,翠微破碎矣。”

又云:“善卷寺去祝陵一里,长松夹道,今渐少……”

四是“方舆汇编·山川典·第九十九卷·善权洞部汇考”又记载“宜兴梁祝”三处:

其一:“善权洞部汇考·考”称:“……按,《三才图会》‘善卷洞图考’:善卷寺在国山东,始于南齐建元中,盖祝英台之故宅也……寺之后有三生堂,唐李蠙、宋李刚(李纲之误)、李曾伯一姓而皆位至宰相,沈石田诗,所谓‘一姓转身三宰相’者也。堂右偏石室,刻‘壁仙庵’三大字(‘壁仙庵’应作‘碧鲜庵’,系转征编辑之误),李曾伯所书,乃祝英台读书处,与梁山伯同事笔砚者……”

又记云:“善权禅寺,宋名广教禅院,在县西南五十里永丰区,齐建元二年以祝英台故宅创建……”

其二:“善权洞部汇考·善权洞部艺文一”收录明王世贞《游善权洞记》,记有“三生堂”、“祝英台读书处”。

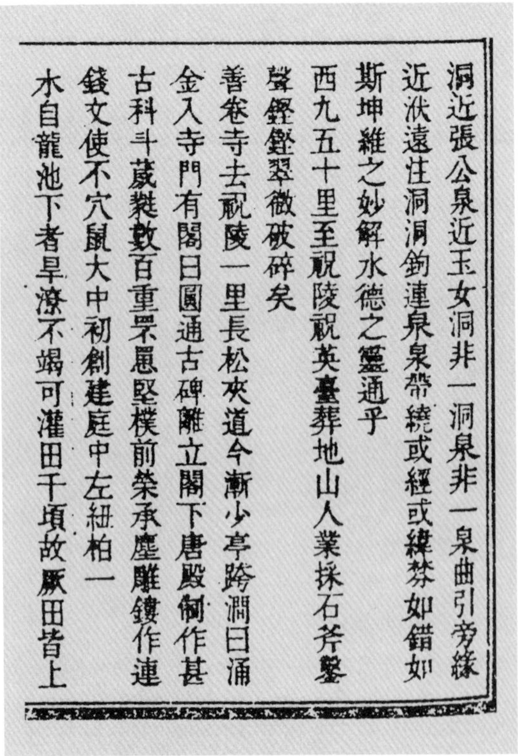

洞近張公泉近玉女洞非一洞泉非一泉曲引旁緣
近洑遠注洞洞鉤連泉泉帶繞或經或緯棼如錯如
斯坤維之妙解水德之靈通乎
西九五十里至祝陵祝英臺葬地山人業採石斧鑿
聲鏗鏗翠微破碎矣
善卷寺去祝陵一里長松夾道今漸少亭跨澗曰涌
金入寺門有閣曰圓通古碑離立閣下唐殿制作甚
古科斗蕨棊數百重罘罳堅樸前榮承塵雕鏤作連
錢文使不穴鼠大中初創建庭中左紐柏一
水自龍池下者旱潦不竭可灌田千頃故厥田皆上

图114–清39–3　古今图书集成3(宜兴3)

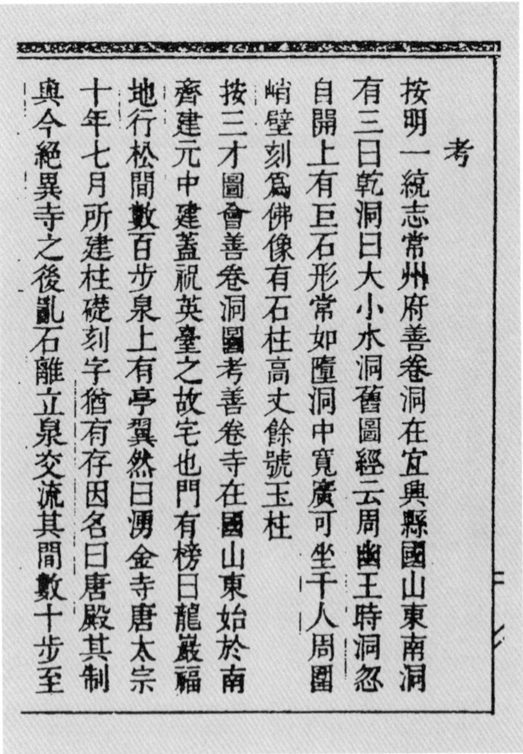

考
按明一統志常州府善卷洞在宜興縣國山東南洞
有三曰乾洞曰大小水洞舊圖經云周幽王時洞忽
自開上有巨石形常如墮洞中寬廣可坐千人周圍
峭壁刻爲佛像有石柱高丈餘號玉柱
按三才圖會善卷洞圖考善卷寺在國山東始於南
齊建元中建蓋祝英臺之故宅也門有榜曰龍巖福
地行松間數百步泉上有亭翼然曰湧金寺唐太宗
十年七月所建柱礎刻字猶有存因名曰唐殿其制
與今絕異寺之後亂石離立泉交流其間數十步至

图114–清39–4　古今图书集成4(宜兴4)

(三)明清晚期 梁祝记载

善權禪寺宋名廣教禪院在縣西南五十里永豐區齊建元二年以祝英臺故宅創建唐會昌中廢其址為海陵鍾離簡之所得唐咸通間李司空蟄嘗肄業道觀建炎元年詔復為善權寺明正統十年重建弘治甲子僧方策復古今詩文為一帙王鏊為傳待制榾以徵宗潛邸恩請為墳利宜和中改為崇之序前有古松柏百餘株正德間僧負官租鬻以償邑人陳襄捐百金以贖之松柏巷基五畝四分至今陳氏收戶辦糧

乾洞前有九斗壇山有九峯如覆斗故名梁武帝禱雨輒應寺之西名國山山嶺有封禪碑寺之後有三生堂唐李蠙宋李剛李曾伯一姓而皆位至宰相者也石田詩所謂一姓三宰相乃祝英臺讀書處與梁石壁仙菴三大字李曾伯所書偏石室刻山伯同事筆硯者舊有偃柏在寺前如臥龍今已腐爛滅跡矣寺門西有玉帶橋唐李丞相前有龍巖亭亦李者又名勝義橋李曾伯書扁寺前有龍巖亭亦李會伯所書也善卷者即舜讓天下與善卷而不受逃之深山謂洞名以此

遊善權洞記　王世貞

自湖泛發二十里而宿曰蜀山又發三十里質明抵義興薄城南而西日西九亦九里衷也邑城若兩腋漫與馳者又五十里抵善權寺道皆夾古松柏蒼鱗駁犖上不見際入寺門百步有穹開曰圓通下多古碑中庭多古松柏殿曰釋迦殿謝鈞記墓佩之可以已店僧爲導入別室出茶筍啖之良久導至三生堂觀祝英臺讓書處已復折而東北出小水洞上爲貴來寺所由以建也從宕微時讀書見白龍從洞起蟓後寺巖若蓋者大石巍之中有篔篔偃月水淙淙自中流來唐李蠙司空言微時讀書見白龍從洞起至善權洞洞左峭壁陡起古木紛櫻若怒虬其本別坼石而出復爲樹時秋晚偏鏨皆金燈花錯如繡

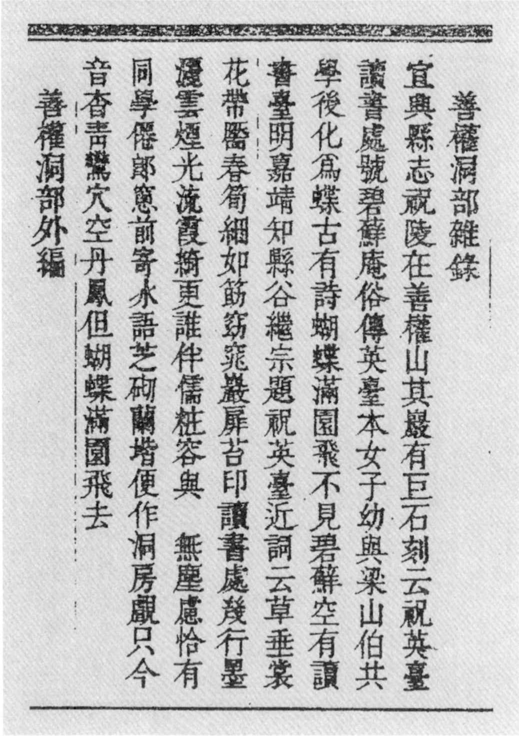
善權洞部雜錄
宜興縣志祝陵在善權山其巖有巨石刻云祝英臺
讀書處號碧蘚庵俗傳英臺本女子幼與梁山伯共
學後化爲蝶古有詩蝴蝶滿園飛不見碧蘚空有讀
書臺明嘉靖知縣谷繼宗題祝英臺近詞云草垂裳
花帶靨春筍細如筋窈窕巖扉苔印讀書處幾行墨
灑雲煙光流霞綺更誰伴儒粧容與　無塵慮恰有
同學僊郎窻前寄冰語芝砌蘭堦便作洞房覷只今
音杳青鸞穴空丹鳳但蝴蝶滿園飛去
善權洞部外編

图114–清39–8　古今图书集成8（宜兴8）

其三："善权洞部汇考·善权洞部杂录"称："《宜兴县志》：祝陵在善权山，其岩有巨石刻，云'祝英台读书处'，号'碧藓庵'。俗传英台本女子，幼与梁山伯共学，后化为蝶。古有诗：蝴蝶满园飞不见，碧藓空有读书台。明嘉靖知县谷继宗题祝英台近词云：'草垂裳，花带靥，春笋细如箸。窈窕岩扉，苔印读书处。几行墨洒云烟，光流霞绮，更谁伴、儒妆容与？　　无尘虑。恰有同学仙郎，窗前寄冰语。芝砌兰阶，便作洞房觑。只今音杳青鸾，穴空丹凤，但蝴蝶、满园飞去。'"

② 苏州：

《古今图书集成》载录"苏州梁祝"一处：

"方舆汇编·职方典·第六百八十一

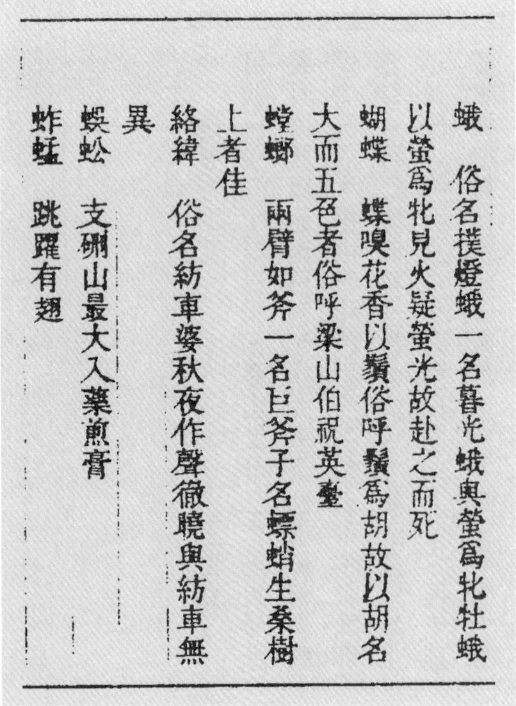
蛾　俗名撲燈蛾一名暮光蛾與螢爲牝牡蛾
以螢爲牝見火疑螢光故赴之而死
蝴蝶　蝶嗅花香以鬚俗呼鬚爲胡故以胡名
大而五色者俗呼梁山伯祝英臺
螳螂　兩臂如斧一名巨斧子名螵蛸生桑樹
上者佳
絡緯　俗名紡車婆秋夜作聲徹曉與紡車無
異
蜈蚣　支硎山最大入藥煎膏
蚱蜢　跳躍有翅

图114–清39–9　古今图书集成9（苏州）

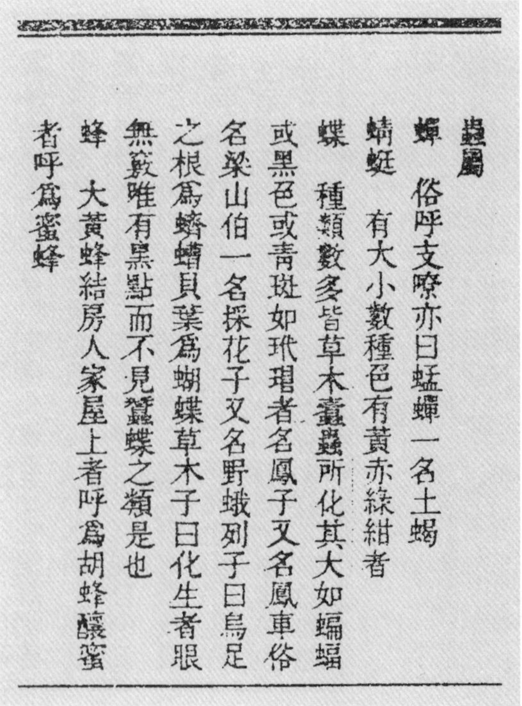
蟲屬
蟬　俗呼支蟟亦曰蛣蟬一名土蝸
蜻蜓　有大小數種色有黃赤綠紺者
蝶　種類數多皆草木蠹蟲所化其大如蝙蝠
或黑色或青斑如玳瑁者名鳳子又名鳳車俗
名梁山伯一名採花子又名野蛾列子曰烏足
之根爲蠐螬其葉爲蝴蝶草木子曰化生者眼
無數唯有黑點而不見蠶蝶之類是也
蜂　大黃蜂結房人家屋上者呼爲胡蜂釀蜜
者呼爲蜜蜂

图114–清39–10　古今图书集成10（镇江）

卷·苏州府部汇考十三·苏州府物产考”“蝴蝶”条称：“蝴蝶。蝶嗅花香以须，俗呼须为胡，故以胡名。大而五色者，俗呼‘梁山伯祝英台’。”

③ 镇江：

《古今图书集成》载录“镇江梁祝”一处：

“方舆汇编·职方典·第七百三十五卷·镇江府部汇考十一·镇江府物产考”“蝶”条称：“蝶，种类数多，皆草木蠹虫所化。其大如蝙蝠，或黑色或青斑如玳瑁者，名凤子，又名凤车，俗名梁山伯，一名采花子，又名野蛾……”

2. 浙江

① 宁波：

《古今图书集成》记载“浙东梁祝”凡四处：

一是“方舆汇编·职方典·第九百七十八卷·宁波府部汇考四·宁波府祠庙考一”“义忠王庙”条称：“义忠王庙，在府西十六里接待亭西，祀东晋鄞令梁山伯，故有墓在焉。晋安帝时，孙恩寇鄞，太尉刘裕梦山伯效力，贼遁去，奏封义忠王，令有司立庙祀之。宋大观中，明州从事李茂诚撰记。”

二是“方舆汇编·职方典·第九百八十一卷·宁波府部汇考七·宁波府古迹考（坟墓附）”“梁山伯祝英台墓”条称：“梁山伯祝英台墓，在县西十里接待寺后，有庙在焉。

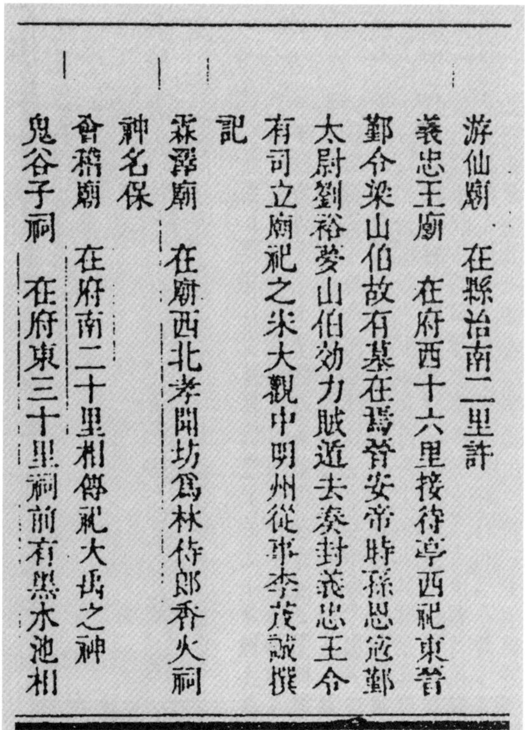
游仙廟　在縣治南二里許
義忠王廟　在府西十六里接待亭西祀東晉鄞令梁山伯故有墓在焉晉安帝時孫恩寇鄞太尉劉裕夢山伯効力賊遁去奏封義忠王令有司立廟祀之宋大觀中明州從事李茂誠撰記
霖澤廟　在府西北孝聞坊爲林侍郎香火祠神名保
會稽廟　在府南二十里相傳祀大禹之神
鬼谷子祠　在府東三十里祠前有黑水池相

图114–清39–11　古今图书集成11（宁波1）

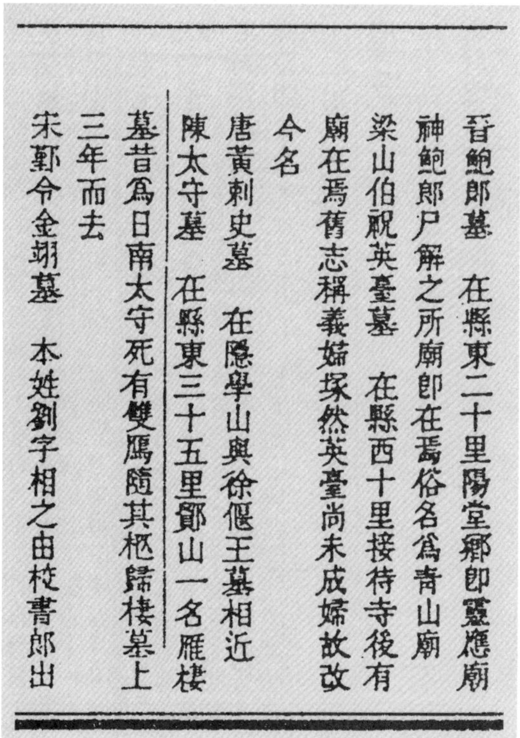
晉鮑郎墓　在縣東二十里陽堂鄉卽靈應廟神鮑郎尸解之所廟卽在焉俗名爲青山廟
梁山伯祝英臺墓　在縣西十里接待寺後有廟在焉舊志稱義婦冢然英臺尚未成婦故改今名
唐黃刺史墓　在隱學山與徐偃王墓相近
陳太守墓　在縣東三十五里鄮山一名雁棲墓昔爲日南太守死有雙鴈隨其柩歸棲墓上三年而去
宋鄞令金翊墓　本姓劉字相之由校書郎出

图114–清39–12　古今图书集成12（宁波2）

旧志称‘义妇冢’，然英台尚未成妇，故改今名。”

三是“方舆汇编·职方典·第九百八十二卷·宁波府纪事”称：“晋梁山伯，字处仁，家会稽。少游学，道逢祝氏子，同往肄业三年，祝先返。后二年，山伯方归，访之上虞，始知祝女子也，名曰英台。山伯怅然归，告父母求姻，时祝已许鄮城马氏，弗遂。山伯后为鄞令，婴疾弗起，遗命葬于鄮城西清道原。明年，祝适马氏，舟经墓所，风涛不能前，英台闻有山伯墓，临冢哀恸，地裂而埋璧焉。马言之官，事闻于朝，丞相谢安奏封‘义妇冢’。”

四是“明伦汇编·闺媛典·第三百四十一卷·闺奇部列传一”“祝英台”条称：“按，宁波府志：梁山伯、祝英台皆东晋人。梁家会稽，祝家上虞，尝同学。祝先归，梁后过上虞寻访之，始知为女，欲娶之，而祝已许马氏子。梁怅然若有所失。后三年，梁为鄞令，病且死，遗言葬清道山下。又明年，祝适马氏，过其处，风涛大作，舟不能进。祝乃造梁冢失声哀恸，忽地裂，祝投而死。马氏闻其事于朝，丞相谢安请封为‘义妇’。和帝时，梁复显灵异，封为义忠，有司立庙于鄞云。”

此条后尝附记“清水梁祝”：“按，清水县志又曰：祝英台，五代梁时人也。梁死窆邽山之麓，与此小异。”

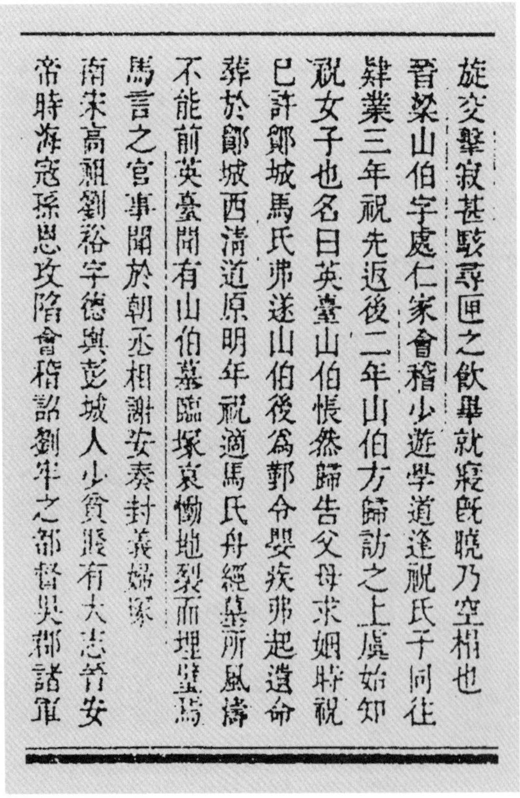

旋交擊寂甚駭尋匣之飲畢就寢既曉乃空相也
晉梁山伯字處仁家會稽少遊學道逢祝氏子同往
肄業三年祝先返後二年山伯方歸訪之上虞始知
祝女子也名曰英臺山伯悵然歸告父母求姻時祝
已許鄮城馬氏弗遂山伯後爲鄞令嬰疾弗起遺命
葬於鄮城西清道原明年祝適馬氏舟經墓所風濤
不能前英臺聞有山伯墓臨冢哀慟地裂而埋璧焉
馬言之官事聞於朝丞相謝安奏封義婦冢
南宋高祖劉裕字德輿彭城人少貧賤有大志晉安
帝時海寇孫恩攻陷會稽詔劉牢之都督吳郡諸軍

图114–清39–13　古今图书集成13（宁波3）

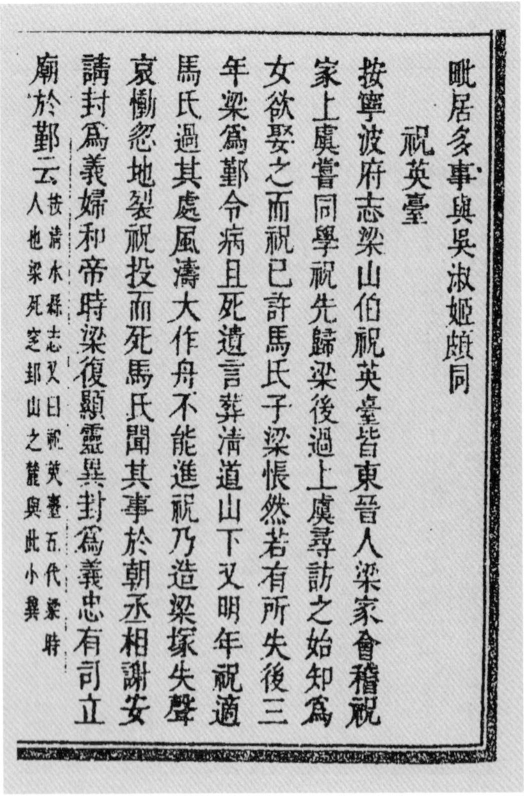

毗居多事與吳淑姬頗同
祝英臺
按寧波府志梁山伯祝英臺皆東晉人梁家會稽祝
家上虞嘗同學祝先歸梁後過上虞尋訪之始知爲
女欲娶之而祝已許馬氏子梁悵然若有所失後三
年梁爲鄞令病且死遺言葬清道山下又明年祝適
馬氏過其處風濤大作舟不能進祝乃造梁冢失聲
哀慟忽地裂祝投而死馬氏聞其事於朝丞相謝安
請封爲義婦和帝時梁復顯靈異封爲義忠有司立
廟於鄞云按清水縣志又曰祝英臺五代梁時人也梁死窆邽山之麓與此小異

图114–清39–14　古今图书集成14（宁波4、清水2）

② **嘉兴：**

《古今图书集成》记载“嘉兴梁祝”一处：

“方舆汇编·职方典·第九百六十三卷·嘉兴府部汇考七·嘉兴府物产考”在“蛱蝶”条后专列“梁山伯”条，称：“梁山伯，似蝶而大，黑色，有红、白点相杂。”

3. 山东

① **邹县：**

《古今图书集成》记载“邹县梁祝”一处：

“方舆汇编·职方典·第二百四十一卷·兖州府部汇考三十三·兖州府古迹考三（府志未详）·邹县”“梁山伯祝英台墓”条称：“梁山伯祝英台墓，在城西六十里吴桥地方，有碑记。”

② **胶州：**

《古今图书集成》记载“胶州梁祝”一处：

“方舆汇编·职方典·第二百八十六卷·莱州府部汇考六·莱州府古迹考（府志未载）·坟墓附·胶州”“祝英台墓”条称：“祝英台墓，在州南百里祝家庄社，其墓临河，岁久河水冲啮殆尽。”

胶州于民国初更名为胶县，笔者按图索骥去寻梁祝遗存，不料胶县治南却不足百

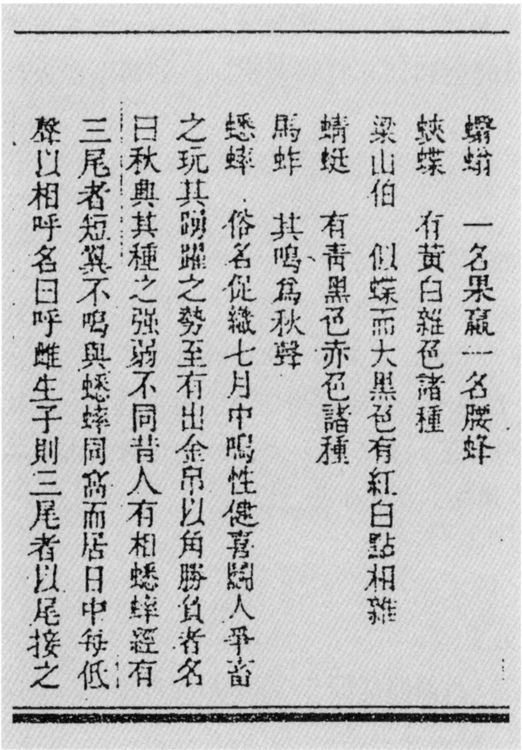

蠮螉　一名果蠃一名腰蜂
蛺蝶　有黄白雜色諸種
梁山伯　似蝶而大黑色有紅白點相雜
蜻蜓　有青黑色赤色諸種
馬蚱　其鳴爲秋聲
蟋蟀　俗名促織七月中鳴性健喜鬬人爭畜之玩其跳躍之勢至有出金帛以角勝負者名曰秋興其種之強弱不同昔人有相蟋蟀經有三尾者短翼不鳴與蟋蟀同窩而居日中每低聲以相呼名曰呼雌生子則三尾者以尾接之

图114–清39–15　古今图书集成15（嘉兴）

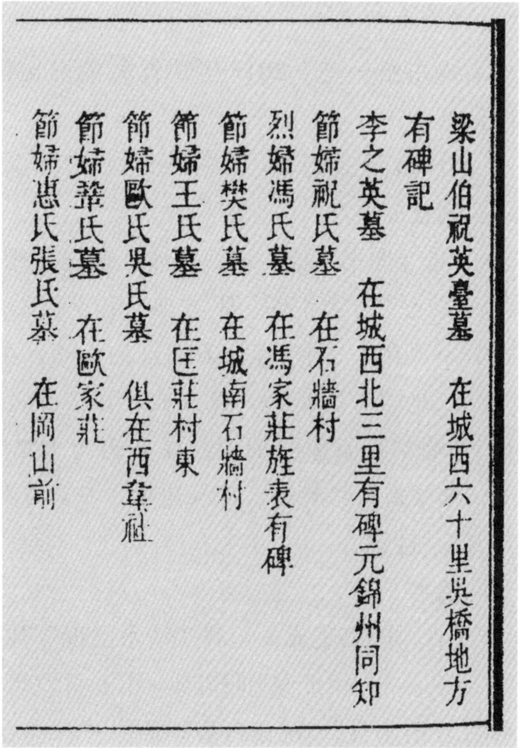

梁山伯祝英臺墓　在城西六十里吳橋地方有碑記
李之英墓　在城西北三里有碑元錦州同知
節婦祝氏墓　在石牆村
烈婦馮氏墓　在馮家莊旌表有碑
節婦樊氏墓　在城南石牆村
節婦王氏墓　在匡莊村東
節婦歐氏吳氏墓　俱在西葦社
節婦龔氏墓　在歐家莊
節婦惠氏張氏墓　在岡山前

图114–清39–16　古今图书集成16（邹县）

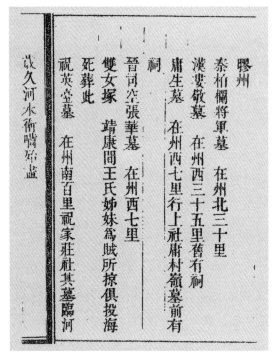

图114-清39-17 古今图书集成17（胶州）

里，当时的"州南百里"已划归青岛市胶南市。2015年去胶南市，却又划归了黄岛区，今祝家庄、梁家庄属山东省青岛市黄岛区珠海街道。

祝家庄在黄岛区西南60里（原胶南市西南20里），又西南8里有梁家庄，又西南2里有马家庄，而祝英台墓在就在祝家庄南的南河。据90岁的杨福进老人说，祝英台坟在明朝就有了，那时还没有形成河道，河水是乱淌的。后来就被水冲毁，露出了拱形的砖头墓墩。1944年开河拉直通到风河，坟被挖掉，里面全是土。梁祝读书的地方在小峄山，就在祝家庄东南10里。当地人穷，办喜事盆碗不够，就到坟前去借，用后再还。后来有人借了不还，就再也借不到了。92岁的刘佃军老人，随口唱起了民谣："太阳出来紫霭霭，一对学生下山来。头里走的梁山伯，后头紧跟祝英台，呛东隆东呛东呛东呛……"2018年，青岛梁祝文化研究会到江苏宜兴考察时，刘佃军老人已经仙逝。

4. 山西

榆社：

《古今图书集成》记载"榆社梁祝"凡二处：

一是"方舆汇编·职方典·第三百六十七卷·辽州部汇考三·辽州祠庙考（州县志）·寺观附""响堂寺"条称："响堂寺，在县西十里，有梁山伯祝英台遗迹。"

二是"方舆汇编·职方典·第三百六十七卷·辽州部汇考三·辽州古迹考·榆社县""响堂"条称："响堂，在县西南十里梓荆山下，有石室方丈，如瓮虚状。内有二石，像梁山伯祝英台。人入其中，石声与人声相应，亦故址也。"

5. 甘肃

清水：

《古今图书集成》记载"清水梁祝"凡二处：

一是"方舆汇编·职方典·第五百六十四卷·巩昌府部汇考八·巩昌府古迹考二（坟墓附）·清水县""祝英台墓"条称："祝英台墓，在县东五里。"

二是"明伦汇编·闺媛典·三百四十一卷·闺奇部列传一""祝英台"条，在记载

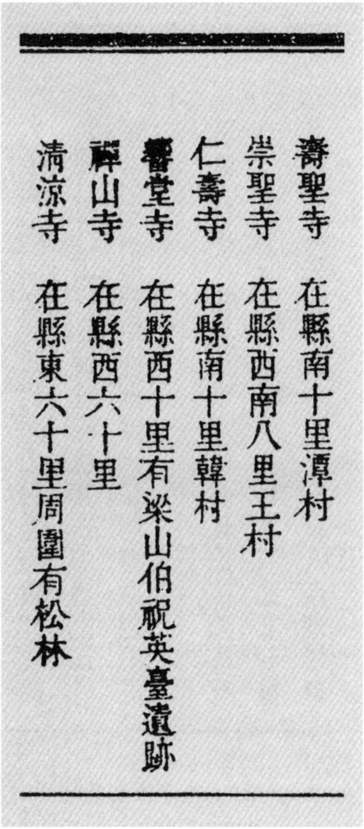

壽聖寺　在縣南十里潭村
崇聖寺　在縣西南八里王村
仁壽寺　在縣南十里韓村
響堂寺　在縣西十里有梁山伯祝英臺遺跡
辟山寺　在縣西六十里
清涼寺　在縣東六十里周圍有松林

图114–清39–18　古今图书集成18（榆社1）

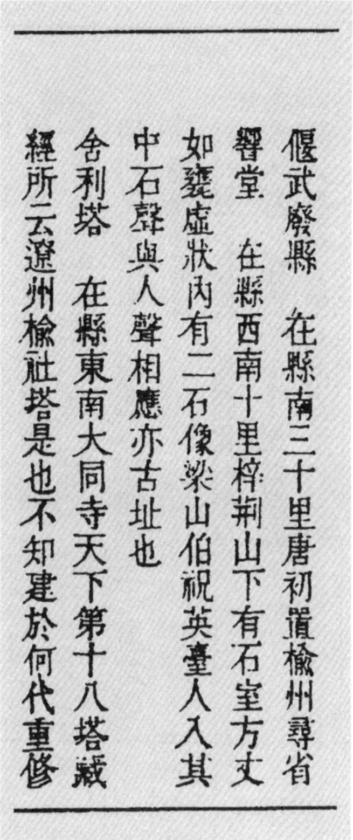

偃武廢縣　在縣南三十里唐初置榆州尋省
響堂　在縣西南十里梓荊山下有石室方丈如甕虛狀內有二石像梁山伯祝英臺人入其中石聲與人聲相應亦古址也
舍利塔　在縣東南大同寺天下第十八塔藏經所云遼州榆社塔是也不知建於何代重修

图114–清39–19　古今图书集成19（榆社2）

“浙东梁祝”后又注曰：“按：《清水县志》又曰：祝英台，五代梁时人也。梁死窆邽山之麓，与此小异。”（影印件见图114–清39–14）

6. 河北

元氏：

《古今图书集成》记载“元氏梁祝”一处：

“方舆汇编·职方典·第一百四卷·真定府部汇考十二·真定府古迹考（坟墓附）·元氏县”“吴桥古冢”条称：“吴桥古冢，在元氏南左村西北，桥南西塔有古冢，山水涨溢冲激略不骞移，若有阴为封拥者，相传为梁山伯墓。不然，必有异人所藏蜕骨。”

7. 重庆

铜梁：

《古今图书集成》记载“铜梁梁祝”一处：

“方舆汇编·职方典·第六百十一卷·重庆府部汇考五·重庆府古迹考·陵墓附·合州·铜梁县”“祝英台寺”条称：“祝英台寺，在治东二十里。寺前里许有祝英台故里坊，又数里有祝英台坟墓。又二十里白沙寺路瀑里滩岸上，有祝英台书题‘大欢喜’石碑。行数武，又有‘错欢喜’石碑，皆祝英台书。”

清水縣

漢壯侯趙充國墓　在縣北一里

楊廣墓　在縣西一十五里

隋刺史張崇妻王氏墓　在縣東三十里爲盜所逼執節而死

唐刺史姜暮墓　在縣北一十里

大人塚　在縣北七十里姓名無考

祝英臺墓　在縣東五里

明馬將軍世榮墓　在縣南筆架山下

图114–清39–20　古今图书集成20(清水1)

石中寶劍　在元氏封龍山獅子峰唐郭元振遊學於此山一日聞霹靂聲其石中裂出五色雲氣因得石鐔中寶劍左丞史彬書試劍石三大字於上

吳橋古冢　在元氏南左村西北橋南西塔有古冢山水漲溢衝激略不騫移若有陰爲封擁者相傳爲梁山伯墓不然必有異人所藏蛻骨

图114–清39–21　古今图书集成21（元氏）

株傳云張三丰手植每日出時祥光照殿前

望仙樓　在治西南關山上唐縣令趙延之修建並題

元天宮　在治南巴嶽山巔上張佳蔭有詩

祝英臺寺　在治東二十里寺前里許有祝英臺故里坊又數里有祝英臺墳墓又二十里白沙寺路瀑裏灘岸上有祝英臺書題大懽喜石碑行數武又有錯懽喜石碑皆祝英臺書

望仙樓　在治西唐合州刺史趙延之仙去後人爲建此樓

图114–清39–22　古今图书集成22（铜梁）

8. 其他

"博物汇编·禽虫典·第一百六十九卷·蝶部汇考·蝶部杂录"称:"《山堂肆考》:俗传大蝶必成双,乃梁山伯祝英台之魂,又韩凭夫妇之魂,皆不可晓。"

以上影印件见1934年中华书局出版本,存上海图书馆。

陈梦雷(1650—1741),清福建侯官(今福州)人,字则震,号省斋,晚号松鹤老人。少有才名,康熙九年(1670)进士。其一生坎坷,先以"附逆罪"入狱多年,免死;后受胤祉牵累流放黑龙江。其于康熙四十四年(1705)编成大型类书《古今图书集成》共1万卷,有康熙百科全书之称。

蒋廷锡(1669—1732),清江苏常熟人,字酉君、杨孙,号南沙、西谷、青铜居士。康熙四十二年(1703)进士,历礼部侍郎、户部尚书、文华殿大学士等,谥文肃。总裁《明史》,总纂《康熙字典》《古今图书集成》。

图114-清39-23 古今图书集成23(山堂肆考)

(115-清40)[雍正]《宁波府志》

[雍正]《宁波府志》为清曹秉仁所修,万经纂,雍正十一年(1733)刊行。该志三处记载"浙东梁祝":

一是"卷之十六·秩官上·晋·县令"载:"梁处仁,鄞。见遗事。"

二是"卷之三十四·古迹(附冢墓)·鄞"梁山伯祝英台墓"条称:"梁山伯祝英台墓,县西十里接待寺后,有庙在焉。旧志称'义妇冢',然英台尚未成妇,故改今名。事□遗事内"。

三是"卷之三十六·遗事""梁山伯"条,因袭前志称:"晋梁山伯,字处仁,家会稽,少游学,道逢祝氏子,同往肄业三年。祝先返,后二年,山伯方归,访之上虞,始知祝女子也,名曰英台。山伯怅然归,告父母求姻,时祝已许鄮城马氏,弗遂。山伯后为县令,婴疾弗起,遗命葬于鄮城西清道原。明年,祝适马氏,舟经墓所,风涛不能前。英台闻有山伯墓,临冢哀恸,地裂而埋璧焉。马言之官,事闻于朝,丞相谢安奏封'义妇冢'。"

梁山伯为令事,始见于宋李茂诚《义忠王庙记》(1107),称山伯诏为"鄮令"。至明景泰七年(1456)《寰宇通志》则称山伯后为"鄞令",而后天顺李贤《明一统志》、成化杨寔《宁波郡志》、黄润玉《宁波府简要志》、嘉靖张时彻《宁波府志》、康熙李廷机《宁波府志》、赵士麟《浙江通志》皆从之，直到康熙二十五年（1686）闻性道编纂《鄞县志》时，因为首次收录了李茂诚的《义忠王庙记》，才发现了明代的记载与宋记相悖，故而在把"梁处仁"载入"职官"时，将其更正为"鄮令"。但雍正万经编纂《宁波府志》时，却未注意到《鄞县志》的这一变更，仍然因袭李廷机［康熙］《宁波府志》的记载，在"职官"中把梁山伯记为"鄮令"。

本条影印件见《中国地方志集成·浙江府县志辑》，为清道光二十六年（1846）刻本，上海图书馆存有清雍正十一年（1733）刊本。

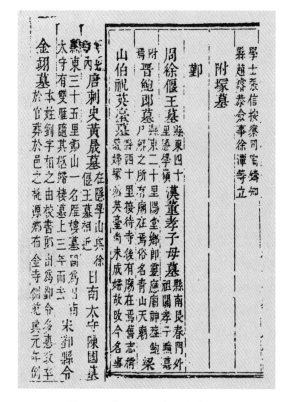

图115-清40-1　雍正宁波志1

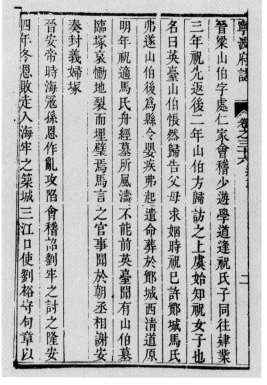

图115-清40-2　雍正宁波志2　　　　图115-清40-3　雍正宁波志3

（三）明清晚期 梁祝记载

曹秉仁，清陕西富平人，字长公。岁贡，雍正七年（1729）六月由北直隶顺德调知任宁波府。承邱、李二守之遗稿，修辑府志。

万经（1659—1741），清浙江鄞县人，字授一，号九沙。康熙四十二年（1703）进士，官翰林院编修、提督贵州学政，著有《分隶偶存》。

（116-清41）[乾隆]《江南通志》

[乾隆]《江南通志》为清黄之隽等纂，乾隆元年（1736）刊行。该志三处记载"宜兴梁祝"。

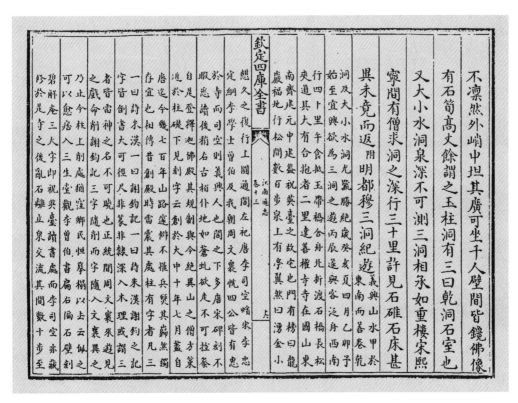

图116-清41-1 乾隆江南通志1

一是"卷十三·舆地志·山川·常州府""善卷洞"条称："……附：明都穆《三洞纪游》：……善权寺在国山东南，齐建元中建，盖祝英台之故宅也。……入三生堂，观李曾伯书扁，右偏石壁刻'碧解庵'（按：碧鲜庵之误）三大字，即祝英台读书处，而李司空亦藏修于是……"

二是"卷三十二·舆地志·古迹·常州府"称："读书台在荆溪县善权山，岩前有巨石，文曰'祝英台读书处'，俗呼为'祝陵'。"按，荆溪县现属宜兴，清雍正四年

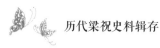

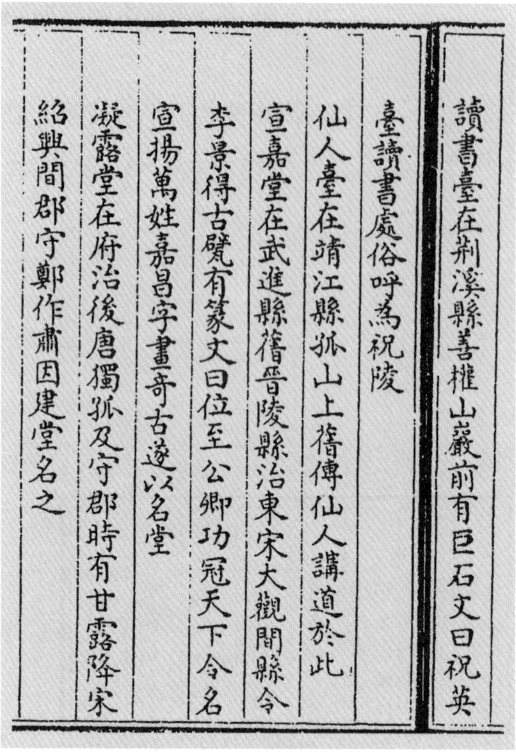
讀書臺在荆溪縣善權山巖前有巨石文曰祝英
臺讀書處俗呼為祝陵
仙人臺在靖江縣孤山上舊傳仙人講道於此
宣嘉堂在武進縣舊晉陵縣治東宋大觀間縣令
李景得古甓有篆文曰位至公卿功冠天下令名
宣揚萬姓嘉昌字畫奇古遂以名堂
凝露堂在府治後唐獨孤及守郡時有甘露降宋
紹興間郡守鄭作肅因建堂名之

图116–清41–2　乾隆江南通志2

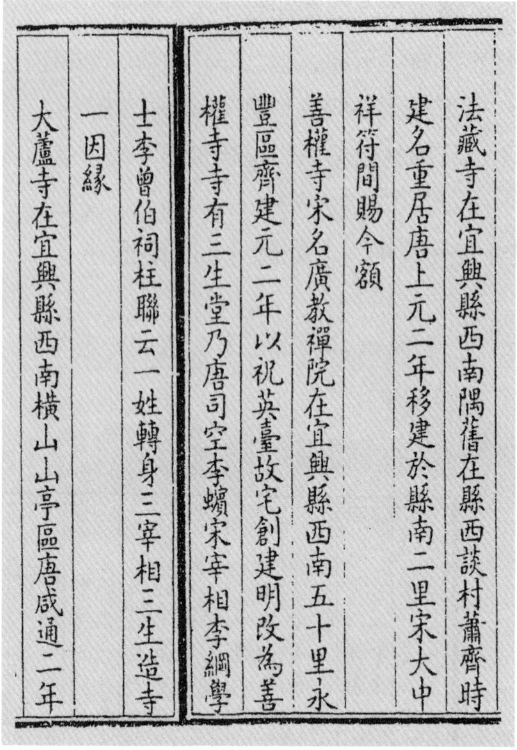
法藏寺在宜興縣西南隅舊在縣西談村蕭齊時
建名重居唐上元二年移建於縣南二里宋大中
祥符間賜今額
善權寺宋名廣教禪院在宜興縣西南五十里永
豐區齊建元二年以祝英臺故宅創建明改為善
權寺寺有三生堂乃唐司空李蠙宋宰相李綱學
士李曾伯祠柱聯云一姓轉身三宰相三生造寺
一因緣
大蘆寺在宜興縣西南横山山亭區唐咸通二年

图116–清41–3　乾隆江南通志3

（1726）曾析宜兴为宜兴、荆溪两县。

三是“卷四十五·舆地志·寺观·常州府”：“善权寺宋名广教禅院，在宜兴县西南五十里永丰区，齐建元二年以祝英台故宅创建，明改为善权寺。寺有‘三生堂’，乃唐司空李蠙、宋宰相李纲、学士李曾伯祠，柱联云：一姓转身三宰相，三生造寺一因缘。”

以上影印件见清《文渊阁四库全书》。

黄之隽（1668—1748），清华亭（今属上海）人，原籍安徽休宁。初名兆森，字若木、石牧、号吾堂，晚号石翁、老牧。康熙进士，官翰林院编修、福建督学、右中允、左中允等，后被革职。后曾应聘纂修江浙两省通志，任《江南通志》总裁。著有《吾堂集》《香屑集》及杂剧《四才子》《饮中仙》等。

（117–清42）[乾隆]《榆社县志》（孟志）

[乾隆]《榆社县志》为清费映奎修、孟涛纂，乾隆八年癸亥（1743）刊行，俗称“乾隆孟志”。该志“卷之一·舆地志·古迹”“响堂”条称：“响堂，在县西南十里梓荆山下，有石室方丈如瓮虚状，人入其中，石声琤琤然。有石人二，像梁山伯祝英台，盖俗传之讹，大雅勿道也。”然在“响堂寺”条中，已不再提“梁祝”

（三）明清晚期　梁祝记载

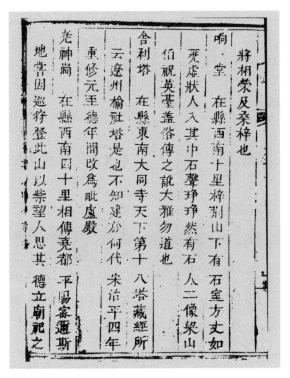

图117-清42　乾隆榆社县志（孟志）

遗迹。

此影印件为清乾隆八年（1743）刻本，存南京图书馆。

费映奎，生卒不详，清浙江仁和（今杭州）人，字朗山。雍正己酉（1729）科举人，乾隆六年（1741）任榆社知县。

孟涛，生卒不详，清浙江会稽人（山阴籍），号悔余，雍正甲辰（1724）科举人。

（118-清43）《通俗编》

《通俗编》为清翟灏所辑，乾隆十六年（1751）刊刻。

是书"卷三十七·故事""梁山伯访友"条称："《宣室志》：英台，上虞祝氏女，伪为男装游学，与会稽梁山伯者同肄业。山伯，字处仁。祝先归，二年，山伯访之，方知其为女子，怅然如有所失，告其父母求聘，而祝已字马氏子矣。山伯后为鄞令，病死葬鄮城西。祝适马氏，舟过墓所，风涛不能进，问知有山伯墓，祝登号恸，地忽自裂陷，祝氏遂并埋焉。丞相谢安奏表其墓曰'义妇冢'。"

"《宣室志》梁祝说"实际上是《通俗编》编纂过程中出现的错误。理由有五：一是经天津大学李剑国教授专门考证，《宣室志》所记皆唐事，鲜有溢出者均记有出处，晋

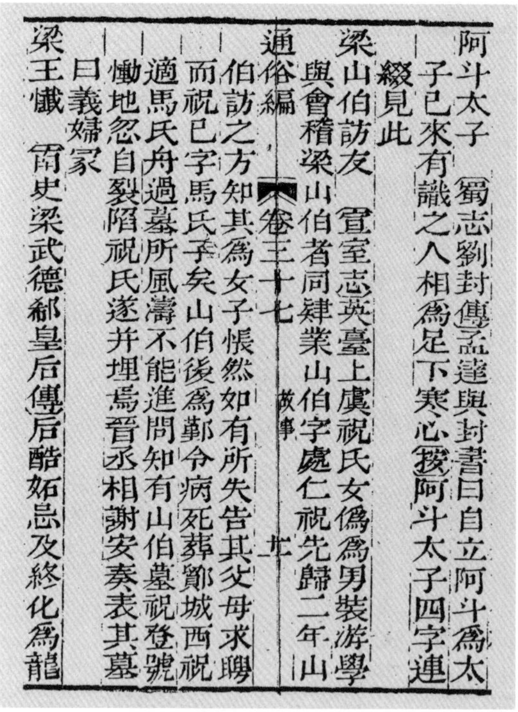

代的"梁祝"不应记入。此说已得到古代文学界的普遍认可;二是最早收录《宣室志》的是《太平广记》(宋初太平兴国三年/978,距《宣室志》不足百年)并无"梁祝"记载;三是现存《宣室志》诸版本中,均无"梁祝"记载;四是北宋末李茂诚《义忠王庙记》称梁处仁,字山伯,为鄮令,而《通俗编》则称梁山伯,字处仁,为鄞令。这是直至明代文献中才出现说法,说明翟灏是从明代或明后典籍中转征的;五是《宣室志》误征"梁祝"条,在我国古代文学界早已经过考证确认,但民间文学界却鲜为人知。详考见天津大学李剑国教授的《唐五代志怪传奇叙录(下)》(南开大学1993年出版)以及《"梁祝"的起源与流变》第124—126页。

图118-清43　通俗编

此影印件为清乾隆无不宜斋刊本,武林竹简斋藏,现存上海图书馆。

翟灏(？—1788),清浙江仁和(今杭州)人,字大川,号晴江。乾隆十九年(1754)进士。不愿为知县,请改教职,官金华、衢州府教授。所居室名"书巢",有《湖山便览》《四书考异》《艮山杂志》《通俗编》等。

(119-清44)《宋诗纪事》

《宋诗纪事》为清厉鹗辑于乾隆间,其书收辑三首"宜兴梁祝"诗词:一是"卷四十六"收录陈克《阳羡春歌》一首,注明出自《咸淳毗陵志》,诗文见前。

二是"卷五十七"收录薛季宣《游竹陵善权洞》一首,注出《浪语集》,诗文见前。

三是"卷七十九"收录顾逢《善权寺》一首,注出《宜兴县志》。该诗《善权寺古今文录》作《题善权寺》,首句"英台读书地",实为"英台修读地"之误。

本条影印件见清《文渊阁四库全书》。

厉鹗(1692—1752),浙江钱塘(今杭州)人,字太鸿,又字雄飞,号樊榭、南湖花隐。康熙五十九年(1720)举人,屡试进士不第,乾隆初举鸿博,报罢。性耽闻静,爱山水,尤工诗余,为浙西词派中坚人物。著有《宋诗纪事》《樊榭山房集》等。

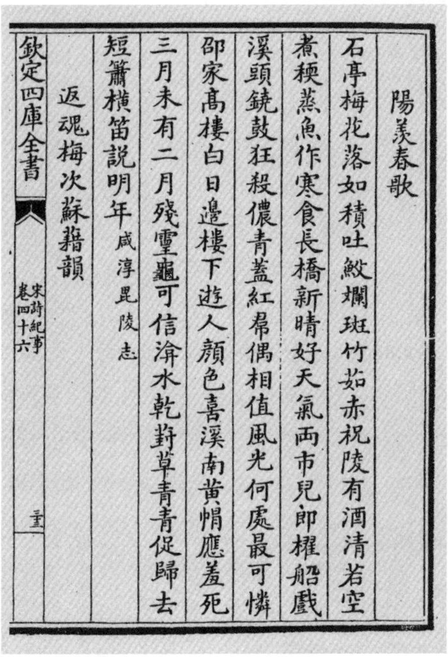

陽羨春歌

石亭梅花落如積吐紋斕斑竹茹赤祝陵有酒清若空

煮粳蒸魚作寒食長橋新晴好天氣两市兒郎櫂船戲

溪頭鐃鼓狂殺儂青蓋紅帬偶相值風光何處最可憐

邵家高樓白日邊樓下遊人顏色喜溪南黃帽應羞死

三月未有二月殘靈龜可信涂水乾對草青青促歸去

短簫横笛説明年 咸淳毗陵志

返魂梅次蘇籀韻

欽定四庫全書 宋詩紀事 卷四十六

图119–清44–1　宋诗纪事1

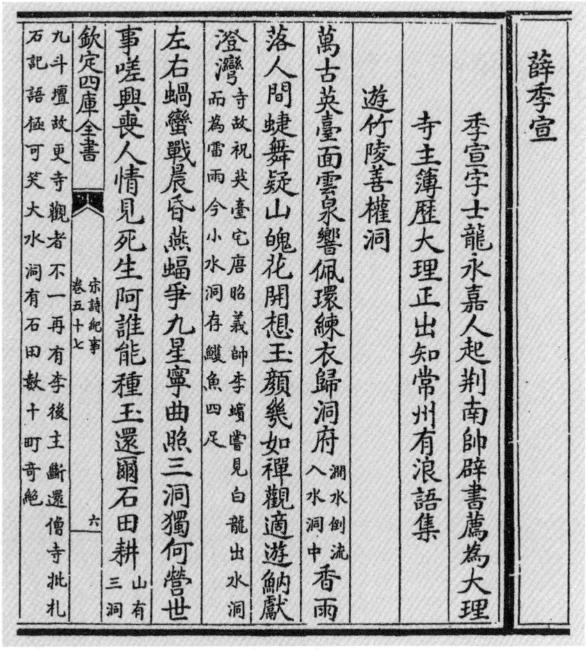

薛季宣

季宣字士龍永嘉人起荆南帥辟書薦為大理

寺主簿歷大理正出知常州有浪語集

遊竹陵善權洞

萬古英臺面雲泉響佩環練衣歸洞府洞水倒流入水洞中香雨

落人間蝶舞疑山魄花開想玉顏幾如禪觀適遊納獻

澄灣寺故祝英臺宅唐昭義帥李蠙嘗見白龍出水洞而為雷雨今小水洞存鱷魚四足

左右蝸蠻戰晨昏燕蝠爭九星寧曲照三洞獨何營世

事嗟興喪人情見死生阿誰能種玉還爾石田耕山有三洞

欽定四庫全書 宋詩紀事 卷五十七 六

九斗壇故吏寺觀者不一再有李後主斷還僧寺批札

石記語極可笑大水洞有石田數十町奇絶

图119–清44–2　宋诗纪事2

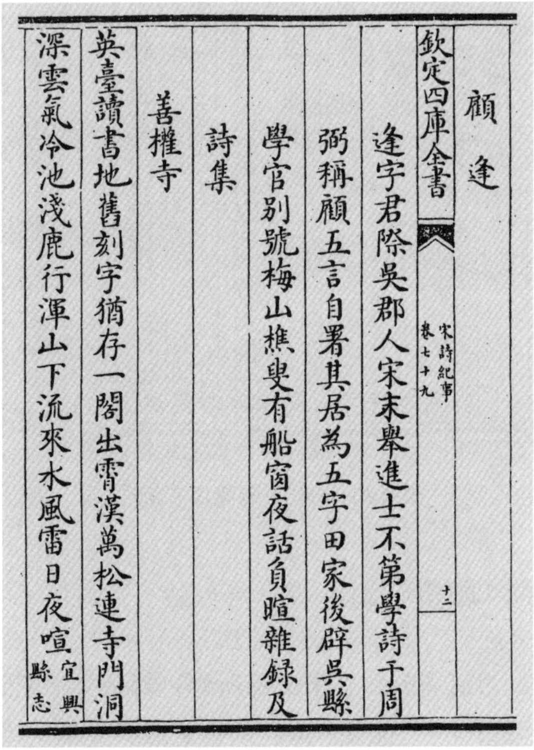

欽定四庫全書 宋詩紀事 卷七十九 十二

顧逢

逢字君際吳郡人宋末舉進士不第學詩于周

弼稱顧五言自署其居為五字田家後辟吳縣

學官别號梅山樵叟有船窗夜話負暄雜録及

詩集

善權寺

英臺讀書地舊刻字猶存一閣出霄漢萬松連寺門洞

深雲氣冷池淺鹿行渾山下流來水風雷日夜喧 宜興縣志

图119–清44–3　宋诗纪事3

（120-清45）[乾隆]《江宁县新志》

[乾隆]《江宁县新志》为清袁枚纂修，乾隆十三年（1748）刊行。该志"卷第十一·古迹志·寺观附""英台寺"条称："英台寺在南门外西善桥，明敕赐。《乾道志》云：福安院在新林市，俗呼祝英台寺，盖即此也。"

此影印件见《故宫博物院藏稀见方志丛刊》。

袁枚（1716—1797），清浙江钱塘人，字子才，号简斋，别号随园老人。清代诗人、散文家，文笔与纪昀齐名。进士，由鸿博翰林院庶吉士，乾隆十年任江宁知县，辑江宁志。

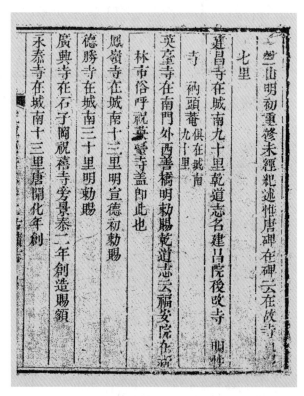

图120-清45　乾隆江宁新志

（121-清46）[乾隆]《胶州志》

[乾隆]《胶州志》为清周於智、宋文锦所修，刘恬纂，乾隆十七年壬申（1752）刊行。该志"卷六·冢墓·宋""祝英台墓"条称："祝英台墓，治南祝家庄社，相传无考。"该祝英台墓，记为宋墓。

(三)明清晚期 梁祝记载

此影印件为清乾隆十七年刻本,存上海图书馆。

周於智,清嶍峨(今云南峨山县)人,赐进士出身,奉直大夫,乾隆十五年(1750)知胶州事,十七年擢宣化知府。宋文锦,清镶红旗(今内蒙古乌兰察布市东)人,进士,官宣化知府,乾隆十七年(1752)任胶州知州。

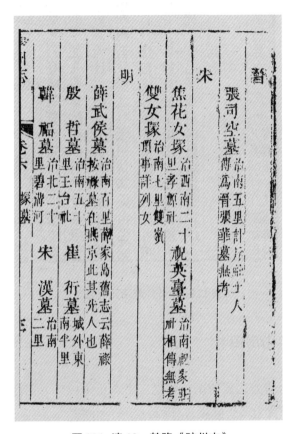

图121-清46 乾隆《胶州志》

(122-清47)[乾隆]《元氏县志》

[乾隆]《元氏县志》为清王人雄纂修,乾隆二十三年(1758)刊行。该志"卷之一·地里志·山川""元氏故城附"称:"按,邑有名胜,可以登眺游览,所谓古迹也。署中客有云:雅致韵事,通人弗弃,然往往因之受累,宁晋县志论之最详。元氏古迹本少,旧有八景,如吴桥古冢称:南左村西北桥北有冢,相传为梁山伯祝英氏之墓,皆荒唐无据,其余亦附会凑合耳。可概从删削,仅存其名,附见于山川之下,庶几古迹不致尽湮,亦免仁人君子或以游览病民为虑,遂不禁恍然有感曰:诺哉!"

本条影印件见《故宫珍本丛刊·河北府州县志》。

王人雄,字螺庄,清浙江萧山人,举人,乾隆十九年任元氏知县,纂修县志。

195

图122-清47 乾隆元氏县志

(123-清48)《小兰山房稿》

《小兰山房稿》为清万之蕙所撰,乾隆三十六年(1771)刊行。是书收录《阳羡古迹诗十首》,其中第七首为《碧鲜庵》,诗云:

善卷寺古景物妍,春风兰杜吹山巅。
读书人去碧苔冷,隔篁流水空涓涓。
岩前草色裙腰绿,蝶飞犹向苍房宿。
环佩如闻松下来,日暮空林叹幽独。

祝英台读书处——碧鲜庵是宜兴的名胜古迹,诗人游善卷寺,看到岩前的绿草,仿佛是祝英台裙子;双双比翼的彩蝶,正在寻找栖息之地;祝英台的传说千年传颂,仿佛仍能在松间看到她的身影,听到她佩环的叮咚声响。

本条影印件为清乾隆刻本,存上海图书馆。

万之蕙,清代荆溪(今宜兴)人,字瑱为,又字香南。邑诸生。有《小兰山房稿》《香南词》《续荆南风雅》。

（三）明清晚期 梁祝记载

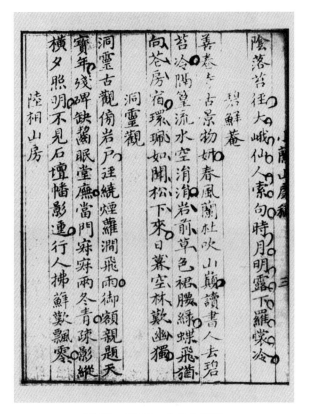

图123-清48 小兰山房稿

（124-清49）《高桥毛氏宗谱》

清乾隆丁酉（1777）宁波《高桥毛氏宗谱》"卷六"收录毛雷龙《续咏吊祝英台墓》一首，云：

> 寻春三五过村间，庙外荒村江水环。
> 义骨千年艳未冷，封碑一道□犹斑。
> 读书不解香闺隐，裂冢方将翠袖扳。
> 畸迹悠悠谁复问，游人□学谢东山。

毛雷龙吊祝英台诗应有两首，此为"续吊"。诗人春日踏青至梁山伯庙，看到庙内记载梁氏封侯、英台封义妇的《义忠王庙记》碑以及庙旁的梁祝墓，感慨山伯只顾读书、不识女扮男装的"香闺"，高度赞扬英台为追求真爱的抗争精神，以至千年之后还被人传颂。

本条影印件由宁波大学张如安教授提供，藏宁波天一阁博物馆。

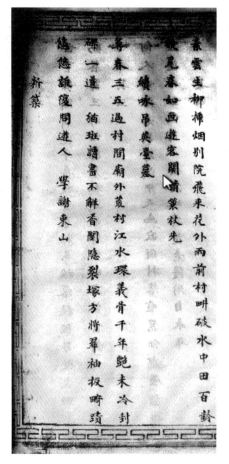

图124–清49　宁波乾隆毛氏宗谱

毛雷龙（1610—？），明季浙江鄞县人，字二为。邑庠生。屡试不售，隐于水仙湾，为乡祭酒。诗文甚富，遗稿不多传。

（125–清50）《函海》

《函海》为清李调元所辑，其"第二十三函·通俗编·卷二十""白仁甫祝英台剧"条称："白仁甫祝英台剧。见《宣室志》：英台，上虞祝氏女，伪为男装游学，与会稽梁山伯者同肄业。山伯，字处仁。祝先归。二年，山伯访之，方知其为女子，怅然如有所失。告其父母求聘，而祝已字马氏子矣。山伯后为鄞令，病死，葬鄮城西。祝适马氏，舟过墓所，风涛不能进，问知有山伯墓，祝登号恸，地忽自裂陷，祝氏遂并埋焉。晋丞相谢安奏表其墓曰'义妇冢'。"

该条全文抄录翟灏《通俗编》"梁山伯访友"条，但编辑时条目改为"白仁甫英台剧"，可能旨在说明白仁甫之祝英台剧源出《宣室志》。然翟灏之"梁山伯访友"

出《宣室志》之言，本身就是编辑中的差错，故而《函海》之说不啻是以讹传讹罢了。

《函海》于清乾隆四十七年（1782）刊行。上海图书馆乾隆刻本均不全，此影印件为清嘉庆重刻本，存上海图书馆。另有清光绪七年刻本，内容与嘉庆刻本同。

李调元（1734—1803），清四川罗江人，字羹堂，又字赞庵、鹤洲，号雨村、墨庄，别署童山蠢翁。乾隆二十八年（1763）进士。历官广东提学使、直隶通永兵备道。卒于嘉庆七年。有《童山诗文集》《雨村诗话》等，辑有《函海》《蜀雅》《粤风》等。

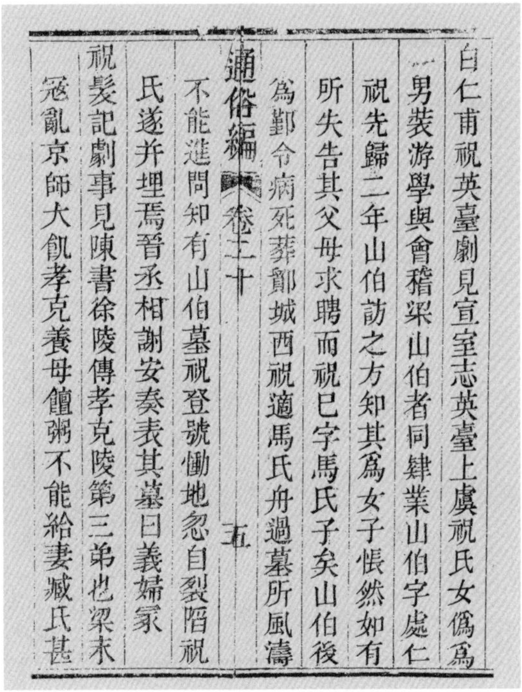
白仁甫祝英臺劇見宣室志英臺上虞祝氏女僞爲一男裝游學與會稽梁山伯者同肄業山伯字處仁祝先歸二年山伯訪之方知其爲女子悵然如有所失告其父母求聘而祝已字馬氏子矣山伯後爲鄞令病死葬鄮城西祝適馬氏舟過墓所風濤

通俗編　卷二十　五

不能進問知有山伯墓祝登號慟地忽自裂陷祝氏遂幷埋焉晉丞相謝安奏表其墓曰義婦冢

祝髮記劇事見陳書徐陵傳孝克陵第三弟也梁末寇亂京師大飢孝克養母饘粥不能給妻臧氏甚

图125–清50　函海

（126–清51）《国山碑考》

《国山碑考》为清吴骞所撰，乾隆丙午（1786）刊行。是书三处记载“宜兴梁祝”。

一是“国山图”，标有“祝陵、碧鲜庵、善权寺”。其“图说”称：“（善权洞）前临澄潭，深不见底，纳诸涧之汇，合流入洞，直贯山腹，而出于小水洞，滀沱漰灥，声侔雷震。曲从善权寺，傍经松径而南出祝陵，以合于章溪之流。善权寺在小水洞南，其中古迹皆毁于火。寺后为碧鲜岩，岩左石台荒藓凝渍，疑即碧鲜庵之故址。巨刻犹存，里俗承传以为祝英台洗妆所矣。林水翳荟，至为敻绝……”

二是“题咏”收录翁方纲《国山碑歌寄吴槎客》一首，其歌云：

天玺碑访江宁学，恨未国山扪石角。
六秋梦讯善权僧，去岁全文如剖璞。
何意今晨快启缄，依稀千字光斑驳。
……
山人兼寄碧鲜字，蝶化彩云飞扑扑。
团光米廪气蒸空，斗斛量珠已盈握
（时并拓碧鲜庵三大字见遗）。

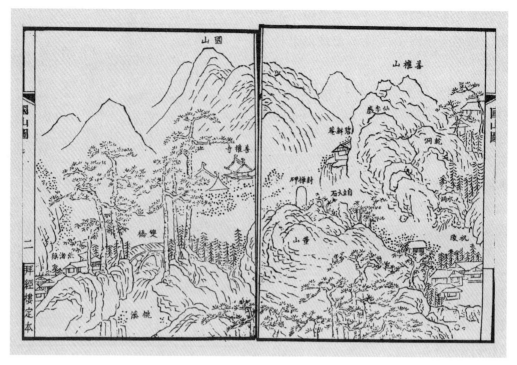

图126-清51-1　国山碑考1（国山图）

图126-清51-2　国山碑考2（图说）

书法家、金石家、文学家翁方纲于去岁收到吴骞解读的国山碑全文，时又收到吴寄来的国山碑并碧鲜庵碑拓本，乃作此歌以答。翁方纲（1733—1818），清直隶大兴（今属北京）人，字正三、忠叙，号覃溪，晚号苏斋。乾隆十七年（1752）进士，官至内阁学士。书法与刘墉、梁同书齐名，有《粤东金石略》《苏米斋兰亭考》等。

三是"附录"中有三条记载。其一称："祝陵，在善权山，其岩有巨石刻，云'碧鲜庵'，盖祝英台读书处。昔有诗云：蝴蝶满园飞不见，碧鲜空有读书台。俗传英台本女子，幼与梁山伯同学，后化为蝶，事类于诞。然考《寺志》，齐武帝以英台故宅创建，

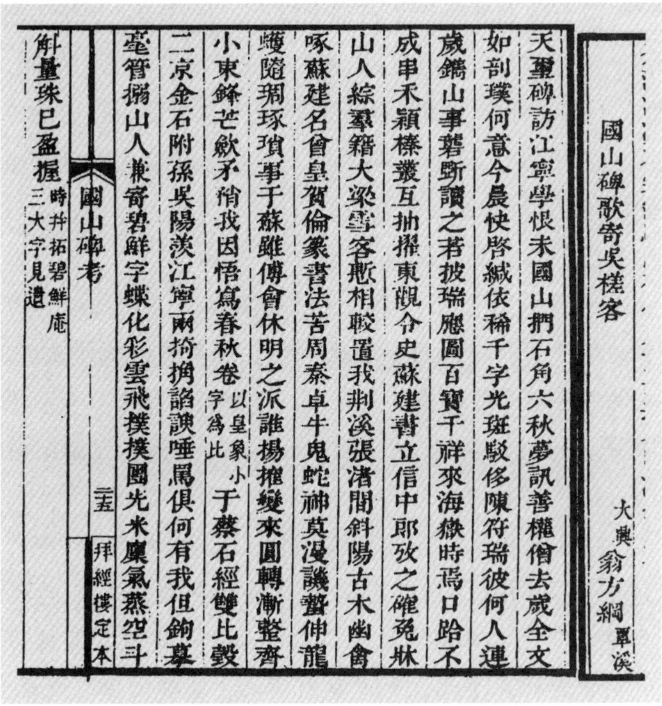
國山碑歌寄吳槎客　大興翁方綱覃溪
天璽砌訪江寧學恨未國山捫石角六秋夢訊善權僧去歲全文
如剖璞何意今晨快啓緘依稀千字光斑駁侈陳符瑞彼何人連
歲鐫山事碧斲讀之若披瑞應圖百寶千祥來海嶽時焉口䠶不
成串禾穎榛叢互抽擢東觀令史蘇建書立信中郎攷之確兔牀
山人綜羣籍大梁雪客彪相較置我荆溪張潜閒斜陽古木幽禽
啄蘇建名曾皇賀倫篆書法苦周秦卓牛鬼蛇神莫漫譏蟠伸龍
蠖隨琱琢瑣事于蘇雖傳會休明之派誰揚摧變來圓轉漸整齊
小東鋒芒歛矛稍我因悟寫春秋卷以皇象小字為比于蔡石經雙比轂
二京金石附孫吳陽羨江寧兩掎摭詒諛嗤罵俱何有我但鉤摹
毫管搦山人兼寄碧鮮字蝶化彩雲飛撲撲圖光米廪氣蒸空斗
斛量珠已盈握時并拓碧鮮庵三大字見遺
國山碑考　二五　拜經樓定本

图126–清51–3　国山碑考3（题咏）

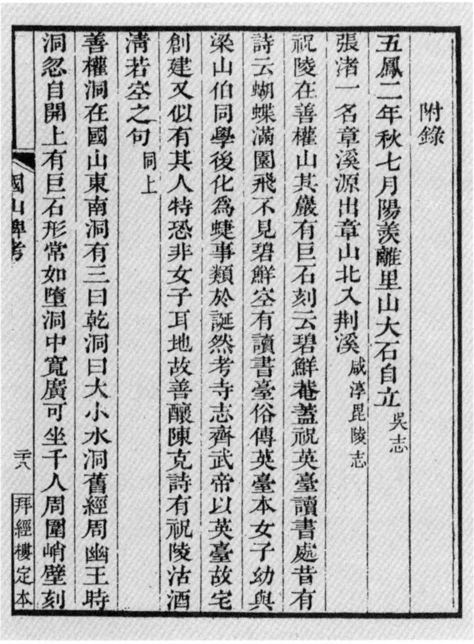
附錄
五鳳二年秋七月陽羨離里山大石自立吳志
張渚一名章溪源出章山北入荆溪咸淳毘陵志
祝陵在善權山其巖有巨石刻云碧鮮菴蓋祝英臺讀書處昔有
詩云蝴蝶滿園飛不見碧鮮空有讀書臺俗傳英臺本女子幼與
梁山伯同學後化為蝶事類於誕然考寺志齊武帝以英臺故宅
創建又似有其人特恐非女子耳地故善釀陳克詩有祝陵沽酒
清若空之句同上
善權洞在國山東南洞有三曰乾洞曰大小水洞舊經周幽王時
洞忽自開上有巨石形常如墮洞中寬廣可坐千人周圍峭壁刻
國山碑考　二六　拜經樓定本

图126–清51–4　国山碑考4（附录1）

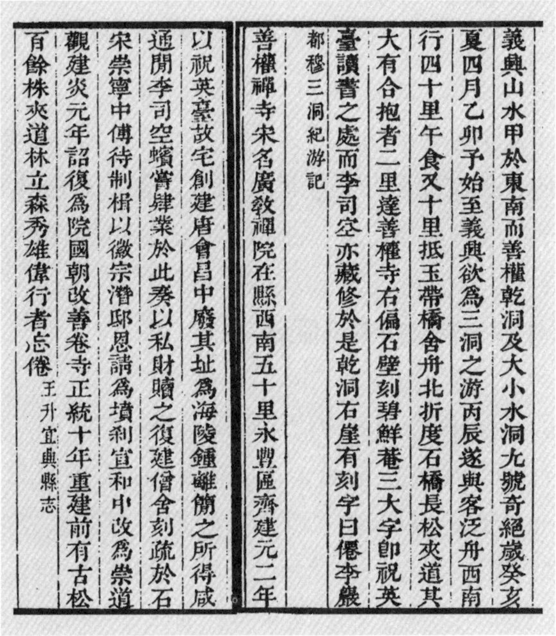
義興山水甲於東南而善權乾洞及大小水洞尤號奇絶歲癸亥
夏四月乙卯予始至義興欲為三洞之游丙辰遂與客泛舟西南
行四十里午食又十里抵玉帶橋舍舟北折度石橋長松夾道其
大有合抱者二里達善權寺右偏石壁刻碧鮮菴三大字即祝英
臺讀書之處而李司空亦藏修於是乾洞右崖有刻字曰僊李巖
都穆三洞紀游記
善權禪寺宋名廣教禪院在縣西南五十里永豐鄉齊建元二年
以祝英臺故宅創建唐會昌中廢其址為海陵鍾離簡之所得咸
通閒李司空蠙贖肆業於此奏以私財贖之復建僧舍刻疏於石
宋崇寧中傳待制楫以徽宗潛邸恩請為墳剎宣和中改為崇道
觀建炎元年詔復為院國朝改善卷寺正統十年重建前有古松
百餘株夾道林立森秀雄偉行者忘倦王升宜興縣志

图126–清51–5　国山碑考5（附录2）

又似有其人，特恐非女子耳。地故善酿，陈克诗有‘祝陵沽酒清若空’之句。”这段文字，吴骞自称引自《咸淳毗陵志》，然与多种版本的《咸淳毗陵志》对照，出入较大。

一是吴骞未提及"祝英台读书处"六个石刻大字；二是昔诗"碧鲜空有读书坛"改成了"碧鲜空有读书台"；三是"幼与梁山伯共学"改成了"幼与梁山伯同学"；四是宋代对《寺记》的考证变成了对《寺志》的考证；五是把宋志考证后得出的"必有祝英台其人其宅"的结论改成了"又似有其人"，明显加入了自己在清代看到的事物和体会（详考见《"梁祝"的起源与流变》第20—22页）。

其二，征引明都穆的《三洞纪游记》，称："义兴山水甲于东南，而善权乾洞及大小水洞尤号奇绝。岁癸亥夏四月乙卯，予始至宜兴，欲为三洞之游。丙辰遂与客泛舟西南，行四十里午食，又十里抵玉带桥。舍舟北折，度石桥，长松夹道，其大有合抱者。二里达善权寺。右偏石壁刻'碧鲜庵'三大字，即祝英台读书之处，而李司空亦藏修于是。乾洞右崖有刻字，曰'仙李岩'。"这段文字，为都穆《三洞纪游记》之删节，其文应引自明《荆溪外纪》，因其称"行四十里午食，又十里抵玉带桥"，与《荆溪外纪》同，而明《善权寺古今文录》及明清诸方志之都穆文，均无"又十里"三字。

其三，节录征引明万历《宜兴县志》称："善权禅寺，宋名广教禅院，在县西南五十里永丰区，齐建元二年以祝英台故宅创建。唐会昌中废，其址为海陵钟离简之所得。咸通间，李司空蠙尝肄业于此，奏以私财赎之，复建僧舍，刻疏于石。宋崇宁中，傅待制桦以徽宗潜邸恩请为坟刹。宣和中改为崇道观，建炎元年诏复为院。国朝改善卷寺，正统十年重建。前有古松百余株，夹道林立，森秀雄伟，行者忘倦。"

以上影印件为上海博古斋影印清乾隆丙午（1786）刻本，存上海图书馆。

吴骞（1733—1813），清浙江海宁人，字槎客，又字葵里，号兔床、兔床山人。国子监生。幼多病，遂去举业。所居楼名"拜经"，藏书极丰，并广收古器遗物，以善为诗与古文而名。其先世有别业在宜兴，故间岁来宜，寓张渚（又名桃溪），采访旧闻，著有《拜经楼诗集》《桃溪客语》《阳羡名陶录》，辑有《拜经楼丛书》。

（127-清52）《小眠斋词》

《小眠斋词》为清史承谦所撰，乾隆丁未（1787）成书。是书"卷一"收录《祝英台近·碧鲜岩》一首，该诗有序云："碧鲜岩相传为祝英台读书处，明邑令谷兰宗先生镌一词于壁，秋日过之，因和原韵。"其词云：

> 楚云归，湘佩杳，芳意寄琼箸。
> 碧藓苍苔，曾记读书处。
> 未输锦水鸳鸯，花丛蛱蝶，长自向、春风容与。
>
> 便应虑。

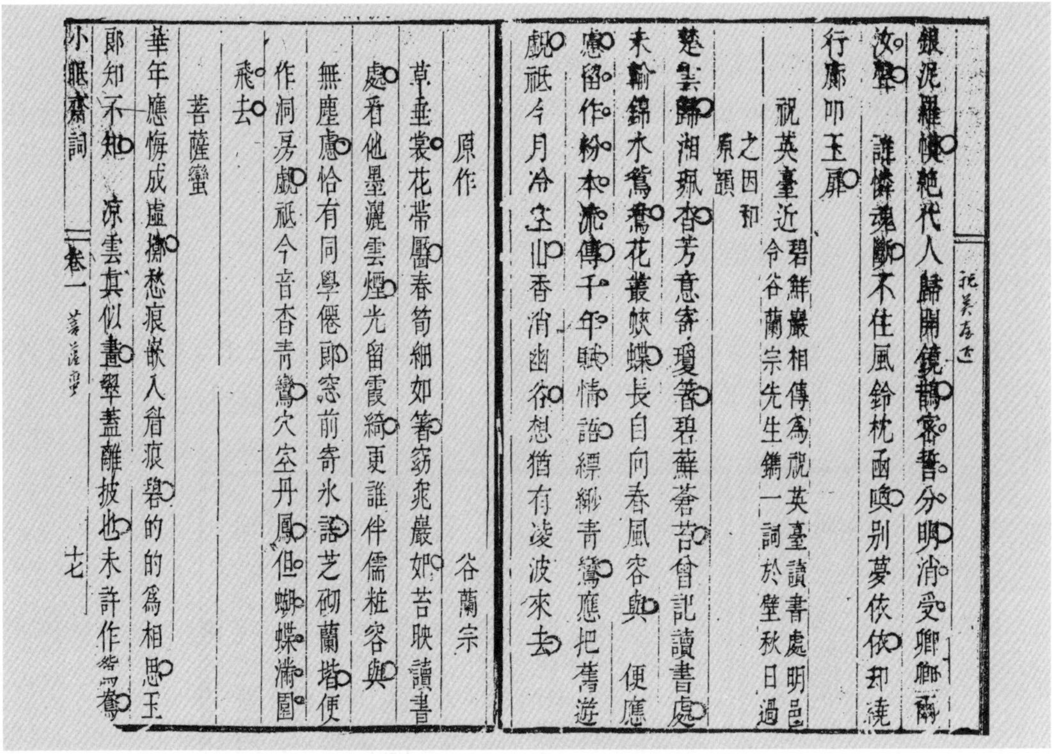
小眠齋詞　卷一　菩薩蠻　十七

祝英臺近

銀泥羅幰絶代人歸開鏡鵲窗書分明消受卿卿兩
汝翠　誰憐魂斷不住風鈴枕函與別夢依依却繞
行廊叩玉扉

祝英臺近　碧鮮巖相傳爲祝英臺讀書處明邑令谷蘭宗先生鐫一詞於壁秋日過之因和原韻

楚雲歸湘珮杳芳意寄瑤箸碧蘚蒼苔曾記讀書處
未輸錦木鴛鴦花叢蛺蝶長自向春風容與　便應
慮留作粉本流傳千年賦情語縹緲青鸞應把舊遊
覷祇今月冷空山香消幽谷想猶有凌波來去

原作　谷蘭宗

草垂裳花帶靨春筍細如箸窈窕巖妃苔印讀書
處看他墨灑雲煙光留霞綺更誰伴儒粧容與
無塵慮恰有同學仙郎窗前寄冰語芝砌蘭階便
作洞房覷祇今音杳青鸞穴空丹鳳但蝴蝶滿園
飛去

菩薩蠻

華年應悔成虛擲愁痕嵌入骨痕碧的的爲相思玉
郎知不知　涼雲真似畫翠蓋離披也未許作鴛鴦

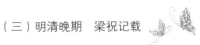

图127–清52　小眠斋词

留作粉本流传，千年赋情语。
缥缈青鸾，应把旧游觑。
只今月冷空山，香消幽谷，想犹有、凌波来去。

其后附有明谷兰宗原作云：

草垂裳，花带靥，春笋细如箸。
窈窕岩妃，苔印读书处。
看他墨洒云烟，光留霞绮，更谁伴、儒妆容与？

无尘虑。
恰有同学仙郎，窗前寄冰语。
芝砌兰阶，便作洞房觑。
只今音杳青鸾，穴空丹凤，但蝴蝶、满园飞去。

史承谦所记谷兰宗《祝英台近》词，与康熙《宜兴县志》有一处不同，“光留霞绮”

康熙志作"光流霞绮"。

本条影印件为清乾隆刻本,存上海图书馆。

史承谦(1707—1756),清荆溪(即今宜兴)人,字位存,号兰浦。诸生。工于诗词,为阳羡词群第四代领军人物,撰有《秋琴集》《小眠斋词》。

(128-清53)《桃溪客语》

《桃溪客语》为清吴骞所撰,乾隆五十三年(1788)成书。是书三处记载了宜兴、宁波、清水、舒城的"梁祝",并对宜兴某些"梁祝"遗存提出了疑问。

图128-清53-1 桃溪客语1

一是"卷一""碧鲜庵"条,称:"善权寺大殿及藏经阁俱毁于火。殿后石壁有巨碑,书'碧鲜庵'三大字,字径二尺余,前后无款识,笔法瑰伟雄肆,绝类颜平原。旁倚石台,台高一丈余,其上又有明邑令谷兰宗题'祝英台近'词石刻:'草垂裳,花带靥,春笋细如箸。窈窕岩妃,苔印读书处。几行墨洒云烟,光流霞绮,更谁伴、儒妆容与?   无尘虑。恰有同学仙郎,窗前寄冰语。芝砌兰阶,便作洞房觑。只今音杳青鸾,穴空丹凤,但蝴蝶、满园飞去。'石刻上有横额,题'碧鲜岩'三字。兰宗,历城人。"该条记载了当时善权寺中尚存的"碧鲜庵"碑与"碧鲜岩"古迹。

图128-清53-2 桃溪客语2

二是"卷一""梁祝同学"条,称:"梁祝事,见于前载者凡数处。《宁波府志》云:梁山伯,字处仁,家会稽,出而游学,道逢上虞祝英台诡为男妆,梁与共学三载,一如好友。既而祝先返,又二年,梁始归,访于上虞,始知其女也。怅然而归,告诸父母,请求为婚,而祝已许字鄞城马氏矣,事遂寝。未几梁死,葬鄞城西清道原(一云梁为鄞令而死)。其明年,祝适马氏,经梁墓,风雷不能前。祝知为梁墓,乃临穴哀恸,悲感路人,羡忽自启,身随以入。事闻于朝,丞相谢安请封之曰'义妇冢'。蒋薰《留素堂集》:清水县有祝英台墓,尝为诗以吊之。又,舒城县东门外亦有祝英台墓。今善权山下有祝陵,相传以为祝英台墓。何英台墓之多耶?然英台一女子,何得称陵?此尤可疑者也。又,谈迁《外索》云,鄞县东十六里接待寺西祀梁山伯,号忠义王云。"该条所引之《宁波府志》并非原文,盖其所载梁祝轶事之综合叙述。

三是"卷二""祝陵"条,称:"祝陵虽以英台得名,而墓道则不知所在,民居阛阓颇稠密。按,《咸淳毗陵志》曰:'祝陵,在善权山,其岩有巨石刻,云'碧鲜庵',盖祝英台读书处。昔有诗云:蝴蝶满园飞不见,碧鲜空有读书坛。俗传英台本女子,幼与梁山伯共学,后化为蝶,事类于诞。然考《寺志》,齐武帝以英台故宅创建,又似有其人,特恐非女子耳。地故善酿,陈克诗有祝陵买酒清若空之句。'謇尝疑祝英台当亦尔时一重臣,死即葬宅旁,而墓或逾制,故称曰'陵'。碧鲜庵乃其平日读书之地,世以与诡妆化蝶者名氏偶符,遂相牵合。所谓俗语不实,流为丹青者欤?"按,此记之《咸

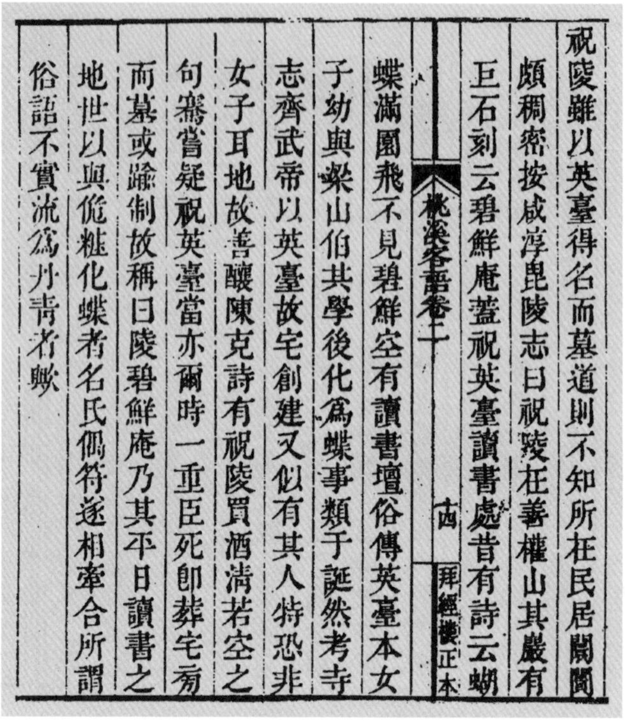

> 祝陵雖以英臺得名而墓道則不知所在民居闤闠
> 頗稠密按咸淳毘陵志曰祝陵在善權山其巖有
> 巨石刻云碧鮮庵蓋祝英臺讀書處昔有詩云蝴
> 蝶滿園飛不見碧鮮空有讀書壇俗傳英臺本女
> 子幼與梁山伯共學後化為蝶事類於誕然考寺
> 志齊武帝以英臺故宅創建又似有其人特恐非
> 女子耳地故善釀陳克詩有祝陵買酒清若空之
> 句齋嘗疑祝英臺當亦爾時一重臣死卽葬宅旁
> 而墓或躡制故稱曰陵碧鮮庵乃其平日讀書之
> 地世以與伉儷化蝶者名氏偶符遂相牽合所謂
> 俗語不實流為丹青者歟

图128-清-53-3　桃溪客语3

淳毗陵志》载，与《国山碑考》所记略有不同：1."碧鲜空有读书坛"，《国山碑考》为"碧鲜空有读书台"；2."幼与梁山伯共学"，《国山碑考》为"幼与梁山伯同学"；3."陈克诗有祝陵买酒清若空之句"，《国山碑考》为"陈克诗有祝陵沽酒清若空之句"。关于吴骞因"民居阛阓颇稠密"，祝英台墓道"不知所在"的考辨，见《"梁祝"的起源与流变》第223—227页。

以上影印件为清乾隆刻本，见《续修四库全书》。

（129-清54）[乾隆]《鄞县志》

[乾隆]《鄞县志》为清钱维乔所修、钱大昕纂，乾隆五十三年（1788）刊行。该志三处记载"浙东梁祝"：

一是"卷七·坛庙""义忠王庙"条称："义忠王庙，县西一十六里接待亭西（成化志），祀东晋鄞令梁山伯。安帝时，刘裕奏封义忠王，令有司立庙祀之（嘉靖志）。李茂诚记曰：神讳处仁，字山伯，姓梁氏，会稽人也……"该条前半部分系因袭前志，后又附宋李茂诚之《义忠王庙记》，全文见前。

二是"卷八·职官表·晋令"载："梁处仁，鄮令，见宝庆志。"

[乾隆]《鄞县志》此记有误。查宋《宝庆四明志》，仅两处记载"梁祝"，一是"鄞

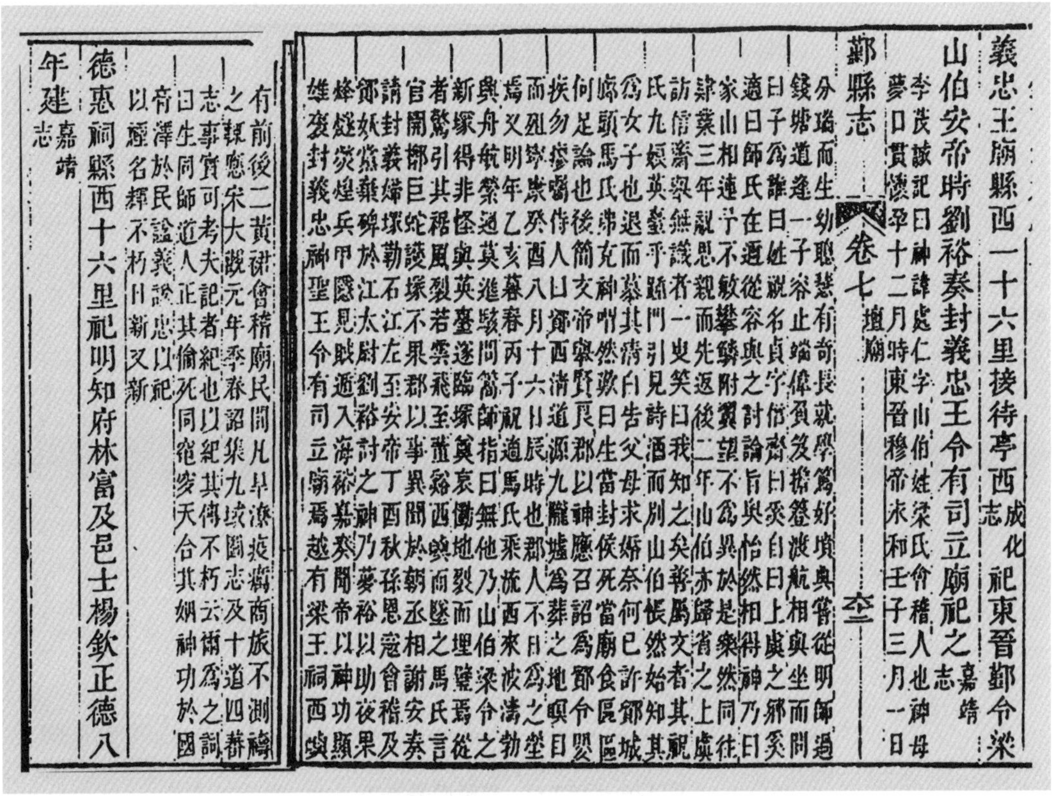

義忠王廟縣西一十六里接待亭西 志成化 祀東晉鄮令梁山伯安帝時劉裕奏封義忠王令有司立廟祀之 志嘉靖

李茂誠記曰神諱處仁字山伯姓梁氏會稽人也神母夢日貫懷孕十二月時東晉穆帝永和壬子三月一日

鄞縣志　卷七　壇廟　卆

分瑞而生幼聰慧有奇長就學篤好墳典嘗從明師過錢塘道逢一子容止端偉負笈擔簦渡航相與坐而問曰子為誰曰姓祝名貞字信齋曰奚自曰上虞之鄉奚適曰師氏在邇從容與之討論旨奧怡然相得神乃曰家山相連予不敏攀驥附翼望不為異於是樂然同往肄業三年祝思親而先返後二年山伯亦歸省之上虞訪信齋舉無識者一叟笑曰我知之矣善屬文者其祝氏九娘英臺乎踵門引見詩酒而別山伯悵然始知其為女子也退而慕其清白告父母求姻奈何已許鄮城廊頭馬氏弗克神喟然歎曰生當封侯死當廟食區區何足論也後簡文帝舉賢良郡以神應召詔為鄮令嬰疾勿瘳囑侍人曰鄮西清道源九隴墟為葬之地瞑目而殂寧康癸酉八月十六日辰時也郡人不日為之塋焉又明年乙亥暮春丙子祝適馬氏乘流西來波濤勃與舟航縈迴莫進駭問篙師指曰無他乃山伯梁令之新塚得非怪與英臺遂臨塚奠哀慟地裂而埋璧焉從者驚引其禍風裂若雲飛至蓋絡西嶼而墜之馬氏言官開鄮巨蛇護塚不果郡以事異聞於朝丞相謝安奏請封義婦塚勤石江左至安帝丁酉秋孫恩寇會稽及鄮妖黨棄碑於江太尉劉裕討之神乃夢裕以助夜果烽燧熒煌兵甲隱見賊遁入海裕嘉奏聞帝以神功顯雄褒封義忠神聖王令有司立廟焉越有梁王祠西嶼有前後二黃裙會稽廟民間凡旱澇疫癘商旅不測禱之輒應宋大觀元年季春詔集九域圖志及十道四蕃志事實可考夫記者紀也以紀其傳不朽云爾為之詞曰生同師道人正其倫死同窆天合其姻神功於國育澤於民諡義旌忠以祀以經名輝不朽日新又新

德惠祠縣西十六里祀明知府林富及邑士楊欽正德八年建 志嘉靖

图129–清54–1　乾隆鄞县志1

县境图”中有“义妇冢梁山伯祝英台”九字；二是“存古”中有“梁山伯祝英台墓”。两则均无梁山伯为令之说。又，《宝庆四明志》“卷第十二·鄞县志卷第一·县令”称：“题名毁于金寇，续刻自建炎四年始，先是莫得而详，举所可考者书之。”因此，《宝庆志》书录的县令，唐代以前仅王修1人，并没有东晋的梁山伯。

三是“卷二十四·冢墓·晋”“梁山伯祝英台墓”条因袭前志，称：“梁山伯祝英台墓，在县西十里接待寺后。二人少尝同学，比及三年，而山伯初不知英台之为女也。以同学而同葬（十道四蕃志）。”

词条称源于《十道四蕃志》是错误的，因《十道志》的原文并非如此。此条的来源应是宋张津的《乾道四明图经》，称：“义妇冢，即梁山伯祝英台同葬之地也。在县西十里接待院之后，有庙存焉。旧记谓二人少尝同学，比及三年，而山伯初不知英台之为女也，其朴质如此。按，《十道四蕃志》云：义妇祝英台与梁山伯同冢，即其事也。”而张津之所谓“按，《十道四蕃志》云：义妇祝英台与梁山伯同冢，即其事也”，并非《十道四蕃志》原文。

本条影印件为华东师范大学图书馆藏清乾隆五十三年刻本，见《续修四库全书》。

钱维乔，生卒不详，江苏武进（今属常州市）人，字竹初。壬午（1762）举人，乾

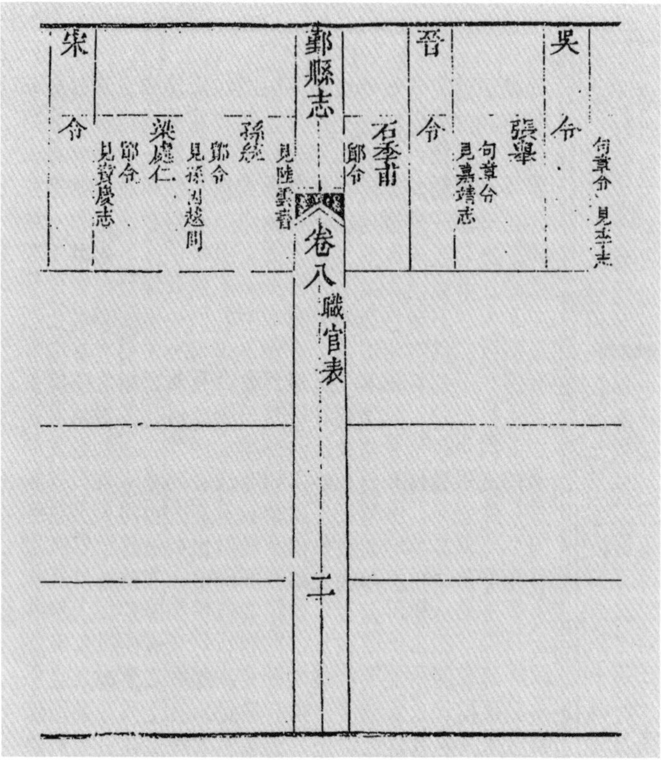

吳 令 何章令、見[illegible]志

張舉 句章令 見嘉靖志

晉 令

石季甫 鄮令

鄞縣志 卷八 職官表 二十

見陸雲書

孫綖 鄮令 見孫綽越問

梁處仁 鄮令 見寶慶志

宋 令

图129–清54–2　乾隆鄞县志2

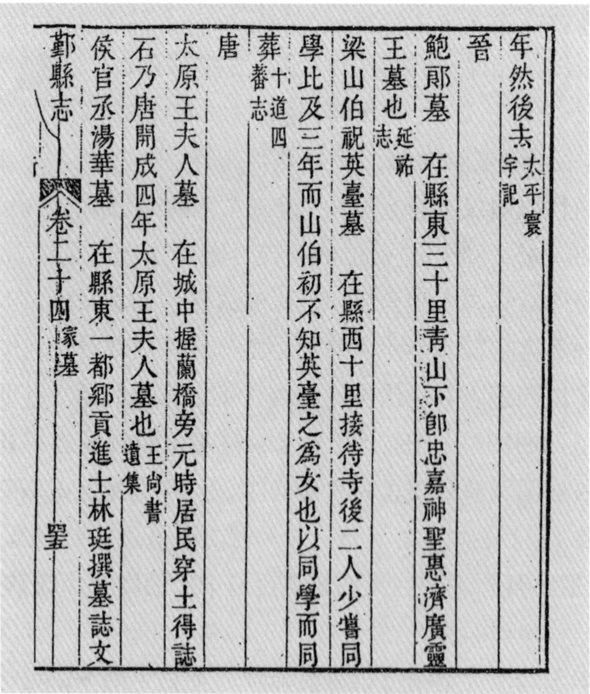

年然後去太平寰宇記

晉

鮑郎墓　在縣東三十里青山下郎忠嘉神聖惠濟廣靈王墓也延祐志

梁山伯祝英臺墓　在縣西十里接待寺後二人少嘗同學比及三年而山伯初不知英臺之爲女也以同學而同葬十道四蕃志

唐

太原王夫人墓　在城中握蘭橋旁元時居民穿土得誌石乃唐開成四年太原王夫人墓也王尚書遺集

侯官丞湯華墓　在縣東一都鄮貢進士林珽撰墓誌文

鄞縣志 卷二十四 冢墓 [illegible]

图129–清54–3　乾隆鄞县志3

（三）明清晚期 梁祝记载

隆四十六年（1781）由遂昌调任鄞县知县，五十三年引疾退。

钱大昕（1728—1804），清江苏嘉定（今属上海）人，字晓征，一字及之，号辛楣、竹汀居士。乾隆十六年（1751）高宗弘历南巡，因赐举人。甲戌（1754）进士。官至广东学政，后居丧归里不出。有《廿二史考异》《十驾斋养新录》《潜研堂集》等。

（130-清55）《宜兴县志勘讹》

《宜兴县志刊讹》为清徐浔所撰，乾隆癸丑（1793）成书。是书两处记有"宜兴梁祝"：

一是"善权石刻"条称："善权石刻有'碧鲜庵'三字，体势雄浑。明谷兰宗有题'碧鲜岩'及'祝英台近'词一阕，碑立其上。子春书《碧鲜志》并作'藓'，直不知'碧鲜'为竹名耳。即所载'蝴蝶满园飞不见，碧鲜空有读书台'亦作'藓'，则且平仄失严矣"。作者指出"碧鲜"因竹名而来，不作"碧藓"，指出过去方志典籍误作"碧藓"的错误，为"碧鲜"正名。

二是"祝英台"条称："祝陵善权山。《毗陵志》云：岩前有巨石刻云云。俗传英台本女子，幼与梁山伯共学，后化为蝶。其说类诞。然考《寺记》，谓齐武帝赎英台旧产建，意必有人第，恐非女子耳。志但载'俗传'数语于'其说类诞'，下概不

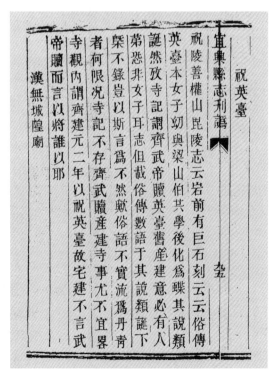

图130-清55-1　宜兴县志刊讹1　　　　图130-清55-2　宜兴县志刊讹2

录，岂以斯言为不然欤？俗语不实，流为丹青者何限？况《寺记》不存，齐武赎产建寺事尤不宜略。寺观内谓‘齐建元二年以祝英台故宅建’，不言武帝赎，而言以将谁以耶？”

作者认为，该志对“梁祝”传说三言两语带过，难道对梁祝传说不以为然吗？同时指出，善权寺始建于齐高帝建元二年，与齐武帝赎产建寺说法相异，应当将《寺记》内容展开、结论坐实。实际上，《善权寺记》碑刻于宋代尚存，明清则湮灭，明万历志、清康熙志“祝陵”条的内容，都是因袭咸淳志记载的，而毗陵志对梁祝传说的记载确实过于简单了。

以上影印件为清乾隆刻本，存中国国家图书馆。

徐滨，清宜兴人，自称“洑溪徐滨”，为明宰相徐溥后人。生平不详，撰有《宜兴县志刊讹》。

（131–清56）《词名集解续编》

《词名集解续编》为清汪汲所辑，乾隆甲寅（1794）成书。是书“卷上·祝英台近”条称：“祝英台近。《九宫大成》入南词越调引，一名‘燕莺语’。《词律》或无‘近’字，又名‘月底修箫’。《宁波府志》：东晋越有梁山伯、祝英台尝同学，祝先归，梁访之，知为女，欲娶之，已许马氏子。梁忽忽成疾，后为鄞令死，遗言葬清道山下。明年，祝适马氏，过其地，风涛大作，舟不能进。祝乃造冢哭之哀恸，其地忽裂，祝投而死。事闻丞相谢安，请封为义妇。今吴中有花蝴蝶，盖橘蠹所化，儿童亦呼梁山伯、祝英台云。”

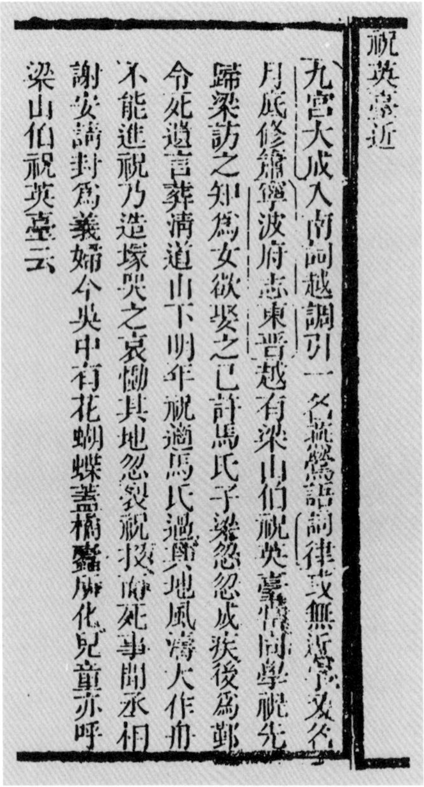
祝英臺近
九宫大成入南詞越調引一名燕鶯語詞律或無近字又名月底修簫寧波府志東晉越有梁山伯祝英臺嘗同學祝先歸梁訪之知爲女欲娶之已許馬氏子梁怱怱成疾後爲鄞令死遺言葬清道山下明年祝適馬氏過其地風濤大作舟不能進祝乃造塚哭之哀慟其地忽裂祝投而死事聞丞相謝安請封爲義婦今吳中有花蝴蝶蓋橘蠹所化兒童亦呼梁山伯祝英臺云

图131–清56　词名集解续编

此影印件为清乾隆甲寅刻本，存上海图书馆。

汪汲，清乾隆间海阳人，字葵田，号海阳竹林人、古愚老人。乾隆中职贡生。著有《古愚老人消夏录》，辑有《事物原会》《词名集解》《南北词名宫调汇录》等共六十七卷。其里籍因“海阳”而派生七地：山东海阳、河北海阳、清河、江苏淮阴、安徽休宁、江西婺源、广东潮安，故莫衷一是。

(三)明清晚期 梁祝记载

(132-清57)[乾隆]《清水县志》

[乾隆]《清水县志》为清朱超所修纂,乾隆六十年(1795)刊行。该志三处记载有关"梁祝"。

一是"卷之二·山川·陵墓""祝英台墓"条称:"祝英台墓,东八里,官路南。"

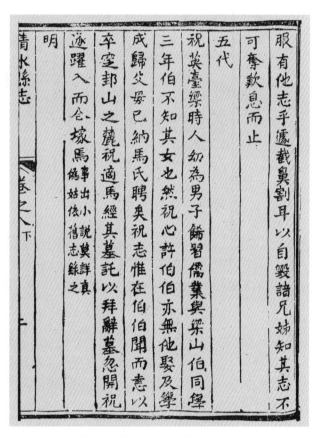

图132-清57-1 乾隆清水志1　　图132-清57-2 乾隆清水志2

二是"卷之八·人物·烈女·五代""祝英台"条因袭康熙志称:"祝英台,梁时人,幼为男子饰,习儒业,与梁山伯同学三年,伯不知其女也。然祝心许伯,伯亦无他娶。及学成归,父母已纳马氏聘矣。祝志唯在伯,伯闻而恚以卒,窆邨山之麓。祝适马,经其墓,托以拜辞。墓忽开,祝遂跃入而合冢焉(事出小说,莫详真伪,姑依旧志录之)。"

三是"卷之十四·艺文"载有"梁祝"诗两首。其一《经祝英台故址》云:

支筇探胜游,言寻古樵路。

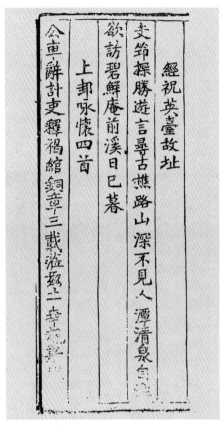

图132-清57-3 乾隆清水志3

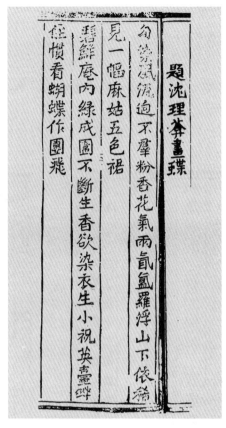

图132-清57-4 乾隆清水志4

　　　　山深不见人，潭清泉自注。
　　　　欲访碧鲜庵，前溪日已暮。

其二《题沈理荪画蝶》之二，云：

　　　　碧鲜庵内绿成围，不断生香欲染衣。
　　　　生小祝英台畔住，惯看蝴蝶作团飞。

然此两首诗，都是咏的"宜兴梁祝"。第一首称诗人经过祝英台故址，挂着竹杖（筇，音qióng，竹，可作手杖），沿着古樵路，在深山中寻访碧鲜庵胜迹；第二首，诗人由沈理荪画的蝴蝶想到了"梁祝"，说到了碧鲜庵里，看到山花烂漫和双飞的蝴蝶。还说自己从小就在英台读书处附近居住，经常看到蝴蝶成团地飞舞。

以上影印件为清乾隆刻本，存上海图书馆。

朱超，清荆溪（今属宜兴）人，字敬修，号蓝田。乾隆四十八年（1783）举人，以

(三)明清晚期 梁祝记载

国史分职出授清水知县。问民疾苦，劝农息讼，三载后民安物阜，有"循良之吏"的美称。由于他从小居住在宜兴祝英台读书处——碧鲜庵附近，写下了关于"梁祝"的诗词，且于修纂《清水县志》时收录了进去，以至在《清水县志》中出现了咏"宜兴梁祝"的诗词（详考见《"梁祝"的起源与流变》第200—202页）。

（133-清58）《伴梅草堂诗存》

《伴梅草堂诗存》为清顾櫵所撰，是书收录宁波梁祝诗3首。其一为《过梁山伯墓》：

> 同学书堂悔未知，重缘相见转相思。
> 方悲黄壤遽埋玉，更诧红颜亦解尸。
> 灵魂化为花径蝶，香名谱入草堂词。
> 只今古冢江头列，连理长存苍翠枝。

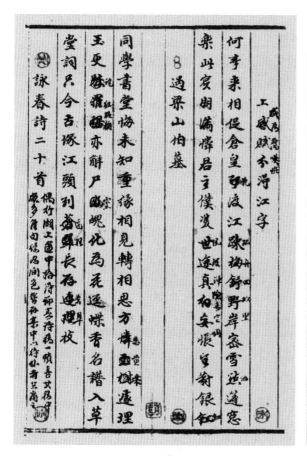

图133-清58-1 伴梅草堂诗存1

图133-清58-2 伴梅草堂诗存2

春日诗人乘舟过梁山伯墓，得悉与祝英台同葬于此的传说，惊诧他们死后化成了蝴蝶，为后人歌咏。那古冢前彼此缠绕的松柏，是他们爱情长存的象征。该诗曾作多处修改："怜玉树"改为"悲黄壤"；"更骇"改为"更诧"；"罗裾"改为"红颜"；"游魂"改为"灵魂"；"苍翠"改为"连理"；"连理"改为"苍翠"。

《江上望梁山伯墓》二首，作于乾隆三十二年丁亥（1767），其一：

挂帆最喜当秋浦，红蓼开残白芷凉。
指点南山数征雁，轩轩风帽立斜阳。

又：

墓傍江浒剩古祠，萧萧落木下荒陂。
春魂化作双蝴蝶，飞逐寒波无尽时。

诗人秋日于江上遥望梁山伯墓，但见蓼残苇凋、徙雁南征；衣帽在秋风中飘忽，古祠在萧索中落寞；只有双双蝴蝶，还在寒波中飞舞。

以上影印件由宁波大学张如安教授提供，存天一阁博物馆。《伴梅草堂诗存》刊刻时间不详，原稿与改字笔迹相同，疑为顾榈之稿本。

顾榈（1726—？），清浙江慈溪人，字嵩乔，号鉴沙。诸生。善吟咏、绘画，藏书万卷。有《伴梅草堂诗存》等。

（134-清59）《阳羡摩崖纪录》

《阳羡摩崖纪录》为清吴骞所撰。是书记录了嘉庆元年宜兴善权洞、会仙岩、张公洞等处所存的摩崖石刻，其中"善权洞"条为"嘉庆丙辰（1796）四月二十二日海宁吴骞、凤台胥绳武、宜兴陈经同游纪录"，称："碧鲜庵。右三字在小水洞东，正书，大径三尺。"又称："谷兰宗词。右在碧鲜岩上，正书。"按：即谷兰宗词即明宜兴邑令谷兰宗所题"祝英台近·碧鲜岩"词。善权寺后有高台，刻谷兰宗词，其台额"碧鲜岩"，俗称碧鲜台、祝英台。

该书后附《荆南游草》，其中收录《同燕亭、景辰游善权洞、观国山碑亭及吴自立大石作》一首，云：

名山发兴谢蒿梏，一溪早濑晨衔排。
良朋挈我不知远，短笻誓拨云涛堆。

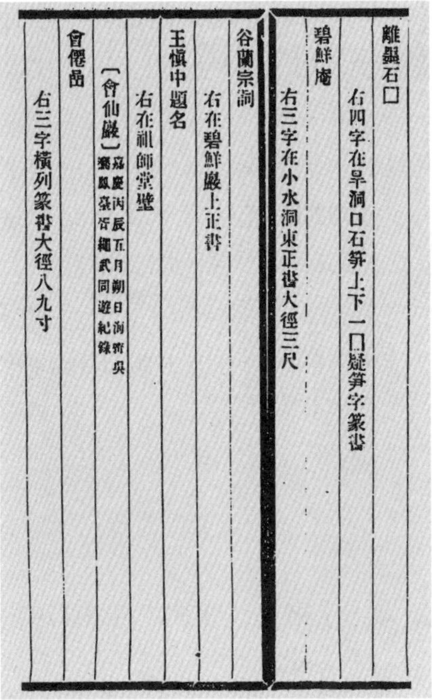

(三)明清晚期 梁祝记载

图134-清59-1 阳羡摩崖纪录1

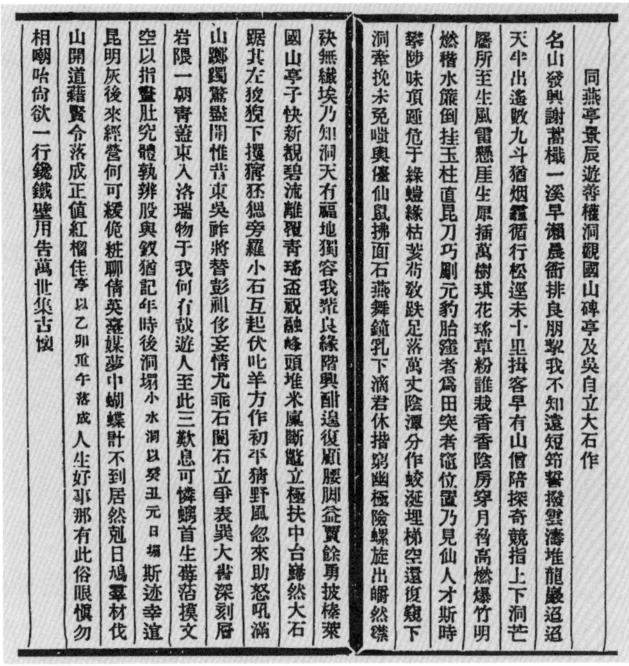

图134-清59-2 阳羡摩崖纪录2

　　龙岩迢迢天半出，遥数九斗犹烟霾。
　　循行松径未十里，揖客早有山僧陪。……
　　犹记年时后洞塌（小水洞以癸丑元日塌），
　　斯迹幸逭昆明灰。
　　后来经营何可缓？诡妆聊倩英台媒。
　　梦中蝴蝶计不到，居然克日鸠群材。
　　伐山开道藉贤令，落成正值红榴佳（亭以乙卯重午落成）。
　　人生好事那有此，俗眼慎勿相嘲哈。
　　尚欲一行镌铁壁，用告万世集古怀。

　　诗人与友人同游善权洞、观国山碑亭并吴自立大石，记录了善卷后洞石壁于乾隆癸丑（1793）坍塌的事件。此记与《桃溪客语》"卷四·小水洞纪异"相吻。《小水洞纪异》称："小水洞，穹窿窈窱，势与乾洞无异。……乾隆癸丑正月乙未昧爽，洞忽倾圮，声闻远迩，沙填石压，溪水为不流。所谓穹窿如室者，今仅遗峭壁；昔人题字，无一复存矣。"由该诗可知，当时的县令唐仲冕为了保护国山碑及祝英台古迹、遗存，共计花了两年多时间（自癸丑元日至乙卯端午），清理了塌方，新建了国山碑亭，还修建了山道，把善卷洞与国山碑连成了一线。诗中"后来经营何可缓？诡妆聊倩英台媒。梦中蝴蝶计不到，居然克日鸠群材"，写了祝英台托言嫁妹的传说和梁祝化蝶的传说，而且可

215

知，当时善卷山蝴蝶极多，居然可以遮住太阳。"后来经营何可缓"句，是指县令唐仲冕为了清理后洞的水道（俗称英台东潭）里的坍塌石块泥沙，用了两年时间（见《桃溪客语》）。

该书未署刊印时间，观其后又附有归安姚觐元、海昌钱保塘同撰之《涪州石鱼文字所见录》，应是清末重刊之铅印本。按：姚觐元（？—约1902），光绪八年（1882）官广东布政使。钱保塘（1833—1897），咸丰九年（1859）己未举人，官什邡、定远、大足知县。

本条影印件见宜兴市史志档案馆存本，《丛书集成续编》（上海书店出版社1994年出版）亦有收辑。

（135-清60）[嘉庆]《增修宜兴县旧志》

[嘉庆]《增修宜兴县旧志》为清阮升基、唐仲勉所修，宁楷纂，嘉庆二年（1797）刊行，下限至清雍正三年。该志多处记载"宜兴梁祝"。

一是"卷首·全境图说·全境图"，标有"善卷洞"和"祝陵"地名。

二是"卷九·古迹志·遗址""碧鲜庵"条收录明华察《游善权碧鲜岩》诗，云：

> 落日下空门，斋钟出林莽。
> 偶兹扣精庐，再宿翠微上。
> 旧游不知处，但见松杉长。
> 岩虚露气清，坐觉心魂爽。
> 月白山窗高，夜静风泉响。
> 遂令寤寐中，超然脱尘网。
> 云壑永栖迟，愿言税归鞅。

"精庐"者，精舍也。诗人重访善卷寺，夜居"精庐"（即原祝英台读书处，亦即李司空读书处），坐在碧鲜岩旁，顿觉心旷神怡，超然脱俗。华察（1497—1574），江苏无锡人，字子潜，号鸿山。明嘉靖五年（1526）进士，官至翰林院掌院学士、侍读学士，人称"华太师"。著有《皇华集》《碧山亭集》《岩居稿》等。

后又据善权寺内《碧鲜岩》碑刻，收录明邑令谷兰宗《祝英台近》词。原词有序："阳羡善权禅寺，相传为祝英台宅基，而碧鲜岩者，乃与梁山伯读书之处也。予省郊两舍于此，见其岩势巍崟，壁立数丈，真是文娥仙境，但竹石陆离，花芝凄冷，有可伤耳。因题其崖，复作词一阕，亦取其旧名云。"其词见前，唯"窈窕岩扉"《小眠斋词》《桃溪客语》均作"窈窕岩妃"；"看他墨洒烟云"《康熙宜兴志》作"几行墨洒烟云"，

(三)明清晚期 梁祝记载

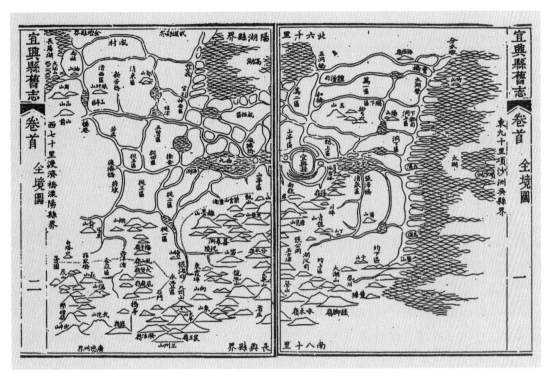

图135-清60-1 嘉庆宜兴旧志1（图）

碧鲜庵

明华蔡游菩权碧鲜严岩诗 落日下空门斋罄出林梵偈
兹叩精庐再宿翠微上旧游不知处但见松杉长严虚
露气清坐觉心魂爽月白山鼯高夜静风泉响寂严居
寐中超然脱尘网云窒永樯迟愿言税归鞅藁
明邑令谷兰宗祝英台近词并序 阳羡善权禅寺相传为祝
英台宅基而碧鲜岩者乃与梁山伯读书之处也寻省
郊雨舍於此见其岩势巍登壁立数丈真是文娥仙境
但竹石陆离花芝凄冷有可伤耳因题其崖复作词一

宜兴县旧志 卷九 遗址 五

碧鲜庵
按史志云檀山岩前有巨石刻云祝英台读书处号
碧鲜庵昔人有诗云蝴蝶满园飞不见碧鲜空有读书
坛陈唐石刻六字乃女子勤妙梁山伯学碧鲜庵一名
醢令石刻有祝英台本无碑字化為蝶地善权寺名碑现在
不可读芙蕖诗作碧仙亦属传闻之误
飞去严碑
堪便作洞房觇祗今音杳青鸾六空丹凤但蝴蝶满园
粧容与 无尘虑恰有同学仙郎腰前寄冰语伴儒
严扉苔印读书处君他墨瀹花带霞春筠细如筋窈窕
阂永取其旧名云 草垂裳花带鬓春筠细如筋窈窕
九斗坛在国山东去县西南五十里高二丈梁武為天旱

宜兴县旧志 卷九 遗址 六

图135-清60-2 嘉庆宜兴旧志2（碧鲜庵）

《古今图书集成》与《桃溪客语》作"几行墨洒云烟";"光流霞绮"《康熙宜兴志》作"光流霞绘",《小眠斋词》作"光留霞绮"。

"碧鲜庵"条有注,称:"按,史志云:善权山岩前有巨石刻,云'祝英台读书处',号'碧鲜庵'。昔人有诗云:蝴蝶满园飞不见,碧鲜空有读书坛。俗传英台本女子,幼与梁山伯共学,后化为蝶。地善酿,陈克有'祝陵沽酒清若空'之句。按:碧鲜庵,一名碧鲜岩。今石刻六字已亡,唯'碧鲜庵'长碑三大字,字形瑰玮,谓是唐刻。化蝶事有无不可知。'碧鲜'本竹名,碑刻现在,无作'藓'者。王志(即万历王升志)误作'藓',诗句平仄失粘,不可读矣。华诗作'碧仙',亦属传闻之误。"

该条记载对前志所记作出两点说明:一是关于善卷山岩上"祝英台读书处"的六字石刻,唐代就有记载,且宋元明方志皆载之。然至清代,该六字石刻已亡;二是唐"碧鲜庵"碑尚存,前志有记"碧藓庵"、"碧仙庵"者,均属误记。

三是"卷九·名胜""善权洞"条称:"善权洞在县西南五十里国山东南,一名龙岩……"后收录明都穆《善权记》,称:"……寺在国山东南,齐建元中建,盖祝英台之故宅也……入三生堂,观李曾伯书扁,右偏石壁刻'碧鲜庵'三大字,即祝英台读书处,而李司空亦藏修于此……"

后又收录宋薛季宣《游祝陵善权洞》诗,云:

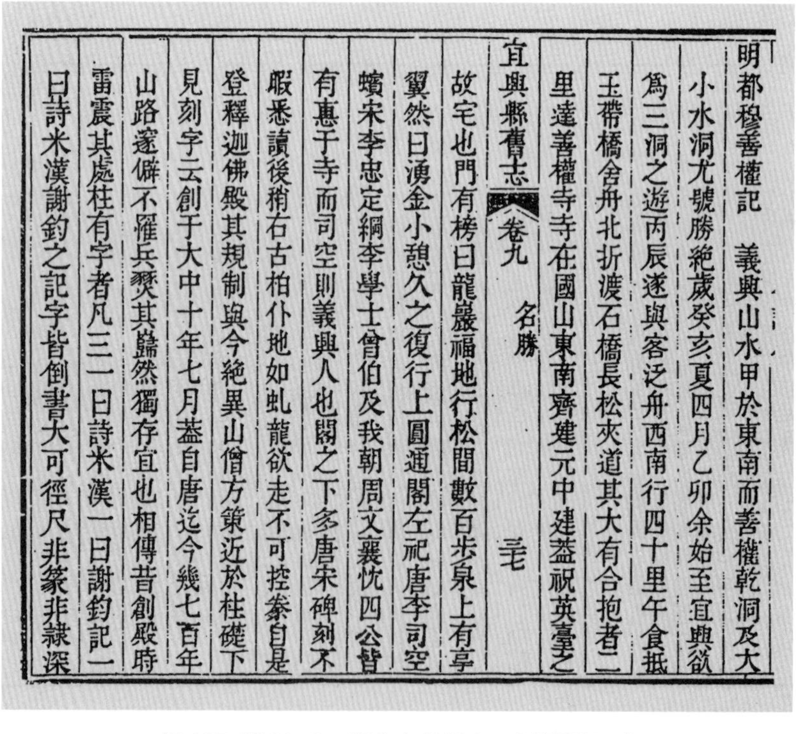

图135-清60-3　嘉庆宜兴旧志3(都穆记1)

(三)明清晚期 梁祝记载

入水理或謂三者皆雷神之名不可曉也正統間周文
襄來遊見之戲命削謝鈞記三字隨削而字隨入文襄
異之乃此今柱上削處猶薘鄉民恒慕楊以去云佩之
可以愈瘧八三生堂觀李曾伯書匾右偏石壁刻碧鮮
巷三大字即祝英臺讀書處而李司空亦藏修于此寺
後亂石離立泉交流其間數十步至小水洞上飛巖癸
出巖峻可二十仞而大石翼其左其中有竇形類偃
月深莫可測水由是出客投以瓦石輒鏘然鳴李司空
碑謂微時見白龍騰出洞中蓋龍穴云水出洞潛行石
下數百步乃見其一南注經寺中蓋鐘樓一東注于寺門

宜興縣舊志 卷九 名勝 叁

图135-清60-4 嘉庆宜兴旧志4（都穆记2）

生之所未見而不列於洞大福地余因是又有以感士
君子之修德樹功或不幸而滅沒無聞不得顯暴後世
如三洞者又豈少哉雖然蒐奇覽勝以足余之平生則
斯游之幸巳多矣故敘而記之 善權寺古
朱薛季宣遊祝陵善權洞詩
　　　　　　　　　　　　　　萬古英臺回雲貞泉響珮璟
練衣歸洞府入水洞中香一雨落人間蝶舞凝山魄花開
想玉顏幾如禪觀邂游鮑歐澄灣寺故祝英臺宅唐昭
小水洞別有鯉魚四足 左右螞蟥戰晨昏燕蝠爭九尾
出水洞別為雷雨今 義師李顧嘗見白龍
寧曲照三洞獨何營世事陸與喪人生見死生阿誰能
種玉還爾石田耕浪語

图135-清60-5 嘉庆宜兴旧志5（薛季宣诗）

万古英台面，云泉响佩环。
练衣归洞府（洞水倒流入水洞中），香雨落人间。
蝶舞凝山魄，花开想玉颜。
几如禅观适，游鲔戏澄湾
（寺故祝英台宅。唐昭义帅李蟠尝见白龙出水洞而为雷雨，今小水洞有鳄鱼四足）。

左右蜗蛮战，晨昏燕蝠争。
九星宁曲照，三洞独何营？
世事嗟兴丧，人生见死生。
阿谁能种玉，还尔石田耕。

四是"卷九·碑刻""善权寺碑"条称"善权寺碑。一碧鲜庵三大字，楷书，笔势瑰伟，传为唐刻；一嘉靖乙未，王慎中题名，在祖师堂壁；一碧鲜岩祝英台近词，邑令谷兰宗题……"

又"善卷寺碑"条称："一咸通八年，李蟠赎善卷寺奏状；……一善卷记，都穆撰，并见古今文录。"

五是"卷十·记"收录明王世贞《善权洞记》，称："（僧）良久导至三生堂，观祝

图135-清60-6　嘉庆宜兴旧志6　　图135-清60-7　嘉庆宜兴旧志7

英台读书处……"。

六是"卷十·赋"收录清汤思孝《善权洞赋》，云："……后则三生之堂、碧藓之岩。跻踬错跱，缭绕蜿蜒。异司空之旋轮，等醉吒于中山。昭四愿之结习，搴双桂之樱联。昔镜楼兮灼芙蓉，今瑶槛兮吐青莲。王孙兮不自聊，佳人兮姣好。剩沸流兮凝艳露，湘帘卷兮萋烟草。蛱蝶飞兮蕙帱空，猿鹤怨兮风褭褭……"

七是"卷十·五言古"收录清汤思孝《碧藓岩》、明许岂凡《祝英台碧鲜庵》各一首。汤诗见前，许诗云：

女慕天下士，游学齐鲁间。
结友去东吴，全身同木兰。
伯也不可从，洁已殉古欢。

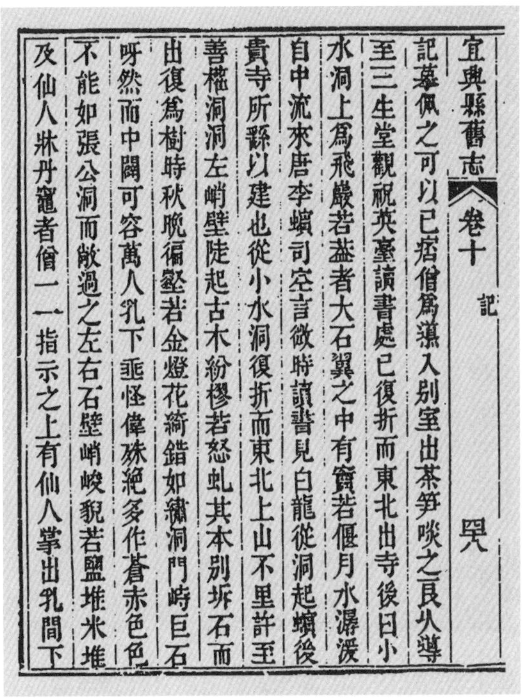

图135-清60-8　嘉庆宜兴旧志8（王世贞记）

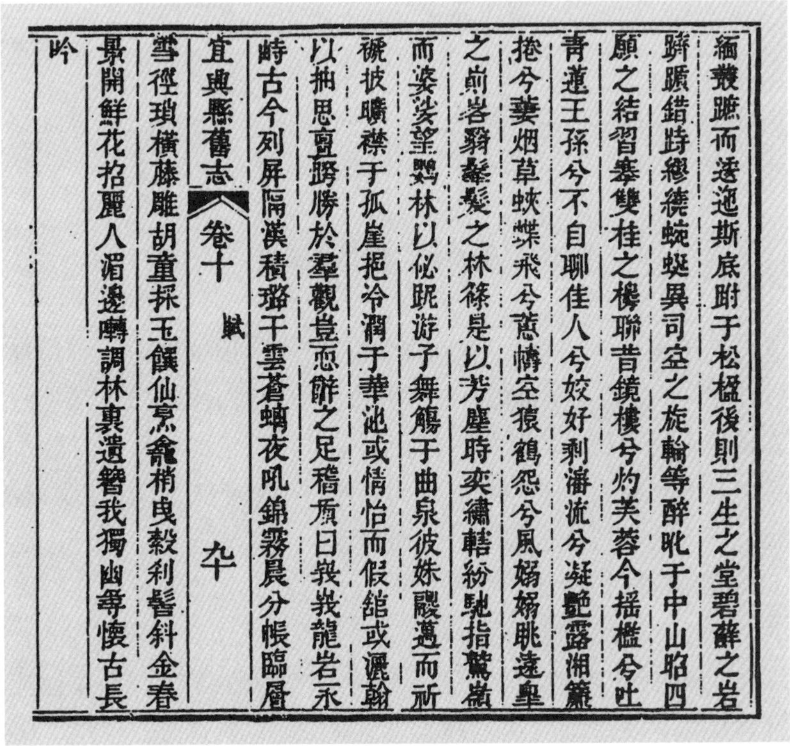

图135-清60-9　嘉庆宜兴旧志9（善权洞赋）

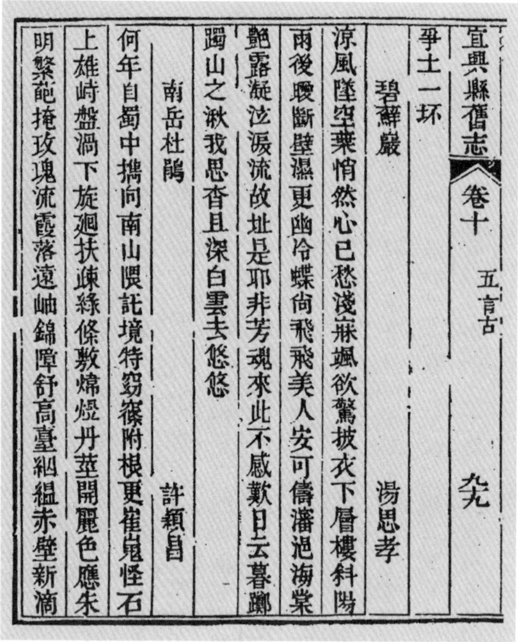

宜興縣舊志 卷十 五言古 尭

爭土一坏

碧鮮巖 湯思孝

涼風墜空葉悄然心已愁淺𣲬颯欲驚披衣下層樓斜陽雨後暖斷壁濕更幽冷蝶尚飛飛美人安可儔潘𤀹海棠艷露凝泫淚流故址是耶非芳魂來此不感歎日云暮躑躅山之湫我思杳且深白雲去悠悠

南岳杜鵑 許穎昌

何年自蜀中攜向南山隈託境特窮䆳附根更崔嵬怪石上雄峙盤渦下旋洄扶疎絲絛數焯爍丹莖開麗色應朱明繁葩掩玫瑰流霞落遠岫錦障舒高臺絪緼赤壁新滴

图135–清60–10　嘉庆宜兴旧志10（汤思孝诗）

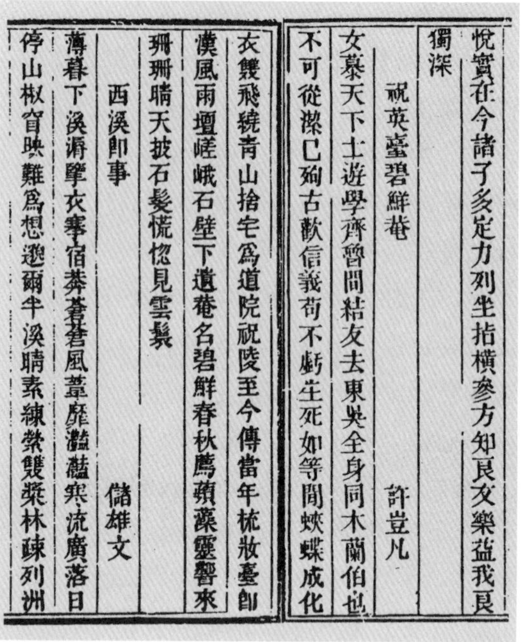

恍實在今諸子多定力列坐指橫參方知艮交樂益我艮獨深

祝英臺碧鮮菴 許豈凡

女慕天下士遊學齊魯間結友去東吳全身同木蘭伯也不可從潔已殉古歡信義苟不虧生死如等閒蛺蝶成化衣雙飛繞青山捨宅爲道院祝陵至今傳當年梳妝臺即漢風雨壇嵯峨石壁下遺菴名碧鮮春秋薦蘋藻靈響來珊珊晴天披石髮慌惚見雲鬟

西溪即事 儲雄文

薄暮下溪滸擘衣宿莽蒼蒼風葦靡灩灩寒流廣落日停山椒窅映難爲想邈爾半溪晴素練縈雙槳林疎列洲

图135–清60–11　嘉庆宜兴旧志11（许岂凡诗）

信义苟不亏，生死如等闲。
蛱蝶成化衣，双飞绕青山。
舍宅为道院，祝陵至今传。
当年梳妆台，即汉风雨坛。
嵯峨石壁下，遗庵名碧鲜。
春秋荐蘋藻，灵响来珊珊。
晴天披石发，恍惚见云鬟。

诗人游览祝英台读书处碧鲜庵，看到许多遗址，听到她的传说。他说祝英台仰慕天下贤士，女扮男装求学，曾与梁山伯一起去齐鲁游学、到东吴访友；虽然她深爱着梁山伯，却始终保持着贞操；她托言嫁妹，言而有信，用殉情的壮举，向世人宣告自己与山伯之间爱情的纯真与高尚；他们死后化为蝴蝶，飞舞于天地间，形影不离；祝英台的故宅被改建成了寺院；祝陵也因英台墓而得名，一直流传到了今天；她把汉风雨坛当做梳妆台，现遗址尚在；她当年的书斋叫“碧鲜庵”，至今石壁下还有碑刻长存。诗人听到萍藻下淙淙的泉声、看到洞内的钟乳，仿佛看到祝英台绾着高高的云鬟向自己走来，表达了诗人希望祝英台精神永存的思想感情。许大就，宜兴人，字岂凡，明末副贡生。嘉庆《宜兴县志》“卷八·隐逸”称其少负奇慧，试辄高等。甲申（1644）后家徒壁立，然绝意士进，嗜书如命，工诗善文。他的《祝英台碧鲜庵》诗，是历代梁祝诗

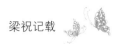

词中最能反映“宜兴梁祝”传说与遗址的一首。

八是“卷十·歌行”收录陈克《阳羡春歌》一首，诗文见前。

九是“卷十·七言律”收录明蒋如奇《国山烟寺》一首，诗文见前。

十是“卷末·寺观”称：“善权禅寺在县西南五十里善权山，齐建元二年以祝英台故宅建。唐会昌中废，为海陵钟离简所得。咸通中，李司空蠙赎以私财重建……（本史志、徐志，参泛舟录、荆溪疏、善卷寺文录）”后且收录清陈维崧《由祝陵至善权寺》诗等，此略。

［嘉庆］《增修宜兴县旧志》俗称“雍正志”。因为清雍正四年（1726）析宜兴县为宜兴、荆溪两县，所以在乾隆五十八年修志时，便以雍正三年为界，修了三部

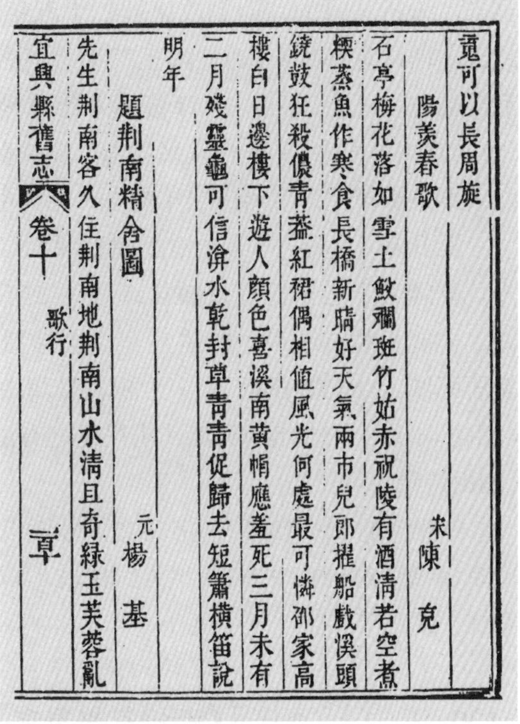
竃可以長周旋
陽羨春歌　　宋 陳克
石亭梅花落如雪玉魰斕斑竹姑赤祝陵有酒清若空煮
㮑蒸魚作寒食長橋新晴好天氣兩市兒郎擢船戲溪頭
鐃鼓狂殺儂青蓋紅裙偶相値風光何處最可憐邵家高
樓白日邊樓下遊人顏色喜溪南黄帽應羞死三月未有
二月殘靈龜可信淬水乾封草青青促歸去短簫横笛説
明年
題荆南精舍圖　　元 楊基
先生荆南客久住荆南地荆南山水清且奇緑玉芙蓉亂
宜興縣舊志　卷十　歌行　三十

图135–清60–12　嘉庆宜兴旧志12（陈克诗）

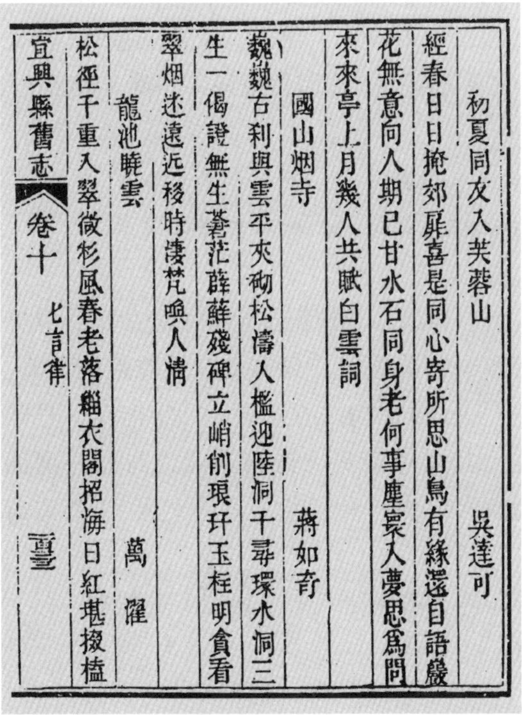
初夏同友入芙蓉山　　吳達可
經春日日掩郊扉喜是同心寄所思山鳥有緣還自語巖
花無意向人期已甘水石同身老何事塵寰入夢思爲問
來來亭上月幾人共賦白雲詞
國山烟寺　　蔣如奇
巍巍古刹與雲平夾砌松濤入檻迎陸洞千尋環水洞三
生一偈證無生蒼苔薜蘚殘碑立峭削琅玕玉柱明貪看
翠烟迷遠近移時淒梵喚人清
龍池曉雲　　萬 濯
松徑千重入翠微杉風春老落緇衣閣招海日紅堪掇檻
宜興縣舊志　卷十　七言律　三三

图135–清60–13　嘉庆宜兴旧志13（蒋如奇诗）

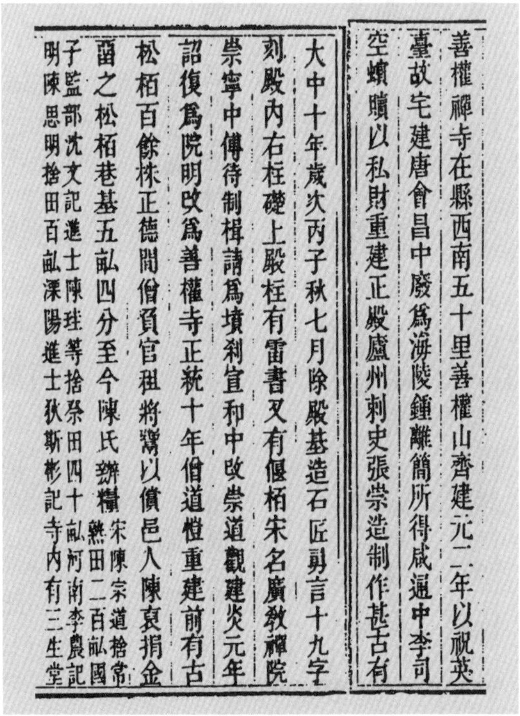
善權禪寺在縣西南五十里善權山齊建元二年以祝英
臺故宅建唐會昌中廢爲海陵鍾離簡所得咸通中李司
空蠙贖以私財重建正殿廬州刺史張崇造制作甚古有
大中十年歲次丙子秋七月除殿基造石匠𠭊言十九字
刻殿內右柱礎上殿柱有雷書又有偃栢宋名廣教禪院
崇寧中傅待制楫請爲墳刹宣和中改崇道觀建炎元年
詔復爲院明改爲善權寺正統十年僧道愷重建前有古
松栢百餘株正德間僧負官租將鬻以償邑人陳袞捐金
畱之松栢巷基五畆四分至今陳氏辦糧宋陳宗道捨常熟田二百畆國
子監部沈文記進士陳珪等捨祭田四十畆河南李農記明陳思明捨田百畆溧陽進士狄斯彬記寺內有三生堂

图135–清60–14　嘉庆宜兴旧志14（善权禅寺）

县志。未析县时的，即删改康熙二十五年《重修宜兴县志》，并增补至雍正三年而成，故云《增修宜兴县旧志》；雍正三年后至嘉庆二年的，则为《新修宜兴县志》和《新修荆溪县志》。这三部县志，于光绪八年重刻，为了区别于当时重修的县志，故又更名为《重刊宜兴县旧志》《重刊宜兴县志》和《重刊荆溪县志》。

本条影印件为清嘉庆二年刻本，见《中国地方志集成/江苏府县志辑》。

阮升基（生卒不详），清福建罗源人。字亨举，号昉岩。乾隆五十五年（1790）进士。乾隆五十七年任宜兴知县，嘉庆二年去任。历官吴江、武进知县及扬州、常州同知，才能卓越有政声，53岁病卒。唐仲冕（1753—1827），原籍善化（今属长沙），后客居肥城（今安徽合肥）。字六枳，号陶山居士，世称唐陶山。进士。清乾隆五十八年任荆溪知县，六十年调吴江，士民送之有泣。官至陕西布政使。有《岱览》《陶山文录》《陶山诗录》等。

宁楷（1712—1801），字端文，号栎山。世居江西南城，随父流亡江宁（今属江苏南京）。乾隆癸酉（1753）举人，甲戌（1754）明通榜，授教谕，未几罢归，先后掌教菊江、蜀山等书院，享年九十。

（136-清61）［嘉庆］《新修宜兴县志》

图136-清61　嘉庆新修宜兴县志

［嘉庆］《新修宜兴县志》为清阮升基所修，宁楷纂，嘉庆二年（1797）刊行。该志"卷四·艺文志·诗"收录史承豫《荆南竹枝词》一首，诗云：

读书人去剩荒台，岁岁春风长野苔。
山上桃花红似火，一双蝴蝶又飞来。

诗人踏着春风，寻访祝英台读书处故址，只见荒台被野草、苔藓覆盖，只有双双蝴蝶翩翩飞舞。史承豫（？—约1767），清宜兴人，字衍存，号蒙溪，诸生。其才思清隽，诗格清丽，与兄并擅词名，称为宜兴二史。有《苍雪斋诗文集》《苍雪斋词》等。

此影印件为清光绪八年（1882）重刻本，存上海图书馆。

(三)明清晚期 梁祝记载

(137-清62)[嘉庆]《新修荆溪县志》

[嘉庆]《新修荆溪县志》为清唐仲冕所修、宁楷纂,嘉庆二年(1797)刊行。该志多处刊载"宜兴梁祝":

一是"卷首·分境图",标明祝陵、善卷洞。

二是"卷四·艺文志·诗",收录唐仲冕《留别荆溪士民六首》、任映垣《祝英台读书台》和朱受《荆溪竹枝词》3首。

唐仲冕《留别荆溪士民六首》第5首云:

两氿湾环半柳阴,偶凭游舫得清音。
赤乌碑断裁云补,碧藓诗成倩鹤吟。
细雨荒亭栽橘意,香风远浦艺兰心。
垂虹秋色今如许,追忆张公洞未寻。

唐仲冕于乾隆五十八年(1793)中进士、令荆溪,有惠政。曾带头捐资修建国山

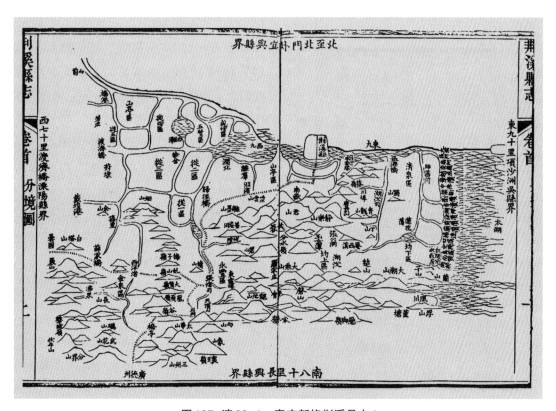

图137-清62-1 嘉庆新修荆溪县志1

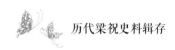

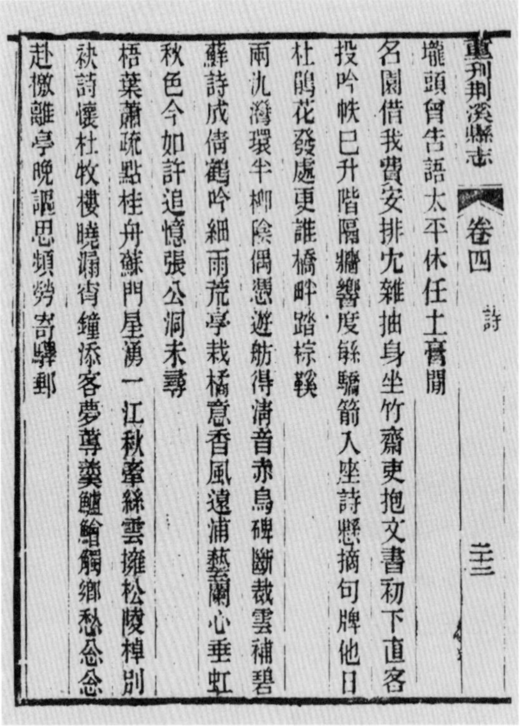
重刊荆溪縣志 卷四 詩

壠頭曾告語太平休任土膏閒

名園借我費安排冗雜抽身坐竹齋吏抱文書初下直客投吟帙已升階隔牆響度緣驕箭入坐詩懸摘句牌他日杜鵑花發處更誰橋畔踏棕鞋

兩氿瀠環半柳陰偶憑遊舫得清音赤烏碑斷裁雲補碧蘚詩成倩鶴吟細雨荒亭栽橘意香風遠浦藝蘭心垂虹秋色今如許追憶張公洞未尋

梧葉蕭疏點桂舟蘇門星湧一江秋牽絲雲擁松陵棹別袂詩懷杜牧樓曉湖宵鐘添客夢尊羹鱸鱠觸鄉愁忩忩赴檄離亭晚諷思頻勞寄驛郵

图137–清62–2　嘉庆荆溪2

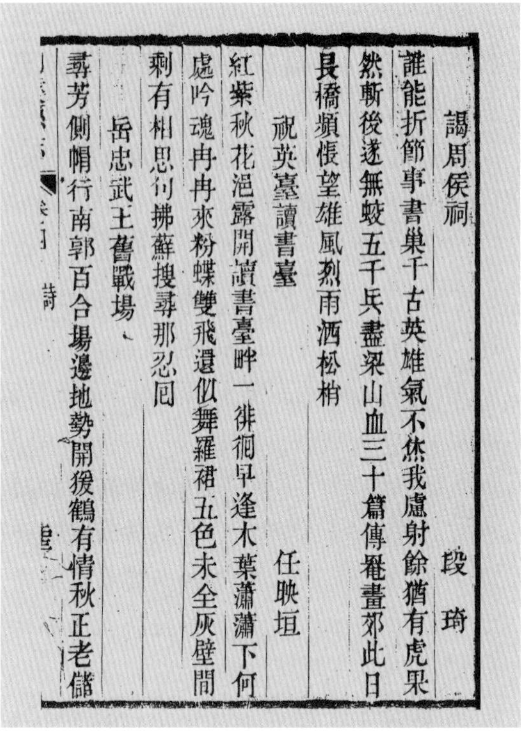
謁周侯祠　段琦

誰能折節事書巢千古英雄氣不消我慮射餘猶有虎果然斬後遂無蛟五千兵盡梁山血三十篇傳雅畫郊此日長橋頻悵望雄風烈雨灑松梢

祝英臺讀書臺　任映垣

紅紫秋花浥露開讀書臺畔一徘徊早逢木葉蕭蕭下何處吟魂冉冉來粉蝶雙飛還似舞羅裙五色未全灰壁間剩有相思句拂蘚搜尋那忍回

岳忠武王舊戰場

尋芳側帽行南郭百合場邊地勢開獲鶴有情秋正老儲

图137–清62–3　嘉庆荆溪志3

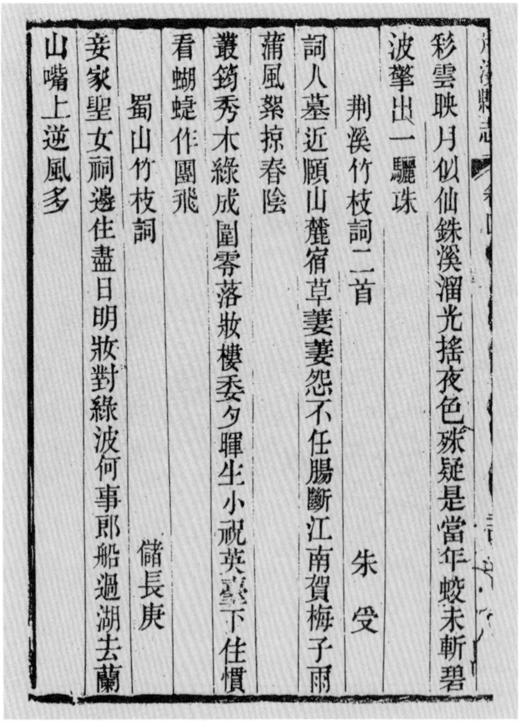
彩雲映月似仙鉢溪溜光搖夜色殊疑是當年蛟未斬碧波擎出一驪珠

荆溪竹枝詞二首　朱受

詞人墓近願山麓宿草萋萋怨不任腸斷江南賀梅子雨蒲風絮掠春陰

叢篁秀木綠成圍零落妝樓委夕暉生小祝英臺下住慣看蝴蝶作團飛

蜀山竹枝詞　儲長庚

妾家望女祠邊住盡日明妝對綠波何事郎船過湖去蘭山嘴上逆風多

图137–清62–4　嘉庆荆溪志4

碑亭，并有《游善卷洞二首》咏梁祝读书、化蝶。六十年调吴江，去日邑人送而泣下，因作《留别荆溪士民六首》。其中第五首“赤乌碑断裁云补，碧藓诗成倩鹤吟”即咏国山碑与梁祝读书处。唐仲冕另有“化蝶人归失画楼，碧鲜庵古径通幽”句，故曰“碧藓诗成”。“碧藓”表面上是“碧绿的苔藓”，但实指祝英台读书处“碧鲜庵”，用“藓”字乃平仄所需。

任映垣《祝英台读书台》云：

红紫秋花浥露开，读书台畔一徘徊。
早逢木叶潇潇下，何处吟魂冉冉来。
粉蝶双飞还似舞，罗裙五色未全灰。
壁间剩有相思句，拂藓搜寻那忍回。

(三)明清晚期 梁祝记载

诗人踏着潇潇落叶，寻访淹没在秋花丛中的祝英台读书台，看到双飞的彩蝶，仿佛见到祝英台的英魂冉冉走来。拂开苔藓寻找着石壁上的题刻，久久不忍离去。任映垣，清代荆溪（今宜兴）人，字明翰，号晴楼，邑诸生。著有《晴楼诗草》。

朱受《荆溪竹枝词》之二云：

丛筠秀木绿成围，零落妆楼委夕晖。
生小祝英台下住，惯看蝴蝶作团飞。

诗人称祝英台读书处被高大的竹树掩映，披上灿烂的夕晖，分外妖娆。并说他从小就在祝英台读书处附近居住，经常看到蝴蝶成团地飞舞。朱受，清代荆溪人，字敬持，乾隆二十七年（1762）举人、四十五年进士，官户部福建司主事。

以上影印件为清光绪八年（1882）刻本，存上海图书馆。

（138-清63）《剧说》

《剧说》为清焦循所撰。是书"卷二"称："《录鬼簿》载白仁甫所作剧目，有《祝英台死嫁梁山伯》，宋人词名亦有'祝英台近'。刘一清《钱塘遗事》云：林镇属河间府，有梁山伯祝英台墓。乾隆乙卯，余在山左，学使阮公修《山左金石志》，州县各以碑本来，嘉祥县有祝英台墓碣文，为明人刻石。丙辰客越至宁波，闻其地亦有祝英台墓，载于志书者，详其事云：梁山伯祝英台墓在鄞西十里接待寺后，旧称'义妇冢'。又云晋梁山伯，字处仁，家会稽，少游学，道逢祝氏子，同往肄业三年。祝先返，后山伯归，访之上虞，始知祝为女子，名曰英台。归告父母求姻，时已许鄮城马氏。山伯后为县令，婴疾弗起，遗命葬鄮城西清道原。明年，祝适马氏，舟经墓所，风涛不能前。英台临冢哀痛，地裂而埋壁焉。事闻于朝，丞相谢安封义妇冢。此说不知所本，而详载志书如此？乃吾郡城北槐子

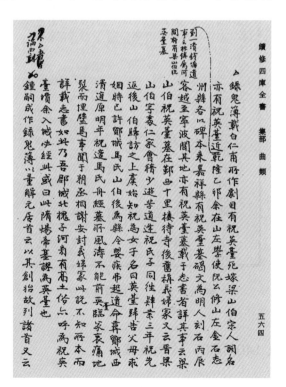

图138-清63 剧说

227

河旁有高土，俗亦呼为祝英台坟，余入城必经此。或曰此隋炀帝墓，谬为英台墓也。”

焦氏客越的时间，是在嘉庆元年。因其乾隆乙卯至山东，次年为丙辰，即1796年。他看到的《宁波府志》，应为雍正志。因焦循所记的宁波志称山伯后为“县令”而非“鄞令”，与雍正志相同。然与雍正志核对，焦文又略有节改。

本条影印件根据北京图书馆藏稿本印影，见《续修四库全书》。

焦循（1763—1820），清江苏甘泉（今属扬州）人，字理堂，一字里堂。经学家、戏曲理论家。嘉庆六年（1801）举人。从阮元督学山东、浙江。后应礼部试不第，托足疾不入城市。博闻强记，于经史、历算、声韵、训诂均有研究，著有《孟子正义》《里堂学算记》《剧说》等。

（139–清64）[嘉庆]《嘉兴县志》

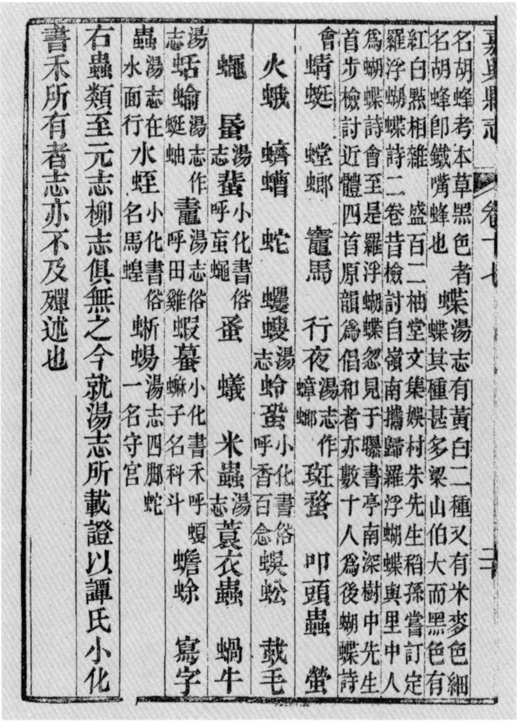
嘉興縣志　卷十七

名胡蜂考本草黑色者名胡蜂卽鐵嘴蜂也　蝶湯志有黃白二種又有米麥色細蝶其種甚多梁山伯大而黑色有紅白點相雜盛百二柚堂文集娛村朱先生稻孫嘗訂定羅浮蝴蝶詩二卷昔檢討自嶺南攜歸羅浮蝴蝶與里中人爲蝴蝶詩會至是羅浮蝴蝶忽見于曝書亭南深樹中先生首步檢討近體四首原韻爲倡和者亦數十人爲後蝴蝶詩會

蜻蜓　螳螂　竈馬　行夜湯志作蟑螂　斑蝥　叩頭蟲　螢

火蛾　蠐螬　蛇　蠼螋湯志　蛉蛩小化書俗呼香百念　蜈蚣　蛓毛

蠅　蚤湯志　蝨小化書俗呼宜蠅　蚕　蟻　米蟲湯志　蓑衣蟲　蝸牛

湯志　蛞蝓湯志作蜒蚰　鼃湯志俗呼田雞　蝦蟆小化書禾呼蝌子名科斗　蟾蜍　寫字

蟲湯志在水面行　水蛭小化書俗名馬蝗　蜥蜴湯志四腳蛇一名守宮

右蟲類至元志柳志俱無之今就湯志所載證以譚氏小化

書本所有者志亦不及殫述也

图139–清64　嘉庆嘉兴县志

[嘉庆]《嘉兴县志》为清司能任所修，屠本仁纂，嘉庆六年（1801）成书。该志“卷十七·物产·虫之属”称：“蝶。汤志有黄、白二种，又有米麦色细蝶，其种甚多。梁山伯，大而黑色，有红、白点相杂。盛百二《柚堂文集》：娱村朱先生稻孙，尝订定《罗浮蝴蝶诗》二卷。昔检讨自岭南携归罗浮蝴蝶，与里中人为蝴蝶诗会。至是，罗浮蝴蝶忽见于曝书亭南深树中，先生首步检讨近体四首原韵为倡，和者亦数十人，为后蝴蝶诗会。”

此影印件为嘉庆六年刻本，见《故宫珍本丛刊·浙江府州县志》。

司能任，汾阳人，拔贡，嘉庆元年任嘉兴知县，四年去，当年即回任，六年去任。

（140–清65）《南征集》

《南征集》为清舒梦兰所撰，嘉庆六年（1801）成书。该书收录《祝英台近词·枣树闸吊祝英台墓》一首，云：

> 断纹琴，连理树，心事但如许。
> 落照飞湍，声色最凄楚。
> 疏疏几叶垂杨，愁眉不展，可曾见、比肩人墓。
>
> 在何处？
> 试讬秋水通辞，冷冷似相语。
> 指点霜林，一棹此中去。
> 任是黄菊开残，也连根蒂，便都是、祝娘香土。

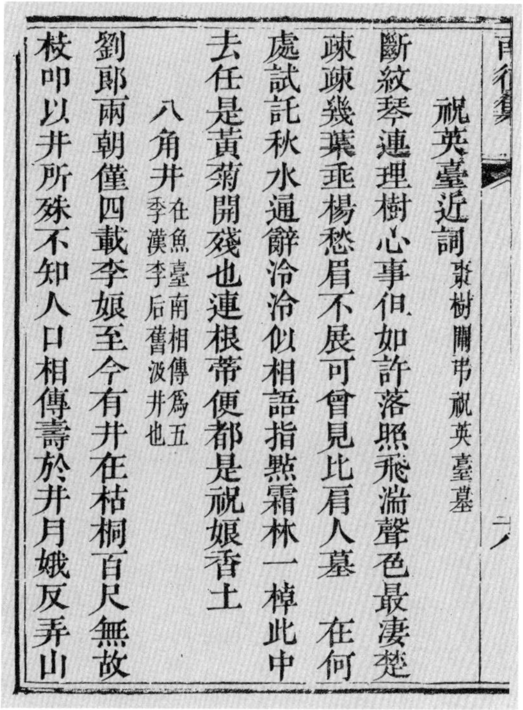

图140-清65　南征集

该诗作于嘉庆庚申（1800）秋。当时诗人由京返乡，途经邹县白马河（今属微山）枣林闸，闻岸有梁祝墓而作。从"在何处？试讬秋水通辞"、"一棹此中去"可知，诗人并未登岸，而是于舟中遥望梁祝墓，抒发凭吊之情。

此影印件为清嘉庆六年（1801）刻本，存上海图书馆。

舒梦兰（1757—1835），江西靖安人，字香叔，又字白香，晚号天香居士。乾隆间十余年不第。壬子（1792）赴京，得怡亲王赏识。怡亲王薨逝返乡，闭门读书，研究理学。曾选辑自唐至清初著名词人各种词牌的代表作百首，按照格律分别注明平仄声，编成《白香词谱》，成为填词者的典范。

（141-清66）《拜经楼诗集》

《拜经楼诗集》为清吴骞所撰，嘉庆壬戌（1802）成书。其中刊载梁祝诗词多首。

一是"卷一·古今体诗·起乾隆乙酉尽甲午"，收录《祝陵》诗一首。云：

> 处仁伟丈夫，英台奇女子。
> 三年共游学，所契唯书史。
> 业成襥遂判，眷言还故里。
> 音尘渺既绝，怊怅终何已。
> 昔为山中云，今作陇头水。

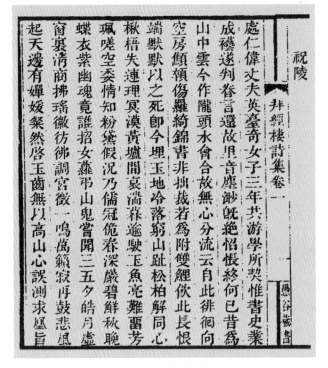

图141-清66-1 拜经楼诗集1

会合故无心，分流云自此。
徘徊向空房，憔悴伤罗绮。
锦书非拙裁，若为附双鲤。
饮此长恨端，默默以之死。
即今埋玉地，冷落穷山址。
松柏解同心，楸梧失连理。
冥漠黄垆间，哀湍暮逾驶。
玉鱼亮难留，芳珮嗟空委。
情知粉黛假，况乃儒冠诡。
春深岩碧鲜，秋晚蝶衣紫。
幽魂竟谁招，女萝吊山鬼。
尝闻三五夕，皓月虚窗里。
清商拂瑶徽，仿佛调宫徵。
一鸣万籁寂，再鼓悲风起。
天边有嬋媛，粲然启玉齿。
无以高山心，误测求凰旨。

诗人以"祝陵"为题，叙述梁祝传说。称梁山伯乃伟丈夫，祝英台是奇女子，他们同窗三载，心心相印，却未成眷属，饮恨而死，化成了蝴蝶。其中"梁处仁"是宁波传说中对梁山伯的称呼，"奇女子"是宜兴传说中对祝英台的评价。作者说，"祝陵"虽传为祝英台葬地，但女扮男装读书未必为真。况且"楸梧（长在坟上的树木）失连理"，她和梁山伯并没有葬在一起，只剩下冷落的穷山址、春深的碧鲜岩、秋晚的紫凤蝶，以及天边嬋媛的悲歌，给人以无限的追忆和回味。

二是"卷二·古今体诗·起乾隆乙未尽丁酉"，收录《长夏病热偶忆荆南旧游成七绝句》，其七首云：

宵宵阴房乳滴稀，森森玉笋已成围。
琅函读罢尘心了，蛱蝶何须化彩衣。

诗人回忆宜兴旧日游览善卷洞、善卷寺，称禅经一读凡心即去，何必要像梁祝一样化成彩蝶呢！

三是"卷四·古今体诗·起癸卯尽乙巳"，收录《晚至善权寺》诗一首，云：

萧齐古兰若，云构何峥嵘。

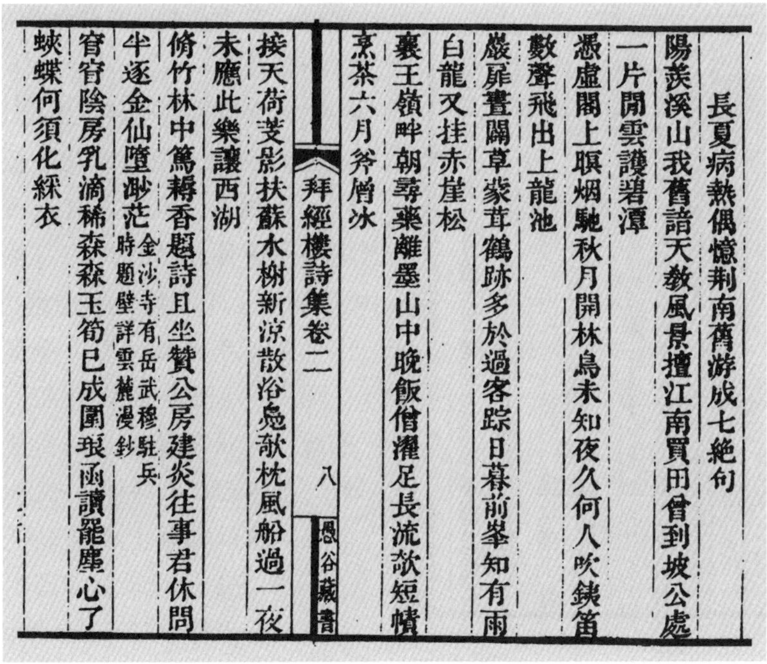
長夏病熱偶憶荆南舊游成七絶句
陽羨溪山我舊諳天教風景擅江南買田曾到坡公處
一片閑雲護碧潭
憑虛閣上暝烟馳秋月開林鳥未知夜久何人吹鐵笛
數聲飛出上龍池
巖扉疊闢草蒙茸鶴跡多於過客踪日暮前峯知有雨
白龍又挂赤崖松
襄王嶺畔朝尋藥離墨山中晚飯僧濯足長流欹短犢
烹茶六月斧層冰
拜經樓詩集卷二　八　愚谷藏書
挼天荷芰影扶蘇水榭新涼散浴鳧欹枕風船過一夜
未應此樂讓西湖
倚竹林中篤耨香題詩且坐贊公房建炎往事君休問
半逐金仙墮渺茫（金沙寺有岳武穆駐兵時題壁詳雲麓漫鈔）
窅窅陰房乳滴稀森森玉筍已成圍琅函讀罷塵心了
蛺蝶何須化綵衣

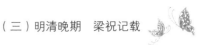

图141–清66–2　拜经楼诗集2

一径入苍霭，弥天松吹声。
岩钟苏蝶梦，溪雪阻龙耕。
向晚竹林下，樵歌空复情。

诗人傍晚至善权寺，听到禅钟声声，看见蝴蝶双飞。此处之“岩钟苏蝶梦”并非指禅钟惊醒了庄周的蝶梦，又回到现实中来了。因为善权寺为祝英台故宅改建，寺内留有祝英台读书处，所以是指蝴蝶被禅钟惊醒，双双飞舞起来。

四是“卷八·古今体诗·起嘉庆丙辰尽乙巳”，收录《偕燕亭、春浦游善卷三洞、观国山新建石亭、寻吴自立大石》一首，其中咏道：“……犹记年时后洞塌（小水洞穹窿深窅若厦屋，乾隆癸丑元日忽崩圮），斯迹幸逭昆明灰。后来经营何可缓？金钗卜日烦英台。梦中蝴蝶计不到，世上茂宰（陶山大令）能安排。神斤

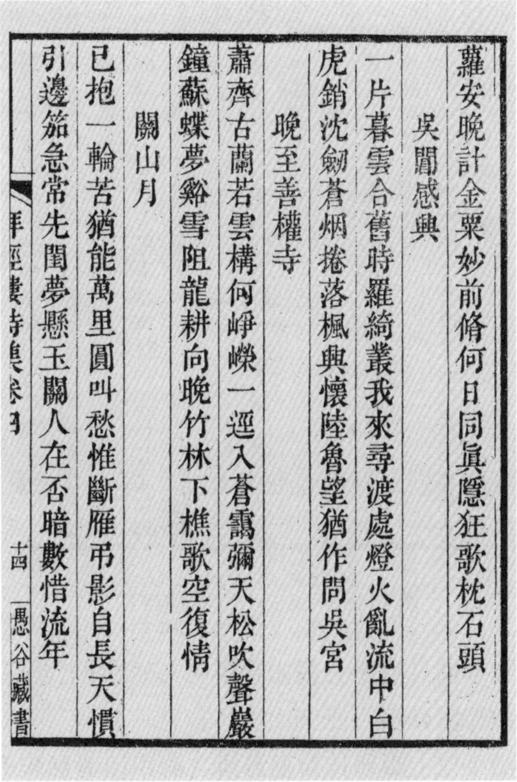
蘿安晚計金粟妙前脩何日同眞隱狂歌枕石頭
吳閶感興
一片暮雲合舊時羅綺叢我來尋渡處燈火亂流中白
虎銷沈劒蒼烟捲落楓興懷陸魯望猶作問吳宮
晚至善權寺
蕭齊古蘭若雲構何崢嶸一逕入蒼靄彌天松吹聲巖
鐘蘇蝶夢谿雪阻龍耕向晚竹林下樵歌空復情
關山月
已抱一輪苦猶能萬里圓叫愁惟斷雁弔影自長天慣
引邊笳急常先閨夢懸玉關人在否暗數惜流年
拜經樓詩集卷五　十四　愚谷藏書

图141–清66–3　拜经楼诗集3

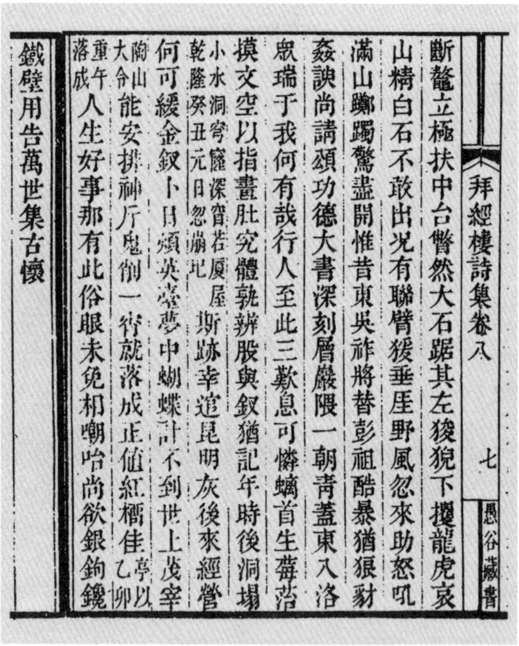
拜經樓詩集卷八　七　愚谷藏書

斷鼇立極扶中台嶜然大石踞其左狻猊下攫龍虎哀
山精白石不敢出兕有聯臂猨垂厓野風忽來助怒吼
滿山躑躅驚盡開惟昔東吳祚將替彭祖酷暴猶狠豺
姦諛尚請頌功德大書深刻層巖隈一朝青蓋東入洛
衆瑞于我何有哉行人至此三歎息可憐螭首生莓苔
摸文空以指畫肚究體孰辨股與釵猶記年時後洞塌
小水洞穹窿深窅若廈屋乾隆癸丑元日忽崩圯斯跡幸逭昆明灰後來經營
何可緩金釵卜日頒英臺夢中蝴蝶計不到世上茂宰
陶山大令能安排神斤鬼削一宵就落成正值紅榴佳亭以乙卯
重午落成人生好事那有此俗眼未免相嘲咍尚欲銀鉤鑱
鐵壁用告萬世集古懷

图141–清66–4　拜经楼诗集4

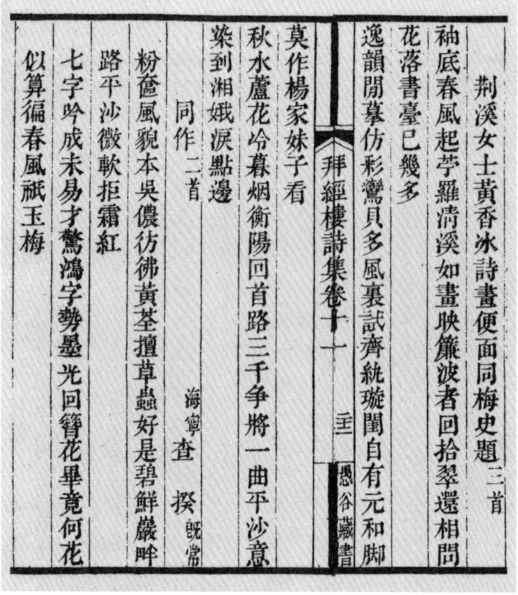
荊溪女士黃香冰詩畫便面同梅史題 三首
袖底春風起苧羅清溪如畫映簾波者回拾翠還相問
花落書臺已幾多
逸韻閒摹仿彩鸞貝多風裏試齊紈璇閨自有元和脚
莫作楊家妹子看
拜經樓詩集卷十一　主　愚谷藏書
秋水蘆花冷暮烟衡陽回首路三千爭將一曲平沙意
染到湘娥淚點邊
同作 二首　海寧 查 揆 旣常
粉奩風貌本吳儂彷彿黃荃擅草蟲好是碧鮮巖畔
路平沙微軟拒霜紅
七字吟成未易才驚鴻字勢曇光回簪花畢竟何花
似算徧春風祗玉梅

图141–清66–5　拜经楼诗集5

鬼削一宵就，落成正值红榴佳（亭以乙卯重午落成）……”

该诗与《荆南游草》中《同燕亭、景辰游善权洞、观国山碑亭及吴自立大石作》诗相类，但有多处修改。其中后洞坍塌，唐仲冕清理塌方、整修英台东潭（后洞水道）和修建国山碑石亭一段，原作“犹记年时后洞塌（小水洞以癸丑元日塌），斯迹幸逭昆明灰。后来经营何可缓？诡妆聊倩英台媒。梦中蝴蝶计不到，居然克日鸠群材。伐山开道藉贤令，落成正值红榴佳（亭以乙卯重午落成）”（见《阳羡摩崖纪录》）。

五是“卷十一·古今体诗·起庚申尽是年”，收录查揆《荆溪女士黄香冰诗画便面同梅史题》并查梅史同作二首，其一云：

粉奁风貌本吴侬，仿佛黄荃擅草虫。
好是碧鲜岩畔路，平沙微软拒霜红。

吴骞与老乡查揆观黄香冰诗画，黄女士擅长虫草，其中一幅为碧鲜岩秋色。

查揆（1770—1834），清浙江海宁人，字伯揆，号梅史。嘉庆九年（1804）举人，官至蓟州知州。有《筼谷文集》《菽原堂集》。

该书另有“卷七·古今体诗·起癸丑尽乙卯”《祝陵》、“卷十一·古今体诗·起庚申尽是年”《张瀫里、黄梧崖、陈春浦见过小集墨阳楼下》、黄中理《集兔床先生桃溪山馆四首其三》三首诗，均涉有“祝陵”地名，此略。

以上影印件为上海博古斋影印清嘉庆壬戌（1802）刻本，存上海图书馆。

（142–清67）《双溪乐府》

《双溪乐府·花鸟词》为清任安上所撰，钱塘袁枚评点，嘉庆癸亥（1803）抄本。其中《南乡子·蝶》云：

好梦绕裙边，勾引南华出世缘。

跌宕春风生五色，花前，那惜将身处处牵。

两小最相怜，薄粉可能裙后妍。

重到碧岩同伴少，凄然，不是萧梁那一年。

袁枚评点："赋情凄咽，得不呼为任蝴蝶耶！末用'祝英台·事无痕'。"

诗人以庄周《南华经》引入化蝶，以咏梁祝化蝶事。称当年梁祝在碧鲜庵幼读，两小无猜。如今碧鲜岩依存，读书人已不见。康熙间的一场大火，萧齐时以祝英台故宅创建的善卷寺也失去了当日的辉煌。袁枚评其用典自然，不愧"任蝴蝶"之称。

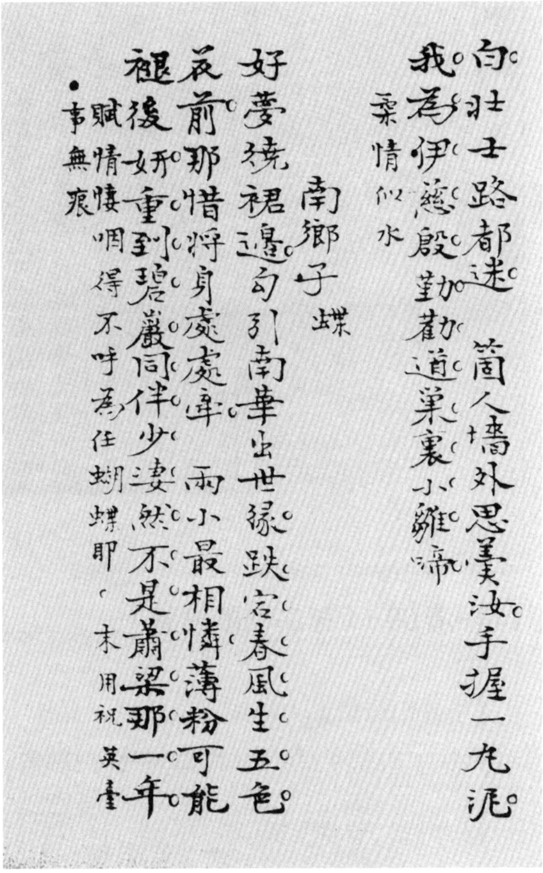
白壯士路都迷簡人墻外思羹汝手握一丸泥
我為伊戀殷勤勸道巢裏小雛啼
柔情似水
南鄉子　蝶
好夢繞裙邊勾引南華出世緣跌宕春風生五色
花前那惜將身處處牽兩小最相憐薄粉可能
裙後妍重到碧巖同伴少淒然不是蕭梁那一年
賦情淒咽得不呼為任蝴蝶耶末用祝英臺
事無痕

图142–清67　双溪乐府

此影印件为清嘉庆抄本，存上海图书馆。

任安上，生卒不详，清代荆溪人，字澧塘，邑诸生。著有《借舫居诗钞》《双溪乐府》。

（143–清68）《愚谷文存》

《愚谷文存》为清吴骞所撰，嘉庆十二年（1807）刊行。其中《国山图说》涉有"宜兴梁祝"记载。观此《图说》，与前《国山碑考》之"图说"基本相同，仅局部字句有所修改。

本条影印件为上海博古斋影印清嘉庆十二年（1807）刻本，存上海图书馆。

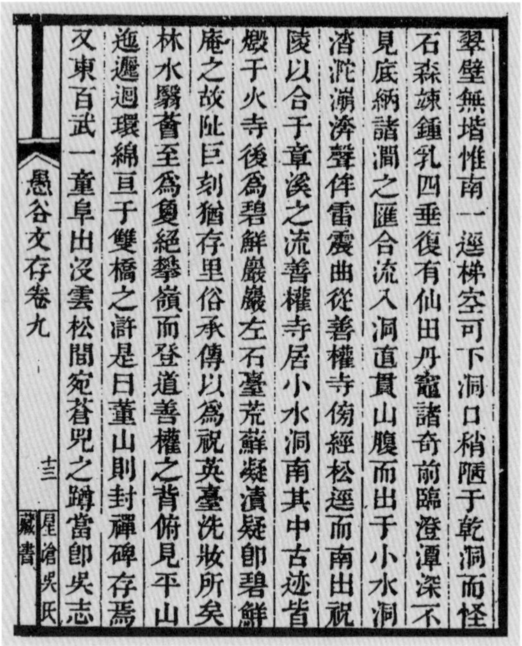

翠壁無墖惟南一逕梯空可下洞口稍陋于乾洞而怪石森竦鍾乳四垂復有仙田丹竈諸奇前臨澄潭深不見底納諸澗之匯合流入洞直貫山腹而出于小水洞湝沱澌滂聲伴雷震曲從善權寺傍經松逕而南出祝陵以合于章溪之流善權寺居小水洞南其中古迹皆燬于火寺後爲碧鮮巖巖左石臺荒蘚凝漬疑即碧鮮庵之故址巨刻猶存里俗承傳以爲祝英臺洗妝所矣林水翳薈至爲夐絕攀嶺而登道善權之背俯見平山迤邐迴環綿亘于雙橋之許是曰董山則封禪碑存焉又東百武一童阜出沒雲松間宛蒼兕之蹲當即吳志

愚谷文存卷九　十三

星渚吳氏藏書

图143–清68　愚谷文存

（144–清69）《蓬岛樵歌续编》

《乐妙山居集》为清钱沃臣所撰，嘉庆十四年（1809）刊行。其中《蓬岛樵歌续编》作于嘉庆“旃蒙赤奋若”（即乙丑年［1805］），收录梁祝诗1首，云：

垂发娃儿未吃茶，金银定帖漫相夸。
罗衫爱绣梁山伯，蝉鬓羞簪谢豹花。

该诗记载了浙江象山民间习俗：因茶树移植必生子，故结婚必以茶为礼，而女子受聘则谓之“吃茶”。未婚女子受聘前，贴身罗衫往往绣有梁山伯图案，簪缨爱插杜鹃花，以表示对纯真爱情的期盼。

该诗原注：“俗以女儿订姻曰吃茶。《茶疏》：茶不移本，植必子生。古人结婚必以茶为礼，取其不移植子之意。今犹名其礼曰‘下茶’。《七修类稿》：女子受聘谓之吃茶。《老学庵笔记》：辰沅靖州蛮女未嫁娶者，聚而踏歌。歌曰：小娘子，叶底花，无事出来吃盏茶。谚云：一家女不吃两家茶。《梦粱录》：伐柯入两家通报，择日过帖，各以色彩衬盘，安定帖，然后相亲。邑童谣‘妹妹茶来郎来，谢郎邀我来作媒；妹妹金屋银台，谢郎邀我来作媒’。‘作’读去声。余初不解‘谢郎’为何人，后读《高氏天禄志余》，昔有人饮于锦城谢氏宅，其女窥而悦之，其人闻子规啼，心动而去，女恨甚。后

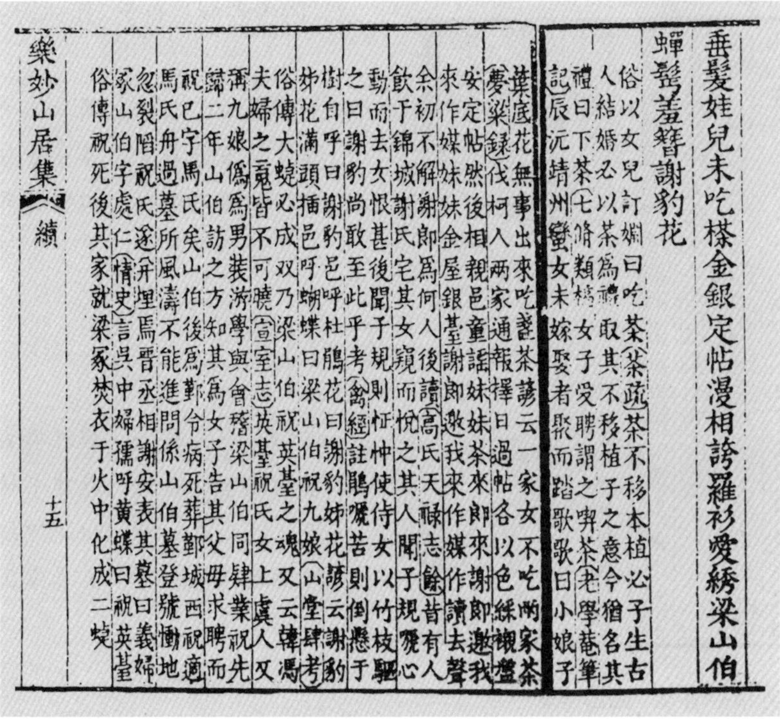
垂髮娃兒未吃㮕金銀定帖漫相誇羅衫愛綉梁山伯
蟬鬢羞簪謝豹花
俗以女兒訂婣曰吃茶（茶疏）茶不移本植必子生古
人結婚必以茶爲禮取其不移植子之意今猶名其
禮曰下茶（七脩類稿）女子受聘謂之喫茶（老學菴筆
記）辰沅靖州蠻女未嫁娶者聚而踏歌歌曰小娘子
葉底花無事出來吃盞茶諺云一家女不吃兩家茶
（夢粱錄）伐柯人兩家通報擇日過帖各以色綵襯盤
安定帖然後相親邑童謡妹妹茶來郎來謝郎邀我
來作媒妹妹金屋銀臺謝郎邀我來作媒作讀去聲
余初不解謝郎爲何人後讀（高氏天祿志餘）昔有人
飲于錦城謝氏宅其女窺而悅之其人聞子規愛心
動而去女恨甚後聞子規則怔忡使侍女以竹枝驅
之曰謝豹尚敢至此乎考（禽經）註鵑啼苦則倒懸于
樹自呼曰謝豹邑呼杜鵑花曰謝豹姊花諺云謝豹
姊花滿頭插邑呼蝴蝶曰梁山伯祝九娘（山堂肆考）
俗傳大蝶必成双乃梁山伯祝英臺之魂又云韓憑
夫婦之魂皆不可曉（宣室志）英臺祝氏女上虞人又
稱九娘僞爲男裝游學與會稽梁山伯同肄業祝先
歸二年山伯訪之方知其爲女子告其父母求聘而
祝已字馬氏矣山伯後爲鄞令病死葬鄮城西祝適
馬氏舟過墓所風濤不能進問係山伯墓登號慟地
忽裂陷祝氏遂并埋焉晉丞相謝安表其墓曰義婦
冢山伯字處仁（情史）言吳中婦孺呼黄蝶曰祝英臺
俗傳祝死後其家就梁冢焚衣于火中化成二蝶
樂妙山居集　續　十五

图144–清69　蓬岛樵歌续编

闻子规则怔忡，使侍女以竹枝驱之，曰：谢豹尚敢至此乎？考《禽经》注，鹃啼苦，则倒悬于树，自呼曰谢豹。邑呼杜鹃花曰谢豹姊花。谚云：谢豹姊花满头插。邑呼蝴蝶曰梁山伯、祝九娘。《山堂肆考》：俗传大蝶必成双，乃梁山伯、祝英台之魂，又云韩凭夫妇之魂，皆不可晓。《宣室志》：英台祝氏女，上虞人，又称九娘。伪为男装游学，与会稽梁山伯同肄业，祝先归，二年山伯访之，方知其为女子，告其父母求聘，而祝已字马氏矣。山伯后为鄞令，病死葬鄮城西，祝适马氏，舟过墓所，风涛不能进，问系山伯墓，登号恸，地忽裂陷，祝氏遂并埋焉。晋丞相谢安表其墓曰义妇冢。山伯，字处仁。《情史》言，吴中妇孺呼黄蝶曰祝英台。俗传祝死后，其家就梁冢焚衣，于火中化成二蝶。”该注解释行聘吃茶习俗、浙东梁祝传说以及苏南、浙东称彩蝶为梁山伯、祝英台风物的由来。

此影印件为清嘉庆十四年刻本，收录于《清代诗文集汇编》。

钱沃臣（1717—？），清浙江象山人，字心溪，又字薪溪。乾隆间举人，工诗文、善书画篆刻。有《乐妙山居集》。

（145–清70）《陶山诗录》

《陶山诗录》为清唐仲冕所撰，嘉庆辛未（1811）刻本。是书“卷一·临津集”收

录《游善卷洞二首》,其一云:

旱乾水溢总无权,洞底波涛倒拍天。
瀑挂湘帘披石室,潭穿地脉浸桑田。
重渊烛照飞蝙蝠,四壁花开叫杜鹃。
太息白龙飞去久,至今空说漆园仙。

其二云:

化蝶人归失画楼,碧鲜庵古径通幽。
谢钧记掣红霆晓,苏建书传翠藓秋。
石乳滴残冰柱外,松花飞绕玉床头。
俗尘无分探琼髓,且喜溪山一日留。

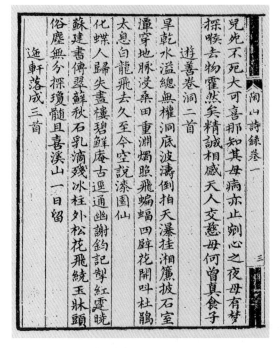

图145-清70　陶山诗录

诗人游览善卷洞,看到洞内洞外的美景、古迹,其中包括祝英台读书处、碧鲜庵碑,联想到梁祝化蝶、李蟠见洞内白龙腾出化为云雨、雷击殿柱倒书"谢钧记"等传说,感觉到了仙境一般。

此影印件为清嘉庆辛未(1811)江南通州酌民言堂藏板,见《续修四库全书》。

(146-清71)《拜经楼诗集续编》

《拜经楼诗集续编》为清吴骞所撰,嘉庆十七年(1812)刊行。其中收有"宜兴梁祝"诗词。

一是"卷一·古今体诗·起嘉庆癸亥春尽是年冬",收录《荆南女史笪芝田为姬人写小照》一首,诗云:

侍御清风远,幽居近碧鲜。
神来濡彩笔,兴到拂霞笺。
半面徐家饰,前身天女禅。
离居张素壁,几认比香肩。

原诗题下有注:"芝田,名玘,侍御重光之后。"女史,本女官名,此指有文化的女子。诗中赞颂荆南女子笪芝田,居祝英台读书处碧鲜庵附近,擅书画,疑是天女转世。

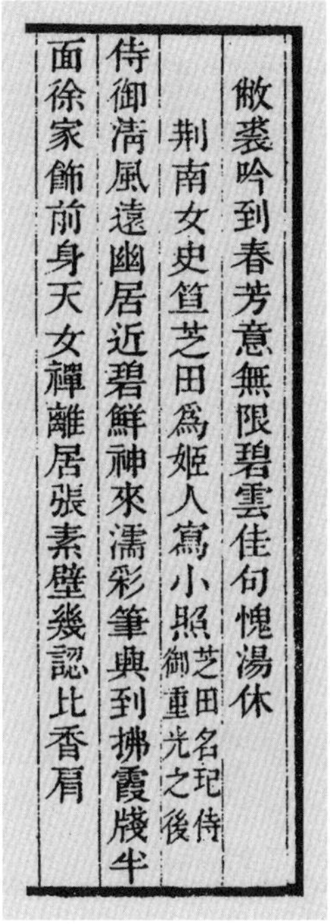
敝裘吟到春芳意無限碧雲佳句愧湯休
荆南女史笪芝田爲姬人寫小照（芝田名玘侍御重光之後）
侍御淸風遠幽居近碧鮮神來濡彩筆典到拂霞牋半
面徐家飾前身天女禪離居張素壁幾認比香肩

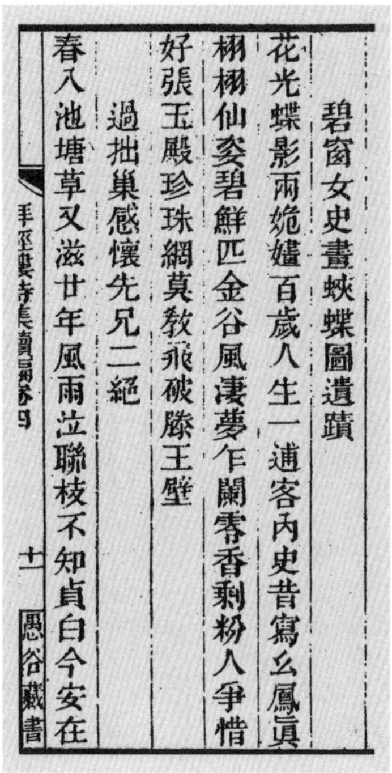
碧窗女史畫蛺蝶圖遺蹟
花光蝶影兩媥嫿百歲人生一逋客內史昔寫幺鳳眞
栩栩仙姿碧鮮匹金谷風淒夢乍闌零香剩粉人爭惜
好張玉殿珍珠網莫教飛破滕王壁
過拙巢感懷先兄二絶
春入池塘草又滋廿年風雨泣聯枝不知貞白今安在
拜經樓詩集續編卷四　十一　愚谷藏書

图146–清71–1　拜经楼诗集续编1　图146–清71–2　拜经楼诗集续编2

二是“卷四·古今体诗·起己巳春尽辛未秋”，《碧窗女史画蛱蝶图遗迹》云：

花光蝶影两媥嫿，百岁人生一逋客。
内史昔写幺凤真，栩栩仙姿碧鲜匹。
金谷风凄梦乍阑，零香剩粉人争惜。
好张玉殿珍珠网，莫教飞破滕王壁。

诗人看到女史画的蛱蝶图，栩栩如生，其仙姿和碧鲜庵读书的祝英台化成的蝴蝶一样，盛赞她画的蝴蝶栩栩如生，能与唐李元婴《滕王蛱蝶图》媲美。

三是“诗余·万花渔唱”，收录梁祝词二首。

其一为《万年欢·菊畦为作“蛟桥折柳图”成，适届寒食，诸同人复集淡和堂觞，予于图中即席分韵赋诗词见寄。予得乐字》，词云：

何事春工。
染河桥弱柳，低惹帘幕。
牵引离愁，衣上酒痕犹昨。
瘦减腰围那觉，悔南浦、当时计错。
劳仙侣、画里追寻，薜岩还续前乐。

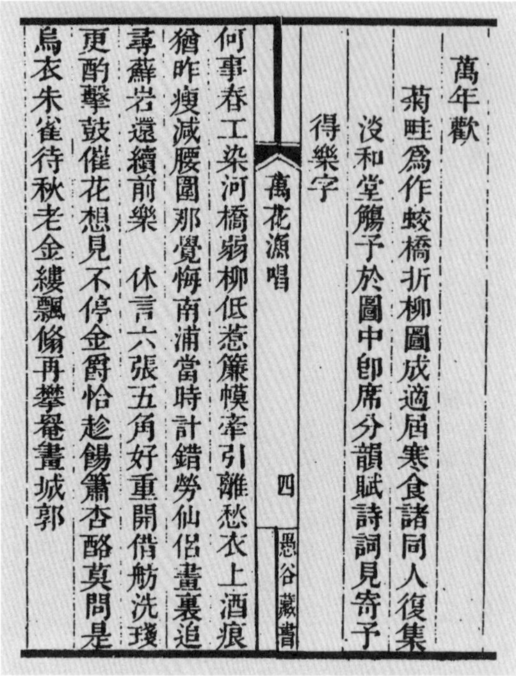
萬年歡

菊畦爲作蛟橋折柳圖成適届寒食諸同人復集没和堂觴予於圖中卽席分韻賦詩詞見寄予得樂字

萬花漁唱　四　愚谷藏書

何事春工染河橋弱柳低惹簾幙牽引離愁衣上酒痕猶昨瘦減腰圍那覺悔南浦當時計錯勞仙侶晝裏追尋蘚岩還續前樂　休言六張五角好重開借舫洗琖更酌擊鼓催花想見不停金爵恰趁錫簫杏酪莫問是烏衣朱雀待秋老金縷飄𠌫再攀罨畫城郭

图146–清71–3　拜经楼诗集续编3

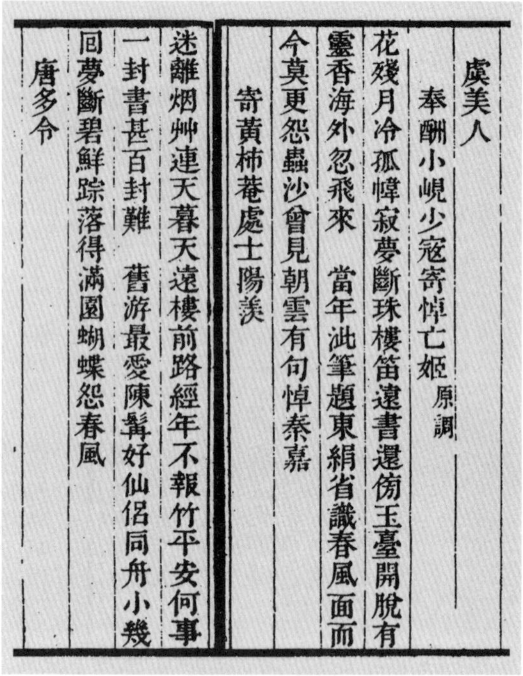
虞美人

奉酬小峴少寇寄悼亡姬原調

花殘月冷孤幃寂夢斷珠樓笛遠書還傍玉臺開脫有靈香海外忽飛來　當年泚筆題東絹省識春風面而今莫更怨蟲沙曾見朝雲有句悼萘嘉

寄黄柿菴處士陽羨

迷離烟艸連天暮天遠樓前路經年不報竹平安何事一封書甚百封難　舊游最愛陳髯好仙侶同舟小幾回夢斷碧鮮踪落得滿園蝴蝶怨春風

唐多令

图146–清71–4　拜经楼诗集续编4

休言六张五角，好重开借舫，洗盏更酌。
击鼓催花，想见不停金爵。
恰趁錫箫杏酪，莫问是、乌衣朱雀。
待秋老、金缕飘翛，再攀罨画城郭。

诗人之友菊畦作《蛟桥折柳图》，集诸友宴，分韵填“万年欢”词，诗人得“乐”字韵。词的上阕写画，可知画中有蛟桥、河柳、双飞的彩蝶以及帘后的离愁人。诗人借用梁祝读书、化蝶典故，有劳仙侣（彩蝶）去追寻离愁之人，这样可以和梁祝一样，还续前乐了。

其二为《虞美人·寄黄柿庵处士阳羡》，词云：

迷离烟草连天暮，天远楼前路。
经年不报竹平安，何事一封书甚百封难？

旧游最爱陈髯好，仙侣同舟小。
几回梦断碧鲜踪，落得满园蝴蝶怨春风。

黄柿庵是诗人的宜兴好友，曾一起访天远堂、游祝英台读书处、寻卓锡泉、洗肠池。诗人称，常常梦到与好友同游祝英台读书处——碧鲜庵，梦醒以后，只落得满园蝴蝶怨春风的回味。

另有"卷一"《同万香、黄柿庵游善卷，小憩溪亭》涉有"祝陵"地名，此略。

以上影印件为上海博古斋影印清嘉庆十七年（1812）刻本，存上海图书馆。

（147-清72）《四明古迹》

《四明古迹》为清陈之纲所辑，嘉庆二十二年（1817）成书。

是书"卷一·七言古诗"收录陆宝《祝英台墓》一首，其诗见陆宝《悟香集》。该诗与《悟香集》所载有两处不同：一是"生求同穴死如斯"，《悟香集》为"生求同穴死如期"；二是"白杨拍手鸟啼乱"，《悟香集》为"白杨拍手鸟啼乱"。

此影印件为民国二十四年（1935）刻本，见《丛书集成续编》。

陈之纲，清浙江鄞县（今属宁波）人，字旭峰。尝授徒于卢氏抱经楼。乾隆五十五年（1790）进士，官国子监助教祭酒。以目疾乞归，为月湖书院山长。嗜诗词古文，其稿被火燕，有《杏本堂诗集》《焚余草烬》。

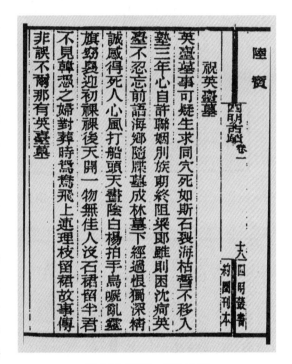

图147-清72　四明古迹

（148-清73）《墨庄杂著》

《墨庄杂著》为清陈经所撰，嘉庆庚辰（1820）刊行，其书有两处宜兴梁祝古迹记载。

《荆南小志》记曰："（乾隆）乙卯秋八月二十八日，招诸同人游善权寺。泊舟玉带桥，行一里许为涌金亭，夹道旧多古松，大合数人抱。正德间，僧鬻其树，先承事铜峰府君，出袖中金留之，沈石田赋长句纪事。今复为寺僧所去矣！寺毁于康熙甲寅三月十二日，今僧所居并昔年道人房也。天王殿中有明福清叶文忠公诗，调畅可喜，字画亦妙，乃吾乡蒋观察如奇笔也，而邑志不载。殿后修竹广数亩，微风乍至，轧琅琅作戛金玉声。竹西祖师堂有晋江王遵岩题名，碑北为'碧鲜岩'巨碑，镌'碧鲜庵'三大字，

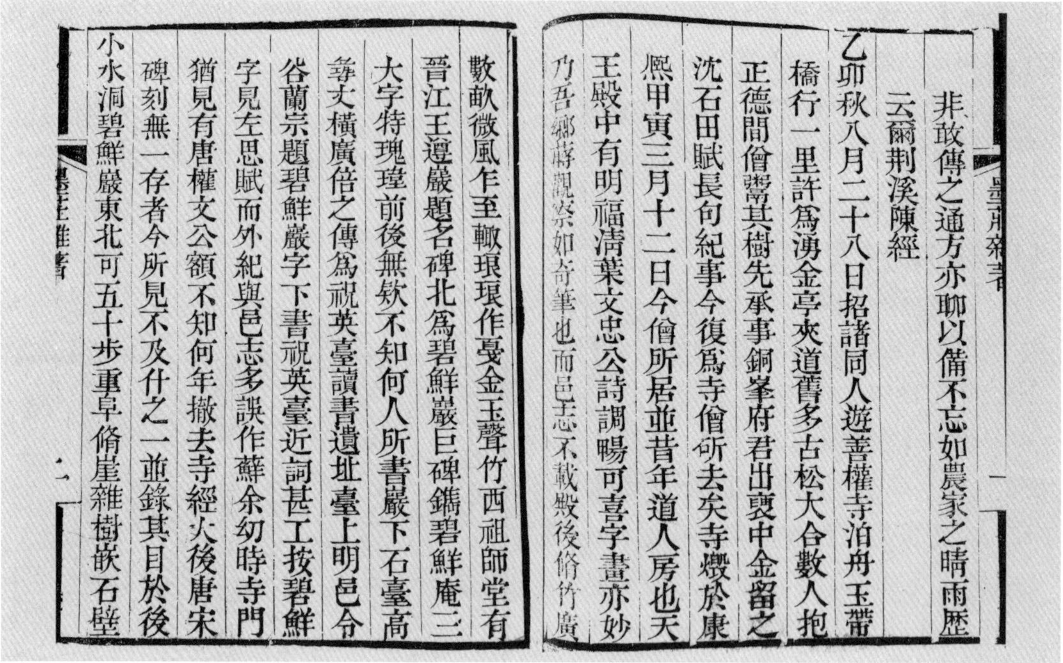

图148-清73-1　墨庄杂著1

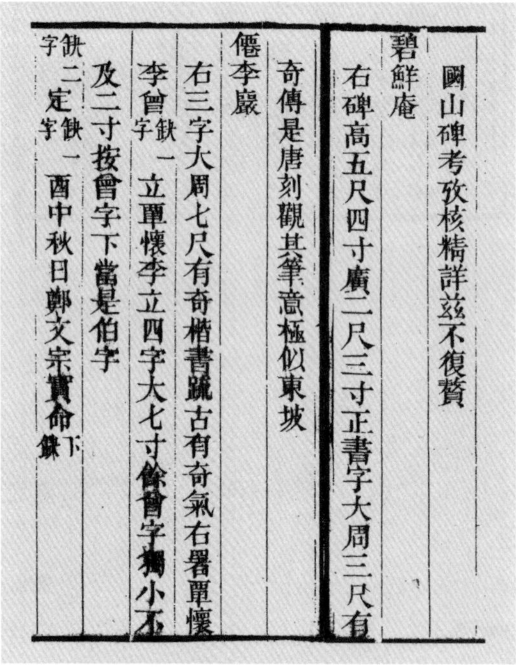

图148-清73-2　墨庄杂著2

特瑰玮，前后无款，不知何人所书。岩下石台高寻丈，横广倍之，传为祝英台读书遗址。台上明邑令谷兰宗题'碧鲜岩'字，下书祝英台近词，甚工。按，'碧鲜'字见《左思赋》，而'外纪'（按，即《荆溪外纪》）与邑志多误作'藓'。余幼时，寺门犹见有唐权文公额，不知何年撤去。寺经火后，唐宋碑刻无一存者，今所见不及什之一。并录其目于后……"

作者记述了乾隆六十年（1795）秋，与友人游善权寺事，记录了碧鲜岩巨碑、祝英台读书处遗址及高台上镌明邑令谷兰宗《祝英台近·碧鲜岩》词等古迹遗址，特别指出《荆溪外纪》和邑志中误作"碧藓"的错误。文中"叶文忠公"为叶向高、"唐权文公"为权德舆。

《荆南石刻》载："碧鲜庵。右碑高五尺四寸、广二尺三寸，正书，字大周三尺有奇，传是唐刻。观其笔意，极似东坡。"

该条为碧鲜庵碑包括高、广在内的实测记录，比吴骞《阳羡摩崖记录》更为详尽。

《荆南小志》初刻于清嘉庆丁巳（1797），陈经卒后，其弟子于嘉庆庚辰（1820）加入《荆南石刻》等重刊为《墨庄杂著》。以上影印件为光绪丙戌（1886）春晖堂刻本，存上海图书馆。

陈经（1769-1817），清江苏宜兴人，字景辰，号墨庄。布衣，与吴骞交好，编有《续太平广记》，著有《墨庄古文》《寒庖录》等。

（149-清74）《香词百选》

《香词百选》为清舒梦兰所撰，成书于嘉庆间。其书收录《祝英台近·祝英台墓》一首，该诗与《南征集》之《祝英台近词·枣树闸吊祝英台墓》对照，仅标题去掉"枣树闸吊"四字。

此影印件存上海图书馆。

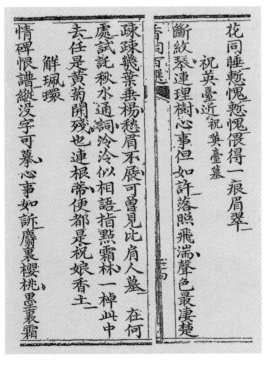

图149-清74　香词百选

（150-清75）《空石斋诗剩》

《空石斋诗剩》为清汪国所撰，于道光二年（1822）诗文合刻。其《诗剩》"七古"收录《祝英台墓》一首，云：

图150-清75 空石斋诗剩

雄兔脚扑朔，雌兔眼迷离。
两兔傍地一样走，谁信祝家英台是女儿？
三年同学心暗许，君虽不言妾自主。
君今已没可奈何？妾意分明在君所。
着我绣罗襦，缀我金爵钗。
谓嫁新人去，却访故人来。
驻我油壁车，奠我同心怀。
抚坟一长恸，君应知妾哀。
君若见怜时，坟当为侬开。
凄凄宿草佳城裂，生不同衾死同穴。
千秋相伴梁令君，如环终还玦非玦。
零粉残香事已非，伤心谁问华山畿？
即今蝴蝶那堪说，斜日成团逐队飞。

诗人巧妙运用木兰女扮男装和华山畿的典故与诗句，讲述宁波的梁祝传说，歌颂梁祝之间如环终还、化蝶相随的永恒爱情。

此影印件为清道光二年少白山房刻本，收录于《清代诗文集汇编》。

汪国（1737—1791），清浙江鄞县人，字幼真，更字器卜，号荌湖。乾隆四十二年（1777）举人，五十六岁授上虞教谕，半月遽卒。卒后，其婿周鼎刊其遗稿为《空石斋诗文合刻》。

（151-清76）《养默山房诗稿》

《养默山房诗稿》为清谢元淮所撰，嘉庆庚辰（1820）刊行。是书"卷十·虾虎集·己卯"两处记载宜兴梁祝。《碧鲜岩怀古》云：

读书人去绮窗清，寂寞巉岩对月明。
愿作鸳鸯空有意，化为蝴蝶最多情。
从来恨事归儿女，那得良缘属友生。
遥望祝陵愁酹酒，华山畿畔泪同倾。

该诗题注云"祝英台读书处"，诗后注曰"祝英台墓，今名祝陵，人多善酿"。诗人游碧鲜岩而怀古，想到读书人化成蝴蝶而去，感叹在封建社会婚姻不自由，有情人难成

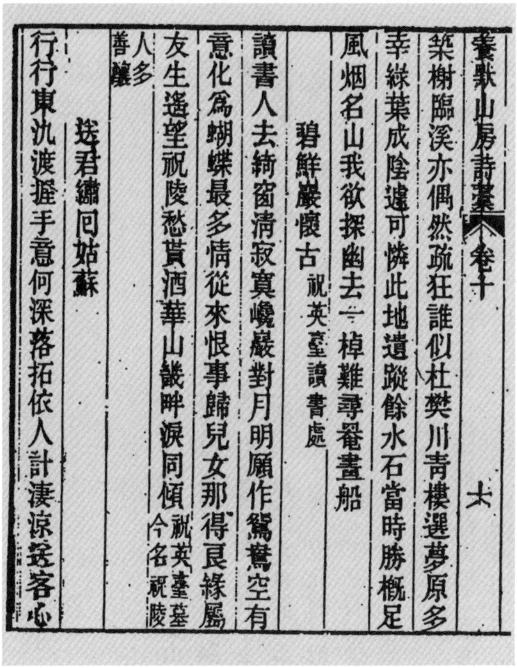

(三) 明清晚期　梁祝记载

图151-清76-1　养默山房诗稿1

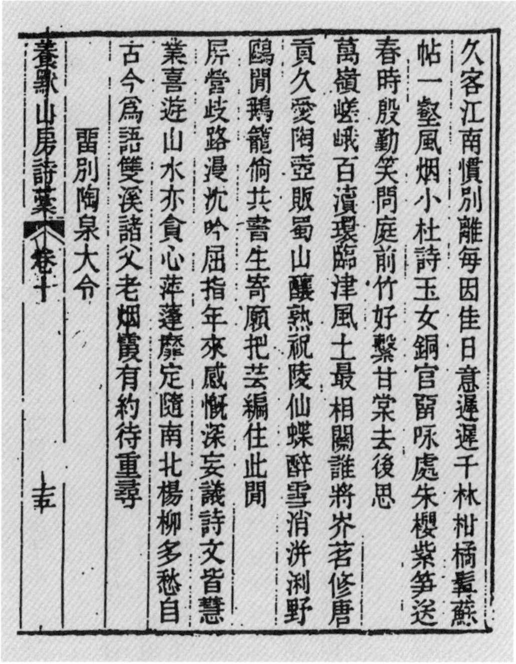

图151-清76-2　养默山房诗稿2

眷属，并以华山畿事歌颂祝英台为爱殉情之坚贞。

又一首为《留别荆溪》之五，云：

> 万岭嵯峨百渎环，临津风土最相关。
> 谁将芥茗修唐贡，久爱陶壶贩蜀山。
> 酿熟祝陵仙蝶醉，雪消洴澼野鸥闲。
> 鹅笼倘共书生寄，愿把芸编住此间。

诗人于离别荆溪之际，历数荆溪名胜，说化成蝶仙的祝英台喝到家乡祝陵酿制的好酒都醉倒了。

本条影印件为清光绪元年（1875）刻本，存上海图书馆。

谢元淮，清代湖北松滋（今属荆州）人，字默卿，号柏崖。国子监生，弱冠尉荆溪县，公暇喜吟咏。官淮南监掣府同知、知府、广东盐法道。著有《养默山房稿》《碎金词谱》。

（152-清77）《邹绎山记》

《邹绎山记》为清马星翼于道光乙酉（1825）所作。该记记录了峄山上的峰、岭、

243

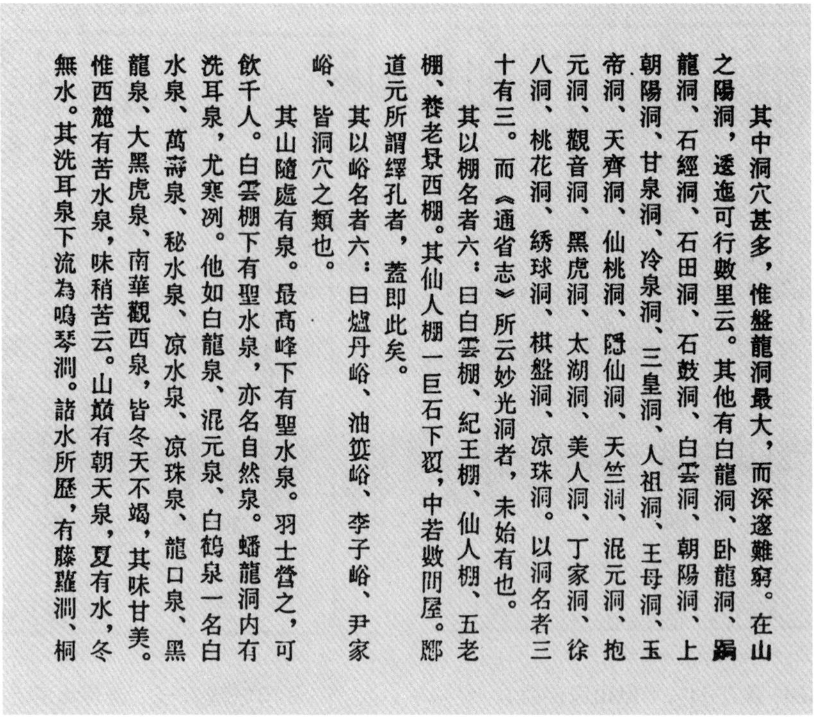

其中洞穴甚多，惟盤龍洞最大，而深邃難窮。在山之陽洞，逶迤可行數里云。其他有白龍洞、卧龍洞、上朝陽洞、石經洞、石田洞、石鼓洞、白雲洞、朝陽洞、甘泉洞、冷泉洞、三皇洞、人祖洞、王母洞、玉帝洞、天齊洞、仙桃洞、隠仙洞、天竺洞、混元洞、抱元洞、觀音洞、黑虎洞、太湖洞、美人洞、丁家洞、徐八洞、桃花洞、綉球洞、棋盤洞、涼珠洞。以洞名者三十有三。而《通省志》所云妙光洞者，未始有也。

其以棚名者六：曰白雲棚、紀王棚、仙人棚、五老棚、卷老景西棚。其仙人棚一巨石下覆，中若數間屋，即道元所謂繹孔者，蓋即此矣。

其以峪名者六：曰爐丹峪、油笠峪、李子峪、尹家峪，皆洞穴之類也。

其山隨處有泉。最高峰下有聖水泉。羽士營之，可飲千人。白雲棚下有聖水泉，亦名自然泉。蟠龍洞内有洗耳泉，尤寒冽。他如白龍泉、混元泉、白鶴泉一名白水泉、萬壽泉、秘水泉、涼水泉、涼珠泉、龍口泉、黑龍泉、大黒虎泉、南華觀西泉，皆冬天不竭。其味甘美，惟西麓有苦水泉，味稍苦云。山嶺有朝天泉，夏有水，冬無水。其洗耳泉下流為鳴琴洞。諸水所歷，有藤蘿洞、桐

图152-清77-1 邹绎山记1

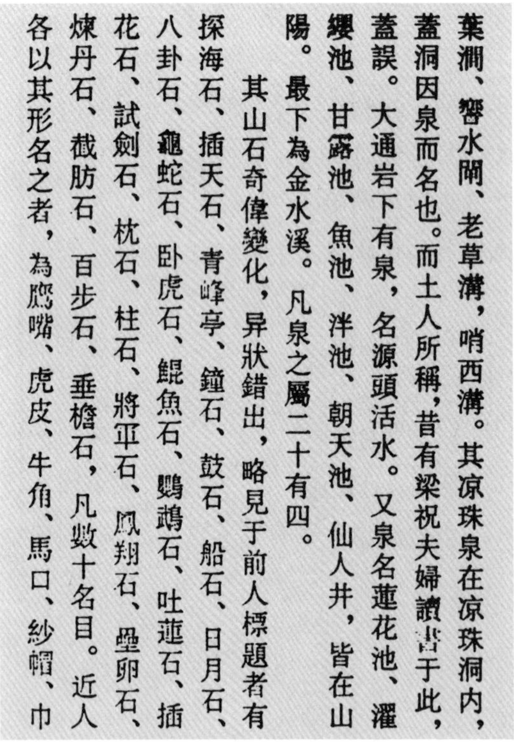

葉澗、響水閘、老草溝、哨西溝。其涼珠泉在涼珠洞内，蓋洞因泉而名也。而土人所稱，昔有梁祝夫婦讀書于此，蓋誤。大通岩下有泉，名源頭活水。又泉名蓮花池、濯纓池、甘露池、魚池、泮池、朝天池、仙人井，皆在山陽。最下為金水溪。凡泉之屬二十有四。

其山石奇偉變化，異狀錯出，略見于前人標題者有探海石、插天石、青峰亭、鐘石、船石、日月石、八卦石、龜蛇石、卧虎石、鯤魚石、鼓石、鸚鵡石、吐蓮石、插花石、試劍石、枕石、柱石、將軍石、鳳翔石、煉丹石、截肪石、百步石、垂檐石，凡數十名目。近人各以其形名之者，為鷓嘴、虎皮、牛角、馬口、紗帽、巾

图152-清77-2 邹绎山记2

洞、泉、石、亭等名胜以及古迹、题刻，称："绎山在邹南二十里，高秀独出。《史记》所谓'邹绎山'、《晋书》所谓'鲁之绎山'也。……其中洞穴甚多，唯盘龙洞最大，而深邃难穷，在山之阳，洞逶迤可行数里云。其他有白龙洞……凉珠洞，以洞名者三十有三。而《通省志》所云妙光洞者，未始有也。……其山随处有泉。最高峰下有圣水泉，羽士营之，可饮千人。白云棚下有圣水泉，亦名自然泉。蟠龙洞内有洗耳泉，尤寒冽。他如白龙泉、混元泉，白鹤泉一名白水泉。万寿泉、秘水泉、凉水泉、凉珠泉……其凉珠泉在凉珠洞内，盖洞因泉而名也。而土人所称昔有梁祝夫妇读书于此，盖误。……道光乙酉暮春记。"

《邹绎山记》由民国二十三年（1934）

《邹县新志》收录。峄山上传有"梁祝读书洞"、"梁祝泉",明万历邹县令王自瑾题字今尚存。然《邹绎山记》却称其为"凉珠洞"、"凉珠泉",并说:"凉珠泉在凉珠洞内(按:应在梁祝读书洞前),盖洞因泉而名也。而土人所称昔有梁祝夫妇读书于此,盖误。"

本条影印件见《历代邹县志十种》,中国工人出版社1995年出版。

马星翼(1790—1873),清鱼台人,字仲张,号东泉。十四岁补博士弟子员,嘉庆癸酉(1813)举人,官临朐、招远教谕。迁居邹。晚年主讲近圣书院。有《东泉文集》《尚书广义》《论语孝经集说》《国策补遗》《绎阳随笔》等,对邹县的历史、地理、旧闻、轶事多有考证辑订。

(153-清78)《四明谈助》

《四明谈助》为清徐兆昺所辑。其书"卷四·义忠王庙"称:"义忠王庙。在接待寺西,祀东晋鄞令梁山伯。安帝时,刘裕奏封义忠王,令有司立庙祀之(嘉靖志)。"又云:"晋梁山伯,名处仁,家会稽,少游学。道逢上虞祝氏子,同往肄业三年。祝先返。

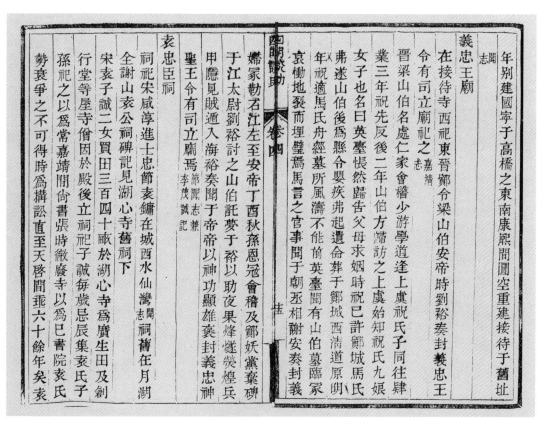

图153-清78 四明谈助

后二年，山伯方归，访之上虞，始知祝氏九娘女子也，名曰英台。怅然归，告父母求姻，时祝已许鄮城马氏，弗遂。山伯后为县令，婴疾弗起，遗命葬于鄮城西清道原。明年，祝适马氏，舟经墓所，风涛不能前。英台闻有山伯墓，临冢哀恸，地裂而埋壁焉。马言之官，事闻于朝，丞相谢安奏封义妇冢，勒石江左。至安帝丁酉秋，孙恩寇会稽及鄮，妖党弃碑于江，太尉刘裕讨之。山伯托梦于裕以助，夜果烽燧荧煌，兵甲隐见，贼遁入海。裕奏闻于帝，帝以神功显雄，褒封义忠神圣王，令有司立庙焉（节闻志兼李茂诚记）。”

《四明谈助》始辑于嘉庆十八年，道光三年（1823）成稿，却无钱付梓，直至委以诸暨训学后，方以俸刊行。此条影印件为道光丁亥（1827）刊本，存上海图书馆。

徐兆昺，清浙江宁波人，字绮城。官诸暨训导。其书斋名“咸塘汇斋”，喜游历，日清贫，著有《四明谈助》四十六卷。

（154–清 79）《长溪草堂集》

《长溪草堂集》为清潘允喆所撰，道光丁亥（1827）刊行。其书两处记载梁祝宜兴梁祝传说与古迹。

遊碧蘚巖和石刻谷公詞序
吾邑祝英臺事傳聞悠謬世遠年湮莫由訂正茲取各說參定之期歸大雅按祝氏女名英行九住國山下幼時與丹陽梁山伯同塾讀書兩小無猜情好篤至梁愛英穎悟娟秀約後日爲夫婦旣而梁遊學四方名成筮仕歸思娶祝重至國山訪之其家云吾家九娘已死葬於某處矣梁詣墳奠祭一慟而絕以其有婚姻之約也里人遂合葬焉所遺裳幅和錢紙焚於墓其灰見風悉化爲蝶飛集巖花野草間鄉人豔其事以爲此飛飛者豈梁山伯所化乎卽其讀書處築臺誌之曰祝英臺其

長谿草堂文鈔　卷上　太

宅捨爲寺寺在龍巖之南龍湫卽在寺北墻外竹樹清森花枝冷豔顏曰碧鮮庵昔人詩云蝴蝶滿園飛不見碧鮮空有讀書臺紀實也明嘉靖間邑令谷蘭宗先生賦詞鐫石其字爲哲嗣春所書又書碧鮮巖三大字於壁今寺燬於火近百年臺久傾圮惟谷詞尚存壬戌小春同人往遊訪其舊蹟但見花竹之勝約略猶存淒然者久之因搨谷令詞以歸各和一闋爲志其緣起云

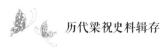

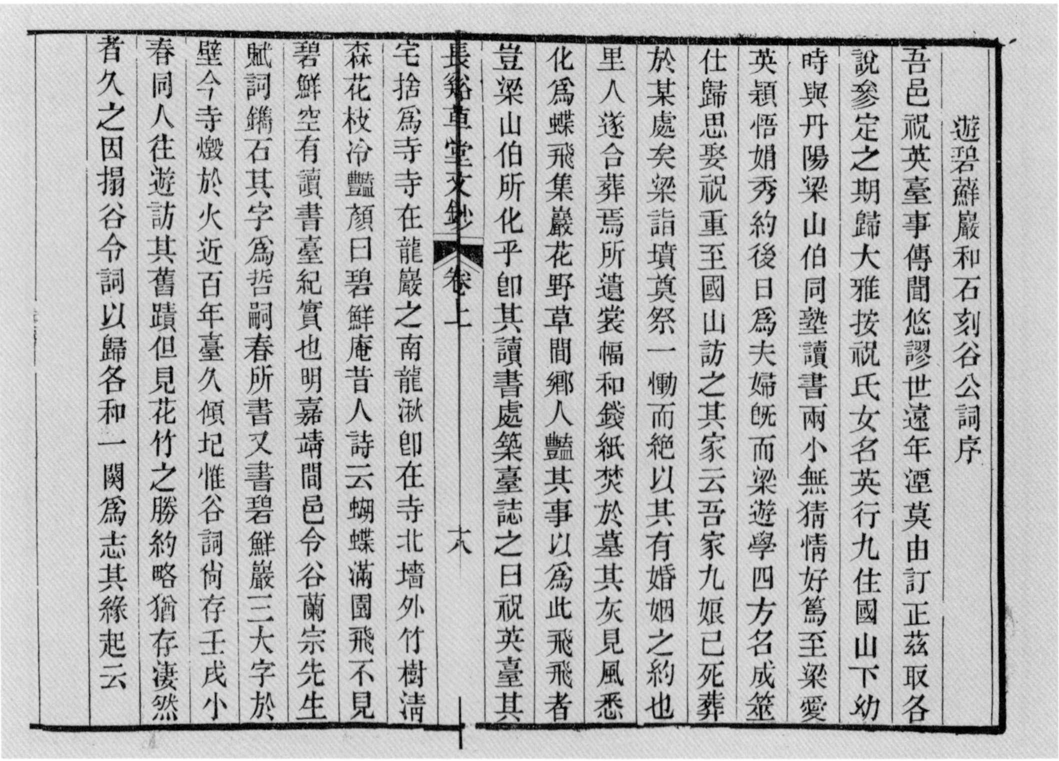

图 154–清 79–1　长溪草堂集 1

（三）明清晚期 梁祝记载

《长溪草堂集·文钞》之《游碧藓岩和石刻谷公词序》称："吾邑祝英台事，传闻悠谬，世远年湮，莫由订正，兹取各说参定之，期归大雅。按，祝氏女名英，行九，住国山下。幼时与丹阳梁山伯同塾读书，两小无猜，情好笃至。梁爱英颖悟娟秀，约后日为夫妇。既而梁游学四方，名成筮仕。归思娶祝，重至国山访之。其家云：吾家九娘已死，葬于某处矣。梁诣坟奠祭，一恸而绝，以其有婚姻之约也，里人遂合葬焉。所遗裳幅和钱纸焚于墓，其灰见风，悉化为蝶，飞集岩花野草间。乡人艳其事，以为此飞飞者岂梁山伯所化乎？即其读书处筑台志之，曰'祝英台'。其宅舍为寺，寺在龙岩之南，龙湫即在寺北墙外。竹树清森，花枝冷艳，颜曰'碧鲜庵'。昔人诗云'蝴蝶满园飞不见，碧鲜空有读书台'，纪实也。明嘉靖间，邑令谷兰宗先生赋词镌石，其字为哲嗣春所书，又书'碧鲜岩'三大字于壁。今寺毁于火近百年，台久倾圮，唯谷词尚存。壬戌小春，同人往游，访其旧迹，但见花竹之胜，约略犹存，凄然者久之。因拓谷令词以归，各和一阕，为志其缘起云。"

该序作于嘉庆壬戌（1802），作者与诗友同游碧鲜岩祝英台读书处故址，见寺焚宇圮，仅存谷令《祝英台近·碧鲜岩》石刻，拓其字而归，并诗友各和《祝英台近》词一阕。

此文有两点值得注意：一是当时宜兴梁祝传说版本甚多，说法各异，作者参订各说后，讲述了一个全新的梁祝传说。称祝英台是国山人，梁山伯是丹阳人，幼时在此共读，私订终身。梁后来游学四方，成为一名巫师，复来国山寻婚，不料祝已去世，梁祭祝而亡，里人遂将其同葬，焚烧的衣物、纸钱化为蝴蝶。乡人以为艳事情，在其读书处筑台以志；二是称祝女名英，读书处所筑的台称为"祝英台"。但此说似属杜撰。因为早在公元五世纪末的南齐《善卷寺记》中，就有了赎祝英台故宅创建善卷寺的记载，而且这一记载历唐宋元明以及清初均沿袭未变，此前也从未见有"祝英台姓祝名英"的文字。至明末清初，善卷寺内筑有高台，刻明邑令谷兰宗《碧鲜岩》词于其上，后来，此台被里人俗称为"祝英台"，于是便产生了"生小祝英台下住""生小祝英台畔住"的咏唱，

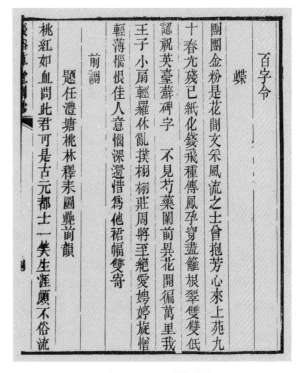

图154-清79-2 长溪草堂集2

也便产生了"祝氏女名英"的附会。可见,清乾嘉间出现"祝氏女名英"的说法,只是文人因"台"而起的臆测罢了。

《长溪草堂集·词钞》收录《百字令·蝶》云:

> 团团金粉,是花间、文采风流之士。
> 曾抱芳心,来上苑,九十春光残已。
> 纸化钱飞,种传凤孕,穿尽篱根翠。
> 双双低认,祝英台藓碑字。
>
> 不见芍药阑前,异花开遍,万里我王子。
> 小扇轻罗,休乱扑、栩栩庄周将至。
> 绝爱聘婷,旋憎轻薄,恼恨佳人意。
> 恼深还惜,为他裙幅双寄。

"百字令"为词牌名,亦称"念奴娇"。诗人咏蝶,称梁祝双双化成蝴蝶,世代相传,年年都要回来看看当年的读书处,看看长满苔藓的碧鲜庵碑。

以上影印件为潘允喆曾孙清光绪丙戌(1887)春晖堂重镌本,存上海图书馆。

潘允喆(？—1821),清代荆溪县(今宜兴)人,字迂云,又字耆安。岁贡生。道光元年,保举孝廉方正,选受南陵训导,月而卒。以其读书处长溪草堂为名,结长溪诗社,历数十年。著有《长溪草堂集》,纂有《长溪社诗存》。

(155-清80)[道光]《铜梁县志》

[道光]《铜梁县志》为清徐瀛所修,白玉楷等纂,道光十二年(1832)刊行。该志多处记载"铜梁梁祝"。

一是"卷首·疆域图",其县治东南有山,标有"祝英台"三字。

二是"卷一·地理志·山川""祝英台山"条称:"祝英台山,在县南二十里。"

三是"卷一·地理志·古迹""大欢喜石碑"条称:"大欢喜石碑,在县南蒲吕滩河岸,祝英台书。"

四是"卷八·杂记"称:"明季献贼驱逐流民,男妇数百至蒲吕滩岸上,人心汹汹,苦无舟楫。突见河中石梁浮起,广数尺,流民争渡。贼追至,石梁复沉,遂不得济,渡河者以是得免于难焉。后里人祝英台书'大欢喜'三字勒诸碑以表其异。"又按:"县南有山曰祝英台山,左即其故里,石坊尚存。据此则祝为里人无疑。"

本条影印件为清道光十二年(1832)刊本,存中国国家图书馆。

（三）明清晚期 梁祝记载

图155-清80-1 铜梁县志1（山水图）

图155-清80-2 铜梁县志2（祝英台山）

图155-清80-3 铜梁县志3（大欢喜碑）

图155-清80-4 铜梁县志4（杂记）

徐瀛，生卒不详，清浙江海宁人，字笔珊。举人。道光元年（1821）知铜梁县，清廉勤敏，百废俱兴。以西藏军粮事务升任壬午科四川乡试同考官，八年（1828）冬，以文林郎回知铜梁县，纂修县志。

白玉楷，字小裴，生卒不详，四川营山县拔贡，时为候选州判。

（156-清81）《疏影楼词》

《疏影楼词》为清姚燮所撰，道光十三年（1833）刊刻。该书"画边琴趣（下）"收录《鹊桥仙十咏》，其《咏九》云：

> 霞觞醉后，华灯送后，值恁几回肠转。
> 但须佳约续初三，也抵得、十分圆满。
>
> 蜡丸些点，相思封好，寄向祝英台畔。
> 琳窗梅萼染脂残，定无力、梳鬟一半。

原词有序称："卧茨乐府有《月当窗》咏三词，灵芬馆有《鹊桥仙》咏五词，种芸馆有《西江月》咏四词。长夏无俚，戏效其体得十解，自咏一始。"观其十咏，均为客旅苏南风月之情。下阕称用蜡丸把相思封好，寄向祝英台畔。考，宜兴祝英台读书处于明清间筑有一丈高台，刻明邑令谷兰宗《祝英台近·碧鲜岩》词于其上，俗称"祝英台"，朱受诗云"生小祝英台畔住"，即此。

此影印件见浙江古籍出版社1986年出版之《疏影楼词》。

姚燮（1805—1864），清浙江宁波镇海人，字梅伯，号复庄、大梅山民等。道光二十四年（1834）举人，后五考进士落第，遂绝仕途，以著作、教授终身。以能诗自负，有《疏影楼词》《复庄诗问》《复庄骈俪文榷》等。

图156-清81 疏影楼词

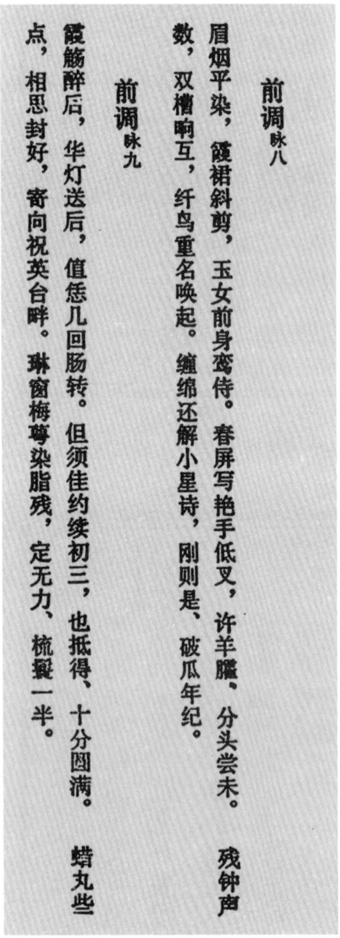

前调 咏八
眉烟平染，霞裙斜剪，玉女前身鸾侍。春屏写艳手低叉，许羊髓、分头尝未。
双楷响互，纤鸟重名唤起。缠绵还解小星诗，刚则是、破瓜年纪。残钟声

前调 咏九
霞觞醉后，华灯送后，值恁几回肠转。但须佳约续初三，也抵得、十分圆满。蜡丸些点，相思封好，寄向祝英台畔。琳窗梅萼染脂残，定无力、梳鬟一半。

（157-清82）《拜竹诗龛诗存》

《拜竹诗龛诗存》为清冯登府所撰，道光十九年（1839）刊行。其"卷十"收录

《四明仿祝英台古迹》一首：

> 离离春草绿，何处访秋坟？
> 一自采鸾去，山中多碧云。
> 青陵三月梦，金粉六朝薰。
> 莫问神仙事，荒唐证旧闻。

春光明媚，诗人徘徊于梁祝墓前（"仿"通"彷"。又，宁波传说梁山伯忌日在金秋八月，届时有庙会，故有访"秋坟"之说），以韩凭妻跳下青陵台化蝶之典故，引出梁祝化蝶。但诗人以为，这种神化的传说，不必去求证真伪。

此影印件为清道光十九年刻本，见《清代诗文集汇编》。

冯登府（1783—1841），一作登甫，清浙江嘉兴人，字柳东，一字云伯，号勺园，又号小长芦旧史。嘉庆二十五年（1820）进士，历官将乐县知县、宁波府教授。一生以著书为业，不为仕途所羁。中年游宦福建，聘修《福建通志》，著有《拜竹诗龛诗存》《石经考异》等20余种。

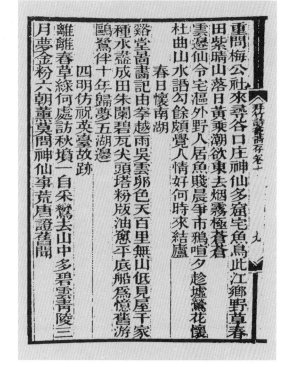

图157-清82　拜竹诗龛诗存

（158-清83）[道光]《续纂宜兴荆溪县志》

[道光]《续纂宜兴荆溪县志》为清顾名、罗衡等修，吴德旋等纂，道光二十年（1840）刊行。该志断限为清嘉庆三年（1798）至道光二十年（1840）。其中"卷九之二·宜兴荆溪艺文合志·辞翰"收录多首"宜兴梁祝"诗词。

一是杨丹桂《祝英台墓》诗云：

> 春草满岩阿，拖霞修帔多。
> 花飞埋艳骨，月吐对新蛾。
> 落日倚湘竹，迴风傍女萝。
> 空山无限恨，川上忆临波。

诗人凭吊祝英台墓，写得十分细腻。他说：夕阳映着晚霞，犹如英台长长的披肩；

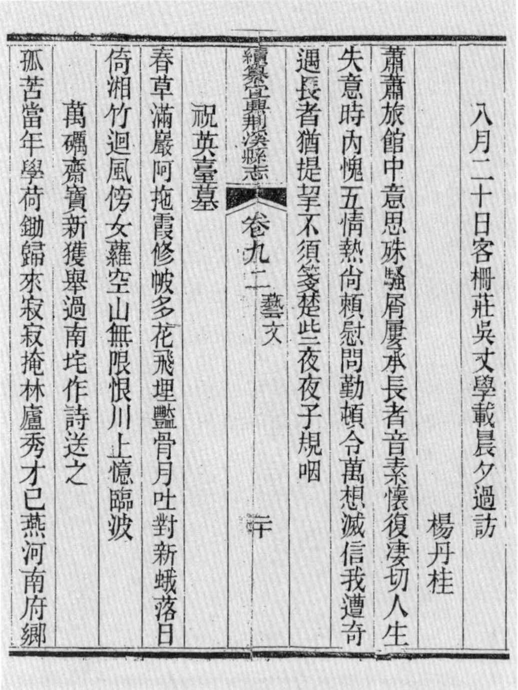

八月二十日客柵莊吳丈學載晨夕過訪　楊丹桂
蕭蕭旅館中意思殊騷屑屢承長者音素懷復淒切人生失意時内愧五情熱尚頼慰問勤頓令萬想滅信我遭奇遇長者猶提挈不須筹楚些夜夜子規咽

續纂宜荊溪縣志　卷九之二　藝文　二十

祝英臺墓
春草滿巖阿掩霞修帔多花飛埋豔骨月吐對新蛾落日倚湘竹迴風傍女蘿空山無限恨川上憶臨波

萬礪齋賓新獲舉過南垞作詩送之
孤苦當年學荷鋤歸來寂寂掩林廬秀才已燕河南府鄉

图158–清83–1　道光续志1（宜兴荆溪艺文1）

早早升起的新月，宛似英台弯弯的蛾眉；冢旁的英台竹上，还映洒着落日的余晖；轻柔回旋的晚风，吹动着坟墓上的藤萝；空山留下无限的怨恨，川流不息的祝陵河水，仿佛侃侃不停地叙述着梁祝凄婉的传说。杨丹桂，宜兴人，字荣望，乾隆丙午（1786）本省乡试中式。少嗜学，长好著述，至老弥笃。著有《廉慎堂诗文钞》等。

二是张起《游国山龙岩憩善卷寺访碧鲜岩故址》四首，其一：

古囤碑残半紫苔，翠岩幽秀国山限。
金泥玉简销沉尽，那得裙钗骨未灰。

其二：

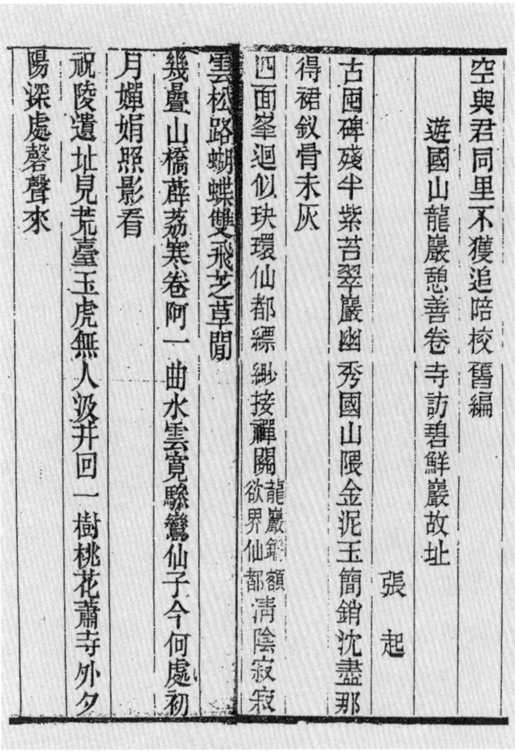

空與君同里不獲追陪校舊編

遊國山龍巖憩善卷寺訪碧鮮巖故址　張起
古囤碑殘半紫苔翠巖幽秀國山限金泥玉簡銷沈盡那得裙釵骨未灰
四面峯迴似玦環仙都縹緲接禪關（龍巖鐫額欲界仙都）清陰寂寂雲松路蝴蝶雙飛芝草間
幾疊山橋薜荔寒卷阿一曲水雲寬驂鸞仙子今何處初月嬋娟照影看
祝陵遺址見荒臺玉虎無人汲井回一樹桃花蕭寺外夕陽深處磬聲來

图158–清83–2　道光续志2（宜兴荆溪艺文2）

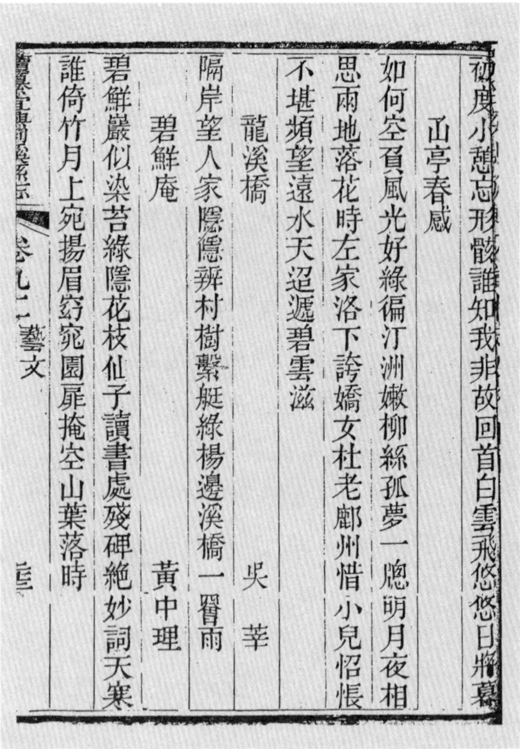

初度小憩忘形骸誰知我非故回首白雲飛悠悠日將暮

山亭春感
如何空負風光好綠徧汀洲嫩柳絲孤夢一窗明月夜相思雨地落花時左家洛下誇嬌女杜老鄜州惜小兒惆悵不堪頻望遠水天迢遞碧雲滋

龍溪橋　吳莘
隔岸望人家隱隱辨村樹繫艇綠楊邊溪橋一簑雨

碧鮮庵　黃中理
碧鮮巖似染苔綠隱花枝仙子讀書處殘碑絕妙詞天寒誰倚竹月上宛揚眉窈窕園扉掩空山葉落時

續纂宜荊溪縣志　卷九之二　藝文

图158–清83–3　道光续志3（宜兴荆溪艺文3）

(三)明清晚期 梁祝记载

四面峰回似块环,仙都缥缈接禅关(龙岩镌额"欲界仙都")。
清阴寂寂云松路,蝴蝶双飞芝草间。

其三:

几叠山桥薜荔寒,卷阿一曲水云宽。
骖鸾仙子今何处?初月婵娟照影看。

其四:

祝陵遗址见荒台,玉虎无人汲井回。
一树桃花萧寺外,夕阳深处磬声来。

诗人游国山、龙岩、善卷寺和祝英台读书处碧鲜岩,作下了四首诗,每首都吟咏"宜兴梁祝"。第一首称:埋在国山碑下的金函玉璧已经变成灰烬,只有梁祝传说永久流传;第二首称:欲界仙都龙岩清阴寂寂,蝴蝶却双飞无处不在;第三首称:祝英台离开了故宅,乘鹤去哪里了?广寒宫中就有她的身影;第四首称:梁祝虽去,遗迹犹存。祝陵的地名、以祝英台故宅创建的善卷寺、祝英台读书台以及梁祝照影的双井,都在述说着当年的故事。张起,清代宜兴人,字介轩,诸生。著有《朱梅舫诗话》。

三是黄中理《碧鲜庵》诗云:

碧鲜岩似染,苔绿隐花枝。
仙子读书处,残碑绝妙词。
天寒谁倚竹?月上宛扬眉。
窈窕园扉掩,空山叶落时。

诗人游祝英台读书处——碧鲜庵,观英台竹,传说仙子已去月宫,此处只剩下撒满落叶的空园。黄中理,清宜兴人,字奕清,号梧崖,邑诸生。善诗,与张衢、万之蘅齐名,有《澹忘斋诗稿》。

该志"卷九之二·宜兴荆溪艺文合志·辞翰"另有吴骞《祝陵》、张衢《瑱为过访同游善卷洞碧鲜岩各赋一诗》,亦涉有"祝陵"地名、祝英台读书处"碧鲜岩",此略。

本条影印件为清道光二十年(1840)刻本,存上海图书馆,宜兴市档案馆亦有存。

顾名,清代甘肃人,嘉庆庚辰(1820)进士,道光十五年(1835)令宜兴。后任宁夏书院、柳州书院山长,创建青城书院。罗衡,四川合州人,进士,道光十五年任荆溪

253

县令，十九年摄任宜兴县。

吴德旋，清代宜兴人，邑贡生，道光《续纂宜兴荆溪县志》总纂，有《初月楼诗》《初月楼文钞》《初月楼诗钞》等。

（159-清84）[道光]《重修胶州志》

[道光]《胶州志》为清张同声所修、李图纂，道光二十五年（1845）刊行。该志"卷四十·考四·讹疑"称："（刘志）又云祝英台墓在治南祝家庄。按：祝英台墓有鸳鸯家传奇，赍诏旌表者官为谢安，盖浙江人，宁波府有其墓，不应在胶。"

该志为刘志对祝英台墓的存疑提供了依据。"刘志"指乾隆十七年《胶州志》，由进士刘恬所纂。

此影印件为清道光二十五年（1845）刻本，存上海图书馆。

张同声，清安徽桐城人，监生。道光二十三年（1843）任胶州知州；李图，清道光间人，里籍未详，任博兴县教谕，候选知县。

图159-清84　道光胶州志

（160-清85）《赤堇遗稿》

《赤堇遗稿》为清叶元堦所撰，道光二十五年（1845）刊行。该书"卷三"收录

(三) 明清晚期　梁祝记载

《祝九娘》诗一首，云：

> 妾本华山女，君为宋士人。
> 菟丝难忽系，烟缕总相亲。
> 化蝶雪衣袂，荒茔碧草津。
> 泪碑常不燥，行客为沾巾。

诗人以华山畿喻梁祝事，称菟丝子虽难以缠绕，而柳条却能编结在一起。梁祝的衣袂化成了蝴蝶，人们常来吊唁，以致墓碑上经常沾满泪水而不得干燥。

此影印件为清道光二十五年刻本，上海图书馆有存。

叶元垲（1804—1839），清代浙江慈溪人，字仲兰，一字心冰，号赤堇。诸生，与姚燮等结枕湖诗社，有《赤堇遗稿》等。

图160-清85　赤堇遗稿

（161-清86）《复庄诗问》

《复庄诗问》为清姚燮所撰，清道光二十八年（1848）刊行。是书"卷十三"《梅曾九章·之七》云：

> 春到罂湖水似醴，湔衣人拜九娘坟。
> 烟边画郭多新柳，天际横阑有薄曛。
> 车子六萌延鹄盼，侍儿双髻媚兰薰。
> 未堪酒醒歌残后，只听渔榔唱暮云。

该诗作于道光丁酉（1837）。湔衣为民俗。旧俗农历正月三十，江南柳芽新绽，女子前往鄞西罂湖，于水边酹酒、涤衣，以辟灾度厄，顺便到梁祝墓祭拜，祈求平安。从带着侍女、乘坐六萌车看，前往祈安的多为贵妇。

本条影印件为清道光姚氏刻大梅山馆集本，见《续修四库全书》。

图161-清86　复庄诗问

（162-清87）《浪迹续谈》

《浪迹续谈》为清梁章钜所辑，道光戊申（1848）刊刻。是书"卷六""祝英台"条称："《宣室志》云：祝英台，上虞祝氏女也，伪为男装游学，与会稽梁山伯者同肄业。山伯，字处仁。祝先归。二年，山伯访之，方知其为女子，怅然如有所失。告其父母求聘，而祝已字马氏子矣。山伯后为鄞令，病死，葬鄮城西。祝适马氏，舟过墓所，风涛不能进，问知有山伯墓，祝登号恸，地忽自裂陷，祝氏遂并埋焉。晋丞相谢安奏表其墓曰'义妇冢'。"

梁氏"祝英台"条中的"宣室志梁祝"与《通俗编》《函海》相类，除标题外，与《通俗编》有2处不同，与《函海》仅1字之差。因此，梁文应从《通俗编》或《函海》转征。由于翟灏《通俗编》之"《宣室志》'梁山伯访友'条"属于误编，故《函海》和《浪迹续谈》转征之"宣室志梁祝"均成了以讹传讹。

本条影印件为复旦大学图书馆藏清道光二十八年（1848）刻本，见《续修四库全书》。

梁章钜（1775—1849），清福建长乐人，字闳中，一字茝林，晚号退庵。嘉庆七年（1802）进士，官至江苏巡抚，兼署两江总督。有《经尘》《夏小正通释》《归田琐记》等。

图162–清87 浪迹续谈

（163–清88）《溪上诗辑》

《溪上诗辑》为清尹元炜、冯本怀所辑。其好友林鹿园积数十年之勤，广搜博采，编纂《溪上诗钞》，未成而卒。尹、冯即在此基础上，删除不甚可传者，增补遗漏，添加近数十年中名辈新作，辑上自两晋六朝、下至清道光间208位慈溪作者的诗词凡1381首，而为《溪上诗辑》。其中收录咏梁祝诗词2首。

一是"卷六"收录叶吟《祝英台读书处》一首：

乱石层层绣碧苔，山花遍发读书台。
可知明月清风夜，仿佛儒冠鬟影来。

诗人到江苏宜兴游览，看到山花在祝英台读书处盛开，想象着在明月清风之夜，还会看到男扮女装的祝英台于花间徘徊的身影。

叶吟，生卒不详，清浙江慈溪人，字天乐，号甬仙。邑诸生，官海丰县令。有《竹半阁诗话》《天乐生稿》。

二是"卷十三"收录尹嘉年《蝴蝶冢词》一首：

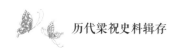

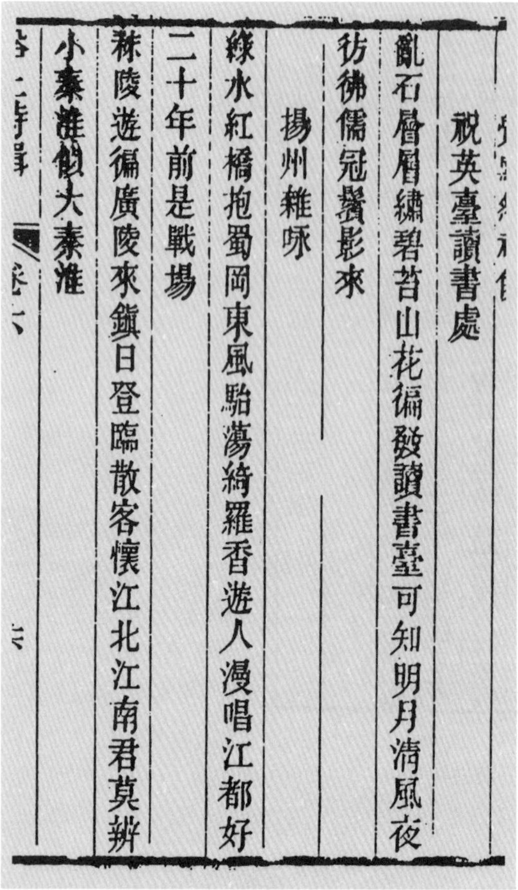
祝英臺讀書處
亂石層層繡碧苔山花徧發讀書臺可知明月清風夜
彷彿儒冠鬢影來
揚州雜詠
綠水紅橋抱蜀岡東風駘蕩綺羅香遊人漫唱江都好
二十年前是戰場
秣陵遊徧廣陵來鎮日登臨散客懷江北江南君莫辨
小秦淮似大秦淮

图163–清88–1　溪上诗辑

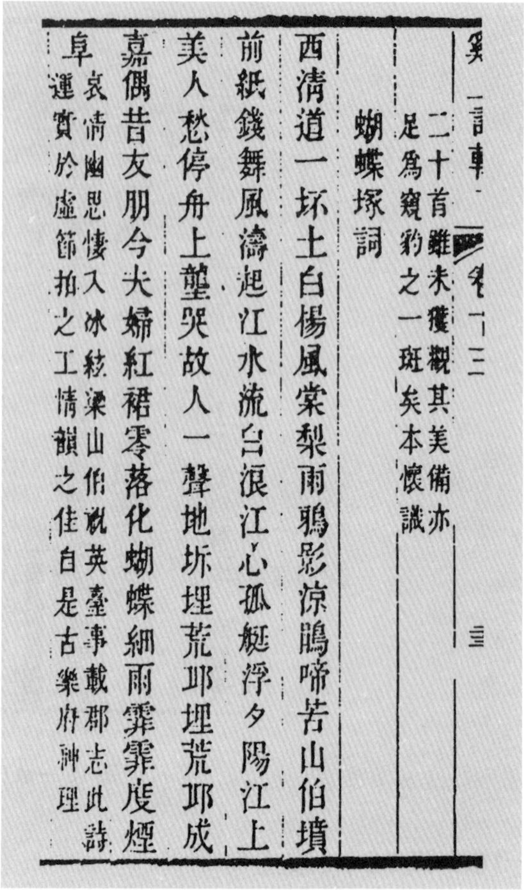
二十首雖未獲觀其美備亦足為窺豹之一斑矣本懷識
蝴蝶塚詞
西清道一坏土白楊風棠梨雨鴉影涼鵑啼苦山伯墳
前紙錢舞風濤起江水流白浪江心孤艇浮夕陽江上
美人愁停舟上壟哭故人一聲地坼埋荒邱埋荒邱成
嘉偶昔友朋今夫婦紅裙零落化蝴蝶細雨霏霏度煙
阜哀情幽思淒入冰絃梁山伯祝英臺事載郡志此詩運實於虛節拍之工情韻之佳自是古樂府神理

图163–清88–2　溪上诗辑

西清道，一坏土（坏，音pēi，土丘）。白杨风，棠梨雨。
鸦影凉，鹃啼苦。山伯坟前纸钱舞。
风涛起，江水流。白浪江心孤艇浮。
夕阳江上美人愁。
停舟上陇哭故人，一声地坼埋荒丘。
埋荒丘，成嘉偶。昔友朋，今夫妇。
红裙零落化蝴蝶，细雨霏霏度烟阜。

鹿园评注："哀情幽思，凄入冰弦。梁山伯祝英台事载郡志，此诗运实于虚，节拍之工，情韵之佳，自是古乐府神理。"

该诗从清明时节梁山伯坟上纸钱飘舞开始，讲述祝英台乘舟西来、停棹哭祭、地裂同葬、化成蝴蝶、比翼双飞、终成眷属的故事，寄托着无限的哀思。

(三)明清晚期 梁祝记载

尹嘉年(？—1843)，清浙江慈溪人，尹元炜之子。字孟再，号少桥。邑诸生。工诗善画，道光癸卯(1843)抱病赴省秋试未入闱，卒于旅邸。有《培荆草堂诗稿》。

以上影印件见清道光二十八年(1848)，存上海图书馆。

尹元炜，生卒不详，清浙江慈溪人，字青父，又字青辉，号方桥。嘉庆九年(1804)举人，不思仕进。主讲慈溪德润书院四十余年，擅书法，工诗及古文。辑有《溪上遗闻》《溪上诗辑》等。

冯本怀，生卒不详，清浙江慈溪人，字慎旃，号酉卿。道光十九年(1839)进士，官至内阁中书舍人。家有抱珠楼，藏书甚富。受尹元炜之邀，参订《溪上诗辑》等，著有《抱珠山房诗存》。

(164-清89)《祝英台近山房诗钞》

《祝英台近山房诗钞》为清万贡珵所撰，道光庚戌(1850)刊刻。是书"卷一"收录《祝英台读书处》一首，云：

不隔美人居，名姝来读书。
江山留故宅，罨画近吾庐。
夹道松篁处，排山花木余。
祝陵风景好，终古对门闾。

诗人对祝英台情有独钟，将自己的书房取名为"祝英台近山房"。他游览善卷寺后，在诗中吟咏了以祝英台故宅改建的善卷寺、祝英台读书处、祝陵等古迹、名胜。

此影印件为清道光庚戌(1850)刻本，存中国国家图书馆。

万贡珵，清代宜兴人，号红香词客。以弟万贡珍秩，貤封奉直大夫，官户部主事加一级。著有《祝英台近山房诗钞》《祝英台近山房词四卷》《粉香缘传奇》。

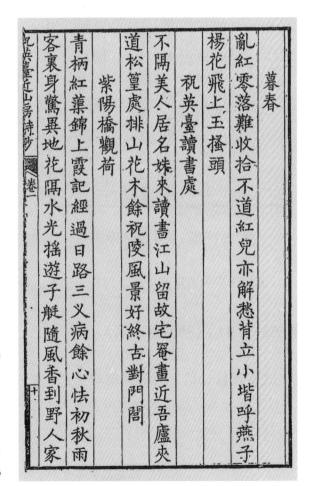

图164-清89 祝英台近山房诗钞

（165–清90）《祝英台近山房词钞》

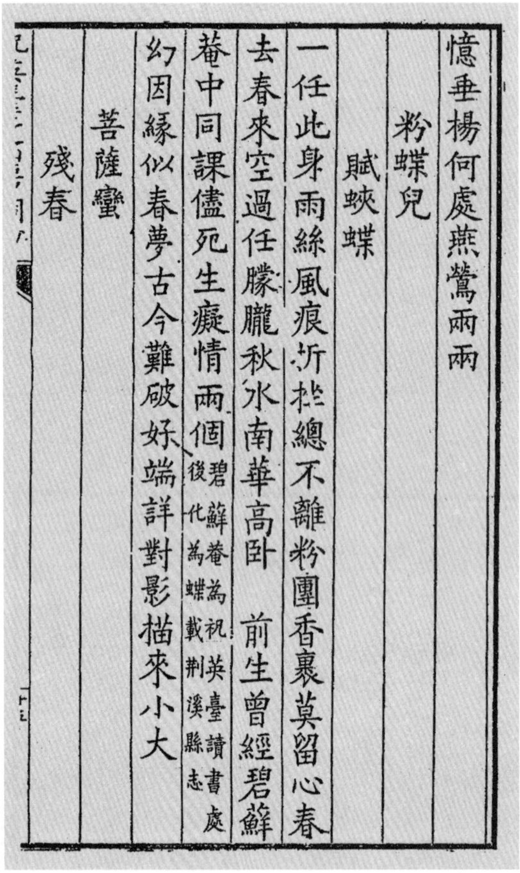
憶垂楊何處燕鶯兩兩
粉蝶兒
賦蛺蝶
一任此身雨絲風痕折挫總不離粉團香裹莫留心春
去春來空過任朦朧秋水南華高卧 前生曾經碧蘚
菴中同課儘死生癡情兩個碧蘚菴為祝英臺讀書處後化為蝶載荆溪縣志
幻因緣似春夢古今難破好端詳對影描來小大
菩薩蠻
殘春

图165–清90 祝英台近山房词钞

《祝英台近山房词钞》为清万贡璆所撰，道光庚戌（1850）刊刻。是书《粉蝶儿·赋蛱蝶》咏宜兴梁祝：

一任此身，雨丝风痕折挫。
总不离，粉团香裹。
莫留心，春去春来空过。
任朦胧，秋水南华高卧。

前生曾经，碧藓庵中同课。
尽生死，痴情两个。
幻因缘，似春梦，古今难破。
好端详，对影描来小大。

原词在“前生曾经，碧藓庵中同课。尽生死，痴情两个”后有注：“碧藓庵为祝英台读书处，后化为蝶。载荆溪县志。”按，关于“碧鲜庵”，宋明志中亦有作“碧藓庵”者，然自清嘉庆二年《宜兴县旧志》后，再无“碧藓庵”记载出现，万说有误。

此影印件为清道光庚戌（1850）刻本，存中国国家图书馆。

（166–清91）《初月楼诗稿》

《初月楼诗稿》为清吴德旋所撰，是书“卷一·拊瓴草”刊载《同张介轩游善权寺》一首，题记云：寺后碧藓岩相传祝英台读书处也，介轩有诗，予亦口占二绝。其一：

孤花寂寂表岩阿，欲界天香占几多？
艳质也同齐女化，姓名赢得入樵歌。

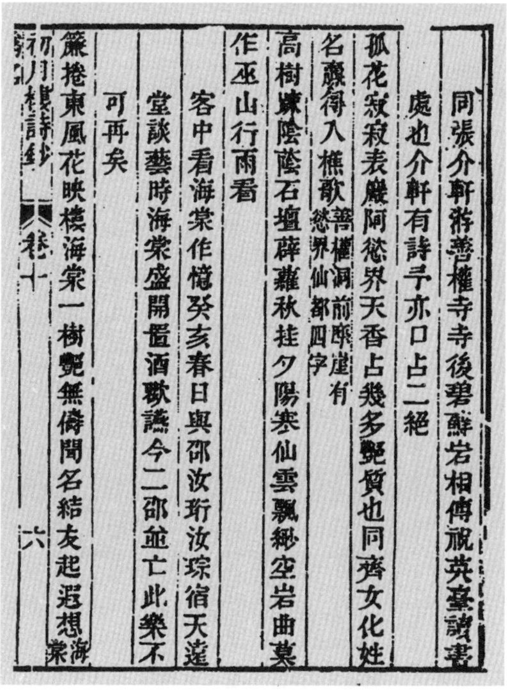
同張介軒游善權寺寺後碧鮮岩相傳祝英臺讀書
處也介軒有詩予亦口占二絕
孤花寂寂表巖阿慾界天香占幾多艷質也同齊女化姓
名贏得入樵歌善權洞前靡崖有慾界仙都四字
高樹疎陰蔭石壇薜蘿秋挂夕陽寒仙雲飄緲空岩曲莫
作巫山行雨看
客中看海棠作憶癸亥春日與邵汝珩汝琮宿天遠
堂談藝時海棠盛開置酒歡讌今二邵並亡此樂不
可再矣
簾捲東風花映樓海棠一樹艷無儔聞名結友起遐想海棠
初月樓詩鈔　卷十　六

图166–清91　初月楼诗钞

（后注：善权洞前摩崖有欲界仙都四字）

其二：

高树疏阴荫石坛，薜萝秋挂夕阳寒。

仙云飘缈空岩曲，莫作巫山行雨看。

诗人同张衢（字介轩）游善权寺，在祝英台读书处碧鲜坛古迹处缅怀，以齐女化蝉比喻梁祝化蝶，以楚王与巫山神女比喻梁祝爱情传说，并说因为祝英台的传奇，千年之后大家都还知道她的名字，连樵夫都会唱她的歌谣。张衢诗《瑱为过访同游善卷洞碧鲜岩各赋诗一首》收录于［道光］《续纂宜兴荆溪县志》。

此影印件为道光刻本，刊于《清代诗文集汇编》。

（167–清92）《红岩山房诗稿》

《红岩山房诗稿》为清徐镛撰，其书“卷七”收录《义妇冢》诗云：

一杯浅土覆松阴，义烈犹然诵至今。

同学无瑕完两璧，寸衷已诺胜千金。

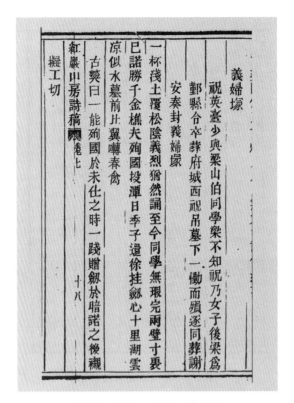

图167-清92　红岩山房诗稿

樵夫殉国投潭日，季子还徐挂剑心。
十里湖云凉似水，墓前比翼啭春禽。

原诗有序："祝英台，少与梁山伯同学，梁不知祝乃女子。后梁为鄞县令，卒葬府城西，祝吊墓下，一恸而殒，遂同葬。谢安奏封义妇冢。"诗后附有古彝点评："一能殉国于未仕之时，一践赠剑于暗诺之后，衬拟工切。"

诗人凭吊义妇冢，看到春鸟比翼、鸣啼，歌颂梁祝之义烈，并以樵夫殉国、季子挂剑之典故，盛赞祝英台从一而终、一诺千金的精神。

此影印件存上海图书馆。

徐镛，生卒不详，清代浙江宁海人，号友笙，结庐邑西红岩山。道光二十二年（1842）入邑庠生，加同州衔。工诗文，著《红岩山房诗稿》《回浦诗草》，编有《咸丰宁海县志稿》14卷，未梓。

（168-清93）《长溪社诗存》

《长溪社诗存》为清潘允喆编纂，于咸丰二年壬子（1852）刊行。是书收录宜兴梁

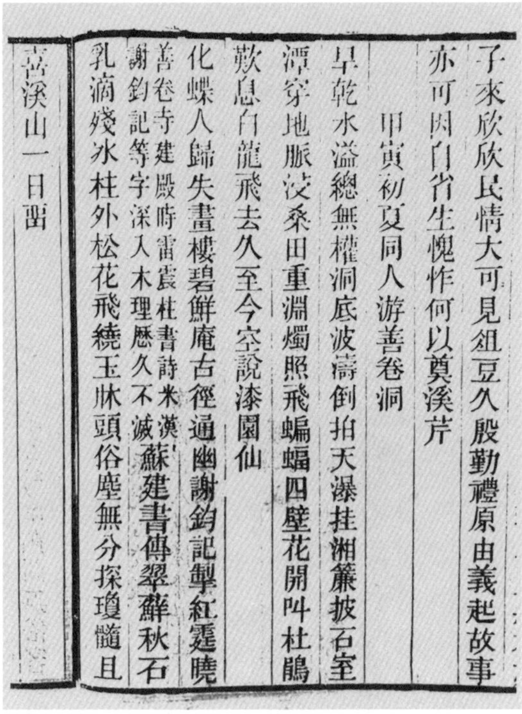

子來欣欣民情大可見俎豆久殷勤禮原由義起故事
亦可因自省生愧怍何以奠溪芹
甲寅初夏同人游善卷洞
旱乾水溢總無權洞底波濤倒拍天瀑挂湘簾披石室
潭穿地脈浸桑田重淵燭照飛蝙蝠四壁花開叫杜鵑
歎息白龍飛去久至今空說漆園仙
化蝶人歸失畫樓碧鮮庵古徑通幽謝鈞記掣紅霆曉
善卷寺建殿時雷震柱書詩米漢謝鈞記等字深入木理歷久不滅蘇建書傳翠蘚秋石
乳滴殘冰柱外松花飛繞玉牀頭俗塵無分探瓊髓且
荊溪山一日留

图168–清93–1　长溪社诗存（唐仲冕1）

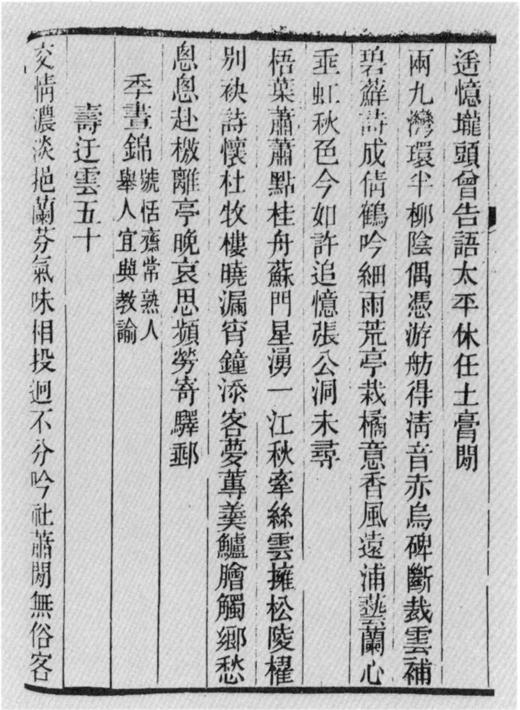

遥憶壠頭曾告語太平休任土膏閑
兩九灣環半柳陰偶憑游舫得清音赤烏碑斷裁雲補
碧蘚詩成倩鶴吟細雨荒亭栽橘意香風遠浦藝蘭心
垂虹秋色今如許追憶張公洞未尋
梧葉蕭蕭點桂舟蘇門星渙一江秋牽絲雲擁松陵櫂
別袂詩懷杜牧樓曉漏宵鐘添客夢蓴羹鱸膾觸鄉愁
悤悤赴檄離亭晚哀思頻勞寄驛郵
季書錦號恬齋常熟人舉人宜興教諭
壽汪雲五十
交情濃淡挹蘭芬氣味相投迥不分吟社蕭閑無俗客

图168–清93–2　长溪社诗存（唐仲冕2）

祝诗词5首，其中“卷一·诗”4首：

一是唐仲冕《甲寅初夏同人游善卷洞》二首，内容与《陶山诗录》中的《游善卷洞二首》相同，仅标题有改动，且在“谢钧记掣红霆晓”后有注：“善卷寺建殿时雷震柱，书‘诗米汉’、‘谢钧记’等字，深入木理，历久不灭。”

二是《留别荆溪示长溪社诸君子》，其诗共五首，第三首与［嘉庆］《新修荆溪县志》唐仲冕《留别荆溪士民六首》之第五首内容相同，仅标题有改动。

三是谢元淮《留别荆溪呈长溪社中诸君》，其诗共六首，第五首与《养默山房诗稿》“卷十·虾虎集·己卯”《留别荆溪》同，仅诗题简繁不一，颔联“久爱陶壶贩蜀山”改为“久爱陶壶制蜀山”，更为贴切了。

四是吴骞《临津寒食》称“祝陵春酒剩堪赊”，写到了祝陵地名，此略。

“卷二·诗”又收录任映垣《碧鲜岩》诗，云：

九娘往事久萧条，岩畔双双蝴蝶飘。
芳草不知儿女恨，年年催绿上裙腰。

诗人游览祝英台读书处碧鲜岩，看到双飞的彩蝶，想起祝英台的传说，不胜感慨。本条影印件为清光绪丙戌（1886）春晖堂重镌本，存上海图书馆。

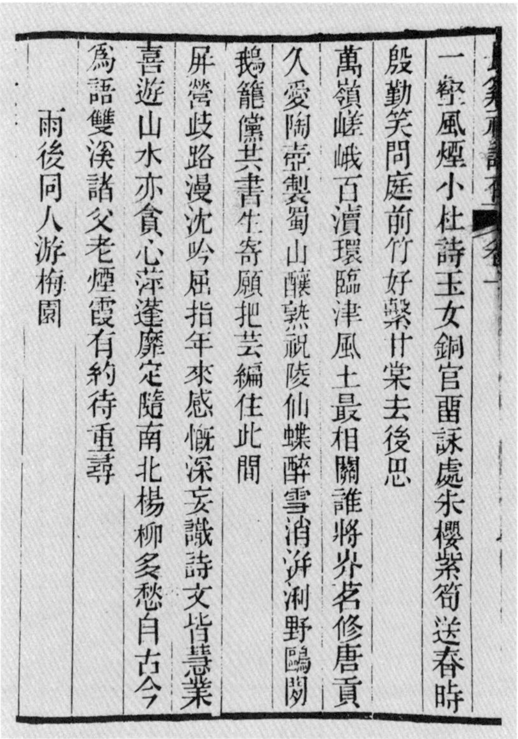

图168-清93-3　长溪社诗存（谢元淮）　　图168-清93-4　长溪社诗存（任映垣）

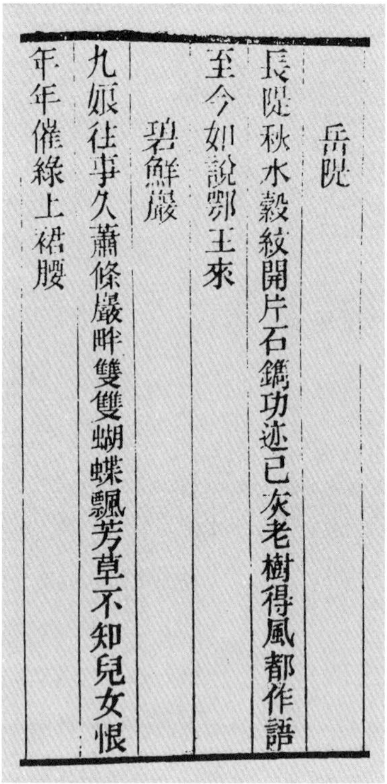

（169-清94）[咸丰]《鄞县志》

[咸丰]《鄞县志》为清张铣所修、周道遵所纂，咸丰六年（1856）刊行。该志多处记载"浙东梁祝"。

一是"卷九·坛庙""义忠王庙"条称："义忠王庙，县西一十六里接待亭西（成化志），祀东晋鄞令梁处仁。安帝时，刘裕奏封义忠王，命有司立庙祀之（嘉靖志）。李茂诚记：神讳处仁，字山伯，姓梁氏，会稽人也。……"该条因袭康熙《鄞县志》,《义忠王庙记》全文见前，此不重复。

咸丰《鄞县志》与康熙《鄞县志》对照，所载《庙记》有五处不同：

康 熙 志	咸 丰 志
尝从明师过钱塘	尝从名师过钱塘
告父母求姻	告父母求婚
婴疾弗瘳	婴疾勿瘳
鄮西清道源九陇墟为葬之地	鄮西清道原九陇墟为葬之地
民间凡旱涝疫疠	民间凡旱潦疫疠

(三) 明清晚期 梁祝记载

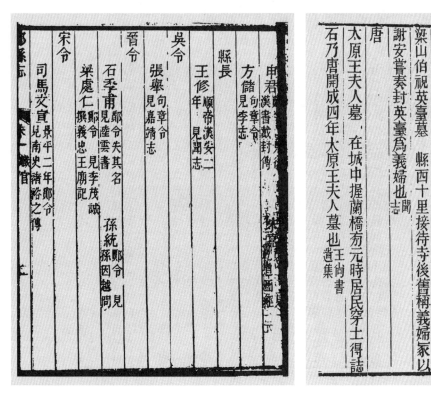

图169-清94-1　咸丰鄞县志1

图169-清94-2　咸丰鄞县志2

图169-清94-3　咸丰鄞县志3

二是“卷十·职官·晋令”称：“梁处仁，鄮令。见李茂诚撰《义忠王庙记》。”

三是“卷二十八·冢墓”“梁山伯祝英台墓”条因袭前志，称：“梁山伯祝英台墓，县西十里接待寺后，旧称‘义妇冢’，以谢安尝奏封英台为义妇也（闻志）。”

本条影印件为清咸丰六年（1856）刻本，存上海图书馆。

张铣，清云南蒙化（今巍山彝族回族自治县）人，字镜蓉。举人。咸丰五年任鄞县知县，八年病故。

周道遵，清浙江鄞县人，字广文，号介园。编志时为候选训导。

（170–清95）《角山楼增补类腋》

《角山楼增补类腋》为清咸丰赵克宜在乾隆姚培谦《类腋》基础上增补重订而成，咸丰七年（1857）成书。其书“物部·卷第十二”“蝶”门，列举诸典籍关于“蜨”的记载。其中“祝英台”条称：“祝英台。《宁波志》：吴中胡蝶，今土人呼黑而有彩者曰梁山伯，纯黄色者曰祝英台。”

此记有误。查历代《宁波府志》，均无此载。此记见于明冯梦龙《情史》“卷十·情

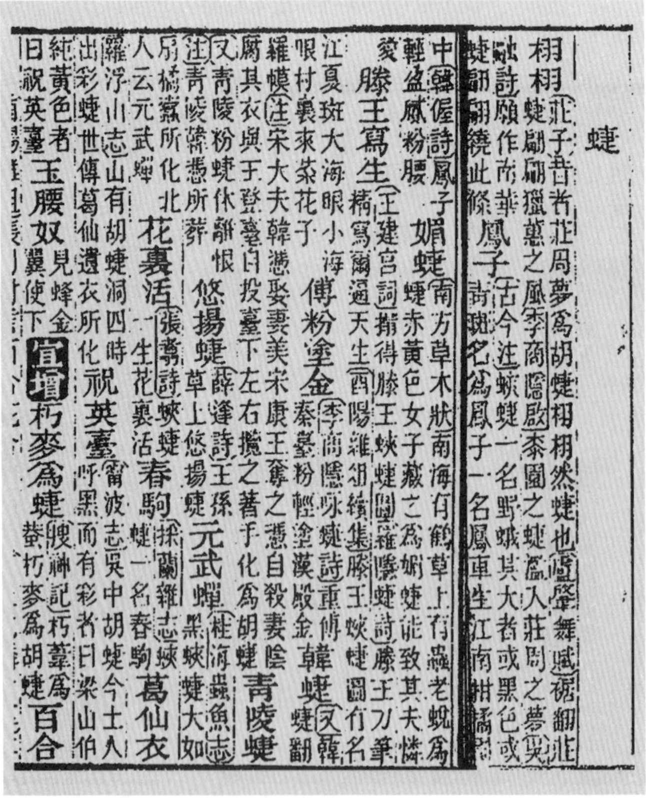
蜨

栩栩（莊子）昔者莊周夢爲胡蝶栩栩然蝶也（盧肇舞賦）裾翻並蝶翩翩獵蕙之風（李商隱啟）泰園之蝶飛入莊周之夢（吳融詩）頗作南華蝶翩翩繞此條

鳳子（古今注）蛺蝶一名野蛾其大者或黑色或青斑名爲鳳子一名鳳車生江南柑橘園中（韓偓詩）鳳子輕盈膩粉腰

媚蝶（南方草木狀）南海有鶴草上有蟲老蛻爲蝶赤黃色女子藏之爲媚蝶能致其夫憐愛

滕王寫生（王建宮詞）搨得滕王蛺蝶圖（羅隱蝶詩）滕王刀筆精寫爾遍天生（酉陽雜俎續集）滕王蛺蝶圖有名江夏斑大海眼小海眼村裏來茶花子

傅粉塗金（李商隱詠蝶詩）重傅秦臺粉輕塗漢殿金

韓蝶（又）韓蝶翻羅幙（注）宋大夫韓憑娶妻美宋康王奪之憑自殺妻陰腐其衣與王登臺自投臺下左右攬之著手化爲胡蝶

青陵蝶（又）青陵粉蝶休離恨（注）青陵臺韓憑所葬

悠揚蝶（薛逢詩）王孫草上悠揚蝶

元武蟬（桂海蟲魚志）黑蛺蝶大如蝙蝠所化北人云元武蟬

花裏活（張祜詩）蛺蝶一生花裏活

春駒（采蘭雜志）蛺蝶一名春駒

葛仙衣（羅浮山志）山有胡蝶洞四時出彩蝶世傳葛仙遺衣所化

祝英臺（寧波志）吳中胡蝶今土人呼黑而有彩者曰梁山伯純黃色者曰祝英臺

玉腰奴 見蜂金翼使下

宜增 朽麥爲蝶（搜神記）朽葦爲蛬朽麥爲胡蝶

百合

图170–清95　角山楼增补类腋

灵类""祝英台"条。其记载的浙东梁祝传说注明"见《宁波志》",后又另起一行注曰:"吴中有花蝴蝶,桔蠹所化,妇孺呼黄色者为梁山伯、黑色者为祝英台"。《类腋》编纂者误以为后者也是《宁波府志》所言,造成编辑错误,并把梁山伯蝶与祝英台蝶的颜色弄颠倒了。

《角山楼增补类腋》称,其重订增补时,"原书皆全录无遗,唯前后重复毫无分别者略为删汰,仍于原门标题下注明。"又称"每门皆录原书于前,新增者次于后",乃知"祝英台"条是为姚培谦之原辑。

姚培谦(1693—1766),清雍乾间华亭廊下(今属上海)人,字平山。诸生。工诗文,淡名利,勤纂著。所著《经史臆见》《松桂读书堂集》收入《四库全书》存目。《类腋》55卷于乾隆壬戌(1742)刊行。

本条影印件为清咸丰己未(1859)刻本,存上海图书馆。

赵克宜(1806—1861),清咸丰间江苏丹徒人,字辅天,号小楼、雨农。生平未详。有《角山楼诗钞》《角山楼苏诗评注汇钞》,咸丰间增补《类腋》。

(171-清96)《扫红亭吟稿》

《扫红亭吟稿》为清冯云鹏所撰,其"卷十一·古近体诗(丁亥年)"收录《题祝英

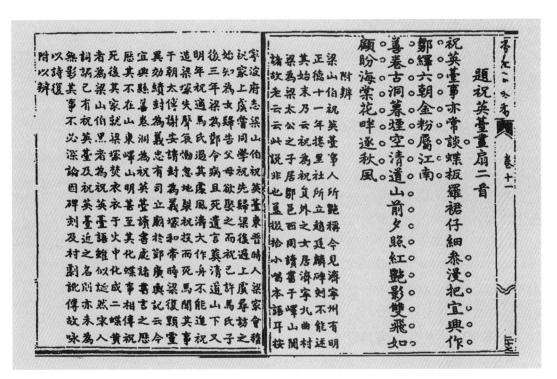

图171-清96 扫红亭吟稿

267

台画扇二首》,其一云:

祝英台事亦常谈,蝶板罗裙仔细参。
漫把宜兴作邹绎,六朝金粉属江南。

又:

善卷古洞暮烟空,清道山前夕照红。
艳影双飞如顾盼,海棠花畔逐秋风。

该二首诗题于画扇,说到宜兴、宁波、济宁的梁祝遗存。

原诗附辨:"梁山伯祝英台事,人所艳称。今见济宁州有明正德十一年卷里社所立赵廷麟碑刻,不能述其始末。乃云祝为祝员外之女,居济宁九曲村,梁为梁太公之子,居邹邑西,同读书于峄山,闻诸故老云云。此说非也,盖掇拾小唱本语耳。按,《宁波府志》:梁山伯祝英台东晋时人,梁家会稽,祝家上虞,尝同学,祝先归,梁后过上虞寻访之,始知为女,归告父母欲娶之,而祝已许马氏子。后三年,梁为鄞令,病且死,遗言葬清道山下。又明年,祝适马氏过其处,风涛大作,舟不能进,祝造梁冢失声哀恸,忽地裂,祝投而死。马闻其事于朝,太傅谢安请封为义冢。和帝时,梁复显灵异功绩,封为义忠,有司立庙于鄞。《广舆记》云:今宜兴县善卷洞为祝英台读书处。诸书言之历历,其不在山东峄山明甚。至其化蝶事,相传祝死后,其家就梁家焚衣,衣于火中化成二蝶,黄者为梁山伯,黑者为祝英台。语虽似诞,然宋人词调已有'祝英台'及'祝英台近'之名,则亦未为无影,其事不必深论。因碑刻及村剧讹传,故咏以诗,复附以辨。"

作者为清代文学家、文物鉴定家。道光丁亥(1827)于山东济宁考察了明正德十一年的《梁山伯祝英台墓记》碑刻,感到不能述其始末。联想到《宁波府志》《广舆记》所载,认为梁祝事应发于江南,于是有此题咏和附辨。

本条影印件为咸丰七年(1857)刻本,见《清代诗文集汇编》,《续修四库全书》收有上海辞书出版社图书馆藏清道光十年(1830)写刻本。

冯云鹏,生卒不详,清中期江苏通州(今南通)人,字晏海,一字艳懈。好古而迷恋吟咏,三十年间得古近体诗不下万首,择1800首并附录200首为《扫红亭诗集》,另与弟云鹤合撰《金石索》十二卷。

(172—清97)《龙壁山房诗草》

《龙壁山房诗草》为清王拯所撰,其《己未诗集》刻于咸丰九年(1859)。该书"卷

五"收录《太常蝶仙歌》一首云:

曲台沉沉神所宾,翩然凤子嬉长春。
都人传是古仙者,五百年余呼道人。
……
我昔罗浮访葛仙,梅花村市空流连。
又从梁宋过青陵,道旁群松多墓田。
祝英台、梁山伯,儿女钟情几魂魄。
道人精灵果谁是?苑树祠云独栖息。
古来神仙何足凭,历劫不死惟丹诚。
我疑斋郎古忠节,千载遗蜕依王城。
漆园傲吏身如梦,日对滕王忆香洞。
寂寞庭阶秋雨清,闭门自觉凡尘重。

图172-清97　龙壁山房诗草

该歌作于癸卯年(1844),乃诗人为曲阜女子孔仪吉题所画图册而作。歌中称蝴蝶为仙蝶,并列举罗浮山道人葛洪化蝶、青陵台韩凭妻腐衣化蝶、梁山伯祝英台钟情化蝶、唐滕王李元婴画蝶、漆园吏庄周梦蝶等典故加以赞颂。并怀疑太常寺的祀官斋郎,是否遗蜕而来。

该影印件为清咸丰九年杨氏博文堂刻本,见《续修四库全书》。

王拯(1815—1876),清代广西马平(今属柳州)人。初名锡振,慕包拯而改拯。字定甫,号少鹤,又号龙壁山人,别署忏甫等。道光二十一年(1841)进士,历官户部主事、大理寺少卿、太常寺卿、通政使。幼年丧父,授诗母口,善诗词书画。有《龙壁山诗文集》《茂陵秋雨词》等。

(173-清98)《绎山志》

《绎山志》又名《新修绎山志》,为侯文龄在齐荣铨、龙印麓《绎山丛录》的基础上增订,历时二年,清同治三年(1864)完成,次年齐荣铨为序。此应为手稿本,不知是否付梓。该志多处记载邹县等地"梁祝"。

一是卷首"绎山图",于"邹绎中峰山阳之图"中,东南向标有"梁祝泉"。

二是"卷之一·绎山总记·游绎山诸记",收录明王思任《绎山游记》,记载了作者夏季烈日下游峄山之见闻感受,称:"……探梁祝泉,顶无冠,脊无缕,而予化为野人……"

图173-清98-1 绎山志1

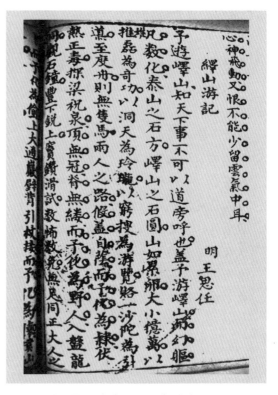

图173-清98-2 绎山志2

三是"卷之一·绎山总记"还收录《绎山附会辨》和清康熙六十年娄一均《邹县志跋》。

《绎山附会辨》列举山中附会之说,称:"……至于梁祝一事,按,宁波志:梁居会稽,祝居上虞,南土人也。而好事者确谓山阳有梁祝读书洞,且设像于万寿宫,使人狎戏之、侮慢之。甚者下里巴人之词,并蔑以淫邪之行,无益名胜,实污山灵,抑何取尔耶……"

娄一均《邹县志跋》记载了邹县包括峄山的古迹遗址、人文历史,称:绎山"亭上逍遥,书残梁祝(逍遥,亭名;山有梁山伯、祝英台读书处)"。

四是"卷之三·山阳胜景"分别在"梁祝读书洞"、"梁祝泉"中和"韦贤墓"条后收录了"邹县梁祝"遗存与相关诗词。

"梁祝读书洞"条称:"梁祝读书洞,在至圣祠右。相传梁山伯、祝英台读书于此。万历十六年,知县王自谨于洞口大石南面勒'梁祝读书洞'五字,正书。考之邹志,并未详明。唯云梁祝墓在邹城西六十里,马坡村西南隅、吴桥之侧,明正德丙子(1516),知县杨环立石。阅其碑文,亦荒唐附会而无实据。峄山梁祝洞殆不足信也。王公刻此五字,不徒以讹传讹耶?洞石之南面,刻'太空色象'四字,正书,万历十六年(1588)六月心吾书。梁祝诗详东峰万寿宫梁祝像下。"后附载藤邑闾东山《题梁祝洞词并序》,

(三)明清晚期 梁祝记载

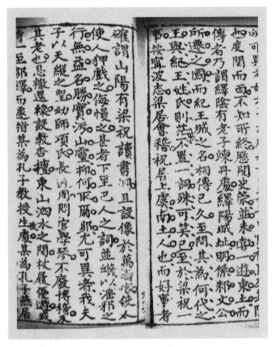

图173-清98-3 峄山志3　　　　　　图173-清98-4 峄山志4

序曰:"峄山梁祝洞,见于文集者不一。继阅《宁波志》:梁祝系东晋人,梁居会稽、祝居上虞,曾改男装同学。及梁知之,已许马氏,怅然若有所失。后三年,为鄞令,病且死,嘱葬清道山下。祝适马氏,近此,梁冢忽裂,祝即投死于中。丞相谢安请封'义冢'云云。又按,《广舆记》:宜兴善卷洞中,亦有祝英台读书处。究之若假若真,无须深辨,聊题一词,以俟博识者。"词云:

　　　　学同生、坟共死,梁祝足千古。
　　　　笑问山灵,此事见真否?
　　　　至今裙屐留装,雌雄莫辨,惹争羡、呆男痴女。

　　　　究无据。
　　　　何为清道山边,高封义忠墓。
　　　　善卷洞中,亦有读书处。
　　　　要信化蝶香魂,那分南北,便江浙、总教团聚。

诗人看到绎山的梁祝洞,想起《宁波府志》与《广舆记》里的宁波、宜兴"梁祝"记载,提出莫辨真假,"要信化蝶香魂,那分南北,便江浙、总教团聚"。闫东山,清滕县人,生平未详。

271

图173-清98-5 绎山志5

梁祝讀書洞 在玉聖祠右相傳梁山伯祝英臺讀書
於此萬歷十六年知縣王自謹於洞中大石南面勒
梁祝讀書洞五字傳
考之鄒志並未詳卯惟云識
祝墓在鄒境西南六十里馬坡村西南隅吳橋附會
明正德丙子知縣楊環立石問其碑文亦荒唐識
祝葬始不足信也王公刻此五字
而無實據嶧山梁
廟爰立碑以俟後之繼志述事者

图173-清98-6 绎山志6

不徒以訛傳訛耶 洞石之南面刻太空色象四
字書萬歷十六年六月心吾書
題梁祝洞詞幷序
閩東山勝邑
嶧山梁祝洞見於文集者不一繼閩竇波志梁祝
係東晉人梁祝居會稽祝居上虞曾改男裝同學及
梁知之已許馬氏悵然若有所失後三年爲鄞
令病且死囑藝清道山下祝適此梁塚
忽裂祝即投死於中丞相謝安請封義塚云
又按廣輿記宜興善卷洞中亦有祝英臺讀書處

图173-清98-7 绎山志7

又按廣輿記宜興善卷洞中亦有祝英臺讀書處
梁祝泉 在梁祝讀書洞右象洞側石上刻梁祝泉三字
土地祠 在彌陀庵南百餘步瓦殿一楹南向
古今名山碑 在土地祠西南百餘步即古盤路口也
石塵豎一碑上刻古今名山四大字書萬歷十六

突之若似真盍沒摊聊題一詞以俟博識者
塋同生墳共死梁祝足千古笑問山靈此事見真否至今
道山邊高封義忠蒙争美駿男癡女究無據何爲清
魂分南北便江浙繼教團聚

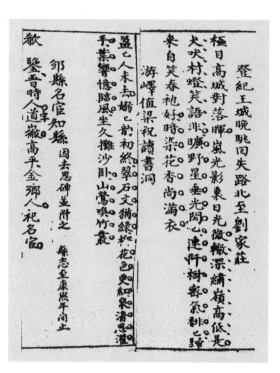

图173-清98-8 绎山志8

登紀王城晚眺同失路北至劉家莊
極目高城對落暉嵐光影裏日光微
犬吠村燈笑語非曠野星垂光悶心
來自笑春袍好暗柴花香尚滿衣
千葉響憶臨風坐久攤沙卽山鶯與竹叢
游嶧值梁祝讀書洞

盈尺人未知嬌七韻初然翠石文繡綠和花色更細泉清思澹
歡
鑒晉時人道嚴高平金鄉人祀名宦
鄒縣名宦知縣因去思碑並附之 舊志皇康熙年間止

（三）明清晚期　梁祝记载

又，"梁祝泉"条称："梁祝泉，在梁祝读书洞右。泉侧石上刻'梁祝泉'三字，正书。"

又，"名宦祠·韦贤墓"条后收有陈云琴《游峄值梁祝读书洞》诗，云：

> 盈盈人未去，袅袅韵初终。
> 翠石文犹绿，榴花色更红。
> 泉清思濯手，叶响忆临风。
> 坐久摊沙卧，山莺唤竹丛。

诗人游梁祝读书洞、梁祝泉遗址，想到佳人虽去，传说犹存，泉水依然清澈，勒石已现苍苔，不胜感慨。陈云琴，清乾隆间邹县人，字森庵。岁贡生，书院教授。清乾隆四十七年（1782），带领学生十数人，授课于峄山白云宫东堂两月。课余升高望远、经丘寻壑、览胜探奇，多有诗作唱和。

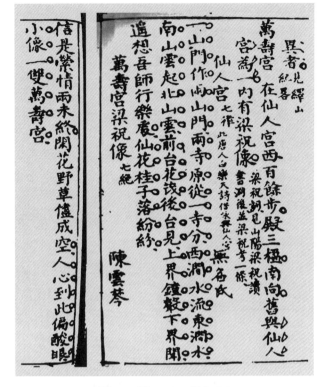

图173-清98-9　峄山志9

五是"卷之五·东峰胜景""万寿宫"条称："万寿宫，在仙人宫西百余步，殿三楹，南向，旧与仙人宫为一，内有梁祝像。'梁祝词'见山阳梁祝读书洞后，并'梁祝考'一条。"后又收录陈云琴、颜崇果《万寿宫梁祝像》诗各一首。

陈云琴七绝云：

> 信是萦情两未终，闲花野草尽成空。
> 人心到此偏酸眼，小像一双万寿宫。

又有颜崇果五律云：

> 江陵烟水阔，此际白云封。
> 好事凭工手，无端绘冶容。
> 青灯常照读，黄土尚留踪。
> 昔日相思恨，唯余对冷松。

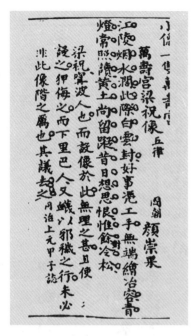

图173-清98-10 峄山志10

清乾隆间，绎山万寿宫内供奉着"梁祝"小像。两位诗人触景伤情，为这对有情人终未成眷属感到深深的遗憾。

颜崇果，清曲阜人，生平未详。

在万寿宫"梁祝诗"后，又有作者"梁祝考"一条，称："梁祝，宁波人也，而设像于此，无理之甚。且使谩之、狎侮之，而下里巴人又蔑以邪秽之行。未必非此像阶之厉也。其议去之。同治上元甲子志。"

"卷之五·东峰胜景"注为"藤邑龙印麓先生《峄山纪略》、齐越千先生《峄山实记》原本"，故其"万寿宫"条以及附录的《万寿宫梁祝像》诗，均为《峄山丛录》原本所记，后附之"梁祝考"为侯文龄增撰。

以上影印件为同治三年（1864）抄本，存曲阜师范大学图书馆。

侯文龄（1798—1874），字梦九，号铁翁，贡生。屡试不售，遂舍举业，笃于好义，为里人所敬。有《绎山志》《肆应鸿裁》等。

（174-清99）《甬江竹枝词》

1873年1月17日《申报》第三页《大吟坛》刊载白下痴道人小池所作《甬江竹枝词·俚句》，其九云：

> 桂花时节斗新妆，打桨城西路短长。
> 只愿夫妻同到老，梁山伯庙去烧香。

此诗描写金秋时节，四乡八里的妇女打扮入时，怀着夫妻同到老的美好心愿，跟随夫婿一起乘船到梁山伯庙烧香、参加庙会的盛况。当地谚语有"若要夫妻同到老，梁山伯庙到一到"，因此，每年庙会，香客甚众。

本条影印件见1873年1月17日《申报》，存上海图书馆。

白下痴道人，晚清袁祖志笔名，仅偶用于《申报》。袁祖志（1827—1899），清浙江钱塘（今杭州）人，字翔甫，号仓山旧主，别署杨柳楼台主、钱塘袁翔甫、白下痴道人小池等。晚清时旅居上海，初任上海邑丞，后投身报界，先后任《新报》《新闻报》主笔，是《申报》的重要作者。有《随园琐记》《谈瀛录》。

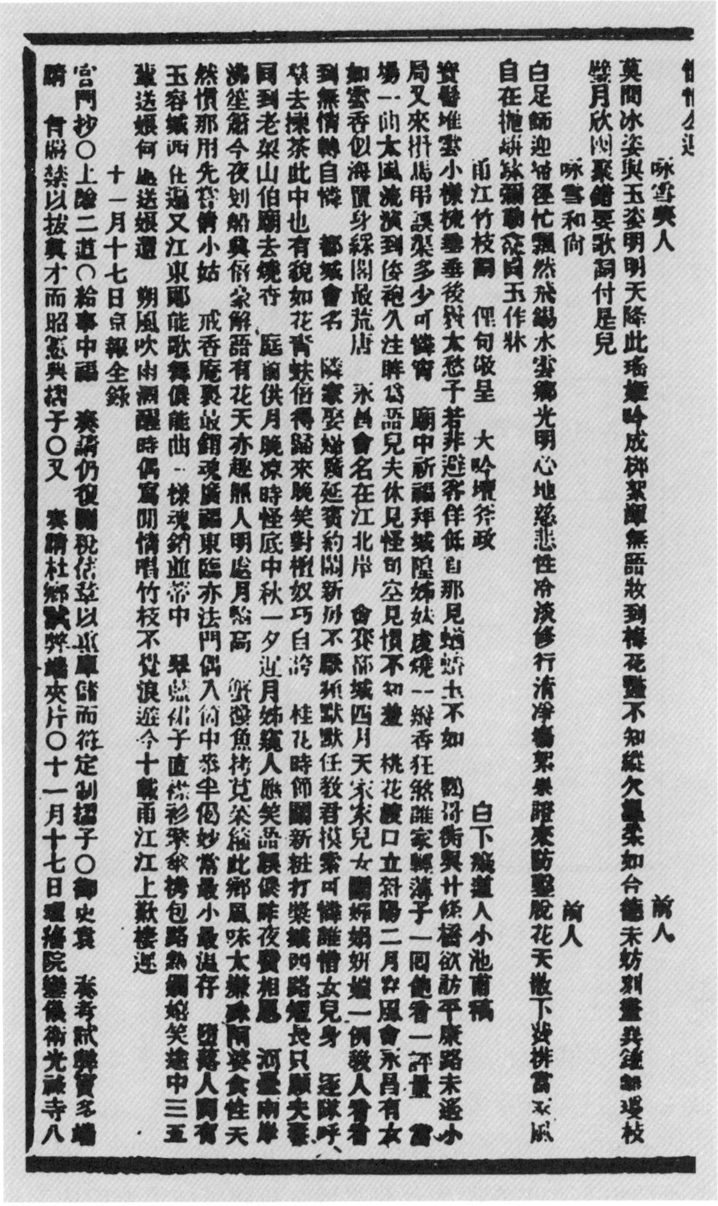
詠雪美人　前人
莫問冰姿與玉姿明明天降此瑤姬吟成柳絮渾無語妝到梅花豔不知縱欠纖柔如合德未妨剛產異途[illegible]
雙月欣同聚錯要歌詞付是兒
詠雪和尚　前人
白足師迎路徑忙飄然飛錫水雲鄉光明心地慈悲性冷淡修行清淨禪絮舉暗來防墜脫花天撒下[illegible]
自在拋[illegible]參禪[illegible]因玉作狀
甬江竹枝詞　俚句做呈　大吟壇斧政　白下旅道人小池甫稿
寶髻堆雲小樣梳參垂後髮太愁予若非避客佯低首那見蛾眉去不如　[illegible]街與廿條橋欲訪平康路未遙小
局又來拼馬吊誤渠多少可憐宵　廟中祈福拜城隍姊妹虔燒一瓣香狂煞誰家輕薄子一回飽看一評量　當
場一一曲太風流演到佳袍久注眸公語兒夫休見怪司空見慣不知羞　桃花渡口立斜陽二月春風會永昌有女
如雲香似海買身綵閣最荒唐　永昌會名在江北岸　會孫[illegible]城西月天家家兒女鬧妍媸妍媸一例教人看
到無情轉自憐　郡城會名　鄰家娶婦廣延賓約鬧新房不厭頻默默任教君摸索可憐誰惜女兒身　逐隊呼[illegible]
朋去採茶此中也有貌如花青妹俗稱歸來晚笑對檀奴巧自誇　桂花時節鬧新妝打槳城西路短長只願夫婿
同到老梁山伯廟去燒香　庭前供月晚涼時怪底中秋一夕遲月姊窺人應笑語儂儂昨夜費相思　河邊兩岸
沸笙簫今夜划船與俗家解語有花天亦趣無人明處月輪高　新發魚拷[illegible]此鄉風味太離奇兩婆食性天
然慣那用先嘗倩小姑　戒香庵裏設錦魂度謂東臨赤法門偶入荷中參半偈妙常最小最溫存　[illegible]落人間有
玉容城西住遍又江東郎能歌舞儂能曲一樣魂銷畫舫中　翠蓋紅子直裰衫舉家携包路熱鬧婚笑途中三五
輩送娘何處送娘還　朔風吹雨酒醒時偶寫閒情唱竹枝不覺浪遊今十載甬江江上數樓遲
十一月十七日京報全錄
宮門抄○上諭二道○給事中[illegible]奏請仍復關稅舊章以濟庫儲而符定制摺子○御史[illegible]奏參試辦[illegible]多端
請[illegible]飭禁以拔真才而昭憲典摺子○又[illegible]奏請杜絕試弊[illegible]夾片○十一月十七日理藩院[illegible]衛光祿寺八

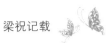

图174–清99　甬江竹枝词

（175–清100）[同治]《鄞县志稿》

[同治]《鄞县志稿》为清同治十三年（1874）稿本，为紫红格印纸，所有书口上均印有“鄞县志”字样，个别书页印有“烟屿楼初本”字，其“列女”记至光绪元年，应是光绪三年刊行之《鄞县志》初稿。因卷二前散佚，修纂者不明，推为戴枚所修。该志稿三处记载浙东梁祝。

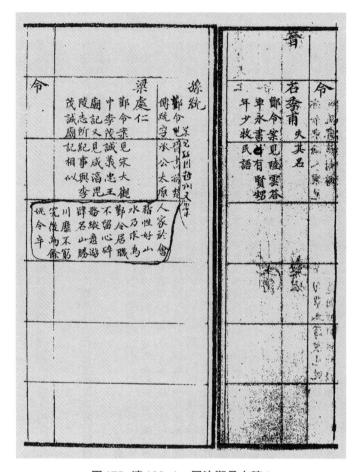

图175-清100-1　同治鄞县志稿1

一是第八册"卷十七·职官表上·令·晋""梁处仁"条称："梁处仁，鄞令。案：见宋大观中李茂诚《义忠王庙记》，又见《咸淳毗陵志》，所纪事与李茂诚庙记相似。"

按：李茂诚《义忠王庙记》称梁处仁为"鄮令"，并非"鄞令"，有误。另，该志称李茂诚所记的"梁祝"，与宋《咸淳毗陵志》所记之梁祝相类，对宜兴梁祝传说表示关注。但《咸淳毗陵志》并未有梁为县令之说，故将《咸淳毗陵志》纪事注释于"职官"实属不当。

二是二十三册"卷六十五·冢墓·晋""梁山伯祝英台墓"条称："梁山伯祝英台墓。县西十里接待院后，有庙。旧记谓二人少尝同学，比及三年，山伯初不知英台之为女。按：《十道四番志》义妇祝英台与梁山伯同冢，即其事也（乾道图经）。此事恍惚，以旧志有，姑存（延祐志）。俗传以墓土置灶上，则虫蚁不生（原上草）。""国朝李裕诗：冢中有鸳鸯，冢外唤不起。女郎歌以怨，辄来双凤子。织素澄云丝，朱幡剪花尾。东风吹三月，春草香十里。长裙裹泥土，归弹壁鱼死。"

诗人描写女子于清明时节祭扫梁祝墓的情形：冢内埋着鸳鸯，但千呼万唤不能生

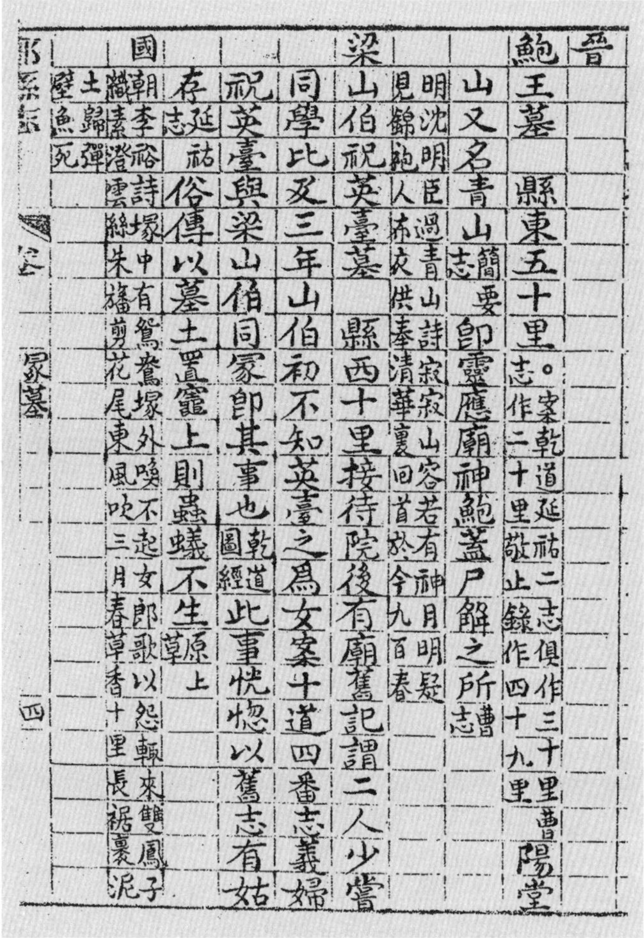
晉
鮑王墓　縣東五十里。志。案乾道延祐二志俱作三十里曹作二十里敬止錄作四十九里陽堂
山又名青山簡要志即靈應廟神鮑蓋尸解之所曹志
明沈明臣過青山詩寂寂山容若有神月明疑見鮑鮑人沐衣供奉清華裏回首於今九百春
梁山伯祝英臺墓　縣西十里接待院後有廟舊記謂二人少嘗
同學比及三年山伯初不知英臺之爲女案十道四番志義婦
祝英臺與梁山伯同冢即其事也乾道圖經此事恍惚以舊志有姑
存延祐志俗傳以墓土置竈上則蟲蟻不生原上草
國朝李裕詩冢中有鴛鴦冢外喚不起女郎歌以怨輒來雙鳳子織素澄雲絲朱旛剪花尾東風吹三月春草香十里長裾裹泥土歸彈壁魚死
鄞縣志　卷　冢墓　四

图175–清100–2　同治鄞县志稿2

还。扫墓的女子唱着梁祝歌谣，引来了双飞的蝴蝶。那素色的蝴蝶翩翩起舞，长长的凤尾犹如飘动的旗帜。吊墓的女子用长裾包裹着坟土带回去，据说可以除去书中的蠹虫。李裕，生卒不详，清代鄞县人，字其昌，一字房山。邑监生。有《原上草》。

三是第二十九册“卷十三·坛庙·下”“义忠王庙”条称：“义忠王庙，四十九都五图。一名梁圣君庙（采访），县西十六里接待亭西（成化志），祀东晋鄞令梁山伯（嘉靖志）。安帝时，刘裕奏封义忠王，令有司立庙（嘉靖志）。”后收录宋李茂诚《义忠王庙记》全文，称“宋郡守李茂诚撰记：神讳处仁，字山伯，姓梁氏，会稽人也……”《庙记》全文见前，此略。另，李茂诚为明州从事，并非郡守。

后又收录明邑令魏成忠《碑记》全文，称：“明邑令魏成忠撰碑记：维天阴定下民，相和其居。作之官师，锡女保极。官不易常，民不易业，此一世之利也。官与常存，民与常依，此千百世之宠灵也。鄞父老前曰：‘昔晋梁侯父母我，惠泽及我，是有遗思。又，孙恩发难，实藉神庥，保我全雉而捍御我。铜鞮之宫，去城十里而遥，越在江浒。

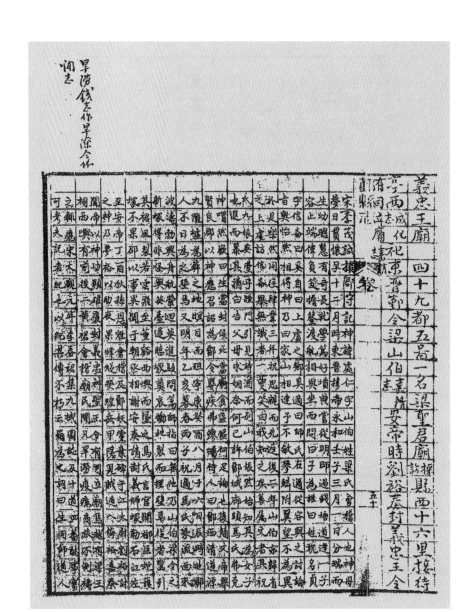

图175-清100-3 同治鄞县志稿3

里社伏腊蒸尝，迄今千三百余年。燥湿之不时，而朽蠹滋敝，更诸爽垲。小人不敢私，以告成事。'凡祀，非有惠泽于民、御大灾、捍大患者，则不举焉，可以祀矣！按：侯惠讳山伯，会稽人，弱冠应简文辟诏宰鄞。遐想江城满县花，曾不减河阳下，至今尸而祝之，社而稷之，诧以神明而祷祀祈求，呼吸风雨立应。唯侯精爽，上通天地，下周苍赤，保障一方，久而不磨。顾胡不称令而称神为？大抵亲民之官，莫若守令士，佩绾铜墨，司封里，邑吾家也，民吾子也。三尺之法有尽，而一腔之爱无穷。爱则传，传则永。庚桑子所谓：日计不足、岁计有余，故虽千百世而与常存也。以吏绳民，民听于吏；以民徵吏，吏听于民。《诗》咏乐只，《君陈》感馨香。民父民母，不唯伏腊蒸尝之

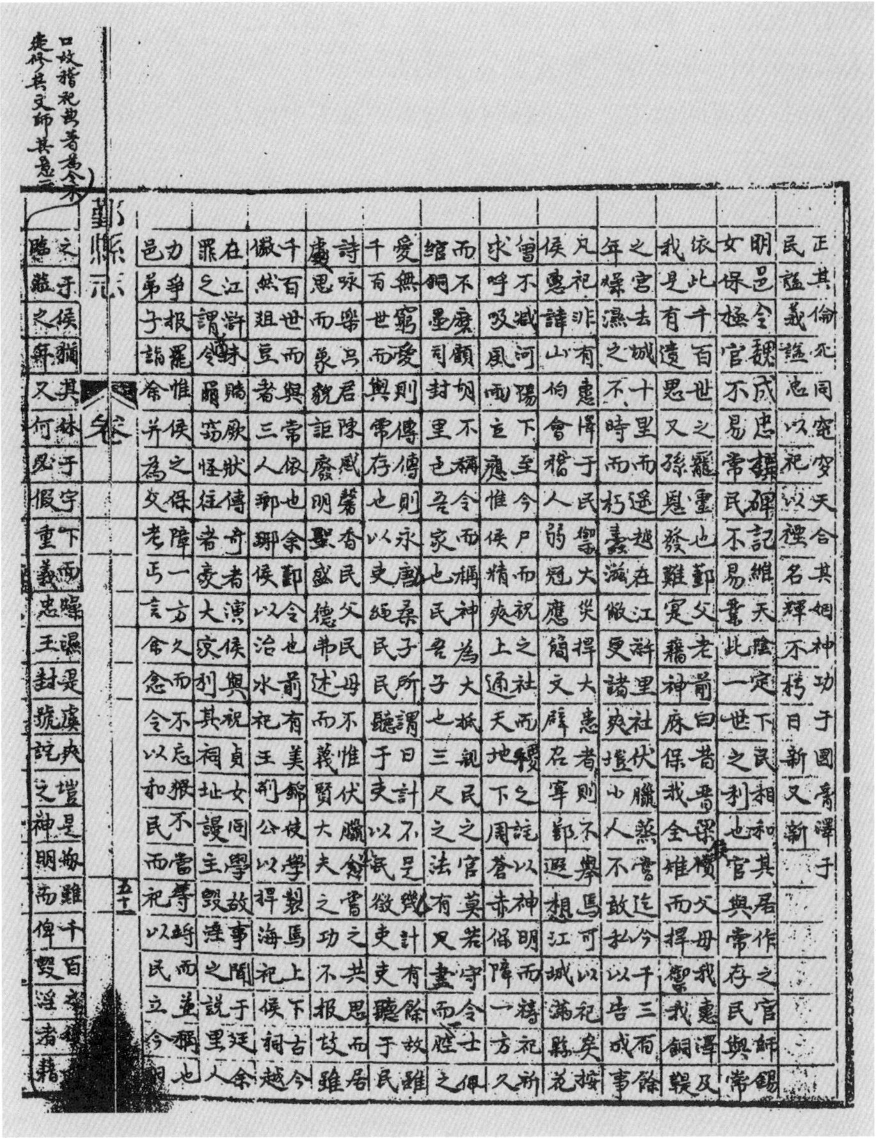

（三）明清晚期 梁祝记载

图175-清100-4 同治鄞县志稿4

共，思而居处，思而象貌，诋废明圣盛德弗述，而荩贤大夫之功不报，故虽千百世而与常依也。余鄞令也。前有美锦，使学制焉。上下古今，俨然俎豆者三人：琅琊侯以治水祀，王荆公以捍海祀，侯祠越在江浒，未睹厥状。传奇者演侯与祝贞女同学故事，闻于庭，余罪之，谓遵令尔。窃怪往者，豪大家利其祠址，谩主毁淫之说，里人力争报罢。唯侯之保障一方，久而不忘，猥不当等埒而并称也。邑弟子诣余，并为父老丐言。余念令以和民，而祀以民立。今日之于侯，犹其休于宇下而燥湿是虞，爽垲是创，虽千百之后，如临莅之年，又何必假重义忠王封号，诧之神明，而俾毁淫者藉口。故稽祀典，著为令，不徒修其文、师其意云。"

其书眉加批曰："'旱涝',钱志作'旱潦',今依闻志。"按：钱志指乾隆《鄞县志》,钱大昕纂;闻志指康熙《鄞县志》,闻性道纂。

以上影印件为清同治十三年（1874）稿本,见《中国人民大学图书馆藏稀见方志丛刊》。

（176-清101）[光绪]《元氏县志》

[光绪]《元氏县志》为清赵文濂所纂,光绪元年（1874）刊行。该志"卷末·存疑"称："乾隆志云：旧称南佐村西北有桥,桥北有冢,相传为梁山伯祝英氏之墓,皆荒唐无据。《正定府志》：经山水冲击,略不骞移,若有阴为拥护者,相传为梁山伯墓,不然必有异人所藏蜕骨也。"

查清乾隆《正定府志》,已无"吴桥古冢"的记载,根据此记载的内容,此《正定府志》应指崇祯《真定府志》。

此影印件为清光绪元年（1875）刻本,存上海图书馆。

赵文濂,清河北涞水（今属保定）。举人,正定府学教授。

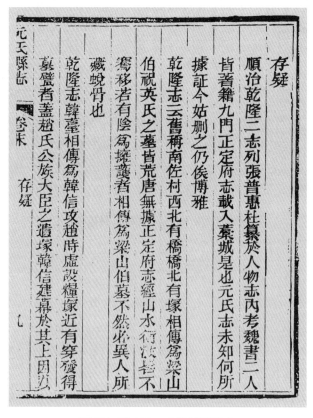

图176-清101　光绪元氏县志

(三)明清晚期 梁祝记载

(177-清102) [光绪]《铜梁县志》

[光绪]《铜梁县志》为韩清桂等修、陈昌等纂,清光绪元年乙亥(1875)刊行。该志四处记载"铜梁梁祝"。

一是"卷之一·地理志·山川""祝英台山"条称:"祝英台山,县东二十里。"

二是"卷之一·地理志·古迹""大欢喜石碑"条称:"大欢喜石碑,在县南蒲吕滩河岸,祝英台书。"

三是"卷之一·地理志·茔墓""祝英台墓"条称:"祝英台墓,在县东祝英寺前。"

四是"卷之十六·杂记"称:"明季献贼驱逐流民,男妇数百至蒲吕滩岸上,人心汹汹,苦无舟楫。突见河中石梁浮起,广数尺,流民争渡。贼追至,石梁复沉,不得济。渡河者以是得免于难焉。后里人祝英台书'大欢喜'三字勒诸碑,以表其异。旧志按:县南有山,曰祝英台山,左即其故里,石坊尚存。据此则祝为里人无疑。"

按:据清道光、光绪两部铜梁志的记载,当地流传的"祝英台"故事,可能与张献忠屠川有关。传说称流民被张献忠驱至蒲吕滩,河中石梁浮起救渡灾民,后里人祝英台书"大欢喜"碑。张献忠是明季人,按照这一传说,祝英台则应是清初当地人。因此,

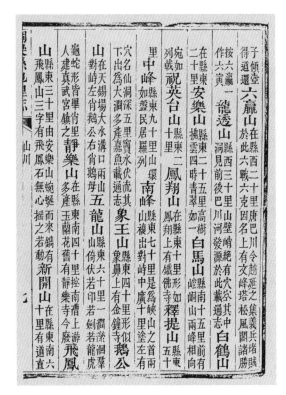

图177-清102-1 光绪铜梁县志1

图177-清102-2 光绪铜梁县志2

281

銅梁縣志 二十六

者此墓據傳聞曰莫侍郎其爲誰何究無考 知銅梁縣全剛墓在舊東平里 荆門州從仕

郎王鐵洲墓在縣東平橋河岸 户部貴州司郎中王少洲墓與王鐵洲同坐 祝

英臺墓在縣東祝英寺前 湖廣荆州府教授郭鼎墓在洗馬池 墊江縣教諭

冷之淶墓縣西十五里芙蓉寺坎下 舉人郭承宗墓在石家溝 蘄州教諭郭松雲

墓在石家溝坎上周家塆 柴進士墓在縣南柴家巖名關 江南進士貴州正安州知

州任明選墓在本尊寺象嶺 義士郭大德墓在南關外殷家溝 工部尚書李養

德墓在蒲呂場李家嘴 御史胡繼升墓在流月門 國子監典籍高元之墓在青

霸門外郭姓屋側按元之街名鄉宦門偶佚 明舉人任平越府餘慶縣令 國朝任

靈山縣令郭運馨墓在南關外五里墩

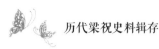

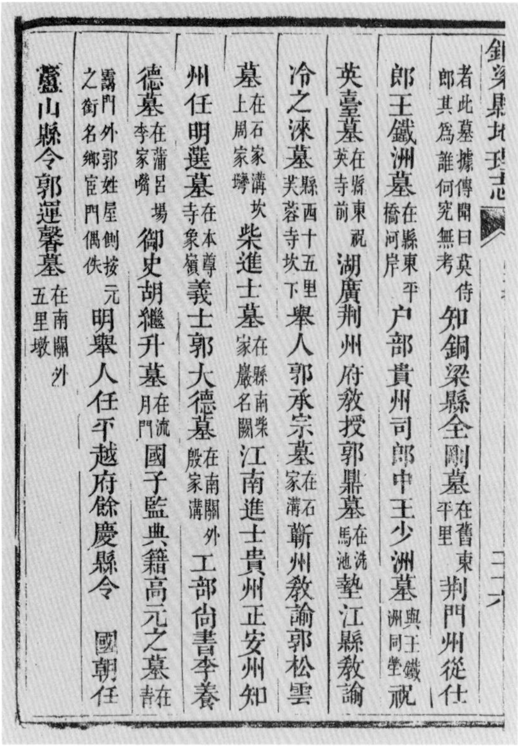

图177–清102–3　光绪铜梁县志3

我手借來巒嶂作諸寰柔枝弄影鄰翁過短竹成腔牧子還潭底

老龍今穩臥春霖曾已到人間響潭不知在今何處養德有行經

響潭詩云忽失芳郊色迷投虎豹林叢山春獨雨削壁青多陰濤

響穿蘿出鶯鳴宿樹深居斯何姓氏應必具幽心

明季獻賊驅逐流民男婦數百至蒲呂灘岸上人心洶洶苦無舟

楫突見河中石梁浮起廣數尺流民爭渡賊追至石梁復沉不得

濟渡河者以是得免於難焉後里人祝英台書大歡喜三字勒諸

碑以表其異舊志按縣南有山曰祝英台山左即其故里石坊尚存據此則祝爲里人無疑

南峰漕康龍洞之名不知始自何時相傳龍王姓尹唐秀士任河

雜記 六

图177–清102–4　光绪铜梁县志4

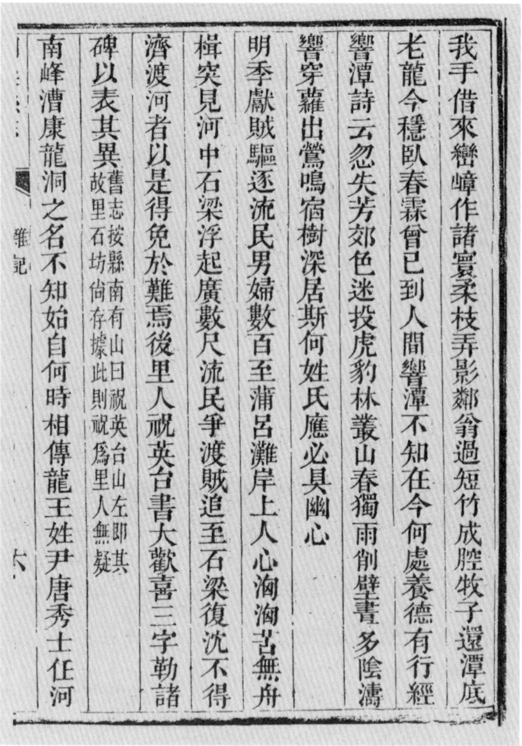

此“祝英台”必非“梁祝”传说中的祝英台。由郭朗溪所纂的民国《新修铜梁县志》（1949年完稿，1992年刊印）称，大欢喜碑为“祝英召”所书，不知是“大欢喜”碑落款“祝英召”被误传为祝英台，还是《新修铜梁县志》排版时的差错，把“台”字误排为“召”字。

以上影印件为清光绪元年（1875）刻本，存上海图书馆。

韩清桂，清江苏元和（今苏州吴县）人，生卒不详。监生，同治十三年（1874）任铜梁知县，光绪元年去任。

陈昌，清四川铜梁人，生卒不详。赐进士出身，奉直大夫、礼部主事仪制司行走。

（178–清103）《见闻续笔》

《见闻续笔》为清齐学裘所撰。是书收录《善权纪游歌》一首，有序：“甲寅七月二十六日从桃溪放棹至祝陵，同孔君宥函、杨君蕉隐游善权寺，观六朝石幢、唐宋古柏、碧藓岩碣、祝英台近词碑，饮泉食瓜，寻九斗洞、仙李岩。孔君独探水洞，见仙人田，采秋海棠盈掬，复游后洞，旋登董山，摩挲东吴封禅碑，极言其胜，余勇可贾。余与蕉隐皆不能从。薄暮回船，作歌纪之。”歌云：

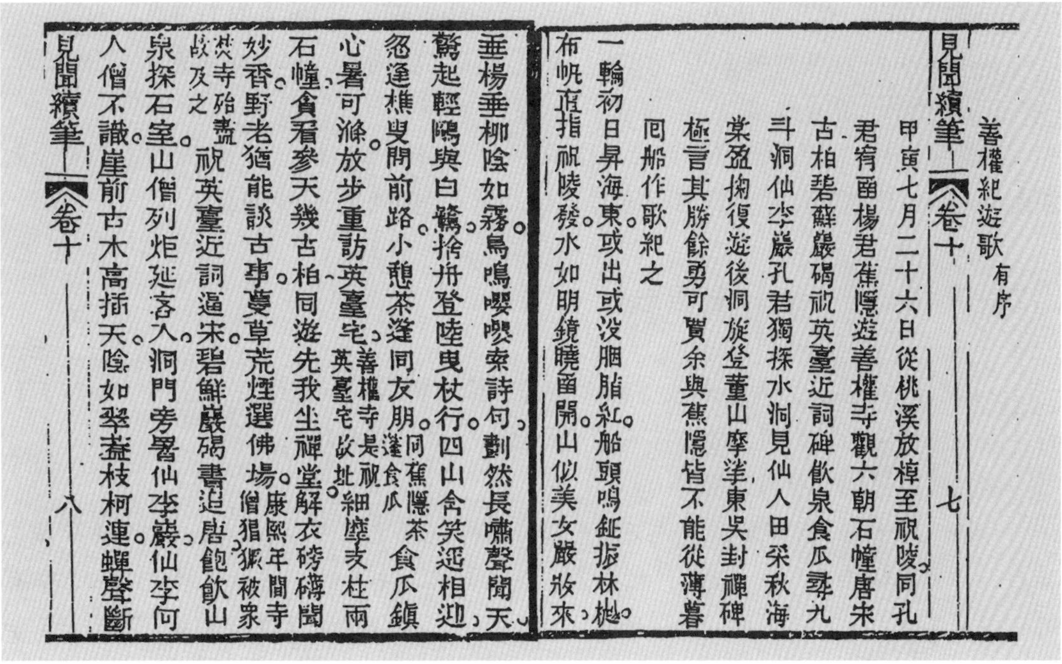

見聞續筆 卷十 七

善權紀遊歌 有序

甲寅七月二十六日從桃溪放棹至祝陵同孔君宥函楊君蕉隱遊善權寺觀六朝石幢唐宋古柏碧蘚巖碣祝英臺近詞碑飲泉食瓜尋九斗洞仙李巖孔君獨探水洞見仙人田采秋海棠盈掬復遊後洞旋登董山摩筆東吳封禪碑極言其勝餘勇可賈余與蕉隱皆不能從薄暮回船作歌紀之

一輪初日昇海東或出或没胭脂紅船頭鳴鉦振林樾布帆直指祝陵發水如明鏡曉函開山似美女嚴妝來

見聞續筆 卷十 八

垂楊垂柳陰如霧鳥鳴嚶嚶索詩句劃然長嘯聲聞天驚起輕鷗與白鷺捨舟登陸曳杖行四山含笑遥相迎忽逢樵叟問前路小憩茶篷同友朋同蕉隱茶篷食瓜食瓜鎮心暑可滌放步重訪英臺宅善權寺是祝英臺宅故址細摩支柱兩石幢貪看參天幾古柏同遊先我坐禪堂解衣磅礴聞妙香野老猶能談古事蔓草荒煙選佛場康熙年間寺僧猖獗被衆焚寺殆盡故及之祝英臺近詞逼宋碧鮮巖碣書追唐飽飲山泉探石室山僧列炬延客入洞門旁署仙李巖仙李向人僧不識崖前古木高插天陰如翠盖枝柯連蟬聲斷

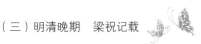

图178–清103　见闻续笔

一轮初日升海东，或出或没胭脂红。

船头鸣钲振林樾，布帆直指祝陵发。

水如明镜晓函开，山似美女严妆来。

垂杨垂柳阴如雾，鸟鸣嘤嘤索诗句。

划然长啸声闻天，惊起轻鸥与白鹭。

舍舟登录曳杖行，四山含笑遥相迎。

忽逢樵叟问前路，小憩茶蓬同友朋。

（同蕉隐茶蓬瓜食）

食瓜镇心暑可涤，放步重访英台宅。

（善权寺是祝英台宅故址）

细摩支柱两石幢，贪看参天几古柏。

同游先我坐禅堂，解衣磅礴闻妙香。

野老犹能谈古事，蔓草荒烟选佛场。

（康熙年间，寺僧猖獗，被众焚寺殆尽，故及之）

祝英台近词逼宋，碧鲜岩碣书追唐。……

该诗作于清咸丰甲寅（1854）。诗人曾于道光乙丑（1829）游览过善卷洞，25年后复与孔宥函、杨蕉隐等友人重游此地。观六朝石幢、唐宋古柏、碧鲜岩碣、祝英台近词碑等古迹，发出"放步重访英台宅"、"祝英台近词逼宋"、"碧鲜岩碣书追唐"的赞叹。

本条影印件为清光绪二年（1876）天空海阔之居刻本，存华东师范大学图书馆，《续修四库全书》亦有收录。

齐学裘（1803—？），字子贞，一作子治，号玉溪，晚号老颠，清安徽婺源（今属江西）人。以诗名著江左。光绪间流寓上海。有《见闻随笔》《见闻续笔》。

（179-清104）[光绪]《鄞县志》

[光绪]《鄞县志》为清戴枚等修，张恕、徐时栋等纂，光绪三年丁丑（1877）刊行。因该志初修于同治间，故有称《同治鄞县志》者，亦即此志。

该志三处记载"浙东梁祝"。

一是"卷十三·坛庙（下）""义忠王庙"条称："义忠王庙，一名梁圣君庙（采访），县西十六里接待寺西（成化志），祀东晋鄞令梁山伯。安帝时，刘裕奏封义忠王，令有司立庙（嘉靖志）。"此段据同治《鄞县志稿》删改。后收录宋李茂诚《义忠王庙记》全

图179-清104-1 光绪鄞县志1

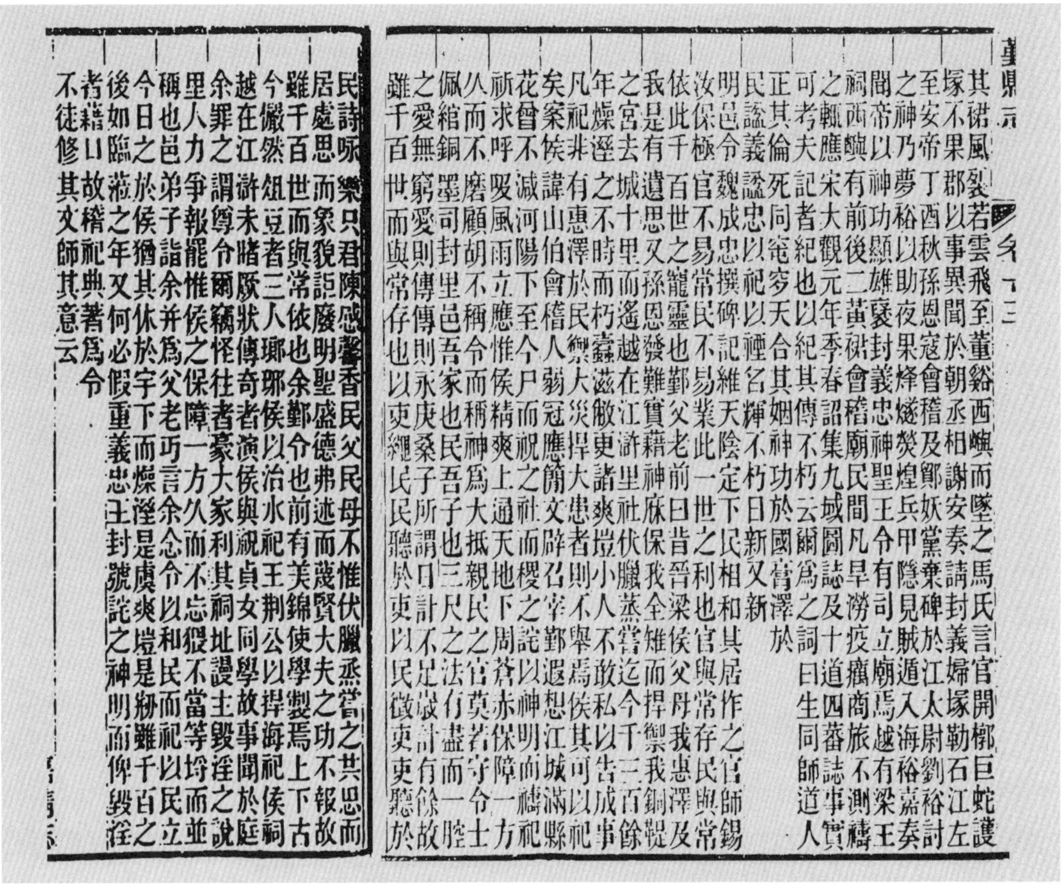
其裙風裂若雲飛至董谿西嶼而墜之馬氏言官開梛巨蛇護
塚不果郡以事異閭於朝丞相謝安奏請封義婦塚勒石江左
至安帝丁酉秋孫恩寇會稽及鄭妖黨棄碑於江太尉劉裕討
之神乃夢裕以助夜果烽燧熒煌兵甲隱見賊遁入海有嘉奏
閭帝以神功顯雄褒封義忠神聖王令有司立廟焉越有梁王
祠西輿有前後二黃裙會稽廟民間凡旱勞疫癘商旅不測禱
之輒應宋大觀元年季春詔集九域圖誌及十道四蕃誌事實
可考夫記者紀也以紀其傳不朽云爾為之詞曰生同師道人
正其倫死同寃穸天合其姻神功於國霄澤於
民謚義謚忠以祀以禋名輝不朽日新又新
明邑令魏成忠撰碑記維天陰定下民相和其居作之官師錫
汝保極官不易常民不易業此一世之利也官與常存民與常
依此千百世之龍靈也鄞父老前曰昔晉梁候父舟我惠澤及
我是有遺思又孫恩發難寶藉神庥保我全雉而捍禦我銅龍
之宮去城十里而遙越在江滸里社伏臘蒸不迄今于三百餘
年燦逕之不時而朽蠢滋敝吏諸爽塏小人營敢私以告成事
凡祀非有惠澤於民禦大災捍大患者則不舉焉侯其可以祀
矣案俟諱山伯會稽人弱冠應簡文辟召幸鄞遐想江城滿縣
花督不滅河陽下至今尸而祝之社而櫻之詫以神明而禱祀
祈求呼叟風雨立應惟候精爽上通天地下周蒼赤保障一方
从而不磨顧胡不稱令而神為大抵親民之官莧若守令士
佩綰銅墨司封里邑吾家也民吾子也三尺之法有盡而一腔
之愛無窮愛則傳傳則永庚桑子所謂日計不足歲計有餘故
雖千百世而與常存也以吏縲民民聽於吏以民微吏吏聽於

民詩咏樂只君陳感馨香民父民母不惟伏臘烝嘗之其思而
居處思而象貌詎廢明聖盛德弗述而蔑賢大夫之功不報故
雖千百世而與常依也余鄞令也前有美錦使學製焉上下古
今儼然俎豆者三人鄉鄒候以治水祀王荊公以捍海祀侯祠
越在江滸未睹厥狀傳奇者演侯與祝貞女同學故事聞於庭
余罪之謂尊令爾竊怪往者豪大家利其祠址謾主毀淫之說
里人力爭報罷惟侯之保障一方久而不忘猥不當等埒而並
稱也邑弟子詣余并為父老叩言余念令以和民而祀以民立
今日之於侯猶其休於宇下而燦溼是虞爽塏是綢雖千百之
後如臨蒞之年又何必假重義忠王封號詫之神明而俾毀淫
耆籍以故稽祀典著為令
不徒修其文師其意云

图179–清104–2　光绪鄞县志2

文，称“宋郡守李茂诚撰记：神讳处仁，字山伯，姓梁氏，会稽人也……”（全文见前）此记与康熙、乾隆志以及同治《鄞县志稿》对照，光绪志此记，仅“尝从明师过钱塘”改为“尝从名师过钱塘”，此一字之差，盖据咸丰志改。

后又收录明邑令魏成忠《碑记》全文，与同治《鄞县志稿》对照，仅有个别字改动。

二是“卷十七·职官表上·晋·令”称：“梁处仁，鄞令。案，见宋大观中李茂诚《义忠王庙记》，又见《咸淳毗陵志》，所记事与李茂诚《庙记》相似。”此条与同治《鄞县志稿》完全相同，以为《庙记》与《咸淳毗陵志》相似，也错出［同治］《鄞县志稿》。

三是“卷六十五·冢墓”“梁山伯祝英台墓”条称：“梁山伯祝英台墓，县西十里接待院后，有庙。旧记谓二人少尝同学，比及三年，山伯初不知英台之为女。按：《十道四番志》义妇祝英台与梁山伯同冢，即其事也（乾道图经）。此事恍惚，以旧志有，姑存（延祐志）。俗传以墓土置灶上，则虫蚁不生（原上草）。”后附李裕诗称：“国朝李裕

晉　縣大者置令小者置長尉大縣二人次縣小縣各一人晉書職官志○案文獻通考晉縣有署丞

令

石季甫　失名

鄮令案見陸雲答車永書有賢甥年少牧民語

孫統

鄮令見孫因越問案晉書孫楚傳統字承公太原人家於會稽性好山水乃求爲鄞令居職不留心碎務縱意游肆名山勝川靡不窮究後爲餘姚令卒

梁處仁

鄮令案見宋大觀中李茂誠義忠王廟記又見咸淳毘陵志所記事與李茂誠廟記相似

图179–清104–3　光绪鄞县志3

西則廳說也

晉

鮑王墓　縣東五十里○案乾道延祐二志俱作三十里曹志作二十里敬止錄作四十九里　陽堂山又名青山筋要郎靈應廟神鮑蓋尸解之所曹志

明沈明臣過青山詩寂寂山容若有神月明疑見錦袍人布衣供奉清華裏回首於今九百春

梁山伯祝英臺墓　縣西十里接待院後有廟舊記謂二人少嘗同學比及三年山伯初不知英臺之爲女案十道四番志義婦祝英臺與梁山伯同冢即其事也乾道圖經此事恍惚以舊志有姑存延祐志　俗傳以墓土置竈上則蟲蟻不生原上草

國朝李裕詩冢中有鴛鴦冢外喚不起女郎歌以怨颿來雙飛[illegible]織素澄雲絲朱旛蒻花尾東風吹三月春草香十里長裾曳[illegible]士歸彈壁魚死

唐

鄞縣志　卷二十五冢墓　四

图179–清104–4　光绪鄞县志4

诗：冢中有鸳鸯，冢外唤不起。女郎歌以怨，辄来双凤子。织素澄云丝，朱幡剪花尾。东风吹三月，春草香十里。长裾裹泥土，归弹壁鱼死。”此条完全与同治《鄞县志稿》同。

本条影印件为清光绪三年（1877）刻本，存上海图书馆。

戴枚，清江苏丹徒人，附生，同治六年（1867）以江山调知鄞县，七年调钱塘。

张恕，清浙江鄞县人，道光戊子（1828）举人，三品封正黄旗官学教习；徐时栋（1814—1873），清浙江鄞县人，字定宇，一字同叔，号柳泉。道光二十六年（1846）举人，官内阁中书舍人。家有烟屿楼，藏书六万卷，有志著述，不复出。有《烟屿楼读书志》《柳泉诗文集》《宋元四明六志校勘记》等。

（180–清105）《人寿堂诗钞》

《人寿堂诗钞》为清戈鲲化所撰，其序作于光绪三年（1877），诗作收录至光绪五年己卯（1879），应为光绪五年刊刻。其“己卯”《再续甬上竹枝词》第十一首云：

> 梁山伯庙枕江塘，经愿家家户户偿。
> 除虱昌阳芸辟蠹，不如一撮冢泥香。

原诗“枕江塘”后注：“梁山伯，晋鄮令，庙在郡西十余里，坐江。”“家家户户偿”后注：“祈禳者多在庙中诵《莲华经》。”“冢泥香”后注“俗传坟上土可除虫蚁。”

此影印件见《戈鲲化集》，张宏生编著，江苏古籍出版社2000年出版。

戈鲲化（1838—1882），清徽州休宁人，字砚畇，一字彦员。同治间任职于美、英领事馆。1879年，于美国哈佛大学任教中文，卒于美国。戈氏早期诗文，均毁于兵燹。《人寿堂诗钞》是其居宁波时的诗作，以纪年排列。

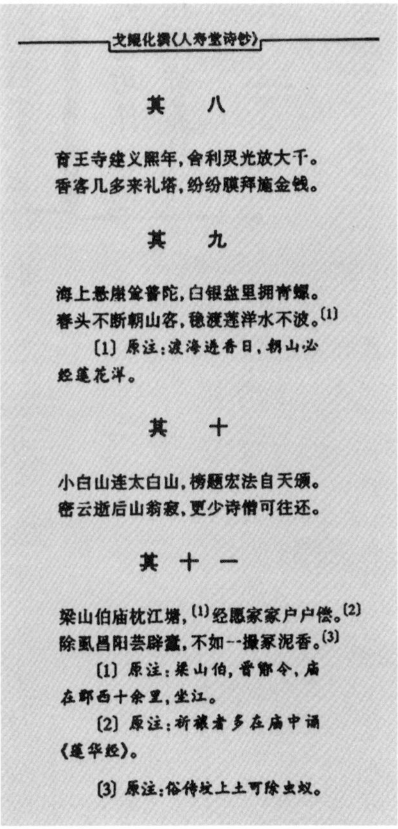

戈鲲化撰《人寿堂诗钞》

其　八

育王寺建义熙年，舍利灵光放大千。
香客几多来礼塔，纷纷膜拜施金钱。

其　九

海上悬崖耸普陀，白银盘里拥青螺。
春头不断朝山客，稳渡莲洋水不波。[1]

〔1〕原注：渡海进香日，朝山必经莲花洋。

其　十

小白山连太白山，榜题宏法自天颁。
密云逝后山翁寂，更少诗僧可往还。

其 十 一

梁山伯庙枕江塘，[1]经愿家家户户偿。[2]
除虱昌阳芸辟蠹，不如一撮冢泥香。[3]

〔1〕原注：梁山伯，晋鄮令，庙在郡西十余里，坐江。

〔2〕原注：祈禳者多在庙中诵《莲华经》。

〔3〕原注：俗传坟上土可除虫蚁。

图180–清105　人寿堂诗钞

（181–清106）《垂老读书庐诗钞》

《垂老读书庐诗钞》为清黄定齐所撰，光绪四年（1878）刊行。其书“卷上”收录

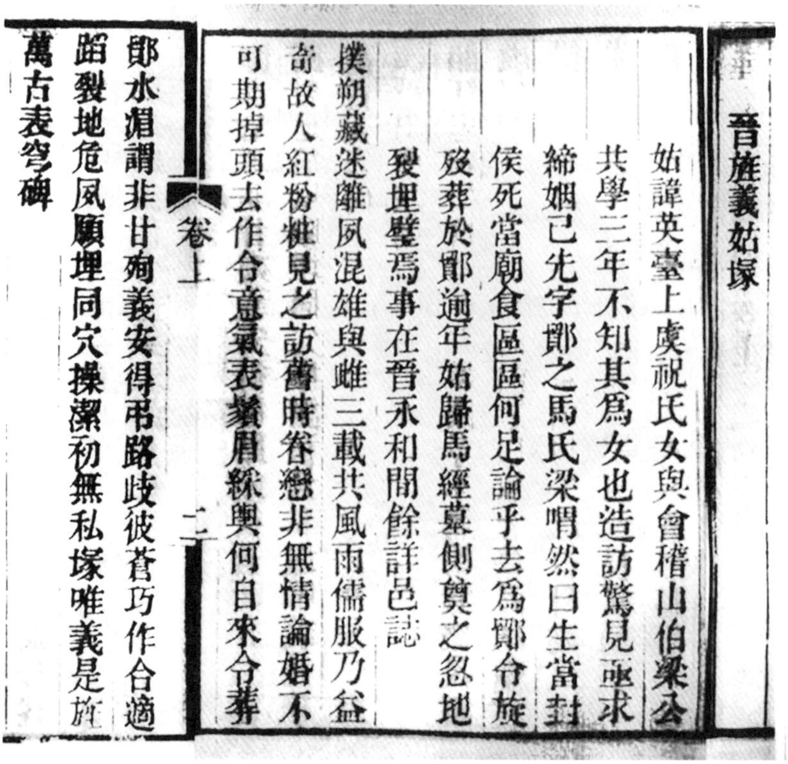

晉旌義姑塚

姑諱英臺上虞祝氏女與會稽山伯梁公共學三年不知其爲女也造訪驚見亟求締姻已先字鄮之馬氏梁喟然曰生當封侯死當廟食區區何足論乎去爲鄮令旋歿葬於鄮逾年姑歸馬經墓側奠之忽地裂埋璧焉事在晉永和閒餘詳邑誌

撲朔藏迷離夙混雄與雌三載共風雨儒服乃益奇故人紅粉粧見之訪舊時眷戀非無情論婚不可期掉頭去作令意氣表鬚眉綵輿何自來令葬

卷上　二

鄮水湄謂非甘殉義安得弔路歧彼蒼巧作合適蹈裂地危夙願埋同穴操潔初無私塚唯義是旌萬古表穹碑

图181—清106　垂老读书庐诗钞

《晋旌义姑冢》一首云：

扑朔藏迷离，夙混雄与雌。
三载共风雨，儒服乃益奇。
故人红粉妆，见之访旧时。
眷恋非无情，论婚不可期。
掉头去作令，意气表须眉。
彩舆何自来？令葬鄮水湄。
谓非甘殉义，安得吊路歧。
彼苍巧作合，适蹈裂地危。
夙愿埋同穴，操洁初无私。
冢唯义是旌，万古表穹碑。

原诗有序："姑讳英台，上虞祝氏女，与会稽山伯梁公共学三年，不知其为女也。造访惊见，亟求缔姻，已先字鄮之马氏。梁喟然曰：生当封侯，死当庙食，区区何作论乎？去为鄮令，旋殁葬于鄮。逾年，姑归马，经墓侧奠之，忽地裂埋璧焉。事在晋永和间,余详邑志。"

该诗完全按照《义忠王庙记》撰写,不仅赞扬祝英台的操洁,更赞扬梁山伯生当封侯、死当庙食的大志。有两点值得注意:一是作者特地将"义妇"改作"义姑"、"祝归马"改作"姑归马",因祝英台未嫁而卒,是"姑娘"而非"妇"的缘故;二是称梁为"鄮令",卒葬于"鄮",与《义忠王庙记》相吻,纠正了明代以来"梁为鄞令"、葬于"鄞西"的错误。

本条影印件为清光绪四年刻本,由宁波大学张如安教授提供,上海图书馆有存。

黄定齐(1778—1855),清末浙江鄞县(今宁波)人。初名定九,更名齐,字克家,号蒙泉,又号蒙庄。晚年删订《垂老读书庐诗钞二卷》,未梓而卒。

(182-清107)[光绪]《榆社县志》

[光绪]《榆社县志》为清王家坊、葛士达修纂,光绪七年(1881)刊行。该志"卷之一·舆地志·古迹""响堂"条称:"响堂,在县西南十里梓荆山下,有石室方丈,状如瓮,人入其中,石声琤琤然。有石人二像,俗传梁山柏、祝英台,大雅弗道也。"此条康熙志作"梁三伯"、乾隆志作"梁山伯"、光绪志又作"梁山柏",不知何故。

此影印件为清光绪七年(1881)刻本,见《中国地方志集成/山西府县志辑》。

王家坊,生卒不详,清浙江分水(今桐庐)人,字左春。道光己酉(1849)拔贡,历署山西10县。光绪六年(1880)任榆社知县,数月即退。后以丧归,卒于家。有《吾馨斋文集》等,因无资付印,终未刊行;葛士达,生卒不详,清江苏上海(今上海)人,字伯材,一字子材。诸生。以军功保举五品衔,光绪六年(1880)九月任榆社知县,赏戴花翎,擢平定知州。著有《远志斋集》等。

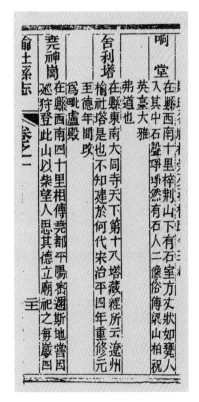

图182-清107 光绪榆社县志

(183-清108)《仙踪记略续录》

《仙踪记略续录》为清张鹤所辑,光绪七年(1881)刊行。是书"卷下""梁山伯祝英台"条称:"东晋宁康间,吴郡梁山伯、国山祝英台同学三年,不知祝乃女子,结

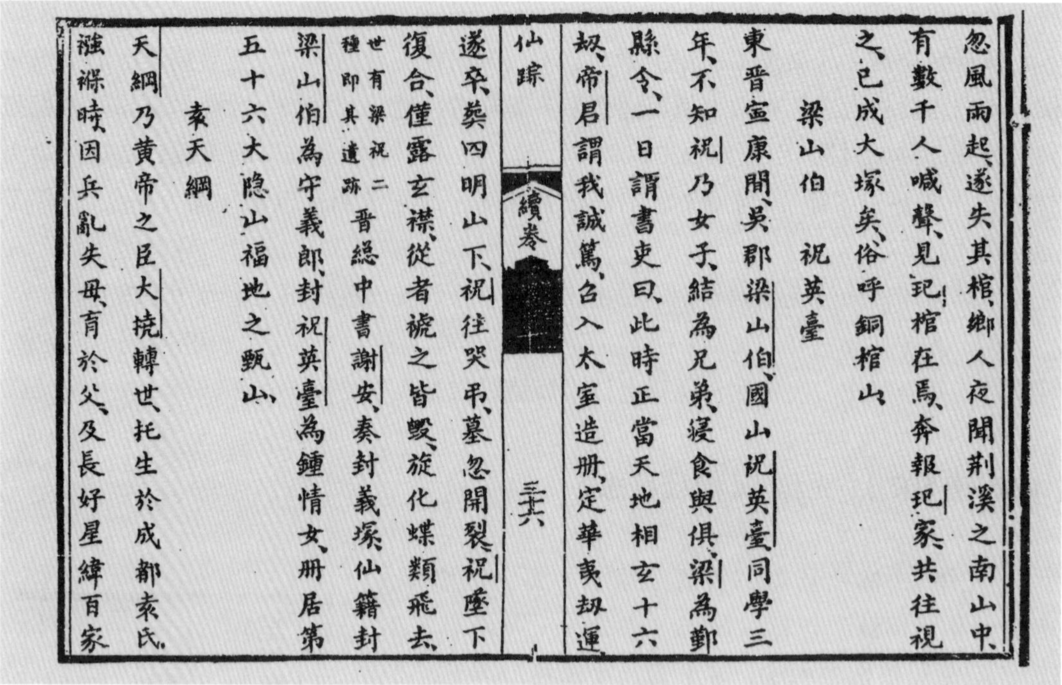

图183-清108　仙踪记略续录

为兄弟,寝食与俱。梁为鄞令,一日,谓书吏曰:此时正当天地相玄十六劫,帝君谓我诚笃,召入太室造册,定华夷劫运,遂卒,葬四明山下。祝往哭吊,墓忽开裂,祝坠下复合,仅露玄襟。从者褫之皆毁,旋化蝶类飞去(世有梁、祝两种,即其遗迹)。晋总中书谢安奏封义冢。仙籍封梁山伯为守义郎,封祝英台为钟情女,册居第五十六大隐山福地之甄山。"

据《仙踪记略缘起》《续录缘起》,清康熙间江夏徐君有《神仙鉴》秘本。因张鹤中年失明,二十余年后忽忆其书有洗眼方,遂寻购得之。然却发现字迹模糊,翻刻错误甚多。乃求残书数卷,细为绅绎,尽心匹配录出,遂成此书。然与原书相比,亦只得十之二三。

此影印件为清光绪七年(1881)刻本,存上海图书馆。

张鹤,清道士,浙江瑞安人,字芝田,号静香,又号静芗。《续录序》称其为汉留侯张良后裔,上海城隍庙玉清宫住持。有《琴学入门》《仙踪记略》。

（184-清109）[光绪]《宜兴荆溪县新志》

[光绪]《宜兴荆溪县新志》为清周镡、钱志澄所修,吴景墙纂,光绪八年(1882)刊行。该志记载"宜兴梁祝"数处。

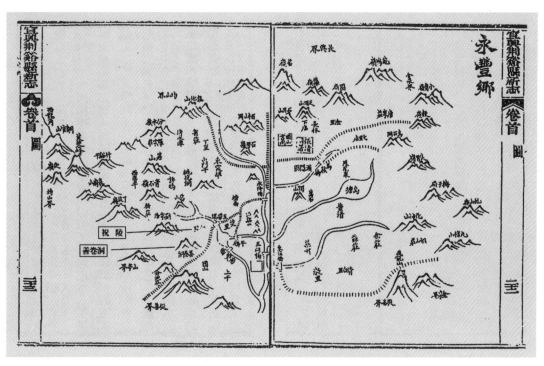

图184-清109-1　光绪宜兴荆溪县新志1

图184-清109-2　光绪宜兴荆溪县新志2

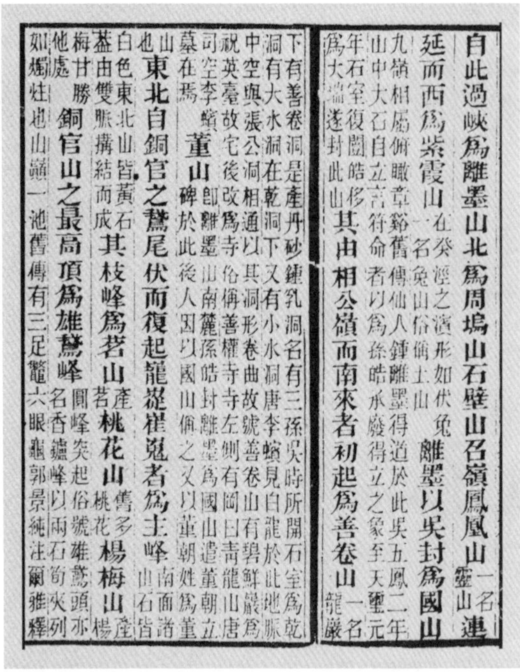
自此過峽爲離墨山北爲周塢山石壁山召嶺鳳凰山一名靈山連延而西爲紫霞山在癸涇之濱形如伏兔一名兔山俗偁土山離墨以吳封爲國山九嶺相屬俯瞰章谿舊傳仙人鍾離墨得道於此吳五鳳二年山中大石自立言符命者以爲孫皓承廢得立之象至天璽元年石室復闓皓移爲大瑞遂封此山其由相公嶺而南來者初起爲善卷山一名龍巖下有善卷洞是產丹砂鍾乳洞名有三孫吳時所開石室爲乾洞有大水洞在乾洞下又有小水洞唐李蠙見白龍於此地脈中空與張公洞相通以其洞形卷曲故號善卷山有碧鮮巖爲祝英臺故宅後改爲寺俗偁善權寺寺左側有岡曰青龍山唐司空李蠙墓在焉董山卽離墨山南麓孫皓封離墨爲國山遣董朝立碑於此後人因以國山偁之又以董朝姓爲董山也東北自銅官之鷙尾伏而復起巃嵸崔嵬者爲主峰南面諸山石皆白色東北山皆黃石蓋由雙脈搆結而成其枝峰爲茗山產茗桃花山舊多桃花楊梅山產楊梅甘勝他處銅官山之最高頂爲雄鷲峰圓峰突起俗號雄鷲頭亦名香爐峰以兩石筍夾列如燭炷也山巔一池舊傳有三足鼈六眼龜郭景純注爾雅釋

图184–清109–3　光绪宜兴荆溪县新志3（山记）

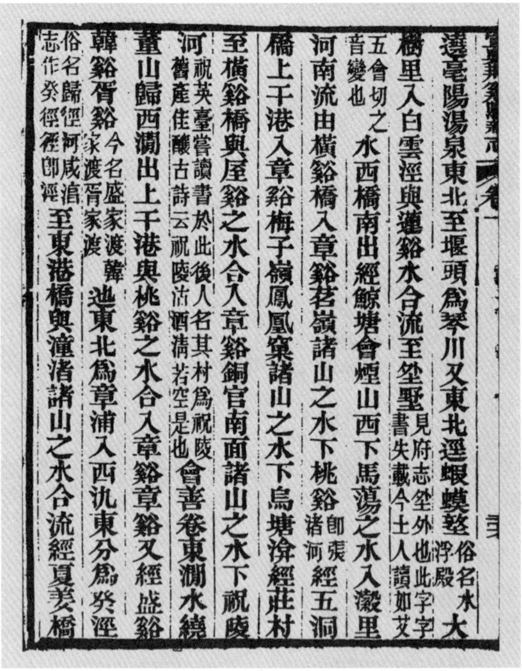
邊亳陽湯泉東北至堰頭爲琴川又東北逕蝦蟆墪俗名浮殿水大橋里入白雲涇與蓮谿水合流至坔墅見府志坔外也此字字書失載今土人讀如艾五會切之音變也水西橋南出經鯨塘會煙山西下馬蕩之水入瀫里河南流由橫谿橋入章谿茗嶺諸山之水下桃谿卽裴渚河經五洞橋上干港入章谿梅子嶺鳳凰窠諸山之水下烏塘涇經莊村至橫谿橋與屋谿之水合入章谿銅官南面諸山之水下祝陵河祝英臺嘗讀書於此後人名其村爲祝陵舊產佳釀古詩云祝陵沽酒清若空是也會善卷東澗水繞董山歸西澗出上干港與桃谿之水合入章谿章谿又經盛谿韓谿胥谿今名盛家渡韓家渡胥家渡迤東北爲章浦入西氿東分爲癸涇俗名歸徑河咸淳志作癸徑徑卽涇至東滆橋與潼渚諸山之水合流經夏美橋

图184–清109–4　光绪宜兴荆溪县新志4（水记）

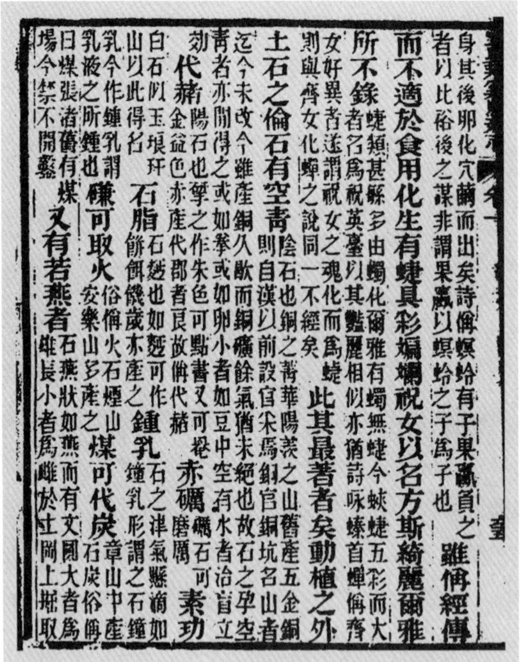
身其後卵化穴繭而出矣詩偁螟蛉有子果蠃負之者以比裕後之謀非謂果蠃以螟蛉之子爲子也雖偁經傳而不適於食用化生有蝶具彩媥孏祝女以名方斯綺麗爾雅所不錄蝶類甚繁多由蠋化爾雅有蠋無蝶今蛺蝶五彩而大者名爲祝英臺以其豔麗相似亦猶詩咏螓首蟬偁齊女好異者遂謂祝女之魂化而爲蝶則與齊女化蟬之說同一不經矣此其最著者矣動植之外土石之倫石有空青陰石也銅之菁華陽羨之山舊產五金銅則自漢以前設官采焉銅官銅坑名山者迄今未改今雖產銅久歇而銅礦餘氣猶未絕也故石之孕空青者亦間得之或如拳或如卵小者如豆中空有水者治盲立效代赭陽石也擘之作朱色可點書又可攑金紐色赤產代郡者良故偁代赭赤礪礪石可磨礪素功白石似玉垠玕山以此得名石脂石麪也如麪可作餅餌饑歲亦產之鍾乳石之津氣縣滴如鍾乳形謂之石鍾乳今作鍾乳謂乳液之所鍾也礦可取火俗偁火石煙山安樂山多產之煤可代炭章山中產石炭俗偁曰煤張渚舊有煤場今禁不開鑿又有若燕者石燕狀如燕而有文圓大者爲雄長小者爲雌於壯岡上掘取

图184–清109–5　光绪宜兴荆溪县新志5（物产记）

一是“卷首·图·采定两县全境图·永丰乡图”，标有“祝陵、善卷洞”；“卷首·图·采定两县全境图·善卷山”，标有祝英台读书处“碧鲜岩”。

二是“卷一·疆土·山记”“善卷山”条称：“善卷山。一名龙岩，下有善卷洞，是产丹砂、钟乳。洞名有三：孙吴时所开石室为乾洞；有大水洞，在乾洞下；又有小水洞，唐李蠙见白龙于此。地脉中空，与张公洞相通，以其洞形卷曲故号善卷。山有碧鲜岩，为祝英台故宅，后改为寺，俗称善权寺。寺左侧有岗，曰青龙山，唐司空蠙墓在焉。”

三是“卷一·疆土·水记”曰：“铜官南面诸山之水下祝陵河。祝英台尝读书于此，后人名其村为祝陵。旧产佳酿。古诗云‘祝陵沽酒清若空’是也。”

四是“卷一·疆土·物产记”：“化生有蝶，具彩媥孏，祝女以名，方斯绮丽，《尔

(三)明清晚期 梁祝记载

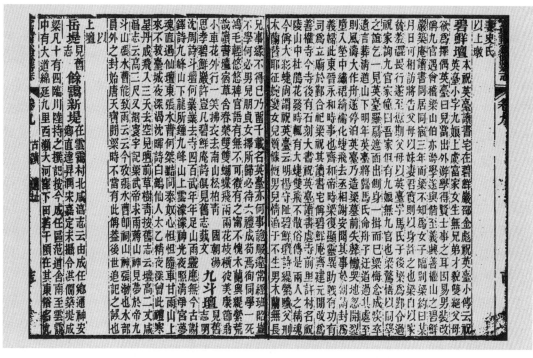

图184-清109-6 光绪宜兴荆溪县新志6(碧鲜坛)

雅》所不录。蝶类甚繁多,由蠋化。《尔雅》有蠋无蝶。今蛱蝶五彩而大者,名为祝英台,以其艳丽相似,亦犹诗咏。螓首蝉称:齐女好异者,遂谓祝女之魂,化而为蝶。则与齐女化蝉之说,同一不经矣。此其最著者矣。"晋崔豹《古今注》称"齐王后忿而死,尸变为蝉,登庭树,嗜唳而鸣,王悔恨。故世名蝉曰齐女也",与梁祝化蝶传说异曲同工。

五是"卷九·古迹·遗址""碧鲜坛"条称:"碧鲜坛。本祝英台读书宅,在碧鲜岩。邵金彪《祝英台小传》云:祝英台,小字九娘,上虞富家女,生无兄弟,才貌双绝。父母欲为择偶,英台曰:儿当出外游学,得贤士事之耳。因易男装,改称九官,遇会稽梁山伯亦游学,遂与偕至义兴善权山之碧鲜岩筑庵读书。同居同宿三年,而梁不知为女子。临别梁,约曰,某月日可相访,将告父母以妹妻君,实则以身许之也。梁自以家贫,羞涩畏行,遂至愆期。父母以英台字马氏子。后梁为鄞令,过祝家,询九官。家僮曰:吾家但有九娘,无九官也。梁惊悟,以同学之谊乞一见。英台罗扇遮面出,侧身一揖而已。梁悔念成疾,卒,遗言葬清道山下。明年,英台将归马氏,命舟子迂道过其处,至则风涛大作,舟遂停泊。英台乃造梁墓前失声恸哭,地忽开裂,堕入茔中,绣裙绮襦,化蝶飞去。丞相谢安闻其事,于朝请封为义妇。此东晋永和时事也。齐和帝时,梁复显灵异,助战有功,有司为立庙于鄞,合祀梁祝。其读书宅称碧鲜庵,齐建元间改为善权寺。今寺后有石刻,大书祝英台读书处。寺前里许,村名祝陵。山中杜鹃花发时,辄有大蝶双飞不散,俗传是两人之精魂。今称大彩蝶尚谓祝英台云。明杨守阯《碧鲜坛》诗:缇萦赎父刑,木兰替耶征。婉娈女儿质,慷慨男儿情。淳于不生男,木兰无长兄。事缘不得已,乃留千载名。英台亦何事,诡服违常经?班昭岂不学,何必男儿朋?贞女择所归,必待六礼成。苟焉殉同学,一死鸿毛轻。悠悠稗官语,有无不可征。有之宁不愧,木兰与缇萦。荒哉读书坛,宿草含春荣。双双蝴蝶飞,两两花枝横。彼美康节翁,小车花外行。一笑拂衣去,南山松柏青。国朝汤思孝《碧鲜岩》、许岂凡《碧鲜庵》诗,俱见旧志艺文。"

邵金彪的《祝英台小传》,明显是将宜兴的"梁祝"记载、古迹与《宁波府志》之记载综合而成,对此后人也多有评说。然而邵金彪此文漏洞百出,经不起推敲。况且,[光绪]《宜兴荆溪县新志》在收录此文时,特地将明杨守阯污蔑祝英台的诗作紧录于邵氏《祝英台小传》后,则可看出,当时宜兴封建士大夫否定与不承认祝英台的思潮(详考见《"梁祝"的起源与流变》第40—43页、273—275页)。

值得注意的是,《宜兴荆溪县新志》刊载邵金彪《祝英台小传》后,影响甚大。许多研究者以及许多宜兴人都把《小传》载入县志作为依据,否定了千余年的祝英台故宅记载。如果不是宜兴梁祝传说深入民间,不是宜兴梁祝有千余年来不间断的记载,恐怕难逃湮灭的厄运。

邵金彪(?—1850后),清代宜兴人,字秋仙,原名魁祥。邑诸生。一生不得志,以授课、抄书为生。庚戌获序贡,未几卒。

以上影印件见《中国地方志集成·江苏府县志辑》,清光绪八年(1882)刻本。

周镡,清湖北江夏人,监生,光绪七年(1881)任宜兴知县,八年去任;钱志澄,清浙江嘉兴人,廪贡,光绪七年任荆溪县令,十年去任。

吴景墙,清宜兴人,字森斋。道光乙酉举拔萃,廷试侥得复失,归而从教,官五品候选教谕。

(185-清110)《茶香室三钞》

《茶香室三钞》为清俞樾所撰,光绪癸未(1883)刊行。是书"卷十""梁山柏祝英台读书处"条称:"明张岱《梦忆》云:至曲阜,谒孔庙,宫墙上有楼笋出,匾曰'梁山柏祝英台读书处',骇异之。按,孔庙有此,诚大奇,未知今尚然否。"

本条影印件为光绪癸未(1883)刻本,见《续修四库全书》。

俞樾(1821—1907),清末浙江德清人,字荫甫,号曲园居士,俞平伯之曾祖。道光三十年(1850)进士,官河南学政,因"试题割裂经义"被劾罢官。移居苏州,潜心学术。

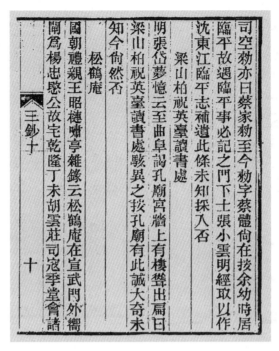

图185-清110 茶香室三钞

(186-清111)《常郡八邑艺文志》

《常郡八邑艺文志》初由卢抱经辑于清乾隆五十七年(1792),卒而未梓。咸丰己未(1859)阳湖(属常州)庄新渠以抱经遗稿,续补六十余首,印行"聚珍本"。后原稿毁于兵燹,"聚珍本"亦仅存一二。清末庄俊甫考证乡邦文献,重为厘订十二卷,于光绪十六年(1890)刊行。其志多处记载"宜兴梁祝"。

一是"卷三之下·记·明"收录王世贞《游善权洞记》,记载祝英台读书处古迹,其文见前。

二是"卷九·五言古诗"收录明杨守祉《碧藓坛》一首(杨诗最早见于明《善卷寺古今文录》,题名为《碧鲜坛》),诗文见前。

又收录清徐喈凤《祝英台碧藓岩》诗一首,诗文见前。

三是"卷十·七言古诗·宋"收录陈克《阳羡春歌》一首,诗文见前。

四是"卷十二之下·七言律诗·清"收录蒋景祁《游善权寺》诗一首,云:

> 雨余烟寺路初通,一径松风听不穷。
> 绿字久湮丞相碣,青山无恙梵王宫。
> 林间钟磬横空度,洞口云霞入画工。
> 我至欲寻栖隐地,当年善卷许谁同?

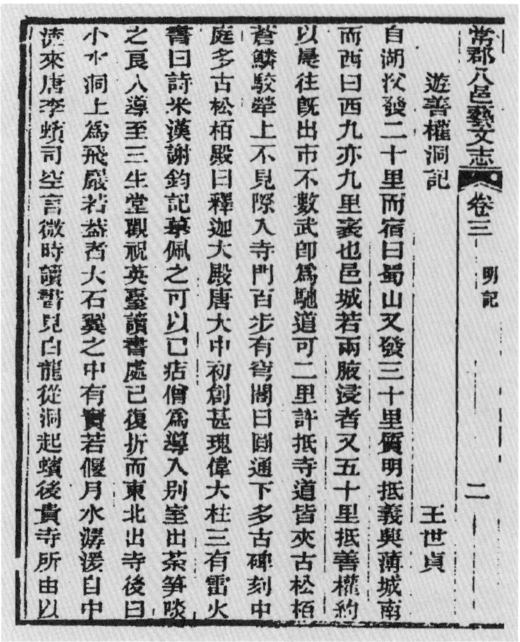
常郡八邑藝文志　卷三　明記　二
遊善權洞記　王世貞
自湖㳄發二十里而宿曰蜀山又發三十里質明抵義興薄城南
而西曰西九亦九里衰也邑城若兩腋浸者又五十里抵善權約
以晨往既出市不數武即爲馳道可二里許抵寺道皆夾古松栢
蒼鱗駮犖上不見際入寺門百步有穹閣曰圓通下多古碑刻中
庭多古松栢殿曰釋迦大殿唐大中初創甚瑰偉大柱三有雷火
書曰詩米漢謝鈞記摹佩之可以已痁僧爲導入別室出茶筍啖
之良久導至三生堂觀祝英臺讀書處已復折而東北出寺後曰
小水洞上爲飛巖若蓋者大石翼之中有竇若偃月水潺湲自中
流來唐李蠙司空言微時讀書見白龍從洞起蠙後貴寺所由以

图186–清111–1　常郡艺文志1（王世贞记）

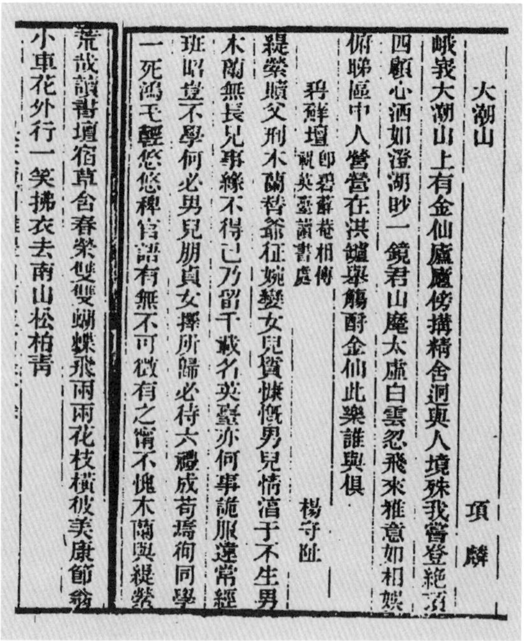
大湖山　項麟
峨峩大湖山上有金仙廬廬傍搆精舍洞與人境殊我嘗登絕頂
四顧心洒如澄湖眇一鏡君山麾太虛白雲忽飛來雅意如相娛
俯睇區中人營營在洪鑪舉觴酹金仙此樂誰與俱
碧鮮壇　即碧鮮菴相傳祝英臺讀書處　楊守阯
緹縈贖父刑木蘭替爺征婉孌女兒質慷慨男兒情淳于不生男
木蘭無長兄事緣不得已乃留千載名英臺亦何事詭服違常經
班昭豈不學何必男兒朋貞女擇所歸必待六禮成苟焉徇同學
一死鴻毛輕悠悠稗官語有無不可徵有之慚不愧木蘭與緹縈
荒哉讀書壇宿草含春榮雙雙蝴蝶飛兩兩花枝橫被美康節翁
小車花外行一笑拂衣去南山松柏青

图186–清111–2　常郡艺文志2（杨守祉诗）

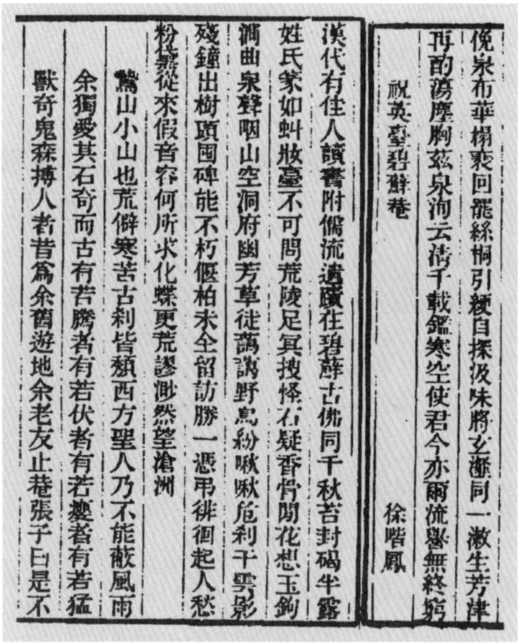
俛泉布華榻衆回龍絲桐引綆自採汲味將玄液同一漱生芳津
再酌蕩塵胸茲泉洵云清千載鑑寒空使君今亦爾流譽無終窮
祝英臺碧鮮菴　徐喈鳳
漢代有佳人讀書附僑流遺蹟在碧蘚古佛同千秋苔封碣半露
姓氏篆如蚪妝臺不可問荒陵足冥搜怪石疑香骨閒花想玉鉤
澗曲泉聲咽山空洞府幽芳草徒藹藹野鳥紛啾啾危刹干雲影
殘鐘出樹頭圖碑能不朽偃柏未全留訪勝一憑弔徘徊起人愁
粉蝶從來假音容何所求化蝶更荒謬渺然望滄洲
鸞山小山也荒僻寒苦古刹皆頹西方聖人乃不能蔽風雨
余獨愛其石奇而古有若騰者有若伏者有若夔者有若猛
獸奇鬼森搏人者昔爲余舊遊地余老友止菴張子曰是不

图186–清111–3　常郡艺文志3（徐喈凤诗）

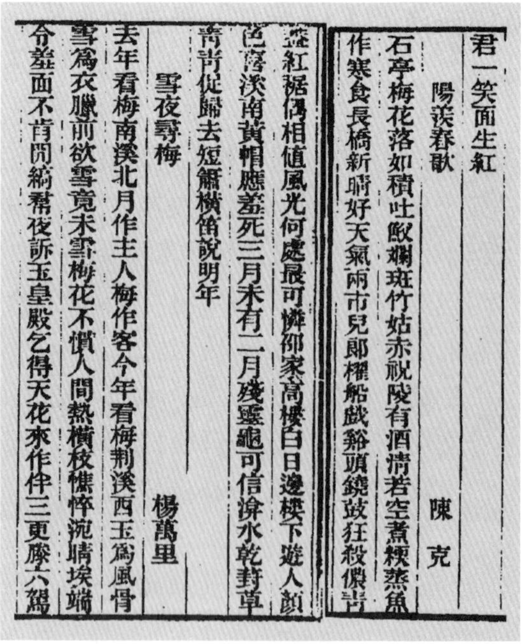
君一笑面生紅
陽羨春歌　陳克
石亭梅花落如積吐畝斕斑竹姑赤祝陵有酒清若空煮梗蒸魚
作寒食長橋新晴好天氣兩市兒郎櫂船戲䑸頭鐃鼓狂殺儂青
蓋紅裙偶相值風光何處最可憐邵家高樓白日邊樓下遊人顏
色落溪南黃帽應羞死三月未有二月殘靈龜可信淤水乾對草
青青促歸去短簫橫笛說明年
雪夜尋梅　楊萬里
去年看梅南溪北月作主人梅作客今年看梅荊溪西玉爲風骨
雪爲衣臘前欲雪竟未雪梅花不慣人間熱橫枝憔悴流晴埃端
令羞面不肯開封章夜訴玉皇殿乞得天花來作伴三更滕六駕

图186–清111–4　常郡艺文志4（陈克诗）

诗人游览善权寺，见唐李蠙“碧鲜庵”碑与《题善权寺石壁》诗等石碣长满苔藓，想到自己一生坎坷，顿生栖隐之念。

(三) 明清晚期 梁祝记载

本条影印件为光绪十六年（1890）刻本，见《续修四库全书》。

卢文弨（1717—1795），清浙江仁和（今杭州）人，字召弓，一作绍弓，号矶渔，又号檠斋，晚年更号弓父，人称抱经先生。乾隆十七年（1752）进士，官提督湖南学政等，后乞养归，主讲钟山、紫阳、龙城等书院。家有卢氏抱经楼，与鄞县卢址抱经楼为浙江东、西两"抱经"，藏书数万卷。著有《群书拾补》《抱经堂集》等。《常郡八邑艺文志》辑于主讲常州龙城书院时。

庄毓鋐，生卒未详，清末江苏阳湖（今属常州）人，字俊甫。曾举慈善医疗事业。重订《常郡八邑艺文志》，因"聚珍本"多讹误，乃据志乘悉为考证，谬者正之，疑者仍之，使卢氏著作传于不朽。

图186-清111-5　常郡艺文志5（蒋景祁诗）

（187-清112）《小方壶斋舆地丛钞》

《小方壶斋舆地丛钞》为清王锡祺所辑，光绪辛卯（1891）刊行。其书"第四帙·卷二十"收录史承豫《游善卷洞记》称："……善卷洞在邑西南五十里，今始同汪子泽周、余兄位存来游。九月下浣八日晨起，泛舟西溪，午后抵祝陵。唐人诗云：祝陵有酒清若空，即此地也。舍舟登岸，行三里许，过半山亭。时斜照满林，傍山枫柏数百株，浅绛深红，宛如图画。稍上有善卷寺。寺即古碧鲜庵故址，创自唐大中年间，国初毁于火，今唯山门尚存。寺后傍碧鲜岩，相传为祝英台读书处。石上镌明谷令君兰宗一词，甚工，披藓读之，共为咨赏……"

作者秋日偕兄史承谦（字位存）及友人汪泽周同游善卷洞，舟抵祝陵至善卷寺，看到祝英台读书处——碧鲜庵故址，并拂去苔藓，欣赏了明县令谷兰宗所作的《祝英台近·碧鲜岩》词，从而写下了这篇游记。史承豫，字衍存，清乾隆间宜兴人，善诗咏，与史承谦并称宜兴二史。有《苍雪斋诗文》《蒙溪诗话》《碧云亭杂录》。

本条影印件为清光绪辛卯（1891）刻本，存上海图书馆。

王锡祺（1855-1913），祖籍山西，落籍江苏清河（今淮安市清河区），字寿萱，别号瘦髯。清同治十一年（1872）秀才，捐刑部候补郎中。研究中外舆地之学，并亲赴日

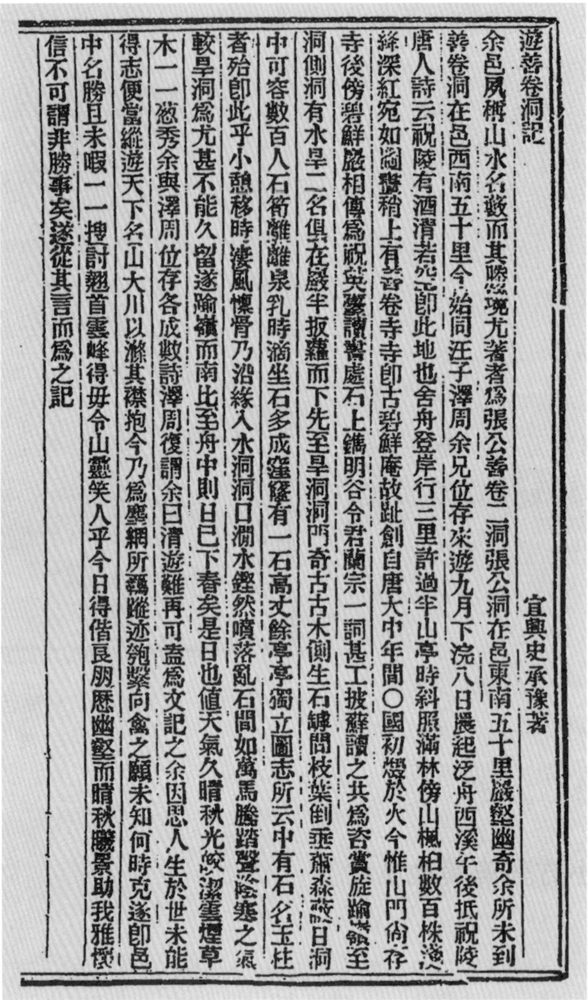

遊善卷洞記　宜興史承豫著

余邑夙稱山水名藪而其璘瓅尤著者爲張公善卷二洞張公洞在邑東南五十里巖壑幽奇余所未到善卷洞在邑西南五十里今始同汪子澤周余兄位存來遊九月下浣八日晨起泛舟西溪午後抵祝陵唐人詩云祝陵有酒清若空即此地也舍舟登岸行三里許過半山亭時斜照滿林傍山楓柏數百株遂以絲深紅宛如剪纈稍上有其善卷寺寺即古碧鮮庵故址創自唐大中年間○國初燬於火今惟山門尚存寺後傍碧鮮巖相傳爲祝英臺讀書處石上鐫明谷令君蘭宗一詞甚工披蘚讀之共爲咨賞旋踰嶺至洞側洞有水旱二名俱在巖半披蘿而下先至旱洞洞門奇古古木側生石罅間枝葉倒垂蕭森蔽日洞中可容數百人石筍離離泉乳時滴坐石多成窪罅有一石高丈餘亭亭獨立圖志所云中有石名玉柱者殆即此乎小憩移時凄風慄骨乃沿緣入水洞洞口瀾水鏗然噴落亂石間如萬馬騰踏聲陰寒之氣較旱洞爲尤甚不能久留遂踰嶺而南比至舟中則日已下春矣是日也值天氣久晴秋光皎潔雲煙草木一一葱秀余與澤周位存各成數詩澤周復謂余曰清遊難再可盍爲文記之余因思人生於世未能得志便當縱遊天下名山大川以滌其襟抱今乃爲塵網所羈蹤迹殆繫向禽之願未知何時克遂即邑中名勝且未暇一一搜討翹首雲峰得毋令山靈笑人乎今日得偕良朋歷幽壑而晴秋勝景助我雅懷信不可謂非勝事矣遂從其言而爲之記

图187–清112　小方壶斋舆地丛钞

本考察。其书斋名“小方壶斋”，有《方舆诸山考》《中俄交界记》，辑《小方壶斋舆地丛钞》。

（188–清113）《粟香四笔》

《粟香四笔》为清金武祥所撰，是书“卷二”称：“小说家艳称梁山伯祝英台事，而未知所本。《山堂肆考》亦以俗传蝶乃梁祝之魂为不可晓。余阅《宜兴荆溪新志》，载邵金彪《祝英台小传》云：祝英台，小字九娘，上虞富家女，生无兄弟，才貌双绝。父母欲为择偶，英台曰：儿当出外游学，得贤士事之耳。因易男装，改称九官，遇会稽梁山伯亦游学，遂与偕至义兴善权山之碧鲜岩筑庵读书。同居同宿三年，而梁不知为女子。临别梁，约曰，某月日可相访，将告父母，以妹妻君，实则以身许之也。梁自以家贫，羞涩畏行，遂至愆期。父母以英台字马氏子。后梁为鄞令，过祝家，询九官。家僮曰：吾家但有九娘，无九官也。梁惊悟，以同学之谊乞一见。英台罗扇遮面出，侧身一揖而已。梁悔念成疾，卒，遗言葬清道山下。明年，英台将归马氏，命舟子迂道过其处，至则风涛大作，舟遂停泊。英台乃造梁墓前失声恸哭，地忽开裂，堕入茔中，绣裙绮襦，化蝶飞去。丞相谢安闻其事，于朝请封为义妇。此东晋永和时事也。齐和帝时，梁复显灵异，助战有功，有司为立庙于鄞，合祀梁祝。其读书宅称碧鲜庵，齐建元间改为善权寺。今寺后有石刻，大书祝英台读书处。寺前里许，村名祝陵。山中杜鹃花发时，辄有大蝶双飞不散，俗传是两人之精魂。今称大彩蝶尚谓祝英台云。明杨守阯《碧鲜坛》诗：缇萦赎父刑，木兰替耶征。婉娈女儿质，慷慨男儿情。淳于不生男，木兰无长兄。事缘不得已，乃留千古名。英台亦何事，诡服违常经？班昭岂不学，何必男儿朋？贞女择所归，必待六礼成。苟焉殉同学，一死鸿毛轻。悠悠稗官语，有无不可征。有之宁不愧，木兰与缇萦。荒哉读书坛，宿草含春荣。双双蝴蝶飞，两两花枝横。彼美康节翁，小车花外行。一笑拂衣去，南山松柏青。”

“宜兴旧志又载明邑令谷兰宗《祝英台近》词云：草垂裳，花带靥，春笋细如箸。窈窕岩扉，苔印读书处。看他墨洒烟云，光流霞绮，更谁伴儒妆容与？　　无尘虑，恰有同学仙郎，窗前寄冰语。芝砌兰阶，便作洞房觑。只今音杳青鸾，穴空丹凤，但蝴蝶满园飞去。”

“吴骞《桃溪客语》云：梁祝事，见于前载者凡数处。《宁波府志》云：梁山伯，

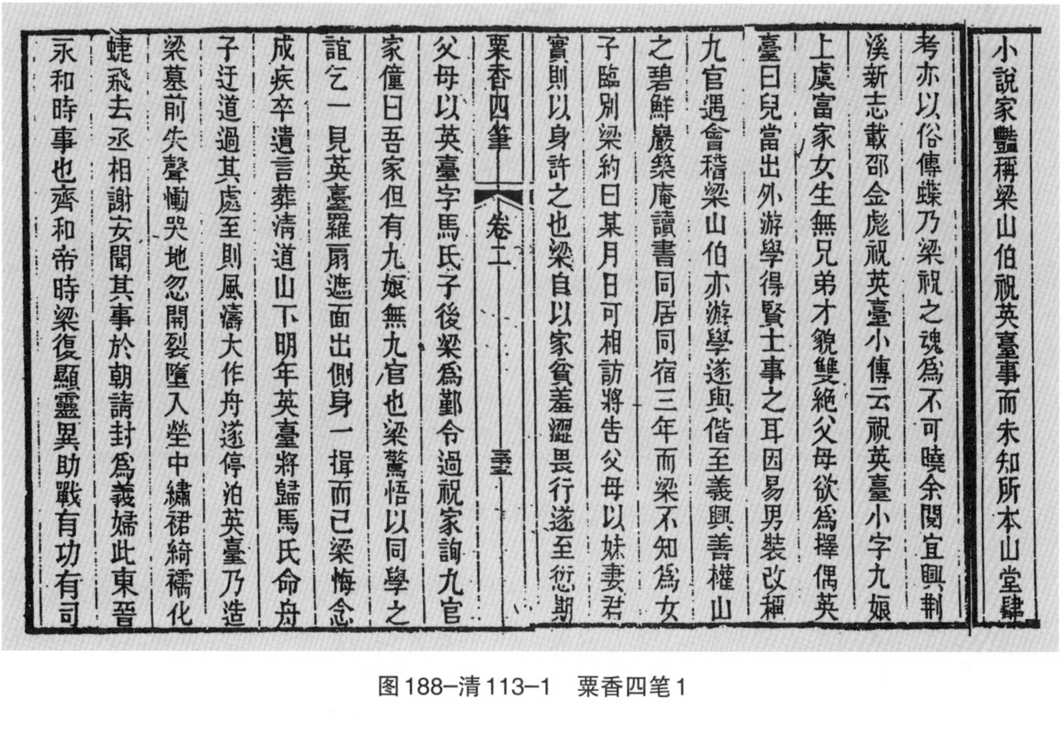

小說家豔稱梁山伯祝英臺事而未知所本山堂肆考亦以俗傳蝶乃梁祝之魂爲不可曉余閱宜興荆溪新志載邵金彪祝英臺小傳云祝英臺小字九娘上虞富家女生無兄弟才貌雙絶父母欲爲擇偶英臺曰兒當出外游學得賢士事之耳因易男裝改稱九官遇會稽梁山伯亦游學遂與偕至義興善權山之碧鮮巖築庵讀書同居同宿三年而梁不知爲女子臨別梁約曰某月日可相訪將告父母以妹妻君實則以身許之也梁自以家貧羞澀畏行遂至愆期

粟香四筆　卷十一

父母以英臺字馬氏子後梁爲鄞令過祝家詢九官家僮曰吾家但有九娘無九官也梁驚悟以同學之誼乞一見英臺羅扇遮面出側身一揖而已梁悔念成疾卒遺言葬清道山下明年英臺將歸馬氏命舟子迂道過其處至則風濤大作舟遂停泊英臺乃造梁墓前失聲慟哭地忽開裂墮入塋中繡裙綺襦化蝶飛去丞相謝安聞其事於朝請封爲義婦此東晉永和時事也齊和帝時梁復顯靈異助戰有功有司

图188–清113–1　粟香四笔1

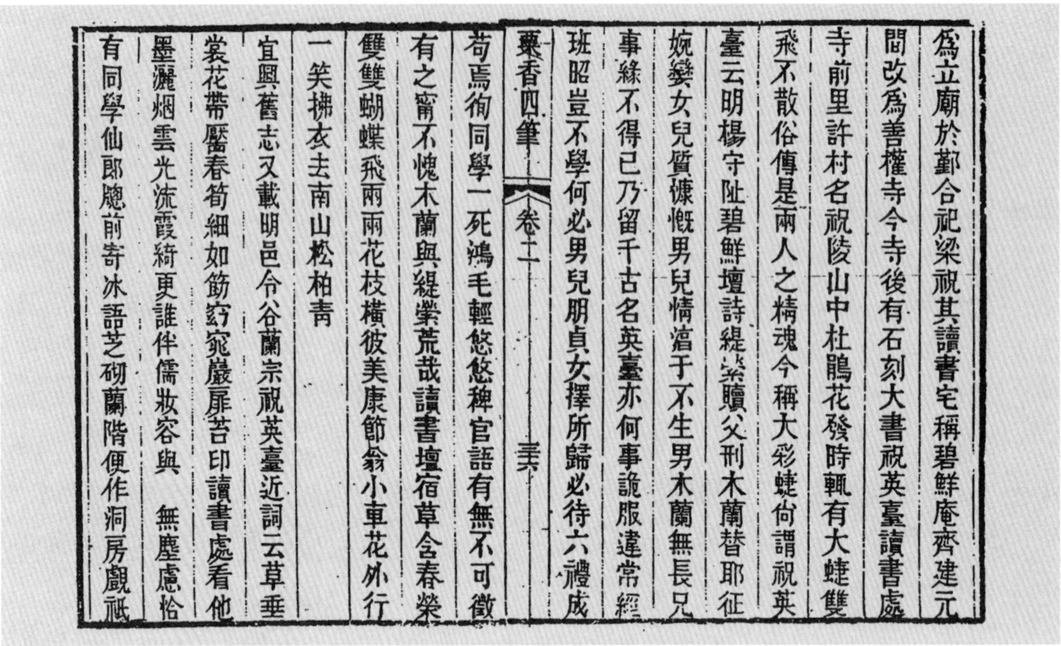
爲立廟於鄞合祀梁祝其讀書宅稱碧鮮庵齊建元
間改爲善權寺今寺後有石刻大書祝英臺讀書處
寺前里許村名祝陵山中杜鵑花發時輒有大蝶雙
飛不散俗傳是兩人之精魂今稱大彩蝶尙謂祝英
臺云明楊守阯碧鮮壇詩緹縈贖父刑木蘭替耶征
婉孌女兒質慷慨男兒情淳于不生男木蘭無長兄
事緣不得已乃留千古名英臺亦何事詭服違常經
班昭豈不學何必男兒朋貞女擇所歸必待六禮成
粟香四筆　卷二　三六
苟焉徇同學一死鴻毛輕悠悠稗官語有無不可徵
有之甯不愧木蘭與緹縈荒哉讀書壇宿草含春榮
雙雙蝴蝶飛兩兩花枝横彼美康節翁小車花外行
一笑拂衣去南山松柏青
宜興舊志又載明邑令谷蘭宗祝英臺近詞云草垂
裳花帶靨春筍細如筋窈窕巖扉苔印讀書處看他
墨灑烟雲光流霞綺更誰伴儒妝容與　無塵處恰
有同學仙郎牕前寄冰語芝砌蘭階便作洞房覷祇

图188–清113–2　粟香四笔2

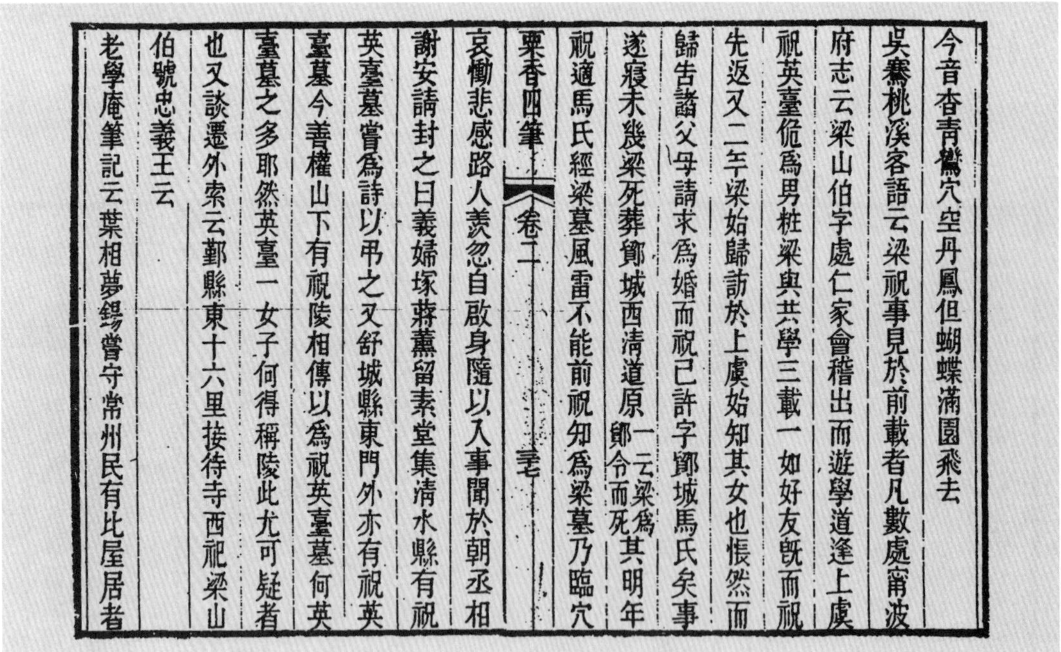
今音杳青鸞穴空丹鳳但蝴蝶滿園飛去
吳騫桃溪客語云梁祝事見於前載者凡數處甯波
府志云梁山伯字處仁家會稽出而遊學道逢上虞
祝英臺佹爲男粧梁與共學三載一如好友既而祝
先返又二年梁始歸訪於上虞始知其女也悵然而
歸告諸父母請求爲婚而祝已許字鄮城馬氏矣事
遂寢未幾梁死葬鄮城西清道原一云梁爲鄮令而死其明年
祝適馬氏經梁墓風雷不能前祝知爲梁墓乃臨穴
粟香四筆　卷二　三七
哀慟悲感路人羨忽自啟身隨以入事聞於朝丞相
謝安請封之曰義婦塚蔣薰留素堂集清水縣有祝
英臺墓嘗爲詩以弔之又舒城縣東門外亦有祝英
臺墓今善權山下有祝陵相傳以爲祝英臺墓何英
臺墓之多耶然英臺一女子何得稱陵此尤可疑者
也又談遷外索云鄞縣東十六里接待寺西祀梁山
伯號忠義王云
老學庵筆記云葉相夢錫嘗守常州民有比屋居者

图188–清113–3　粟香四笔3

字处仁，家会稽，出而游学，道逢上虞祝英台诡为男妆。梁与共学三载，一如好友。既而，祝先返。又二年，梁始归，访于上虞，始知其女也，怅然而归，告诸父母，请求为婚。而祝已许字鄮城马氏矣，事遂寝。未几，梁死葬鄮城西清道原（一云梁为鄮令而

(三)明清晚期　梁祝记载

死)。其明年,祝适马氏,经梁墓,风雷不能前。祝知为梁墓,乃临穴哀恸,悲感路人,羡忽自启,身随以入。事闻于朝,丞相谢安请封之曰'义妇冢'。蒋薰《留素堂集》:清水县有祝英台墓,尝为诗以吊之。又,舒城县东门外亦有祝英台墓。今善权山下有祝陵,相传以为祝英台墓。何英台墓之多耶?然英台一女子,何得称陵?此尤可疑者也。又,谈迁《外索》云,鄞县东十六里接待寺西祀梁山伯,号忠义王云。"

此载集中收录了[光绪]《宜兴荆溪县新志》、[嘉庆]《重刊宜兴县旧志》和吴骞《桃溪客语》等关于"梁祝"的记载,涉及江苏宜兴、浙江宁波、甘肃清水、安徽舒城等地的记载、遗址与传说。其中鄞县"东十六里"祀梁山伯和梁山伯封"忠义王",有误。

以上影印件为上海辞书出版社图书馆藏清光绪辛卯(1891)刻本,见《续修四库全书》。

金武祥(1841—1925),清末江苏江阴人,字溎生,号粟香,一号陶庐。官广东盐运司运同,署赤溪直隶厅同知,丁忧归,不复出。有《芙蓉江上草堂诗稿》《粟香室文稿》《粟香随笔》等。

(189-清114)[光绪]《上虞县志》

[光绪]《上虞县志》为清唐煦春所修、朱士黻纂,光绪十七年(1891)刊行。该志"卷四十·杂志三·轶事·晋""梁山伯"条,称:"梁山伯,字处仁,家会稽。少游学,道逢祝氏子,同往肄业三年。祝先返。后三年,山伯方归,访之上虞,始知祝女子也,名曰英台。山伯怅然归,告父母求姻,时祝已许鄮城马氏,弗遂。山伯后为鄞令,婴疾弗起,遗命葬于鄮城西清道原。明年,祝适马氏,舟经墓所,风涛不能前。英台闻有山伯墓,临冢哀恸,地裂而埋璧焉。马言之官,事闻于朝,丞相谢安奏封义妇冢(宁波府志)。"

光绪志此记乃因袭明万历、清康熙《上虞县志》,因嘉庆十六年(1811)崔鸣玉所修的《上虞县志》中,并无"梁祝"记载。此记与万历志、康熙志核对,有两处不同:一是"名英台"改为"名曰英台";二是"官闻于朝",改为"马言之官,事闻于朝"。

本条影印件为清光绪十七年(1891)刻本,存上海图书馆,台湾成文出版社《中国方志丛书》亦有收录。

唐煦春,清江西德化(今江西九江县)人,号师竹。咸丰乙卯(1855)优贡,同治甲子(1864)补行。光绪二年(1876)知上虞县事,五年调任山阴,七年复知上虞,十一年又去,十二年又返知上虞,直至十八年(1892)去任。

朱士黻,清浙江上虞人,原名裳。光绪二年(1876)举人,十二年(1886)进士。后改名士黻。纂志时为截取知县。

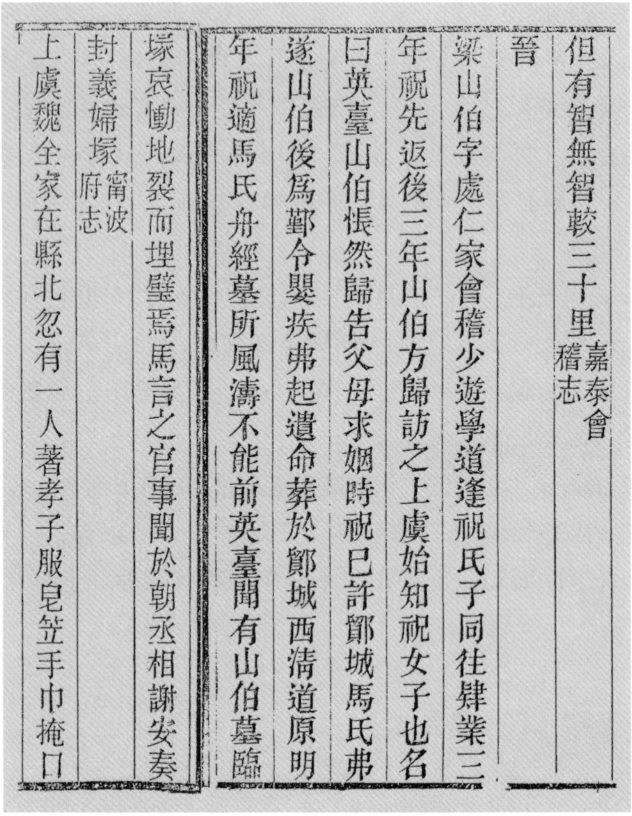

> 晉
>
> 梁山伯字處仁，家會稽，少遊學，道逢祝氏子同往肄業三年，祝先返。後三年，山伯方歸訪之，上虞始知祝女子也，名曰英臺。山伯悵然，歸告父母求姻時，祝已許鄞城馬氏弗遂。山伯後為鄞令，嬰疾弗起，遺命葬於鄞城西清道原。明年，祝適馬氏，舟經墓所，風濤不能前。英臺聞有山伯墓，臨塚哀慟，地裂而埋璧焉。馬言之官，事聞於朝，丞相謝安奏封義婦塚。寧波府志
>
> 上虞魏全家在縣北，忽有一人著孝子服，皁笠，手巾掩口

> 但有智無智較三十里
>
> 嘉泰會稽志

图189—清114 光绪上虞县志

（190—清115）《茶香室四钞》

《茶香室四钞》为清俞樾所撰。是书"卷三""梁山伯祝英台"条称："国朝金武祥《粟香四笔》云：小说家艳称梁山伯祝英台事，而未知所出。《山堂肆考》亦以为俗传蝶乃梁祝之魂为不可晓。余阅《宜兴荆溪新志》，载邵金彪《祝英台小传》云：祝英台，小字九娘，上虞富家女，生无兄弟，才貌双绝。父母欲为择偶，英台曰：儿当出外游学，得贤士事之耳。因易男装，改称九官，遇会稽梁山伯，遂偕至义兴善权山之碧鲜岩筑庵读书。同居同宿三年，而梁不知为女子。临别梁，约曰，某月日可相访，将告父母，以妹妻君，实则以身许之也。梁自以家贫，羞涩畏行，遂至愆期。父母以英台字马氏。后梁为鄞令，过祝家，询九官。家僮曰：吾家但有九娘，无九官也。梁惊悟，以同学之谊乞一见。英台罗扇遮面出，一揖而已。梁悔念成疾，卒，遗言葬清道山下。明年，英台将归马氏，命舟子迂道过其处，至则风涛大作，舟遂停泊。英台乃造梁墓前失声恸哭，地忽开裂，堕入茔中，绣裙绮襦，化蝶飞去。丞相谢安闻其事，于朝请封为义妇。此东晋永和时事也。齐和帝时，梁复显灵异，助战有功，有司为立庙于鄞，合祀梁祝。其读书宅称碧鲜庵，齐建元间改为善权寺。今寺后有石刻，大书祝英台读书处。寺

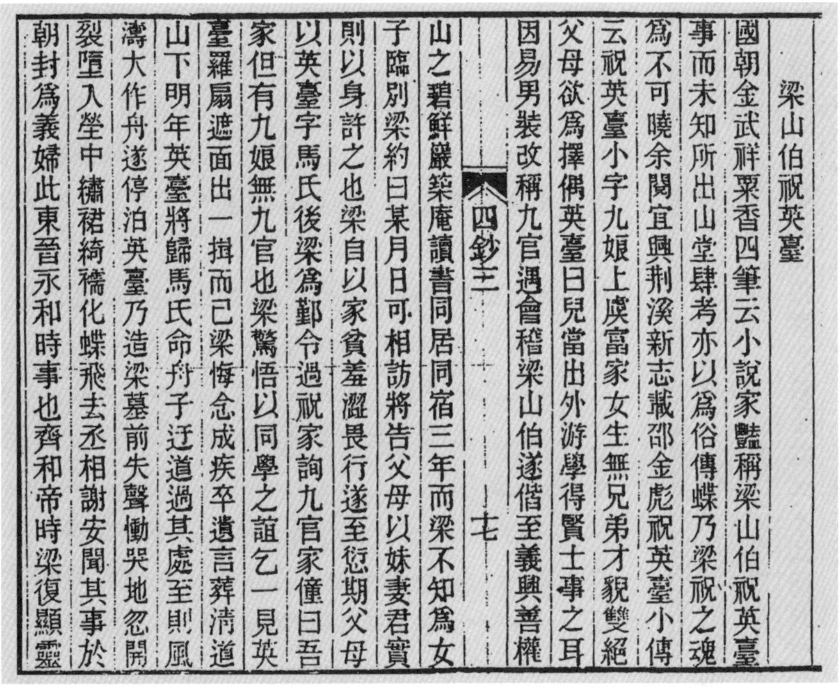

（三）明清晚期　梁祝記載

茶香室四鈔 1

梁山伯祝英臺

國朝金武祥粟香四筆云小說家豔稱梁山伯祝英臺事而未知所出山堂肆考亦以為俗傳蝶乃梁祝之魂為不可曉余閱宜興荊溪新志載鄔金彪祝英臺雙小傳云祝英臺小字九娘上虞富家女生無兄弟才貌絕倫父母欲為擇偶英臺曰兒當出外遊學得賢士事之耳因易男裝改稱九官過會稽梁山伯遂偕至義興善權山之碧鮮巖築庵讀書同居同宿三年而梁不知為女子臨別梁約日某月日可相訪將告父母以妹妻君實則以身許之也梁自以家貧羞澀畏行遂至愆期父母以英臺字馬氏後梁為鄞令過祝家詢九官一見吾家但有九娘無九官也梁驚悟以同學之誼乞一見英臺羅扇遮面出一揖而已梁悔念成疾卒遺言葬清道山下明年英臺將歸馬氏命舟迂道過其處忽風濤大作舟遂停泊英臺乃造梁墓前失聲慟哭地忽開裂墮入塋中繡裙綺襦化蝶飛去丞相謝安聞其事於朝封為義婦此東晉永和時事也齊和帝時梁復顯靈

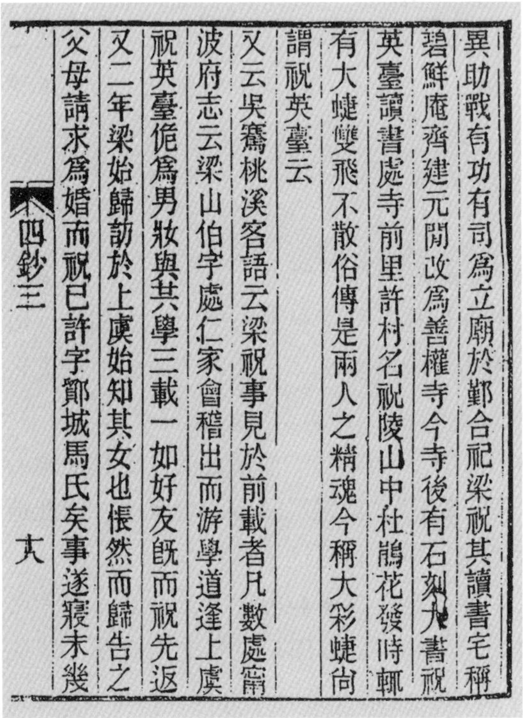

茶香室四鈔 3

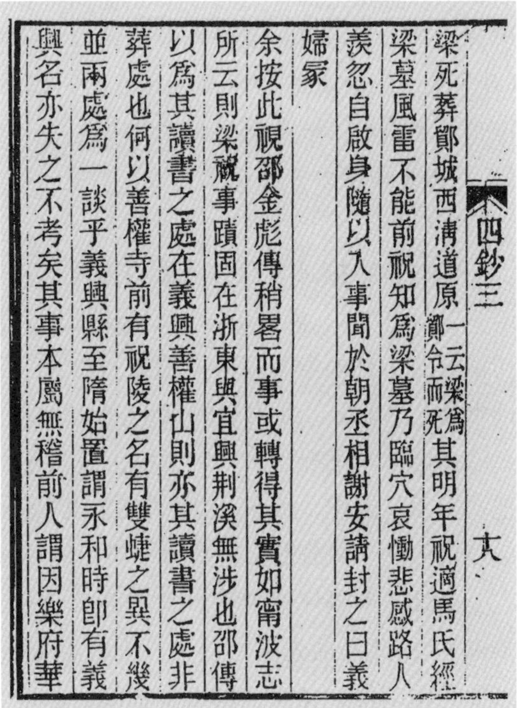

梁死葬鄞城西清道原鄞令而死其明年祝適馬氏經梁墓風雷不能前祝知為梁墓乃臨穴哀慟悲感路人羨忽自啟身隨以入事聞於朝丞相謝安請封之曰義婦冢

余按此祝梁邵金彪傳事稍異而事或轉得其實如甯波志所云則梁祝事蹟固在浙東與宜興荊溪邵傳以為其讀書之處在義興善權山則亦祝陵之異不幾葬處也何以善權寺前有祝陵之名有雙蝶之異不幾並兩處為一談乎義興縣至隋始置謂永和時即有義興名亦失之不考矣其事本屬無稽前人謂因樂府華

茶香室四鈔 2

異助戰有功有司為立廟於鄞合祀梁祝其讀書宅碧鮮庵齊建元間改為善權寺今寺後有石刻大書祝英臺讀書處齊建元間改為善權寺今寺後有石刻大書祝英臺讀書處
謂祝英臺云
又云吳騫桃溪客語云梁山伯字處仁家會稽出而游學道逢上虞
祝英臺佹為男妝與其學三載一如好友既而祝先告之
父母請求為婚而祝已許字鄞城馬氏矣事遂寢未幾
又二年梁始歸勸於上虞訪祝已許字鄞城馬氏矣事遂寢未幾

图190—清115-1　茶香室四鈔1

图190—清115-2　茶香室四鈔2

图190—清115-3　茶香室四鈔3

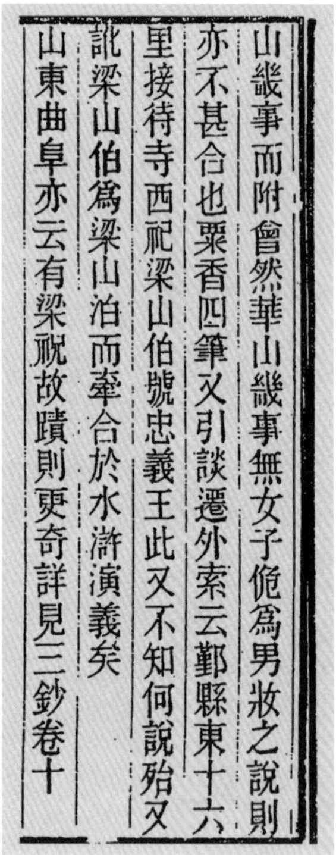
山畿事而附會然華山畿事無女子佹爲男妝之說則
亦不甚合也粟香四筆又引談遷外索云鄞縣東十六
里接待寺西祀梁山伯號忠義王此又不知何說殆又
訛梁山伯爲梁山泊而牽合於水滸演義矣
山東曲阜亦云有梁祝故蹟則更奇詳見三鈔卷十

图190–清115–4　茶香室四钞4

前里许，村名祝陵。山中杜鹃花发时，辄有大蝶双飞不散，俗传是两人之精魂。今称大彩蝶尚谓祝英台云。”

“又云吴骞《桃溪客语》云：梁祝事，见于前载者凡数处。《宁波府志》云：梁山伯，字处仁，家会稽，出而游学，道逢上虞祝英台诡为男妆。与共学三载，一如好友。既而，祝先返。又二年，梁始归，访于上虞，始知其女也，怅然而归，告之父母，请求为婚。而祝已许字鄮城马氏矣，事遂寝。未几，梁死葬鄮城西清道原（一云梁为鄮令而死）。其明年，祝适马氏，经梁墓，风雷不能前。祝知为梁墓，乃临穴哀恸，悲感路人，羡忽自启，身随以入。事闻于朝，丞相谢安请封之曰‘义妇冢’。”

“余按，此视邵金彪传稍略，而事或转得其实。如宁波府志所云，则梁祝事迹固在浙东，与宜兴荆溪无涉也。邵传以为其读书之处在义兴善权山，则亦其读书之处非葬处也。何以善权寺前有祝陵之名、有双蝶之异？不几并两处为一谈乎？义兴县至隋始置，谓永和时即有义兴名，亦失之不考矣。其事本属无稽，前人谓因乐府《华山畿》事而附会。然《华山畿》事，无女子诡为男妆之说，则亦不甚合也。《粟香四笔》又引谈迁《外索》云：鄞县东十六里接待寺西，祀梁山伯，号忠义王，此又不知何说？殆又讹梁山伯为梁山泊，而牵合于水浒演义矣。”

“山东曲阜亦云有梁祝古迹，则更奇。详见《三钞》卷十。”

俞樾该条摘录金武祥《粟香四笔》中关于邵金彪《祝英台小传》与吴骞《桃溪客语》“梁祝同学”的部分，并根据明田艺蘅《留青日札》称梁祝事与华山畿女相类、清初谈迁《枣林外索》记梁山伯为“忠义王”、张岱《陶庵梦忆》记孔庙“梁山伯祝英台读书处”书匾等，所发表的议论。

俞樾称“梁祝”事本属无稽，盖明人因《华山畿》而附会。而谈迁的《枣林外索》，把“鄞西”误作“鄞东”，把“义忠王”误作“忠义王”，后来吴骞也跟着征引，因此造成以讹传讹。而俞樾又把其与“梁山泊”联系起来，则扯得更远了。

另外，俞樾评论中称：“义兴县至隋始置，（邵金彪）谓永和时即有义兴名，亦失之不考矣。”此乃俞先生之误也。因晋惠帝永兴元年（304），以周玘三兴义兵有功，置义兴郡，辖阳羡、义乡、国山、临津、永世、平陵六县。隋文帝开皇九年（589）废义兴郡，改阳羡县为义兴县，以义乡、国山、临津入之。至宋太平兴国元年（976），因避赵光义讳，方改作宜兴县。而祝英台的故宅与读书处均在当时的义兴郡国山县，故邵氏所称"至义兴善权山之碧鲜岩筑庵读书",并无不可,倒是俞先生把"义兴郡"与"义兴县"搞混了。

以上影印件为清光绪二十五年(1899)刻《春在堂全书》本,见《续修四库全书》。

(191-清116) [光绪]《嘉兴县志》

[光绪]《嘉兴县志》为清赵唯崳所修,光绪十七年(1891)刊行。该志"卷十六·物产·虫类""蝶"条称:"蝶,有黄、白二种,又有米麦色细蝶,其种类甚多。梁山伯,大而黑色,有红白点相杂(汤志)……"该志"蝶"条所载与[嘉庆]《嘉兴县志》基本相同,仅"汤志"二字调至文后作注以及"深树中先生首步检讨近体四首原韵为倡,和者亦数十人"中"倡"改为"唱"。

嘉兴的府、县志始载"梁山伯蝶",应始自明末。因清嘉庆、光绪《嘉兴县志》所载"梁山伯蝶"均征自"汤志"。汤志为明天启四年最早的《嘉兴县志》,由县令汤齐(字齐贤)创修,然该志惜未得见,不知国内是否有存。笔者查阅明弘治五年、正德七年、万历三十八年《嘉兴府志》,均无"梁山伯蝶"的记载,故该条应始出天启四年的汤志无疑。

此影印件为清光绪十七年(1891)刻本,见《中国地方志集成/浙江府县志辑》,台湾成文出版社《中国方志丛书》亦有收录。

赵唯崳,生卒不详,清代南丰(属江西)人,监生,光绪十六年任嘉兴知县。

图191-清116 光绪嘉兴县志

(192-清117)《运甓斋诗稿续编》

《运甓斋诗稿续编》为清陈劢所撰,光绪二十年甲午(1894)刊行。是书"卷三"

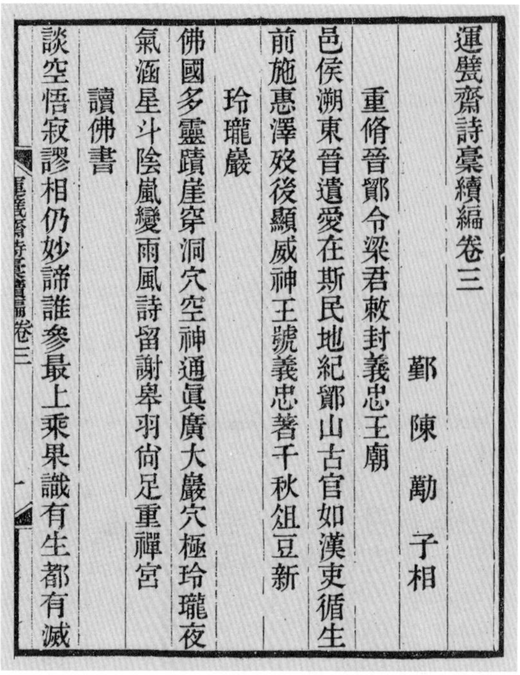
運甓齋詩稾續編卷三

鄞 陳勱 子相

重脩晉鄮令梁君敕封義忠王廟

邑侯溯東晉遺愛在斯民地紀鄮山古官如漢吏循生
前施惠澤歿後顯威神王號義忠著千秋俎豆新

玲瓏巖

佛國多靈蹟崖穿洞穴空神通眞廣大巖穴極玲瓏夜
氣涵星斗陰嵐變雨風詩留謝皋羽尙足重禪宮

讀佛書

談空悟寂謬相仍妙諦誰參最上乘果識有生都有滅

運甓齋詩稾續編卷三　一

图192–清117　运甓斋诗稿

收录《重修晋鄮令梁君敕封义忠王庙》一首，云：

> 邑侯溯东晋，遗爱在斯民。
> 地纪鄮山古，官如汉吏循。
> 生前施惠泽，殁后显威神。
> 王号义忠著，千秋俎豆新。

据钱南扬上世纪二十年代的考察，宁波义忠王庙曾于清同治十三年（1874）重修，庙内刻有陈劢记录该次修缮情况的文字。该诗颂赞梁山伯生前施惠泽、爱子民，死后显神威、封义忠的事迹。

此影印件为清光绪二十年（1894）刻本，存上海图书馆。

陈劢（1805—1893），清浙江鄞县人，字子相，号咏桥，别号甬上闲叟等。道光十七年（1837）拔贡，廷试第二，授广西知县，以母老乞归。《运甓斋诗稿》撰于光绪十年甲申（1884），光绪二十年甲午（1894）增刻《运甓斋诗稿续编》。

（193–清118）《镜水堂诗草》

《镜水堂诗草》为清王定洋所撰，光绪甲午（1894）刊行。是书“游戏草”收录《四明竹枝词一百首·县观风》咏宁波历史上忠、孝、节、义、道学、文章等100例经典，其中第五首“义”咏浙东梁祝：

> 梁山伯庙去烧香，来拜多情祝九娘。
> 少年夫妻双许愿，不为蝴蝶即鸳鸯。

该诗用直白的语言歌颂祝英台以身殉情的义举，反映了清末鄞县地区，夫妻双双参加梁山伯庙会，共同许愿，祈求生作鸳鸯、死化蝴蝶，双宿双飞，永不分离的民俗风情。

原诗据有注：“义。会稽梁山伯、上虞祝九娘同学于钱塘，梁不知祝为女子。后梁为鄮令，卒葬江滨。祝适马氏，舟过墓而风作，祝祭其墓，墓裂而埋玉焉。事闻于朝，晋丞相谢安奏封义妇冢。”该记与《义忠王庙记》相吻，应是按照庙内《义忠王庙记》

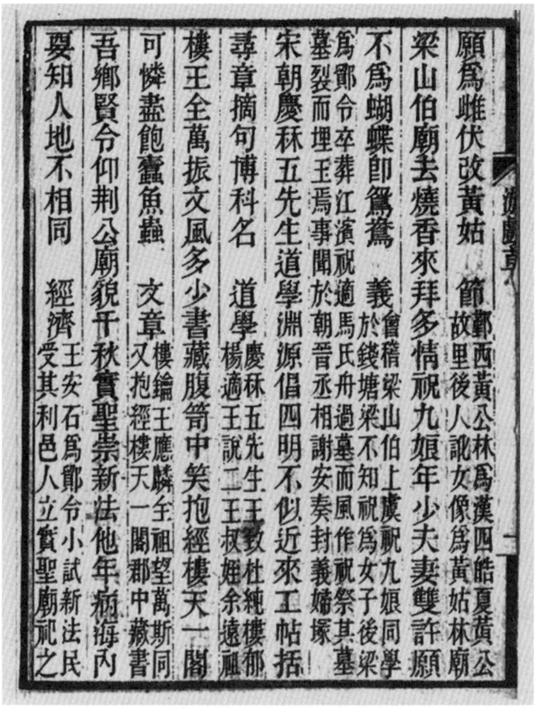
願爲雌伏改黃姑　節（鄞西黃公林爲漢四皓夏黃公故里後人訛女像爲黃姑林廟）
梁山伯廟去燒香來拜多情祝九娘年少夫妻雙許願
不爲蝴蝶即鴛鴦　義（會稽梁山伯上虞祝九娘同學於錢塘梁不知祝爲女子後梁爲鄞令卒葬江濱祝適馬氏舟過墓而風作祝祭其墓墓裂而埋焉事聞於朝晉丞相謝安奏封義婦冢）
宋朝慶秝五先生道學淵源倡四明不似近來工帖括
尋章摘句博科名　道學（慶秝五先生王致杜純樓郁楊適王說二王叔姪余遠祖）
樓王全萬振文風多少書藏腹笥中笑抱經樓天一閣
可憐盡飽蠹魚蟲　文章（樓鑰王應麟全祖望萬斯同又抱經樓天一閣郡中藏書）
吾鄉賢令仰荆公廟貌千秋實聖崇新法他年病海內
要知人地不相同　經濟（王安石爲鄞令小試新法民受其利邑人立實聖廟祀之）

图193–清118　镜水堂诗草

碑刻记录的。

此影印件为清光绪甲午（1894）刻本，存上海图书馆。中国国家图书馆亦有藏。

王定洋，生卒不详，清末浙江鄞县人，字廷扬。有《镜水堂诗草》。

（194–清119）《菽园赘谈》

《菽园赘谈》为清邱炜萲所撰，光绪丁酉（1897）成书。该书“卷之二”“祝英台”条称：“祝英台。词曲中有‘祝英台近’牌名，亦曰‘祝英台’。后人遂附会祝英台为良家子，伪为男服，出外游学，与同砚生梁山伯共枕席者三年，虽心悦之，终以礼自持，能以智自卫，故梁不知其为女。他日归，以实告，且约梁速来家求婚。梁逾期至，父母已许字他姓，梁懊恨成疾死。及婚，路过梁墓，感旧伤情，一恸而绝。或演为传奇，或歌为下里，文皆少异，事实从同，唯不见纪载，殊不足徵。有人言曾过舒城县梅心驿，道旁石碣上大书曰：梁山伯祝英台之墓。近村居民百余家，半是祝姓。岂即当年所营鸳冢耶？不可知矣。”

本条影印件为清光绪丙申（1899）铅印本，存上海图书馆。

邱炜萲（1884—1941），福建海澄县（今厦门海沧区）人。原名德馨，字湲娱，号菽园居士，别号绣原、啸红生，晚年自号星洲寓公。光绪二十年（1894）举人。后返回新加坡继承遗产，支持康梁变法。有《菽园赘谈》《啸红诗集》《五百石洞天挥尘》等。

"舒城梁祝"，方志无载。最早见于清乾隆五十三年（1788）吴骞《桃溪客语》，其"梁祝同学"条称："又，舒城县东门外亦有祝英台墓。"后光绪十七年（1891）金武祥《粟香四笔》"梁山伯祝英台"条引吴骞《桃溪客语》记之。邱炜萲所记，是在听到别人说起舒城梅心驿有梁祝墓以及相关传说后所作的笔记，并非亲眼所见。

笔者于2015年5月赴舒城考察：县东南偏南24里南岗镇有祝氏大村；又南7里有向山村梁桥村民组，村里原来有座梁山伯庙，后为私人购得，改建成民居，但房梁仍为庙内之物。一条小河穿村而过，不远处有桥曰梁桥，或称草桥，后因建206国道被拆掉重建，现为公路桥。站在梁庙后，可见3里处的马家庄。离村百余米，有一大土墩，相传为梁山伯祝英台墓址，

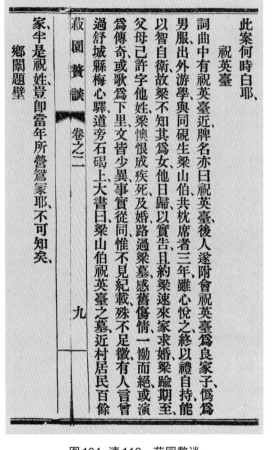

图194-清119　菽园赘谈

学大寨时被铲平为稻场，现被辟为菜地。昔日记载中的梁祝墓碑现已湮灭。梅心驿在南岗镇东南的舒茶镇，原来有个驿站。舒茶镇有座花梨山，山中曾有花梨书院，相传梁祝就在此读书。由于梅心驿离南岗20里，故有十八相送之说。90高龄的祝延华老人说，祝家庄认祝英台为远祖，曾在祝家大庄造了个绣楼，名叫"屏门阁"，1938年被鬼子烧毁。

查明万历八年、清康熙十二年、雍正九年、嘉庆十二年《舒城县志》以及光绪三十三年《续修舒城县志》，均无"梁祝"记载。据历代《舒城县志》，过去舒城曾有过宋龙眠书院，明明德书院、正学书院，清崇文书院、文昌书院、龙山书院、桃溪书院，并无花梨书院。又查当地《祝氏宗谱》、《梁氏宗谱》，均为明初迁入。

（195-清120）[光绪]《上虞县志校续》

[光绪]《上虞县志校续》为清储家藻所修、徐致靖纂，光绪二十四年（1898）刊

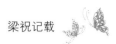

行。该志“卷四十一·轶事·晋”“梁山伯”条，因袭前志，记述了浙东的梁祝传说。称：“梁山伯，字处仁，家会稽，少游学。道逢祝氏子，同往肄业三年。祝先返。后三年，山伯方归，访之上虞，始知祝女子也，名曰英台。山伯怅然，归告父母求姻，时祝已许鄮城马氏，弗遂。山伯后为鄞令，婴疾弗起，遗命葬于鄮城西清道原。明年，祝适马氏，舟经墓所，风涛不得前。英台闻有山伯墓，临冢哀恸，地裂而埋璧焉。马言之官，事闻于朝，丞相谢安奏封义妇冢（宁波府志）。”此记与光绪十七年《上虞县志》对照，仅“风涛不能前”与“风涛不得前”一字之差。

此影印件为清光绪二十四年（1898）刻本，见《中国地方志集成/浙江府县志辑》。

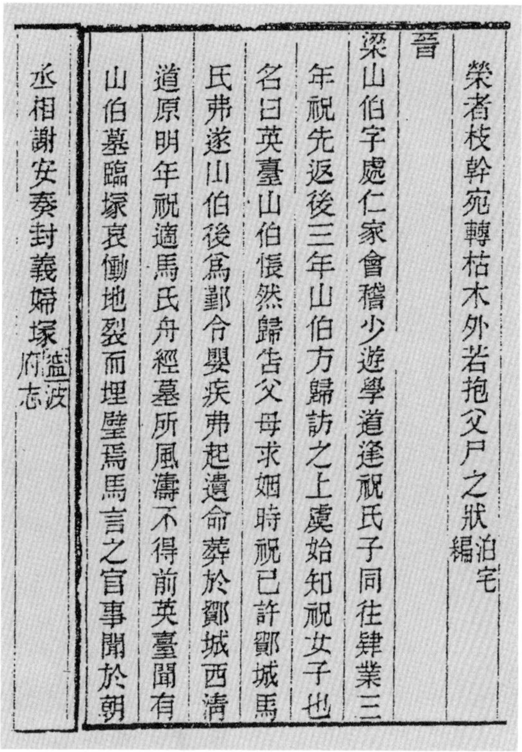
榮者枝幹宛轉枯木外若抱父尸之狀泊宅編
晉
梁山伯字處仁家會稽少遊學道逢祝氏子同往肄業三
年祝先返後三年山伯方歸訪之上虞始知祝女子也
名曰英臺山伯悵然歸告父母求姻時祝已許鄮城馬
氏弗遂山伯後爲鄞令嬰疾弗起遺命葬於鄮城西清
道原明年祝適馬氏舟經墓所風濤不得前英臺聞有
山伯墓臨塚哀慟地裂而埋璧焉馬言之官事聞於朝
丞相謝安奏封義婦塚寧波府志

图195–清120　光绪上虞县志校续

储家藻，清代江苏宜兴人，号仲璋。同治间为浙江巡抚左文襄幕，专事牍奏。光绪初，代理松阳县令，捐俸振兴书院，兴办教育，形成勤奋读书之风。十八年（1892）调知上虞，二十四年去任。

徐致靖（1844—1918），清末江苏宜兴人，字子静，自号仅叟。光绪二年（1876）进士，官至内阁学士。曾荐康、梁、谭，百日维新间擢礼部侍郎。戊戌后革职监禁，出狱后定居杭州。纂《上虞县志》，有《仅叟诗文》。

（196–清121）《甬东集》

《甬东集》是易顺鼎作于清光绪戊申（1908）的诗作，收录在《琴志楼诗集》“卷三”中，是年六月，易随释寄禅游天童、普陀诸胜，集为《甬东集》。其中收录《梁神君祝夫人庙神絃词二首》，《梁神君》云：

> 高冠兮切云，长剑兮倚虹。
> 荫羽葆兮持雕弓，出入阊阖兮乘长风。
> 生为神君兮，殁为鬼雄。

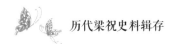

罗池兮柳神，秣陵兮蒋忠。
侯福民兮以岁丰，我慰侯兮侯毋恫。
如花之人兮双泪红，千秋万岁兮同幽宫。

《祝夫人》云：

蛱蝶兮相逐，鸳鸯兮共宿。
天上兮比翼，水中兮比目。
心铁石兮体金玉。
青陵台兮连理木，黄陵庙兮弹泪竹。
朱颜兮非夭，白头兮非福。
乘赤豹兮从文狸，荐春兰兮与秋菊。
神助侯兮为民福，我慰神兮神无哭。
如花之人兮两眉绿，千秋万岁兮同华屋。

梁神君祝夫人廟神絃詞二首

梁神君

高冠兮切雲，長劍兮倚虹。蔭羽葆兮持琱弓，出入閶闔兮乘長風。生爲神君兮，殁爲鬼雄。羅池兮柳神，秣陵兮蔣忠。侯福民兮以歲豐，我慰侯兮侯毋恫。如花之人兮雙淚紅，千秋萬歲兮同幽宫。

祝夫人

蛺蝶兮相逐，鴛鴦兮共宿。天上兮比翼，水中兮比目。心鐵石兮體金玉，青陵臺兮連理木。黄陵廟兮彈淚竹。朱顔兮非夭，白頭兮非福。乘赤豹兮從文貍，薦春蘭兮與秋菊。神助侯兮爲民福，我慰神兮神無哭。如花之人兮兩眉緑，千秋萬歲兮同華屋。

按：梁山伯、祝英臺事，本不經。然余少時嘗閲某家筆記，有謝太傅表章梁祝事，不記其出於何書。閩寧波城外有祠墓，亟往訪之，則祠碑紀載頗詳。稱梁在簡文時以孝廉官鄮令，殁後尚以神兵助劉裕平鄮寇。以此證之某筆記所云謝太傅時代，正合其事，非妄矣。此事與蔣帝略同，乃作兩歌以侑。

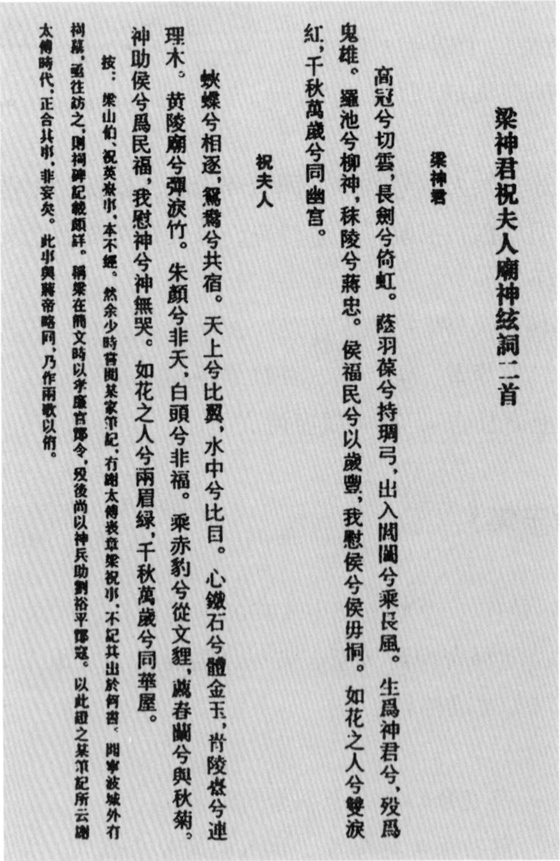

图196–清121　甬东集

原词有注:"梁山伯、祝英台事,本不经。然余少时尝阅某家笔记,有谢太傅表章梁祝事,不记其出于何书,闻宁波城外有祠墓,亟往访之,则祠碑记载颇详。称梁在简文时以孝廉官鄞令,殁后尚以神兵助刘裕平鄞寇,以此证之某笔记所云谢太傅时代,正合其事,非妄矣。此事与蒋帝略同,乃作两歌以侑。"

《梁神君》歌以柳宗元惠政于民,立庙罗池以及秣陵尉蒋歆杀寇身亡,立庙于钟山(蒋山),显灵福民的典故比喻梁山伯爱民的胸怀与灵异。《祝夫人》以青陵台韩凭妻化蝶、黄陵庙帝子洒泪之典形容在天比翼、在水比目的纯真爱情。两歌重点不一,结尾却相互呼应,成为了鸳鸯之作。

本条影印件见2004年上海古籍出版社出版的《琴志楼诗集》。

易顺鼎(1858—1920),清末湖南龙阳(今属常德市)人,字实甫,号忏绮斋,晚号哭庵等。光绪元年(1875)举人,曾主讲两湖书院经史,历官云南、广西、广东道台。袁世凯称帝后,任印铸局长。工诗对巧。有《琴志楼诗集》。

(197-清122)《艮园后集》

《艮园后集》为清江迥所撰,民国五年(1916)冬刊行。是书"卷四·末劫残生集二"收录《义妇冢》诗一首,云:

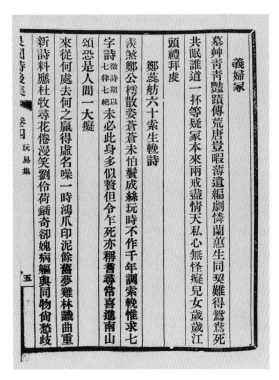

图197-清122

> 墓草青青艳迹传，荒唐岂暇薄遗编。
> 剧怜兰蕙生同契，难得鸳鸯死共眠。
> 谁道一抔等疑冢，本来两戒尽情天。
> 私心无怪痴儿女，岁岁江头礼拜虔。

诗人称梁祝艳迹虽然出自荒唐的传说，但他们生同契、死同眠的情节感动着众多的痴心男女，想求得永恒爱情的人们年年都要来此礼拜，以致诗人也不能去看轻和否定那些记载和传奇了。

本条影印件为民国五年（1916）刻本，藏上海图书馆。

江迥（1857—1936），清末浙江奉化人，字后村，一字五民，号艮园。光绪十四年（1888）举人，授文林郎。后任县立龙津学堂堂长、奉化教育会会长等，其所撰《艮园诗集》收录自丁丑（1877）至己酉（1909）的诗作，分别为《艮园诗集》四卷、《艮园后集》四卷。

（198-清123）《劳久杂记》

图198-清123 劳久杂记

（三）明清晚期　梁祝记载

《劳久杂记》为清末马廉卿所撰，惜未见原本，清末蒋瑞藻《小说考证》"卷九·梁山伯第一百九十七"中有相关引文。

《小说考证》之引文称："梁处仁，字山伯（一作讳山伯，字处仁），会稽人也。生于东晋穆帝永和壬子三月一日。幼惠聪，有奇智。长就学，笃好坟典。尝从名师过泉唐，道逢一士子，容止端伟，负笈担簦渡航，相与坐而问曰：子为谁？曰：姓祝，名贞，字信斋。曰：奚止？曰：上虞之乡。奚适？曰：师氏在迩。与之讨论旨奥，怡然相得。山伯乃曰：家山相连，余不敏，攀麟附翼，望不为异。于是乐然同往，肄业三年，祝思亲而先返。后二年，山伯亦归。省之上虞，访信斋，举无识者。一叟笑曰：我知之矣，善属文者，其祝氏九娘英台乎？踵门引见，诗酒而别。山伯怅然，始知其为女子也。退而慕其清白，告父母求姻。时英台已许鄮城（即今鄞县东乡）廊头马氏，弗克谐。山伯叹曰：生当封侯，死当庙食，区区何作论也。后简文帝举贤良，郡以山伯应，诏为鄮令（一作鄞令），婴疾弗瘳，遗属侍人曰：鄮西清道源九龙墟（即今鄞西接待寺后），为葬之地，瞑目而殂。宁康癸酉八月十六日辰时也。郡人不日为之茔焉。又明年乙亥，暮春丙子，祝适马氏，乘流西来，波涛勃兴，舟航萦回莫进。骇问篙师，指曰：无它，乃山伯梁令之新冢。得非怪与？英台遂临冢奠祭哀恸，地裂而埋璧焉。马氏言官开椁，巨蛇护冢不果。郡以事异闻于朝，丞相谢安奏请封义妇冢，勒石江左。至安帝丁酉秋，孙恩寇会计（会稽之误）及鄮，太尉刘裕讨之。相传裕得山伯梦中助，得以平贼。裕奏闻，帝以神工显雄，褒封义忠神圣王，令有司于墓前立庙祠之。至今庙貌常新，俗称新婚三年，夫妇同瞻神像者，得偕老。谚云：若要夫妻同到老，梁山伯庙到一到。亦吾乡迷信之一也。吴中呼黄色花蝴蝶为梁山伯，黑色为祝英台，谓其死后焚衣，衣化成蝶。此说盖好事者附会。至若曲阜孔庙之有梁祝读书处，诚大奇事。而后世文人，闲有借为咏古者，直笑谈矣。（劳久杂记）"

视此文脉络，应引自《劳久杂记》原文，唯其在征录《义忠王庙记》的原文时，有少量错误，未知是《杂记》原文之误还是蒋氏征引之误。此文《梁祝文化大观·学术论文卷》（中华书局2000年出版）马紫晨《梁祝中原说》文中也有征引，但略去不少。

本条影印件见民国十六年（1927）商务印书馆发行的《小说考证》第四版（初版为民国二年）。

马廉卿，生平不详。按：谢国桢《明清笔记谈丛》（中华书局1960年出版）"留青日札"称："梁祝故事演变之迹，散见于清梁章钜《浪迹丛谈》、佚名《花朝生笔记》、《劳久杂记》等书……"可见马廉卿是为清人。又，马称"若要夫妻同到老，梁山伯庙到一到"之谚语为吾乡迷信，则马应是浙江鄞县人。

蒋瑞藻（1891—1929），清末民初浙江诸暨人，字孟洁，号花朝生，又号羼提居士。学于诸暨民成学堂，任上海澄衷学堂、杭州女子中学教员与浙江之江大学教授。购书甚多，专心笔耕，著作盛富。有《小说考证》《小说枝谈》等。

（199–清124）《小说考证》

《小说考证》为清末民初蒋瑞藻所撰，其“卷九·梁山伯（第一百九十七）”条称：“梁山伯祝英台事，马廉卿君《杂记》考之详矣。余阅《宜兴荆溪新志》，载邵金彪《祝英台小传》云：祝英台，小字九娘，上虞富家女，生无兄弟，才貌双绝。父母欲为择偶，英台曰：儿当出外游学，得贤士事之耳。因易男装，改称九官，遇会稽梁山伯，亦游学，遂与偕之宜兴善权山之碧鲜岩，筑庵读书。同居同宿三年，而梁不知为女子。临别，约梁曰，某月日可相访，将告父母，以妹妻君，实则以身许之也。梁自以家贫，羞涩畏行，遂至愆期。父母以英台字马氏子。后梁为鄞令，过祝家询九官。家僮曰：吾家但有九娘，无九官也。梁惊悟，以同学之谊乞一见。英台罗扇遮面出，侧身一揖而已。梁悔念成疾卒，遗言葬清道山下。明年，英台归于马，命舟子迂道过之，至则风涛大作，舟遂停泊。英台乃造梁墓前，失声恸哭，地忽开裂，队（坠之误）入茔中，绣裙绮襦，化蝶飞去。丞相谢安闻其事于朝，请封为义妇。此东晋永和时事也。其读书宅称碧鲜庵，齐建元间改为善权寺。今寺后有石刻，大书祝英台读书处。寺前里许，村名祝陵。山中杜鹃花发时，辄有大蝶双飞不散，俗传是二人之精魂。今称大彩蝶尚曰祝英台云。明杨守阯《碧鲜坛》诗：缇萦赎父刑，木兰替耶征，婉娈女儿质，慷慨男儿情。淳于不生男，木兰无长兄。事缘不得已，乃留千古名。英台亦何事，诡服违常经。班昭岂

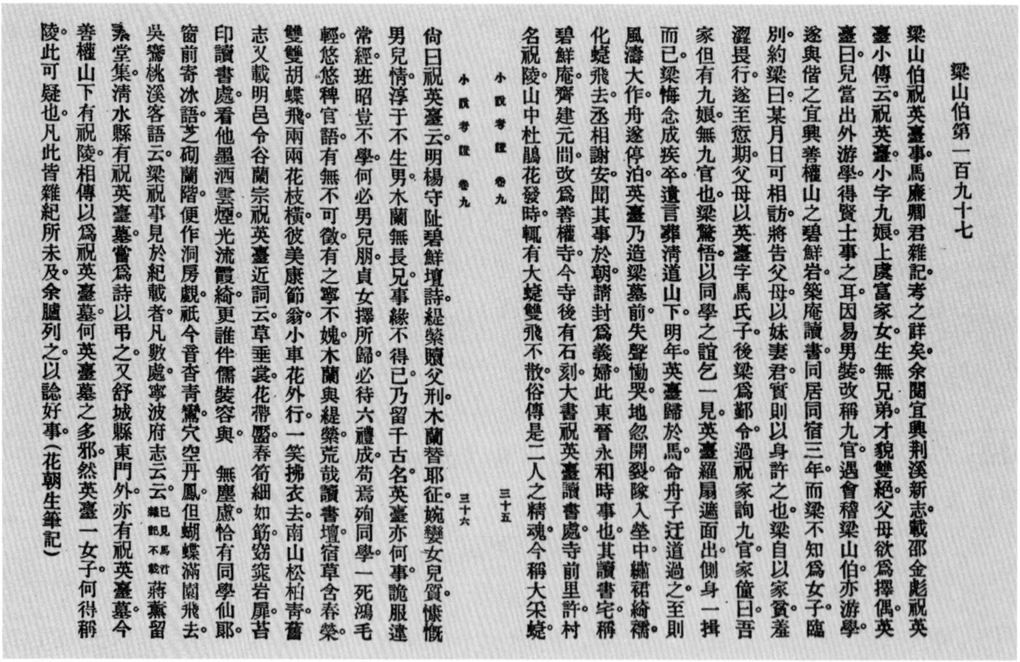
梁山伯第一百九十七

梁山伯祝英臺事。馬廉卿君雜記考之詳矣。余閱宜興荆溪新志。載邵金彪祝英臺小傳云。祝英臺。小字九娘。上虞富家女。生無兄弟。才貌雙絕。父母欲爲擇偶。英臺曰。兒當出外游學。得賢士事之耳。因易男裝。改稱九官。遇會稽梁山伯。亦游學。遂與偕之宜興善權山之碧鮮岩。築庵讀書。同居同宿三年。而梁不知爲女子。臨別。約梁曰。某月日可相訪。將告父母以妹妻君。實則以身許之也。梁自以家貧。羞澀畏行。遂至愆期。父母以英臺字馬氏子。後梁爲鄞令。過祝家詢九官。家僮曰。吾家但有九娘。無九官也。梁驚悟。以同學之誼乞一見。英臺羅扇遮面出。側身一揖而已。梁悔念成疾卒。遺言葬清道山下。明年。英臺歸於馬。命舟子迂道過之。至則風濤大作。舟遂停泊。英臺乃造梁墓前。失聲慟哭。地忽開裂。隊入塋中。繡裙綺襦。化蝶飛去。丞相謝安聞其事於朝。請封爲義婦。此東晉永和時事也。其讀書宅稱碧鮮庵。齊建元間改爲善權寺。今寺後有石刻。大書祝英臺讀書處。寺前里許。村名祝陵。山中杜鵑花發時。輒有大蝶雙飛不散。俗傳是二人之精魂。今稱大采蝶

小說考證　卷九　三十五

尙曰祝英臺云。明楊守阯碧鮮壇詩。緹縈贖父刑。木蘭替耶征。婉孌女兒質。慷慨男兒情。淳于不生男。木蘭無長兄。事緣不得已。乃留千古名。英臺亦何事。詭服違常經。班昭豈不學。何必男兒朋。貞女擇所歸。必待六禮成。苟焉殉同學。一死鴻毛輕。悠悠稗官語。有無不可徵。有之寧不媿。木蘭與緹縈。荒哉讀書壇。宿草含春榮。雙雙胡蝶飛。兩兩花枝橫。彼美康節翁。小車花外行。一笑拂衣去。南山松柏青。舊志又載明邑令谷蘭宗祝英臺近詞云。草垂裳。花帶靨。春筍細如筋。窈窕岩扉。苔印讀書處。看他墨洒雲煙。光流霞綺。更誰伴儒裝容與。　無塵慮。恰有同學仙耶。窗前寄冰語。芝砌蘭階。便作洞房覷。祇今音杳青鸞。穴空丹鳳。但蝴蝶滿園飛去。吳騫桃溪客語云。梁祝事見於紀載者。凡數處。寧波府志云云。（已見馬君雜記不載）蔣薰留素堂集。清水縣有祝英臺墓。嘗爲詩以弔之。又舒城縣東門外。亦有祝英臺墓。今善權山下有祝陵。相傳以爲祝英臺墓。何英臺墓之多邪。然英臺一女子。何得稱陵。此可疑也。凡此皆雜紀所未及。余臚列之以諗好事。（花朝生筆記）

小說考證　卷九　三十六

图199–清124　小说考证

(三)明清晚期 梁祝记载

不学,何必男儿朋?贞女择所归,必待六礼成。苟焉殉同学,一死鸿毛轻。悠悠稗官语,有无不可征,有之宁不愧,木兰与缇萦。荒哉读书坛,宿草含春荣。双双胡蝶飞,两两花枝横。彼美康节翁,小车花外行。一笑拂衣去,南山松柏青。旧志又载明邑令谷兰宗《祝英台近》词云:草垂裳,花带靥,春笋细如箸。窈窕岩扉,苔印读书处。看他墨洒云烟,光流霞绮,更谁伴儒装容与? 无尘虑,恰有同学仙郎,窗前寄冰语。芝砌兰阶,便作洞房觑。只今音杳青鸾,穴空丹凤,但蝴蝶满园飞去。吴骞《桃溪客语》云:梁祝事见于纪载者,凡数处。《宁波府志》云云(已见马君《杂记》,不载)蒋薰《留素堂集》:清水县有祝英台墓,尝为诗以吊之。又舒城县东门外,亦有祝英台墓。今善权山下有祝陵,相传以为祝英台墓。何英台墓之多邪?然英台一女子,何得称陵?此可疑也。凡此皆《杂记》所未及。余胪列之,以谂好事。(花朝生笔记)"

在《花朝生笔记》引文后,又征引了马廉卿《劳久杂记》关于梁祝的记述。《劳久杂记》文见前,此略。

《花朝生笔记》《花朝生文稿》均为蒋瑞藻手稿,未曾刊行,仅散见于《小说考证》中,尚可窥一斑。《小说考证》刊印于民国二年(1913),此条注明引自《花朝生笔记》。说明此文必作于民国二年前,故列于清代。

本条影印件见民国十六年(1927)商务印书馆发行的《小说考证》第四版。

(200-清125)《四明清诗略》

《四明清诗略》是继李邺嗣、胡文学《甬上耆旧诗》、全祖望《续甬上耆旧诗》后的宁波第三部地方诗歌总集。卷首至补遗为董沛所辑、续稿为忻江明所辑,至民国十九年(1930)完成付梓。其书收录清代宁波地区两千多位诗人的九千多首诗作,其中吟咏梁祝的诗词2首。

一是"卷六"收录叶吟《祝英台读书处》诗一首(诗文见前)。
二是《续稿》"卷六"收录王家振《诣梁令祠归过会稽庙时方落成》,云:

> 一夜西风特地凉,芦花摇曳稻花香。
> 棠阴依旧思鄹令,栋宇从新谒夏王。
> 神运不知谁主宰(会稽庙宋时亦祀梁山伯,今改祀禹王),
> 江潮大似客奔忙。
> 村氓里媪踵相错,输与闲鸥卧夕阳。

诗人秋日诣拜宁波梁山伯祠和修缮一新后香火旺盛的会稽庙,想起宋时会稽庙也祀梁山伯,故有"神运不知谁主宰"的感叹。宋《义忠王庙记》称,义忠王庙、梁王祠及

图200-清125-1 四明清诗略

图200-清125-2 四明清诗略续稿

西屿前后二黄裙会稽庙均很灵异，凡"民间旱涝疫疠、商旅不测，祷之辄应"，因此民间有所附会。

王家振，生卒不详，清代浙江慈溪人，字舣连，号西江散人。同治诸生，光绪丙申（1896）岁贡。屡试不第，遂绝仕途，课徒乡里，以渔竹花木自娱。著有《西江诗稿》。

以上影印件见《四明清诗略》民国十九年（1930）中华书局聚珍本。

董沛（1828—1895），清代浙江鄞县人，字孟如，号觉轩。同治六年（1867）举人、光绪三年（1877）进士，历官江西建昌、上饶知县，协修《江西通志》，辑《四明清诗略》。有《甬上宋元诗略》《甬上明诗略》《六一山房诗集》等。

忻江明（1872—1939），民国浙江鄞县人，字祖年，一字縠堂，号兆曙，晚号鹤巢。董沛之女婿。光绪二十八年（1902）举人、三十年（1904）进士，历官安徽望江知县、亳州知州，署宁国、潜山县。从董沛编校《四明清诗略》，更辑《续稿》，于民国十九年刊成。有《鹤巢诗存》。

（201-清126）《高桥章氏宗谱》

《鄞西高桥章氏宗谱》"卷四·丛录"收录清《李裕梁祝同冢诗》云：

(三)明清晚期 梁祝记载

家中有鸳鸯,冢外呼不起。
女郎歌以怨,辄来双凤子。
织素澄云丝,朱旛剪花尾。
东风吹三月,春草香十里。
长裾裹泥土,归弹壁鱼死。

首联"家中",清同治《鄞县志稿》、光绪《鄞县志》均作"冢中",应是"冢中"之误。

图201-清126 鄞西高桥章氏宗谱

此影印件由宁波大学张如安教授提供,为民国二十三年(1934)有穀堂本《鄞西高桥章氏宗谱》,存于宁波天一阁博物馆。

(202-清127)《祝英台的歌》

清以前的河南梁祝传说古籍无载,仅见于沅君《祝英台的歌》(1930年2月《民俗

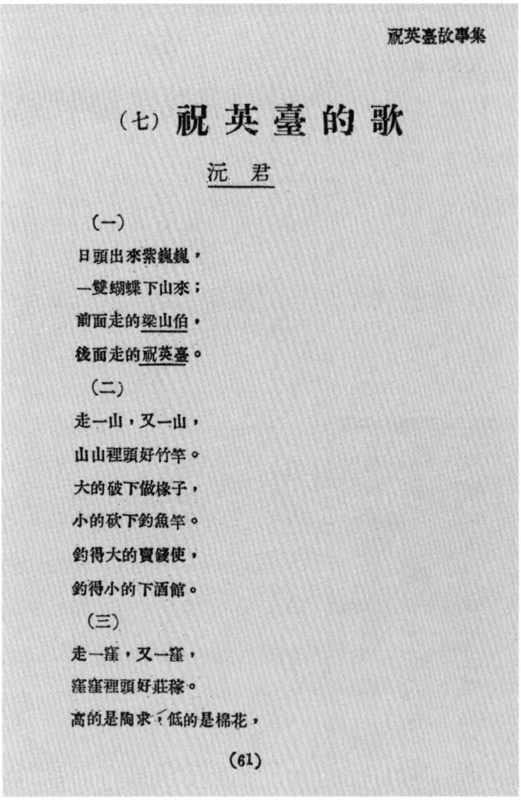

祝英臺故事集

（七）祝英臺的歌

沅君

（一）
日頭出來紫巍巍，
一雙蝴蝶下山來；
前面走的梁山伯，
後面走的祝英臺。
（二）
走一山，又一山，
山山裡頭好竹竿。
大的破下做椽子，
小的砍下釣魚竿。
釣得大的賣錢使，
釣得小的下酒館。
（三）
走一窪，又一窪，
窪窪裡頭好莊稼。
高的是陶求，低的是棉花，

（61）

图202–清127–1　祝英台的歌1

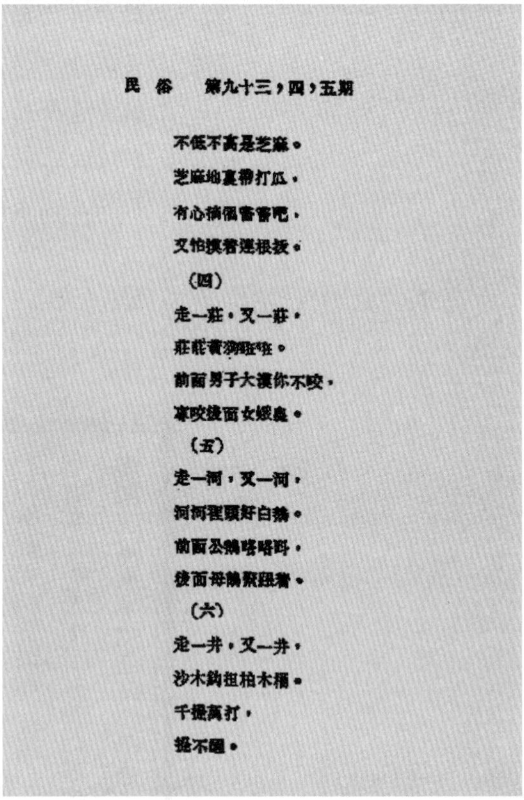

民俗　第九十三，四，五期

不低不高是芝麻。
芝麻地裏帶打瓜，
有心摘個嘗嘗吧，
又怕摸着連根拔。
（四）
走一莊，又一莊，
莊莊黃狗[illegible]。
前面男子大漢你不咬，
專咬後面女嬌娘。
（五）
走一河，又一河，
河河裡頭好白鵝。
前面公鵝咯咯叫，
後面母鵝緊跟着。
（六）
走一井，又一井，
沙木鈎扭柏木桶。
千提萬打，
提不圈。

图202–清127–2　祝英台的歌2

周刊》· 第九十三、四、五合刊）。

此歌曰：

（一）

日头出来紫巍巍，一双蝴蝶下山来。
前面走的梁山伯，后面走的祝英台。

（二）

走一山，又一山，山山里头好竹竿。
大的破下做椽子，小的砍下钓鱼竿。
钓得大的卖钱使，钓得小的下酒馆。

（三）

走一洼，又一洼，洼洼里头好庄稼。
高的是陶求（应作“秫秫”），低的是棉花。

不低不高是芝麻，芝麻地里带打瓜。
有心摘个尝尝吧，又怕摸着连根拔。

（四）

走一庄，又一庄，庄庄黄狗汪汪（应作“吠汪汪”）。
前面男子大汉你不咬，专咬后面女娥皇。

（五）

走一河，又一河，河河里头好白鹅。
前面公鹅咯咯叫，后面母鹅紧跟着。

（六）

走一井，又一井，沙木钩担柏木桶。
千提万打，提不醒。

在《祝英台的歌》之后，沅君讲起了这个歌的来历，她说：“当我七八岁时，晚上总跟老妈睡觉；睡不着时，她总给我唱这个歌。日长睡余；烦得猫不是狗不是的，遂将此段歌谣消遣。至于它的名字是什么，我那位老干娘未告诉我，我也不得而知。反正

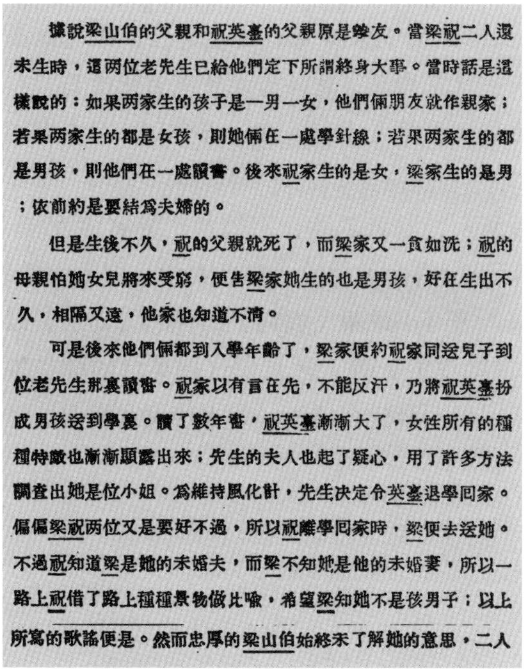

據說梁山伯的父親和祝英臺的父親原是摯友。當梁祝二人還未生時，這兩位老先生已給他們定下所謂終身大事。當時話是這樣說的：如果兩家生的孩子是一男一女，他們倆朋友就作親家；若果兩家生的都是女孩，則她倆在一處學針線；若果兩家生的都是男孩，則他們在一處讀書。後來祝家生的是女，梁家生的是男；依前約是要結爲夫婦的。

但是生後不久，祝的父親就死了，而梁家又一貧如洗；祝的母親怕她女兒將來受窮，便告梁家她生的也是男孩，好在生出不久，相隔又遠，他家也知道不清。

可是後來他們倆都到入學年齡了，梁家便約祝家同送兒子到位老先生那裏讀書。祝家以有言在先，不能反汗，乃將祝英臺扮成男孩送到學裏。讀了數年書，祝英臺漸漸大了，女性所有的種種特徵也漸漸顯露出來；先生的夫人也起了疑心，用了許多方法調查出她是位小姐。爲維持風化計，先生決定令英臺退學回家。偏偏梁祝兩位又是要好不過，所以祝離學回家時，梁便去送她。不過祝知道梁是她的未婚夫，而梁不知她是他的未婚妻，所以一路上祝借了路上種種景物做比喻，希望梁知她不是孩男子；以上所寫的歌謠便是。然而忠厚的梁山伯始終未了解她的意思，二人

图202–清127–3　河南传说3

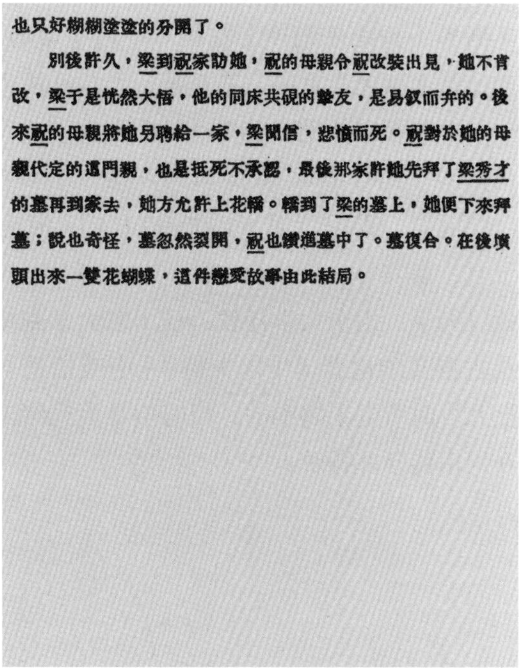

也只好糊糊塗塗的分開了。

別後許久，梁到祝家訪她，祝的母親令祝改裝出見，她不肯改，梁于是恍然大悟，他的同床共硯的摯友，是易釵而弁的。後來祝的母親將她另聘給一家，梁聞信，悲憤而死。祝對於她的母親代定的這門親，也是抵死不承認，最後那家許她先拜了梁秀才的墓再到家去，她方允許上花轎。轎到了梁的墓上，她便下來拜墓；說也奇怪，墓忽然裂開，祝也鑽進墓中了。墓復合。在後墳頭出來一雙花蝴蝶，這件戀愛故事由此結局。

图202–清127–4　河南传说4

是记述梁山伯送祝英台回家的。"

紧接着,她又讲述了一个河南的梁祝传说:"据说梁山伯的父亲和祝英台的父亲原是挚友。当梁祝二人还未生时,这两位老先生已给他们定下所谓终身大事。当时话是这样说的:如果两家生的孩子是一男一女,他们俩朋友就作亲家;若果两家生的都是女孩,则她俩在一处学针线;若果两家生的都是男孩,则他们在一处读书。后来祝家生的是女,梁家生的是男;依前约是要结为夫妇的。

但是生后不久,祝的父亲就死了,而梁家又一贫如洗;祝的母亲怕她女儿将来受穷,便告梁家她生的也是男孩,好在生出不久,相隔又远,他家也知道不清。

可是后来他们俩都到入学年龄了,梁家便约祝家同送儿子到位老先生那里读书。祝家以有言在先,不能反汗,乃将祝英台扮成男孩送到学里。读了数年书,祝英台渐渐大了,女性所有的种种特征也渐渐显露出来;先生的夫人也起了疑心,用了许多方法调查出她是位小姐。为维持风化计,先生决定令英台退学回家。偏偏梁祝两位又是要好不过,所以祝离学回家时,梁便去送她。不过祝知道梁是她的未婚夫,而梁不知她是他的未婚妻,所以一路上祝借了路上种种景物做比喻,希望梁知她不是孩男子;以上所写的歌谣便是。然而忠厚的梁山伯始终未了解她的意思,二人也只好糊糊涂涂的分开了。

别后许久,梁到祝家访她,祝的母亲令祝改装出见,她不肯改,梁于是恍然大悟,他的同床共砚的挚友,是易钗而弁的。后来祝的母亲将她另聘给一家,梁闻信,悲愤而死。祝对于她的母亲代定的这门亲,也是抵死不承认,最后那家许她先拜了梁秀才的墓再到家去,她方允许上花轿。轿到了梁的墓上,她便下来拜墓;说也奇怪,墓忽然裂开,祝也钻进墓中了。墓复合。在后坟头出来一双花蝴蝶,这件恋爱故事由此结局。"

本条影印件见1930年2月中山大学《民俗周刊》第九十三、四、五合刊,存上海图书馆。

沅君,即冯沅君(1900—1974),河南唐河人,原名淑兰,字德馥,笔名淦女士、沅君、易安等,现代女作家、文史学家。先后于金陵女子大学、复旦大学、中山大学、武汉大学、山东大学任教,任山东大学副校长。著有小说集《卷葹》《春痕》《劫灰》以及古典文学论著《中国史诗》《南戏拾遗》《古剧说汇》等。沅君说这祝英台的歌是她七八岁时听老干妈唱的,当时应是清光绪末年。说明至少在清末,梁祝传说和歌谣已经在河南传开并普及。

附录

梁祝申遗宁波共识（草案）

（2004年6月12日　浙江宁波）

梁祝是中华民族宝贵的文化遗产，梁祝"申遗"不仅是梁祝遗存地区人民的心愿，也是海内外广大华人的共同希望。为了进一步保护梁祝文化，加快梁祝申遗步伐，6月12日，由中国梁祝文化研究会组织、宁波市主办的"中国梁祝申遗非正式磋商会"在宁波甬港饭店召开，各地交流了梁祝遗存的保护情况，就梁祝申遗工作进行了充分的讨论和磋商，最后达成了共识：梁祝遗存地区联合向联合国教科文组织申报非物质遗产代表作；申报工作由改组后的中国梁祝文化研究会承担义务和权利；中国梁祝文化研究会在2006年向国家文化部提交全部申报材料。磋商会后，中国梁祝文化研究会实行改组，研究会副会长由梁祝各遗存地区代表及有关专家担任，会长由中国民间文艺家协会决定。全国各梁祝文化遗存地区在"中国梁祝文化保护规划"的原则指导下，根据各地实际制定并实施梁祝保护规划，制定和实施保护措施与法规，做好梁祝非物质遗产代表作的各项工作，达到国家及联合国关于《宣布人类口头和非物质遗产代表作》的要求，确保梁祝文化列入《中国非物质遗产代表作预备名单》。

"梁祝"联合"申遗"磋商会备忘录

(2004年8月29日　江苏宜兴)

为扎实推进"梁祝申遗"进程，江苏宜兴、浙江杭州、山东济宁、浙江宁波、浙江上虞、河南驻马店四省六地，在2004年6月12日宁波非正式磋商会议上达成联合"申遗"共识的基础上，江苏宜兴、浙江杭州、山东济宁、河南驻马店于2004年8月29日在江苏宜兴开会磋商，形成如下备忘录。

一、关于尽快建立组织机构的问题

尽快完成中国梁祝文化研究会的改组工作。研究会会址设在北京，会长提请中国民间文艺家协会领导担任，副会长由各遗存地政府分管领导和一名专家担任，秘书长由会长任命非梁祝遗存地区领导担任，副秘书长由各地推荐一名专家担任。并通过建立工作班子，负责联合"申遗"的技术工作和日常性事务，吸收全国梁祝文化研究专家、学者和热心梁祝工作的人士为中国梁祝研究会成员。建议下次磋商会议为中国梁祝文化研究会的成立会议。

改组后的中国梁祝文化研究会的会长、副会长、秘书长、副秘书长，是"梁祝申遗"的民间领导机构，协助梁祝文化遗存地区政府通过国家有关部门向联合国教科文组织申报人类口头和非物质遗产工作，承担相应的义务，享受相应的权利。

各遗存地要尽力争取当地政府的支持和领导。

二、关于实质性启动联合"申遗"工程的问题

1. 起草联合"申遗"的制式文本（具体要求参照附件）。改组后的中国梁祝文化研究会委托专业机构负责起草"申遗"文本，交各地政府暨文化部门审阅、评估并认可，再由各省文化厅联合向国家文化部报送。

2. 制定详尽的梁祝文化保护规划和办法。按照"申遗"工作和文本规范制作的要求，各地要在"申遗"文本的框架内根据各地实际，制定梁祝文化遗存的保护规划、办

法等相关法规和具体措施。

3. 进一步完善工作机制。梁祝"申遗"事务繁多，各地要加强联系与沟通、交流与合作，在"申遗"前期，每年的工作例会和相关活动由各地轮值举行，共同协调和解决"申遗"工作中出现的问题。无论何地召开会议，任何一方不应缺席。

4. 客观公正地举办活动和对外宣传。"梁祝"联合"申遗"程序启动后，各地可单独或联合举办学术研讨活动，进行相关的宣传报道，但必须本着客观公正的原则，按照"申遗"的要求开展外宣工作。

三、关于联合"申遗"的经费问题

1. 正常轮值活动或例会的经费开支，由轮值地负担。
2. 各地梁祝遗存的保护经费，由各遗存地区负责解决。
3. "申遗"活动必需之经费，原则上由各地分担。
4. 不可预测的经费开支，由各地磋商解决。

"梁祝"联合申遗倡议书

（2006年6月9日　江苏宜兴）

《梁山伯与祝英台》是我国古代四大民间传说中流传最广、影响力最大的故事，她不仅是我国的文化瑰宝，而且以"东方的罗密欧与朱丽叶"而享誉世界。2006年5月，经国务院正式批准，"梁祝传说"以四省六地（即：江苏省宜兴市、浙江省宁波市、杭州市、上虞市、山东省济宁市、河南省汝南县）合作申报名义列入了第一批国家级非物质文化遗产名录。为了进一步加强梁祝文化的学术研究、保护工作，更好地推进"梁祝"联合申遗，特提出以下倡议。

一、百家争鸣，深化梁祝文化的学术研究

梁祝文化学术研究应坚持"百花齐放、百家争鸣"的方针。由于梁祝文化涉及传说、歌谣、故事、民俗、宗教、曲艺、戏剧、文献、方志、考古等多种学科领域，因此不仅需要专门的学术研究，还需要跨学科、跨地域的综合研究。为此要倡导学术争鸣，鼓励求同存异，各遗存地要积极开展各种形式的学术交流活动，互通研究成果，实现资源共享。

要完善全国性的学术研究机构。中国梁祝文化研究会是中国民间文艺家协会下属的一个专门学术研究机构，其职能主要是学术研究。应按"共识"和"备忘录"的精神对该机构进行改组和完善，明确只要符合中国民间文艺家协会入会要求和对梁祝文化有一定研究的人员均可入会。同时，各地也可建立地区性的学术研究机构，以更好地推动梁祝文化的学术研究和保护工作。

二、各负其责，着力做好梁祝文化的遗存保护

要增强保护责任性。各遗存地政府应高度重视梁祝文化保护工作，把梁祝文化的保护纳入政府工作目标，切实加强领导，建立组织机构，要立足自身，各负其责，增强保护的责任性和使命感，真正把各遗存地的保护工作抓好抓实。

要认真落实保护措施。各遗存地应按照国家和联合国关于"人类口头和非物质文化遗产代表作"的要求，根据各地实际，制订保护规划和管理办法，明确保护范围、保护内容和保护措施，落实保护资金，加大保护宣传和推介力度，实施保护计划，并通过学术研究对口传文化及传承等进行抢救性保护和挖掘，建立保护和传承的有效机制。同时正确处理好保护工作与旅游发展的关系。

三、加强合作，联合申报世界非物质文化遗产

首先，要组建联合"申遗"委员会。为了体现平等公正，避免各自为政，建议由四省六地共同组建"中国'梁祝传说'联合申报世界非物质文化遗产委员会"（简称"申遗"委员会），作为各遗存地政府联合"申遗"的联络、协调、议事的临时性机构，由各遗存地政府各派三位代表作为委员会成员。

其次，要完善"申遗"工作机制。"申遗"委员会每年至少召开一次会议，任何一方不应缺席，如缺席应作为该地认可会议内容。会议由各地轮值举行，"申遗"委员会只设轮值执行主任，轮值地委员会成员中的主代表为轮值执行主任，负责会议的相关工作安排。

第三，要明确"申遗"主要事项。一是要委托专业机构落实"申遗"文本（包括声像资料）工作，各遗存地应积极配合；二是"申遗"的经费问题，可根据"宜兴备忘录"的精神进行合理分担；三是"申遗"文本的讨论、确定及其申报程序，应按照国家相关规定由各地专题进行商议。

我们坚信，在各梁祝遗存地的紧密合作下，梁祝文化一定能早日跻身于世界非物质文化遗产之列，梁祝文化这一中华民族传统文化艺术瑰宝必将散发出更加夺目的光彩。

宜兴市梁祝文化工作领导小组
华夏梁祝文化研究会
二〇〇六年六月九日

推进"梁祝传说"
申报世界人类非物质文化遗产代表作倡议书

(2015年4月18日　江苏宜兴)

　　《梁山伯与祝英台》是我国古代流传最广、影响力最大的民间传说之一,也是世界上唯一产生广泛影响的中国最具魅力的民间传统文化。千百年来,在中国的每一个地区、每一个民族家喻户晓,老幼皆知。2006年5月,国务院公布了浙江省宁波市、杭州市、上虞市,江苏省宜兴市,山东省济宁市和河南省汝南县共同申报的"梁祝传说"为第一批国家级非物质文化遗产名录。梁祝文化不仅以民间传说著称于世,而且还以民间歌谣、戏剧、曲艺、诗词、小说、音乐、影视、美术、舞蹈、动漫和民间工艺等绚丽多彩的文化样式,活跃在我国唐代以来的文化领域,深受人民大众的喜爱。并从古代通过海、陆丝绸之路等途径流传到朝鲜、韩国、越南、俄罗斯、印度尼西亚等欧亚各国,还以戏剧、影视、音乐、舞蹈等文艺形式传播到世界各地,是享誉世界的优秀中华文化。

　　为了进一步加强梁祝文化的保护、传承和学术研究,坚决维护梁祝文化的国际安全,积极推进"梁祝传说"申报世界人类非物质文化遗产代表作,我们共同倡议:

一、高度重视,加强梁祝文化的抢救保护

　　梁祝传说及其文化艺术,是一项巨大的珍贵文化遗产。随着世易时移,历经千年沧桑,梁祝口头文学正在销声匿迹,梁祝各种艺术形式也在日渐消逝,民间手抄、雕刻甚至古今流传印制的资料、艺术品已凤毛麟角,梁祝文化历史遗存和原生态环境在现代建设中正遭到人为破坏。曾经繁盛的梁祝传统文化抢救保护已迫在眉睫。我们必须怀着高度的历史责任感和时代使命感,全国各地齐心协力,从白发苍苍的老人口述中,从巍巍颤颤的老艺人手中,从即将破损的古纸、古物中,把濒危的梁祝文化抢救出来,并慎重地保护起来。

　　没有梁祝文化的抢救,就保护不好梁祝文化;没有梁祝文化的保护,就没有梁祝文化的传承;没有梁祝文化的传承,何谈梁祝文化的创新?千年历史承载着神奇的梁祝文化,现代人们企盼着美丽的梁祝文化,中华文化更需要优秀的梁祝文化!

二、建立机制，落实梁祝文化保护职责

国家级梁祝传说非遗申报地区，应将梁祝文化的保护纳入政府工作目标，切实加强领导，建立健全组织机构，立足本地，各负其责，增强保护的责任性和使命感，真正把各地的保护工作抓好抓实。

要认真落实保护措施。各遗存地应按照联合国《保护非物质文化遗产公约》和我国《非物质文化遗产法》及国务院办公厅《关于加强我国非物质文化遗产保护工作的意见》等要求，根据各地实际，制定保护规划和管理办法，明确保护范围、保护内容和保护措施，落实保护资金，加大保护宣传和推介力度，实施保护计划，并通过学术研究对口传文化及多样艺术等进行抢救性保护和挖掘，建立保护和传承的有效机制。

各梁祝遗存地的"梁祝"学术研究机构，应积极参与梁祝文化的抢救和保护工作，深入田野采风，广泛收集民间传说、歌谣、曲艺等口头和非物质文化遗产，做好信息积累与档案资料建设，最大限度地防止口传遗产的消失。

同时，要正确处理好梁祝文化遗产保护与旅游发展的关系，严防梁祝文化遗址和生态环境人为地破坏，科学开发梁祝文化产业，探索梁祝文化保护与旅游发展的双赢之路。

三、通力合作，共同推进梁祝传说申报世界非遗

梁祝文化是中华民族的传统文化遗产，是全国各地各民族共同创造的优秀文化艺术。各地尤其是国家级梁祝传说非遗申报地区，要切实肩负起保护责任，同时要担当起梁祝传说申报世界人类非物质文化遗产代表作的职责。

为加快"梁祝传说"申报世界人类非物质文化遗产代表作步伐，必须突破梁祝文化的地域局限。各梁祝遗存地应积极开展各种形式的学术研究，提倡求同存异，组织交流活动，互通研究成果，实现资源共享。应通力合作，弘扬梁祝文化这一中华文化的瑰宝，共同推进申报世界人类非物质文化遗产代表作进程，以丰富世界文化宝库。

要按照国家有关规定，明确"申遗"工作机制，落实"申遗"文本（包括声像资料等）工作，各梁祝遗存地积极配合国家主管部门，并做好各自的相关工作。

我们坚信，在各梁祝遗存地的紧密合作、友好相处下，梁祝文化一定能早日跻身于世界非物质文化遗产之林，梁祝文化这一中华民族优秀文化艺术必将散发出更加璀璨夺目的光彩。

倡议者：浙江省宁波市、浙江省杭州市、浙江省上虞市
山东省济宁市、河南省汝南县、江苏省宜兴市
梁祝文化研究机构
2015年4月18日

后　记

　　有人说我是"梁祝痴",我不做声,心说:"也是,也不是。"
　　这几十年来,我装在心里最多的东西确实是"梁祝"。从收集、考察、研究宜兴"梁祝"开始,到收集、考察和研究中国各地的"梁祝",乃至收集研究韩国、日本的"梁祝",凡涉"梁祝",无不关心。对获得的"梁祝"信息,更是务求亲见为实、亲睹为快,这样,积累的资料就逐渐丰富起来,后来,又萌生要到梁祝信息遗存地去走一走、看一看、听一听的想法。通过各遗存地的考察,那些信息便融入了遗存地的风物、遗址、传说之中,从纸上的文字变成了形象的事物,信息得到消化,思路也更为明晰。因此,"梁祝"就成为我文化生活的一部分,就连手机铃声也调成了《梁祝》,书斋名也改成了"蝶庵"。当然,也有些地方没有走到,留下了些许遗憾,至今未能释怀。比如元初刘一清《钱塘遗事·祈请使行记》中称:"德祐丙子二月初九日(出发),三月廿九日,易车行陵州西关,就渭河登舟。午后至林镇,属河间府,有梁山伯祝英台墓。夜宿于岸。"该文写于公元1276年,当时的陵州即今陵县,隶属于河间路,也许他的日记中存在许多谐音,以致这个"林镇"始终没有找到。观其使行路线:3月28日抵陵州,住宿;29日,乘车至陵州西关上船,沿渭河(即卫河,谐音之误)西行,午后抵"林镇",住宿;30日早,于"林镇"登舟至灌县(即观州,今属河北,谐音之误),住宿。据其行程,这个有梁山伯祝英台墓的"林镇",应该在陵州与观州之间。但现在这条路线上并没有"林镇"的地名,倒是有两个"安陵镇",一属景县,一属吴桥县,分别位于南运河东、西两侧,隔岸相望。由于种种原因,这一考察至今未能完成。又如《宜兴历代诗词曲辑注(上卷)》刊有宋释居简《祝英台墓在善拳寺后》诗一首、《鄞州文史》第二十八辑刊有清冯可镛《梁山伯庙》诗一首,均因疫情无法取得古籍影印件,不甚遗憾。
　　当然,"梁祝"并不是我的唯一,我的生活中还有爱情、家庭、朋友和圈子,还有其他的爱好,梁祝文化不过是我关注和参与时间最多的内容。
　　2014年,《"梁祝"的起源与流变》一书出版后,上海市民俗文化学会会长仲富兰教授率先建议把收集到的资料以影印件形式公开出版,让它们从故纸的尘封中脱颖而出,使其更好地为人们利用。此建议得到中央民族大学陶立璠教授、江苏省民间文艺家协会主席陶思炎教授、北京师范大学萧放教授、中国社科院文学研究所邹明华副研究

后　记

员、中国社科院研究生院李渊源博士的支持和肯定。日本立命馆大学芳村弘道教授还特地拜访阳明文库的长名和修先生，将其所藏高丽《夹注名贤十抄诗》中《梁山伯祝英台传》复印后寄来；日本梁祝研究所渡边明次所长也去国立国会图书馆帮助查阅思文阁复刻版《五山文学全集》中的梁祝记载；宁波大学张如安教授还就研究中发现的梁祝诗词与我进行交流。

此外，宜兴市文体广电和旅游局还特地提供专项经费补助，宜兴市城建文旅集团有限公司、宜兴市史志档案馆、华夏梁祝文化研究会、善卷洞风景区以及张渚镇祝陵村等单位也为本书的资料采集大开绿灯。复旦大学查屏球教授、宜兴陈健、刘全忠、汤家骏、储烟水、卫平、陈有富、陈建平、任润之、王静华和中国梁祝文化研究会周静书等也热心地查找和提供了不少资料。

在本书的资料收集与编辑过程中，还得到中国国家图书馆、上海图书馆、天津图书馆、南京图书馆、浙江图书馆、重庆图书馆、常州图书馆、常州市史志办、无锡图书馆、宜兴图书馆、宁波天一阁博物馆、曲阜师范大学图书馆的大力支持，在此谨表示衷心的感谢！

"梁祝"是中华民族宝贵的文化遗产，梁祝传说世界申遗不仅是梁祝传说遗存地人民的愿望，也是海内外华人的共同愿望。当前，四省六地的梁祝传说虽然进入了中国非物质文化遗产名录，但梁祝文化遗产的保护还刚刚起步，梁祝传说申报世界人类非物质文化遗产代表作尚任重道远。特别是梁祝传说流传到国外后，与一些国家（如韩国）的风情风物紧密结合产生了极大的变异，形成了新的传说和习俗，并进入巫歌用于祭祀，这是需要我们认真研究和重视的。

梁祝文化内涵丰富、博大精深。不仅以传说、故事、歌谣等口传形式传承，而且以说唱、弹词、琴书、宝卷等曲艺形式传播，以诗词、戏曲、小说、影视、音乐、舞蹈、民间工艺等文艺创作以及宗教的形式流传，文献的钩沉仅仅是梁祝文化宝库中的一部分而已。笔者希望辑存的202部（篇）历代梁祝文献，能对今后梁祝文化的深入研究起到些许促进作用。

由于史料都为古文，初中毕业的我才疏学浅，点校中很可能发生错误，校对中亦难免出现疏漏，祈请各位研究者与读者批评指正并予以谅解。

编著者

图书在版编目(CIP)数据

历代梁祝史料辑存/路晓农编著. —上海：复旦大学出版社，2021.3
ISBN 978-7-309-15323-1

Ⅰ.①历… Ⅱ.①路… Ⅲ.①民间故事-文学史-史料-中国-古代 Ⅳ.①I207.7

中国版本图书馆 CIP 数据核字(2020)第 165723 号

历代梁祝史料辑存
路晓农　编著
责任编辑/王汝娟
复旦大学出版社有限公司出版发行
上海市国权路 579 号　邮编：200433
网址：fupnet@fudanpress.com　http://www.fudanpress.com
门市零售：86-21-65102580　团体订购：86-21-65104505
外埠邮购：86-21-65642846　出版部电话：86-21-65642845
常熟市华顺印刷有限公司

开本 787×1092　1/16　印张 22.5　字数 488 千
2021 年 3 月第 1 版第 1 次印刷

ISBN 978-7-309-15323-1/I·1254
定价：118.00 元

如有印装质量问题,请向复旦大学出版社有限公司出版部调换。
版权所有　　侵权必究